Minette Walters

Dunkle Kammern

Roman

Aus dem Englischen
von Mechtild Sandberg-Ciletti

Goldmann Verlag

Die Originalausgabe erschien unter dem Titel
»Dark Room« bei Macmillan, London

Umwelthinweis:
Dieses Buch und der Schutzumschlag
wurden auf chlorfrei gebleichtem Papier gedruckt.
Die Einschrumpffolie (zum Schutz vor Verschmutzung)
ist aus umweltschonender und recyclingfähiger
PE-Folie.

Der Goldmann Verlag
ist ein Unternehmen der Verlagsgruppe Bertelsmann

1. Auflage

Satz: Uhl + Massopust, Aalen
Druck: Presse-Druck, Augsburg
Bindung: Großbuchbinderei Monheim
Printed in Germany
ISBN 3-442-30650-7

»Und wir vergessen, weil wir müssen,
Und nicht, weil wir wollen.«

Absence
Matthew Arnold (1822–88)

»Die Vorstellung vom falschen Selbst wurde von R. D. Lang in Anlehnung an einige Theorien Jean-Paul Sartres zur Diskussion gestellt. Das falsche Selbst sei ein künstlich geschaffenes Selbstbild, dazu bestimmt, den Erwartungen zu entsprechen, während das wahre Selbst verborgen und geschützt bleibe.«

Killing for Company
Brian Masters

1994

MAI

S	M	D	M	D	F	S
1	2	3	4	5	6	7
8	9	10	11	12	13	14
15	16	17	18	19	20	21
22	23	24	25	26	27	28
29	30	31				

JUNI

S	M	D	M	D	F	S
			1	2	3	4
5	6	7	8	9	10	11
12	13	14	15	16	17	18
19	20	21	22	23	24	25
26	27	28	29	30		

Prolog

Das spitze kleine Gesicht des zwölfjährigen Mädchens war voller Mißmut, als sie sich aufsetzte und unter dem Waldlaub nach ihrem Schlüpfer zu suchen begann. Sie hatte endlich begriffen, daß Sex mit Bobby Franklyn bei weitem nicht das war, was er hätte sein können. Sie schlüpfte in ihre Schuhe und versetzte dem Jungen einen wütenden Tritt. »Steh auf, Bobby«, fuhr sie ihn an. »Heut kannst du mal den verdammten Hund suchen.«

Er wälzte sich auf den Rücken. »Gleich«, murmelte er schläfrig.

»Nein, *sofort!* Meine Mam bringt mich um, wenn Rex wieder vor mir nach Hause kommt. Sie ist nämlich nicht blöd, kapiert?« Sie stand auf. In dem kindlichen Wunsch, ihm weh zu tun, bohrte sie ihm den Absatz ihres Schuhs in den nackten Oberschenkel und drehte ihn hin und her. »Los, steht endlich auf!«

»Okay, okay.« Mürrisch richtete er sich auf und zog seine Hose hoch. »Aber das nervt mich echt, das kann ich dir sagen. Lohnt sich ja kaum, wenn wir jedesmal den Hund suchen müssen.«

Sie trat von ihm weg. »Rex ist bestimmt nicht dran schuld, daß es sich nicht lohnt.« Tränen zorniger Scham standen ihr in den Augen. »Ich hätte auf Mam hören sollen. Sie hat immer gesagt, daß zu so was ein richtiger Mann gehört.«

»Ja, klar«, sagte er, während er den Reißverschluß seiner Hose schloß, »wär auch viel einfacher, wenn ich mir nicht vormachen müßte, du wärst Julia Roberts. Und überhaupt, was weiß denn deine blöde Mutter schon? Die hat doch schon seit Jahren keiner mehr richtig durchgebumst.« Seine Gefühle für diese Mädchen gingen über das rein Animalische kaum hinaus, aber wenn sie anfingen, an ihm rumzumeckern, erwachte sehr schnell der Haß, und das Verlangen, ihnen die frechen kleinen Fratzen zu polieren, drohte unwiderstehlich zu werden.

Das Mädchen begann sich zu entfernen. »Ich hasse dich, Bobby. Und wie ich dich hasse! Und ich sag's, ich sag alles.« Sie tippte auf ihre Uhr. »Drei Minuten. Länger kriegst du ihn nicht hoch. Drei beschissene Minuten. Nennst du das richtig durchbumsen?« Sie warf einen triumphierenden Blick über ihre Schulter zurück, sah etwas in seinem Gesicht, das ihr verriet, daß sie in Gefahr war, und begann plötzlich, von Angst gepackt, zu laufen. »REX!« schrie sie. »RE-EX! Er bringt dich um, wenn du mich anrührst«, schluchzte sie und stürzte, klein und drahtig, durch die Bäume davon.

Aber umbringen würde hier nur Bobby jemanden. Seine Wut war ohne Grenzen. Er warf sich von hinten auf das Mädchen und riß es zu Boden. Keuchend versuchte er, sich rittlings über ihre strampelnden Beine zu schwingen. »Du Luder«, grunzte er. »Du verdammtes Luder.«

Die Angst verlieh ihr Kraft. Kriechend und stolpernd entkam sie ihm, schrie weinend nach ihrem Hund, als sie in einem Gestöber faulenden Laubs einen Hang hinunter in einen breiten Graben rutschte, der den Waldboden durchzog. Sie landete auf ihren Füßen, nur Meter von dem großen Wolfshund entfernt, der mit gesträubtem Fell knurrend dastand. »Ich hetz ihn auf dich, und dann reißt er dich in Stücke. Es ist mir ganz egal, ich halt ihn nicht auf.« Sie sah mit Genugtuung, daß Bobby leichenblaß geworden war. »Du bist der fieseste Typ, den ich kenne!« schrie sie.

Aber dann sah sie, daß Rex sie anknurrte und nicht Bobby, und daß nicht die Furcht vor dem Hund ihrem Freund in die Glieder gefahren war, sondern der Schrecken über das, was der Hund bewachte. Flüchtig sah sie etwas halb Ausgegrabenes und ekelerregend Menschliches, ehe die Panik sie in wild schluchzendem Entsetzen den Hang wieder hinauftrieb.

1

In betörende Träume eingehüllt, hielt sie hartnäckig am Schlaf fest. Später erklärte man ihr, daß es gar keine Träume gewesen waren, sondern die Realität, die die Tage der Verwirrung durchbrach, als sie aus tiefer Bewußtlosigkeit langsam zu vollem Bewußtsein emporstieg, aber es fiel ihr schwer, das zu akzeptieren. Die Wirklichkeit war zu deprimierend, um solches Wohlbehagen zu gebären. Ihr Erwachen war schmerzhaft. Man richtete sie, in Kissen gestützt, auf, und in dem Spiegel über der Frisierkommode erblickte sie von Zeit zu Zeit flüchtig das Bild ihrer selbst, einer wachsbleichen Erscheinung mit kahlrasiertem Kopf und einem bandagierten Auge – *kaum wiederzuerkennen.* Sie hatte nur den Wunsch, sich vor diesem Bild zurückzuziehen und es ihm allein zu überlassen, seine Rolle zu spielen. *Das war nicht sie.*

Ein Mann, so groß und kräftig wie ein Bär, mit kurzgeschorenem Haar und kurzgeschorenem Bart neigte sich über sie und sagte ihr, sie habe einen Autounfall erlitten. Aber er sagte ihr nicht, wo und wann. Sie habe großes Glück gehabt, sagte er. Daran erinnerte sie sich. Vergaß alles andere. Sie hatte einen Eindruck verstreichender Zeit und sprechender Menschen, aber sie zog es vor, in sanftem Schlummer zu verweilen, wo Träume betörten.

Sie war anwesend. Sie sah. Sie hörte. Und sie fühlte sich geborgen in den angenehmen weiblichen Stimmen, die besänftigten und beruhigten und streichelten. Sie antwortete ihnen in ihrem Kopf, aber niemals laut, denn sie wollte festhalten am trügerischen Schutz geistiger Abwesenheit. »Sind Sie heute bei uns?« fragten die Schwestern und drängten ihre Gesichter dicht an das ihre. *Ich bin die ganze Zeit bei euch gewesen.* »Hier ist Ihre Mutter, Kindchen.« *Ich habe keine Mutter. Ich habe eine Stiefmutter.* »Kommen Sie, Kindchen. Wir wissen, daß Sie uns hören können. Wann wollen Sie endlich mit uns sprechen?« *Wenn ich soweit bin... wenn ich soweit bin... wenn ich mich erinnern möchte...*

Verkehrsunfall:

Gemeldet gegen 21 Uhr 45, am 13.6.94.
Constables Gregg und Hardy
um 22 Uhr 04 am Unfallort

Ort: Ehemaliges Flugfeld,
Stoney Bassett, Hants

Beteiligt war ein Fahrzeug,
schwarzer Rover, Kabriolett,

Automatic

Kennzeichen: JIN 1X – Totalschaden

Fahrer:
Miss Jane Imogen Nicola Kingsley

Bewußtlos, brauchte dringend
sofortige ärztliche Betreuung.

Geburtsdatum: 26.9.59. Adresse:
12 Glenavon Gardens, Richmond, Surrey.
Beides aus dem Führerschein ersichtlich.

Wessex Post, 14. Juni:

Tochter von Immobilienhai Opfer eines mysteriösen Autounfalls.

In der gestrigen Nacht wurde gemeldet, daß Jane Kingsley, 34, die Modefotografin und einzige Tochter von Adam Kingsley, 66, dem millionenschweren Aufsichtsratsvorsitzenden des Unternehmens Franchise Holdings Ltd., nach einem mysteriösen Autounfall auf dem ehemaligen Flugfeld in Stoney Bassett, 15 Meilen südlich von Salisbury, bewußtlos aufgefunden wurde. Mr. Andrew Wilson, 23, und seine Freundin, Miss Jenny Regg, 19, die durch Zufall an der Unfallstelle vorbeikamen, holten sofort Hilfe.

»Der Wagen ist nur noch Schrott«, sagte Mr. Wilson. »Miss Kingsley hat großes Glück gehabt, daß sie noch am Leben ist. Wenn sie noch im Wagen gewesen wäre, als er gegen den Betonpfosten prallte, wäre sie mit dem Wagen zusammen zerschmettert worden. Ich bin froh, daß wir helfen konnten.«

Die Polizei bezeichnet Miss Kingsleys Rettung als ein Wunder. Der Wagen, ein schwarzes Rover Kabriolett Automatic, war frontal auf einen Betonpfeiler aufgefahren, der ursprünglich als Eckträger eines Hangars diente. Die Polizei vermutet, daß Miss Kingsley kurz vor dem Aufprall durch die offene Tür ihres Wagens hinausgeschleudert wurde.

»Dieser Pfeiler ist das einzige, was auf dem Flugfeld noch steht«, sagte Constable Gavin Hardy, »und uns ist bis jetzt noch unklar, wie sie gegen ihn fahren konnte. Es waren keine weiteren Passagiere im Fahrzeug, und es gibt keine Anzeichen dafür, daß ein zweites Fahrzeug an dem Unfall beteiligt war.«

Miss Kingsleys Stiefmutter, Mrs. Betty Kingsley, 65, erlitt einen Schock, als ihr nur wenige Tage nach der überraschenden Absage der geplanten Hochzeit ihrer Stieftochter die Nachricht überbracht wurde. In ihrem Haus, Hellingdon Hall, wo sie und Mr. Kingsley seit 15 Jahren leben, sagte sie weinend, sie gebe Leo Wallader, 35, die Schuld, wenn Miss Kingsley sich nicht erholen sollte. »Er hat sich ihr gegenüber unglaublich benommen.«

Die Polizei bestätigte heute morgen, daß Miss Kingsley vor dem Unfall getrunken hatte. »Ihr Alkoholspiegel war sehr hoch«, sagte ein Sprecher. Miss Kingsley liegt im Odstock-Krankenhaus in Salisbury. Sie hat das Bewußtsein noch nicht wiedererlangt.

2

Eines Nachts erwachte sie mit einer Angst, die ihr den Atem raubte. Sie öffnete die Augen und starrte angestrengt in die Dunkelheit. Sie war in einem dunklen Zimmer – *ihrer Dunkelkammer?* –, und sie war nicht allein. Jemand – *etwas?* – lauerte in den Schatten jenseits ihres Gesichtsfelds.

WAS?

Angst... Angst... ANGST...

Mit einem Ruck setzte sie sich auf. Schweiß rann ihr den Rükken hinunter, Schreie quollen sich überschlagend aus ihrem weit aufgerissenen Mund.

Licht durchflutete das Zimmer. Eine Frau mit weichen Brüsten, kräftigen Armen, einer angenehmen Stimme tröstete sie. »Ist ja gut. Ist ja gut, Jane. Es ist alles in Ordnung. Kommen Sie, Kindchen, beruhigen Sie sich. Sie hatten einen Alptraum.«

Aber sie wußte, daß das nicht stimmte. Ihr Schrecken war real. Etwas war bei ihr in dem dunklen Zimmer. »Ich heiße Jinx«, flüsterte sie. »Ich bin Fotografin, und das hier ist nicht mein Zimmer.« Sie legte ihren geschorenen Kopf an den gestärkten weißen Kittel und schmeckte die Bitterkeit der Niederlage. Es würde keine süßen Träume mehr geben. »Wo bin ich?« fragte sie. »Wer sind Sie? Warum bin ich hier?«

»Sie sind in der Nightingale-Klinik in Salisbury«, sagte die Schwester, »und ich bin Schwester Gordon. Sie hatten einen Autounfall, aber jetzt sind Sie sicher. Kommen Sie, versuchen Sie wieder einzuschlafen.«

Jinx ließ sich von ihren energischen Händen unter die Decke packen. »Aber machen Sie bitte das Licht nicht aus«, bat sie. »Ich kann im Dunkeln nichts sehen.«

Frage der Strafverfolgung von Miss J. Kingsley wegen Alkohols am Steuer

Datum: 22. Juni 1994
Von: Sergeant Geoff Halliwell

Miss Kingsley wurde aus ihrem Fahrzeug geschleudert, ehe es gegen einen Betonpfeiler an einer Ecke des Flugfelds prallte. Sie war ohne Bewußtsein, als sie am Montag, dem 13. Juni, um 21 Uhr 45 von Mr. Andrew Wilson und Miss Jenny Regg gefunden wurde. Miss Kingsley erlitt eine schwere Gehirnerschütterung und Quetschungen sowie Schnittwunden im Gesicht und an den Armen, als sie aus dem Wagen geschleudert wurde. Sie blieb drei Tage ohne Bewußtsein und war sehr verwirrt, als sie endlich wieder zu sich kam. Sie hat keinerlei Erinnerung an den Unfall und behauptet, nicht zu wissen, aus welchem Grund sie auf dem Flugfeld war. Blutproben, die um 0 Uhr 23 (14. 6. 94) abgenommen wurden, ergaben einen Blutalkohol von 1,5 Promille. Bei der Untersuchung des Wagens am folgenden Tag wurden auf seinem Boden zwei leere Weinflaschen gefunden.

Die Beamten Gregg und Hardy führten ein kurzes Gespräch mit Miss Kingsley, kurz nachdem sie das Bewußtsein wiedererlangt hatte, sie war jedoch zu verwirrt, um ihnen irgendwelche Auskünfte geben zu können. Sie schien zu glauben, es wäre Samstag, der 4. Juni (d. h. neun Tage *vor* dem Unfall am 13. 6. 94), und sie hätte sich auf der Fahrt von London nach Hampshire befunden. Seit diesem Gespräch (vor fünf Tagen) ist sie unverändert verwirrt und nicht ansprechbar, und auf Empfehlung der Ärzte ist jeder Besuch untersagt. Es wurde eine posttraumatische Amnesie als Folge der Gehirnerschütterung diagnostiziert. Ihre Eltern berichten, daß sie die Woche vom 4. bis 10. Juni bei ihnen verbrachte (obwohl Miss Kingsley sich daran eindeutig nicht erinnert), ehe sie am Abend des 10. Juni, einem Freitag, im Anschluß an ein Telefongespräch nach Richmond zurückkehrte. Der Schilderung der Eltern zufolge war sie guter Stimmung und freute sich auf die bevorstehende Hochzeit am 2. Juli. Am Montag, dem 13. Juni, wurde sie zur Arbeit erwartet, aber sie erschien nicht. Sie hat ihr eigenes Fotoatelier in Pimlico, und ihre Angestellten erklärten, sie seien besorgt gewesen, als sie sich am Montag nicht gemeldet habe. Sie hinterließen an diesem Tag mehrere Nachrichten auf ihrem Anrufbeantworter, erhielten aber keinen Rückruf.

Vernehmungen der Nachbarn in Glenavon Gardens, Colonel und Mrs. Clancey, durch die Polizei von Richmond ergaben, daß Miss Kingsley am Sonntag, dem 12. Juni, einen Selbstmordversuch unternommen hatte. Colonel Clancey, dessen Garage an die von Miss Kingsley angrenzt, hörte bei geschlossenem Garagentor den Motor ihres Wagens laufen. Als er das Tor öffnete, um nach dem Rechten zu sehen, fand er die Garage voller Abgase vor und Miss

Kingsley halb eingeschlafen am Steuer ihres Wagens. Er brachte sie ins Freie und half ihr, wieder zu sich zu kommen. Er hat jedoch den Zwischenfall nicht gemeldet, weil Miss Kingsley ihn bat, es nicht zu tun. Er und seine Frau sind sehr erschüttert darüber, daß sie ›es ein zweitesmal versucht hat‹.

Sowohl Colonel und Mrs. Clancey als auch Mr. und Mrs. Adam Kingsley erwähnten einen Mr. Leo Wallader, der bis vor kurzem mit Miss Kingsley verlobt war. Es scheint, daß er am 10. Juni das Haus in Glenavon Gardens verließ, nachdem er Miss Kingsley eröffnet hatte, er könne sie nicht heiraten, da er vorhabe, an ihrer Stelle ihre beste Freundin, Meg Harris, zu heiraten. Mr. Wallader und Miss Harris stehen im Augenblick nicht zu einem Gespräch zur Verfügung. Sir Anthony Wallader (Vater von Leo Wallader) zufolge sind sie derzeit in Frankreich auf Reisen, beabsichtigen jedoch, irgendwann im Lauf des Juli zurückzukehren.

Angesichts der Tatsache, daß Miss Kingsleys Wagen eine MOT-Plakette jüngeren Datums trug, was einen technischen Defekt wohl ausschließt, und daß auf dem Flugfeld reichlich Platz war, um dem Betonpfosten auszuweichen, scheint klar zu sein, daß sie den Zusammenstoß bewußt herbeigeführt hat. Gregg und Hardy neigen daher, in Ermangelung einer anderen Erklärung von Miss Kingsley selbst, zu der Auffassung, daß sie, nach exzessivem Alkoholgenuß in ihrem Wagen einen zweiten Selbstmordversuch unternahm.

Mr. Adam Kingsley, ihr Vater, hat sich bereit

erklärt, die Kosten der Notfallbetreuung zu übernehmen. Miss Kingsley ist mittlerweile in die Nightingale-Klinik verlegt worden, wo sie bei Dr. Alan Protheroe in Behandlung ist. Mr. Kingsleys Rechtsanwalt drängt auf eine Entscheidung unsererseits, ob ein Verfahren gegen Miss Kingsley eingeleitet werden soll oder nicht. Angesichts der Bereitschaft ihres Vaters, die Kosten zu übernehmen, sowie ihres derzeitigen geistigen Zustands und der Tatsache, daß sie einen so abgelegenen Ort wählte, sollten wir meiner Meinung nach nichts unternehmen. Erbitte Weisung.

3

Mittwoch, 22.
Juni, Nightingale-Klinik, Salisbury, Wiltshire, 8 Uhr 30

Wie grau die Realität war. Selbst der Sonnenschein, der durch die Fenster strömte, war weniger leuchtend als in ihren Träumen. Vielleicht hatte es mit dem Verband über ihrem rechten Auge zu tun, aber sie glaubte es nicht. Das Bewußtsein selbst war bleiern und stumpf und so eingeengt, daß sie nichts fühlte als eine schreckliche Deprimiertheit. Der große bärenhafte Arzt kam ins Zimmer, als sie in ihrem Frühstück herumstocherte, erklärte ihr noch einmal, sie habe einen Autounfall erlitten, und sagte, die Polizei wünsche sie zu sprechen. Sie zuckte mit den Achseln. »Ich geh nicht weg.« Sie hätte hinzugefügt, daß sie Polizisten verachtete, wenn er lange genug geblieben wäre, um es sich anzuhören; aber er ging wieder, ehe sie den Gedanken in Worte fassen konnte.

Sie hatte keinerlei Erinnerung an die erste polizeiliche Vernehmung im Odstock-Krankenhaus und verneinte höflich, die beiden uniformierten Polizeibeamten, die zu ihr ins Zimmer traten, je gesehen zu haben. Sie erklärte, sie könne sich an den Unfall nicht erinnern, habe in der Tat überhaupt keine Erinnerung an die Geschehnisse, die sich zugetragen hatten, seit sie sich am Vortag von ihrem Verlobten verabschiedet und ihr Haus in London verlassen habe. Die Polizeibeamten sahen einander ähnlich, große, gleichmütige Männer mit rotblondem Haar und gesunder Gesichtsfarbe, die ihr Unbehagen über Jinx' Antworten zeigten, indem sie im Einklang ihre Mützen in den Händen drehten. Sie taufte sie Zwiddeldum und Zwiddeldei und kicherte in sich hinein, weil sie weit erheiternder waren als ihr schmerzender Kopf, das bandagierte Auge und die häßlich verfärbten Arme. Sie fragten sie, wohin sie denn habe fahren wollen, und sie antwortete, sie sei auf dem Weg zu einem Besuch bei ihren Eltern in Hellingdon Hall gewesen.

»Ich muß meiner Stiefmutter bei den Hochzeitsvorbereitungen helfen«, erklärte sie. »Ich heirate nämlich am zweiten Juli.« Sie hörte sich dies mit Genugtuung verkünden, während in ihrem Hirn eine zynische Stimme murmelte: *Keine zehn Pferde können Leo dazu bringen, eine Einäugige mit Glatze zu heiraten.*

Sie dankten ihr und gingen.

Zwei Stunden später eröffnete ihr ihre Stiefmutter in Tränen aufgelöst, daß die Hochzeit abgeblasen war, daß man Mittwoch, den 22. Juni, schrieb, Leo sie zwölf Tage zuvor Megs wegen verlassen hatte, und sie, wie es den Anschein hatte, vier Tage später ihren Wagen mit voller Absicht gegen einen Betonpfeiler gesetzt hatte, um sich das Leben zu nehmen.

Jinx starrte ihre häßlichen, verunstalteten Hände an. »Habe ich mich denn nicht erst gestern von Leo verabschiedet?«

»Du warst drei Tage lang bewußtlos und hinterher sehr verwirrt. Du warst bis Freitag im Krankenhaus Odstock. Ich habe dich besucht, aber du hast mich nicht erkannt. Ich war schon zweimal hier in der Klinik, da hast du mich zwar angesehen, aber du wolltest nicht mit mir reden. Heute erkennst du mich zum erstenmal. Daddy hat das alles furchtbar mitgenommen.« Ihr Mund zitterte beinahe mitleiderregend. »Wir hatten solche Angst, wir hätten dich verloren.«

»Ich war unterwegs zu euch. Deswegen bin ich doch hier. Du und ich, wir müssen alles für die Hochzeit vorbereiten.« *Wenn sie es nur langsam und deutlich genug sagte, mußte Betty ihr doch glauben. Aber nein, Betty war eine dumme Gans. War immer schon eine dumme Gans gewesen.* »In der Woche vom vierten Juni. So steht es seit Monaten in meinem Terminkalender ...«

Die Tränen, die Betty Kingsley über die vollen schlaffen Wangen strömten, zogen dünne rosafarbene Gräben in die zu dicke Puderschicht. »Du warst schon bei uns, Herzchen. Du warst vor drei Wochen da und hast die Woche mit Daddy und mir verbracht. Du hast alles erledigt, was zu tun war, dann bist du wieder gefahren. Und als du nach Hause gekommen bist, hast du Leo beim Packen vorgefunden. Weißt du das denn nicht mehr? Er ist zu Meg gezogen. Ach, Jinx, ich könnte ihn umbringen, wirklich!« Sie seufzte. »Ich habe dir ja immer gesagt, daß er kein anständiger Mensch ist, aber du wolltest nicht auf mich hören. Und dein Vater war so schlimm wie du. ›Er ist ein Wallader, Elizabeth ...‹« Sie babbelte weiter, und ihr üppiger Busen wogte vor Kummer unter einem Wollkleid, das viel zu eng war.

Die Vorstellung, daß nahezu drei Wochen vergangen sein sollten, ohne daß sie sich an einen einzigen Tag davon erinnern konnte, war Jinx so unbegreiflich, daß sie ihre Aufmerksamkeit ganz auf das richtete, was real war. Rote Nelken und weiße Lilien in einer Vase auf ihrem Nachttisch. Eine Fenstertür mit Blick auf eine gepflasterte Terrasse, dahinter ein gepflegter Garten. In der Ecke ein Fernsehapparat. Ledersessel zu beiden Seiten eines Couchtischs – Walnuß, stellte sie fest, und ein Frisiertisch, ebenfalls Walnuß. Links von ihr das Badezimmer. Rechts die Tür zum Korridor. *Wohin hatte Adam sie diesmal verfrachtet?* In einen sehr teuren Laden jedenfalls. Die Nightingale-Klinik, hatte die Schwester gesagt. In Salisbury. *Aber wieso Salisbury, wenn sie doch in London lebte?*

Bettys Gejammer brach in ihre Gedanken ein. »Wenn es dich nur nicht so schrecklich tief getroffen hätte, Herzchen. Du hast ja keine Ahnung, wie schwer Daddy das alles nimmt. Er betrachtet es als einen Affront, der sich gegen ihn richtet, weißt du? Er hätte nie geglaubt, daß jemand sein kleines Mädchen dazu bringen könnte, eine solche« – sie suchte nach einem Wort – »Dummheit zu machen.«

Kleines Mädchen? Was, in aller Welt, redete Betty da? Sie war nie Adams kleines Mädchen gewesen – seine gut funktionierende Marionette vielleicht – niemals sein kleines Mädchen. Sie war plötzlich sehr müde. »Ich verstehe das alles nicht.«

»Du hast dich betrunken und versucht, dir das Leben zu nehmen, mein armes Kleines. Dein Auto ist völlig demoliert.« Betty Kingsley kramte ein Zeitungsfoto aus ihrer Handtasche und legte es ihrer Stieftochter auf den Schoß. »So hat es nach dem Unfall ausgesehen. Es ist ein Wunder, daß du überlebt hast, wirklich.« Sie wies auf das Datum in der linken oberen Ecke des Ausschnitts. »Siehst du, der vierzehnte Juni, der Tag nach dem Unfall. Und heute« – sie schob Jinx eine zweite Zeitung hin – »da, siehst du, heute ist der zweiundzwanzigste, also eine ganze Woche später.«

Jinx betrachtete das Foto neugierig. Die zusammengeschobene, in sich verschlungene Masse verbogenen Metalls, von Scheinwerfern aus dem Hintergrund angestrahlt, wirkte so phantastisch wie ein surrealistisches Kunstwerk. Scharf umrissen hob sich das Wrack aus der Dunkelheit, und aus dem schrägen Winkel gesehen, in dem der Fotograf es aufgenommen hatte, glich es einem glänzenden Panzerhandschuh, der das senkrecht erhobene Schwert des Pfeilers umklammert hielt. Eine großartige Aufnahme, dachte sie und hätte gern gewußt, wer sie gemacht hatte.

»Das ist nicht mein Wagen.«

Ihre Stiefmutter nahm ihre Hand und streichelte sie sanft.

»Leo will dich nicht heiraten, Jinx. Daddy und ich mußten allen Leuten, die wir eingeladen hatten, schreiben, daß die Feier abgesagt ist. Leo will Meg heiraten.«

Sie sah, wie von Bettys gepudertem Gesicht eine Träne auf ihre Hand hinuntertropfte. »Meg?« fragte sie. »Du meinst, Meg *Har-*

ris?« *Weshalb sollte Leo Meg heiraten wollen? Meg war eine Hure. Du Hure – du Hure – DU HURE!* Ein Grauen – *was war es nur?* – packte sie, und sie drückte eine Hand auf ihren Mund, um die Galle, die in ihr aufstieg, hinunterzudrücken.

»Die hatte es doch immer schon darauf abgesehen zu kriegen, was sie konnte, und jetzt hat sie dir den Mann weggenommen. Du warst ihr gegenüber immer viel zu vertrauensselig, Kleines. Ich hab sie nie gemocht.«

Jinx richtete ihren verständnislosen Blick wieder auf ihre Stiefmutter. Das stimmte doch gar nicht. Betty war immer begeistert gewesen von Meg, hauptsächlich, weil Meg in ihrer Zuneigung so unkritisch war. Ihr war es gleich, ob Betty Kingsley betrunken oder nüchtern war. »Meg wenigstens findet, daß ich auch was Vernünftiges zu sagen habe«, lautete der aggressive Refrain Bettys, wenn sie betrunken war und von allen anderen ignoriert wurde. Ironischerweise konnte Meg ihre eigene puritanische Mutter nicht länger als zwei Stunden ertragen. »Wir beide sollten tauschen«, sagte sie oft zu Jinx. »Wenigstens spielt Betty nicht dauernd die Märtyrerin.«

»Wann ist denn das alles beschlossen worden?« fragte Jinx schließlich mit einer gewissen Anstrengung. »Nach dem Unfall?«

»Nein, Liebes. Vorher. Du bist letzten Freitag vor einer Woche nach London zurückgefahren, nachdem Leo dich am Nachmittag angerufen hatte. Dieser gemeine Mensch! Jeden Tag hat er angerufen und dir seine Liebe geschworen, und am Freitag abend hat er die Bombe dann platzen lassen. Und so wie ich ihn einschätze, hat er bestimmt nicht versucht, dabei rücksichtsvoll zu sein.« Sie drückte wieder ihr Taschentuch an die Augen. »Am Sonntag darauf hat Colonel Clancey von nebenan dich dann aus deiner Garage gerettet, ehe du dich mit Gas vergiften konntest. Aber er ist nicht mal auf die Idee gekommen, uns anzurufen und zu sagen, daß du Hilfe brauchst.« Sie schluckte krampfhaft. »Und du warst am Samstg, als du bei uns angerufen hast, um Daddy zu sagen, daß die Hochzeit nicht stattfindet, so ruhig, daß wir gar nicht auf den Gedanken gekommen sind, du könntest vielleicht eine Dummheit machen.«

Vielleicht hatte sie gelogen ... Sie log ständig ... Lügen lag ihr im Blut ... Jinx sah wieder auf den Zeitungsausschnitt hinunter und bemerkte inmitten der Trümmer auf der Fotografie die Buchstaben JIN des auf ihren Namen abgestimmten Nummernschilds, das ihr Vater ihr zu ihrem einundzwanzigsten Geburtstag geschenkt hatte. J. I. N. Kingsley. *Jane Imogen Nicola – die Namen ihrer Mutter – die verhaßtesten Namen der Welt.* Sie mußte es akzeptieren, daß dieses Foto das Wrack ihres Autos zeigte. *Du hast dich betrunken ... Colonel Clancey hat dich gerettet ...* »In meiner Garage ist kein Gas«, sagte Jinx, auf etwas zurückgreifend, das sie verstehen konnte. »Kein Mensch hat Gas in seiner Garage.«

Betty Kingsley schluchzte laut. »Du hattest dein Auto laufen, und das Garagentor war zu. Wenn der Colonel es nicht gehört hätte, wärst du am Sonntag gestorben.« Sie umfaßte wieder Jinx' Hand, mit ihren warmen dicken Fingern, auf der Suche nach eben dem Trost, den sie eigentlich spenden wollte. »Du hast ihm versprochen, du würdest so etwas nicht wieder tun, und jetzt tut es ihm leid, daß er damals niemandem Bescheid gesagt hat. Sei mir nicht böse, Jinx.« In Schmerzensbächen flossen die Tränen, und Jinx fragte sich skeptisch, wie echt sie waren. Betty hatte ihre Zuneigung immer ihren eigenen beiden Söhnen vorbehalten und nichts davon für das verschlossene kleine Mädchen übrig gehabt, das die Tochter von Adams erster Frau war. »Jemand mußte es dir sagen, und Dr. Protheroe meinte, das sollte ich tun. Daddy, der Arme, ist wie erschlagen. Du hast ihm das Herz gebrochen. Dauernd fragt er mich: ›Warum hat sie das nur getan, Elizabeth?‹«

Darauf hatte Jinx keine Antwort. *Denn sie wußte, daß Betty log. Kein Mensch, am wenigsten Leo, hätte sie je dazu bringen können, sich das Leben nehmen zu wollen.* Statt etwas zu sagen, dachte sie über die Merkwürdigkeiten des Lebens nach. Wie kam es, daß sie ihren Vater Adam nannte, während die Frau, die seit siebenundzwanzig Jahren mit ihm verheiratet war, ihn Daddy nannte? Aus irgendeinem Grund hatte sie das vorher nie bedeutsam gefunden. Sie blickte am Kopf ihrer Stiefmutter vorbei ihr Gesicht im Spiegel über dem Frisiertisch an und fragte sich plötzlich, warum sie bei so vielem so wenig empfand.

Ein junger Mann kam unaufgefordert in ihr Zimmer, ein großer, schlaksiger Junge mit schulterlangem, rötlichem Haar und einem pickeligen Gesicht. »Hallo«, sagte er, während er lässig zur Fenstertür ging. Er rüttelte ein paarmal an der Klinke, ehe er es aufgab und sich in einen der Sessel im Erker warf. »Hey, worauf stehst denn du?«

»Wieso?«

»Heroin, Crack, Koks, MDMA? Also?«

Sie starrte ihn verständnislos an. »Bin ich hier in einer Drogenklinik?«

Er runzelte die Stirn. »Weißt du das denn nicht?«

Sie schüttelte den Kopf.

»Du befindest dich in der Nightingale-Klinik, wo die Therapie pro Tag vierhundert Mäuse kostet und jeder mit klarem Kopf und den besten Vorsätzen entlassen wird.«

Ihre Wut war UNGEHEUER. Sie tobte in ihrem Kopf wie ein riesiger Raubvogel, der nur darauf wartete zuzuschlagen. »Und wer leitet den Laden?« fragte sie ruhig.

»Dr. Protheroe.«

»Ist das der mit dem Bart?«

»Genau.« Er stand abrupt auf. »Hast du Lust, ein bißchen zu laufen? Ich muß mich bewegen, sonst dreh ich durch.«

»Nein, danke.«

»Okay.« An der Tür blieb er noch einmal stehen. »Ich hab mal einen Fuchs in einer Falle gefunden. Der hatte solche Angst, daß er sich das eigene Bein abbeißen wollte, um wieder freizukommen. Seine Augen waren genau wie deine.«

»Hast du ihn gerettet?«

»Er hat mich nicht gelassen. Er hatte mehr Angst vor mir als vor der Falle.«

»Und was ist passiert?«

»Ich hab zugesehen, wie er gestorben ist.«

Einige Zeit später kam Dr. Protheroe wieder.

»Erinnern Sie sich, schon mit mir gesprochen zu haben?« fragte er sie, als er einen der Sessel heranzog und sich zu ihr setzte.

»Einmal, ja. Sie haben gesagt, ich hätte Glück gehabt.«

»Tatsächlich haben wir mehrmals miteinander gesprochen, Jinx. Sie sind seit einigen Tagen bei Bewußtsein, aber nicht gerade erpicht darauf, sich mitzuteilen.« Er lächelte aufmunternd. »Erinnern Sie sich beispielsweise, daß wir uns gestern unterhalten haben?«

Wie viele Gestern gab es, wenn sie hier lag und funktionierte, ohne sich bewußt zu sein, was sie tat? »Nein, das weiß ich nicht mehr. Tut mir leid. Sind Sie Psychiater?«

»Nein.«

»Was sind Sie dann?«

»Ich bin Arzt.«

Das wächserne Gesicht im Spiegel lächelte höflich. *Er log.* »Darf ich rauchen?« Er nickte, und sie pflückte eine Zigarette aus einer der Packungen, die Betty ihr mitgebracht hatte. Ungeschickt, weil es schwierig war, mit einem Auge richtig zu sehen, zündete sie sie an. »Kann ich Sie etwas fragen?«

»Aber natürlich.«

»Wäre es nicht ein Akt der Höflichkeit gewesen, mir vor dem Gespräch mit den Polizeibeamten zu sagen, daß der Unfall schon mehrere Tage zurückliegt?« Er hat eigentlich ein ganz angenehmes Gesicht, dachte sie, ein wenig müde, aber nicht glatt, sondern mit Zügen, die gelebtes Leben spiegeln. Das Sakko, das er anhatte, hatte bessere Tage gesehen, und an der geköperten Hose war dort, wo er mit dem Absatz hängengeblieben war, der Saum aufgegangen. Er war ein Mann, dessen Freundschaft sie unter anderen Umständen vielleicht gesucht hätte, da er auf Konventionen wenig zu geben schien. Aber sie hatte Angst vor ihm und suchte daher Zuflucht in Hochnäsigkeit.

Er balancierte seinen Füller zwischen seinen Zeigefingern. »Unter den gegebenen Umständen hielt ich es für besser, Sie Ihre eigene Wahrheit sagen zu lassen.«

»Und was sind das für Umstände?«

»Ihr Blutalkohol betrug zur Zeit des Unfalls beinahe das Doppelte des gesetzlich Zulässigen, Jinx. Die Polizei erwägt, deswegen ein Verfahren gegen Sie einzuleiten, aber ich denke, nach dem heutigen Gespräch werden sie den Gedanken fallenlassen. Sie neigen den Diagnosen der Ärzte gegenüber zur Skepsis; den Patienten gegenüber sind sie im allgemeinen weniger mißtrauisch. Ich hatte mir gedacht, es könnte nicht schaden, bei den Constables Gregg und Hardy ein wenig Anteilnahme zu wecken.«

Sie sah, wie ihr Spiegelbild ihn anlächelte. »Das war nett von Ihnen.« *Sie war in ihrem ganzen Leben nie betrunken gewesen. Zu oft hatte sie Betty im Haus herumtorkeln sehen, um in Versuchung zu kommen, es ihr nachzumachen.* »Würden Sie mir bitte den Aschenbecher geben?« *»Du hast dich betrunken und versucht, dir das Leben zu nehmen ...«* »Danke.« Sie stellte ihn vor sich auf das Bett. »Was ist eigentlich genau mit mir passiert, Dr. Protheroe?«

Die großen Hände zwischen den Knien lose aneinandergelegt

beugte er sich vor. »Um es ganz kurz zu machen – Sie sind aus einem Auto gestiegen, das ungefähr vierzig Meilen pro Stunde fuhr. Dabei haben Sie einen K.-o.-Schlag abbekommen, der einen Ochsen gefällt hätte, und sind dann vom Schwung weitergeschleudert worden, was zu Verletzungen oben am Kopf, an den Augen und Armen führte. Das erste Wunder ist, daß Sie überhaupt noch unter uns weilen; das zweite, daß Sie sich nichts gebrochen haben; und das dritte, daß Sie binnen kurzem wieder wie neu sein werden. Wenn erst wieder Haar über die Stellen an ihrem Kopf gewachsen ist, an denen Sie genäht werden mußten, wird kein Mensch mehr merken, daß Sie je einen Unfall hatten. Der Preis allerdings, den Sie zahlen mußten, ist eine Gehirnerschütterung, zu deren Symptomen die posttraumatische Amnesie gehört. Sie sind seit fünf Tagen bei Bewußtsein, aber sehr verwirrt, und diese Verwirrtheit wird vielleicht noch eine ganze Weile mit wechselnder Stärke anhalten. Stellen Sie sich Ihr Gehirn als Computer vor. Jede Erinnerung, die sicher gespeichert ist, wird sich höchstwahrscheinlich wieder einstellen, aber solche Erinnerungen, die Sie in Ihrer Verwirrung nicht ordnungsgemäß speichern konnten, werden vielleicht nie wiederkehren. So ist es beispielsweise unwahrscheinlich, daß Sie sich an Ihre Überführung vom Krankenhaus Odstock hierher erinnern werden, obwohl Sie zu der Zeit bei Bewußtsein waren. Das gleiche gilt für Ihr erstes Gespräch mit der Polizei.«

Sie blickte an ihm vorbei in den Park hinaus, der durch das Fenster zu sehen war. »Und ist prätraumatische Amnesie genauso normal?« fragte sie. »Ich kann mich weder an den Unfall erinnern noch an irgend etwas, das sich unmittelbar vorher abgespielt hat.«

»Lassen Sie sich nicht von dem Wörtchen ›post‹ irreführen, Jinx. Das bezieht sich lediglich auf eine Amnesie nach dem Trauma. Aber wenn Sie von Ihrer Unfähigkeit sprechen, sich an Dinge zu erinnern, die sich vor dem Unfall ereignet haben, so wird das im allgemeinen als retrograde Amnesie bezeichnet. Sie kommt relativ häufig vor und scheint vom Schweregrad der Kopfverletzung abzuhängen. Wir sprechen von Gedächtnisverlust«, fuhr er fort, »aber richtiger sollten wir von *vorübergehendem* Verlust sprechen. Stück für Stück werden Sie sich der Ereignisse vor dem Unfall wieder erinnern, wenn Sie vielleicht auch eine Weile brauchen werden, um die Zusammenhänge herzustellen, da Ihnen die Geschehnisse möglicherweise nicht in chronologischer Reihenfolge einfallen werden. Es kann auch sein, obwohl das weniger wahrscheinlich ist, daß Sie sich an Dinge erinnern, die nie wirklich geschehen sind; wenn nämlich Ihr Gedächtnis Zukunftspläne gespeichert hat, die es Ihnen jetzt als reale Geschehnisse wiedergibt. Das Beste ist, sich möglichst nicht den Kopf darüber zu zerbrechen. Ihr Gehirn hat genau wie der Rest Ihres Körpers Schaden erlitten und braucht Zeit, um sich zu heilen. Mehr ist eine Amnesie nicht.«

»Ich verstehe. Heißt das, daß ich schon bald wieder nach Hause kann?«

»Zu Ihren Eltern?« fragte er.

»Nein. Nach London.«

»Gibt es dort jemanden, der sich um Sie kümmern kann?«

Beinahe hätte sie Leo gesagt. Dann fiel ihr ein, daß es den, wie Betty ihr erklärt hatte, eben nicht mehr gab. *Na, hör mal,* spottete die lästige Stimme des Zynismus, *glaubst du im Ernst, daß ausgerechnet Leo sich um dich kümmern würde? Ha! Ha! Ha!* Sie sagte also gar nichts und starrte nur schweigend zum Fenster hinaus. Es ärgerte sie, daß dieser Mann sie einfach Jinx nannte, als wären sie gute alte Bekannte, obwohl ihre ganze Bekanntschaft mit ihm sich auf ein unverbindliches Gespräch beschränkte, bei dem es um einen Zustand ging, der sie bis ins Innerste erschütterte. Und sie ärgerte sich über seine selbstverständliche Annahme, daß sie gern mit ihm dieses Gespräch führte; dabei war das einzige, was sie empfand, brodelnder Zorn.

»Ihrem Vater liegt sehr daran, daß Sie hierbleiben, wo Sie seiner Überzeugung nach die richtige Betreuung haben. Aber Sie sind selbstverständlich frei zu entscheiden, und wenn Sie glauben, daß Sie sich in London wohler fühlen werden, steht Ihrer Entlassung im Prinzip nichts entgegen. Nur eines muß Ihnen klar sein, Sie brauchen weiterhin Betreuung. Vorläufig jedenfalls.«

Ihr Spiegelbild betrachtete ihn forschend. »Bezahlt Adam das alles?«

Er nickte. »Wir sind eine Privatklinik.«

»Aber kein Krankenhaus?«

»Nein. Wir sind auf Suchttherapie spezialisiert«, erklärte er ihr. »Aber wir nehmen auch Rekonvaleszenten zur Betreuung auf.«

»Ich bin nicht süchtig.« *»Du hast dich betrunken ...«*

»Das behauptet auch niemand.«

Sie zog an ihrer Zigarette. »Warum bezahlt mein Vater dann vierhundert Pfund pro Tag für meinen Aufenthalt hier?« fragte sie ruhig. »In einer staatlichen Rehaklinik hätte ich mich für einen Bruchteil dieses Betrags erholen können.«

Er betrachtete sie nachdenklich. Sie saß wie ein würdevoller einäugiger Buddha auf ihrem Bett. »Woher wissen Sie, daß es hier vierhundert Pfund pro Tag kostet?«

»Das hat meine Stiefmutter mir gesagt«, log sie. »Ich kenne meinen Vater sehr gut, Dr. Protheroe, darum war es das erste, wonach ich sie gefragt habe.«

»Ja, er hat mich schon davor gewarnt, daß Sie alles hinterfragen.«

Das Spiegelbild lächelte ihn an. »Ich lasse mich nun mal nicht gern belügen«, murmelte sie. »Meine Stiefmutter hat mir erzählt, daß ich versucht habe, mir das Leben zu nehmen.« Sie wartete auf eine Reaktion, aber es erfolgte keine. »Ich glaube das nicht«, fuhr sie in sachlichem Ton fort, »aber ich glaube sehr wohl, daß Adam einen Psychiater bezahlen würde, um mir den Kopf zurechtzurükken, wenn *er* es glaubte. Also, was für eine Art von Therapie bezahlt er für mich?«

»Niemand belügt Sie, Jinx. Ihrem Vater lag sehr daran, Sie in einer Umgebung zu wissen, wo Sie sich in Ihrem eigenen Tempo und auf Ihre eigene Weise erholen können. Selbstverständlich haben wir Psychiater hier und bieten den Patienten, die das wünschen, Psychotherapie an, aber ich bin genau das, was ich gesagt habe, ein schlichter Arzt. Meine Rolle ist großenteils administrativer Natur, aber ich kümmere mich auch um unsere Rekonvaleszenten. Es gibt keine finsteren Geheimnisse hinter Ihrem Aufenthalt in unserer Klinik.«

War das wahr? Sie glaubte es nicht. Selbst die Frau im Spiegel hatte Schwierigkeiten, das zu schlucken. »Hat Adam Ihnen gesagt, daß ich Psychiatern und der Psychiatrie ausgesprochen ablehnend gegenüberstehe?«

»Ja.«

»Wieso glaubt er, daß ich versucht habe, mich umzubringen?«

»Weil die Polizei zu dieser Schlußfolgerung gekommen ist, nachdem sie die Umstände Ihres Unfalls untersucht hatte.«

»Sie täuschen sich«, sagte sie scharf. »Ich würde mir niemals das Leben nehmen.«

»Okay«, sagte Protheroe besänftigend. »Ich streite ja gar nicht mit Ihnen.«

Sie schloß ihr Auge. »Weshalb sollte ich plötzlich auf die Idee kommen, mir das Leben zu nehmen, wenn mir das nie zuvor in den Sinn gekommen ist?« In ihren Ohren rauschte der Zorn.

Er antwortete nicht.

»Bitte«, sagte sie schroff. »Ich möchte wissen, was man über mich sagt.«

»Also gut, wenn man zugesteht, daß eine Reihe direkter Indizien für die Richtigkeit der Selbstmordtheorie spricht, dann könnte die Erklärung doch sein, daß Sie mit dem Verrat Ihres

Verlobten nicht fertig wurden. Das letzte, woran Sie sich konkret erinnern, ist, daß Sie sich von Leo Wallader verabschiedeten, als Sie vor zweieinhalb Wochen aus London wegfuhren, um Ihre Eltern in Hellingdon Hall zu besuchen. Dies haben Sie, auch wenn Sie sich wahrscheinlich nicht mehr daran erinnern, sowohl der Polizei als auch meinen Kollegen im Odstock-Krankenhaus mehrmals erzählt, und die haben daraus geschlossen – irrtümlicherweise vielleicht –, daß es für Sie lebenswichtig ist, sich eine glückliche Erinnerung zu bewahren und damit die Erinnerung an den Abend eine Woche später zu überdecken, als Ihr Verlobter Ihnen sagte, daß er Sie Ihrer Freundin Meg Harris wegen verlassen würde.«

Sie dachte lange schweigend über seine Worte nach. »Das würde dann heißen, daß die Amnesie bei mir nicht rein organischer Natur ist, sondern Verdrängung mitspielt. Weil ich den Gedanken, daß Leo mich zurückgewiesen hat, nicht ertragen kann, habe ich seine Schäbigkeit aus meinem Bewußtsein gelöscht und ebenso meine eigene Schwäche, die mir ein Leben ohne ihn sinnlos erscheinen ließ.«

Ihre Wortwahl war faszinierend. »Das ist im wesentlichen das, was man Ihrem Vater gesagt hat.«

»Ja, aber« – er sah die Tränen in ihren Augen – »wenn mich Leos Entschluß, mich zu verlassen, vor zwei Wochen so fertiggemacht hat, daß ich das alles aus meinem Gedächtnis löschen mußte, warum bin ich dann jetzt, wo es mir wieder zu Bewußtsein gebracht wird, nicht genauso niedergeschmettert?«

»Das weiß ich nicht. Es ist jedenfalls interessant, nicht wahr? Wie würden Sie es denn erklären?«

Sie wandte ihren Blick ab. »Ich hatte Riesenprobleme, mich überhaupt auf die Vorstellung einer Heirat einzulassen. Das einzige, was ich jetzt empfinde, ist Erleichterung darüber, daß ich entkommen bin. Ich würde sagen, daß ich auch beim erstenmal nicht niedergeschmettert war.«

Er nickte. »Ja, das kann ich akzeptieren. Also sprechen wir darüber. Wessen Idee war die Hochzeit denn?«

»Die Hochzeit war die Idee meines Vaters, aber wenn Sie danach fragen, wer auf den Gedanken gekommen ist zu heiraten, dann ich nur sagen, Leo. Er hat mich vor ungefähr zwei Monaten aus heiterem Himmel damit überrascht, und ich habe ja gesagt, weil ich damals glaubte, ich wollte es wirklich.«

»Aber dann haben Sie es sich anders überlegt.«

»Ja.«

»Haben Sie mit jemandem darüber gesprochen?«

»Ich glaube nicht.« Sie spürte seine Skepsis so stark, als hätte er sie damit berührt. *Mein Gott, war das eine idiotische Situation!* »Aber ich bin sicher, daß Leo es gewußt hat«, fügte sie rasch hinzu. »Behauptet er denn, ich wäre unglücklich gewesen, weil er mich verlassen wollte?«

Dr. Protheroe schüttelte den Kopf. »Ich weiß es nicht.«

Sie sah zum Telefon, das auf ihrem Nachttisch stand. »Ich weiß Megs Privatnummer auswendig. Wir könnten ihn anrufen und fragen.« *Aber wollte sie das überhaupt? Würde Leo jemals zugeben, daß sie diejenige war, die nicht heiraten wollte?*

»Im Augenblick ist er nicht zu erreichen. Die Polizei hat es schon versucht. Er ist für einige Wochen im Ausland.«

Nicht zu erreichen. Das wußte sie schon. *Woher?* Sie leckte sich nervös die Lippen. »Und Meg?«

»Sie ist mit ihm gefahren. Man hat mir gesagt, daß sie in Frankreich sind.« Er beobachtete das unruhige Zucken ihrer Hände in ihrem Schoß und fragte sich, welche komplizierten Emotionen die beiden anderen dazu getrieben hatten, Jane Kingsley zu verraten. »Sie wollten mir sagen, warum Sie es sich anders überlegt hatten«, sagte er. »Wie ist es dazu gekommen? War es eine plötzliche Entscheidung oder etwas, das sich langsam entwikkelt hat?«

Sie versuchte angestrengt, sich zu erinnern. »Mir wurde plötzlich klar, daß er mich nur deshalb heiraten wollte, weil ich Adam Kingsleys Tochter bin, und Adam ist nicht arm.« *Aber war das richtig? War es nicht Russell gewesen, der sie ihres Geldes wegen hatte heiraten wollen?* Sie schwieg und dachte über ihre Worte nach. »›Wer andern eine Grube gräbt, fällt selbst hinein‹«, murmelte sie.

»Warum sagen Sie das?«

»Weil Sie mich jetzt fragen werden, ob Meg Harris' Eltern wohlhabende Leute sind.«

Er sagte nichts.

»Das sind sie nicht. Ihr Vater verdient als Landpfarrer einen Hungerlohn.« Sie drückte ihre Zigarette im Aschenbecher aus und verzog ihren Mund zu einem Lächeln. »Vermutlich hat also Leo endlich die wahre Liebe entdeckt.«

»Sind Sie Meg böse? Ihre Stiefmutter hat mir erzählt, daß Sie sie schon sehr lange kennen.«

»Wir waren zusammen in Oxford.« Sie blickte auf. »Nein, ich bin ihr nicht böse, aber das kommt wahrscheinlich nur daher, daß es mir im Augenblick ziemlich schwerfällt, das alles zu glauben. Bis jetzt habe ich ja nur Bettys Wort dafür.«

»Glauben Sie ihr denn nicht?«

»Nicht oft, aber das ist bestimmt kein Hinweis auf einen Elektrakomplex. Sie ist die einzige Mutter, die ich kenne, und ich habe sie sehr gern.«

Er zog amüsiert eine Augenbraue hoch. »Was haben Sie in Oxford studiert? Altphilologie?«

Sie nickte. »Und es war die reine Zeitverschwendung für jemanden wie mich, der sich immer nur für Fotografie interessiert hat. Ich kann Kreuzworträtsel lösen und Ihnen sagen, welche Wurzeln einzelne Wörter haben, aber abgesehen davon war mein Studium rausgeworfenes Geld.«

»Was soll das?« Er kratzte sich nachdenklich am Bart. »Ist das ein Abwehrmechanismus, damit man Sie nur ja nicht für privilegiert hält?«

»Nur Gewohnheit«, erwiderte sie wegwerfend. »Mein Vater ist von meiner Bildung um einiges tiefer beeindruckt als jeder andere.«

»Aha, ich verstehe.«

Sie bezweifelte das sehr. Adams Stolz auf seine einzige Tochter grenzte an Besessenheit, das war der Grund dafür, daß die Bewohner von Hellingdon Hall so wenig liebevoll miteinander umgingen. Was weiß dieser Arzt überhaupt? fragte sie sich. Hatte er Adam einmal kennengelernt? Hatte er eine Ahnung von der Tyrannei, unter der sie alle lebten?

»Wissen Sie, was«, sagte sie unvermittelt, »ich kann Ihnen das alles viel leichter machen. Ich meine, ich kenne die Fragen auswendig. Wie alt waren Sie, als Ihre Mutter starb? Zwei. Wie alt waren Sie, als Adam wieder heiratete? Sieben. Hatte Ihre Stiefmutter eine Abneigung gegen Sie? Ich weiß es nicht, ich war zu jung, um es zu merken. Hatten Sie eine Abneigung gegen Ihre Stiefmutter? Keine Ahnung, ich war zu jung, um zu wissen, was Abneigung überhaupt ist. Haben Sie Geschwister? Zwei Halbbrüder, Miles und Fergus. Haben Sie eine Abneigung gegen die beiden? Nein. Haben Ihre Halbbrüder eine Abneigung gegen Sie? Nein. Wie alt sind sie? Sechsundzwanzig und vierundzwanzig. Sind sie verheiratet? Nein, sie leben noch zu Hause. Lieben Sie Ihren Vater? Ja. Liebt er Sie? Ja.«

Protheroes Lachen, so voll und herzlich, daß es ihr ein widerwilliges Lächeln entlockte, dröhnte durch das Zimmer. »Du lieber Gott«, sagte er, »und was bieten Sie als Zugabe? Daß Sie Psychiatern die Köpfe abbeißen? Ich bin hergekommmen, um von Ihnen zu hören, ob Sie sich wohl fühlen, Jinx. Ich möchte nämlich gern, daß Ihr Aufenthalt hier so angenehm wie möglich ist.«

Sie zündete sich eine frische Zigarette an. *Er wußte gar nichts.* »Keine Sorge. Adam würde nicht vierhundert Pfund pro Tag bezahlen, wenn er Sie und Ihre Klinik nicht vorher gründlich überprüft hätte.«

»Hier haben Sie das Sagen, nicht Ihr Vater.«

Sie warf ihm einen flüchtigen Blick zu. »Darauf würde ich mich an Ihrer Stelle nicht verlassen«, entgegnete sie ruhig. »Adam hat seine Millionen nicht gemacht, indem er untätig zugesehen hat, während andere kommandiert haben. Er ist ausgesprochen manipulativ.«

Protheroe zuckte mit den Achseln. »Ihm scheint auf jeden Fall vor allen Dingen Ihr Wohlergehen am Herzen zu liegen.«

Sie blies einen Rauchring in die Luft. »Zeigen Sie mir sein Herz, Dr. Protheroe, dann glaube ich Ihnen vielleicht.«

4

Mittwoch, 22. Juni,
53 Lansing Road, Salisbury – 20 Uhr 05

Der junge Mann hatte es nicht eilig aufzustehen. Satt und zufrieden blieb er mit entspannten Gliedern auf dem zerwühlten Laken liegen und beobachtete die Frau, die vor dem Spiegel ihre Bluse zuknöpfte. Sie ließ ihn keinen Moment aus den Augen. Trotz seines vornehmen Getues und seines großzügigen Gebrauchs von »Bitte« und »Danke« wußte sie genau, womit sie es hier zu tun hatte, und es machte ihr eine Heidenangst. Sie hatte so ziemlich jede Sorte Mann erlebt, die es gab – zumindest glaubte sie das –, aber dieser hier war eine Klasse für sich. Dieser hier war verrückt.

»Du mußt jetzt gehen«, sagte sie, bemüht, ihre Nervosität zu verbergen. »Ich habe gleich den nächsten Kunden.«

»Na und? Sag ihm, er soll wieder gehen. Ich zahl dir das Doppelte.«

»Das kann ich nicht, Liebling. Das ist ein Stammkunde.«

»Du lügst«, sagte er träge.

»Nein, Liebling, ehrlich nicht.« Sie zwang ein Lächeln auf ihre wunden Lippen. »Schau mal, mir hat's echt Spaß gemacht. Mit 'nem Freier ist mir's schon seit Jahren nicht mehr gekommen. Kaum zu glauben, was? Eine alte Professionelle wie ich, und da braucht's einen Mann wie dich, damit sich was tut.« Sie näherte ihr mit Rouge gefärbtes Gesicht dem Spiegel, um sich die Lidstriche nachzuziehen, und beobachtete ihn dabei unablässig. »Aber das Leben ist hart, und ich brauch mein regelmäßiges Einkommen wie jeder andere. Wenn ich dem jetzt sag, er soll abhauen, kommt er mir nicht wieder.« Sie kicherte. »In jedem Sinn des Worts. Du verstehst, was ich mein? Also, tu mir 'nen Gefallen, Liebling, und laß mir jetzt die Zeit für meinen Stammkunden. Er kann dir nicht das Wasser reichen, ich schwör's, aber er zahlt wöchentlich, und er zahlt gut. Okay?«

»Bist du bei mir wirklich gekommen?«

»So wahr ich hier stehe, Liebling.«

»Du fette alte Schlampe«, sagte er. Mit erschreckender Geschwindigkeit sprang er vom Bett auf und legte ihr den Arm um den Hals. »Bei dir würde doch höchstens eine gottverdammte Dampfwalze einen Eindruck hinterlassen.« Er drückte ihr den Hals langsam zu. »Schlampen, die mich anlügen, kann ich nicht ausstehen. Los, gib zu, daß du eine verlogene Hure bist.«

Aber sie war lange genug im Geschäft, um zu wissen, daß man Psychopathen niemals die Wahrheit sagte. Statt dessen griff sie ihm zwischen die Beine, um ihn von neuem in Erregung zu versetzen. Sie wußte genau, wenn sie aus dieser Sache lebend herauskam, würde sie sich glücklich preisen können. Bisher hatte er seine einzige Lust darin gefunden, sie ins Gesicht zu schlagen, während er zum Höhepunkt kam, und sie wußte, daß er das wieder tun würde.

Als er ihr mit der Hand in die Haare griff und sie nach rückwärts aufs Bett riß, hatte sie noch Zeit, sich die schreckliche Ironie dieser Begegnung vor Augen zu führen. Sie war so sehr daran gewöhnt, immer nur alten Männern mit Potenzschwierigkeiten ihre Dienste zur Verfügung zu stellen, daß sie ihr Glück kaum hatte fassen können, als nach dem Anruf dieser Adonis vor ihrer Tür gestanden hatte. Gott, was bin ich für ein dummes Luder, dachte sie.

Nightingale-Klinik, Salisbury – 20 Uhr 20

Das Telefon auf Jinx' Nachttisch läutete, ein nervenaufreibendes Geräusch, dieser beharrlich fordernde Ruf aus einer Außenwelt, der zu begegnen sie sich noch nicht bereit fühlte. Sie war versucht, es einfach läuten zu lassen, bis ihr einfiel, daß es ein interner Anruf sein könnte. *Wenn du dich nicht meldest,* sagte die Stimme der Paranoia in ihrem Kopf, *bekommst du irgendwo in einem Buch einen schwarzen Strich, und man wird dein geistiges Gleichgewicht in Zweifel ziehen.* Sie hob den Hörer ab und drückte ihn an ihr Ohr. »Jinx Kingsley«, sagte sie zurückhaltend.

»Gott sei Dank!« Es war eine Männerstimme. »War nicht leicht, dich ausfindig zu machen. Ich bin's, Josh Hennessey. Am Ende hab ich's doch noch geschafft, deine Stiefmutter zu erreichen, die mir diese Nummer gegeben hat. Sie hat mir gesagt, daß du ansprechbar bist, aber einige Gedächtnislücken hast.«

»Josh Hennessey?« fragte sie überrascht. »Wie in Harris und Hennessey? Du klingst so nah. Wo bist du?«

Er lachte. »Genau der, richtig, nur ist es im Moment mehr Hennessey als Harris. Sie ist nach Frankreich abgehauen und hat mich mit der ganzen Arbeit sitzengelassen. Ich bin in einer Telefonzelle am Piccadilly.« Er machte eine kurze Pause, und sie hörte im Hintergrund Verkehrsgeräusche. »Ich muß sagen, ich bin verdammt froh, daß die Gedächtnislücken nicht deine Freunde einschließen. Einige von uns hat das alles ganz schön mitgenommen.« Wieder legte er eine Pause ein. »Wir waren wirklich entsetzt, als wir von deinem Unfall hörten, Jinx, aber deine Stiefmutter sagt, daß du gute Fortschritte machst.«

Sie lächelte schwach. Typisch Josh, dachte sie. Immer wir, niemals ich. »Na, ich weiß nicht, ob ich da mit ihr einer Meinung bin. Ich fühle mich wie aus der Mülltonne gezogen. Ich nehme an, du weißt das von Leo und Meg?«

Er sagte nichts.

»Es ist schon in Ordnung, du brauchst mich nicht zu schonen. Ehrlich gesagt, bin ich froh, daß Leo ein gutes Zuhause gefunden hat.« *Sagte sie die Wahrheit?* »Sie passen gut zueinander.«

»Tja, falls es dir ein Trost ist, ich kann mir nicht vorstellen, daß das lange hält. Du kennst doch Meg und ihre Neigung zu Strohfeuern. Sie hat bestimmt irgendeinen Franzosen im Schlepptau, wenn sie wieder zurückkommt, und der arme alte Leo liegt bei den anderen auf dem Schrotthaufen. Sie ist ein falsches Luder, Jinx. Das hab ich immer gesagt.«

Lügner, dachte sie. Du betest sie an. »Sie hat sich doch nicht verändert, nur weil Leo sie mir vorzieht«, entgegnete sie. »Ich nehme ihr nichts übel, warum solltest du es also tun?«

Er räusperte sich. »Wie geht es dir eigentlich jetzt nach dem – na ja, du weißt schon?«

»Du meinst, nach meinem Selbstmordversuch? Ich kann mich nicht daran erinnern, also geht's mir gut.«

Darauf folgte ein kurzes Schweigen.

»Das freut mich. Ja, also hör mal, der Grund, warum ich anrufe – seit acht Tagen versuche ich unaufhörlich, Meg zu erreichen, und kriege immer nur ihren blöden Anrufbeantworter. Sie hat mir hoch und heilig versprochen, sie würde die Maschine jeden Tag abhören, aber falls sie das tut, hat sie jedenfalls bis jetzt auf keine meiner Nachrichten reagiert, und ich dreh hier langsam durch mit der ganzen Arbeit. Ich hab schon ihren Bruder und ein paar andere von ihren Freunden angerufen, um zu hören, ob die wissen, wo sie und Leo zu erreichen sind, aber die tappen genauso im dunkeln wie ich. Du bist meine letzte Hoffnung, Jinx. Hast du irgendeine Ahnung, wie ich sie erreichen kann? Glaub mir, ich würde nicht fragen, wenn ich nicht so verzweifelt wäre. Ich habe einen verdammten Vertrag hier, auf den ihre Unterschrift gehört und den ich sofort durchfaxen muß.« Er knurrte ärgerlich. »Ich kann dir sagen, so wie ich mich im Moment fühle, würd ich ihr am liebsten den Hals umdrehen. Und Leo ebenfalls.«

Jinx drückte ihre Finger auf die Ader über ihrem Auge, in der es hämmerte und brauste wie in einem angeschwollenen Fluß. Ein trübes, verschwommenes Bild war vor ihr aufgestiegen, während er sprach, ein dunkles Negativ, das ihr nichts sagte, nur ein Gefühl starker Frustration in ihr auslöste. Sie versuchte, es festzuhalten, doch wie ein Ertrinkender entglitt es ihr und ließ sie betrogen zurück.

»Nun, wenn sie in Frankreich sind«, sagte sie langsam, »dann sind sie wahrscheinlich in die Bretagne gefahren, dort hat Leo ein Haus, aber ich kann mich leider nicht an die Telefonnummer erinnern, Josh, und ich bezweifle, daß er ein Fax hat.«

»Das spielt keine Rolle. Weißt du die Adresse?«

Sie dachte nach. »Ich glaube, ja. Les Hirondelles, rue St-Jacques, Trinité-sur-mer.«

»Du bist ein Schatz, Jinx. Erinner mich dran, daß ich dich gelegentlich mal zum Essen ausführe.«

Sie lachte unsicher. »Abgemacht«, erwiderte sie. »Immer vorausgesetzt, ich kann mich daran erinnern, dich zu erinnern.« Sie schwieg einen Moment. »Wolltest du wirklich Megs Adresse?«

Er wich einer Antwort aus. »Ich könnte dich ja am Wochenende mal besuchen«, schlug er vor. »Oder hältst du Winterschlaf?«

»So ungefähr«, antwortete sie, nicht sicher, ob sie überhaupt jemanden sehen wollte. »Ich vegetiere.«

»Heißt das ja oder nein?«

Schmerzhaft pochte das Blut in der Ader über ihrem Auge. »Ja. Ich würde mich schrecklich freuen, dich zu sehen«, log sie.

Fünfzehn Minuten lang lähmte Paranoia Jinx' Hand. Zehnmal hatte sie nach dem Telefon auf dem Nachttisch gegriffen, und zehnmal hatte sie ihre Hand wieder zurückgezogen. Mit ihrem

Gedächtnis hatte auch ihr Mut sie verlassen. Sie hatte Angst vor Lauschern. Sie wußte, alles, was sie sagen würde, würde verrückt klingen. Um halb neun, als über den Bildschirm des Fernsehapparats in der Ecke der Vorspann eines Films lief, stellte sie den Ton leiser, griff mit plötzlicher Entschlossenheit zum Telefon und wählte eine Nummer.

»Hallo?« Man hörte der energischen Stimme nicht an, daß Colonel Clancey dreiundachtzig Jahre alt war.

»Colonel Clancey?«

»Ja.«

»Hier spricht Jinx Kingsley. Entschuldigen Sie, daß ich Sie störe, aber haben Sie einen Moment Zeit für mich?«

»Aber selbstverständlich, mein liebes Kind. Wie geht es Ihnen?«

»Gut, danke. Und Ihnen?«

»Gar nicht gut«, blaffte er. »Wir machen uns die größten Vorwürfe. Ich fühle mich verantwortlich, Jinx. Und Daphne geht es genauso. Wir hätten mehr tun müssen. Bleiben Sie einen Moment dran, ich will nur die Tür zumachen. Der verdammte Fernseher läuft wieder mal auf vollen Touren. Es gibt natürlich nur den üblichen Mist, aber Daphne gefällt es.« Sie hörte das Scheppern des Hörers, als er ihn auf den Tisch im Vorsaal legte; dann wurde eine Tür zugeschlagen, und in der Ferne hörte sie Goebbels kläffen, den wohlerzogenen Yorkshireterrier der Clanceys. »Sind Sie noch da?« fragte er einen Augenblick später.

Tränen der Rührung brannten in ihren Augen. Er gab sich immer so, als sei er weit grimmiger als sein komischer kleiner Hund, und für sie war er immer Colonel Goebbels, und der Hund war Clancey. »Ja. Es tut gut, Sie zu hören.« Sie schwieg einen Moment, weil sie nicht recht wußte, was sie sagen sollte. »Wie geht's Goebbels?« Warum hatten sie ihrem Hund diesen Namen gegeben? *War das etwas, was sie gewußt und vergessen hatte, oder war es etwas, das sie einfach akzeptiert hatte, wie sie all ihre anderen exzentrischen kleinen Eigenheiten akzeptiert hatte?*

»Voller Flöhe, wie immer. Daphne hat ihn gebadet, und jetzt sieht er aus wie ein Mohairpullover. Ein albernes Geschöpf.«

Sie fragte sich, ob er von dem Hund oder von seiner Frau sprach. Ihr fiel ein, daß die Clanceys einen Schlüssel zu ihrem Haus hatten und so sagte sie, um auf neutralem Boden zu bleiben: »Ich mache mir Sorgen um meine Pflanzen. Wäre es Ihnen oder Ihrer Frau sehr lästig, sie ab und zu für mich zu gießen?«

»Wir schauen jeden Tag mal bei Ihnen rein, Jinx. Wir dachten uns, daß Ihnen das recht wäre. Den Pflanzen geht's gut, wir haben ein bißchen saubergemacht. Es ist alles bereit. Sie brauchen nur noch gesund zu werden und nach Hause zu kommen.«

»Das ist wirklich lieb von Ihnen. Vielen Dank.«

»Das mindeste, was wir tun konnten.«

Es folgte eine etwas peinliche Pause, während sie krampfhaft überlegte, was sie weiter sagen sollte. »Ich würde Ihnen gern meine Telefonnummer geben. Ich bin in der Nightingale-Klinik in Salisbury.« Mit zusammengekniffenem Auge fixierte sie die Wählscheibe. »Die Vorwahl weiß ich nicht, aber die Nummer ist zwei-zwei-eins-vier-zwei-null. Nur für den Fall, daß etwas Unvorhergesehenes passieren sollte.«

»Ich hab sie mir aufgeschrieben«, sagte er. »Und Sie sagen also, es geht Ihnen gut? Freut mich, das zu hören. Sie werden also gut versorgt?«

»Ja.«

»Na, Sie klingen auch recht munter.«

Eine weitere peinliche Pause. Dann begannen sie zu gleicher Zeit zu sprechen.

»Ja, dann will ich mal...«

»Colonel...«

»Ja?«

»Bitte warten Sie noch einen Moment.« Sie sprach sehr hastig. »Meine Stiefmutter hat mir erzählt, daß Sie mich aus meiner Garage gerettet haben. Ist das wahr? Sie hat gesagt, ich hätte den Motor laufen gehabt, und Sie hätten mich gefunden, ehe ich – na ja –, ehe ich Schluß machen konnte.«

Seine Stimme wurde rauh vor Emotion. »Wissen Sie das nicht mehr?«

»Nein.« Sie schluckte mühsam. »Es tut mir wirklich leid, aber ich erinnere mich nicht. Ich erinnere mich an gar nichts – zumindest an nichts, was nach dem Tag vor zwei Wochen passiert ist, als ich weggefahren bin, um meine Eltern zu besuchen. Ist Leo wirklich nicht mehr da? Ich weiß nicht, wen ich sonst fragen soll – und ich bin so ..., es tut mir leid, wenn das für Sie peinlich ist, aber ich muß einfach Gewißheit haben. Sie erzählen mir hier ... Sie erzählen mir alles mögliche, was überhaupt keinen Sinn ergibt. Sie haben mir gesagt, daß ich an einer Amnesie leide – daß ich mich betrunken hätte und dann versucht hätte, mir das Leben zu nehmen. Aber – ich kann einfach nicht – o Gott ...« Sie drückte eine Hand auf ihren Mund, weil sie vor Tränen nur noch stammeln konnte. *Leg doch auf, du Idiotin!*

»Ist ja gut, ist ja gut«, sagte er tröstend. »Sie brauchen sich nicht zu genieren. Du meine Güte, an meiner Schulter haben sich schon bärenstarke Männer ausgeweint. Klare Antworten, hm. Das ist es doch, was Sie jetzt brauchen, nicht wahr? Ihre Stiefmutter ist ja sicher eine nette Frau, aber wenn sie auch nur die geringste Ähnlichkeit mit Daphne hat, wird sie's geschafft haben, irgendwie alles durcheinanderzubringen. Was nicht heißen soll, daß ich selbst allzuviel weiß«, warnte er. »Ich war nie der Typ, der seine Nase unaufgefordert in anderer Leute Angelegenheiten gesteckt hat, wie Sie wissen.«

»Genau. Immer der ideale Nachbar.« Merkwürdig, dachte sie,

wie sie seine abgehackte Sprechweise übernahm, wenn sie sich mit ihm unterhielt. Aber vielleicht ging das jedem so.

»Leo ist seit über einer Woche weg, Jinx. Er ist an dem Abend ausgezogen, als Sie aus Hampshire zurückkamen. Sie fassen es hoffentlich nicht als Unverschämtheit auf, aber ich meine, Sie können froh sein, daß Sie ihn los sind. Hat mir nie recht gefallen, der Bursche. Sie waren viel zu gut für ihn. Das komische ist, daß ich an dem Samstag danach noch mit Ihnen gesprochen habe, und Sie waren nicht im geringsten erschüttert. ›Der Mistkerl hat mir den Laufpaß gegeben, Colonel‹, haben Sie gesagt, ›und das einzige, was mich daran ärgert, ist, daß er mir zuvorgekommen ist.‹« Er lachte leise bei der Erinnerung. »Und dann, am Sonntag darauf, haben wir Sie in Ihrer Garage gefunden. Wenn Goebbels nicht gewesen wäre, hätten wir vielleicht gar nichts gemerkt. Aber der hat gewittert, daß da was nicht in Ordnung war. Er hat sich vor Ihrem Garagentor aufgepflanzt und gebellt wie ein Wahnsinniger.« Er schwieg einen Moment, und sie sah ihn vor sich, wie er sich über seinen Schnauzer strich und seine Schultern straffte. »Na, kurz und gut, wir haben Sie im Nu aus dem Wagen gezogen und an die frische Luft gebracht. Aber wir hätten mehr tun müssen. Einen Arzt rufen, einen Freund benachrichtigen. Macht mir ziemlich zu schaffen, daß wir es nicht getan haben.«

»Aber nein, machen Sie sich deswegen keine Gedanken. Habe ich damals etwas gesagt? Ich meine, habe ich Ihnen erklärt, was los war?« Unwillkürlich hielt sie den Hörer fester. »Ich kann einfach nicht glauben – na ja, Sie wissen schon. Ich meine, Leos wegen...«

»Da bin ich, offen gesagt, ganz Ihrer Meinung. Ich persönlich dachte ja, es wäre ein Unglücksfall gewesen, das Garagentor wäre vielleicht zugefallen, nachdem Sie den Motor angelassen hatten, oder so etwas. Es war ja nicht so, daß Sie einen Schlauch an den Auspuff angeschlossen hatten. Sie waren hinterher ziemlich durcheinander, unter den Umständen nicht weiter verwunderlich. Aber Sie können nicht sehr lange da drinnen gewesen sein. Sie waren im Nu wieder ganz da, haben Ihre Witze gemacht wie immer und Daphne gesagt, sie soll sich nicht aufregen. Sie haben sogar noch irgendwelche Freunde angerufen, die Sie besuchen wollten. Daphne wollte unbedingt einen Arzt holen, aber davon wollten Sie nichts hören. ›Mir geht's prächtig, Mrs. C‹, sagten Sie, ›und wenn ich jetzt nicht losfahre, komme ich zu spät.‹ Nur um meinen armen Goebbels hatte ich Angst, den haben Sie so gedrückt, daß ich dachte, ihm bleibt die Luft weg.« Er ließ ein rauhes Lachen hören. »Ha! Sie sagten, von jetzt an käme Ihnen höchstens ein netter Hund ins Bett.«

Sie wischte sich die feuchten Wangen. »Warum glaubt Betty dann, ich hätte mir das Leben nehmen wollen?« Ihre Stimme war bemerkenswert ruhig.

»Nach dem Motto, daß eine Schwalbe noch keinen Sommer macht, aber zwei vielleicht schon, liebes Kind. Ich vermute, es ist unsere Schuld. Vor einer Woche erschien hier bei uns die Polizei und teilte uns mit, Sie seien mit Ihrem Wagen gegen eine Mauer gefahren. Es sähe ganz nach einem Selbstmordversuch aus, ob wir vielleicht von anderen Versuchen wüßten. Da hat Daphne ihnen sofort den Vorfall in der Garage aufgetischt und gesagt, daß Sie versprochen hätten, in Zukunft vorsichtiger zu sein, und als sie zum Schluß noch erzählte, wie niederträchtig sich Leo benommen hat, wurden natürlich prompt die entsprechenden Schlüsse gezogen. Dummes altes Frauenzimmer«, sagte er liebevoll. »Leider ein bißchen durch den Wind, das muß man sagen, und schrecklich beunruhigt Ihretwegen. Ich hab versucht, den Schaden zu begrenzen, und die guten Leute darauf aufmerksam gemacht, daß Sie überhaupt nicht der Typ sind, der Selbstmord begehen würde, aber genausogut hätte ich gegen eine Wand reden können.« Er räusperte sich. »Muß sagen, Jinx, jetzt, wo ich noch mal mit Ihnen gesprochen habe, neige ich mehr denn je zu der Auffassung, daß das alles Unsinn ist. Hab Sie nie für einen Menschen gehalten, der so schnell die Flinte ins Korn wirft.«

Einen Moment lang konnte sie nicht sprechen. »Danke«, sagte sie dann mühsam. »Ich glaube auch nicht, daß ich der Typ bin. Drücken Sie Mrs. C und Goebbels einmal fest für mich, ja?«

»Aber sicher. Sie kommen doch hoffentlich bald wieder nach Hause?«

»Ich wünsche es mir, aber im Moment steck ich von Kopf bis Fuß in Verbänden. Sie sollten mich sehen, Colonel. Ich sehe aus wie Boris Karloff in *Die Mumie.*«

»Ha, ha!« lachte er. »Na, Ihren Humor haben Sie wenigstens nicht verloren. Ich nehme an, viel Besuch sorgt für gute Laune.«

»Nein«, antwortete sie aufrichtig. »Es war das Gespräch mit Ihnen, das mich aufgemuntert hat. Vielen Dank noch mal, daß Sie mich aus meinem Auto geholt haben. Ich rufe Sie an, sobald ich entlassen werde.«

»Wir erwarten Sie, Kind. Und inzwischen halten Sie die Ohren steif und lassen den Kopf nicht hängen.«

»Mach ich. Auf Wiedersehen, Colonel.«

Jinx drückte auf die Gabel, hielt aber den Hörer noch ein paar Minuten lang an ihre Brust gedrückt, als ob sie so die Verbindung zu ihm aufrechterhalten könnte; der Trost, den das Gespräch mit ihm ihr gebracht hatte, war allzu flüchtig. Eine Welle tiefer Niedergeschlagenheit folgte, als ihr bewußt wurde, daß dieser Mann, den sie nicht einmal mit seinem Vornamen anzusprechen wagte, unter all den Menschen, die sie kannte, der einzige war, bei dem sie das Gefühl gehabt hatte, mit ihm reden zu können. *Hatte sie sich vor einer Woche auch so einsam gefühlt? Konnte sie es doch getan haben? Gott steh ihr bei, falls ja ...*

»Ihr Bruder ist hier, Miss Kingsley.« Eine schwarze Schwester stieß die halboffene Tür ganz auf. »Ich habe ihm gesagt, allerhöchstens zehn Minuten. Die Besuchszeit ist um neun zu Ende, das ist hier feste Regel, aber weil es Ihr Bruder ist und er extra aus Fordingbridge rübergekommen ist... Seien Sie nur bitte möglichst leise.« Sie bemerkte plötzlich Jinx' Blässe und sagte erschrocken: »Geht es Ihnen nicht gut, meine Liebe? Sie sehen aus, als hätten Sie ein Gespenst gesehen.«

»Doch, mir geht es gut.«

»Okay«, sagte sie, schon wieder fröhlich. »Dann also bitte keinen Lärm, sonst geht mir's an den Kragen.«

Miles drückte der Schwester die Hand und lächelte ihr mit geübtem jungenhaften Charme ins Gesicht. »Das ist wirklich nett von Ihnen, Amy. Vielen Dank.«

Ihre dunkle Haut wurde noch dunkler, als ihr das Blut ins Gesicht schoß. »Das ist schon in Ordnung. Aber jetzt geh ich besser wieder auf Station.« Mit offenkundigem Widerstreben entzog sie ihm ihre Hand und schloß die Tür hinter sich.

»Du lieber Gott«, sagte er, als er sich in einen der Sessel fallen ließ, »sie hat wirklich geglaubt, ich wär scharf auf sie.« Er musterte Jinx. »Ma hat mir gesagt, daß du ins Land der Lebenden zurückgekehrt bist, da hab ich mir gedacht, ich komm einmal vorbei und sehe selbst nach. Du siehst ziemlich grauenhaft aus, aber das weißt du wahrscheinlich.«

Sie griff nach ihren Zigaretten. »Es wäre mir unangenehm, dich zu enttäuschen, Miles.«

»Sie hat erzählt, daß du dich an nichts erinnern kannst, was nach dem Vierten passiert ist. Ist das wahr?«

Jinx antwortete nicht.

»Also ist es wahr.« Er fing plötzlich an zu lachen. »Dann erinnerst du dich also nicht an die Woche, die du bei uns zu Hause warst?«

Sie sah ihn kalt an, während sie nach ihrem Feuerzeug tastete.

»Du hast dir in der Woche zweihundert Pfund von mir geliehen, Jinxy, und die möcht ich wiederhaben.«

»Hör auf mit dem Scheiß, Miles.«

Er grinste. »Also, ich hab das Gefühl, du bist voll da. Was soll denn dieser Quatsch von wegen Amnesie? Ist das ein Trick, um dich bei Dad aus der Affäre zu ziehen?«

»Aus welcher Affäre?«

»Na ja, was immer du eben angestellt hast.«

»Ich weiß nicht, wovon du redest.«

Er zuckte gleichgültig mit den Achseln. »Dann sag mir doch mal, warum du dich umbringen wolltest. Dad war die ganze letzte Woche noch schlimmer als sonst. Daran hättest du vielleicht denken können, bevor du deine große Schau abgezogen hast.«

Sie ignorierte ihn und zündete sich eine Zigarette an.

»Willst du jetzt mit mir reden, oder hab ich mit meinem Besuch hier nur meine Zeit verschwendet?«

»Ich bezweifle, daß von Zeitverschwendung die Rede sein kann«, gab sie ruhig zurück, »denn der Besuch bei mir war doch bestimmt der letzte Punkt auf deiner Liste.« Sie beobachtete sein Gesicht, sah das Aufblitzen der Erheiterung in seinen Augen und wußte, daß sie recht hatte. »Du mußt wirklich den Verstand verloren haben«, fuhr sie fort. »Adam hat nicht geblufft, als er sagte, daß du das nächste Mal hinausfliegst. Warum tust du das nur?«

»Du bildest dir ein, du wüßtest alles, stimmt's?«

»Was dich betrifft, ist es auch so, Miles.«

Er lachte. »Na schön, es gibt mir eben einen Kick. Also komm, Jinxy, ein paar Runden Poker in einem Hotelzimmer – deswegen ist man doch noch lange kein Zocker. Und wer soll es Dad schon erzählen? Du wirst es bestimmt nicht tun, und ich auch nicht.« Er lachte wieder. »Ich hab abgeräumt« – er klopfte sich auf seine Jackettasche – »also bitte keine Vorträge, okay? Ich habe nicht vor, wieder Schulden zu machen. Der Alte hat mir ja klipp und klar gesagt, daß er nicht bereit ist, mich noch mal rauszupauken.«

Er ist noch aufgedrehter als sonst, dachte sie und fragte sich, wieviel er wohl gewonnen hatte. Sie wechselte das Thema. »Was macht Fergus?«

»Der ist genauso stinksauer wie ich. Vor zwei Tagen hat Dad ihn so zusammengestaucht, daß er geheult hat. Soll ich dir mal sagen, was ich glaube? Der Gaul wird ausschlagen, wenn Dad es am wenigsten erwartet, und dann kriegt dein heißgeliebter Adam die Prügel.« Er fingerte nervös am Revers seines Jacketts herum, als wollte er es säubern und glätten. »Warum hast du das getan? Er haßt dich jetzt, er haßt uns, er haßt die ganze Welt. Und am allermeisten haßt er Ma, die Arme.«

Jinx legte sich zurück und starrte an die Decke. »Du weißt so gut wie ich, was die Lösung ist«, sagte sie.

»Herrgott noch mal, verschon mich mit deinen Weisheiten. Man könnte ja meinen, du wärst vierundvierzig und nicht vierunddreißig.« Er schraubte seine Stimme zum Falsett in die Höhe und äffte sie nach. »Du bist alt genug, um auf eigenen Beinen zu stehen, Miles. Du kannst nicht erwarten, daß deine Mutter dir dein Leben lang einen Porsche nach dem andern schenkt. Es ist Zeit, daß du ausziehst, dir deinen eigenen Platz suchst, eine Familie gründest.«

»Ich verstehe nicht, warum du das nicht willst.«

»Das kann ich dir sagen, weil Dad keinen müden Penny rausrücken will. Du weißt doch, wie es aussieht. Wenn wir halbwegs anständig leben wollen, haben wir gefälligst zu Hause zu bleiben, wo er uns ständig überwachen kann. Wenn wir weg wollen, können wir selbst sehen, wie wir zurechtkommen.«

»Na dann, willkommen unter den gewöhnlichen Sterblichen«, sagte sie beißend. »Was, zum Teufel, tun andere Leute deiner Ansicht nach?«

Seine Stimme wurde wieder schrill, diesmal jedoch vor Zorn. »Na, du hast doch nie in deinem Leben auch nur einen Strich gearbeitet. Du hast dich mitten in Russells Geld gesetzt, ohne einen Finger zu rühren. So was von gönnerhaft wie du bist! ›Willkommen unter den gewöhnlichen Sterblichen, Miles!‹ Du kotzt mich an, Jinx, ehrlich!«

Sie war todmüde. Warum kam nicht endlich die Schwester und rettete sie? Sie drückte ihre Zigarette aus und drehte den Kopf, um ihn anzusehen. »Also, ich denke, alles ist besser, als sich von Adam wie Dreck behandeln zu lassen. Wann hat er dich zum letztenmal geschlagen?«

Irgend etwas stimmte nicht mit ihm, dachte sie. Er benahm sich wie ein Süchtiger, der einen Schuß brauchte, nervös, unruhig, nicht fähig, einen Moment stillzusitzen, die Finger in ständiger Bewegung. Und seine Augen hatten einen viel zu starken Glanz. *O Gott, nicht Drogen ... bloß keine Drogen ...* Doch als sie einschlief, dachte sie, aber ja, natürlich sind es Drogen. Denn das war etwas, worauf Miles sich wirklich verstand, jedem Verlangen nachzugeben. Das wenigstens hatte sein Vater ihm beigebracht.

Odstock-Krankenhaus, Salisbury – 21 Uhr

Der junge Arzt auf der Unfallstation hatte sein Studium noch nicht lange hinter sich, und auf so etwas hatte seine Ausbildung ihn nicht vorbereitet. Mit einem zaghaften Lächeln sah er die Frau in dem kleinen, durch Vorhänge abgetrennten Raum an. Sie sah schlimmer aus als der Elefantenmensch, dachte er, als er neben die Schwester trat, deren Hand die unglückliche Person umklammert hielt. Ihr Gesicht war so stark geschwollen, daß sie kaum noch als menschliches Wesen zu erkennen war. Auf die Frage nach ihrem Namen hatte sie gesagt, sie sei Mrs. Hale.

»Sie haben allerhand abbekommen«, sagte er ausdruckslos.

»Mein Mann – Gürtel…«, krächzte sie, kaum fähig, die Lippen zu bewegen.

Er musterte die blauroten Male an ihrem Hals, um den eindeutig jemand seine Finger gelegt hatte. »Sind Sie nur im Gesicht verletzt worden?«

Sie schüttelte den Kopf und zog mit einer Schamhaftigkeit, die rührend war, ihren Rock hoch. Der Schlüpfer darunter war von Blut getränkt. »Er« – Tränen quollen unter ihren verschwollenen Lidern hervor – »hat mich verletzt.«

Drei Stunden später bemühte sich eine teilnahmsvolle Polizeibeamtin, die Frau dazu zu bewegen, eine Aussage zu machen, ehe sie zu einem rektalen Eingriff in den Operationssaal gebracht wurde.

»Mrs. Hale, wir wissen, daß das nicht Ihr Mann getan hat. Wir haben Ihre Angaben überprüft und festgestellt, daß er derzeit wegen Hehlerei in Winchester im Gefängnis ist. Wir wissen außerdem, daß Sie Prostituierte sind, es spricht also alles dafür, daß dieser Kerl, der sie so zugerichtet hat, einer Ihrer Kunden war. glauben Sie mir, es interessiert uns nicht, wie Sie Ihr Geld verdienen. Wir sind einzig daran interessiert, diesen Typen daran zu hindern, einer anderen Frau das gleiche anzutun. Wollen Sie uns nicht helfen?«

Sie schüttelte den Kopf.

»Aber das nächste Mal bringt er vielleicht jemanden um. Wollen Sie das auf Ihrem Gewissen haben? Wir brauchen doch nur eine Beschreibung.«

Sie lachte schwach. »Ach, lassen Sie mich doch in Frieden, Kleine.«

»Sie haben zwei gebrochene Wangenknochen, Sie haben schwere Quetschungen an Hals und Kehlkopf, ein ausgerenktes Handgelenk und innere Blutungen, die durch Verletzungen mit einer Haarbürste hervorgerufen wurden, die dieses Schwein Ihnen in den Hintern gerammt hat«, sagte die Polizeibeamtin brutal. »Sie können von Glück reden, daß Sie noch am Leben sind. Die nächste Frau, die er sich schnappt, hat vielleicht nicht soviel Glück.«

»Genau. Und wenn ich den Mund aufmache, bin ich die nächste. Er hat geschworen, er würde wiederkommen.« Sie schloß die Augen. »Das Krankenhaus hätte Sie nicht anrufen sollen. Ich hab's ihnen überhaupt nicht erlaubt, und ich mache auch keine Anzeige.«

»Wollen Sie nicht wenigstens darüber nachdenken?«

»Wozu? Sie können ihn ja doch nicht festnageln, und ich hab keine Lust, mein Leben lang Angst haben zu müssen.«

»Warum können wir ihn nicht festnageln?«

Wieder lachte sie heiser. »Weil nur mein Wort gegen seines steht, Kleine, und ich bin eine fette alte Schlampe, und er ist der kleine Lord.«

Donnerstag, 23. Juni,
Nightingale-Klinik, Salisbury – 3 Uhr 30

Wie jede Nacht um diese Zeit trat der Nachtwächter durch das Hauptportal der Nightingale-Klinik ins Freie hinaus und ging gemächlich zu einer Bank auf dem mondbeschienenen Rasen. Es war ein kleines Vergnügen, das er sich regelmäßig zur Halbzeit seiner Schicht gönnte, eine Zigarette in aller Ruhe, abseits vom Gequassel des Pflegepersonals. Er wischte den Sitz mit einem großen Taschentuch ab, ehe er sich mit einem Seufzer der Zufriedenheit darauf niederließ. Als er seine Zigaretten aus seiner Jackentasche kramte, hatte er plötzlich ganz deutlich das Gefühl, es befände sich jemand hinter ihm. Verblüfft sah er sich um, stand dann schwerfällig wieder auf und ging zu den Bäumen, die die Einfahrt säumten, um dort nachzusehen. Es war niemand da, aber er wurde den Eindruck nicht los, daß er beobachtet wurde.

Er war ein phlegmatischer Mensch und gab dem Käse, den er zum Abendbrot gegessen hatte, die Schuld an dem Vorfall. Wie seine Frau immer sagte: Zuviel Käse tut keinem gut. Aber so richtig genießen konnte er seine Zigarette in dieser Nacht nicht.

Mit weit offenen Augen trieb Jane Kingsley in dunklem Wasser und versuchte, das Sonnenlicht zu erreichen, das die Wasserfläche über ihr sprenkelte. Sie wollte schwimmen, aber der Wunsch blieb nur ein Gedanke; sie war zu müde, um ihn in die Tat umzusetzen. Eine schreckliche Hand hielt sie fest und zog sie zum Tang in der Tiefe hinunter – unnachgiebig, zwingend –, und sie öffnete den Mund, um den Tod einzulassen...

Schweißüberströmt, wie eine Rasende um sich schlagend, fuhr sie aus dem Schlaf. *Sie ertrank ... o Gott, lieber Gott, hilf mir doch jemand!* Das Mondlicht fiel durch einen Spalt zwischen den Vorhängen und zog einen hellen Pfad durch das Zimmer. *Wo war sie hier? Sie kannte diesen Raum nicht.* Ihr Blick flog voll Entsetzen von einem dunklen Schatten zum anderen, bis sie schließlich die Lilien neben sich sah, die rein und weiß vor dem Schwarz der Nelken leuchteten. Die Erinnerung kehrte zurück. *Jane war ihre Mutter... Sie war Jinx... Jane war ihre Mutter... Sie war Jinx...*

Mit zitternden Fingern knipste sie die Nachttischlampe an und betrachtete die Dinge, die sie erkannte. Die Tür zum Badezimmer, der Fernsehapparat in der Ecke, der Spiegel an der Wand, die Sessel, die Blumen – aber es dauerte lange, ehe das Hämmern ihres Herzens nachließ. Langsam glitt sie wieder unter die Decke, steif und mit weit aufgerissenen Augen wie eine bemalte Holzpuppe, und versuchte, sich gegen die Angst aufzulehnen, die in ihr wuchs. Aber es war vergebliches Bemühen, da sie dem, wovor sie Angst hatte, keinen Namen geben konnte.

Zwei Meilen entfernt, in einem anderen Krankenhaus, spiegelte sich ihr Entsetzen auf gespenstische Weise im geschundenen Gesicht einer Prostituierten, die eine Verabredung mit dem Teufel gehabt hatte.

Daily Telegraph – 23. Juni

Ein Fall von »Caveat investor«?

Wenn jemand noch eines Hinweises bedurfte, daß Investitionen im Wert ebenso fallen wie steigen können, erhielt er ihn gestern, als Franchise Holdings (FH), der Immobilienkonzern, einen zeitweiligen Wertverlust seiner Aktien hinnehmen mußte, nachdem gerüchteweise bekannt geworden war, daß Adam Kingsley, 66, Gründer und Aufsichtsratsvorsitzender, die Absicht habe zurückzutreten. Im Chaos spektakulärer Firmenpleiten auf dem Immobilienmarkt in den neunziger Jahren kann der FH-Konzern auf eine einzigartige Erfolgsgeschichte zurückblicken.

Das Gerücht hatte seinen Ursprung offenbar in einer Bemerkung, die Kingsley während eines BBC-Interviews am Dienstag abend machte. Sich auf den nicht weit zurückliegenden Autounfall seiner Tochter Jane beziehend, sagte er: »Im Leben gibt es Momente, in denen man sich fragt, ob es das alles wert war.« Aber Kingsley, der den Spitznamen Weißer Hai erhielt, als er vor acht Jahren die Firma Charford Gordon Associates schluckte, hat jetzt seine Zähne in die BBC geschlagen.

Er hat es sich zur Regel gemacht, Interviews für sich aufzuzeichnen, und hat nunmehr eine Abschrift des Interviews vom Dienstag herausgegeben. Es enthält einen Nachsatz, der aus der Sendung herausgeschnitten wurde. »Ein solcher Moment ist dies nicht«, lautete dieser Nachsatz. Die Angelegenheit wird derzeit vom Beschwerdeausschuß der Rundfunkanstalten untersucht.

Immerhin jedoch hat diese ungewöhnliche Episode ein Schlaglicht auf die Befürchtungen der City hinsichtlich der ferneren Zukunft von

Franchise Holdings geworfen. Wie ein Beobachter sagte: »Adam Kingsley ist ein Meisterjongleur. Keiner weiß, wie viele Bälle er gleichzeitig in der Luft hat. Es ist schwer vorstellbar, wer sie sicher fangen soll, wenn er einmal von der Bühne abtritt.«

5

Donnerstag, 23. Juni,
Polizeirevier Canning Road, Salisbury – 9 Uhr

»Der kleine Lord«, wiederholte am nächsten Morgen ein skeptischer Sergeant. »Und Sie halten das für relevant?«

»Ja«, antwortete Constable Blake mit Bestimmtheit. »Ich vermute, er ist wesentlich jünger als sie und wahrscheinlich sehr gewandt in Rede und Benehmen, warum hätte sie sonst diesen Vergleich gewählt? Sie ist offensichtlich der Meinung, daß er vor Gericht einen weit besseren Eindruck machen würde als sie.«

»Trotzdem – viel ist das nicht.«

»Ich weiß. Deshalb dachte ich ja, wenn ich die Akten mal durchforste, finde ich vielleicht noch eine. Die Chancen, daß er früher schon mal so was gemacht hat, sind hoch. Wenn ich zwei hätte, deren Aussagen übereinstimmen«, sie zuckte mit den Achseln, »würde ihnen das vielleicht den Rücken stärken und das nötige Vertrauen geben, um mit uns zu reden und uns eine Beschreibung zu liefern. Sie sollten sie sehen, Chef.«

Er nickte. Er hatte den Bericht gelesen. »Aber das wird Sie Ihre eigene Zeit kosten, Blake«, warnte er. »Ich hab nämlich keine Lust, denen oben zu erklären, warum Sie Ihre anderen Pflichten vernachlässigen, um einem Fall nachzujagen, den es gar nicht gibt.« Er zwinkerte ihr zu. »Aber gut, versuchen Sie's und sehen Sie, wie's läuft. Ich buchte Flossies Mann seit Jahren immer wieder ein. Sie hat's mir nie nachgetragen. Sie ist wirklich eine gute Seele.«

Nightingale-Klinik, Salisbury – 10 Uhr 30

Man hatte Jinx in einen Sessel ans Fenster gesetzt und sich selbst überlassen. »Es wird langsam Zeit, daß Sie wieder auf die Beine kommen, Kind«, hatte ihr eine abschreckende Schwester mit einer Frisur wie Margaret Thatcher und einer Nase wie Josef Stalin zugeredet. »Ihre Muskeln brauchen Bewegung.«

Jinx hatte mit einem falschen Lächeln versprochen, später einen Spaziergang zu machen, und sich, sobald der Drachen gegangen war, in stille Betrachtung des Gartens vertieft. Ihr rothaariger Besucher vom Vortag – der ihr die Geschichte vom gefangenen Fuchs erzählt hatte – winkte ihr von einer Bank auf dem Rasen, aber sie drehte den Kopf, um ihren Blick in eine andere Richtung zu wenden, und daraufhin gab er seine halbherzigen Kommunikationsversuche auf. Sie konnte einen Flügel des Gebäudes sehen, der am hinteren Ende der Terrasse in den Garten hineinragte, und vermutete, daß sie sich in einem ehemaligen georgianischen Herrenhaus befand, das zwei Jahrhunderte früher für irgendeine wohlhabende Familie gebaut worden war. Was aus den Leuten wohl geworden war? Waren sie wie die Familie, die Hellingdon Hall erbaut und bewohnt hatte, einfach untergegangen?

»Hallo, Jinx«, sagte jemand gedämpft von der offenen Zimmertür her. »Kannst du Besuch ertragen, oder soll ich mich lieber höflich entschuldigen und wieder verschwinden?«

Sie erschrak so heftig, daß ihr das Herz bis zum Hals hämmerte. *Angst... Angst... ANGST!* Aber wovor?

Sie erkannte die Stimme und wandte sich vom Fenster weg. »Mein Gott, Simon«, rief sie zornig, »du hast mich wahnsinnig erschreckt. Warum, um alles in der Welt, sollte ich wollen, daß du wieder gehst?« Sie drückte eine Hand auf ihre Brust. »Ich kann nicht atmen. Ich glaube, ich habe einen Panikanfall. Tu mir so was ja nie wieder an!«

»Warte, ich hole jemanden.«

»Nein!« Sie winkte ihn herein und holte mehrmals tief Luft. »Es geht schon wieder.« Sie lehnte sich in ihrem Sessel zurück. »Ich weiß nicht, woher es kommt, aber im Augenblick bin ich wirklich furchtbar nervös. Ich denke dauernd – ach was, vergiß es –, es spielt keine Rolle. Wie geht es dir?«

Simon Harris blieb zwischen Tür und Angel stehen und blickte unschlüssig den Korridor hinauf und hinunter. »Laß mich doch jemanden rufen, Jinx. Ich glaube wirklich, das wäre besser. Du siehst gar nicht gut aus.«

Er hatte das feingeschnittene asketische Gesicht des Geistlichen, der er war, und war von seiner Schwester so verschieden wie Wasser von Wein. Meg hätte gesagt: »Na schön, Schatz, auf deine eigene Verantwortung. Aber gib mir nicht die Schuld, wenn du stirbst.« Simon konnte nur mit gutgemeinter, aber impotenter Besorgnis durch seine Brillengläser hindurchspähen.

»Setz dich, Simon«, sagte sie müde. *Am liebsten hätte sie geschrien.* »Es geht mir gut. Warum sollte ich dich nicht sehen wollen?«

Widerstrebend trat er ins Zimmer und ging zu dem anderen Sessel. »Weil mir, als ich durch den Korridor zu dir ging, plötzlich eingefallen ist, daß ich ganz bewußt die Augen vor der möglichen Peinlichkeit meines Besuchs verschlossen habe.«

Warum mußt du dich nur immer so schwülstig ausdrücken, Simon? »Peinlich für dich oder für mich?«

»Für dich«, antwortete er. »Ich finde es weniger peinlich als empörend. Ich kann es immer noch nicht fassen, daß meine Schwester ihrer besten Freundin den Mann ausgespannt hat.«

»Also, zu deiner Beruhigung, mir ist das weder peinlich, noch bin ich empört. Ich bin nur sehr lethargisch, und mir tut alles weh.« Sie musterte unfreundlich seine Soutane und das weiße Beffchen. »Ich muß allerdings gestehen«, sagte sie unwirsch, »daß ich von der Uniform nicht gerade begeistert bin. Hättest du nicht einfach in Jeans und T-Shirt erscheinen können wie jeder andere? Die denken hier sowieso schon alle, ich wäre selbstmordgefährdet, wenn mich dann auch noch ein Geistlicher besucht, verliere ich noch den letzten Rest meiner Glaubwürdigkeit.«

Er lächelte, beruhigt durch ihren schwachen Versuch zu scherzen. »Ich hatte leider keine Wahl. Ich hab in ungefähr zwei Stunden offiziell in der Kathedrale zu tun, da wäre die Zeit zum Umziehen zu knapp geworden. Aber ich wollte auf einen Besuch bei dir nicht verzichten.«

»Woher weißt du eigentlich, daß ich hier bin?«

»Josh Hennessey hat es mir gesagt«, erwiderte er. Er massierte mit knochigen Fingern seine Knie. »Ich habe es in der ganzen letzten Woche einmal geschafft, Betty zu erreichen, aber sie hat aufgelegt, sobald sie hörte, daß ich am Apparat war. Der Name Harris ist im Moment *nomen non gratis* in Hellingdon Hall«, schloß er bitter, »und ich kann nicht behaupten, daß mich das wundert.«

»Aber wie konnte Josh sie dann überreden, mit ihm zu sprechen? Sie weiß doch genau, daß er Megs Partner ist.«

Simon schnitt ein Gesicht. »Er wurde genauso abgefertigt wie ich, bis ihm einfiel, daß Täuschung der bessere Teil der Tapferkeit ist. Er hat einfach gesagt, er wäre Dean Jarrett und müßte dich dringend in geschäftlichen Angelegenheiten sprechen.«

Dean war Jinx' Nummer zwei in ihrem Fotostudio und kokettierte auf Teufel komm raus mit seiner Homosexualität, weil es ihn amüsierte. Jinx massierte sich den schmerzenden Kopf. »Sie muß volltrunken gewesen sein, wenn sie darauf reingefallen ist. Josh hört sich überhaupt nicht wie Dean an.«

»O ja, sie hatte sicherlich getrunken, aber geh nicht so hart mit ihr ins Gericht. Josh sagt, sie habe sich so angehört, als mache sie sich wirklich große Sorgen um dich.«

Plötzlicher Ärger erfaßte Jinx. *Weshalb sollte sie mit dieser albernen Person nicht hart ins Gericht gehen? Mit welchem Recht konnte man von ihr verlangen, ihre Geringschätzung zu zügeln?* »Du wirst nie wieder so über deine Stiefmutter sprechen«, hatte ihr Vater gesagt, als sie ihm, gerade zehn Jahre alt, mit echter Bestürzung erzählt hatte, Betty sei so dumm, daß sie glaube, der Mond drehe sich um die Sonne und Vietnam grenze an Amerika, und das sei der Grund für den Krieg zwischen den beiden Ländern. »Sie tut den ganzen Tag nichts anderes als sich die Nägel lackieren und Einkaufen gehen«, hatte sie damals streng gesagt.

Doch jetzt sagte sie nur: »Sie war gestern sehr lieb zu mir«, ehe sie sich eine Zigarette aus der Packung nahm, die auf der Armlehne ihres Sessels lag, und sie anzündete. »Und, ist es Josh gelungen, Meg aufzustöbern? Soweit ich verstanden habe, ist er ziemlich sauer auf sie, weil sie ihn einfach im Stich gelassen hat.«

Simon schüttelte den Kopf. »Soviel ich weiß nicht, aber ich habe seit gestern abend nicht mehr mit ihm gesprochen.«

Durch den Rauch ihrer Zigarette musterte sie sein Gesicht und sah, daß er gelogen hatte, als er behauptet hatte, die Situation sei ihm nicht peinlich. Er schien sich zutiefst unbehaglich zu fühlen – *wirkte beinahe so erschöpft und elend, wie sie selbst sich fühlte* – und vermied es, ihr in die Augen zu sehen. Ihr Ärger wuchs.

»Soll ich dir mal was sagen? Leo kann mir den Buckel runterrutschen«, sagte sie schroff. »Wenn du's genau wissen willst, er fing an, mir auf die Nerven zu gehen.« Tränen stiegen ihr in die Augen. »Das einzige, was mich wirklich mitnimmt, ist, daß alle glauben, ich hätte mir seinetwegen das Leben nehmen wollen. Das ist wirklich peinlich.« Sie lachte tonlos. »Ich beneide Meg überhaupt nicht. Glaub mir, Leo wird absolut unerträglich sein, wenn er sich einbildet, ich hätte es nicht ertragen können, ihn zu verlieren.« Ach, du dummes, dummes Weib! Kein Mensch wird dir glauben, daß die Trauben zu sauer waren.

Simon seufzte. »Dad und Mum wissen nicht aus noch ein. Sie fanden das alles schon vor deinem Unfall schlimm genug, aber hinterher...« Er starrte einen Moment schweigend vor sich hin. »Ich weiß nicht, was ich dir sagen soll, Jinx, ich weiß nur, daß ich nie in meinem Leben zorniger auf Meg war als jetzt. Sie ist ja weiß Gott kein Engel, aber keiner von uns hätte gedacht, daß sie so etwas tun würde.«

»Was denn?« Sie zog mehrmals nervös an ihrer Zigarette. »Mir hat man bloß erzählt, daß Leo gesagt hat, er wolle sie heiraten, und daß sie dann zusammen nach Frankreich gefahren sind. Aber will Meg denn *ihn* heiraten? Wenn ja, ist das eine Premiere. Sie hat bis jetzt keinen ihrer Männer heiraten wollen.«

»Du erinnerst dich wirklich an gar nichts?«

»Nein«, antwortete sie bitter. »Ich habe mich total lächerlich gemacht, indem ich sämtlichen Leuten erzählte, ich würde am zweiten Juli als strahlende Braut zum Altar schreiten.« Wieder drohten Tränen. »Aber laß mal, das ist nicht wichtig. Erzähl mir lieber, was in der vergangenen Woche in der Welt vorgegangen ist. Bringen sich die Leute in Bosnien immer noch gegenseitig um? Sitzt die Queen noch auf dem Thron?«

Er ignorierte dieses Ablenkungsmanöver und sprach das an, was sie wirklich wissen wollte. »Meg hat am letzten Samstag vor einer Woche bei den Eltern angerufen und ihnen aus heiterem Himmel mitgeteilt, daß sie und dein Verlobter schon seit einiger Zeit eine Affäre hätten, daß er sie und nicht dich heiraten wolle und daß sie zusammen nach Frankreich reisen würden, bis sich hier die Wogen wieder geglättet hätten, weil sie das taktvoller fänden.« Bei dem Wort »taktvoll« verzog er leicht das Gesicht. »Wie nicht anders zu erwarten war, gab es deswegen zwischen ihr und Dad einen Riesenkrach. Er warf *ihr* vor, sie sei schamlos, und sie warf *ihm* vor, er sei ein selbstgerechter Pharisäer, ganz wie immer. Resultat, daß sie beide einfach auflegten. Daraufhin hat

Mum eine Riesenszene hingelegt und den armen alten Dad angeschrien, daß das alles seine Schuld sei, weil er glaube, ihr dauernd eine Predigt halten zu müssen. Dann hat sie mich angerufen. Ich war der Ansicht, wenn Leo es fertigbrächte, dir so eiskalt den Laufpaß zu geben, dann wäre er wahrscheinlich ein Schurke und würde Meg genauso eiskalt verlassen, worauf Mum bei Meg angerufen hat, um ihr zu sagen, es käme gar nicht in Frage, daß sie mit diesem Mann verreise, solange sie ihn nicht kennengelernt hätten. Meg hat zu ihr gesagt, sie mache sich ganz unnötige Sorgen, sie würde ihnen Leo vorstellen, sobald sie aus Frankreich zurück seien. Das war alles, was wir wußten, bis wir von deinem Selbstmordversuch gelesen haben.«

Bei dem Wort »Selbstmordversuch« zuckte sie innerlich zurück, sagte jedoch nichts. »Er ist kein Schurke, Simon. Du bist nicht alt genug, um Wörter wie ›Schurke‹ zu gebrauchen. Er ist ein beschissenes Arschloch.«

»Ich bin Geistlicher, Jinx.«

»Na und? Ich bin eine Millionärstochter, die auf einem Nobelinternat war.« Sie rieb sich mit beiden Händen den kahlgeschorenen Kopf. »Aber mir ist das sowieso egal. Meinetwegen können sich die beiden zu Tode bumsen.« Die aufsteigenden Tränen stauten sich in ihrer Kehle. »Mich läßt das kalt. Ich fände es nur schade, wenn ich Meg deswegen verlieren würde. Sie ist meine Freundin, Simon.«

Er war beschämt im Angesicht solcher Großzügigkeit und war, wie immer, sofort bereit, seine Schwester zu verdammen. Wäre Meg unter den gleichen Umständen ebenso großzügig gewesen, die Frau, die ihr den Verlobten genommen hatte, nicht zu verdammen?

»Hilft es dir, wenn ich sage, daß ich nicht daran glaube, daß du dir das Leben nehmen wolltest? Ist es das, was dich belastet? Was die Leute denken?«

Jinx zog den Zeitungsausschnitt, den Betty ihr mitgebracht hatte, aus ihrer Tasche und starrte auf ihn hinunter. »Aber es sieht eben überhaupt nicht nach einem Unfall aus, nicht wahr?« sagte sie langsam und reichte ihm das Bild. »Sie sagen, es ist ein Wunder, daß ich mit dem Leben davongekommen bin.«

»Es gibt immer Wunder.«

Nein, in ihrer Weltanschauung gab es keine. »Anscheinend war ich betrunken, als es passiert ist.«

»Ist das von Bedeutung?«

»Ja«, antwortete sie in einem Ton, der keine Widerrede duldete. »Für mich jedenfalls.«

»Wegen Bettys Alkoholproblem?«

»Zum Teil, ja.« Sie schwieg einen Moment. »Nein, es hat mehr mit meiner eigenen Selbstachtung zu tun. Ich weigere mich zu glauben, daß ich mir Mut antrinken müßte, um mir das Leben zu nehmen.« Sie lächelte schwach. »Ich bin nämlich eine sehr stolze Frau, und darum bezweifle ich, daß ich irgend jemandem, am wenigsten Leo, die Genugtuung geben würde, ihn wissen zu lassen, daß er mir *soviel* bedeutet hat.«

»Ja, das glaube ich dir«, sagte er.

Wieder kamen ihr die Tränen, und sie wischte sie mit der Hand weg. »Achte nicht auf mich, okay? Ich bin müde, ich hab die Nase voll, und ich wollte, ich wäre wieder in London.« Sie atmete mehrmals tief durch, um ihren Kummer unter Kontrolle zu bringen. »Würdest du mir einen Gefallen tun? Sag Meg, daß ich mich für sie freue und ihr nichts nachtrage. Und sag deinen Eltern, daß es mir nicht im Traum einfallen würde, eine wirklich gute Freundschaft zu beenden, nur weil ein Mistkerl wie Leo mitten im Fluß die Pferde wechselt. Ehrlich, Simon, es berührt mich überhaupt nicht.«

Er nickte. »Ich sag's ihnen«, versprach er. »Du bist sehr großzügig, Jinx.«

Sie lauschte den Schreien der Frustration, die sich an den Wänden ihres Bewußtseins brachen. »Ich würde es nicht sagen, wenn es nicht wahr wäre«, erwiderte sie mit Bedacht und sah ihn von der Seite an. »Mit Großzügigkeit hat das nichts zu tun.«

Er beugte sich vor, den Blick zu Boden gerichtet. »Da glaubt man, einen Menschen zu kennen, und dann passiert so etwas. Sie hat nicht mal so getan, als wollte sie sich entschuldigen. Sie hat lediglich gesagt, das und das sind die Fakten, macht damit, was ihr wollt. Zu Hause hat das eine fürchterliche Krise ausgelöst, mit unglaublicher Bitterkeit. Mum gibt Dad die Schuld, weil er Meg jahrelang mit seiner religiösen Erziehung kujoniert hätte, und er behauptet, ihre Kälte sei an allem schuld.« Er seufzte. »Ihn regt das alles noch mehr auf als Mum, aber ich glaube, das kommt daher, daß er dich immer so gern hatte. Er kann einfach nicht verstehen, wie Meg es fertigbringen konnte, dir weh zu tun. Mir geht es übrigens genauso.«

»Das tut mir leid«, sagte sie hilflos. »Aber ich glaube nicht, daß sie irgend jemandem weh tun wollen. Du kennst doch Meg. *Carpe diem*, und morgen sehen wir weiter. Sie war doch immer schon so.« Sie rieb die eine Seite ihres Kopfs, wo sie starke Schmerzen hatte. *Wieso wurde sie immer wieder von Erinnerungen an Russell verfolgt?* »Dein Vater muß sehr zornig sein, wenn er solche Dinge zu deiner Mutter sagt.« ... *Russell und Meg ... Meg und Leo ...*

»Es sind ja nur Worte«, sagte er. »Er meint sie genausowenig ernst wie Mutter ihre Angriffe gegen die Religion.«

»Aber in einer Hinsicht haben sie beide recht, weißt du?« Sie war plötzlich sehr müde. »Meg hat sich in ihrer Rolle als Tochter eines Geistlichen nie wohl gefühlt, und deiner Mutter war sie immer viel zu locker in ihrem Umgang mit Männern.« Die Lider wurden ihr schwer vor Erschöpfung, während Erinnerungen ihr durch den Kopf wirbelten. »Und du bist genauso schuld daran wie alle anderen.«

Der sterbende Russell ... Sie hatte auch mit Russell ein Verhält-

nis ... Du hast dich betrunken und versucht, dir das Leben zu nehmen ...

Seine Stimme erreichte sie wie aus weiter Ferne. »Wieso?«

»Sie konnte mit einem Heiligen nicht konkurrieren, Simon, also hat sie sich entschieden, eine Sünderin zu werden ...«

Zu Tode erschrocken fuhr sie aus dem Schlaf und sah Alan Protheroe, als sie die Augen öffnete. Er neigte sich über sie, und im ersten Moment glaubte sie, er müsse Simon sein; dann erkannte sie erleichtert, daß es nicht so war.

Verwirrt sah sie sich um. »Ich habe doch eben geraucht.«

Er wies auf den Stummel im Aschenbecher. »Ich habe sie ausgemacht.«

»Ich hatte Besuch.«

»Ich weiß. Pater Simon Harris. Ich habe ihn weggeschickt. Ich fürchtete, er könne Sie aufregen.«

»Das würde er nie wagen«, entgegnete sie mit einem mißglückten Lächeln. »Er ist anglokatholischer Priester.«

»Und Megs Bruder«, fügte er hinzu, als er sich in dem anderen Sessel niederließ. »Mögen Sie ihn, Jinx?«

Sie spürte, wie ihr wieder der Schweiß aus allen Poren brach. »Er ist genauso ein bigotter Spießer wie sein Vater und seine Mutter, und er hat seine Schwester zur Hure gemacht.« Sie wandte ihr Gesicht diesem hünenhaften, liebenswürdigen Mann zu, der sich alle Mühe gab, gut für sie zu sorgen, und sie verspürte ein unglaubliches Verlangen, die Hand auszustrecken und ihn zu berühren. Sie wünschte sich, sie könnte sich auf seinem Schoß zusammenrollen, seine Arme um sich fühlen, sich wie ein Kind im Schutz seiner Umarmung verkriechen. Statt dessen jedoch zog sie sich in die andere Ecke ihres Sessels zurück und schlang ihre dünnen Arme um ihren Oberkörper. »Ich weiß gar nicht, warum ich das gesagt habe.«

»Weil Sie zorniger auf sie sind, als Sie glauben.«

»Simon kam her, um sich zu entschuldigen.«

»Für das Verhalten seiner Schwester?«

»Ich nehme es an.« Sie schwieg.

»Ist er älter oder jünger als sie?«

»Er ist ein Jahr jünger.«

»Sieht Meg ihm ähnlich?«

»Nein, eigentlich nicht. Sie ist sehr schön.«

»Mögen Sie sie, Jinx?«

»Ja.«

Er nickte. »Sie haben eben geträumt, und ich hatte nicht den Eindruck, daß es sehr schöne Träume waren. Wollen Sie darüber sprechen?«

Sie antwortete nicht – *konnte Sie nicht?* Selbst nach zehn Jahren noch war die Wunde nicht verheilt, und sie schreckte instinktiv vor allem zurück, was sie von neuem zu öffnen drohte. Und doch hatte sie ein dringendes Bedürfnis, jemanden – *irgend jemanden* – davon zu überzeugen, wie wenig Leo ihr tatsächlich bedeutet hatte. Mögen Sie sie? *Ja. Ja. JA. Aber warum schmerzte es so sehr, es auszusprechen?*

»Ich habe von einem Mann geträumt, den ich einmal gekannt habe«, sagte sie abrupt. »Er ist vor zehn Jahren zu Tode geprügelt worden, und ich habe ihn gefunden. Er hatte eine Kunstgalerie in Chelsea. Die Polizei glaubte damals, er hätte Einbrecher überrascht, weil alles durchwühlt war und mehrere Gemälde gestohlen worden waren. Wir wollten an dem Abend zusammen essen, aber er kam nicht, da bin ich in die Galerie gefahren, um zu sehen, ob er dort war. Alles war voller Blut. Ich habe ihn hinten im Lagerraum gefunden, aber ich hab ihn nicht erkannt...« Sie geriet ins Stocken und drückte ihre Finger auf ihre Lippen. »Er hat noch gelebt, aber er konnte nicht sprechen, weil sein Kiefer zertrümmert war. Da hat er versucht, sich mit Blicken verständlich zu machen, aber –

ich – ich habe nicht verstanden, was er wollte.« Noch einmal durchlebte sie in Gedanken die schreckliche Szene, empfand noch einmal ihr Entsetzen, ihren Abscheu, ihre Unzulänglichkeit vor dieser breiigen, blutigen Maske, die einmal Russells Gesicht gewesen war. »Und ich konnte überhaupt nichts tun, außer einen Rettungswagen rufen und zusehen, wie er ... ich habe zugesehen, wie er starb.« Sie schwieg. *War auch Russell in einer Falle gefangen gewesen?*

Protheroe drängte sie nicht weiterzusprechen. Er war damit zufrieden, sie ihre Geschichte in ihrem eigenen Tempo erzählen zu lassen, vielleicht weil ihm klar war, daß der Fluß fehlen mußte, da sie kaum je erzählt worden war.

»Ich hatte danach unentwegt Alpträume, und schließlich hat mich Adam zu einem Hypnotherapeuten gebracht. Aber das hat alles nur schlimmer gemacht. Der Mann war ein Pfuscher. Er wollte mich mit dem konfrontieren, was mich an dem Erlebnis am stärksten verstört hatte, um es dann in die richtige Perspektive zu rücken, aber er hat nur erreicht, daß meine Schuldgefühle noch stärker wurden.« Wieder schwieg sie. Diesmal lag ein nach innen gekehrter Ausdruck auf ihrem Gesicht, als wanderte sie von neuem durch Räume, die lange verschlossen gewesen waren.

Mehr als das, was sie gesagt hatte, interessierte Protheroe das, was sie nicht gesagt hatte. Er kannte die Einzelheiten der Geschichte bereits, sowohl von ihrem Vater, der sie ihm telefonisch berichtet hatte, als auch aus der Lektüre der Aufzeichnungen, die ihre Psychiaterin gemacht hatte. Warum zum Beispiel hatte sie nicht erwähnt, daß sie und Russell Landy verheiratet gewesen waren? Oder daß sie infolge der Ermordung ihres Mannes wenig später, in der dreizehnten Woche ihrer Schwangerschaft, eine Fehlgeburt erlitten hatte? Warum sprach sie davon, zu einem Hypnotherapeuten geschickt worden zu sein, während sie doch völlig unterernährt, mit einem Gewicht von weniger als vierzig

Kilo, und einer schweren Depression ins Krankenhaus eingeliefert worden war? Nachdenklich strich er sich das bärtige Kinn. Sie hatte von einem männlichen Therapeuten gesprochen, doch die Aufzeichnungen, die er in seinem Büro hatte, waren von einer Frau geschrieben.

Er wartete noch ein, zwei Minuten, dann, als offenkundig wurde, daß sie ganz in ihre Gedanken versunken war, half er vorsichtig nach. »Hat die Psychiaterin im Queen-Mary's-Krankenhaus Ihnen irgendwie helfen können, Jinx?«

»Sie meinen, die zweite, Stephanie Fellowes?«

»Ja.«

Sie schien ihre Position unbehaglich zu finden und öffnete ihre Arme, um nach der unvermeidlichen Zigarette zu greifen. »Wann darf ich wieder nach draußen?« fragte sie plötzlich, nachdem sie ihre Zigarette angezündet hatte, und sah ihn durch den Rauch forschend an.

»Je eher, desto besser. Wir können jetzt gleich hinausgehen, wenn Sie das möchten. Ich habe einen kräftigen Arm zu bieten, auf den Sie sich stützen können. Wir könnten uns eine Bank etwas abseits der rasenden Menge suchen.«

Sie lächelte schwach. »Nein, danke. Ich warte lieber, bis ich es allein schaffe.« Sie wies mit dem Kopf zur Badezimmertür. »Ich habe ein paar Ausflüge zur Toilette unternommen und mußte fast den ganzen Weg kriechen, darum möchte ich lieber noch ein Weilchen für mich alleine üben. Ich bin nicht scharf darauf, daß Sie über mich lachen.«

»Weshalb sollte ich das denn tun wollen?«

Sie zuckte mit den Achseln. »Vielleicht nicht in meinem Beisein, aber Sie könnten bestimmt eine lustige Geschichte für den Golfclub daraus machen.« Sie ahmte seine tiefe Stimme nach. »Hey, Jungs, hab ich euch eigentlich schon mal von meiner Lieblingshysterikerin erzählt, die ihr Auto gegen einen Betonpfosten gesetzt hat, wie durch ein Wunder überlebte und dann eine glatte Bauchlandung hingelegt hat, als sie aufstehen wollte?«

»Unterstellen Sie den Leuten, die sich um Sie kümmern, immer solche niedrigen Motive?«

»Stephanie Fellowes war davon jedenfalls überzeugt.« *Aber ihr habe ich auch nicht vertraut.* Sie blies Rauchringe in die Luft. »Ich bin nun mal kein williges Versuchskaninchen. Ich lebe lieber mit all meinen Ängsten, Depressionen und fixen Ideen, als daß ich mir von ungeschickten Leuten mit Nagelschuhen in der Seele herumtrampeln lasse.« Sie lächelte ohne Feindseligkeit. »Ich vermute, sie oder mein Vater hat Ihnen erzählt, ich sei in einer so tiefen Depression versunken, daß ich nichts mehr gegessen hätte?« Sie warf ihm einen fragenden Blick zu, und er nickte. »Wer war's, nur mal interessehalber? Stephanie oder Adam?«

Er antwortete, ohne zu zögern. »Beide. Stephanie Fellowes hat mir eine Kopie der Aufzeichnungen geschickt, die sie damals angefertigt hat. Ihr Vater hat es mir erzählt, als Sie hierhergebracht wurden.«

»Haben Sie ihn kennengelernt?«

»Nein. Wir haben miteinander telefoniert.«

Sie nickte. »So macht er seine Geschäfte. Die Technik, besonders das unpersönliche Fax, wurde für Adam erfunden. Er weiß genau, wie einschüchternd es ist, mit jemandem zu verhandeln, den man nie zu Gesicht bekommt. Ich an Ihrer Stelle würde es dabei belassen.«

»Warum?«

»Ach, kein besonderer Grund.«

»Auf mich wirkte er durchaus angenehm, und er ist sehr besorgt um Sie.«

Sie lächelte vor sich hin, und er fragte sich, ob sie wußte, wie provozierend dieses Lächeln war. Sie war eine faszinierende Persönlichkeit. Sie war entschlossen, ihm ihren Vater zu verleiden, aber auf höchst subtile Art – mehr durch Andeutungen als Tatsachen, mehr durch Appelle an seine Anteilnahme als durch ehrliche Worte. Und er wußte, daß er dagegen nicht immun war. Diese Kombination von scharfem Intellekt und körperlicher Schwäche hatte etwas ungemein Anziehendes. Besonders für ihn, obwohl sie das nicht wissen konnte.

»Ja, so besorgt, daß er mich noch nicht einmal besucht hat«, bemerkte sie.

»Dann rufen Sie ihn doch an und fragen Sie ihn nach dem Grund«, schlug er vor.

Sie schüttelte den Kopf. »Adam und ich stellen einander nie persönliche Fragen, Dr. Protheroe.«

»Und doch nennen Sie ihn immer Adam. Ich hatte angenommen, das heißt, daß Sie einander als gleichberechtigt sehen.«

Doch dies war offensichtlich etwas, worüber sie nicht sprechen wollte. »Wir haben uns gerade über meine angebliche Depression unterhalten«, sagte sie unvermittelt. »Wobei *angeblich* das entscheidende Wort ist.«

Er ließ das Thema fallen. »Sie wollten wissen, ob ich von Stephanie Fellowes oder Adam von dieser Depression erfahren habe, die sich unter anderem darin äußerte, daß Sie aufgehört haben zu essen«, erinnerte er sie, »und ich sagte, daß ich es von beiden gehört habe. Wollen wir da weitermachen?«

»Es war genau umgekehrt. Die Depression hat sich entwickelt, weil ich nichts gegessen habe. Als ich ins Krankenhaus kam und zum Essen gezwungen wurde, hab ich sofort angefangen, mich besser zu fühlen.«

Er hielt es für wahrscheinlicher, daß sich ihr Zustand infolge der eingenommenen Antidepressiva gebessert hatte, doch er hatte nicht die Absicht, darüber eine Diskussion anzufangen. »Wissen Sie, warum Sie nicht gegessen haben?«

»Ja.«

Er wartete einen Moment. »Wollen Sie es mir sagen?«

»Vielleicht. Wenn Sie mir sagen, was Stephanie in ihren Aufzeichnungen geschrieben hat.«

Sie würde sich nicht mit weniger als der Wahrheit zufriedengeben, dachte er; ob sie allerdings glauben würde, daß das, was er ihr erzählte, auch tatsächlich die Wahrheit war, stand auf einem anderen Blatt.

»Die Aufzeichnungen liegen in meinem Büro«, sagte er, »ich kann sie also nicht wörtlich zitieren, aber ich kann Ihnen das Wesentliche zusammenfassen. Sie wurden mit einer schweren Depression eingeliefert, die sich nach der Ermordung Ihres Mannes und dem Verlust Ihres ungeborenen Kindes eingestellt hatte. Sie zeigten extreme Symptome – im besonderen Appetitverlust und anhaltende Schlaflosigkeit. Dr. Fellowes war klar, daß Sie tief verstört waren, und Ihre Unterernährung weniger auf Appetitverlust als auf Nahrungsverweigerung zurückzuführen war. Sie diagnostizierte Sie als selbstmordgefährdet. Man versuchte, Ihnen mit einer Kombination aus medikamentöser Behandlung und Psychotherapie zu helfen, und Ihr Zustand begann sich nach drei oder vier Wochen merklich zu bessern, auch wenn Sie, wie Dr. Fellowes schreibt, der Psychotherapie ausgesprochen feindselig gegenüberstanden. Soweit ich mich erinnere, wurden Sie nach sechs Wochen als gesund entlassen, und obwohl Sie es beharrlich abgelehnt haben, sich regelmäßigen ambulanten Untersuchungen zu unterziehen, betrachtet Dr. Fellowes Ihren Fall als erfolgreich abgeschlossen.« Er machte eine kurze Pause. »Oder hat das jedenfalls getan, bis ich die Aufzeichnungen erbat.«

Jinx runzelte die Stirn. »Ich wußte gar nicht, daß sie geglaubt hat, ich hätte es absichtlich getan.« Sie zog nachdenklich an ihrer Zigarette. »Aber das erklärt, warum sie alle jetzt an Selbstmord denken. *Pardus maculas non deponit.* Der Leopard ändert seine Flecken nicht«, übersetzte sie beiläufig, während ihr Blick zum

Fenster glitt, als sie draußen einen Mann über den Rasen gehen sah. Blondes Haar, grüner Pullover, braune Cordhose. Einen Sekundenbruchteil lang glaubte sie, es sei Leo, und ihr Herz zuckte heftig zusammen.

»Wenn Sie nicht absichtlich gehungert haben, warum haben Sie es dann getan?«

Sie wartete einen Moment, ehe sie antwortete. »Weil dieser Quacksalber, bei dem ich zuerst war, meine Alpträume mit Hypnose entschlüsseln wollte und mich im Verlauf dieses Verfahrens zum psychotischen Wrack gemacht hat.« Sie zuckte mit den Achseln und drückte ihre Zigarette aus. »Aber ein Alptraum ist gar nicht so schlimm. Meistens erinnert man sich nicht an die Einzelheiten, und die Erleichterung beim Erwachen wiegt die Ängste immer auf.« Sie strich mit den Fingerspitzen über die Armlehne ihres Sessels und tat dies in den kommenden Minuten immer wieder. »Zugegeben, ich habe damals nicht viel geschlafen, aber abgesehen davon bin ich ganz gut zurechtgekommen, wenn man bedenkt, was ich alles mitgemacht hatte. Tja, und da trat mein Vater auf den Plan.« Sie schüttelte den Kopf. »Zunächst einmal müssen Sie wissen, daß er Russell immer gehaßt hat, zum Teil, weil wir geheiratet haben, ohne ihm etwas davon zu sagen, vor allem aber, weil Russell zwanzig Jahre älter war als ich und in Oxford einer meiner Dozenten gewesen war. Wenn mein Vater überhaupt von ihm sprach, hat er ihn immer den ›kranken Pädophilen‹ genannt.« Sie verweilte einen Moment bei dieser Erinnerung. »Kurz und gut, ungefähr eine Woche nach der Fehlgeburt schlug Adam plötzlich das Gewissen – zumindest nehme ich an, daß es so war –, und er bezahlte mir diesen sündhaft teuren Therapeuten, der mir helfen sollte, meinen zweifachen Verlust zu verarbeiten.« Sie nahm sich eine neue Zigarette. »Wenn ich nicht immer noch unter Schock gewesen wäre, hätte ich vielleicht gemerkt, daß er ein Scharlatan war, aber in solchen Situationen denkt man nicht vernünftig. Wissen Sie, was *flooding* ist?« Vornübergebeugt, um nach ihrem Feuerzeug zu greifen, schleuderte sie ihm die Frage entgegen.

Sie traf Protheroe unerwartet. »Äh – ja, das ist eine ziemlich drastische Methode, um mit Angst umzugehen. Man zwingt einen Patienten, sich dem zu stellen, wovor er Angst hat, häufig ohne ihn vorher zu warnen und im allgemeinen ohne ihm eine Fluchtmöglichkeit zu lassen. Es ist eine riskante Sache, und sie funktioniert nicht immer, aber wenn, dann ist der Erfolg spektakulär. Sie hat durchaus ihren Platz in der Behandlung von Phobien.«

»Wenden Sie sie auch hier an?«

»Nein.«

»Arbeiten Sie mit Hypnose?«

Er schüttelte den Kopf.

»Was wenden Sie dann an, Dr. Protheroe?«

»Nichts.« Er lächelte über ihr ungläubiges Gesicht. »Jedenfalls keine Tricks und keine Schnellverfahren. Wir konzentrieren unsere Bemühungen einzig auf die Wiederherstellung der Selbstachtung, und die meisten Menschen, die hierherkommen, haben die Schlacht schon halb gewonnen, ehe sie das Haus überhaupt betreten, weil sie sich nämlich dafür entschieden haben, sich von dem zu befreien, was sie beunruhigt.«

»Einer von Ihren Patienten kam gestern zu mir ins Zimmer. Er wollte wissen, ob ich Heroin oder Kokain nehme, ich vermute daher, daß er selbst drogensüchtig ist. Er hat mir nicht gerade den Eindruck gemacht, als hätte er die Schlacht schon halb gewonnen.«

»Wie sah er aus?«

»Groß, mager, langes rotes Haar.«

Er schien sichtlich erfreut. »Matthew Cornell. Hm, das ist wirklich ein Fortschritt. Wenigstens beginnt er langsam zu merken, daß es außer Smack und Speed auch noch was anderes gibt.«

»Ist das der Grund, weshalb er unaufgefordert zu mir ins Zimmer kam, weil Sie Ihre Patienten ermutigen, ihre Umwelt wahrzunehmen?«

»Ich verlasse mich ganz auf die menschliche Natur«, antwortete er ihr offen. »Am Ende siegt meistens die Neugier. Sie sind unsere neueste Patientin und daher interessant. Es freut mich wirklich, daß Matthew den Mut gefunden hat, sich den Verboten zu widersetzen.«

»Was für Verboten?«

»Außen an Ihrer Tür hängt ein Riesenschild mit der Aufschrift ›Bitte nicht stören‹.«

»Das wußte ich nicht.«

»Sie hätten nachsehen sollen.«

»Und wieso hat Simon Harris dieses Schild nicht beachtet?«

Er zuckte mit den Achseln. »Hat er es wirklich nicht beachtet?«

»Er ist jedenfalls in mein Zimmer gekommen.«

»Unaufgefordert?«

»Nein, er hat mich gefragt, ob er sich höflich entschuldigen und wieder gehen solle, aber ich konnte natürlich kaum sagen, er solle verschwinden, nachdem er den ganzen Weg gekommen war.«

»Wieso nicht?«

Weil mich nie jemand gelehrt hat, verpiß dich zu sagen. »Ich lasse mich nicht analysieren, Dr. Protheroe. Ich will keine Gruppentherapie. Ich mache nicht mit. Ich spiele keine Spielchen.«

»Hat jemand das von Ihnen verlangt?«

»Ich weiß doch, wie das funktioniert.«

»Das eben frage ich mich.«

»Sie haben nach dem Hypnotherapeuten gefragt«, sagte sie, ohne auf seine letzten Worte einzugehen. »Er hat mich wegen einer Phobie behandelt, die ich gar nicht hatte. Das einzige, was mich quälte, waren Schuldgefühle darüber, Russell im Stich gelassen zu haben. Es war alles so voller Blut, und sein Gesicht war eigentlich nur noch rohes Fleisch.« Sie drückte eine Hand auf ihr bandagiertes Auge, das zu schmerzen begonnen hatte. »Er wollte, daß ich ihn küsse«, sagte sie ausdruckslos, beinahe mechanisch, »aber das konnte ich nicht. Und dann hab ich das Kind verloren, und es war wieder alles voller Blut.« Sie schwieg. »Das einzige, was ich brauchte, war ein bißchen Zeit.«

Er ließ sie in Ruhe, als sie sich mehrere Minuten lang in Schweigen hüllte, mit den Fingern über die Armlehne strich und hastig rauchte.

»Was hat der Therapeut getan?« fragte er schließlich behutsam.

Sie sah ihn verwundert an, als hätte sie geglaubt, er könnte es sich denken. »Er hat mir ein rohes Steak aufs Gesicht gelegt, während ich in Trance war, und hat mich dann aufgeweckt. Es roch nach Blut und rohem Fleisch, und ich dachte, es wäre Russell, der aus dem Grab gekommen sei, um sich seinen Kuß zu holen. Sie können sich nicht vorstellen, wie lange es gedauert hat, ehe ich wieder essen konnte, ohne mich zu übergeben.«

»Großer Gott!« Er war ehrlich entsetzt. »Wer war dieser Mann?«

Einen Moment lang starrte sie ihn verständnislos an. »Ich kann mich an seinen Namen nicht erinnern.«

»Wo hatte er seine Praxis?«

Aber auch daran konnte sie sich nicht erinnern. »Irgendwo in London«, antwortete sie.

»Okay, es spielt keine Rolle.«

»Sie glauben mir nicht.«

»Ich habe keinen Grund, Ihnen nicht zu glauben.«

»Wie könnte ich mich an etwas so Entsetzliches erinnern, wenn es nie geschehen wäre?«

Er sagte nichts.

»Sie denken, ich habe es erfunden«, beschuldigte sie ihn. »Aber weshalb sollte ich etwas erfinden, das nie geschehen ist?«

Vielleicht weil nie jemand wegen des Mordes an Russell unter Anklage gestellt wurde, dachte er, da ihm schien, daß ihr Schuldgefühl viel tiefere, beängstigendere Gründe hatte, als ihr sehr natürliches Widerstreben, das zerschmetterte Gesicht ihres sterbenden Mannes zu küssen.

Wessex Post – 24. Juni

Leichenfund im Wald von Ardingly

Gestern wurden im Wald von Ardingly in Hampshire die Überreste eines Mannes und einer Frau gefunden. Die Todesursache ist noch nicht bekannt, die Polizei schließt jedoch ein Verbrechen nicht aus. »Wir bitten die Bevölkerung, uns bei unseren Bemühungen, die Identität der beiden Toten festzustellen, zu helfen«, sagte ein Sprecher. »Der Tod ist vermutlich bereits vor zehn bis zwölf Tagen eingetreten, aber es wurden keine Personen, auf die die Beschreibung der beiden Toten paßt, als vermißt gemeldet.«

Der Mann ist der Beschreibung zufolge einen Meter zweiundachtzig groß, mittelkräftig gebaut, zwischen dreißig und vierzig Jahre alt und hat glattes blondes Haar. Er trug eine beigefarbene Baumwollhose, ein kariertes Hemd und einen dunkelgrünen gerippten Pullover. Die Frau ist einen Meter sechzig groß, schlank, zwischen dreißig und vierzig Jahre alt und hat kurzes dunkles Haar. Sie trug Bluejeans und ein marineblaues T-Shirt.

Die Polizei kann sich bisher nicht erklären, wie die Leichen an diesen Ort gekommen sind. »Es liegen uns keine Meldungen vor, daß irgendwo in der Gegend ein verlassenes Fahrzeug gefunden wurde«, sagte der Sprecher, »und der Wald liegt nicht an einer Omnibuslinie. Wir glauben, daß jemand die beiden Personen dort hingefahren hat, und wir bitten jeden, der ein Paar, auf das diese Beschreibung paßt, im Auto mitgenommen hat, sich zu melden.«

Die Polizei hat auch die Möglichkeit eines gemeinsamen Selbstmords noch nicht ausgeschlossen; zu denken gibt den Beamten aber, daß beide Tote keinerlei Ausweispapiere bei sich hatten. »Das ist unmöglich«, sagte der

Sprecher. »Wir hätten erwartet, eine Brieftasche oder eine Handtasche zu finden.« In der Umgebung der Fundstelle wird weiterhin nach Hinweisen gesucht.

Mrs. Mary Hughes, dreiundsiebzig, die die Leichen auf einem Spaziergang mit Pepita, ihrem Jack-Russell-Terrier, entdeckte, erholt sich zu Hause von einem leichten Herzanfall. Sie lief mehr als eine Meile zum nächsten Telefon, um die Polizei zu alarmieren, und macht Schock und Überanstrengung für den Anfall verantwortlich. »Ich hätte langsam gehen sollen«, sagte sie. »Ich bin jetzt eine alte Frau, und diese Leichen wären sowieso nicht weggelaufen. Die alten Narren sind doch wirklich die schlimmsten.«

6

Freitag, 24. Juni,
Pfarrhaus, Littleton Mary, Wiltshire – 11 Uhr

Durch das Fenster seines Arbeitszimmers sah Pastor Charles Harris den weißen Rolls-Royce – Kennzeichen KIN6 – durch das Tor des Anwesens kommen und vor der Haustür anhalten. Das Nummernschild sagte alles. Mittels einer strategisch plazierten gelbköpfigen Schraube hatte man den geschlossenen Schwung der 6 durchbrochen und so die Ziffer in den Buchstaben G verwandelt, so daß dem Betrachter nun von beiden Enden des protzigen Fahrzeugs das Wort KING entgegenschrie. Nicht zum erstenmal fragte er sich, wie es Jinx gelungen war, so augenscheinlich unbeeinflußt zu bleiben von ihrer vulgären Familie, und ebenfalls nicht zum erstenmal schalt er sich hart und intolerant.

Seine Bestürzung über den unerwarteten Besuch wuchs, als der Chauffeur die Tür zum Fond öffnete und Betty Kingsley heraushalf. Mit Adam wäre er vielleicht zurechtgekommen, mit Betty jedoch war das eine ganz andere Sache, besonders wenn sie, was jetzt deutlich der Fall war, während der Fahrt kräftig gebechert hatte. Seufzend öffnete er die Tür seines Arbeitszimmers und rief seiner Frau zu: »Caroline, wir haben Besuch. Betty Kingsley ist eben vorgefahren.«

Seine Frau kam aus der Küche, ängstliche Abwehr auf dem mageren Gesicht. »Ich will sie nicht sehen«, sagte sie. »Ich halte das nicht aus, Charles. Es war schon schlimm genug, am Telefon mit ihr zu sprechen. Sie wird mich nur wieder anschreien.«

»Ich glaube, wir haben keine Wahl.«

»Wieso nicht?« fuhr sie ihn an, nicht fähig, ihre Nervosität zu beherrschen. »Es gibt kein Gesetz, das uns befiehlt, die Tür zu öffnen. Man kann es doch uns nicht zum Vorwurf machen, daß Leo unserer Tochter den Vorzug gegeben hat.« Draußen läutete es. »Geh einfach nicht hin«, zischte sie. »Ich lasse mich nicht in meinem eigenen Haus von diesem gemeinen Fischweib ankeifen.«

Aber er war ein Gentleman der alten Schule. Er schüttelte mit sanftem Tadel den Kopf und ging durch den Flur, um aufzumachen.

»Hallo, Betty«, sagte er freundlich.

Sie stank nach Gin, und ihr Lippenstift war an einem Mundwinkel verschmiert. Dieses verbrauchte, mit Schminke verkleisterte Gesicht und der füllige Körper, der in ein mädchenhaftes Kleid gezwängt war, hatten etwas schrecklich Trauriges, dachte er. Für sie würde das Alter immer etwas sein, das man fürchten mußte, da der Alkohol etwa vorhandene Geistesgaben bei ihr verwirrt hatte und jetzt nichts übrig war, das sie zu einem interessanten Menschen gemacht hätte.

Aggressiv drängte sie sich an ihm vorbei, um auf Caroline loszugehen, stieß dabei so heftig gegen einen Walnußtisch, daß das Wasser in der Blumenvase, die auf ihm stand, überschwappte und sich auf das glänzende Holz ergoß.

»Ihre Tochter, dieses Flittchen, hat Jinx dazu getrieben, sich umzubringen, nicht ich oder ihr Daddy!« schrie sie und stach mit dem Zeigefinger durch die Luft, als wollte sie Caroline durchbohren. »Wegen uns hätte sie sich nie umzubringen brauchen. Sie machen mich vielleicht wütend, Sie eingebildete Person. Sie glauben, Sie können über mich und meine Familie herziehen, wo doch in Wirklichkeit Ihre kostbare Meg an allem schuld ist.«

Caroline Harris sah ihren Mann hilflos an. Das ist deine Schuld, sagte ihre Miene, tu also endlich etwas; doch er hob nur mit unglücklichem Gesicht die Schultern und ließ sie die Schlacht allein ausfechten.

»Ich sehe wirklich keinen Sinn darin, darüber zu diskutieren«, sagte sie mit einer Stimme, die zu hoch klang. »Es ist schon viel zuviel schmutzige Wäsche gewaschen worden.«

»Ja, klar, Meg hat immer gesagt, daß Sie eine verklemmte Kuh sind, die am liebsten alles unter den Teppich kehrt.« Sie umklammerte die Tischkante mit ihrer feisten Hand und sagte in geziertem Tonfall: »Aber nein, ich sehe wirklich keinen Sinn darin, darüber zu diskutieren.« Sie holte tief Atem. »Aber wenn es Ihnen in den Kram paßt, diskutieren Sie sehr wohl. ›Aber Betty, meine Liebe, geben Sie doch nicht Meg die Schuld an Ihrem eigenen Versagen. Jinx braucht eine Mutter, mit der sie sprechen kann.‹« Sie schlug mit der Faust auf den Tisch, daß die Blumenvase beängstigend schwankte. »Sie hat eine Mutter, verdammt noch mal. Mich.«

»Aber wahrscheinlich nicht die Mutter, die sie sich wünscht«, entgegnete Caroline eisig. »Sie waren am Telefon sehr beleidigend, Betty. Sie haben uns Mörder genannt, noch ehe Sie wußten, ob Jinx überhaupt tot ist. Was haben Sie denn von mir erwartet? Daß ich Ihnen zustimme? Charles und ich hatten ja kaum Zeit, die Nachricht zu verdauen, daß Leo Jinx wegen Meg verlassen hatte, als Sie schon am Telefon hingen und uns mit Beschimpfungen überhäuft haben. Es war für uns alle ein schrecklicher Schock.«

»Wo bleibt die Entschuldigung? Mir kommt's auf die Entschuldigung an, gnädige Frau, aber so was haben Sie vielleicht nicht nötig, wie?« Die Tränen schossen ihr in die mascaraverschmierten Augen. »Ist Ihnen eigentlich klar, was überall geredet wird? Die Hochzeit ist abgeblasen, weil Sir Anthony Wallader seinen Sohn nicht mit einer Kingsley verheiratet sehen wollte. Und warum? Weil wir viel zu gewöhnlich sind, verdammt noch mal!« Sie schluckte ihre Tränen hinunter. »Aber es gibt hier nur einen faulen Apfel im Korb, und ich habe Lust, das publik zu machen. Ihre Meg nämlich, die jeden an die Wäsche läßt.«

Caroline Harris kniff auf wenig attraktive Weise die Lippen zusammen, doch ehe sie etwas sagen konnte, griff ihr Mann ein. Er legte Betty Kingsley eine Hand auf den Arm und zog sie herum, so daß er ihr ins Gesicht sehen konnte. »Ist das wahr, Betty?« Er lächelte entschuldigend. »Wir wissen so wenig, verstehen Sie. Nur das, was Meg uns am Telefon gesagt hat, und das war wahrhaftig nicht sehr viel. Sie sagte lediglich, daß Leo sich für sie entschieden habe, und sie gemeinsam nach Frankreich fahren würden, um dort Urlaub zu machen.«

Betty Kingsleys wulstige Lippen wölbten sich aggressiv. »Warum sollen ich und meine Söhne dafür bestraft werden, daß Ihre Tochter rumbumst?« lallte sie. »Adam behauptet, wir hätten Jinx mit unserem Benehmen alle Chancen verdorben, aber ich seh das nicht so. Leo ist ein richtiger Mistkerl – genau wie sein Vater –, aber wir haben bestimmt nichts getan, um Sand ins Getriebe zu bringen.« Wieder holte sie tief Atem. »Unsere Schuld ist es nicht«, wiederholte sie nach einer kurzen Pause. »Meg ist eifersüchtig, das war immer schon so. Sie legt's drauf an, jeden Mann ins Bett zu zerren, den Jinx mag. Mit Russell hat sie auch geschlafen, falls Sie das nicht wissen sollten.«

Charles drehte sich mit entsetzter Miene nach seiner Frau um, doch Caroline wandte sich ab und wich seinem Blick aus.

»Das wußte ich nicht«, sagte er. »Es tut mir leid.«

Freitag, 24. Juni,
Gerichtsmedizinisches Labor, Hampshire – 11 Uhr 30

Dr. Robert Clarke, der Pathologe, hatte Erbarmen mit den drei Polizeibeamten und führte sie aus dem Labor in sein Büro, wo er Gesichtsmaske und Handschuhe abstreifte. »Kein schöner Anblick«, sagte er zustimmend, während er sein Fenster öffnete, um die angenehmere Luft der vielbefahrenen Straße draußen hereinzulassen, »aber die beiden in luftdichte Leichensäcke zu stecken und mit Nuvanstykil zu sprühen, ist das einzige Mittel, um die Maden abzutöten und das, was übrig ist, soweit präsentabel zu machen, daß man es untersuchen kann. Kaffee?« fragte er.

Die drei Männer schluckten krampfhaft und fragten sich, wie er auch nur daran denken konnte, nach dem Anblick dessen, was sich in diesen Leichensäcken abgespielt hatte, noch etwas zu sich zu nehmen. Noch immer hatten sie den Verwesungsgestank in der Nase; das war so seit dem gestrigen Tag, als sie an dem Graben gestanden und würgend vor Ekel zu dem pulsierenden weißen Gewoge hinuntergeblickt hatten, das wie eine brodelnde Masse die Kleidungsstücke und die verfaulenden Körper, die dort lagen, überzog. Sie schüttelten heftig abwehrend die Köpfe.

»Nein, vielen Dank, Bob«, sagte Detective Superintendent Frank Cheever und wischte sich die Lippen mit einem Taschentuch. Er war älter als die beiden anderen Beamten, ein zierlicher, gelehrt wirkender Mann mit grauem Haar und blaßblauen Augen, die er auf enervierende Weise auf die Person zu richten pflegte, mit der er gerade sprach. Er hatte etwas von einem Dandy und gab seinen Mitarbeitern Anlaß zu häufiger Erheiterung über seinen Seidentick, wie sie es nannten. Er trug seidene Binder, dazu passende seidene Tüchlein in der Brusttasche seines Jacketts und teuere seidene Socken, die er mit Sockenhaltern am Rutschen hinderte. Man tuschelte, er trage auch seidene Unterwäsche.

»Aber lassen Sie sich von uns nicht stören«, sagte er mit einem leicht angewiderten Blick auf die leere Kaffeetasse auf dem Schreibtisch. »Trinken Sie ruhig Ihren Kaffee.«

»Werde ich tun.« Der Arzt trat einen halben Schritt ins Vorzimmer, schwenkte die Tasse in der Luft und bat seine Sekretärin, ihm schwarzen Kaffee zu holen. »Das nimmt den Geschmack weg«, bemerkte er ungerührt, als er sich hinter seinen Schreibtisch setzte und die drei Männer mit einer Geste aufforderte, sich ebenfalls zu setzen. »Also, dann wollen wir mal sehen, was wir da haben.« Er warf einen Blick auf die mit Maschine geschriebenen Aufzeichnungen, die er vor sich liegen hatte. »Ich werde Sie nicht mit der Entwicklungsgeschichte der *Calliphora erythrocephala* langweilen, das heißt, der Schmeißfliege, mit der wir es hier zu tun haben, ich will nur kurz darauf hinweisen, daß bei warmer Witterung vom Ablegen der Eier bis zur Verpuppung etwa zehn bis elf Tage vergehen. Wir haben keine leeren Puppen gefunden, und die Larven waren zum Zeitpunkt der Entdeckung auf dem besten Weg zum ausgereiften dritten Madenstadium, was darauf schließen ließe, daß die Eier etwa acht oder neun Tage zuvor abgelegt wurden.« Er tippte auf einen Kalender. »Gestern war der dreiundzwanzigste, die wahrscheinlichen Daten der Eiablage wären also der vierzehnte oder fünfzehnte. Geben Sie noch ein oder zwei Tage hinzu, bis die *Calliphora erythrocephala* die Leichen gefunden hatte, und der Todestag wäre meiner Schätzung nach der zwölfte, dreizehnte und der vierzehnte, wobei ich auf Montag, den dreizehnten, tippen würde.« Er strahlte seine Sekretärin an, die mit seinem Kaffee und einem Teller Schokoladenkeksen hereinkam. »Macht Ihnen das nicht Appetit, meine Herren?«

Sie wurden alle drei sichtlich blaß, und bei Inspector Maddocks, einem großen, schwergewichtigen Mann Mitte Vierzig mit unfreundlichem Gesicht, regte sich der Verdacht, daß Bob Clarke es hier bewußt auf eine Art Kraftprobe zwischen dem harten Mann der Pathologie und den harten Männern des CID anlegte. Er hatte immer schon den Verdacht, daß der kleine Scheißer – Clarke war läppische einsfünfundsechzig groß – einen Komplex hatte. Jetzt war er sicher. Es bestand eine erschreckende Ähnlichkeit zwischen diesem naßforschen kleinen Arzt und dem Mathematiklehrer, der dran schuld war, daß er nun zum drittenmal in Scheidung lebte. *Gott, wie er diese aufgeblasenen kleinen Männer haßte!*

»Wunderbar, Jenny, vielen Dank.« Clarke tunkte einen Keks in den Kaffee und kaute mit Genuß. »Sie waren an Händen und Füßen gefesselt, wie Sie wissen, beide also nicht in der Lage, sich zu wehren. Und sie wurden regelrecht totgeschlagen, mit einem stumpfen Gegenstand.« Er schob mit einem Fingerschnippen mehrere Röntgenaufnahmen in Superintendent Cheevers Richtung. »Die haben wir aufgenommen, ehe wir sie in die Säcke gesteckt haben. Bei beiden liegen, wie Sie hier sehen können, mehrere Schädelfrakturen vor. Hier sehen Sie's ganz deutlich, eine klar umrissene runde Vertiefung im Scheitelbein der Frau. Eine Keule mit langem Griff oder ein Vorschlaghammer, nehme ich an, auf jeden Fall etwas sehr Handfestes. Beachten Sie die Fraktur des rechten Schlüsselbeins beim Mann, das würde auf einen Fehlschlag hindeuten«, er demonstrierte mit der Hand einen Abwärtshieb, »der möglicherweise den Kopf nur seitlich streifte und dann mit der Wucht eines Zweitonners auf der Schulter dieses armen Kerls landete.« Er schüttelte den Kopf. »Sie müssen sich das ungefähr so vorstellen: Da hocken zwei Menschen mit auf dem Rücken gefesselten Händen auf den Knien, und ein Wahnsinniger drischt mit aller Wucht mit einem schweren Gegenstand auf sie ein. Ich denke, wir können annehmen, daß die ersten Schläge von hinten geführt wurden, denn da verläuft der Schwung von oben nach unten, während die Schläge, die Kiefer und Wangenknochen zertrümmerten, die Opfer trafen, nachdem sie auf die Seite gefallen waren. Stellen Sie sich einfach vor, daß dieser Wahnsinnige

sinnige seinen Hammer wie einen Golfschläger hielt und mit den Gesichtern der beiden Abschläge übt, als sie auf dem Boden lagen. So wird es sich wahrscheinlich abgespielt haben.«

Wieder tupfte sich Cheever die Lippen, während er die Fotografien betrachtete. »Was glauben Sie denn, wo es passiert ist? Im Graben selbst oder oben auf der Böschung?«

»Ich glaube auf der Böschung. Die Schläge, die ich mir vorstelle, würden sich auf beschränktem Raum nicht so leicht durchführen lassen. Nein, meiner Ansicht nach hat er sie oben auf der Böschung getötet und die Leichen dann hinuntergestoßen. Der Gedanke ist zwar nicht sehr erquicklich«, er tunkte den nächsten Keks in seinen Kaffee, »aber es wäre möglich, daß er mit diesen Golfschlägen versucht hat, die Leichen überhaupt erst ins Rollen zu bringen. Allzugut hätte das allerdings nicht funktioniert«, sagte er nachdenklich. »Er hätte sie erst gerade hinlegen und sie dann etwa in der Körpermitte mit einem kräftigen Schwung anheben müssen, um sie in Bewegung zu setzen.«

»Was ist mit diesen Rutschspuren, die wir ungefähr fünf Meter tiefer gefunden haben?«

Bob Clarke suchte ein anderes Foto heraus. »Ja, die sind sehr interessant«, sagte er. »Stammen eindeutig von einem dünnen, harten Absatz. Da, schauen Sie, ziemlich tief eingegraben, als wäre die Person, die den Schuh anhatte, seitlich gerutscht und hätte den Absatz in den Boden geschlagen, um abzubremsen. Aber er ist höchstens zweieinhalb Zentimeter breit, ich denke daher, daß es sich um einen Damenschuh handelt.«

»Die Frau, die getötet worden ist, hatte Joggingschuhe an«, sagte Cheever.

»Ja. Von ihr können die Spuren nicht stammen, und auch nicht von unserem männlichen Toten. Die Absätze seiner Schuhe sind gut zehn Zentimeter breit. Die Spuren sind im übrigen nicht frisch – schauen Sie, an manchen Stellen ist schon wieder Gras nachgewachsen –, es spricht also einiges dafür, daß entweder eine Frau am Tatort war, als die Morde begangen wurden, oder aber schon vor Ihrer alten Frau jemand die Leichen entdeckt, aber es nicht gemeldet hat.«

»Wenn das zutrifft«, sagte Cheever nachdenklich, »dann könnte das unser Brieftaschendieb sein. Es wäre natürlich logisch anzunehmen, daß der Mörder selbst den Toten alles abgenommen hat, woran man sie hätte erkennen können, aber es ist auch nicht ausgeschlossen, daß da eine dritte Person die Hand im Spiel hatte.« Er sah seine beiden Mitarbeiter an. »Was meinen Sie?«

Gareth Maddocks zuckte nur nichtssagend mit den Achseln, während er mit zusammengekniffenen Augen, die tief in schwammige Fleischfalten eingebettet waren, voller Widerwillen den Pathologen beim Kekseintunken beobachtete. »Sie haben doch gesagt, es könnte bedeuten, daß eine Frau dabei war, als die Morde begangen worden sind«, erinnerte er ihn. »Heißt das, daß eine Frau diese Schläge geführt haben könnte, oder daß sie lediglich zugesehen hat, wie ein Mann zugeschlagen hat?«

Für den Widerwillen des anderen anscheinend völlig unempfänglich, rieb sich Clarke die Kekskrümel von den Fingern und trank einen Schluck von seinem Kaffee. »Jede Frau mit der Kraft, so eine Waffe zu schwingen, hätte diesen Schaden anrichten können, wenn sie zwei wehrlose Menschen vor sich auf den Knien gehabt hätte und dazu einen Vorschlaghammer oder ein ähnliches Instrument mit entsprechend langem Stiel. Für eine Frau allein ist es jedoch ein unwahrscheinlicher *modus operandi*.«

»Aber nicht ausgeschlossen?«

»Ausgeschlossen ist gar nichts, aber ich kann Ihnen sagen, daß Statistik und Psychologie dagegen sprechen. Es war ein sehr brutales Verbrechen, das große Körperkraft und äußerste Gewalttätigkeit erforderte, beides nicht typisch für Frauen, die Morde begehen. Das soll nicht heißen, daß es nicht einige äußerst gewalttätige und gefährliche Frauen gibt, aber meiner Erfahrung gemäß verüben Frauen ihre Morde bevorzugt innerhalb ihrer eigenen vier Wände, mit einem Kissen, das sie ihrem Opfer aufs Gesicht drükken, mit Gift, auch mit einer Schußwaffe oder einem Messer. Ich an Ihrer Stelle würde nach einem Mann oder Männern suchen, mit der Möglichkeit, daß eine Frau mit von der Partie war, die das Ganze mitangesehen hat. Es ist wirklich jammerschade, daß es in letzter Zeit so wenig geregnet hat. Bei schönem feuchten Boden hätte ich Ihnen genau sagen können, wie viele Leute dort waren, welches Gewicht und wahrscheinlich auch welche Größe sie hatten.« Er machte eine kurze Pause. »Es ist natürlich bei der ganzen Sache eine Menge Blut geflossen, und das wieder wegzukriegen ist verdammt schwierig, wie Sie wissen. Der Mörder hat wahrscheinlich Blutspuren in dem Wagen hinterlassen, mit dem er weggefahren ist. Ich denke, das sind die Bereiche, auf die man sich konzentrieren sollte.«

»Sagen Sie uns etwas über die Opfer«, forderte Frank Cheever ihn auf. »Wir kennen die Größe, den Körperbau sowie Haar- und Hautfarbe. Gibt es sonst noch etwas? Was verrät die Kleidung?«

»Hm, tja, mit den Kleidern hat Jerry alle Hände voll zu tun.« Clarke nahm sich ein weiteres Bündel Aufzeichnungen vor. »Es wird noch eine Weile dauern, ehe er Ihnen eine umfassende Analyse liefern kann, aber ich sage Ihnen gern, was er bisher festgestellt hat. Diese Leute waren jedenfalls nicht arm, ganz im Gegenteil, sie haben wohl bessergestellten Kreisen angehört, wie Jerry meint. Zuerst die Frau: Die Jeans, Levi's 501 für Men, stone-washed, sagen uns nicht viel, aber das T-Shirt stammt von einem amerikanischen Hersteller, einer Firma namens Arizona, die hier in England von dem Unternehmen Interwear in Birmingham vertreten wird. Erste Gespräche mit den Leuten haben ergeben, daß diese T-Shirts für fünfundfünfzig Pfund von nur zehn

Geschäften in ganz England verkauft werden, die alle in London, Birmingham oder Glasgow sitzen. Wir erwarten heute nachmittag per Fax eine Liste mit genauen Angaben zu Größe, Farbskala und Typ des T-Shirts, das sie anhatte. Jerry gibt Ihnen die Liste durch, sobald sie hier ist.«

Er folgte den Notizen mit dem Finger. »Ihre Joggingschuhe sind von Nike und kosten fünfundachtzig Pfund im Laden, und ihre Unterwäsche, wiederum nicht sehr hilfreich, ist von Marks and Spencer, oberste Preisklasse. Kurz gesagt, ihre Kleidung war für Freizeitkleidung keineswegs billig.

Jetzt der Mann. Da läßt sich nun schon weit mehr anfangen. Der Pullover ist dunkelgrün, Militärlook mit Lederflicken an den Ellbogen, ein Modell von Capability Brown, das nur bei Harrod's zu kaufen ist, zu einem Preis von einhundertdrei Pfund.« Er lächelte, als er Frank Cheevers unterdrückten Ausruf erregten Interesses hörte. »Das ist nur der Anfang, mein Freund. Das Hemd ist ein grünbraunkariertes Freizeithemd von Hilditch and Keys in der Jermyn Street, Kaufpreis fünfundachtzig Pfund. Die Hose wiederum von Capability Brown, hundertprozentiges Baumwollfutter, mit Bundfalten, die Farbbezeichnung lautet *Taupe*. Sie kostet bei Harrod's zweihundertfünfzig Pfund. Die Socken sind von Marks and Spencer, die Schuhe wahrscheinlich in Italien gekauft, Jerry hat jedenfalls bisher keinen Importeur finden können, der diese besondere Marke hier vertreibt, aber er kümmert sich weiter darum. Er tippt darauf, daß unser Mann bei Harrod's ein Konto hat und wahrscheinlich auch eines bei Hilditch and Keys. Er hat an den Kleidungsstücken beider Toten einige interessante Fasern gefunden, die seiner Meinung nach von demselben Teppich stammen, wahrscheinlich einem hochflorigen, cremefarbenen chinesischen Teppich, und einige Haare, bei denen es sich, wie er meint, um Katzenhaare handeln könnte. Er sagt, wenn wir ihm noch ein paar Tage Zeit lassen, dann kann er uns den Raum, in dem die beiden sich befanden, ehe sie in den Wald von Ardingly gebracht wurden, ziemlich genau beschreiben.«

»Sonst noch etwas?« fragte Cheever.

Clarke lachte. »Reicht Ihnen das noch nicht für den Anfang? Mein lieber Mann, wir haben die beiden noch nicht mal vierundzwanzig Stunden hier. Was erwarten Sie denn noch?«

»Ein paar gute Fingerabdrücke zum Beispiel«, erwiderte Cheever. »Sie hatten gestern Ihre Zweifel, aber vielleicht sieht es heute ein bißchen anders aus? Wenn einer von den beiden vorbestraft ist, dann ist das doch zweifellos der schnellste Weg zur Identifizierung.«

»Hm, ja, ich werde Ihnen da genauere Auskunft geben können, wenn wir sie aus den Säcken geholt haben.«

»Was ist mit der grünen Nylonschnur, mit denen man ihnen die Hände und Füße gefesselt hat? Gibt die uns irgendwelche nützlichen Auskünfte?«

»Nein, eigentlich nicht. Man kann sie in den meisten Pflanzenhandlungen und Supermärkten kaufen. Absolut unzerreißbar und sehr, sehr widerstandsfähig. Die Knoten waren nichts Besonderes, die üblichen falschen Knoten, mehrere hintereinander, zur Sicherheit, und sie waren sehr stramm, es ist also anzunehmen, daß die Opfer verzweifelt versucht haben, sich zu befreien. Das wäre im übrigen eine Frage, der nachzugehen sich lohnen würde. Wie schafft es ein Mann, zwei gesunde Erwachsene zu fesseln? Und wann hat er es getan? Bevor er sie nach Ardingly gebracht hat, oder nachdem er sie dort hintransportiert hatte? Wenn vorher, wie hat er sie mitten in den Wald bugsiert? Wenn hinterher, warum ist nicht einer von den beiden geflohen, während der andere gefesselt wurde? Ich halte es wirklich für das wahrscheinlichste, daß wir es mit zwei oder mehreren Verdächtigen zu tun haben.«

Inspector Maddocks rieb sich nachdenklich das Kinn. »Sind Sie sicher, daß es ein Hammer war und nicht vielleicht ein dicker Ast?

Wenn es ein Ast gewesen sein könnte, dann haben wir es vielleicht mit einem eher spontanen Überfall zu tun. Unser Wahnsinniger – und ich gebrauche das Wort ganz bewußt – stößt zufällig auf ein schlafendes Pärchen im Wald, schlägt sie bewußtlos, fesselt sie und prügelt sie dann zu Tode, ehe er mit ihrem Geld abhaut. Könnte es so geschehen sein?«

»Nicht mit einem Ast«, entgegnete Dr. Clarke liebenswürdig. »Die Waffe, die dieses saubere Loch in den Schädel der Frau geschlagen hat, hatte eine klare, symmetrische Form. Sie war sehr hart und sehr schwer und stand wahrscheinlich in rechtem Winkel zu dem Schaft, an dem sie befestigt war, sonst hätte sie nicht so tief eindringen können. Ich würde zwar nicht gerade mein Leben auf einen Vorschlaghammer wetten, aber ganz sicher meine Ersparnisse.«

Der dritte Beamte, Sergeant Sean Fraser, der an der Wand beim offenen Fenster lehnte, schaltete sich in das Gespräch ein. »Entschuldigen Sie, Chef«, sagte er zu Maddocks, »wenn es ein ungeplanter Überfall gewesen wäre, hätten wir doch irgendwo ein Auto finden müssen. Jemand, der bei Harrod's einkauft, macht doch nicht per Anhalter einen Ausflug in den Wald von Ardingly, um mit seiner Kleinen zu knutschen.« Er verschränkte die Arme und tippte mit den Fingern auf den Ärmel seiner Lederjacke. »Ich finde die Beschreibung von Dr. Clarke, wie es sich abgespielt haben muß, sehr interessant. Nehmen Sie jeden Krieg, den Sie wollen, Sie haben garantiert Filmaufnahmen von Opfern gesehen, die vor offenen Gräbern gekniet haben, ehe sie mit einem Schuß in den Hinterkopf abgeknallt und in den Graben befördert wurden. Meiner Meinung nach spricht alles dafür, daß wir es hier mit einer Exekution zu tun haben.«

Die anderen schwiegen, um sich dies einen Moment durch den Kopf gehen zu lassen.

»Und was für eine Art von Exekution soll das gewesen sein?«

fragte Superintendent Cheever schließlich. »Wenn es ein Auftragsmord durch einen Profi gewesen wäre, würden wir uns jetzt Aufnahmen von Schußwunden anschauen. Sie haben doch selbst gesagt, ein Schuß in den Hinterkopf. Ich kann mir nicht vorstellen, daß ein Profi mit einem Vorschlaghammer arbeiten würde.«

»Oh, es ist schon vorgekommen, daß Banden sich gegenseitig mit Baseballschlägern zu Brei geschlagen haben, Sir«, sagte Fraser, »aber so, wie es hier ausschaut, ein Mann und eine Frau zwischen dreißig und vierzig, glaube ich, haben wir es mit einem eifersüchtigen Ehemann zu tun. Eine Hinrichtung aus Leidenschaft, wenn man das sagen kann.«

Cheever dachte einen Moment darüber nach. »Ich verstehe immer noch nicht, wieso sie niemand vermißt gemeldet hat. Leute dieser Art verschwinden doch nicht einfach zwei Wochen lang, ohne daß es jemandem auffällt.«

»Es sei denn, ihre Familienangehörigen haben sie ins Jenseits befördert«, warf Maddocks ein. »Vielleicht haben wir es hier mit einer Situation wie im Menendez-Fall zu tun – da wurden reiche Eltern von ihren halbwüchsigen Söhnen ermordet, entweder aus Geldgier oder aus Rache für andauernden sexuellen Mißbrauch, je nachdem, wem man glaubt. So was kommt weit häufiger vor, als einem lieb sein kann. Jeremy Bamber zum Beispiel – erinnern Sie sich an den? – hat seine ganze Familie umgebracht, weil er das Haus und das Geld haben wollte, und hat dann versucht, die Morde seiner toten Schwester in die Schuhe zu schieben. Da fragt man sich manchmal echt, warum wir uns für die nächste Generation abplagen.«

Dr. Clarke sah auf seine Uhr und stand auf. »Tja, im Gegensatz zu Ihnen, Freunde, verdiene ich nicht genug, daß es sich für meine Kinder lohnen würde. Ein freundlicher Händedruck hin und wieder dafür, daß ich was richtig gemacht hab, ist die einzige Belohnung, die ich dafür kriege, daß ich Stunden ohne Ende für sie schufte. Suchen Sie die Blutspuren. Ihr Freund, oder wahrscheinlicher ihre Freunde, werden reichlich leuchtendrotes Hämoglobin auf ihren weißen Westen verspritzt haben. Und irgendwo wird's irgend jemand bemerkt haben.«

»Immer vorausgesetzt, unser braver Bürger kümmert sich um irgendwas, was über seinen Magen und seinen Schwanz hinaus geht«, sagte Maddocks miesepetrig.

»Wenn alles glattgeht«, fuhr Clarke fort und öffnete die Tür, »werde ich spätestens am Ende des Tages das Alter der beiden genauer bestimmen können, wahrscheinlich auch ein paar brauchbare Fingerabdrücke sichern und Ihnen sagen können, ob die Frau je geboren hat.« Er ließ sie in den Korridor hinaustreten. »Aber zuerst muß ich diese leckeren Säcke aufmachen. Möchte mir dabei vielleicht einer von Ihnen helfen?« Mit einem vergnügten kleinen Lachen machte er sich auf den Weg zum Labor.

»Er ist ein erbärmlicher alter Lügner«, sagte Superintendent Cheever zu den anderen. »Er verdient doppelt soviel wie ich und arbeitet halb soviel.«

Der Geruch des Todes wehte aus dem Labor, als der Pathologe die Tür öffnete und hineinging.

»Ihnen ist sicher auch aufgefallen«, sagte Maddocks mit einem breiten Grinsen zu seinem Chef und dem jungen Sergeanten, dessen Gesicht unter dem blonden Haar sich ungesund verfärbt hatte, »daß der gute Onkel Doktor seine Kekse gegessen hat, ohne sich vorher die Hände zu waschen.«

Nightingale-Klinik, Salisbury – Mittag

An die Rückenlehne eines Sessels gestützt, stand Jinx an ihrem Erkerfenster. Sie hatte den rothaarigen jungen Mann, der zur Tür hereinschaute, schon lange bemerkt, bevor sie etwas sagte.

»Warum kommst du nicht herein?« fragte sie schließlich, ohne den Kopf zu drehen.

»Redest du mit mir?«

»Es ist sonst niemand hier.«

Matthew schob seinen mageren Körper durch den Spalt und trat zu ihr, um ihr bei der Betrachtung des Gartens Gesellschaft zu leisten. Es war ihm unmöglich, längere Zeit stillzustehen, und aus dem Augenwinkel beobachtete sie mit Erheiterung sein nervöses Wippen und Zucken. *Gott, war der Junge unattraktiv.*

»Bist du fromm?« fragte er unvermittelt.

»Warum fragst du?«

»Du hast gestern von einem Pfarrer Besuch gehabt. Da hab ich mir gedacht, du bist vielleicht eine Betschwester.«

Sie warf ihm einen Blick zu, sah, daß er damit beschäftigt war, die Pickel an seinem Kinn auszudrücken, und wandte ihre Aufmerksamkeit wieder dem sonnenbeschienenen Rasen und den Menschen darauf zu.

»Er ist der Bruder einer Freundin von mir. Er wollte sich nach meinem Befinden erkundigen. Das war alles.«

Er wies zu einem Mann auf der rechten Seite. »Siehst du den Kerl da in dem karierten Hemd und der blauen Hose? Erkennst du ihn? Das ist der Sänger von *Black Night.* Der hat sich früher alle zwei Stunden 'nen Schuß gegeben. Und schau ihn dir jetzt an. Und den Kerl neben ihm. Der hat ein Transportunternehmen, aber wenn er nicht mindestens zwei Flaschen Whisky am Tag gekippt hat, konnte er nicht arbeiten. Jetzt ist er trocken.«

»Und woher weißt du das?«

»Ich hab mit denen Gruppentherapie gemacht.«

»Hat Dr. Protheroe dich gebeten, bei mir vorbeizuschauen?« fragte sie sarkastisch. »Ist das Gruppentherapie durch die Hintertür?«

»Hör schön auf. Der Doktor bittet nie irgend jemanden um

irgendwas, der lehnt sich nur zurück und kassiert die Knete.« Er stieß seine Schuhspitze in den Teppich. »Ist doch ganz klar, je weniger er tut, desto länger sind wir hier, und das kann ihn doch nur freuen. Das Ganze hier ist ein Witz.«

»Aber irgend etwas macht er offensichtlich richtig«, entgegnete Jinx, »sonst würde es ja keinem seiner Patienten bessergehen.«

Matthew rieb sich mit zitternder Hand seinen Stoppelbart. »Er hält uns von der Versuchung fern, das ist alles. Hier gibt's keinen Alkohol und keine Drogen, aber ich wette, sobald einer hier rauskommt, hängt er sich an die nächste Flasche oder Nadel. Ich tu das jedenfalls ganz bestimmt. Hier kommt man sich ja vor wie in einem beschissenen Leichenhaus. Kein Spaß, keine Aufregung, Tod durch Langeweile. Ich würde mir gleich jetzt was reinziehen, wenn ich mir was beschaffen könnte.«

Sie war ihn plötzlich leid. »Warum tust du's dann nicht?«

»Ich hab doch gerade gesagt, hier gibt's keine Drogen.«

»Das kann nicht stimmen. Mir haben sie gestern abend eine Schlaftablette angeboten. Warum löst du dir nicht ein paar auf und spritzt sie dir?« fragte sie gleichmütig. »Das wäre doch auch ein Trip, oder nicht?«

»Nicht das, was ich will, außerdem – wo würde ich denn eine Spritze herbekommen?«

Wieder sah sie ihn an. »Dann marschier doch einfach hier raus. Geh in die Stadt, oder werden wir hier wie Gefangene gehalten?«

»Nein«, murmelte er und rieb sich die Arme, als wäre ihm kalt. »Aber das würde bestimmt jemand sehen. Hier wimmelt's von Wachleuten, damit nur ja keine Prolos die Reichen und Berühmten belästigen. Und überhaupt, womit soll ich denn bezahlen? Das Geld nehmen sie einem ab, wenn man hier eingeliefert wird.«

Was vermutlich erklärte, warum sie ihre Handtasche nicht hatte. In ihrem Schrank waren einige Kleidungsstücke, aber keine

Handtasche. Sie hatte angenommen, sie sei bei dem Unfall verlorengegangen.

»Also, wenn ich so wild drauf wäre«, sagte sie trocken, »wie du es offenbar bist, würde ich einfach losgehen und irgendeine alte Schachtel überfallen, um mir das Geld zu holen. Ich versteh gar nicht, was dich daran hindert.«

»Du bist genau wie alle anderen«, sagte er ärgerlich. »Alte Frauen überfallen, Bankangestellte verprügeln, irgendeinem Kind die Sparbüchse klauen. Herrgott noch mal, ich bin kein Krimineller. Ich will nur einen einzigen lumpigen Schuß. Du solltest dir bei Gelegenheit mal den Doktor anhören. Was hält Sie denn hier, Matthew? Sie sind über einundzwanzig, Sie wissen, was Sie tun, gehen Sie doch, rufen Sie Ihren Lieferanten an, lassen Sie sich von ihm was bringen. Ich hab meinen Alten angerufen und ihm das erzählt. Der Doktor versucht gar nicht, mich zu heilen, er ermutigt mich höchstens noch, hab ich gesagt, und dafür zahlst du.«

»Und was hat dein Vater gesagt?«

»›Niemand hält dich auf, Matthew, tu's ruhig, wenn du es nicht lassen kannst.‹ Das hat er gesagt. Ich versteh überhaupt nicht, was mit all den Leuten los ist. Also, wie wär's mit einem kleinen Marsch? Hast du Lust, ein Stück zu laufen?«

»Ich kann nicht«, antwortete sie ziemlich kurz. »Meine Beine sind noch nicht kräftig genug.«

»Ach so, ja, das hab ich vergessen. Du wolltest dir ja das Leben nehmen. Okay, dann hol ich eben einen Rollstuhl.«

»Das hat dir wohl Dr. Protheroe gesagt, daß ich eine Selbstmordkandidatin bin?« fragte sie bitter.

»Quatsch! Ich hab dir doch schon mal gesagt, der tut überhaupt nichts. Hier wissen alle über dich Bescheid. Es hat ja in sämtlichen Zeitungen gestanden. Millionärstochter wollte sich umbringen.«

»Ich wollte mich nicht umbringen.«

»Woher willst du das wissen? Die sagen hier alle, daß du dich an nichts erinnern kannst.«

Aufgebracht ging sie auf ihn los. »Du blöder kleiner Scheißer!« rief sie. »Was weißt denn du schon darüber?«

Er legte mit überraschend weicher Berührung einen Finger auf ihre tränennasse Wange. »Ich war dort«, sagte er.

Sie stand immer noch an den Sessel gelehnt am Fenster, als zwanzig Minuten später Alan Protheroe hereinkam. »Ich habe eine Nachricht für Sie«, sagte er. »Von Matthew. Sie lautet etwa folgendermaßen: ›Richten Sie der Mieze in Zimmer zwölf aus, daß ich einen Rollstuhl gefunden habe, aber er ist so dreckig, daß ich ihn erst saubermachen muß. Ich nehme an, daß sie zu einem Picknick im Garten nicht nein sagen würde; ich hab jedenfalls draußen unter der Buche eins für sie organisiert.‹« Sein sympathisches Gesicht verzog sich zu einem breiten Lächeln. »Lockt Sie diese reizende Einladung, Jinx, oder soll ich ihm sagen, daß ich Ihnen wieder strikte Bettruhe verschrieben habe? Er hat ja das Nicht-stören-Schild vor Ihrer Tür wieder einfach ignoriert, verdient also meiner Ansicht nach Ihre Gesellschaft zum Mittagessen gar nicht. Außerdem wird er Ihnen wahrscheinlich ständig erzählen, wie dringend er einen Schuß braucht, und Sie damit gründlich langweilen. Aber ich überlasse die Entscheidung selbstverständlich ganz Ihnen.«

Sie erwiderte sein Lächeln mit einer gewissen Ironie. »Ich fange allmählich an, Ihre Arbeitsmethode zu begreifen, Dr. Protheroe.«

»Tatsächlich?«

»Ja. Sie arbeiten nach dem Prinzip, daß die Menschen immer das Gegenteil von dem tun, was die Autoritätsfigur ihnen rät.«

»Nicht unbedingt«, entgegnete er. »Mir geht es darum, jeden einzelnen zu ermutigen, seine eigenen Werte zu finden, und es ist völlig unwichtig, was diesen Prozeß in Gang setzt.«

»Dann zwingen Sie uns dauernd, Entscheidungen zu treffen.«

»Ich zwinge niemanden zu irgend etwas, Jinx.«

Sie runzelte die Stirn. »Also, was soll ich nun tun? Mit Matthew zusammen ein Picknick im Garten machen oder ihm sagen, er kann mir den Buckel runterrutschen? Ich meine, er ist ja auch ein Patient. Ich möchte nichts falsch machen.«

Er zuckte mit den Achseln. »Das ist wirklich nicht meine Sache. Er wird den Rollstuhl putzen, bis er blitzt, weil er entschieden hat, daß Sie das wert sind. Sein Denken ist im Moment ein bißchen eingleisig, weil er jahrelang Drogen genommen hat, aber sein Vater ist Anwalt, und seine Mutter ist in der Werbung, und vor zehn Jahren hat er auf der Schule eine hervorragende Abschlußprüfung gemacht, er kann also nicht ganz dumm sein. Sie haben die freie Wahl, Jinx.«

»Wieso sagen Sie das dauernd? Nichts im Leben ist frei. Am Ende muß man immer bezahlen.« Sie ließ ihn ihren Unwillen sehen. »Und nur mal interessehalber, wenn Sie mir freiwillig so viel über Matthew erzählen, was haben Sie ihm dann über mich erzählt?«

Er zog erheitert eine Augenbraue hoch. »Ich habe gesagt, die Mieze in Zimmer zwölf ist um einiges klüger als Sie, sie hat in Oxford Altphilologie studiert und hält Sie für einen Blödmann mit fettigen Haaren, der nicht mal den Mumm hat, loszuziehen und einer alten Frau die Handtasche zu klauen, um sich einen Schuß zu beschaffen. Das kommt doch der Wahrheit ziemlich nahe, nicht wahr? Er hat mir den größten Teil Ihres Gesprächs mit ihm erzählt.«

»Stimmt genau«, erwiderte sie unwirsch. »Ich hätte es nicht besser formulieren können.«

»Also, was soll ich ihm sagen? Daß Sie gern mit ihm zu Mittag essen würden? Ja oder nein?«

»Sie wissen, daß ich das nicht möchte.«

Er hob einen Finger. »Dann werde ich Matthew das mitteilen.« Mit einem flüchtigen Winken verschwand er durch die Tür.

»NEIN!« schrie sie ihm nach. »KOMMEN SIE ZURÜCK!« Aber er kam nicht zurück, und wütend wie selten stolperte sie durch das Zimmer und stürzte durch die Tür zum Flur hinaus. »DR. PROTHEROE!« schrie sie seiner davongehenden Gestalt nach. »SAGEN SIE JA KEIN WORT, SIE VERDAMMTER MISTKERL!«

Er machte kehrt und kam zu ihr zurück. »Sie wollen also doch mit Matthew zu Mittag essen?«

Sie wartete, bis er sie erreicht hatte. »Nicht besonders gern«, sagte sie gedämpft, »aber ich werde es tun.«

»Warum?« fragte er neugierig. »Warum etwas tun, das sie gar nicht tun wollen?«

»Weil Sie ihm die Absage bestimmt nicht schonend beibringen werden. Sie sagen ihm doch bestimmt genau das, was ich Ihnen gesagt habe, und das will ich nicht. Er war netter zu mir als jeder andere hier, und ich glaube, Sie würden ihn verletzen.«

»Sie haben vollkommen recht, Jinx.«

Sie seufzte gelangweilt. »Ach, Mensch, hören Sie doch auf. Ich weiß genau, was Sie tun, und ich weiß auch, warum Sie's tun. Sie sind genau wie Stephanie Fellowes. Sie wollen mich aus diesem Zimmer rauslotsen, Sie möchten, daß ich aufhöre, mich selbst zu bemitleiden und daß ich wieder unter Menschen gehe. Aber warum können Sie dann nicht einfach sagen: Tun Sie's, bitte, Jinx, es wird Ihnen guttun? Warum müssen Sie diesen armen Jungen in Ihre albernen Spielchen hineinziehen? Er hat keine Schuld an dem, was mir passiert ist.«

Warum konnte sie nicht sehen, daß das Zimmer, aus dem er sie herausholen wollte, ein inneres Zimmer war? Was hielt sie dort zurück?

»Gut, Sie haben recht, aber ich habe ihn in nichts hineingezogen, er hat sich selbst eingemischt.« Er tippte auf den Zettel mit der Aufschrift ›Bitte nicht stören‹, der neben ihrer Zimmertür an der Wand hing. »Finden Sie es nicht ein bißchen herablassend, ihn als armen Jungen zu bezeichnen, Jinx? Er ist achtundzwanzig Jahre alt und braucht weder meinen noch Ihren Schutz.« Er lachte. »Und noch ein Letztes: Ich gebe niemals irgend jemandem Anweisungen, etwas zu tun. Entweder man tut etwas freiwillig, oder man tut es gar nicht. Es geht hier um meine Glaubwürdigkeit. Ich kann mir Verweigerung von meinen Patienten nicht leisten. Das würde alles untergraben, wofür ich stehe.«

»Dann sagen Sie Matthew bitte, ich danke ihm vielmals und würde sehr gern mit ihm zusammen zu Mittag essen.« Sie hob den Arm, riß den Zettel ab, knüllte ihn zusammen und warf ihn nach ihm. »Sie als guter Existentialist wissen bestimmt, warum ich das getan habe, Dr. Protheroe.«

Sein dröhnendes Lachen hallte durch den Korridor, als er, die Papierkugel hochwerfend und wieder fangend, davonging. »Weil es Ihnen Spaß gemacht hat!« rief er ihr über die Schulter zu.

Sie kam sich vor wie eine Preissau auf einem Schubkarren, als Matthew sie stolz wie ein Spanier an mehr oder weniger gaffenden Patienten vorbei im Rollstuhl durch den Garten schob. Sie fand es grauenvoll und rauchte, zähneknirschend über die, wie sie fand, von Protheroe angestiftete gewaltsame Entführung, eine Zigarette nach der anderen.

Ihre Stimmung besserte sich etwas, als sie am Ende eines Rundgangs an der Einfriedungsmauer entlang zum Haupttor kamen und am Torhäuschen haltmachten. Der Wächter warf durch das Fenster einen kurzen Blick auf sie, dann widmete er sich wieder der Lektüre seiner Zeitung.

Jinx wies zum offenen Tor. »Warum gehen wir nicht einfach

weiter?« sagte sie. »Dann kannst du dir deinen Schuß besorgen, und ich besorge mir ein Taxi nach Hause.«

»Klar«, sagte Matthew. »Dann übernimm du.«

Sie sah blinzelnd zu ihm hinauf. »Was soll ich übernehmen?«

Er machte mit den Händen eine Stoßbewegung. »Das Fahren. Mir kann's gleich sein, wenn du abhauen willst. Ich bin nicht für dich verantwortlich.« Er kauerte neben ihr nieder. »Aber wenn du raus willst, warum sagst du's dann nicht einfach dem Doktor und rufst von deinem Zimmer aus ein Taxi an?«

Sie zuckte mit den Achseln. »Wahrscheinlich aus dem gleichen Grund, aus dem du es nicht tust.«

»Ja«, sagte er. »Ich schätze, der Kerl von der Band sieht's ziemlich richtig. Er sagt, wenn man sich mal in den tiefsten Abgrund gestürzt hat und noch am Leben ist, wenn man unten ankommt, dann lohnt sich's wahrscheinlich, sich zu fragen, was, zum Teufel, man da unten zu suchen hat. Also, hast du Lust, was zu essen? Oder willst du raus?«

»Beides«, antwortete Jinx, »aber ich geb mich fürs erste mit dem Essen zufrieden. Du bist überhaupt kein Rebell, hm?«

Matthew grinste. »Das kommt ganz drauf an.«

»Worauf?«

»*Cui bono?* Wenn ich davon profitieren kann, bin ich vielleicht interessiert. Worum geht's denn?«

»Das weiß ich noch nicht«, antwortete sie nachdenklich, »aber eins kann ich dir sagen, und das ganz umsonst: Wenn du's wirklich schaffst, clean zu werden, könntest du Millionen machen. Du kannst die Leute noch besser manipulieren als mein Vater.«

»Du bist auf dem Gebiet auch nicht gerade ein Waisenkind«, gab er zurück und wirbelte den Rollstuhl herum. »Halt dich jetzt schön fest. Wir wollen doch mal sehen, wie schnell das Ding fährt.« Er beugte sich zu ihr hinunter, um sie fest in den Sitz zu drücken, und im selben Moment drehte sie den Kopf, um ihn anzulächeln.

Der Schock des *déjà vu* war so heftig, daß sie instinktiv den Arm hochwarf und ihn im Gesicht traf. *Meg und Russell... Meg und Leo... Blut... Hure... Hure... HURE...*

7

Zunächst war Bobby Franklyn mit den vier gestohlenen Kreditkarten, alle mit der gleichen schwungvollen Unterschrift, die so leicht nachzuahmen war, sehr vorsichtig umgegangen. Er hatte bescheiden angefangen, mit Einkäufen unter dreißig Pfund, um die unvermeidliche telefonische Überprüfung zu umgehen, aber nach zwei Tagen erlag er der Versuchung einer Lederjacke für hundertfünfzig Pfund, und Habgier siegte über die Vorsicht. Schwitzend unter dem argwöhnischen Blick des Geschäftsführers stand er da, während der entscheidende Anruf gemacht wurde, und hätte am liebsten gejuchzt, als ihm die Jacke übergeben wurde, und er wußte, daß die Karten noch nicht vermißt gemeldet worden waren.

In den folgenden fünf Tagen kaufte er, immer die Karten wechselnd, Waren im Wert von sechstausend Pfund, ohne, wie es schien, je das Kreditlimit zu erreichen. Und die Karten der Frau hatte er überhaupt noch nicht angerührt.

Natürlich wurde er leichtsinnig. Er konnte gar nicht anders, er mußte mit seiner Schlauheit protzen und seine neu erworbene Wohlhabenheit zur Schau stellen, denn kluge Voraussicht gehörte nicht zu Bobbys Stärken; ihn trieb nur ein kindliches Bedürfnis, jedes Verlangen sofort zu stillen und seine Überlegenheit zu demonstrieren.

Immer arroganter zeigte er sich im Schmuck seiner neuen Federn, provozierte Eifersucht und Mißgunst und wurde schließlich von einem ehemaligen Schulfreund, der Polizeispitzel geworden war, für eine Zigarette und ein Bier verpfiffen.

Freitag, 24. Juni, Polizeirevier Romsey Road, Winchester, Hampshire – 12 Uhr 15

Etwa zur selben Zeit, als Jinx mit Fluchtgedanken spielte, klopfte Sergeant Sean Fraser an die offene Tür von Inspector Maddocks' Büro. »Erinnern Sie sich, was der Super gesagt hat, daß ein Dritter die Ausweispapiere und das Geld dieses ermordeten Pärchens geklaut haben könnte? Also, ich hab mir mal die Aktenblätter für die ganze letzte Woche vorgenommen, und ich glaube, ich hab einen Volltreffer gezogen. Das paßt einfach zu gut, das kann kein Zufall sein, Chef. Heute morgen wurde von den Kollegen von der Streife ein Bursche namens Bobby Franklyn aufs Revier gebracht. Er wohnt in der Hawtreesiedlung, die Mutter ist alleinerziehend und hat fünf Kinder, mit denen sie nicht fertig wird. Er ist der älteste. Wie's aussieht, hat er mit gestohlenen Kreditkarten innerhalb der letzten fünf Tage Elektrogeräte und Kleidung im Wert von sechstausend Pfund eingekauft. Als die Kollegen die Bodendielen in seinem Schlafzimmer aufgestemmt haben, haben sie vier Karten auf den Namen Leo Wallader und zwei auf den Namen M. S. Harris entdeckt. Er behauptet, er hätte sie in einer Plastiktüte in der High Street gefunden, aber als Ted Garrety angerufen hat, um festzustellen, wann der Verlust der Karten gemeldet worden ist, hat er von allen Ausstellern gehört, daß keine Verlustmeldung vorliegt und die Karten noch gut sind. Ted hat inzwischen versucht, sich mit den beiden Karteninhabern in Verbindung zu setzen. Wallader ist in Glenavon Gardens 12, Richmond gemeldet und Harris in der Shoebury Terrace 43a, in Hammersmith. Zwei Londoner Nummer, aber unter keiner meldet sich jemand. Was halten Sie davon?«

Maddocks' volles, fast immer unfreundlich wirkendes Gesicht hellte sich auf und zeigte plötzlich waches Interesse. »Ist dieser Franklyn noch hier?«

Fraser nickte. »Ein übles Früchtchen. Siebzehn Jahre alt und weiß über seine Rechte genau Bescheid. Wir hatten ihn schon früher ein paarmal hier, aber jetzt ist er endlich alt genug, um unter Anklage gestellt zu werden. Garrety hat gesagt, er hätte fünf Fernsehapparate und ein halbes Dutzend Stereoanlagen noch im Karton neben seinem Bett stehen gehabt, und in seinem Schrank hängen massenhaft nagelneue Kleider.«

»Hat er einen Anwalt hier?«

»Ja, eine junge Frau von Hicks und Hicks. Sie hat ihm geraten, den Mund zu halten.«

Maddocks' Gesicht verfinsterte sich wieder. »Miranda Jones, nehme ich an. Es wär doch wunderbar, wenn Frauen bei dem bleiben würden, worin sie gut sind, anstatt sich in die Männerreservate reinzudrängen.« Er warf dem jungen Sergeant, der mit pikiertem Gesicht dastand, einen trägen Blick zu. »Da sind Sie doch meiner Meinung, oder nicht, Sean?« hänselte er ihn, da er genau wußte, daß Fraser nicht den Mumm hatte, einem Vorgesetzten zu widersprechen.

Fraser hielt seinen Blick starr auf einen Fleck an der Wand über dem Kopf des Inspectors gerichtet und spielte flüchtig mit dem Gedanken, dem Mistkerl eins über die Rübe zu geben. Er haßte Maddocks aus tiefstem Herzen. Er hielt die Frauenfeindlichkeit des Mannes für pathologisch und schrieb sie der Tatsache zu, daß Maddocks mitten in seiner dritten Scheidung steckte. Aber das war keine Entschuldigung, und genausowenig gab es eine Entschuldigung dafür, daß er sich offenbar nichts dabei dachte, die sechs Kinder, die er im Lauf seiner drei Ehen produziert hatte, einfach im Stich zu lassen. »Sie ist besser als manche von den Männern, die sie herschicken, Chef.«

»Okay, sehen wir ihn uns mal an«, sagte Maddocks, schob seinen Stuhl zurück und stand auf. »Keine Chance, daß er unser Mörder ist, was?«

Fraser trat zur Seite, um ihn vorbeizulassen. »Nein, ich glaube nicht, Chef. Nach dem, was Ted Garrety mir erzählt hat, hat er eine Vorliebe für kleine Mädchen. Vor zwei Jahren hat ihn eine Dreizehnjährige beschuldigt, sie vergewaltigt zu haben, aber es kam nie zu einer amtlichen Anzeige, weil ihre Mutter sie schleunigst abschleppte, als sich herausstellte, mit wie vielen anderen Burschen ihre Tochter schon geschlafen hatte. So wie es aussieht, hat Franklyn sämtliche Anlagen zum Pädophilen. Wenn wir noch zwei oder drei Jahren warten, werden wir den Kerl wahrscheinlich regelmäßig wegen Belästigung Minderjähriger verknacken. So ein Typ fühlt sich äußerst unzulänglich und würde wahrscheinlich ohne die geringsten Skrupel zwei tote Erwachsene berauben, aber ich bezweifle sehr, daß er den Mut hätte, es mit zwei Lebenden aufzunehmen.«

Eine durchaus zutreffende Beurteilung, dachte Maddocks, als er den deprimierend verkommenen jungen Burschen im Vernehmungsraum musterte, der den Mund nicht aufmachen konnte, ohne Obszönitäten vom Stapel zu lassen, und von Anfang bis Ende der Vernehmung mit der Hand zwischen den Beinen fummelte, offenbar ohne sich dessen bewußt zu sein. Er sah ungesund und ungewaschen aus, sein Gesicht wirkte spitz und verkniffen, er war unfähig, seinem Gesprächspartner in die Augen zu sehen, der Mund hatte einen mürrisch trotzigen Zug. In solchen Momenten fragte sich der Faschist in Gareth Maddocks, warum die Gesellschaft solche Wiesel in ihrer Mitte überhaupt duldete.

»Wir haben hier ein gewisses Problem«, bemerkte er, nachdem Franklyn auf die ersten drei Fragen stereotyp mit »Kein Scheißkommentar« geantwortet hatte. »Ich leg meine Karten offen auf den Tisch, Bobby, damit Sie gleich wissen, worum's geht. Ich denke mir, Sie werden sich dann vielleicht doch entschließen, mir ein paar Antworten zu geben. Ihr Kreditkartenschwindel interessiert mich nicht. Was mich betrifft, ist das eine separate Sache. Mich interessieren die zwei Personen, deren Namen auf den Karten stehen, Leo Wallader und M. S. Harris, und ich will Ihnen auch den Grund für mein Interesse sagen: Ich habe hier zwei Leichen, die gestern nachmittag im Wald von Ardingly gefunden wurden und die ich nicht identifizieren kann. Sergeant Fraser und ich vermuten nun, daß unsere beiden Leichen sehr wohl Mr. Wallader und Miss Harris sein könnten, und es würde uns eine Menge Zeit und Mühe sparen, wenn Sie uns das bestätigen würden, Bobby. Wir vermuten, daß Sie vor ungefähr einer Woche zufällig auf die Leichen gestoßen sind und das getan haben, was jeder normale Mensch getan hätte – Sie haben ihnen ihre Brieftaschen abgenommen.« Er lächelte liebenswürdig. »Was, zum Teufel, ist da schon dabei, hm? Die beiden waren schließlich tot – nicht von Ihrer Hand getötet, daran gibt es keinen Zweifel – und würden ihre Kreditkarten sowieso nie mehr brauchen, richtig? Also, wie wär's, wenn Sie uns da ein bißchen zuarbeiten würden? Es wäre uns wirklich eine Hilfe zu wissen, wer die beiden sind.«

»Sie können mich mal«, sagte Bobby. »Kein Scheißkommentar.«

Maddocks sah die junge Anwältin an. »Was halten Sie davon, wenn der Sergeant und ich mal fünf Minuten hinausgehen und Sie die Gelegenheit nutzen, um mit Ihrem Mandanten Klartext zu reden? Ich denke, es lohnt sich, darauf hinzuweisen, daß wir durchaus beschließen könnten, weitere Vorwürfe gegen Mr. Franklyn zu erheben, wenn sich herausstellen sollte, daß die beiden Toten Wallader und Harris sind, und ich möchte hinzufügen, daß der Vorwurf der Behinderung der Justiz der geringste unter ihnen sein wird.«

Fraser beobachtete Franklyns geistesabwesendes Gefummel an seinem Hosenschlitz mit unverhohlenem Abscheu. »Wenn uns gar nichts anderes übrigbleibt, müssen wir eben die Leute in der Hawtreesiedlung vernehmen, und es würde mich nicht wundern, wenn wir da noch einen Zeugen auftreiben, ein junges Mädchen vielleicht, das mit Bobby im Wald war.«

»Ich war allein«, rief Franklyn hastig, ohne auf seine Anwältin zu achten, die ihm warnend die Hand auf den Arm legte. *Scheiße, wenn die rauskriegten, daß er eine Zwölfjährige gevögelt hatte.*

»Okay, okay, ich hab sie gefunden, ich geb's ja zu. Ausgesehen haben die, einfach ätzend. Die Gesichter total zertrümmert und blutig, und überall Schmeißfliegen, aber ich war allein. Glauben Sie vielleicht, ich hätt die Scheißkarten einfach einstecken können, wenn noch jemand dabei gewesen wär? Mensch, überlegen Sie doch mal! Der andere hätt doch auch was davon haben wollen, oder nicht? Aber es war schon so, wie Sie gesagt haben, die beiden waren tot und hätten ihre Karten sowieso nicht mehr gebrauchen können. Da hab ich sie eben eingesteckt, weil ich mir gedacht hab, mit denen läßt sich was anfangen.«

»Es wäre Ihre Pflicht gewesen, den Fund zu melden, Bobby«, sagte Maddocks milde, seine gewohnheitsmäßige Aggressivität hinter einem freundlichen Lächeln verbergend, das sagte: Mach dir deswegen kein Kopfzerbrechen, mein Junge, wir sind doch erfahrene Männer, du und ich, und wissen beide, daß Regeln dazu da sind, gebrochen zu werden.

»So ein Scheiß! Was gehen mich die Zwei da an? Wenn ihr Bullen mir ein bißchen sympathischer wärt, hätt ich's vielleicht gemeldet, aber ihr habt mir nie 'nen Gefallen getan, warum hätt ich da euch einen tun sollen? Die waren mausetot, das können Sie mir glauben. Piepegal, ob die heute oder vor einer Woche gefunden werden, hab ich mir gesagt. Tot ist tot, stimmt's?«

Da konnte Maddocks nicht widersprechen. »Und Sie waren wirklich allein, Bobby? Wenn Sie ein Mädchen bei sich hatten, müßten wir das jetzt wissen. Es ist wichtig.« Er dachte an die

Rutschspuren an der Böschung, die vom Absatz eines Damenschuhs stammten.

»Ja, klar war ich allein.« Er überlegte einen Moment. »Eins kann ich Ihnen sagen, wenn da 'n Mädchen dabeigewesen wär und gesehen hätt, was ich gesehen hab, hätte die jetzt noch nicht zu kotzen aufgehört. Ich mag selber gar nicht dran denken.« Sein Gesicht nahm eine noch ungesündere Färbung an. »Ich hab die Luft anhalten müssen, wie ich die durchsucht hab. So ätzend war das. In dem Graben waren mindestens eine Million Schmeißfliegen. Wollen Sie mir die Sache anhängen? Ich hab die zwei nicht umgelegt. Mit so was hab ich nichts am Hut.«

Maddocks warf Fraser einen Blick zu, der zuckte die Achseln. Die Geschichte des Jungen klang wahr. »Nein«, sagte der Inspector und stand auf. »Im Moment habe ich nicht die Absicht, weitere Vorwürfe gegen Sie zu erheben, aber wir müssen auf jeden Fall noch mal mit Ihnen reden, Bobby. Ich würde Ihnen deshalb wärmstens empfehlen, sich zur Verfügung zu halten. Weder Sergeant Fraser noch ich wollen Sie später suchen müssen.« An der Tür blieb er noch einmal stehen. »Eine letzte Frage noch: Hatte man den Versuch gemacht, die Leichen zu verbuddeln?«

»In einem Grab, meinen Sie?«

»Nein, ich meine, waren sie mit irgend etwas bedeckt?«

»Nur mit Laub.«

»Gut bedeckt?«

»Ja, ziemlich gut.«

»Wie haben Sie sie dann gefunden?«

Franklyns scharfe kleine Augen flackerten unruhig. »Weil an dem Mann irgendwas rumgemacht hatte«, antwortete er. »Ein Fuchs vielleicht. Der Kopf und der obere Teil von seinem Körper waren ausgebuddelt, jedenfalls hat's so ausgesehen. Die Frau hab ich überhaupt nicht gesehen. Erst wie ich die Blätter von ihm runtergetan hab, hab ich ihren Kopf neben seinen Beinen gesehen.

Wenn ich's mir jetzt überleg«, sagte er, »wollt ich, ich hätt sie nie gesehen.« Er wischte sich die Hände an seiner Hose ab. »Hat mir nichts als Ärger gebracht, und ich weiß gar nicht, ob ich mich hinterher richtig saubergemacht hab. Das macht mir echt angst.«

Nightingale-Klinik, Salisbury – 18 Uhr 30

Als Alan Protheroe später am Nachmittag bei Jinx vorbeischaute, fand er sie bei Gehübungen vor, die sie mit zähneknirschender Entschlossenheit absolvierte. »Im Rollstuhl sehen Sie mich nie wieder«, erklärte sie zornig. »Ich habe gar nicht gewußt, wie empfindlich ich dagegen bin, angestarrt zu werden. Es war richtig erniedrigend.« Sie tippte mit dem Finger auf ihren Verband. »Wann kommt dieses blöde Ding endlich von meinem Auge weg?«

»Wahrscheinlich morgen vormittag«, antwortete er und fragte sich, ob es allein Erniedrigung war, die ihren Zorn angefacht hatte. Es würde noch eine ganze Weile dauern, dachte er, ehe sie sich ihrer selbst sicher genug fühlte, um zuzugeben, daß sie sich an irgend etwas erinnerte. »Sie haben um halb zehn Uhr einen Termin im Odstock-Krankenhaus. Da wird der Verband abgenommen, wenn alles in Ordnung ist.«

Sie blieb neben dem Frisiertisch stehen. »Gott sei Dank. Im Augenblick komme ich mir vor wie Frankensteins Monster.«

Er lächelte. »Sie sehen aber nicht so aus.«

Einen Moment blieb es still.

»Sind Sie verheiratet, Dr. Protheroe?«

»Ich war verheiratet. Meine Frau ist vor vier Jahren an Brustkrebs gestorben.«

»Oh, das tut mir leid.«

»Warum wollten Sie das wissen?« fragte er sie.

Schlichte Neugier. Sie sind ein zu netter Mann, um frei und ungebunden herumzulaufen, und an fast allen Ihren Hemden fehlen Knöpfe. »Weil es Freitag abend halb sieben ist, ein wunderschöner Juniabend, und ich mich wundere, daß Sie immer noch hier sind. Wohnen Sie im Haus?«

Er nickte. »In einer Wohnung im oberen Stock.«

»Haben Sie Kinder?«

»Eine Tochter. Sie studiert. Sie ist neunzehn und sehr eigenwillig.«

»Das überrascht mich nicht. Sie haben sie wahrscheinlich seit ihrer frühesten Kindheit als Versuchskaninchen für Ihre Theorien über persönliche Verantwortung benutzt.«

»So etwa, ja.«

Sie musterte ihn forschend. »Nur mal interessehalber, was passiert, wenn einer Ihrer Patienten sich für die falschen Werte entscheidet? Mit anderen Worten, in böser Absicht handelt. Ich kann nicht glauben, daß sie sich alle den existentialistischen Protheroe-Prinzipien unterwerfen. Das ist statistisch einfach unmöglich.«

Er setzte sich in einen der Sessel, streckte seine langen Beine aus und faltete die Hände hinter dem Kopf. »Die Frage hat es wirklich in sich, aber ich werde versuchen, sie zu beantworten. Mit ›falsch‹ meinen Sie vermutlich, daß sie mit denselben Problemen aus der Klinik weggehen, mit denen sie hergekommen sind, richtig? Mit anderen Worten, ihr Aufenthalt hier hat sie nicht davon überzeugen können, daß ein anderer *modus vivendi* vielleicht der Erwägung wert wäre.«

»Das ist eine starke Vereinfachung, aber sie geht wahrscheinlich in Ordnung.«

Er sah sie amüsiert an. »Tja, und dann lautet die stark vereinfachte Antwort, daß meine Methoden bei ihnen nicht gewirkt haben, und sie entweder so bleiben, wie sie sind, oder eine andere Art der Therapie suchen. Aber im allgemeinen sind es diejenigen

Leute, die schon innerhalb der ersten achtundvierzig Stunden wieder gehen, weil sie von Anfang an gar nicht hierherkommen wollten.«

Wie ich, dachte sie. »Aber Sie haben doch sicher eine ziemliche Rückfallquote. Ich kann mir nicht vorstellen, daß Matthew brav auf dem Weg der Tugend bleibt, wenn er erst wieder von hier weg ist.«

»Ich glaube, Sie unterschätzen ihn. Er ist erst seit zwei Wochen hier, wissen Sie? Geben Sie ihm noch einen Monat und sagen Sie mir dann, daß er es nicht schaffen wird.«

Sie starrte ihn entsetzt an. »Einen Monat? Wie lange soll ich denn dann hier bleiben.«

»Das kommt ganz auf Sie an.«

»Das ist keine Antwort. Was erwartet denn mein Vater, wie lange Sie mich hier festhalten werden?«

»Das ist hier kein Gefängnis, Jinx. Ich halte niemanden fest.«

»Dann kann ich also morgen, wenn der Verband abgenommen ist, hier weg?«

»Natürlich, vorausgesetzt, Sie halten sich an das, was ich Ihnen am Mittwoch gesagt habe. Sie sind körperlich noch nicht wieder gesund, ich würde es deshalb für meine Pflicht halten, Ihren Vater davon zu unterrichten, daß Sie sich selbst entlassen haben.«

Sie lächelte schwach. »Heißt das, daß ich geistig gesund bin?«

Er zuckte mit den Achseln. »Wenn Sie meinen Eindruck wissen wollen – Sie sind so leicht nicht kleinzukriegen.« Er beugte sich vor und musterte ihr Gesicht aufmerksam. »Ich habe gewisse Schwierigkeiten, diese robuste Selbstsicherheit, die Sie an den Tag legen, mit dem Bild der gebrochenen, verletzlichen Frau in Einklang zu bringen, das die Polizei mir von Ihnen gemalt hat.«

Sie drückte eine Fingerspitze auf ihr Augenlid, um die aufschießenden Tränen zu verbergen. »Ich auch«, sagte sie nach einem kurzen Schweigen, »aber ich habe den Artikel in der Zeitung immer wieder gelesen und komme einfach nicht auf eine andere Erklärung.« Sie senkte die Hand, um ihn anzusehen. »Ich habe heute bei Meg angerufen und auf ihren Anrufbeantworter gesprochen. Ich dachte, wenn ich nur mit ihr und Leo reden könnte, könnten sie wenigstens allen sagen, daß es mich nicht weiter erschüttert hat, von ihm verlassen zu werden.«

»Ist das etwas, woran Sie sich erinnern können?«

»Sie meinen, daß es mich nicht weiter erschüttert hat?« Er nickte, und sie schüttelte den Kopf. »Nein, ich bin einfach nur absolut sicher, daß es mir nichts ausgemacht hätte.«

»Und wie kommt das?«

Weil es mir das letzte Mal auch nichts ausgemacht hat. »Weil mir an Leo gar nichts lag«, sagte sie laut. Sie wandte sich von ihm ab, aus Furcht vielleicht, in seinem Gesicht Ungläubigkeit zu sehen. »Ich weiß, das klingt wie die Geschichte mit dem Fuchs und den Trauben, aber ich bin wirklich erleichtert, daß ich ihn nicht heiraten muß. Ich kann mich erinnern, daß ich oft bis in die Nacht hinein im Atelier rumgehangen habe, nur damit ich nicht nach Hause fahren und einen gemütlichen Abend mit ihm verbringen mußte. Und ich glaube nicht, daß ich kalte Füße wegen der Hochzeit bekommen hatte. Ich habe allmählich eine richtige Abneigung gegen ihn entwickelt.« Sie lachte tonlos. »Da haben Sie meine robuste Selbstsicherheit. Weshalb wollte ich jemanden heiraten, den ich gar nicht mochte? Das ergibt doch keinen Sinn.« Wieder versank sie einen Moment in Schweigen. »Es wäre ja nicht so schlimm«, sagte sie plötzlich, »wenn ich nicht ständig Abwehrmauern hochziehen müßte.«

»Wogegen denn?«

Wieder drückte sie die Fingerspitzen auf ihr gesundes Auge, um ihn nichts sehen zu lassen. »Gegen die Angst«, antwortete sie.

Er wartete einen Moment. »Wovor müssen Sie denn Angst haben?«

»Das weiß ich eben nicht«, murmelte sie. »Ich kann mich einfach nicht erinnern.«

Polizeirevier Romsey Road,
Winchester, Hampshire – 19 Uhr

Nachdem man einen ersten Hinweis auf die mögliche Identität der Leichen erhalten hatte, begannen sich die Ereignisse beinahe zu überstürzen. Durch einen Anruf bei den Kollegen in Richmond stellte sich interessanterweise heraus, daß das Haus in Glenavon Gardens 12 einige Tage zuvor bereits das Augenmerk einer anderen Abteilung der Polizei von Hampshire auf sich gezogen hatte; dies infolge eines Verkehrsunfalls, an dem Miss Jane Kingsley, die Eigentümerin und Bewohnerin des Hauses, beteiligt gewesen war.

»Am besten sprechen Sie mal mit Sergeant Halliwell in Fordingbridge«, riet der Kollege in Richmond Fraser. »Er hat uns gebeten, die Kingsley zu überprüfen, weil sie den Eindruck hatten, der Unfall wäre ein Selbstmordversuch gewesen. Um es kurz zu machen, sie war mit Leo Wallader verlobt, und er hat ungefähr zwei Monate lang in Glenavon Gardens mit ihr zusammengelebt, ehe er eines Abends, am Freitag, dem zehnten Juni, drei Wochen vor der Hochzeit, plötzlich abgehauen ist, um zu Jane Kingsleys bester Freundin zu ziehen. Wir haben mit den Nachbarn der Kingsley gesprochen, die uns von einem früheren Selbstmordversuch am Sonntag, dem zwölften, erzählt haben, und haben mit Walladers Eltern telefoniert. Von denen haben wir erfahren, daß Wallader und seine neue Freundin nach Frankreich gefahren sind und dort bleiben wollten, bis sich die ganze Aufregung über die geplatzte Hochzeit gelegt hat.«

»Haben Sie eine Ahnung, wie die neue Freundin heißt?« Fraser hielt den Atem an.

»Harris. Meg Harris.«

Volltreffer! »Haben Sie die Adresse von Walladers Eltern?«

»Warten Sie mal. Der Vater ist Sir Anthony Wallader. Adresse: Downtown Court, Ashwell, in der Nähe von Guildford.«

»Und wie steht's mit Meg Harris' Eltern?«

»Tut mir leid. Die hat uns in der Sache nicht interessiert. Über sie haben wir nichts als den Namen.«

»Okay, können Sie mir alles faxen, was Sie zu der Geschichte haben?« Er las die Nummer vor. »In den nächsten fünf Minuten, wenn's geht.«

»In Ordnung. Worum geht's denn?«

»Wir wissen noch nichts Sicheres, aber wir haben hier zwei Leichen und vermuten, daß es sich um Wallader und Harris handelt. Am besten sagen Sie Ihren Kollegen gleich, daß sie uns morgen irgendwann erwarten können. Tschüs.«

Er legte auf, suchte die Nummer der Polizeidienststelle Fordingbridge heraus und wählte. »Ist Sergeant Halliwell noch da?« fragte er. »Ja, ich weiß, daß es spät ist.« Er trommelte mit den Fingern auf den Schreibtisch. »Okay, die Sache ist eilig. Können Sie ihn ausfindig machen und ihn bitten, entweder Inspector Maddocks oder Sergeant Fraser anzurufen.« Er rasselte die Nummer herunter. »Und machen Sie's bitte dringend.«

Er nahm seine Unterlagen und ging durch den Korridor zum Fax, das bereits das erste von zwei Blättern mit Informationen aus Richmond ausdruckte. Er überflog den Bericht, ehe er zu Maddocks ins Büro ging.

»Hier haben wir die Hampshireverbindung, Chef. Leo Wallader war bis vor ungefähr zwei Wochen mit einer Miss Jane Kingsley verlobt. Die beiden wollten eigentlich am zweiten Juli heiraten, aber Leo hat ihr am zehnten Juni den Laufpaß gegeben und ist mit ihrer besten Freundin, Meg Harris, zusammengezogen.« Er sah auf. »Der Vater von Miss Kingsley ist Adam Kingsley von Franchise Holdings, und die Hochzeit hätte in Hellingdon Hall stattfinden sollen, wo der alte Kingsley wohnt. Das ist ein altes Herrenhaus im Norden von Fordingbridge.«

Er reichte Maddocks den Bericht. »Ich habe Sergeant Halliwell in Fordingbridge ausrichten lassen, daß er uns anrufen soll. Er hat diese Informationen zusammengetragen, als seine Leute am dreizehnten Juni Miss Kingsley bewußtlos und stockbesoffen aus ihrem Wagen gezogen haben. Sie tippen auf Selbstmordversuch, nachdem sie schon am zwölften Juni einen unternommen hatte.« Er wies auf die große Übersichtskarte an der Wand. »Der Mann in Richmond, mit dem ich gesprochen habe, sagt, der Unfall war auf dem Flughafen Stoney Bassett, und der liegt irgendwo« – er breitete seine Hand auf der Karte aus – »zwischen dem Wald von Ardingly und Hellingdon Hall, vielleicht fünfzehn Meilen vom Wald entfernt und sieben von Hellingdon Hall. Ich hab das starke Gefühl, daß wir hier auf der richtigen Spur sind, Chef. Die Geographie stimmt, wir haben die Rutschspuren an der Böschung, die vom Absatz eines Damenschuhs stammen, und der Arzt sagte doch, es könnte auch eine Frau getan haben.«

Maddocks, älter und vorsichtiger, wedelte mit der Hand. »Warten wir erst mal, bis wir von Halliwell hören«, sagte er. Eine halbe Stunde später begaben sie sich ins Büro des Superintendenten und brachten ihn auf den neuesten Stand.

»Ich gebe zu, es besteht eine kleine Chance, daß Wallader und Harris sich an der französischen Riviera sonnen«, schloß Maddocks. »Es kann ja sein, daß Franklyn uns angelogen hat, oder aber daß unsere beiden Leichen die Kreditkarten gestohlen haben und dann wiederum von Franklyn bestohlen wurden, aber das ist nun wirklich so unwahrscheinlich, daß man es eigentlich gar nicht in Erwägung zu ziehen braucht. Es erklärt auch, warum niemand die beiden vermißt gemeldet hat. Halliwell hat gesagt, von Walladers Familie hätte er die Auskunft bekommen, daß die beiden nach Frankreich geflohen sind, weil sie dem Wirbel wegen der geplatzten Hochzeit entgehen wollten. Also, was tun wir? Teilen wir Sir Anthony Wallader mit, daß wir glauben, sein Sohn liegt bei uns in der Pathologie, und bitten wir ihn, eine Identifizierung vorzunehmen? Oder warten wir, bis wir uns über die Identität der beiden Toten ganz sicher sind, ehe wir die Familien informieren? In der Wohnung der Harris in Hammersmith können wir uns wahrscheinlich ein paar Fingerabdrücke holen, aber die Kollegen in Richmond meinen, wenn wir in Glenavon Gardens aufkreuzen, wird das Jane Kingsley unweigerlich alarmieren, daß was im Busch ist. Und das wäre vielleicht ungünstig, wenn sie an der Sache beteiligt ist.«

Frank Cheever schob seine Hände unter seinem Kinn zusammen und blickte nachdenklich aus dem Fenster. »Hab ich Ihnen schon mal erzählt«, sagte er schließlich, »daß ich als Streifenbeamter im Londoner Mile End angefangen habe?«

Maddocks und Fraser verzogen keine Miene. Er hatte es ihnen nicht einmal erzählt, er hatte es ihnen mindestens hundertmal erzählt. Maddocks bereitete sich auf eine langweilige Viertelstunde vor. An den Reminiszenzen des alten Knackers war nichts interessant außer der Tatsache, daß Cheever als uneheliches Kind einer Prostituierten aus East London zur Welt gekommen war. Selbst Maddocks mußte zugeben, daß es für einen Mann, der sein Leben in der Gosse begonnen hatte, eine Leistung war, sich bis zum Posten eines Superintendenten der Kriminalpolizei hochgearbeitet zu haben und dabei achtunddreißig Jahre mit derselben Frau verheiratet geblieben zu sein.

»Ich hatte damals gerade erst die Schule hinter mir«, erzählte Cheever versonnen, »und einer der ersten Unglücksraben, die ich von der Straße aufgelesen habe, war ein Schwarzer, den man halbtot geprügelt hatte.« Er hing einen Moment dieser Erinnerung nach. »Dann hat sich herausgestellt, daß der arme Kerl mit der

Schwester eines Bandenbosses aus dem East End verlobt war, und es gab Indizien genug dafür, daß der zukünftige Schwager diesen schmutzigen Job eigenhändig erledigt hatte. Mein Chef brauchte nur noch eine Bestätigung der Identität, aber als der Schwarze endlich wieder zu Bewußtsein kam, hat er jede Zusammenarbeit abgelehnt, und wir mußten die Sache fallenlassen. Ich hab noch nie jemanden gesehen, der solche Angst hatte. Der Bursche war rabenschwarz, aber jedesmal, wenn wir von einer Strafverfolgung gesprochen haben, ist er weiß geworden.« Er blickte auf. »Der Dreckskerl, der ihn zusammengeschlagen hatte, hieß Adam Kingsley. Er wollte keinen Schwarzen in seiner Familie haben.« Cheever richtete seine hellen Augen auf Maddocks. »Aber das hat ihm nichts genutzt. Der Schwarze hatte mehr Mumm als Kingsley ihm zugetraut hatte. Eine Woche später hat er die Schwester geheiratet. Er ist auf Krücken zum Altar gegangen.«

Maddocks pfiff durch die Zähne. »Derselbe Adam Kingsley? Der Vater dieser Frau?«

Cheever nickte. »Er hat ein Vermögen damit gemacht, daß er für billiges Geld vermietete Häuser und Wohnungen gekauft und dann seine Schläger hingeschickt hat, um die armen Leute rauszuwerfen, damit er die Immobilien leerstehend wieder losschlagen konnte. In den Sechzigern hat er sich zum ehrenhaften Geschäftsmann gemausert, das war wahrscheinlich ungefähr die Zeit, als seine Tochter geboren wurde.« Er starrte zum Fenster hinaus in die Dunkelheit. »Also«, sagte er, »ich schlage vor, wir gehen in dieser Sache mit aller Vorsicht zu Werke. Sie und ich, Fraser, suchen morgen vormittag Sir Anthony Wallader auf. Wir fahren Punkt acht los, damit wir zwischen neun und halb zehn bei ihm sind, und geben Sie bitte Dr. Clarke Bescheid, daß wir den Mann vielleicht zu ihm bringen.«

Er wandte sich Maddocks zu. »Sie, Gareth, teilen Ihre Leute auf – die eine Hälfte konzentriert sich auf Meg Harris, die andere auf

Jane Kingsley. Ich möchte wissen, woher die beiden sich kennen, wie lange sie sich kennen, was für Menschen sie sind. Vor allem möchte ich wissen, was für eine Beziehung zwischen Jane Kingsley und ihrem Vater besteht. Okay? Sehen Sie mal, was Sie bis zu unserer Rückkehr rausbekommen können.«

»Aber Kingsley selbst sprechen wir doch nicht an?«

»Nein.«

»Und die Tochter? Halliwell hat uns gesagt, daß sie mit einer Gehirnerschütterung in der Nightingale-Klinik in Salisbury liegt. Sollen wir die fürs erste auch ungeschoren lassen? Es besteht die Möglichkeit, daß sie wegen Alkohol am Steuer belangt wird, da könnten wir doch leicht so tun, als wollten wir sie wegen dieser Sache vernehmen.«

»Das glauben Sie, was?« sagte Cheever trocken. »Hören Sie, mein Lieber, wir haben's hier nicht mit den guten Samaritern zu tun, und ich rate Ihnen, dafür zu sorgen, daß Kingsley von Ihrer Untersuchung keinen Wind bekommt. Haben Sie verstanden? An diese Familie tritt niemand heran, solange wir nicht genau wissen, wo wir stehen und was wir tun. Wenn diese Jane auch nur die geringste Ähnlichkeit mit ihrem Vater hat, ist höchste Vorsicht geboten. Selbstverständlich lassen Sie sie in Ruhe. Sie lassen sie *alle* in Ruhe.«

Samstag, 25. Juni,
Downtown Court bei Guildford, Surrey – 9 Uhr 30

Mit unmutig gerunzelter Stirn führte Sir Anthony Wallader die beiden düster wirkenden Polizeibeamten in den Salon seines Hauses und bedeutete ihnen, Platz zu nehmen. »Um ganz offen zu sein, meine Herren, es steht mir bis hierher«, es hob eine Hand zum Kinn, »ständig von dieser Frau und ihren Selbstmordversuchen hören zu müssen. Ich billige weiß Gott nicht, was mein Sohn getan hat, aber ich habe sehr wohl etwas dagegen, daß meine Frau und ich immer wieder in diese Geschichte hineingezogen werden, die uns überhaupt nichts angeht. Sie haben keine Ahnung, wieviel Zeit es mich gekostet hat, mit Ihren Kollegen landauf, landab zu telefonieren, ganz zu schweigen von dem unerhörten Gespräch, das meine Frau mit Jinx' Stiefmutter geführt hat. Meine Frau wollte sich nichts nachsagen lassen und Jinx ihre besten Wünsche zur Genesung übermitteln, aber Mrs. Kingsley hat sich unmöglich benommen, ungezogen und beleidigend. Na ja, etwas anderes war wohl von einer Frau aus ihren Kreisen nicht zu erwarten.« Er schauderte angeekelt. »Sie ist eine gräßlich vulgäre Person, kaum besser als die alten Nutten im East End, wenn ich ehrlich bin. Wir können weiß Gott froh sein, daß uns eine Verbindung mit dieser Familie erspart bleibt.«

Fraser, der Cheevers Lebensgeschichte kannte, wand sich im stillen.

Der Superintendent nickte nur. »Es ist keine einfache Situation, Sir.«

»Ja, da haben Sie natürlich recht. Und wie kommt man eigentlich dazu, uns dafür verantwortlich machen zu wollen, daß eine erwachsene Frau unfähig ist, mit ihren Gefühlen fertig zu werden? Ist diese Angelegenheit wirklich so wichtig, daß Sie nicht auf Leos Rückkehr warten können?«

Er ließ sich auf das Sofa sinken und schlug ein tadellos bekleidetes Bein über das andere, jeder Zoll ein Aristokrat. Unter anderen Umständen wäre Fraser vielleicht versucht gewesen, ihm einen Tritt in den Arsch zu geben. Er hatte den Eindruck, daß nichts an Sir Anthony Wallader aufrichtig war.

»Meine Frau und ich kennen Jinx kaum«, fuhr Wallader fort. »Leo hat sie ab und zu einmal zum Wochenende mitgebracht, aber nicht so häufig, daß sich eine Vertrautheit entwickeln konnte. Sie ist selbstverständlich eine sehr gescheite Frau, aber für unseren Geschmack doch etwas zu modern.«

»Wir würden sehr gern mit Ihrem Sohn selbst sprechen«, erklärte Frank Cheever ruhig. »Haben Sie eine Adresse oder Telefonnummer, wo wir ihn erreichen können?«

Sir Anthony schüttelte den Kopf. »Wir haben nichts von ihnen gehört, seit sie abgereist sind. Das ist allerdings nicht weiter erstaunlich. Die ganze Geschichte ist ihnen peinlich.« Er faltete die Hände um sein Knie. »Uns im übrigen auch. Wir haben uns sehr zurückgezogen, wie Sie sich wahrscheinlich denken können. Es schickt sich nun mal nicht, die Braut vier Wochen vor der Hochzeit sitzenzulassen, aber im Grunde können wir ihm deshalb keinen Vorwurf machen. Es ist uns peinlich, aber wir sind auch erleichtert, um es ganz offen zu sagen. Sie war absolut nicht die Richtige für ihn, sie hat alles immer viel zu ernst genommen, wie das ja diese Selbstmordversuche hinreichend zeigen.«

Fraser betrachtete einige Familienfotos auf dem Tisch an seiner Seite. »Ist das Ihr Sohn, Sir?« fragte er und zeigte auf einen hochgewachsenen Mann mit blondem Haar, der mit verschränkten Armen und einem breiten Lächeln auf dem Gesicht an einem Mercedes-Kabriolett lehnte. Die Familienähnlichkeit war ausgeprägt. Er hatte die gleiche breite Stirn wie Sir Anthony, das gleiche volle Haar, trug den aristokratischen Kopf auf die gleiche elegante Art.

»Ja, das ist Leo.«

»Wohin wollten er und Miss Harris denn nun eigentlich reisen, Sir Anthony?«

»Das haben sie uns nicht gesagt. Sie haben nur gesagt, sie wollten mit dem Wagen nach Frankreich, bis sich die Wellen hier geglättet hätten.«

»Sie haben persönlich mit ihnen gesprochen?«

»Nicht von Angesicht zu Angesicht. Leo hat am Samstag morgen hier angerufen, um uns mitzuteilen, daß die Hochzeit nicht stattfinden wird und er und Meg es für das beste hielten, erst einmal eine Weile zu verschwinden.«

»Das war der elfte Juni?«

»Richtig. Heute vor zwei Wochen.«

»Und seitdem haben Sie weder von Ihrem Sohn noch von Meg Harris gehört?«

»Richtig.« Er strich mit einer Hand über seine Hose. »Aber ich muß sagen, ich verstehe nicht, wieso das so wichtig ist. Es kann einem doch wohl kaum als Verbrechen angerechnet werden, wenn die ehemalige Verlobte einen Selbstmordversuch macht. Oder ist das seit neuestem so? Wirklich, je älter ich werde, desto unverständlicher werden mir die Gesetze.«

Frank Cheever zog ein gefaltetes Blatt Papier aus der Innentasche seines Jacketts und breitete es auf seinen Knien aus, ehe er es Sir Anthony reichte. Es war eine Fotokopie der Kreditkarten, die man in Bobby Franklyns Besitz gefunden hatte.

»Sind Ihnen die Unterschriften auf diesem Blatt bekannt, Sir?«

Sir Anthony hielt das Papier auf Armeslänge von sich ab. »Ja«, antwortete er nach einem Moment, »die oberen vier Karten tragen Leos Unterschrift.« Er kniff die Augen zusammen. »Auf den unteren beiden steht M. S. Harris, das ist also vermutlich Megs Unterschrift.« Er richtete seinen Blick auf Cheever. »Aber was soll das?«

»Ich bedaure sehr, Ihnen das sagen zu müssen, Sir Anthony, aber wir haben Anlaß zu großer Besorgnis um Ihren Sohn und Miss Harris. Wir sind hierhergekommen, weil wir hofften, Sie könnten uns sagen, wo sie sich aufhalten, und uns damit die Gewißheit geben, daß sie noch am Leben sind.« Er wies mit dem Kopf auf das Blatt Papier. »Gestern wurde in Winchester ein siebzehnjähriger Junge wegen Kreditkartenbetrugs festgenommen, und das sind die sechs Karten, die er bei sich hatte. Er hat ausgesagt, daß er sie vor einer Woche zwei Toten gestohlen hat, die er im Wald von Ardingly, ungefähr zwei Meilen westlich von Winchester, gefunden hat. Ich habe die traurige Pflicht, Ihnen mitzuteilen, daß es sich unserer Meinung nach bei den beiden Toten um Ihren Sohn, Leo Wallader, und seine Freundin, Meg Harris, handelt.«

Vielleicht war der Schock über diese Nachricht so groß, daß Sir Anthony sie gar nicht aufnehmen konnte; vielleicht begriff er auch einfach nicht. Jedenfalls lachte er und sagte: »Das ist ja absurd! Ich habe Ihnen doch schon gesagt, sie sind irgendwo auf dem Kontinent. Was soll das? Soll das ein dummer Scherz sein?« Zornig zog er die Brauen zusammen. »Da steckt vermutlich dieser elende Kingsley dahinter.«

»Nein, Sir«, sagte Cheever sanft, »es ist kein dummer Scherz, auch wenn ich um Ihretwillen wünschte, es wäre einer. Wir haben tatsächlich zwei unidentifizierte Tote«, er warf einen Blick zu der Fotografie des lächelnden jungen Mannes, »einen jungen Mann zwischen dreißig und vierzig, etwa einen Meter zweiundachtzig groß, mit blondem Haar, und eine Frau, zwischen dreißig und vierzig, ungefähr einen Meter sechzig groß, mit kurzem dunklen Haar. Es besteht zwar immer noch die Möglichkeit, daß der Junge uns über die Herkunft der Kreditkarten belogen hat, aber die ist äußerst unwahrscheinlich. Sicher ist, daß die Beschreibung des männlichen Toten auf Ihren Sohn paßt. Von Miss Harris haben wir bisher keine Beschreibung, so daß ein Vergleich noch nicht möglich war.«

Sir Anthony schüttelte abwehrend den Kopf. »Das kann nur ein Irrtum sein«, sagte er mit Entschiedenheit. »Leo ist in Frankreich.«

»Vielleicht können Sie uns eine Beschreibung von Meg Harris geben«, schlug Fraser vor.

»Sie war nur einmal hier«, sagte Sir Anthony langsam, »sie kam auf der Rückfahrt nach London zum Mittagessen vorbei, als Leo und Jinx über das Wochenende hier waren. Meine Frau war sofort sehr angetan von ihr. Sie war sympathisch, offensichtlich ganz vernarrt in Leo, in jeder Hinsicht besser für ihn geeignet als Jinx. Aus guter Familie. Meine Frau und ich haben uns gefreut wie die Schneekönige, als der Junge anrief, um uns zu sagen, daß er sich dafür entschieden hätte, Meg zu heiraten. Die Familie kommt aus Wiltshire, glaube ich. Sie ist eine hübsche Person, dunkles Haar, schlank, immer fröhlich.« Er versank in Schweigen.

»Wie alt...« begann Fraser, doch Cheever warf ihm einen raschen Blick zu und machte mit der Hand eine dämpfende Bewegung.

Tiefe Verzweiflung breitete sich auf Sir Anthonys Gesicht aus. »Das wird meine Frau vernichten. Leo war unser einziges Kind. Wir hätten gern mehr gehabt, aber es hat nicht sollen sein.« Er drückte mit Daumen und Zeigefinger auf seine Augenlider, um die Tränen zurückzuhalten. »Wie ist es passiert? War es ein Unfall?«

Cheever räusperte sich. »Nein, das glauben wir nicht. Der Pathologe ist überzeugt, daß sie ermordet wurden.« Er schob seine Hände zwischen seine zusammengepreßten Knie. »Es tut mir wirklich leid, Sir Anthony.«

Der schüttelte, schon wieder zornig, den Kopf. »Nein, nein, das ist ja unerhört!«

Wieder folgte langes Schweigen.

Sir Anthony griff sich mit zitternder Hand an die Stirn. »Wer soll sie denn ermordet haben?«

»Das wissen wir nicht, Sir«, antwortete Cheever ruhig. »Sie sind schon einige Zeit tot, vielleicht an die zwei Wochen. Im Augenblick halten wir es für das wahrscheinlichste, daß es am dreizehnten Juni geschehen ist.«

»Das ist doch der Tag, an dem Jinx sich umbringen wollte«, sagte Sir Anthony tonlos.

»Soweit wir wissen, ja.«

Sir Anthonys Mund zuckte. »Ich nehme an, Sie wissen, daß ihr Ehemann ermordet wurde?« fragte er schroff.

Frank Cheever runzelte die Stirn und beugte sich vor. »Sie meinen Miss Kingsleys Ehemann?« Das war ja etwas ganz Neues.

Sir Anthony nickte. »Sie hieß damals Mrs. Landy. Es war vor neun oder zehn Jahren. Ihr Mann hieß Russell Landy. Er war Kunsthändler in Chelsea.« Er fixierte Cheever mit durchdringendem Blick. »Er ist mit einem Hammer totgeschlagen worden, aber sein Mörder wurde nie gefunden. Landy war so verunstaltet, daß sein Gesicht nicht mehr zu erkennen war. Die Zeitungen schrieben damals, es sei einer der brutalsten Morde gewesen, an die man sich erinnern könne. Wie ist mein Sohn umgekommen, Superintendent? Werde ich ihn erkennen können?« Er sah das kurze Zaudern im Blick des Polizeibeamten, als fiele ein Vorhang vor irgend etwas Grauenvollem herab. »Ist er totgeschlagen worden wie Landy?«

Cheever strich sich mit der Hand müde über das Gesicht. Guter Gott, dachte er. Konnte es so einfach sein? »Der Tod ist niemals schön, Sir Anthony, um so weniger, wenn nach seinem Eintritt mehrere Tage verstrichen sind.«

»Aber ist er totgeprügelt worden wie Landy?« Zorn schwang in Sir Anthonys Stimme.

»Im Augenblick«, antwortete Cheever vorsichtig, »läßt sich noch gar nichts sagen. Solange der Pathologe seine Untersuchungen nicht abgeschlossen hat, sollte man keine Spekulationen anstellen, aber ich gebe Ihnen mein Wort, daß ich Ihnen seinen Befund mitteilen werde, sobald wir ihn erhalten.«

So plötzlich, wie er aufgeflammt war, erlosch Sir Anthonys Zorn. Der Mann wirkte wie ausgebrannt, als wäre ihm erst jetzt klargeworden, daß sein Sohn tot war. »Ich vermute, Sie brauchen mich für die Identifizierung«, sagte er und machte Anstalten aufzustehen.

»Es hat keine Eile, Sir. Nehmen Sie sich ruhig die Zeit, die Sie brauchen, um alles mit Ihrer Frau durchzusprechen. Sie müssen das jetzt nicht auf der Stelle tun.«

»Doch, das muß ich«, entgegnete er schroff und stand vom Sofa auf. »Meine Frau ist nicht zu Hause, sie arbeitet ehrenamtlich im Krankenhaus, sie wird also gar nicht merken, daß ich weg bin. Sie haben von einer unwahrscheinlichen Möglichkeit gesprochen«, erinnerte er den Polizeibeamten mit Tränen in den Augen. »Ich bete darum, daß sie sich erfüllt, schon um meiner armen Frau willen.«

Gerichtsmedizinisches Labor, Hampshire – 11 Uhr 45

Trockenen Auges blickte er auf die Überreste seines Sohnes hinunter. Man hatte den Toten auf einen klinisch sauberen Tisch gelegt und seinen Oberkörper mit einem weißen Leintuch verhüllt. Das Haar, so voll und blond wie im Leben, war unverkennbar Leos, und vom Gesicht, so grauenhaft es aussah, war noch genug erhalten, um eine Identifizierung zu ermöglichen.

Sein Blick suchte Dr. Clarke. »Was soll ich meiner Frau sagen?« fragte er. »Ich weiß ja nicht einmal, wie ich es ihr beibringen soll.«

Clarke sah auf den übel zugerichteten Leichnam hinunter. »Sie braucht Trost, Sir Anthony, nicht die Wahrheit. Sagen Sie ihr, wie friedlich er ausgesehen hat.«

Daily Telegraph – 2. Februar 1984

Kunsthändler ermordet

Gestern abend wurde Russell Landy, 44, im Lagerraum seiner Kunstgalerie in Chelsea von seiner Frau, Jane Landy, 24, schwer verletzt aufgefunden. Unbekannte Täter hatten den Mann zusammengeschlagen, der noch lebte, als der Rettungswagen eintraf, jedoch auf dem Weg ins Krankenhaus starb. Mrs. Landy, die im dritten Monat schwanger ist, soll einen Schock erlitten haben. Sie hatte im *La Gavroche*, wo sie mit ihrem Mann zu Abend essen wollte, über eine Stunde auf ihn gewartet und war, als er nicht kam, mit einem Taxi zu seiner Galerie gefahren, um ihn zu suchen. Sie war allein, als sie ihn fand. Den Ärzten zufolge wurde er wahrscheinlich ein bis zwei Stunden zuvor überfallen und hätte vielleicht überlebt, wäre er früher gefunden worden.

Die Galerie war durchsucht worden, und es fehlten mehrere wertvolle Gemälde. Die Polizei hält es für möglich, daß Mr. Landy die Einbrecher überrascht hat. Am Tatort wurde ein Vorschlaghammer gefunden. Russell Landy war relativ neu in der Kunstszene. Seine Galerie, *Impressions*, öffnete vor knapp vier Jahren und war auf Kunstwerke minimalistischer Malerei von jungen Malern wie Michael Paggia und Janet Hopkins spezialisiert.

Daily Telegraph – 3. Februar 1984

Mordfall Landy, ein Geheimnis

Die Ermordung Russell Landys, 44, der vor zwei Tagen, praktisch zu Tode geprügelt, von seiner Ehefrau Jane gefunden wurde, gibt der Polizei, wie sie selbst bekennt, Rätsel auf. »In die Galerie wurde eingebrochen«, sagte ein Polizeisprecher, »und es wurden mehrere Gemälde gestohlen, aber wir können uns die sinnlose Brutalität des Angriffs auf Mr. Landy nicht erklären. Bei solchen Diebstählen, die von Spezialisten ausgeführt werden, kommt es normalerweise nicht zu dieser Art extremer Gewalt. Kunstdiebe halten sich gerade auf ihre Professionalität einiges zugute.«

Die Polizei bittet alle Händler und Sammler, nach den gestohlenen Gemälden Ausschau zu halten. »Wenn wir nachweisen können, daß Diebstahl das Motiv war«, sagte der Sprecher, »wird uns das bei unseren Ermittlungen helfen. Im Augenblick ist noch nicht klar, ob der Vorschlaghammer, mit dem Mr. Landy getötet wurde, sich bereits in den Räumen der Galerie befand oder von dem Einbrecher mitgebracht wurde. Jedenfalls müssen wir die Möglichkeit in Betracht ziehen, daß der Mord von Anfang an beabsichtigt war.«

Jane Landy, 24, ist die einzige Tochter Adam Kingsleys, des Aufsichtsratsvorsitzenden von Franchise Holdings Ltd. Er soll über den Tod seines Schwiegersohns tief erschüttert sein, auch wenn er nach der Hochzeit öffentlich erklärt hat, Russell Landy sei wenig mehr als ein »gemeiner Mitgiftjäger«. Kingsley hat zwei Söhne aus zweiter Ehe, Miles und Fergus, 16 und 14 Jahre alt.

Freunde der Landys berichten, Russell Landy sei beliebt gewesen und habe keine Feinde gehabt. »Er war ein Intellektueller und hatte viel

Humor«, sagte ein enger Freund. »Ich kann nicht verstehen, welchen Grund jemand haben könnte, ihn zu töten.«

Die gestohlenen Gemälde werden auf einen Wert von 250 000 Pfund geschätzt, die Polizei glaubt jedoch, daß sie schwer zu verkaufen sein dürften. Michael Paggias Arbeiten sind in Fachkreisen wohlbekannt, doch der Kreis seiner Anhänger ist klein. Sein berühmtestes Werk, *Braun & Gelb*, zwei große braune Leinwände, die eine kleinere gelbe Leinwand flankieren, wird derzeit in der Tate Gallery gezeigt. Der Kauf des Bildes löste heftige Kontroversen aus. Ein Kritiker bezeichnete es als »Sch...e & P...e«.

»Es ist kaum zu verstehen«, sagte der Polizeisprecher, »weshalb Kunstdiebe sich überhaupt die Mühe machen sollten, solche Gemälde zu stehlen. Wer würde sie denn schon kaufen?«

Daily Telegraph – 18. Februar 1984

Jane Landy verliert ihr Kind

Zwei Wochen nach der Ermordung ihres Mannes, des Kunsthändlers Russell Landy, hat Jane Landy einen zweiten tragischen Verlust erlitten. Wie gestern gemeldet wurde, hat sie eine Fehlgeburt erlitten. Die Polizei hat bei der Suche nach dem Mörder ihres Mannes noch keinerlei Fortschritte gemacht.

Memorandum

An: Assistant County Commissioner Hendry
Von: Superintendent Fisher
Datum: 9. August 1984
Betrifft: Mordsache Russell Landy – 1. 2. 84

Im Anschluß an unser gestriges Gespräch habe ich Andrews und Meredith gebeten, Ihnen eine Zusammenfassung des Falls zu liefern. Die wesentlichen Punkte sind folgende:

- Bisher ist keines der gestohlenen Gemälde wiederaufgetaucht. Andrews und Meredith sind der Meinung – die ich teile –, daß Diebstahl von Anfang an nicht das Motiv war. Trotz umfassender Nachforschungen wurden keinerlei Zeugen des Einbruchs gefunden. (N. B. Mrs. Landy hat bei der Versicherungsgesellschaft eine Schadenersatzforderung eingereicht. Die Gemälde waren auf mehr als zweihunderttausend Pfund geschätzt.)
- Landys Lebenswandel wurde über einen Zeitraum von drei Monaten vor dem Mord überprüft, Hinweise auf Unregelmäßigkeiten irgendwelcher Art konnten jedoch nicht aufgedeckt werden. Sein Geschäft war solvent, seine persönlichen Finanzen waren in Ordnung, an illegalen Aktivitäten irgendwelcher Art war er nicht beteiligt, wenn man einmal davon absieht, daß er dem Vernehmen nach gelegentlich Marihuana rauchte. Nach der Vernehmung von Freunden, Kollegen und Verwandten ergaben sich keine

Hinweise auf ein heimliches Liebesverhältnis. Es erscheint daher höchst unwahrscheinlich, daß er von einem eifersüchtigen Rivalen getötet wurde.

● Er hatte einige homosexuelle Freunde, umfassende Vernehmungen in entsprechenden Kreisen haben Andrews und Meredith jedoch davon überzeugt, daß er selbst kein aktiver Homosexueller war, und daß es sich hier nicht um einen »Schwulenmord« handelt.

● Die Beziehung zu seiner Frau war gut. Freunde beschreiben ihn als »übermäßig besitzergreifend«, es gibt jedoch keine Hinweise auf Mißhandlung oder Grausamkeit. Ihr Alibi für den Nachmittag und den Abend des 1. Februar ist hieb- und stichfest. Am Mordtag war sie nach zwölf Uhr mittags lediglich in der kurzen Zeitspanne allein, als sie sich, nachdem sie das Taxi bezahlt hatte, das sie vom Restaurant zur Galerie genommen hatte, in den Räumen der Galerie aufhielt. Sie war allein, als sie Landy fand. Andrews und Meredith haben mehrere gerichtswissenschaftliche Gutachten eingeholt, die alle die ursprüngliche Theorie bestätigen, daß Landy mindestens eine Stunde vor der Ankunft seiner Frau um 21 Uhr 05 überfallen worden war. In Anbetracht der Aussage des Taxifahrers zur Ankunftszeit bei der Galerie und des Zeitpunkts, zu dem nachweislich der Notruf einging, kann mit Sicherheit ausgeschlossen werden, daß sie selbst die Tat begangen hat.

● Auch ihr Lebenswandel wurde über eine Dauer von drei Monaten vor dem Mord überprüft. Insbesondere suchten Andrews und Meredith nach Hinweisen auf eine Affäre, fanden jedoch keine. Sie suchten ferner nach Beweisen für einen Vertrag zwischen ihr und einem Dritten über die Beseitigung ihres Ehemanns, fanden aber auch hierzu keinerlei Anhaltspunkte. Sie konnten nicht einmal einen Grund entdecken, weshalb sie seine Beseitigung hätte wünschen sollen. Es wurden über hundert Freunde und Kollegen vernommen, und sie alle bezeugen eine freundschaftliche Beziehung zwischen den Ehepartnern. Es gibt einige Hinweise darauf, daß Mr. Landy hin und wieder an akuten Eifersuchtsanfällen litt, dies jedoch wurde allgemein der Tatsache zugeschrieben, daß er zwanzig Jahre älter war als sie.

● Zweifel bestehen weiter hinsichtlich der Rolle von Mrs. Landys Vater, Adam Kingsley, in dieser Angelegenheit. Alles deutet darauf hin, daß das Verhältnis zwischen ihm und Mr. Landy von äußerster Feindseligkeit geprägt war. Es gibt keinen Zweifel daran, daß er von Anfang an gegen diese Beziehung seiner Tochter war und sehr zornig reagierte, als die Eheschließung ohne sein Wissen stattfand. Er weigerte sich, jemals mit seinem Schwiegersohn zu sprechen, hat jedoch mit seiner Tochter regelmäßig telefoniert. Freunde von ihr haben ausgesagt, daß die Feindschaft der beiden Männer sie belastete, sie sich jedoch weigerte, auf die »Eifersucht« des einen oder des anderen Rücksicht zu nehmen, und daß ihre Beziehung zu beiden weiterhin überraschend entspannt war. Ihre einzige Bedingung war, daß sie niemals mit dem einen über den anderen sprechen würde.

- Nach eingehenden Ermittlungen über Kingsleys Aktivitäten in den Wochen vor dem Mord und am Tag des Mordes selbst sind Andrews und Meredith zu dem Schluß gekommen, daß es zwar für Kingsley nicht unmöglich gewesen wäre, das Verbrechen selbst zu verüben (er hielt sich an dem fraglichen Tag in London auf und hätte zwischen einer Besprechung in Knightsbridge, die um 16 Uhr 30 endete, und einer nächsten in der Edgware Road, die um 18 Uhr 30 begann, nach Chelsea fahren können); aber sie halten es für unwahrscheinlich. Kingsley weigert sich, über sein Tun in den zwei Stunden zwischen den beiden Besprechungen Auskunft zu geben, jedoch haben unabhängige Nachforschungen auf der Basis seiner Aktivitäten in den vorhergehenden Wochen zu drei Zeugen geführt, die übereinstimmend aussagten, daß er bei einer Prostituierten in Shepherd's Market war. Dies ist eine regelmäßige Gewohnheit von ihm, die er seit vielen Jahren pflegt.
- Mangels irgendeiner anderen Erklärung neigen Andrews und Meredith zu der Ansicht, daß Kingsley professionellen Killern den Auftrag gab, seinen Schwiegersohn zu töten. Es ist ihnen jedoch nicht gelungen, diese Hypothese zu verifizieren, und ohne konkrete Beweise sehe ich keine Möglichkeit zu handeln. Ihr Verdacht gründet sich auf eine Analyse von Kingsleys Charakter und Geschichte, die ich nachstehend kurz wiedergebe:

1. Es ist bekannt, daß er seit Beginn seiner Karriere weitreichende Kontakte zur Londoner Unterwelt hat. Er ist in den dreißiger und vierziger

Jahren in der Gegend der Londoner Docks aufgewachsen. Den Grundstock zu seinem Vermögen erwarb er sich mit Schwarzmarktgeschäften während des Krieges und in der Nachkriegszeit. In den fünziger und sechziger Jahren verlegte er sich auf dubiose Immobilientransaktionen, ehe er sein Geschäft unter dem Dach von Franchise Holdings »legitimierte« und seine unternehmerische Tätigkeit auf die Sanierung von Gewerbe- und Büroimmobilien erweiterte.

2. Anfang der siebziger Jahre, während des Immobilienbooms, begann er, ein ungeheures Vermögen anzusammeln. Er steht seit jeher (unbewiesenermaßen) in dem Ruf, unlautere Geschäfte zu machen, hat jedoch zwei Zeitungen verklagt, die so leichtsinnig waren, dies anzudeuten, und erstritt jeweils einen außergerichtlichen Vergleich zu seinen Gunsten.

3. Seit Thatcher die Regierung übernommen hat, kauft er im Gebiet der Londoner Docks riesige Grundstücke zu lächerlich niedrigen Preisen auf. Er bedient sich dazu bekanntermaßen seiner Kontakte zur Unterwelt.

4. Er war zweimal verheiratet. Seine erste Frau, die Mutter von Jane Landy, starb 1962 an einer Blutvergiftung. Sie war die Tochter eines Arztes aus gutbürgerlichen Kreisen, und in einer Privatschule erzogen. Kingsley soll sie sehr geliebt haben. 1967 heiratete er ein zweitesmal. Seine jetzige Frau, Elizabeth Kingsley, stammt aus denselben Kreisen wie er selbst und ist eine Jugendfreundin seiner Schwester. Es heißt, er sei 1958

bereits mit Elizabeth verlobt gewesen, habe jedoch die Verlobung gelöst, um seine erste Frau zu heiraten. Die zweite Ehe ist nicht glücklich. Mrs. Kingsley ist Alkoholikerin, und die beiden Söhne aus dieser Ehe sind wegen kleinerer Diebstähle, Vandalismus und Autodiebstählen auffällig geworden. Seitdem die beiden Jungen wegen Drogenbesitzes aus Marlborough ausgeschlossen wurden, werden sie in Hellingdon Hall von Privatlehrern unterrichtet. Es ist bekannt, daß Kingsley seine Tochter abgöttisch liebt.

Zum Abschluß kann ich nur sagen, daß ich die Analyse Andrews' und Meredith' für richtig halte. Kingsley bleibt unser Hauptverdächtiger, obwohl äußerst unwahrscheinlich ist, daß er das Verbrechen selbst begangen hat. Da es weder für den Einbruch noch für den Mord Zeugen gibt und bisher keines der gestohlenen Bilder aufgetaucht ist, bleibt uns kaum Handlungsspielraum. Selbst wenn wir die Genehmigung erhielten, Kingsleys Bücher zu prüfen, um nach einer eventuellen Zahlung für den Mordauftrag zu suchen, ist sehr zweifelhaft, ob wir sie finden würden.

John

8

Samstag, 25. Juni,
Polizeirevier Romsey Road, Winchester – 12 Uhr 30

Inspector Maddocks und sein Team hatten in der kurzen Zeit, die ihnen zur Verfügung stand, eine ansehnliche Menge an Informationen über Jane Kingsley zusammengetragen, über Meg Harris oder ihre Eltern jedoch hatten sie nichts in Erfahrung bringen können.

»Nach dem Autounfall von Miss Kingsley haben zwei Constables ihre Eltern aufgesucht«, berichtete Maddocks Cheever. »Die Stiefmutter, Mrs. Elizabeth Kingsley, war angetrunken und machte ein paar ziemlich heftige Bemerkungen über Leo und Meg: Sie wären beide miese Zeitgenossen, Meg wäre aber außerdem noch eine hinterhältige Schlange, die es immer schon, seit dem gemeinsamen Studium in Oxford, darauf angelegt hätte, Jane ihre Männer auszuspannen.« Er blickte auf. »Mit unseren Nachforschungen nach der Familie Harris kommen wir leider nicht weiter. In Wiltshire gibt es, grob geschätzt, mehr als fünftausend Familien, die Harris heißen. Wenn wir wenigstens die Initialen des Vaters hätten, oder auch seinen Beruf, wäre das vielleicht eine Hilfe, aber Sie sagten ja, daß uns Sir Anthony dazu nichts sagen kann.«

»Genau«, bestätigte Frank Cheever um einiges sarkastischer, als es sonst seine Art war. »Trotz seiner Begeisterung für sie als alternative Schwiegertochter scheint er kaum etwas über sie zu wissen.«

Maddocks musterte ihn neugierig. Na so was, dachte er, die Zeiten ändern sich. »Ich habe zwei von meinen Leuten darauf angesetzt, Meg Harris' Angehörige auf dem Weg über die Universität aufzuspüren«, fuhr er fort, »aber es kann natürlich sein, daß Harris gar nicht ihr Mädchenname ist. Meiner Ansicht nach führt der schnellste Weg zu einer Identifizierung immer noch über die Wohnung in Hammersmith. Fraser und ich wollen deshalb heute nachmittag mal dorthin fahren.«

»In Ordnung. Was haben Sie über Jane Kingsley?«

»Okay, zuerst einmal der Mordfall Landy.« Er wies auf einige Unterlagen auf dem Schreibtisch des Superintendenten. »Das ist alles, was wir über den Fall bekommen konnten. Es scheint ziemlich umfassend zu sein, und es ist auch eine Telefonnummer dabei, die Sie anrufen können, um zu hören, ob es neue Informationen gibt. Ich vermute, Sie haben die Kingsley-Verbindung übersehen, weil sie sich damals Jane Landy nannte. Kurz und gut, nur ein paar Wochen nach ihrer Entlassung aus dem Krankenhaus, wo sie wegen Depressionen behandelt wurde, hat sie die Galerie ihres Mannes zu einem äußerst günstigen Preis verkauft und den gesamten Erlös in ein Fotoatelier in Pimlico investiert. Sie hat das ganze Ding mit allem Drum und Dran gekauft – Immobilie, Ausrüstung und Goodwill. Bis dahin war sie auf Teilzeitbasis immer dann eingesprungen, wenn die Stammfotografen nicht zur Verfügung standen.« In seiner Stimme schwang ein Ton widerwilliger Bewunderung. »Sie scheint ein sehr erfolgreiches Unternehmen aus dem Fotoatelier gemacht zu haben. Unter der alten Leitung war es nichts weiter als so ein Feld-, Wald- und Wiesenatelier, bei dem die Leute ihre Familien- und Paßfotos machen ließen. Unter Miss Kingsleys Leitung ist es zu einem bekannten Atelier für Werbe- und Modefotografie geworden – Sie wissen schon, Schauspieler, Popstars, Models, Modezeitschriften. Sie hat sich in der Branche einen guten Namen gemacht.«

»Und wer leitet das Atelier jetzt?«

Maddocks warf einen Blick in seine Notizen. »Ein gewisser

Dean Jarrett. Er arbeitet seit dem ersten Tag mit ihr zusammen. Sie suchte damals über die Zeitung einen festen Mitarbeiter und verlangte Arbeitsproben und bekam über tausend Bewerbungen. Mit fünfzig von den Bewerbern hat sie sich persönlich unterhalten und dann einen ausgewählt. In der Branche heißt es, der Junge sei absolut genial und Jane Kingsley treu ergeben. Ich hab Mandy Barry mal anrufen lassen, um nachzufragen, ob Termine auch während Miss Kingsleys Krankenhausaufenthalt eingehalten würden, und die Rezeptionistin, eine gewisse Angelica, hat ihr nachdrücklich und überzeugend klargemacht, daß auf die Mitarbeiter unbedingt Verlaß sei. Die Loyalität der Chefin gegenüber sei echt und nicht vorgetäuscht, meint Mandy.«

Cheever nickte. »Was sonst noch?«

»Das Haus in Richmond hat Landy neunzehnhunderteinundachtzig mit einer Hypothek von dreißigtausend, die durch eine Lebensversicherung abgesichert war, gekauft. Bei seinem Tod hat die Versicherung die Hypothek voll bezahlt, und das Haus ging in Miss Kingsleys Eigentum über. Sie hat nie versucht, es zu verkaufen. Sie versteht sich gut mit Colonel Clancey und seiner Frau, ihren unmittelbaren Nachbarn, und ist bei den anderen Leuten in der Straße gut angesehen. Sie führt ein ruhiges und relativ bescheidenes Leben und erregt höchstens mal Aufmerksamkeit, wenn der Rolls-Royce ihres Vaters bei ihr vor dem Haus steht. Interessanterweise hat nach dem Autounfall von Miss Kingsley kein Mensch ein Wort über Landy verloren, obwohl einige von ihnen ihn doch noch gekannt haben müssen, aber sie waren alle sehr bereit, über Leo Wallader zu reden. Die Leute waren alle nicht gut auf ihn zu sprechen und fanden, er hätte sich sehr schäbig benommen; die Kollegen aus Richmond hatten allerdings den Eindruck, daß Miss Kingsleys Nachbarn weniger über Leo Walladers Benehmen verärgert waren als darüber, daß ihnen die große Hochzeit in Hellingdon Hall entgangen war.«

»Wie steht es mit anderen männlichen Freunden in der Zeit zwischen Landy und Wallader?«

»Da haben wir eigentlich nur das, was wir in den Klatschspalten gefunden haben. Es waren vielleicht zwei oder drei, aber keine dieser Beziehungen hat länger als ein halbes Jahr gedauert. Wallader hat übrigens auch kein halbes Jahr geschafft. Sie hat ihn im Februar kennengelernt, und im Juni war er tot. Ziemlich heftige Romanze muß das gewesen sein, wenn man bedenkt, daß sie schon im Juli heiraten wollten.«

»Was war denn da die große Attraktion?«

Maddocks zuckte mit den Achseln. »Keine Ahnung, aber Colonel Clancey behauptet, er und seine Frau hätten deutlich gemerkt, daß Jane wegen der Heirat kalte Füße bekam, auch wenn Leo derjenige war, der die ganze Sache abgeblasen hat. Er sagt, er kann überhaupt nicht verstehen, wieso sie versucht haben soll, sich umzubringen, als Wallader sie verließ.«

»Und, fällt Ihnen dazu was ein?«

»Nur was auf der Hand liegt – daß sie selbst die beiden getötet hat oder dabei war, als sie getötet wurden, und dann einen Zusammenbruch erlitt wie damals, als Landy ermordet wurde. Sie ist ziemlich abgedreht, das steht mal fest. Ich meine, nach dem, was wir über sie gehört haben, macht sie ihre Fotos am liebsten auf Friedhöfen, in heruntergekommenen alten Fabrikhallen und vor beschmierten U-Bahn-Wänden.« Aus seiner Tasche zog er ein gefaltetes Blatt, das aus einer Zeitschrift herausgerissen war. »Falls es Sie interessiert, das hier ist ihre bisher berühmteste Aufnahme. Da posiert dieses schwarze Supermodel vor einer dreckigen Kachelwand, auf die jede Obszönität draufgesprüht ist, die man sich vorstellen kann.«

Cheever breitete das Blatt auf seinem Schreibtisch aus und betrachtete es. »Faszinierend«, sagte er. »Sie ist wirklich eine Künstlerin, Hut ab.«

»Also ich finde, das hat was Perverses, Sir. Warum muß man eine schöne Frau vor solchem Dreck fotografieren?«

»Wo hätten Sie sie denn fotografiert, Gareth?« fragte Cheever trocken. »Auf einem Bett?«

»Warum nicht? Jedenfalls in einer etwas freundlicheren Umgebung.«

Cheever runzelte die Stirn. »Das Bild ist ein Statement. Ich glaube, damit soll gesagt werden, daß wahre Schönheit nicht korrumpierbar ist, ganz gleich, wie profan oder häßlich die Kulisse.« Er drückte seine Nasenspitze zusammen. »Was doch sehr interessant ist, finden Sie nicht, wenn man bedenkt, wie häßlich Landys Tod war? Es würde mich interessieren, wann sie angefangen hat, mit Kulissen dieser Art zu arbeiten. Der Triumph fragiler menschlicher Vollkommenheit über die Einöde seelenlosen Schmutzes hat doch etwas recht Anrührendes.«

Maddocks sagte sich, der Alte habe offenbar nicht alle Tassen im Schrank. Es war schließlich nur ein verkrumpeltes Modefoto und nicht die *Mona Lisa*.

Hellingdon Hall bei Fordingbridge, Hampshire – 12 Uhr 30

Miles Kingsley schüttelte seine Mutter zornig und stieß sie aufs Sofa zurück. »Es ist doch nicht zu fassen. Mein Gott, bist du eine blöde Kuh! Warum kannst du nicht mal deine große Klappe halten? Wem hast du das sonst noch erzählt?« Wütend sah er zu seinem Bruder hinüber, der sich am anderen Ende des Salons herumdrückte und so tat, als interessierte er sich für die in Leder gebundenen Bücher, die sein Vater beim Einzug in Hellingdon Hall meterweise gekauft hatte. »Dich geht das genauso an, du Hosenscheißer, spar dir also lieber das blöde Grinsen, eh ich's dir vom Gesicht wische.«

»Gib's auf, Miles«, entgegnete Fergus. »Ich hätt gar nicht erst auf dich hören sollen.« Er trat mit dem Fuß gegen einen Chippendalesessel. »Die Idee stammt doch von dir, Herrgott noch mal. Narrensicher, hast du gesagt. Was kann da schon schiefgehen?«

»Es ist ja auch nichts schiefgegangen. Du wirst schon sehen. Nur noch eine kleine Weile, dann sind wir frei und reich dazu.«

»Das hast du letztes Mal auch gesagt.«

Polizeirevier Romsey Road, Winchester – 12 Uhr 45

Nachdem Cheever die Unterlagen über den Mordfall Landy gelesen hatte, wählte er die Telefonnummer, die Maddocks ihm gegeben hatte. Inspector Andrews war von Anfang an mit dem Fall befaßt gewesen.

»Der Fall wurde Ende fünfundachtzig ad acta gelegt«, sagte er, »als Jason Phelps wegen der Dockerty-Morde verurteilt wurde. Erinnern Sie sich an ihn? Er hat für zwanzig Riesen im Auftrag von Dockertys Neffen eine ganze Familie totgeschlagen. Sie wurden beide zu viermal lebenslänglich verurteilt. Wir haben versucht, Phelps zu überreden, auch den Mord an Landy zu gestehen, er war ja eine exakte Kopie der Dockerty-Morde, aber es ist nichts dabei herausgekommen. Es gab allerdings keinen Zweifel daran, daß er der Täter war, und wenn es uns gelungen wäre, ihn zu einem Geständnis zu bewegen, hätten wir Kingsley am Kragen gehabt. *Er* war der, den wir haben wollten.«

»Erzählen Sie mir etwas über die Tochter«, bat Cheever. »Was war sie für ein Mensch?«

»Tja, ich muß sagen, mir hat sie gefallen. Sie war ein sympathisches junges Ding, hatte natürlich einen Schock erlitten und bekam hinterher einen Nervenzusammenbruch. Sie sagte dauernd, es sei alles ihre Schuld, aber wir haben nie geglaubt, daß sie etwas damit zu tun hatte. Meredith sagte ihr auf den Kopf zu, sie habe Angst, ihr Vater sei für den Mord verantwortlich, aber das verneinte sie. Ein oder zwei Tage später hat sie dann ihr Kind verloren.«

»Hat sie je eine Vermutung darüber geäußert, wer es getan haben könnte?«

»Ja, irgendein unbekannter Maler, dessen Arbeit Landy abgelehnt hatte. Sie sagte, er habe mit Worten sehr grausam sein können, und sie behauptete steif und fest, er habe ihr ein paar Tage vor dem Mord erzählt, er werde von irgendeinem Kerl beobachtet, der einmal in der Galerie gewesen war. Sie dachte sich damals nichts dabei, weil er einen Scherz daraus machte, aber nach der Tat ließ es sie offensichtlich nicht mehr los. Wir haben ihre Aussage natürlich überprüft, aber sie entbehrte jeder Substanz, und wir sind heute wie damals der Meinung, daß dieser Beobachter, wenn er denn existiert hat, genausogut Kingsleys gedungener Killer gewesen sein kann wie irgendein verbitterter Maler.«

Cheever ließ sich das einen Moment durch den Kopf gehen. »Unbedingt überzeugend finde ich das aber nicht. Ich hatte nur einmal Kontakt mit Kingsley, das war vor Jahren, als er seinen zukünftigen Schwager halbtot geschlagen hat, um ihn an der Heirat zu hindern. Jetzt erzählen Sie mir, daß er seinen Schwiegersohn *hinterher* zu Tode geprügelt hat. Warum hat er es nicht vorher getan?«

»Genauso hat seine Tochter argumentiert. Sie behauptete, Kingsley hätte drei Jahre zuvor alle Hebel in Bewegung gesetzt, um Landy loszuwerden, indem er dafür sorgte, daß er seine Stellung verlor, aber inzwischen hätte er sich längst mit der Niederlage abgefunden. Wir waren damals der Ansicht, das hätte sich durch ihre Schwangerschaft geändert. Sie gab zu, daß sie und Landy eine Zeitlang große Schwierigkeiten miteinander gehabt hätten, sich aber durch die Schwangerschaft wieder nähergekommen wären. Wir konnten uns nicht vorstellen, daß es Zufall sein sollte, daß der Mann eine Woche nachdem sie ihren Eltern ihre Schwangerschaft mitgeteilt hatte getötet wurde. Wir vermuteten, Kingsley habe sich zunächst darauf verlassen, daß die Ehe in die Brüche gehen würde, und habe dann, als ihm der Beweis geliefert wurde, daß es nicht so war, den Auftrag zu Landys Ermordung gegeben.«

Cheever tippte auf eines der Schriftstücke, die er vor sich liegen hatte. »Aus dem Memo, das Sie uns gefaxt haben, geht hervor, daß Sie und Meredith überzeugt waren, Kingsley liebe seine Tochter abgöttisch. Aber in diesem Fall kann man doch nicht von Liebe sprechen, das ist doch etwas völlig Krankes. Ich könnte es nur verstehen, wenn Landy seine Frau schlecht behandelt hätte, und Kingsley ihn dafür bestrafen wollte, aber so, wie Sie es beschrieben, hat er aus Wut und Eifersucht gehandelt. Hinter solchem Verhalten müßte schon ein ziemlich starkes sexuelles Motiv stecken.«

»Eben. So haben wir das auch gesehen. Schauen Sie, der Mann war offensichtlich sehr triebhaft, jede Woche hat er diese Prostituierte in Shepherd's Market besucht. Die zweite Ehe war eine Katastrophe, weil die arme Person, die er sich auserkoren hatte, gegen die erste Frau nie eine Chance hatte und innerhalb von zwei Jahren zu trinken anfing. Ihre Söhne konnten der Tochter aus erster Ehe nie das Wasser reichen, die zu allem Überfluß auch noch ihrer toten Mutter wie aus dem Gesicht geschnitten ist. Es gibt keine konkreten Hinweise darauf, daß Kingsley das Kind mißbraucht hat, aber er hat fünf Jahre lang mit seiner Tochter allein zusammengelebt, ehe er wieder geheiratet hat, und wir hielten es damals für sehr wahrscheinlich, daß da etwas vorgefallen ist. Wir ließen aufgrund dessen, was wir über ihn wußten, ein Psychogramm von ihm erstellen, das sehr aufschlußreich war. Darin wurde mit besonderem Nachdruck auf sein Bedürfnis hingewiesen, Menschen und Ereignisse durch rücksichtslose Manipulation zu beherrschen, und es wurde für höchst unwahrscheinlich gehalten, daß seine Tochter ungeschoren davongekommen sein könnte.«

»Haben Sie das ihr selbst gegenüber einmal angesprochen?«

»Ja«, kurzes Zögern, »schlimmer noch. Wir haben ihr das Psychogramm zu lesen gegeben, und prompt landete sie mit schwerer Anorexie und Depressionen in psychiatrischer Behandlung. Uns ist das sehr nahegegangen, um ehrlich zu sein.«

»Sicher«, murmelte Cheever nachdenklich, »aber es ist die typische Reaktion eines mißbrauchten Kindes, das plötzlich gezwungen wird, sich mit einer verdrängten Vergangenheit auseinanderzusetzen.«

Shoebury Terrace 43a, Hammersmith, London – 5 Uhr 30

Am Nachmittag desselben Tages fuhren Maddocks und Fraser zu Meg Harris' Wohnung in Hammersmith. Sie wurden an der Tür von zwei Beamten der Londoner Polizei und einem Schlosser erwartet, auf dessen Dienste sie jedoch verzichteten, um sich dafür des Zweitschlüssels zu bedienen, den eine dicke Nachbarin mittleren Alters hervorzauberte, als sie durch ihr Fenster die Versammlung sah und herauskam, um nachzufragen, was die Herren hier zu suchen hätten.

»Aber Meg ist doch in Frankreich«, entgegnete sie auf ihre teilnahmsvolle Erklärung, sie hätten Anlaß zu der Vermutung, daß Miss Harris tot sei. »Ich hab sie selbst wegfahren sehen.« Sie wedelte aufgeregt mit den Händen. »Ich versorge inzwischen ihre Katze.«

Die Männer nickten mit ernsten Mienen. »Können Sie sich erinnern, wann sie abgefahren ist?« fragte Maddocks.

»Ach Gott, wann war denn das? Vor ungefähr zwei Wochen oder so. Am Montag vielleicht.«

Fraser warf einen Blick in seinen Terminkalender. »Montag, der dreizehnte Juni?« fragte er.

»Ja, das könnte der Tag gewesen sein, aber mit Sicherheit kann ich's nicht sagen.«

»Haben Sie seitdem etwas von ihr gehört?«

»Nein«, antwortete sie, »aber das hab ich auch gar nicht erwartet.« Sie wirkte verärgert. »Ich kann nicht glauben, daß sie tot ist. War es ein Autounfall?«

Maddocks wich einer direkten Antwort aus. »Wir wissen im Moment kaum nähere Einzelheiten, Mrs. – äh –?«

»Helms«, sagte die Frau entgegenkommend.

»Mrs. Helms. Wissen Sie was über Miss Harris' Freund?«

»Sie meinen Leo? Meg hat ihn immer als ihren Partner bezeichnet.«

»Hat er hier gewohnt?«

»Mit Unterbrechungen. Ich glaube, er ist verheiratet und kommt nur zu Meg, wenn seine Frau nicht da ist.« Ihr wurde plötzlich bewußt, daß Maddocks in der Vergangenheit von Leo Wallader gesprochen hatte. »Ob er hier gewohnt *hat*?« fragte sie. »Ist Leo denn auch tot?«

Er nickte. »Leider ja, Mrs. Helms. Haben Sie vielleicht zufällig die Adresse oder Telefonnummer von Miss Harris' Eltern? Wir müssen dringend mit ihnen sprechen.«

Sie schüttelte den Kopf. »Sie hat mir letztes Jahr mal die Nummer vom Tierarzt gegeben, falls die Katze krank werden sollte, aber das ist auch alles. Wenn ich mich recht erinnere, leben ihre Eltern irgendwo in Wiltshire. Sie ist zwei-, dreimal im Jahr über ein verlängertes Wochenende hingefahren. Aber mein Gott, wie entsetzlich!« Sie starrte die Polizeibeamten fassungslos an. »Sie meinen, sie ist tot, und ihre Eltern wissen es noch nicht mal?«

»Ich bin sicher, wir finden in der Wohnung etwas, was uns weiterhilft.« Maddocks dankte ihr für den Schlüssel und ging den anderen voraus die Steintreppe hinunter zu der Souterrainwohnung mit der Nummer 43a, deren kleiner Vorplatz mit Terrakottatöpfen voll üppig wuchernder fleißiger Lieschen geschmückt war. Seltsam, dachte er, als er den Schlüssel ins Schloß schob, daß von niemandem etwas über Meg Harris' Familie zu erfahren war. Selbst Sir Anthony Wallader, der vorgegeben hatte, einiges über die Familie zu wissen, hatte keine Ahnung, in welchem Teil Wiltshires sie lebt oder welchen Beruf Meg Harris' Vater ausübt. »Da fragten Sie am besten Jinx Kingsley«, hatte er zu ihnen gesagt. »Sie ist die einzige, die Ihnen Auskunft geben kann.«

Doch unter den gegebenen Umständen hatte die Polizei von Hampshire es vorgezogen, den Umweg über Hammersmith zu gehen, um nach Wiltshire zu gelangen.

Eine dreifarbige Katze begrüßte sie freudig, als sie in den schmalen Flur traten. Mit ekstatischem Schnurren strich sie ihnen um die Beine. Fraser stupste sie sachte mit der Schuhspitze an. »Es tut mir in der Seele weh, es dir sagen zu müssen, alter Junge, aber du bist jetzt ein Waisenkind, Mama ist tot.«

»Mensch, Fraser«, fuhr Maddocks ihn ungeduldig an, »das ist eine Katze!« Er öffnete die Tür zu einem Raum, der offensichtlich das Wohnzimmer war und bemerkte sofort den cremefarbenen chinesischen Teppich mit dem Blumenmuster in blassen Blau- und Rosatönen, der vor dem offenen Kamin auf dem Parkett lag. »Eine Katze und ein cremefarbener Teppich«, murmelte er. »Da werden unsere Herren Spezialisten gleich noch unerträglicher werden.« Er ging in das Zimmer hinein, zog einen Kugelschreiber aus seiner Jackentasche und drückte damit auf die Knöpfe des Anrufbeantworters.

»Hallo, Darling«, hörte er. Es war eine helle Frauenstimme. *»Ich nehme an, du hörst deinen Anrufbeantworter ab, ruf mich*

also an, sobald du kannst. Ich habe heute in der Zeitung gelesen, daß Jinx einen Autounfall hatte. Ich zerbreche mir den Kopf, was ich tun soll. Soll ich versuchen, sie anzurufen? Das täte ich gern. Ihr wart schließlich so gute Freundinnen, und ich finde es schofel, sie jetzt links liegen zu lassen, nur weil – ja, ja, ich weiß, genug gesagt … Kein Streit mehr, wir haben es versprochen … Ruf mich bitte sofort an, wenn du diese Nachricht bekommst, damit wir darüber sprechen können. Auf Wiedersehen, Darling.«

»Hallo, Meg, wo, zum Teufel, treibst du dich eigentlich rum?« Eine aggressive Männerstimme. *»Du hast Stein und Bein geschworen, daß du noch mal ins Büro kommen würdest, ehe du fährst. Verdammt noch mal, inzwischen ist es Mittwoch, hier liegt ein Riesenstapel Nachrichten für dich, aus denen ich nicht schlau werde. Wer, verdammt noch mal, ist Bill Riley? Die meisten sind von ihm. Ruf mich an, ehe du irgend jemand anderen anrufst. Es ist dringend.«*

»Meg!« Dieselbe Männerstimme. *»Ruf mich endlich an! Auf der Stelle. Ich könnte dich ohrfeigen, so wütend bin ich auf dich. Weißt du eigentlich, daß Jinx versucht hat, sich umzubringen? Deine Eltern sind kurz vorm Durchdrehen und rufen mich jeden Tag an, um zu fragen, ob ich von dir gehört habe. Sie finden das Ganze fürchterlich, und ich ebenfalls. Ruf an, verdammt noch mal. Es ist Freitag, der siebzehnte Juni, halb neun Uhr morgens, ich hab nicht gefrühstückt und die ganze Nacht nicht geschlafen. Ich hab ja gleich gewußt, daß Wallader nur Ärger machen würde.«*

»Hier spricht Simon.« Eine andere, kühlere Männerstimme. *»Hör zu, Meg, Mama und Dad gehen hier die Wände hoch. Du kannst nicht einfach den Kopf in den Sand stecken und so tun, als wäre nichts geschehen. Ich bin sicher, du weißt, daß Jinx sich umbringen wollte. Es hat in allen Zeitungen gestanden. Mama hat mir gesagt, daß du auf die Nachricht, die sie dir hinterlassen hat,*

nicht reagiert hast, aber ruf wenigstens mich an, wenn du schon nicht mit ihr sprechen willst. Ich werde auf jeden Fall Jinx besuchen und sehen, wie es ihr geht. Wenigstens einer von uns sollte etwas Interesse zeigen.«

»*Darling, hier ist noch mal Mami. Bitte, bitte ruf an. Ich mache mir wirklich große Sorgen um Jinx. Es heißt, daß sie versucht hat, sich das Leben zu nehmen. Der Gedanke, daß sie deinet- und Leos wegen so unglücklich ist, belastet mich schrecklich. Jemand sollte mit ihr sprechen. Vergiß nicht, wie krank sie nach Russells Tod war. Bitte ruf an. Ich mach mir solche Sorgen. Ich hoffe nur, es geht dir gut. Du bist doch sonst so zuverlässig mit dem Telefonieren.«*

»*Nur zu deiner Information, Bill Riley hat jetzt angekündigt, daß er uns verklagen will. Er behauptet, wir wären vertragsbrüchig. Warum, zum Teufel, hast du den Auftrag angenommen, wenn du gar nicht vorhattest, die Sache zu Ende zu bringen? Es ist jetzt halb zehn Uhr abends, Donnerstag, dreiundzwanzigster Juni. Wenn ich in den nächsten vierundzwanzig Stunden nicht von dir höre, kannst du unsere Partnerschaft als beendet betrachten. Ich bin stocksauer, Meg.«*

»*Hallo, Meg.«* Eine tiefere Frauenstimme. »*Ich bin's, Jinx. Hör zu, ich weiß, daß das wahrscheinlich politisch nicht korrekt ist«*, ein leises Lachen, »*ich sollte lieber deine Erstausgaben in Fetzen reißen oder so was Ähnliches – aber ich möchte wirklich mit dir reden. Hier, bei mir, ist alles ein bißchen kompliziert – ich vermute, du hast schon davon gehört…«* Eine Pause. »*Sie haben versucht, mir einzureden, daß ich meinen Wagen an einen Betonpfosten gesetzt habe – mit voller Absicht. Kannst du dir das vorstellen? Das blöde ist, daß ich mein Gedächtnis verloren habe, ich kann mich an nichts erinnern, was nach dem vierten passiert ist, und natürlich sind alle überzeugt, ich hätte mich über die Geschichte mit dir und Leo so aufgeregt.«* Wieder ein Lachen, das diesmal etwas gezwungener klang. »*Es ist grauenhaft, Meg, und deswegen muß ich unbedingt mit euch beiden reden. Du glaubst mir's vielleicht nicht, aber ich schwöre dir, ich trage dir nichts nach. Wenn's dir also nicht zu peinlich ist, dann ruf mich doch in Salisbury an, die Nummer ist zwei-zwei-eins-vier-zwei-null. Ich bin hier in einer Klapsmühle und hab eine Scheißangst, daß ich langsam den Verstand verliere. Bitte, ruf mich an.*«

Der Rest des Bands war leer.

Maddocks sah Fraser mit hochgezogener Augenbraue an. »Ist das echt?« fragte er. »Oder hat sie's nur draufgesprochen, damit die Polizei es abhören kann, wenn sie die Leichen gefunden hat?«

»Ihre Nachricht?« Fraser zuckte mit den Achseln. »Ich würde sagen, sie ist echt. Der stocksauere Geschäftspartner hat das letzte Mal vor zwei Tagen angerufen, folglich muß ihre Nachricht ziemlich neu sein.«

»Wieso ist das ein Beweis dafür, daß sie echt ist?«

»Weil sie nicht wissen konnte, wann die Leichen gefunden werden würden. Wenn es ein Bluff wäre, hätte sie schon früher angerufen, um sicherzugehen, daß wir die Nachricht auch bekommen.«

Maddocks war da skeptischer. »Es sei denn, sie hat die Zeitung gelesen.« Er wandte sich einem Bücherregal an der Wand zu und nahm auf gut Glück ein Buch heraus. »Die Anspielung auf die Erstausgaben war jedenfalls echt. Schauen Sie sich das an. Ein signierter Graham Greene.« Er strich mit dem Finger die Buchrükken entlang. »Daphne du Maurier, Dorothy L. Sayers, Ruth Rendell, Colin Dexter, P. D. James, John Le Carré. Sie hat sogar einen Ian Fleming. Wem sie die wohl hinterlassen hat?«

»Wahrscheinlich ihrer Freundin Jane Kingsley«, sagte Fraser und öffnete eine Tür rechts vom Kamin. Dahinter zeigte sich eine adrette weiße Küche mit schiefergrauen Arbeitsplatten und perlgrauen Einbauschränken. Er wandte sich den beiden Londoner

Polizeibeamten zu. »Wollen Sie sich das hier mal vornehmen? Irgendwo in den Schubladen sind sicher Papiere. Ich geh inzwischen ins Schlafzimmer.«

Er ging über den Flur zu einer Tür auf der anderen Seite, öffnete sie und sah sich in dem Zimmer um. Es war, wie der Rest der Wohnung, blitzsauber und perfekt aufgeräumt – so gut aufgeräumt, daß er vermutete, es müsse ein Gästezimmer sein, und zu der einzigen anderen Tür trat, die er noch nicht geöffnet hatte. Dort fand er das Badezimmer. Abgesehen von zwei flauschigen weißen Frottiertüchern, die präzise gefaltet über dem Handtuchhalter hingen, wies nichts darauf hin, daß der Raum je benutzt worden war. Es gab weder Schwamm noch Seife noch Zahnpasta. Er machte das Schränkchen über dem Waschbecken auf und betrachtete nachdenklich den spärlichen Inhalt. Eine Flasche Desinfektionsmittel, eine Packung Aspirin und ein sauberer Zahnputzbecher. Diese Meg Harris war nicht echt. Kein Mensch war so ordentlich, nicht einmal bevor er in Urlaub fuhr. Und wo war Leo geblieben? Es hätte doch etwas in der Wohnung verraten müssen, daß ab und zu ein Mann hier gelebt hatte. Fraser hob den Deckel des Wäschekorbs, aber er war leer.

Als er wieder in den Flur hinausging, bemerkte er unter einem kleinen Heizkörper den Katzenkorb und fragte sich, weshalb Meg Harris sich überhaupt ein Haustier angeschafft hatte, wenn sie offensichtlich in ihrer Wohnung so pingelig war, daß das Tier während ihrer Abwesenheit nicht einmal in die Zimmer hineindurfte. Sauberkeit und Ordnung schienen bei ihr zu einer fixen Idee geworden zu sein.

Im Schlafzimmer zurück, öffnete er den Schrank und sah die wenigen Kleidungsstücke durch, die darin hingen. Ausschließlich Frauensachen, stellte er fest, nicht ein Herrenkleidungsstück. Dasselbe galt für sämtliche Schubladen. Er suchte nach irgend etwas, das ihm einen Hinweis auf die Persönlichkeit dieser Frau gegeben hätte, aber ebensogut hätte er in einem Hotelzimmer suchen können, in dem ein Gast sich nur eine Nacht aufgehalten hatte. All ihre Kleider waren säuberlich gefaltet weggepackt, etwas Modeschmuck und ein paar Schminksachen lagen ordentlich aufgereiht in der Schublade des Frisiertischs, aus einer kleinen, mit Blütenblättern gefüllten Schale auf ihrem Nachttisch stieg ein schwacher Duft auf. Alles jedoch, was sich vielleicht an persönlichen Dingen in diesem Zimmer befunden hatte, schien sie mitgenommen zu haben.

Maddocks blickte von einem Buch auf, als Fraser wieder zu ihm trat.

»Der Terminkalender vom letzten Jahr«, sagte er, »aber es ist nicht eine einzige Telefonnummer oder Adresse darin. Haben Sie mehr Glück gehabt?«

Fraser schüttelte den Kopf. »Keine Spur. Abgesehen von ein paar Kleidern ist nichts da. Es sieht aus, als hätte sie alles, was ihr wichtig war, mitgenommen, was reichlich komisch ist, wenn sie nur für zwei oder drei Wochen verreisen wollte. Koffer habe ich auch keine gefunden.«

Maddocks legte den Terminkalender aus der Hand und sah sich stirnrunzelnd im Wohnzimmer um. »Ich versteh das nicht. Das ist alles so verdammt steril hier. Ist Ihnen aufgefallen, daß nirgends auch nur ein Foto steht? Ich habe nach einem Album gesucht, aber keines gefunden. Man sollte doch meinen, daß sie wenigstens ein Foto von ihrer Familie hier hätte, nicht wahr?«

»Wie sieht's mit den Papieren aus?« fragte Fraser. »Versicherungen, Hypothekenunterlagen, ein Testament vielleicht? Wo hat sie die aufgehoben?«

Maddocks wies mit dem Kopf zu einem Schreibtisch in der Ecke. »Die liegen da drin, aber ein Testament ist nicht dabei, nur ein Hefter mit der Aufschrift ›Hausversicherung‹. Nicht mal Briefe sind da, überhaupt nichts, was über ihre Freunde oder ihre

Familie Aufschluß geben würde. Ich finde das schon sehr seltsam. Bei den meisten Leuten liegen doch irgendwo ein paar Briefe rum.« Er ging zur Küchentür. »Wie steht's mit Ihnen beiden? Haben *Sie* was gefunden?«

Der ältere der beiden Männer schüttelte den Kopf. »Mich erinnert das an diese Ferienhäuser, die man den Sommer über mieten kann, Sir. Es gibt Geschirr, es gibt Besteck, und alles ist sauber, aber zu essen ist überhaupt nichts da. Der Kühlschrank ist leer, die Geschirrspülmaschine ebenfalls, im Mülleimer hängt ein frischer Plastikbeutel. Es sieht aus, als hätte sie ausziehen und an jemand andern vermieten wollen.« Er wies auf ein Pinboard an der Wand. »Nicht mal da hängt auch nur ein einziger Zettel. So räumt man nicht auf, wenn man nur in Urlaub gehen will. Wenn Sie mich fragen, hat sie irgendwo eine andere Wohnung.«

Fraser stimmte ihm zu. »Genau, das muß es sein, Chef. Alles andere ergibt keinen Sinn. Haben Sie schon mal so eine völlig unpersönliche Wohnung erlebt?«

»Aber warum hat sie dann ihre Erstausgaben hiergelassen?«

»Wahrscheinlich, weil die Sammlung von der Hausratsversicherung für diese Wohnung hier abgedeckt war. Da war es doch das Vernünftigste, die Bücher für die Zeit ihrer Abwesenheit hierzulassen. Wollen wir wetten, daß sie alle ihre persönlichen Dinge vor dem Urlaub in die neue Wohnung gebracht hat, die Katze hiergelassen hat, weil sie wußte, daß sie sich auf die Nachbarin verlassen konnte, und vorhatte, die Bücher, den Rest ihrer Kleider und die Katze bei ihrer Rückkehr abzuholen? Sie wollte bei Leo einziehen – das ist die einzige logische Erklärung.«

»Ja, aber verdammt noch mal«, entgegnete Maddocks ungeduldig, »es weist doch alles darauf hin, daß er bei *ihr* eingezogen ist. Wenn er eine eigene Wohnung oder ein eigenes Haus gehabt hätte, weshalb hat er dann in Glenavon Gardens mit der Kingsley zusammengelebt? Na, das wird Frank Freude machen. Ich hab den starken Verdacht, daß Jane Kingsley die einzige ist, die überhaupt etwas weiß.«

Nightingale-Klinik, Salisbury – 15 Uhr 30

Ohne den Verband über dem Auge, in einem schwarzen Pulli und einer schwarzen Hose, saß Jinx auf einer Bank im Schatten einer Trauerbuche und beobachtete das Kommen und Gehen auf dem gekiesten Vorplatz vor der Klinik. Sie fühlte sich angenehm anonym hinter der großen Brille mit den gespiegelten Gläsern, und zum erstenmal seit mehreren Tagen gestattete sie es ihrem müden Körper, sich zu entspannen.

Die Erinnerung, daß sie tatsächlich von der Affäre zwischen Leo und Meg gewußt hatte, durchdrang ihr Gehirn wie eine Nadel. *Großer Gott!* Leo selbst hatte es ihr im Salon im Haus seiner Eltern gesagt, im Beisein von Anthony und Philippa, die vor Entsetzen wie erstarrt gewesen waren. Sie hatte sie alle miteinander angeschrien – *warum hatte sie eigentlich geschrien?* –, und Leo hatte gesagt: Ich werde Meg heiraten – *und sie war aus allen Wolken gefallen. Meg und Leo... Meg und Russell...* Aber wann? Wann hatte Leo es ihr gesagt?

Sie kämpfte mit der Erinnerung, verzweifelt bemüht, sie festzuhalten, doch wie ein Traum begann sie in Stücke zu zerfallen und zu verblassen, und völlig verwirrt nahm sie den Blumenstrauß, den ihr jemand auf den Schoß legte, und hörte Josh Hennessey sagen: »Jinxy, Schätzchen, wie geht es dir?«

Sie hatte vergessen gehabt, daß er kommen wollte, und starrte ihm entgeistert in das besorgte Gesicht. Sie lächelte automatisch und ließ die Erinnerung fahren.

»Es geht mir gut«, hörte sie sich sagen. »Entschuldige, ich war mit meinen Gedanken ganz woanders. Und wie geht es dir?« *Aber, mein Gott, sie war so unglaublich wütend gewesen ... Sie konnte sich an ihre Wut erinnern ...*

Er kauerte vor ihr nieder und legte seine Hände leicht auf ihre Knie, während er ihr forschend ins Gesicht sah. »Ganz schön dreckig, wenn ich ehrlich bin. Und du?« Er schien auf eine Reaktion zu warten und enttäuscht – *überrascht?* – zu sein, als er keine bekam.

Sie drückte eine Hand auf ihre Brust. Ihr Herz schlug wie rasend. *Es war noch etwas anderes geschehen.* Diese Gewißheit drückte sie nieder wie eine Zentnerlast. *Es war noch etwas anderes geschehen ... Etwas so Entsetzliches, daß sie Angst davor hatte, in ihrem Gedächtnis danach zu suchen ...*

»Ich glaube, ich befinde mich in einem Ausnahmezustand, in dem das Leben vorübergehend aufgehoben ist.« Sie atmete kurz und flach. »Ich existiere, also bin ich, aber da ich keinen klaren Gedanken fassen kann, ist es eine ziemlich sinnlose Existenz.« Wie unattraktiv er aussieht, dachte sie, Mund und Nase so verkniffen vor Angst und Sorge. »Ich nehme an, wenn es dir dreckig geht, dann heißt das, daß du Meg immer noch nicht erreicht hast.«

Er schüttelte den Kopf, und sie sah bestürzt, daß er Tränen in den Augen hatte.

»Das tut mir leid.« Sie strich über die Blumen auf ihrem Schoß und legte sie dann neben sich. »Es war lieb von dir, mir die mitzubringen.«

Er ließ sich auf den Boden nieder und zog seine Hände weg. »Ich mache mir richtig Vorwürfe. Hättest du nicht anrufen und mir sagen können, daß es dir schlecht geht? Du weißt doch, daß ich gekommen wäre.«

»Du hörst dich an wie Simon«, sagte sie leichthin.

Er fuhr sich mit der Hand durch das Haar und wandte seinen Blick ab von ihrem eingefallenen, zerschundenen Gesicht und dem kahlgeschorenen Kopf. »Simon ruft fast jeden Tag an. Seine Eltern sind völlig fertig, machen sich gegenseitig Vorwürfe, geben Meg die Schuld an allem, möchten unbedingt etwas tun, um die Sache wiedergutzumachen ... Na ja, du kannst dir sicher vorstellen, wie ihnen zumute ist. Simon hat in Hellingdon Hall angerufen, um sich zu erkundigen, wo du bist, und bekam nichts als Beschimpfungen zu hören. Es ist natürlich verständlich, aber es hat die Dinge auch nicht gerade leichter gemacht.«

»Es tut mir leid«, sagte sie wieder, »aber du wirst es nicht glauben, Josh, mir macht es die Geschichte auch nicht leichter, daß alle *mea culpa* schreien, weil ich gegen einen Betonpfosten gedonnert bin.«

Er warf ihr einen raschen Blick zu, sagte aber nichts.

»Mit Absicht hab ich das allerdings wirklich nicht getan«, fügte sie mit unterdrückter Wut hinzu. »Der Wagen hat mich ein Vermögen gekostet, und ich hätte mir schon etwas Besseres einfallen lassen, um mich umzubringen, als einen einwandfreien Rover zu Schrott zu fahren.«

Er zupfte an einem Grashalm. »Ich habe gestern abend mit Dean gesprochen«, sagte er angespannt. »Der arme Kerl war in Tränen aufgelöst. Er hat gesagt, wenn ich dich erreichen sollte, soll ich dir ausrichten, daß das Geschäft läuft, aber du möchtest ihn bitte anrufen, sobald dir danach ist. Ich habe ihm die Nummer hier gegeben, aber er scheut sich, selbst anzurufen. Er meint, du könntest zu unglücklich sein, um mit ihm sprechen zu wollen.«

Es war hoffnungslos. »Ich bin nicht unglücklich«, erklärte sie mit einem gezwungenen Lächeln. »Ich fühle mich großartig. Ich freue mich auf zu Hause.« *Warum war Mitgefühl so unerträglich?* »Weißt du, was, wir bringen jetzt die Blumen in mein Zimmer und dann machen wir einen Spaziergang.« *Was für ein Witz! Nach fünfzig Metern würde sie zusammenbrechen.*

»Schaffst du das auch wirklich?« fragte er und stand auf.

»Aber ja«, versicherte sie munter. »Ich sag dir doch, mir geht es gut.« Sie ging vor ihm her, damit er ihr Gesicht nicht sehen konnte. »Du kannst mir glauben, ich habe nicht die Absicht, hier sehr lange zu bleiben. Sie haben mir schon gesagt, daß ich geistig gut genug beisammen bin, um nach Hause zu gehen. Jetzt muß ich nur noch beweisen, daß ich auch körperlich fit bin.« *Wem wollte sie damit etwas vormachen?* »Hier sind wir schon«, sagte sie, als sie auf wackligen Beinen über die Schwelle der Terrassentür trat und sich in den nächsten Sessel warf.

Die Blumen entglitten ihren Händen und fielen zu Boden. Sie spürte, wie Josh' Arme sie umschlossen, und sah trübe Bilder, die auf dem angeschwollenen Fluß ihrer Erinnerung dahintrieben.

Shoebury Terrace 43, Hammersmith, London – 16 Uhr

Fraser läutete bei Nummer 43 und fragte Mrs. Helms, ob Meg etwas davon gesagt hätte, daß sie vorhabe, nach dem Urlaub aus ihrer Wohnung auszuziehen.

»Direkt gesagt hat sie nichts«, sagte die kräftige Frau nachdenklich, »aber jetzt, wo Sie's ansprechen – kurz vor ihrer Abreise war wirklich ein dauerndes Raus und Rein. Ich weiß noch, daß ich zu Henry, meinem Mann, gesagt hab, es würde mich gar nicht wundern, wenn's da einen Umzug gäbe. Dann hat sie mich gebeten, mich um Marmaduke zu kümmern, und ich hab darüber nicht weiter nachgedacht. Komisch war nur, daß sie gesagt hat, ich soll das arme Tier auf keinen Fall in die Zimmer lassen. ›Lassen Sie ihn unbedingt im Flur, Mrs. Helms‹, hat sie gesagt, wie sie mir das Katzenfutter gebracht hat. Was wird denn jetzt aus dem armen Vieh? Henry will ihn auf keinen Fall in der Wohnung haben, aber er ist auch nicht gesund, wissen Sie?«

»Wir werden uns Mühe geben, eine Lösung zu finden«, sagte

Fraser, »aber bis dahin könnten Sie vielleicht weiterhin für die Katze sorgen.«

»Ich laß ihn schon nicht verhungern«, erwiderte sie unwillig, »aber es muß was geschehen, und zwar schnell. Der stickige Flur ist kein Platz für ein Tier.«

Er war ihrer Meinung. »Sie wissen nicht zufällig, womit Miss Harris ihre Brötchen verdient hat, Mrs. Helms?«

»Sehr viel scheinen Sie ja nicht über sie zu wissen, Sergeant. Sind Sie überhaupt sicher, daß sie die Person ist, die Sie meinen?«

Er nickte. »Also, ihr Beruf?« drängte er.

»Sie hat immer gesagt, sie wäre ein Headhunter. Früher war sie bei einer großen Beratungsfirma in der City, vor fünf Jahren ungefähr hat sie sich dann selbständig gemacht.« Sie hob die Hand und drehte sie hin und her. »Aber allzugut ist das Geschäft nicht gelaufen, soviel ich mitbekommen habe. Die Leute haben Angst, jetzt bei der Rezession zu kündigen, und man kann als Personalberater nichts verdienen, wenn's keine freien Stellen gibt.«

»Wissen Sie zufällig, wie die Firma heißt?«

»Nein. Wir haben uns ab und zu mal über Marmaduke und den Milchmann unterhalten, aber abgesehen davon« – sie zuckte mit den Achseln – »waren wir nur Nachbarn. Eng befreundet waren wir nie. Aber mir tut's natürlich leid, daß sie tot ist. Sie hat uns nie Ärger gemacht.«

Fraser spukte dieser letzte Satz noch im Kopf herum, als er die wenigen Meter zum Auto des Inspectors ging. »Sie hat uns nie Ärger gemacht«, das war so ziemlich der traurigste Grabspruch, den er je gehört hatte.

Nightingale-Klinik, Salisbury – 16 Uhr

»Was ist denn passiert?« fragte Alan Protheroe, als er nach Jinx' Handgelenk griff, um ihren Puls zu fühlen. Er hätte gern gewußt, wer dieser Mann war und warum er so heftig zusammengefahren war, als er die Stimme hinter sich gehört hatte.

»Ja, schauen Sie sich sie doch an, um Gottes willen«, sagte Josh erregt, während er ihren schlaffhängenden Kopf auf das Kissen sinken ließ und sie behutsam auf das Bett legte. »Ich glaube, sie stirbt.«

»Kein Drandenken. Die Dame ist stabil wie ein Panzer.« Er ließ Jinx' Handgelenk los. »Sie schläft.« Er sah dem Mann in das angespannte, ängstliche Gesicht. »Ich habe den Eindruck, Ihnen geht es schlechter als ihr.«

»Ich dachte, sie stirbt.« Er stützte sich mit den Händen auf der Bettkante ab, um wieder ruhiger zu werden. »Jetzt ist mir richtig übel. Ich weiß wirklich nicht, ob ich das noch viel länger mitmachen kann. Ich habe seit Tagen nicht mehr geschlafen, seitdem Simon Harris angerufen und gesagt hat, Jinx sei tot.«

»Warum hat er das denn getan?«

»Weil Betty Kingsley in ihrer Wut Megs Mutter angerufen hat und der armen Frau erklärt hat, ihre Tochter wäre eine Mörderin.«

Alan wies zur Terrasse hinaus. »Kommmen Sie, setzen wir uns draußen hin. Ich bin Dr. Protheroe.« Er nahm den Mann beim Arm, um ihn zu stützen.

»Josh Hennessey.« Er ließ sich von Alan Protheroe zur Terrassentür hinausführen. »Gerade hatte sie mir noch gesagt, es ginge ihr gut, und im nächsten Moment verdrehte sie die Augen und – peng!« Er ließ sich auf eine hölzerne Bank fallen und schlug die Hände vor sein Gesicht. »Wenn sie nur endlich mal aufhören würde, immer so zu tun, als ginge es ihr prächtig, wenn's gar nicht stimmt. Genauso war sie, als Russell ermordet wurde. Sagte ständig, mir geht's gut, und landete dann im Krankenhaus.«

»Sie kennen sie also schon lange?«

Er nickte. »Zwölf Jahre. Genausolang wie ich Meg kenne. Ich bin Meg Harris' Partner«, erklärte er. »Wir haben eine Personalberatungsfirma.« Er ballte zornig die Fäuste. »Oder wir hatten jedenfalls eine, bis sie sich aus dem Staub gemacht hat. Jetzt sitz ich mit einem Bankmenschen da, der Blut sehen will, und einem Haufen von Aufträgen, von denen ich keinen blassen Schimmer habe.«

Alan spürte förmlich, wie sich unter Wellen von Zorn und Erbitterung der Streß löste. »Ich verstehe.«

»Ach was, tatsächlich? Ich verstehe nämlich gar nichts. Sie wissen vermutlich, daß Meg Jinx den Verlobten ausgespannt hat? Ich meine, haben Sie eine Ahnung, was das für Megs Eltern bedeutet? Erst bekommen sie aus heiterem Himmel einen Anruf, Leo habe Jinx ihrer Tochter wegen verlassen, und als nächstes hören sie, daß Jinx sich umgebracht hat. Das ist doch Wahnsinn! Und um das Maß vollzumachen, läßt Meg mich ohne jede Information mutterseelenallein im Büro sitzen, während sie sich in Frankreich mit diesem Riesenarschloch einen schönen Lenz macht.« Ihm versagte einen Moment die Stimme. »Ich weiß überhaupt nicht mehr, was eigentlich los ist.« Er rieb sich die Augen. »Ich bin zum Umfallen müde.«

Alan betrachtete ihn ein Weilchen teilnahmsvoll. »Wenn Sie das tröstet, ich denke, um Jinx machen Sie sich unnötig Sorgen. Wenn man bedenkt, was vorgefallen ist, macht sie sich schon wieder sehr gut.«

»Simon hat mich gewarnt, er sagte, daß sie krank aussähe, aber *das* hab ich nicht erwartet.« Er wies mit dem Kopf nach rückwärts zum Zimmer. »Es geht ihr viel schlechter, als ich mir vorgestellt habe.«

»Das glaube ich nicht. Sie hat natürlich gewaltig eins auf den Kopf bekommen und hat ungefähr zwei Wochen ihres Lebens einfach vergessen, aber das ist auch schon alles. Sie ist robust und zäh. Wenn wir ihr noch ein, zwei Wochen Zeit lassen, wird sie wieder wie neu sein. Es ist nur eine Frage der Zeit.«

Josh starrte auf seine Hände hinunter. »Sie haben sie wahrscheinlich noch nie mit Haaren gesehen. Sie sieht ziemlich toll aus. Sehr italienisch.« Er berührte mit einer Hand seine Schulter. »Dikkes schwarzes Haar bis hierher, und dunkle Augen. Ich hab's immer verrückt gefunden, daß sie hinter der Kamera steht und nicht davor.« Er schwieg.

»Sie scheinen sie sehr gern zu haben.«

»Das stimmt, aber mein Timing ist beschissen. Als ich frei war, war sie verheiratet. Als sie frei war, war ich verheiratet.« Er blickte hinüber zu den Bäumen, die die Rasenfläche begrenzten. »Dann hab ich mich scheiden lassen, und prompt erschien Leo auf der Bildfläche. Glauben Sie, daß sie ihn immer noch liebt?«

»Sie sagt, nein.«

Josh drehte den Kopf, um dem älteren Mann ins Gesicht sehen zu können. »Und glauben Sie ihr?«

»Ja.«

»Warum?«

Alan zuckte mit den Achseln. »Sie ist nicht zornig genug auf Meg.« Aber *du* bist es, dachte er.

Das Pfarrhaus, Littleton Mary, Wiltshire – 16 Uhr

Charles Harris legte seinen Füller nieder und faltete die Hände über der Predigt, an der er gerade schrieb. »Das muß einfach aufhören, Caroline. Du steigerst dich wegen nichts in eine regelrechte Hysterie hinein. Meg wird schon anrufen, wenn sie es für richtig hält. Das ist doch nichts Neues«, fügte er trocken hinzu. »Sie hat immer das getan, was sie für richtig gehalten hat. Bei der Häufigkeit ihrer Anrufe und Besuche in den ganzen letzten Jahren hätten wir tot und begraben sein können, ohne daß sie es auch nur gemerkt hätte. Sie hat sich immer schon weit mehr für den jeweiligen Mann interessiert, den sie im Schlepptau hatte, als für uns.«

Caroline sah ihn voll Abneigung an. »Das ist es doch, was du haßt, nicht wahr? Die Männer.«

»Mach dich nicht lächerlich«, fuhr er sie an. Es gab Momente, da mußte er sich beherrschen, um sie nicht zu schlagen. »Müssen wir das schon wieder durchkauen?« Er nahm seinen Füller und wandte sich wieder seiner Predigt zu. »Ich habe wirklich noch zu arbeiten.« Er machte sich eine Notiz am Rand seines Konzepts.

»Du warst doch schockiert, als du das von ihr und Russell gehört hast, oder nicht?« sagte sie boshaft.

»Doch, ja.«

»Deine kleine Meggy in den Armen eines Mannes, der alt genug war, um ihr Vater sein zu können. Sie hat ihn geliebt, damit du das nur weißt.«

Er hielt seinen Blick auf das Blatt gerichtet, aber er konnte nicht schreiben, weil seine Hand so heftig zitterte.

»Verletzt dich der Gedanke, daß deine Tochter mit alten Männern schläft, aber es mit dir nicht einmal unter einem Dach aushält?«

»Nein«, sagte er ruhig. »Was mich verletzt, ist ihr schäbiges Verhalten ihrer besten Freundin gegenüber. Ganz unter uns, Caroline, wir haben ein Ungeheuer großgezogen.«

9

Samstag, 25. Juni,
Nightingale-Klinik, Salisbury – 18 Uhr

Jinx hatte ihren Beobachtungsposten unter der Buche wieder eingenommen und mit der dunklen Brille vor den Augen ihre Anonymität wiederhergestellt. Für andere im Park war sie ein Objekt der Neugier, diese dünne, blasse Frau, die abseits saß und sich hinter dem dichten Laub der herabhängenden Zweige verbarg. Beinahe, dachte Alan Protheroe, der sie von der Gartentür seines Büros aus beobachtete, wie ein Vogel in einem Käfig; es war ihre Einsamkeit, die ihn am meisten beeindruckte. Er fragte sich, ob es ratsam oder überhaupt möglich wäre, die eiserne Kontrolle zu lockern, die sie über ihre Emotionen ausübte, denn er zweifelte daran, daß Glücklichsein überhaupt etwas war, das Jinx erstrebte. Sie könnte es nicht ertragen, so verletzlich zu sein.

»Ich bin erleichtert«, hatte sie gesagt, als er sie gefragt hatte, ob sie glücklich sei, daß die Verbände abgenommen worden waren. »Nur Kinder wissen, wie man glücklich ist.«

»Und waren Sie als Kind glücklich, Jinx?«

»Ich denke, ja. Bei dem Geruch von frisch gebackenem Brot bekomme ich sofort gute Laune.« Sie lächelte leicht über sein verwundertes Stirnrunzeln. »Mein Vater war nicht immer ein reicher Mann. Als ich klein war, haben wir irgendwo in London in einem kleinen Reihenhaus gewohnt, das weiß ich noch. Meine Mutter hat selbst gekocht und ihr eigenes Brot gebacken, und bis heute würde ich am liebsten Purzelbäume schlagen, wenn ich warmes Brot rieche.«

»Welche Mutter war das? Ihre leibliche Mutter oder ihre Stiefmutter?«

Sie schien plötzlich verwirrt. »Ich nehme an, es war meine Stiefmutter. Ich war zu jung, als meine leibliche Mutter starb, um mich an irgend etwas zu erinnern, was sie getan hat.«

»Nicht unbedingt. Wir beginnen sehr früh, Gefühle zu speichern, es gibt also keinen Grund, weshalb Sie sich nicht an Glücksgefühle Ihrer frühen Kindheit erinnern sollten, besonders wenn später unglückliche Zeiten folgten.«

Sie wandte sich ab. »Weshalb unglückliche Zeiten?«

»Ihre Mutter starb damals, Jinx. Da waren Sie und Ihr Vater gewiß sehr unglücklich.«

Sie zuckte mit den Achseln. »Wenn es so war, kann ich mich nicht daran erinnern. Was ja an sich schon traurig ist. Der Tod müßte doch eigentlich einen tiefen Eindruck hinterlassen, finden Sie nicht? Es ist schrecklich, wie schnell wir vergessen und uns neuen Dingen zuwenden.«

»Aber es ist auch sehr wichtig, daß wir das tun«, entgegnete er, »sonst werden wir wie Miss Havisham in *Große Erwartungen* und sitzen Tag für Tag vor einem leeren Tisch.«

Sie lächelte. »Wenn ich meinen Dickens noch im Kopf habe, wurde die alte arme Miss Havisham am Hochzeitstag von ihrem Bräutigam sitzengelassen und verbrachte den Rest ihres Lebens in ihrem Brautkleid an der gedeckten Hochzeitstafel sitzend. Nicht gerade taktvoll, diese Parallele, die Sie da gezogen haben. Heiratspläne sind im Moment nicht das, womit ich mich unbedingt beschäftigen möchte.«

»Dann sprechen wir doch über etwas, womit Sie sich beschäftigen möchten. Was gibt Ihnen das Gefühl, lebendig zu sein?«

Sie schüttelte den Kopf. »Nichts. Mir ist der Friede lieber, den es bringt, wenn man nichts fühlt. Auf jedes Hoch folgt ein Tief, und ich hasse die Traurigkeit der Enttäuschung.«

»Beziehungen müssen nicht enttäuschend sein, Jinx. Weit häufiger verkörpern sie die Art der Erfüllung, nach der sich die meisten von uns sehnen. Finden Sie nicht, daß das ein Ziel ist, dem nachzugehen sich lohnt?«

»Sprechen wir von Ehe und Kindern, Dr. Protheroe?« fragte sie argwöhnisch. »Hat Josh Hennessey Ihnen erzählt, daß er in mich verliebt ist?«

Er lachte. »Nicht direkt, aber er scheint Sie sehr gern zu haben.«

»Er mag Meg weit mehr als mich«, sagte sie wegwerfend. »Zu sehr eigentlich. Sie behandelt ihn wie einen Bruder, weil man Arbeit und Vergnügen auseinanderhalten soll, und das einzige, was er will, ist mit ihr vögeln. Im übrigen hat er seine Frau auch gern gehabt, als er sie geheiratet hat«, fügte sie spitz hinzu, »aber vier Jahre später hat er sie verlassen. Er hat behauptet, sie wäre langweilig. Ist das die Art erfüllender Beziehung, zu der Sie mir raten?«

»Ich bezweifle, daß er Sie langweilig finden würde, Jinx, aber das nur nebenbei. Um auf Ihre Frage zurückzukommen – ich denke, wir sprechen hier von innerer Zufriedenheit.«

Sie lachte leise. »Ich bin eine gute Fotografin, und das befriedigt mich. Wenn man sich an mich nur eines meiner Fotos wegen erinnert, ist mir das Unsterblichkeit genug. Eine andere brauche ich nicht. Das ist nämlich auch eine Art Geburt. Wenn dieses Bild, das man geschaffen hat, im Entwicklungsraum aus der Dunkelheit heraustritt, empfindet man ein ähnliches Gefühl, etwas geleistet zu haben, wie bei dem Austritt eines Kindes aus dem Mutterleib.«

»Wirklich?«

Sie zuckte wieder mit den Achseln. »Ich glaube schon. Zugegeben, die einzige Geburt, die ich zum Vergleich heranziehen kann, war eine ziemlich unerquickliche Angelegenheit in der Toilette, aber ich denke mir, ein Kind auszutragen und es dann lebend zur Welt zu bringen, ist etwas befriedigender. Ja, ich glaube, das

Gefühl, etwas geleistet zu haben, ist unter diesen Umständen nicht unähnlich.« Ihr Gesicht war bar allen Ausdrucks. »Und genauso stelle ich mir vor, daß man die gleiche Enttäuschung verspürt, wenn das Ergebnis der eigenen harten Arbeit nicht den Hoffnungen entspricht. Kunstwerke, ob es nun Kinder oder Fotos sind, können niemals vollkommen sein.« Sie zögerte einen Moment. »Ich vermute, wenn man Glück hat, sind sie vielleicht interessant.«

Danach hatte sie sich höflich entschuldigt und war hinausgegangen, und Protheroe, der zurückgeblieben war, hatte sich gefragt, ob sie von ihren eigenen Hoffnungen für das Kind, das sie verloren hatte, gesprochen hatte, oder von den Hoffnungen ihres Vaters für sie. Aber vielleicht hatte sie ja weder das eine noch das andere gemeint. Er dachte an die beiden unverheirateten Brüder, die immer noch zu Hause lebten und die, wenn Jinx' verschlossenes Gesicht bei der Nennung ihrer Namen ein Anhaltspunkt war, für ihre intellektuell begabte Schwester offenbar wenig übrig hatten.

Er wollte sich gerade vom Fenster abwenden und seine nachdenkliche Betrachtung der einsam sitzenden Gestalt beschließen, als er bemerkte, daß sich über den Rasen ein Mann ihr näherte. *Wo, zum Teufel, war er bloß hergekommen?* Ohne klaren Grund, außer daß er für Jinx' Sicherheit verantwortlich war und sie offensichtlich nicht gemerkt hatte, daß sich jemand hinter ihr befand, überkam ihn ein Gefühl drohender Gefahr, und hastig drehte er den Schlüssel im Schloß und stieß die Terrassentür weit auf. Da er einen weiteren Weg hatte als der andere, hob er seine Stimme, um dröhnend zu rufen: »Ach, da sind Sie ja, Jinx! Ich habe Sie gesucht.«

Erschreckt drehte sie den Kopf, sah zuerst ihren jüngeren Bruder, dann, hinter ihm, Protheroe. »Mein Gott, Sie haben mir einen schönen Schrecken eingejagt«, sagte sie vorwurfsvoll, als die beiden Männer näher kamen. »Hallo, Fergus.« Sie nickte. »Kennen Sie beide sich? Fergus Kingsley, mein Bruder – Dr. Alan Protheroe, mein existentialistischer Seelenklempner. Sie sind ein schlechter Lügner«, sagte sie zu Alan gewandt. »Sie haben mich doch die letzten zehn Minuten beobachtet, wieso dann diese plötzliche Panik?«

Er schüttelte Fergus die Hand. »Weil ich meine Pflichten ernst nehme, Jinx, und ich wußte ja nicht, daß der junge Mann, der sich Ihnen da näherte, Ihr Bruder ist.« Er verschränkte die Arme über der Brust. »Nur mal interessehalber«, sagte er ohne Feindseligkeit, »auf welchem Weg sind Sie hereingekommen? Eigentlich muß sich hier jeder Besuch am Empfang anmelden. Das ist schlichte Höflichkeit, aber es ist wichtig, wie Sie mir sicher zustimmen werden.«

Fergus errötete unter dem Blick des anderen. »Tut mir leid.« Er sah sehr jung aus. »Ich hatte keine Ahnung.« Er wies hinter sich, zur anderen Seite der Rasenfläche. »Ich habe hinten am Tor geparkt und bin einfach rübergegangen.« Er warf Jinx einen verdrossenen Blick zu. »Ich wollte mich eigentlich anmelden, wie sich's gehört, aber dann hab ich dich unter dem Baum sitzen sehen.«

Jinx nahm ihre dunkle Brille ab und blickte, gegen die schräg einfallende Abendsonne blinzelnd, zu Protheroe hinauf. »Ich kann mich nicht erinnern, daß bei früheren Besuchen meine Genehmigung eingeholt wurde. Das ist wohl eine ziemlich willkürliche Regelung, die sich nach der Laune des Direktors richtet.«

Er lächelte freundlich. »Aber trotzdem eine Regelung. Ich sehe schon, ich werde dafür sorgen müssen, daß sich in Zukunft jeder nach ihr richtet.« Er nickte Jinx und ihrem Bruder zu. »Viel Spaß. Wenn Sie Tee möchten, kann Ihr Bruder ihn am Empfang bestellen und ihn herausschicken lassen.« Er hob grüßend eine Hand und ging dann mit schnellem Schritt zu seinem Büro zurück.

Jinx blickte ihm nach. »Ich glaube, der ist verrückter als einige seiner Patienten«, sagte sie.

Fergus' Blick folgte dem ihren. »Der ist scharf auf dich«, stellte er fest.

Sie lachte kurz. »Hör doch auf! Der Mann ist schließlich nicht blind, und sie haben mir hier nicht verboten, in den Spiegel zu schauen.« Sie wurde plötzlich ernst, und ihre Augen verengten sich. »Ehrlich gesagt, ich hasse es, wie er mich immer beobachtet. Ich komme mir dabei vor wie eine Gefangene.«

»Magst du ihn?«

»Ja.«

»Ist er verheiratet?«

»Er ist Witwer.« Sie runzelte die Stirn. »Wieso interessiert dich das so?«

Er zuckte mit den Achseln. »Du weißt doch, was man über Psychiater und ihre Patientinnen sagt. Ich hab nur grade überlegt, ob er der nächste Heiratskandidat wird.«

»Tu mir einen Gefallen, Fergus, und hör auf mit dem Quatsch«, sagte sie ärgerlich. »Ich habe nicht die Absicht, lange genug hier zu bleiben, um den Mann näher kennenzulernen.«

Er lehnte sich an den Baumstamm. »Du willst also nach Hause kommen?«

»Nach Hause *gehen*«, korrigierte sie ihn. »Heim nach Richmond und heim ins Atelier. Rumsitzen und Däumchendrehen ist nicht gerade meine Stärke.«

»Ist das auf mich gemünzt?«

»Nein«, antwortete sie freundlich. »Es wird dich vielleicht wundern, Fergus, aber im Augenblick interessieren mich meine eigenen Probleme mehr als deine.« Sie musterte sein verdrossenes Gesicht, das dem Miles' so ähnlich war. Doch Fergus fehlte der Charme, den sein älterer Bruder ganz nach Belieben spielen lassen konnte. »Bist du aus einem bestimmten Grund hergekommen?«

Er stupste seine Schuhspitze ins Gras. »Ich wollte nur wissen, wie's dir geht, das ist alles. Miles hat erzählt, du wärst nicht gerade das blühende Leben gewesen, als er bei dir war. Er hat gesagt, du wärst ohnmächtig geworden, während er mit dir gesprochen hat.«

»Das ist nur Müdigkeit.« Sie setzte die dunkle Brille wieder auf, um ihre Augen vor ihm zu verbergen. »Miles hat mir erzählt, daß Adam dich so weit getrieben hat, daß du zu heulen angefangen hast. Stimmt das?«

Wieder wurde er rot. »Miles ist ein gemeiner Mistkerl. Er hat mir geschworen, daß er es niemandem erzählen würde. Ehrlich, manchmal weiß ich nicht, wen ich mehr hasse, ihn oder Dad. Sie sind alle beide solche Scheißkerle. Ich wollte, sie wären tot. Es wäre alles okay, wenn sie beide tot wären.«

Es war das gleiche kindische Gejammer, das sie seit seinem fünften Lebensjahr von ihm zu hören bekam. Nur seine Stimme war inzwischen etwas tiefer geworden.

»Er hat dich wohl wieder geschlagen. Und was hast du angestellt, um Adam so wütend zu machen?«

»*Ich* hab ihn überhaupt nicht wütend gemacht. Deinetwegen ist er wütend, weil du hier in dieser Klinik sitzt.« Er glitt am Stamm des Baumes abwärts, bis er in der Hocke saß. »Er ist einfach ausgerastet und hat angefangen, jeden, der ihm in den Weg kam, anzuschreien und anzubrüllen. Miles hat sich irgendwo in der Ecke verkrochen, wie immer, und Mama hat dagesessen und geheult. Du weißt ja, wie es ist. Ich brauch dir nichts zu erzählen.«

»Aber irgend etwas mußt du doch getan haben«, beharrte sie. »Es kann ja sein, daß er meinetwegen wütend ist, aber er hat dich noch nie ohne guten Grund geschlagen. Also, was hattest du angestellt?«

»Ich hab mir zwanzig Pfund gepumpt«, murmelte er. »So, wie er sich aufgeführt hat, hätte man meinen können, das wär ein Kapitalverbrechen.«

Sie seufzte. »Von wem diesmal?«

»Was spielt das für eine Rolle?« fragte er ärgerlich. »Du bist genauso schlimm wie Dad. Ich hätt's zurückgezahlt.« Sein Mund wurde verkniffen. »Niemandem scheint klar zu sein, daß ich es überhaupt nicht nötig hätte, mir Geld zu leihen, wenn Dad mich wie einen Menschen behandeln würde und nicht wie einen Sklaven. Es ist wirklich demütigend, zugeben zu müssen, daß man der Sohn von Adam Kingsley ist, wenn jeder weiß, daß man einen Hungerlohn verdient. Ich sag's ihm immer wieder, wenn er mich nur anständig bezahlen würde, müßte ich mir nichts leihen. Ich bin der Sohn vom Chef. Das sollte doch was zu bedeuten haben. Warum müssen Miles und ich von ganz unten anfangen?«

»Du weißt genau«, entgegnete sie mit plötzlicher Ungeduld, »wenn ihr ab und zu mal ehrlich mit ihm reden würdet, würde Adam euch viel eher respektieren. Die Lügen sind's, die ihr ihm dauernd auftischt, die ihn so wütend machen. Kapierst du das denn nicht? Du bist ein Dieb«, sie fixierte ihn mit geringschätzigem Blick, »und jeder weiß es. Warum redest du also immer von leihen? Wem hast du das Geld diesmal geklaut?«

»Jenkins«, murmelte er. »Aber ich hätte es ihm zurückgezahlt.«

»Dann wundert es mich nicht, daß Adam dich geschlagen hat«, sagte sie müde. »Ich würde mich auch nicht gern bei meinem Gärtner dafür entschuldigen wollen, daß mein vierundzwanzigjähriger Sohn ihm Geld geklaut hat. Du hast wohl gedacht, Jenkins hätte nicht den Mut, was zu sagen, und die Geschichte käme nicht ans Licht. Das ist beinahe noch schlimmer als der Diebstahl selbst.«

»Ach, hör endlich auf, Jinxy. Das hab ich alles schon von Dad gehört, außerdem täuscht ihr euch alle beide. Ich wollte es ihm wirklich zurückzahlen. Wenn er mit mir geredet hätte, hätt ich das geklärt, aber nein, er mußte gleich zum Alten laufen und aus einer Mücke einen verdammten Elefanten machen.«

Jinx hatte das Gefühl, als sei plötzlich etwas in ihr zerrissen. Bei späterer Erinnerung daran würde sie stets denken, es seien die Blutsbande gewesen, die sie an eine Familie gebunden hatten, die sie unter anderen Umständen gemieden hätte wie die Pest. Auf einmal fühlte sie sich frei einzugestehen, daß sie diese Menschen nicht mochte. Schlimmer noch, sie brachte ihnen nichts als Verachtung entgegen. Ja, letztendlich stimmte sie dem zu, was, wie jeder wußte, Adam dachte, aber niemals ausgesprochen hatte: Miles und Fergus waren die Söhne ihrer Mutter und sahen, genau wie Betty, in Adam Kingsley nichts anderes als jemanden, der ihre Rechnungen bezahlte.

Sie lächelte bitter. »Ich werde dir jetzt mal was sagen, was ich nie zuvor in meinem Leben auch nur einer Menschenseele verraten habe. Erstens, ich verachte eure Mutter. Ich habe sie von dem Moment an verachtet, als sie zu uns ins Haus kam. Sie ist eine vollgefressene Säuferin ohne einen Funken Grips. Zweitens, sie hat meinen Vater geheiratet, weil sie gern eine große Dame sein wollte, und sie war gerissen genug, ihn glauben zu machen, daß sie ihm wenigstens am Ende eines langen Tages Ruhe und Gemütlichkeit bieten könnte, auch wenn sie nie an meine Mutter heranreichen würde. Er war einsam und ist darauf reingefallen und bekommen hat er nichts als eine ordinäre, geldgierige Schlampe« Sie hielt drei Finger hoch. »Drittens, es wäre vielleicht nicht so schlimm gewesen, wenn sie ihm nicht auch noch dich und Miles aufgehalst hätte. Schon eure Namen sind eine einzige Peinlichkeit. Adam wollte etwas Schlichtes, Einfaches wie David oder Michael, aber Elizabeth mußte unbedingt was haben, was den Söhnen einer großen Dame angemessen war.«

Sie ahmte den Akzent ihrer Stiefmutter nach. »Es muß was Schickes sein, Daddy, und die Namen David und Michael sind so gewöhnlich.« Sie schnappte zornig nach Luft. »Viertens, Adam sitzt mit den zwei faulsten, dümmsten, unehrlichsten Söhnen da, die ein Vater sich vorstellen kann. Jedes einzelne Gen, das in euch steckt, habt ihr direkt von eurer Mutter. Ihr seid unfähig, einer wie der andere, irgend etwas Positives für eure Familie zu tun. Im Gegenteil, ihr seid einzig daran interessiert, Adam und mich auf euer eigenes erbärmliches Niveau runterzuziehen. Und fünftens, wie, zum Teufel, kannst du es auch nur wagen, dich dafür rechtfertigen zu wollen, daß du einen Gärtner bestohlen hast, der Tag für Tag schuftet, um sein bescheidenes Haus und sein bescheidenes Auto zu finanzieren, während du, du elender kleiner Stinker in deinem schicken Porsche rumgondelst und jede kleine Nutte aufliest, die blöd genug ist zu glauben, der Name Kingsley würde was bedeuten? Würdest du mir das mal erklären? *Kannst* du mir das erklären?«

Er starrte sie verblüfft an. Er war erschrocken, in der Haltung ihres Kinns und der Wut ihrer Stimme das Spiegelbild seines Vaters zu sehen, aber er wußte, man brauchte sie nur bei ihrem Gewissen zu packen, und in dieser Kunst hatten er und Miles es in jahrelanger Übung zur Meisterschaft gebracht. »Wir haben immer gewußt, daß du ein versnobtes Luder bist, Jinx«, sagte er lässig. »Was, zum Teufel, glaubst du wohl, wie es für Mutter war, in ein Haus zu kommen, wo bereits das perfekte Kind wartete, und sämtliche Wände mit Bildern ihrer perfekten Mutter vollgepflastert waren? Sie sagt, du wärst so herablassend gewesen, daß sie dich am liebsten übers Knie gelegt hätte. Ich wollte, sie hätte es getan. Wenn du so behandelt worden wärst, wie Dad uns behandelt hat, wäre das vielleicht für uns alle besser gewesen.«

»Er hat euch anfangs nicht anders behandelt als mich«, entgegnete sie kalt. »Ich kann mich genau an den Tag erinnern, als er euch zum erstenmal geschlagen hat; damals, als er das erste Mal davon hörte, daß ihr beide, du und Miles, gestohlen hattet. Du warst neun Jahre alt und Miles war elf, und ihr hattet aus der Kasse im Dorfladen Geld geklaut. Adam hat Mrs. Davies mehr als hundert Pfund gezahlt, damit sie den Mund hält, und danach hat er euch beide versohlt, um euch klarzumachen, was passieren würde, wenn ihr das je wieder tun würdet.« Sie schüttelte den Kopf. »Aber gewirkt hat es nicht. Ihr habt weitergemacht, und er hat euch weiter geschlagen, und ich war diejenige, die versuchen mußte, ihn zu beruhigen, weil Betty dauernd betrunken war. Glaubst du vielleicht, mir hat das alles Spaß gemacht?«

Er zuckte mit den Achseln. »Das ist mir, ehrlich gesagt, ziemlich egal, im übrigen übertreibst du. Meistens warst du entweder in der Schule oder in deinem verdammten Oxford und hast das Familiengenie gespielt, während Miles und ich wie Neandertaler behandelt worden sind. Du solltest ab und zu mal versuchen, dich in unsere Lage zu versetzen. Du weißt doch ganz genau, daß er uns immer gehaßt hat. Wir haben damals nur in die Ladenkasse gegriffen, weil wir gehofft haben, daß er uns dann endlich mal bemerkt, anstatt dauernd seiner geliebten Jane nachzuschmachten.« Sein Mund bekam einen trotzigen Zug. »Du hast ja keine Ahnung, wie es war. Wenn du in den Ferien zu Hause warst, hat er sich nur für dich und deine Angelegenheiten interessiert, und wenn du nicht da warst, hat er sich meistens mit diesen verdammten Fotos von deiner Mutter in seinem Büro eingesperrt.«

Sie sah klar, was hinter seinen Worten steckte: der Versuch eines verborgenen, egoistischen Charakters, sie mit emotionaler Erpressung zu manipulieren. Doch lebenslange Gewohnheiten sterben schwer, und wie immer scheiterte sie an der harten Gewißheit von Adams Fixierung auf ihre Mutter und sie selbst.

»Aber warum macht ihr denn nicht einmal den Versuch, euch selbst zu helfen?« fragte sie ihn. »Warum tut ihr immer wieder das gleiche, obwohl ihr wißt, daß er es haßt? Warum bleibt ihr und gebt ihm so ständig Gelegenheit, euch zu verachten? Ich verstehe das einfach nicht.«

»Weil ich dort genauso zu Hause bin wie er und nicht einsehe, warum ich mich von ihm rausdrängen lassen soll«, erwiderte er. »Du hast gut reden! Du hast Russells Geld. Du hast Glück gehabt.«

Eine merkwürdige Empfindung überkam sie plötzlich, als würde in ihrem Gedächtnis eine Tür zugeschlagen. Den Bruchteil einer Sekunde lang gewahrte sie den Schimmer einer Erinnerung, aber er war so flüchtig wie ein Windhauch an einem Sommertag und gleich wieder verloren. *Hatten sie dieses Gespräch schon einmal geführt?* »Du hast wirklich eigenartige Vorstellungen, Fergus. Wie kannst du etwas, das mit Russells Ermordung zu tun hat, als Glück bezeichnen?« *Warum drängte sich Russell in jedes Gespräch? Sie hatte ihn so lange aus ihren Gedanken verbannt, doch jetzt wurde sie gezwungen, ständig an ihn zu denken.*

»Ach, hör doch auf, Jinx. So hingerissen warst du auch wieder nicht von ihm, und am Schluß hast du die ganze Knete bekommen.« Doch er sprach ohne den Nachdruck der Überzeugung, vielleicht weil er, wie sie, die Energie verloren hatte, ein Streitgespräch fortzusetzen, das nirgendwohin führte. Wo das Vertrauen geopfert worden war, war Wissen alles, und es spielte kaum eine Rolle, ob Gedanken ausgesprochen wurden oder nicht, wenn alle wußten, wo sie standen. *Außer ...* »Du tust Mutter unrecht, wenn du auf sie schimpfst«, sagte er mit einem Anflug von Aggressivität. »Sie ist immerhin für dich eingetreten, was man von Dad nicht behaupten kann. Sie hat den Walladers und den Harris' ganz schön Bescheid gestoßen dafür, wie Leo und Meg dich behandelt haben. Sir Anthony hat sie ›ein Furunkel am Hintern der Gesellschaft‹ genannt und Caroline Harris eine ›verklemmte Ziege‹.«

Jinx senkte hastig den Kopf, um ihn das Lachen in ihren Augen nicht sehen zu lassen.

»Okay, sie war blau«, sagte Fergus verdrossen, »aber sie hat's gut gemeint. Miles und ich haben es, ehrlich gesagt, ganz komisch gefunden.«

Wie Jinx selbst... Sie hatte Sir Anthony einen »Parasiten« genannt, aber Bettys Beurteilung war weitaus scharfsichtiger...

Polizeirevier Romsey Road, Winchester – 19 Uhr 30

»Sie werden mich doch mit Miss Kingsley sprechen lassen müssen«, sagte Gareth Maddocks und ließ sich müde in einen Sessel fallen. »Ganz im Ernst, Sir, wenn wir nicht Tag und Nacht jemanden neben Miss Harris' Telefon postieren und darauf warten wollen, daß das verdammte Ding klingelt, weiß ich nicht, wie wir rausbekommen wollen, wo ihre Eltern leben.«

»Haben Sie es noch einmal bei Sir Anthony versucht?«

Maddocks nickte. »Der schreit immer nur Wiltshire. Dieses ganze Gequatsche darüber, wie erleichtert er und seine Frau waren, als Leo sich mit einer netten jungen Frau wie Meg Harris zusammengetan hat, ist reines Gewäsch. Das einzige, was, soweit ich sehen kann, für sie sprach, war die Tatsache, daß sie nicht Jane Kingsley war. Ich hab den Eindruck, die Walladers hätten sogar Freudensprünge gemacht, wenn Leo mit irgendeiner Schlampe aus dem nächsten Pub aufgetaucht wäre und verkündet hätte, daß er *sie* heiraten will.«

»Na ja, ich kann die Leute verstehen«, sagte der Superintendent trocken. »Ich würde Adam Kingsley auch nicht in der Familie haben wollen.«

»Also die Tochter macht einen ziemlich vernünftigen Eindruck, soweit sich das bis jetzt sagen läßt. Sie hat auf dem Anrufbeantworter eine Nachricht hinterlassen. Angenehme Stimme, Humor hat sie auch, und sie sagte, sie sei nicht nachtragend, und bat Meg Harris, sie anzurufen.«

Frank Cheever zog eine Augenbraue hoch. »Haben Sie das Band dabei?«

Maddocks griff in seine Tasche und zog eine Kassette heraus. »Wir haben im Revier Hammersmith Kopien gemacht und das Original dann wieder in die Wohnung gebracht.« Er legte es vor Cheever auf den Schreibtisch. »Ihre Nachricht ist die letzte auf dem Band. Ich hab sie mir inzwischen mehrmals angehört und neige dazu, Fraser zuzustimmen, daß sie von Leo Walladers und Meg Harris' Tod keine Ahnung hat.«

Cheever schob die Kassette einen Moment hin und her, dann nahm er sie, drehte seinen Sessel und schob sie in ein Kassettendeck im Regal hinter ihm. Mit gesenktem Kopf hörte er sich die aufgezeichneten Nachrichten an und rührte sich erst wieder, als Jane Kingsleys zu Ende war. Er spulte die Kassette ein Stück zurück, hörte sich noch einmal Jane Kingsleys Worte an und rieb sich, nachdem er das Band angehalten hatte, nachdenklich das Kinn.

»Sie sagt, sie kann sich an nichts erinnern, was nach dem vierten Juni passiert ist«, bemerkte er.

»Was genau mit dem Fordingbridgebericht übereinstimmt«, sagte Maddocks. »Der besagt, daß sie als Folge der Gehirnerschütterung an einer Amnesie leidet.«

»Gut, aber das heißt noch nicht, daß sie vom Tod der beiden nichts wußte. Verstehen Sie, was ich meine? Sie könnte das Wissen gewissermaßen aus ihrem Gedächtnis gelöscht haben.« Er tippte mit einem Finger auf den Schreibtisch. »Meiner Ansicht nach wäre es äußerst töricht, sich auf der Basis dieser einen Aufnahme eine Meinung zu bilden.«

»Da will ich gar nicht widersprechen, Sir, aber ich denke, das ist unsere beste Möglichkeit, mit ihr zu sprechen, ohne dabei jemandem auf die Zehen zu treten, vor allem nicht ihrem Vater.« Er beugte sich vor. »Schauen Sie, wir bemühen uns lediglich, den Verbleib von Miss Harris zu ermitteln. Ihre Kreditkarten sind nach der Festnahme eines Diebes in den Besitz der Polizei gelangt, aber wiederholte Versuche, sie unter ihrer Adresse in London zu erreichen, sind vergeblich geblieben. Die Polizei Hammersmith hat sich aus Sorge um ihr Wohlbefinden in ihre Wohnung begeben, um die Adressen von Familienangehörigen oder Freunden ausfindig zu machen, konnte jedoch nur feststellen, daß die Wohnung ausgeräumt worden war. Der einzige Anhaltspunkt, auf den sie bei ihren Nachforschungen gestoßen ist, ist der Anruf von Miss Kingsley; sie war die einzige Anruferin, die eine Telefonnummer hinterlassen hat. Nun haben uns die Kollegen in Hammersmith gebeten, mit Miss Kingsley zu sprechen, um möglicherweise über sie Miss Harris zu finden.« Er breitete die Hände aus. »Wollen Sie es auf dieser Basis nicht auf einen Versuch ankommen lassen? Das ist doch ein ganz legitimer Ansatz.«

Der Superintendent stützte die Ellbogen auf den Tisch und legte die Fingerspitzen beider Hände aneinander, so daß diese ein Dach bildeten. Er fixierte Maddocks mit scharfem Blick. »Ihnen ist hoffentlich klar, daß es Sie Kopf und Kragen kosten wird, wenn Sie Mist bauen.«

Maddocks grinste. »Vertrauen Sie mir, Sir.«

Cheever kniff die Augen zusammen. »Ich hasse es, wenn Leute das sagen. Holen Sie sich nur auf jeden Fall das Einverständnis ihres Arztes, ehe Sie mit ihr sprechen. Oder noch besser, bitten Sie ihn, bei dem Gespräch dabeizusein. Ich möchte auf keinen Fall, daß man uns hinterher beschuldigt, eine kranke junge Frau genötigt zu haben.«

»Aber, Sir«, entgegnete Maddocks gekränkt, »so was würde mir nie einfallen. Ich mag Frauen.«

Cheever runzelte die Stirn. Es war allgemein bekannt, daß Maddocks von drei verschiedenen Beamtinnen der sexuellen Belästigung beschuldigt worden war, wenn auch, wie vorhersehbar, nichts dabei herausgekommen war. »Sie sind gewarnt«, sagte er nur.

Polizeirevier Canning Road, Salisbury – 20 Uhr

Constable Blake hielt dem Sergeanten, als dieser gegen Ende ihrer Schicht hereinkam, eine Fotokopie unter die Nase und wedelte sie heftig hin und her. »Lesen Sie das, Sergeant. Das ist ein exakter Abklatsch von dem, was Flossie Hale erlebt hat. Die gleiche Vorgehensweise, die gleiche Weigerung, etwas zu sagen, die gleichen Verletzungen.«

Er nahm das Blatt in beide Hände und legte es auf seinen Schreibtisch. »Es wird Sie vielleicht überraschen, Blake, aber meine Augen sind erstklassig. Es ist nicht nötig, mir Texte direkt unter die Nase zu schieben. Ich kann sie auch so lesen.« Dann überflog er das Geschriebene.

> *Protokoll*
> *Anwesende Beamte: PC Hughes und PC Anderson.*
> *23. 3. 94 nächtliche Ruhestörung, gemeldet um 23 Uhr 10; Adresse: Paradise Avenue 54*
> *Laute Faustschläge einer Frau an die Tür der Nachbarwohnung.*
> *Nähere Ermittlungen ergaben, daß die Frau dringend ärztliche Behandlung brauchte. Schwere Blutergüsse im Gesicht sowie Verletzungen des Rektum.*
> *Name: Samantha Garrison. Als Prostituierte bekannt. Behauptete, von ihrem Mann angegriffen worden zu sein; höchstwahrscheinlich eine Lüge. Verweigerte weitere Zusammenarbeit.*

»Haben Sie bei Hughes und Anderson nachgefragt?« fragte der Sergeant.

»Noch nicht.«

»Dann sprechen Sie morgen mit ihnen.« Er legte seine breite Hand auf das Blatt. »Und danach unterhalten Sie sich mit dieser Samantha, immer vorausgesetzt, Sie können sie auftreiben, und halten mich auf dem laufenden. Gute Arbeit. Ich halte es für möglich, daß Sie da auf was gestoßen sind. Schauen wir, daß wir diesen Kerl schnappen.«

Blake errötete. Mit einundzwanzig war sie von Zynismus noch unberührt, daher spielte die Anerkennung anderer noch eine Rolle.

Nightingale-Klinik, Salisbury – 23 Uhr 30

Die Zeit hatte keine Bedeutung. Eine Stunde, mit der Lektüre eines Buches verbracht, verflog in einer Minute. Eine Minute der Qual dauerte eine Stunde. Nur die Furcht war ewig, denn die Furcht lebte aus sich selbst. *Wessen Furcht?* Deine? Ihre? Unsere? Meine? Seine? Ihre? *Die Furcht aller.*

Selbst die Dunkelheit war voller Furcht.

Verwirrung … Verwirrung … Verwirrung …

Vergessen … vergessen … vergessen …

Ein Moment der Klarheit.

Warum bin ich hier? Was tue ich?

MEG WAR EINE HURE! donnerte die gewaltige Stimme der Vernunft. *Mein Vater hat mich böse gemacht.*

»Wenn sie selbst damit einverstanden ist, sehe ich keinen Hinderungsgrund.« Protheroe stand auf. Als er den beiden Beamten zur Tür vorausging, bemerkte er mit Interesse, daß Sergeant Fraser Inspector Maddocks ebenso unsympathisch zu finden schien wie er selbst. Die Körpersprache war eindeutig, besonders die Bemühungen des jüngeren Mannes, zu seinem Vorgesetzten Abstand zu halten. Auf dem Weg durch den Korridor sagte er: »Ich glaube, es wäre besser, wenn ich während des Gesprächs bliebe.« Dann klopfte er an die Tür von Zimmer Nummer zwölf.

»Selbstverständlich, Sir, wenn Miss Kingsley damit einverstanden ist«, antwortete Maddocks mit höhnischem Nachdruck.

Jinx, die im Sessel am Fenster saß, hörte sich die Erklärungen des Inspectors für diesen Besuch schweigend an. Sie hatte den beiden Beamten »guten Tag« gewünscht, als sie hereingekommen waren und danach kein Wort mehr gesprochen. Selbst jetzt, als Maddocks zum Ende gekommen war, sagte sie nicht gleich etwas, sondern musterte ihn ein, zwei Augenblicke mit seltsam ausdrucksleerem, blassem Gesicht.

»Megs Eltern leben in einem Dorf in der Nähe von Warminster, das Littleton Mary heißt«, sagte sie schließlich. »Ihr Vater ist dort Pfarrer. Die Telefonnummer kann ich Ihnen leider nicht geben, weil sie in meinem Adreßbuch ist, und das habe ich nicht bei mir. Der Anfangsbuchstabe des Vornamens ihres Vaters ist C für Charles. Er und Megs Mutter wohnen im Pfarrhaus.«

Sie griff nach der Zigarettenschachtel auf dem Tisch, überlegte es sich dann anders und ließ die Packung liegen. Sie fürchtete plötzlich, den Männern könnten ihre zitternden Hände auffallen, wenn sie sich die Zigarette anzündete, und zweifelte an ihrer Fähigkeit, die Flamme lange genug ruhig halten zu können.

»Aber dort ist Meg nicht«, fuhr sie mit ihrer tiefen Stimme fort. »Sie ist im Augenblick in Frankreich im Urlaub.«

»Ach, darum ist es uns nicht gelungen, sie zu erreichen!« rief Maddocks, als hätte er davon zum erstenmal gehört. Er sah Alan Protheroe an. »Doktor, ich glaube, wir müssen Sie hier nicht länger festhalten, es sei denn, der Gedanke an ein Gespräch mit uns allein macht Miss Kingsley nervös.« Er lächelte auf sie hinunter. »Ist das so, Miss Kingsley?«

Sie zuckte gleichgültig mit den Achseln. »Durchaus nicht.«

»Dann besten Dank, Doktor. Wir werden uns kurz fassen.« Maddocks trat zur offenen Tür.

Protheroe war nicht bereit, sich einfach so überfahren zu lassen. »Ich würde lieber bleiben, Jinx«, sagte er. »Ich denke, das würde Ihr Vater von mir erwarten.«

Sie lachte leise. »Da haben Sie sicher recht, aber, wie Sie selbst mir immer beibringen wollen, Dr. Protheroe, ich habe hier das Sagen, nicht mein Vater. Trotzdem vielen Dank. Ich denke, ich werde es schaffen, ein paar Fragen allein zu beantworten.«

»Gut, Sie wissen, wo ich bin, wenn Sie mich brauchen sollten.« Er ließ es sich gefallen, daß Maddocks mit fester Hand die Tür hinter ihm schloß, obwohl er gern gewußt hätte, was da eigentlich vorging. Es war offensichtlich, daß Jinx ihn bei dem Gespräch ebensowenig dabei haben wollte wie die beiden Beamten.

Drinnen im Zimmer strahlte Maddocks Jinx aufmunternd an. »Haben Sie eine Ahnung, in welchem Teil von Frankreich, Miss Kingsley?«

Sie schüttelte den Kopf. »Nein, aber ich kann es mir fast denken. Ich kenne den Mann, mit dem sie dort ist. Er heißt Leo Wallader, und er hat ein Haus an der Südküste der Bretagne. Die Adresse ist Les Hirondelles, rue St-Jacques, Trinité-sur-mer. Es gibt auch Telefon dort, aber leider«, sagte sie mit einem kleinen Achselzucken, »steht auch diese Nummer in meinem Adreßbuch.«

Maddocks nickte. »Aber wenn Sie wußten, daß Miss Harris in Frankreich ist«, sagte er mit einem verwunderten Stirnrunzeln,

»warum haben Sie sie dann unter ihrer Londoner Nummer angerufen?«

Jinx sah ihn einen Moment schweigend an, dann nahm sie ihre Zigarettenpackung und klopfte mit einem Finger eine Zigarette heraus. Nikotin war wichtiger als Stolz. Sie griff nach dem Feuerzeug, aber Fraser war schneller als sie und hielt das Flämmchen ruhig an das Ende der leicht bebenden Zigarette. Sie dankte ihm mit einem Lächeln.

»Meg kann alle Nachrichten auf ihrem Anrufbeantworter abhören«, erklärte sie. »Ich habe angenommen, daß sie das tun würde.«

»Wer hat Ihnen gesagt, daß sie in Frankreich ist?«

»Ihr Geschäftspartner, Josh Hennessey.« Sie blickte ihn durch Rauchschwaden an. »Er hat mich am Mittwoch angerufen.«

Maddocks sah kurz zu Fraser hinüber, um festzustellen, ob er das aufgeschrieben hatte. »Und hat Miss Harris Sie zurückgerufen, Miss Kingsley?«

»Noch nicht, nein.«

»Steht dieser Mr. Hennessey mit ihr in Kontakt?«

»Soviel ich weiß nicht. Sie hat ihm keine Nummer hinterlassen.«

Er tat so, als konsultiere er sein Notizheft. »Ah, ja, von Mr. Leo Wallader wissen wir bereits. Wir sind in Verbindung mit Ihrem Autounfall auf ihn gestoßen. Wenn ich nicht irre, war er bis vor ein paar Wochen mit Ihnen verlobt?«

Sie blies eine Rauchfahne in die Luft und sah zu, wie sie kräuselnd zur Decke aufstieg. »Das ist richtig«, antwortete sie gelassen.

»Aber er hat Ihre Freundin Meg Harris vorgezogen und Sie ihretwegen verlassen.«

Sie lächelte dünn. »Auch das ist richtig, Inspector.«

»Vielleicht ist es Miss Harris unter diesen Umständen peinlich,

Sie anzurufen«, sagte er, »auch wenn Sie ihr hinterlassen haben, daß Sie ihr nichts nachtragen.«

Sie schnippte Asche in den Aschenbecher. »Um ehrlich zu sein«, sagte sie langsam, »ich kann mich gar nicht erinnern, was ich eigentlich gesagt habe.« Sie sah ihn mit einem fragenden Ausdruck in den dunklen Augen an.

»Sie haben von mangelnder politischer Korrektheit gesprochen, Sie haben gesagt, Sie sollten eigentlich ihre Erstausgaben in Fetzen reißen, und ihr erzählt, daß Sie nach einem Zusammenstoß mit einem Betonpfosten Ihr Gedächtnis verloren haben, und Sie haben sie gebeten, Sie hier anzurufen, wenn es ihr nicht zu peinlich wäre, mit Ihnen zu sprechen. Klingelt da etwas bei Ihnen?«

»Höchstens Alarmglocken«, murmelte sie. »Sie waren vorhin in Ihren Erklärungen sehr präzise. Sie sagten, die Polizei Hammersmith hätte die Nachrichten auf Megs Anrufbeantworter abgehört, diese Telefonnummer notiert und Sie dann gebeten, mit mir Kontakt aufzunehmen, um die Adresse ihrer Eltern ausfindig zu machen. Sie haben kein Wort davon gesagt, daß Sie das Band selbst abgehört haben.« Sie drückte eine Hand an ihre Schläfe, wo ein Schmerz sich regte. »Also waren Sie entweder dabei, als das Band abgehört wurde, oder man hat eine Kopie gemacht und sie Ihnen geschickt.«

»Sie haben uns eine Niederschrift gefaxt«, sagte Maddocks. »Warum beunruhigt Sie das?«

»Darf ich das Fax sehen?«

Wieder blickte er zu Fraser hinüber. »Haben wir es mitgenommen, Sergeant? Als ich es das letztemal sah, lag es bei Ihnen auf dem Schreibtisch.«

Fraser schüttelte den Kopf. »Tut mir leid, Chef. Ich dachte nicht, daß wir es brauchen würden.« Er drehte sich zur Seite, um sein Notizheft an die Wand zu lehnen, und hoffte, sein Zorn und sein Unbehagen seien ihm nicht anzusehen.

Jinx beobachtete ihn einen Moment lang. Er ist ein schlechter Lügner, dachte sie, aber das lag an seinem Teint. Er war blond, wie Fergus, und sein helles Gesicht wurde schnell rot. Er tat ihr ein klein wenig leid. Sein Chef war ein tyrannischer Grobian, und sie wußte besser als jeder andere, daß es einer besonderen Art des Muts bedurfte, sich solchen Leuten entgegenzustellen.

»Nur mal interessehalber«, sagte sie ruhig, »warum haben Sie nicht unter Megs Geschäftsnummer angerufen und Josh diese Fragen gestellt?«

»Weil die Kollegen in Hammersmith die Geschäftsnummer nicht ausfindig machen konnten«, antwortete Maddocks. »Wie ich zu Anfang schon erklärt habe, scheint sie mitten in einem Umzug zu sein. Die Kollegen berichteten uns, daß die Wohnung bis auf einige Bücher, die Erstausgaben, von denen Sie gesprochen haben, ein paar Kleidungsstücke und die Katze leer ist.«

Sie wandte sich Fraser zu. »Und wer kümmert sich um Marmaduke?«

»Die Nachbarin, Mrs. Helms«, antwortete er entgegenkommend.

Ein langes Schweigen trat ein.

»Was ist wirklich mit Meg?« fragte Jinx leise. »Ich kann nicht glauben, daß die Kriminalpolizei Winchester bis nach London fährt, um eine Wohnung zu durchsuchen, nur weil die Kreditkarten der Wohnungsinhaberin gestohlen worden sind.«

Maddocks, der Fraser am liebsten ins Gesicht gesagt hätte, daß er ihn für einen kompletten Trottel hielt, unterdrückte diesen Impuls und hockte sich statt dessen auf die Kante von Jinx' Bett. Die Hände zwischen die Knie geklemmt, beugte er sich vor. »Es wurden nicht nur ihre Kreditkarten gestohlen«, bekannte er mit ernster Miene, »sondern auch Mr. Walladers. Die für seine Karten eingetragene Adresse lautete Glenavon Gardens zwölf, Richmond, und die hatte die Polizei Hampshire im Zusammenhang mit Ihrem Unfall bereits in ihren Akten. Die Polizei Richmond konnte uns dann die Adresse und die Telefonnummer der Eltern von Leo Wallader geben, die sie nach Ihrem Unfall in Ihrem Haus vorfand. Aber als wir mit Sir Anthony Kontakt aufnahmen, um nachzufragen, wo Mr. Wallader und Miss Harris zu erreichen seien, konnte er uns nichts sagen. Und das hat uns beunruhigt, da wir nicht verstehen konnten, warum keiner von beiden die Kreditkartengesellschaften vom Diebstahl der Karten unterrichtet hatte. Wenn sie sich irgendwo in der Bretagne aufhalten, ist das vielleicht eine Erklärung, aber ich verstehe dennoch nicht, wieso Sir Anthony uns die Adresse nicht geben konnte.«

Sie zog sich vor ihm zurück in die Tiefe ihres Sessels und versuchte, die aufkeimende Panik in ihrem Herzen zu unterdrükken. *Es war noch etwas anderes geschehen ... etwas so Schreckliches, daß sie sich davor fürchtete, in ihrer Erinnerung danach zu forschen ...*

»Er weiß die Adresse nicht«, erklärte sie und hörte durch das Rauschen des Bluts in ihren Ohren, daß ihre Stimme schwankte. »Er und seine Frau wissen sehr wenig von ihrem Sohn.«

Maddocks' grobes Gesicht kam noch näher. Er fixierte sie mit seinen stechenden kleinen Augen. »Fühlen Sie sich auch wohl, Miss Kingsley?«

»Ja, danke.« *Es war noch etwas anderes geschehen ... Vergessen ... vergessen ... VERGESSEN!* »Soweit sie informiert sind«, fuhr sie mit festerer Stimme fort, »besteht sein gesamtes Vermögen aus ein paar Wertpapieren; in Wirklichkeit hat er ein Haus in der Bretagne, ein Haus in London, das er regelmäßig vermietet, und eine Eigentumswohnung irgendwo in Florida. Es ist gut möglich, daß er noch viel mehr Immobilien besitzt. Von diesen drei hat er mir selbst erzählt.«

»Wissen Sie die Adresse des Hauses in London?«

Sie hatten einen Riesenstreit gehabt ... Anthony und Philippa waren dabei gewesen ... Ich möchte Meg heiraten ... Meg ist eine Hure ... Sie richtete ihren Blick wieder auf Maddocks' Gesicht. »Nein, ich weiß nur, daß es irgendwo in Chelsea ist«, antwortete sie und leckte sich nervös die Lippen. »Aber sein Anwalt könnte es Ihnen sagen. Er heißt Maurice Bloom und hat seine Kanzlei in der Nähe der Fleet Street. Über die Anwaltskammer können Sie ihn sicher ausfindig machen.«

Maddocks vergewisserte sich mit einem Blick, daß Fraser sich den Namen notiert hatte. »Hat er einen triftigen Grund dafür, seine Vermögenslage vor seinen Eltern geheimzuhalten?« fragte er.

Sie ließ sich das durch den Kopf gehen. »Das kommt darauf an, was Sie als triftig bezeichnen. Sicher hat er einen Grund, und ich persönlich finde ihn erbärmlich, aber Leo sieht das eben anders.« Sie machte eine Pause. »Ich kann ihn Ihnen nicht nennen, ohne daß es verbittert klingt.«

»Ich denke, wir müssen ihn wissen«, sagte Maddocks.

Mußten sie das wirklich? Sie hatte Schwierigkeiten, sich zu konzentrieren. *Ich habe Leo beim Frühstück auf Wiedersehen gesagt ... Wir wollten am zweiten Juli heiraten ...*

»Sie sind vom selben Schlag, Philippa vielleicht nicht so sehr, aber Anthony und Leo ganz sicher.« Ihre Stimme klang wieder seltsam fern. »Man bezahlt nie etwas, wofür man andere bezahlen lassen kann; man nutzt das Wissen und die Verbindungen anderer aus, um voranzukommen; und man jammert ständig über die eigene Mittellosigkeit und macht hämische Bemerkungen über die Wohlhabenheit der anderen. Das wird für den, der benutzt wird, sehr schnell sehr ermüdend, besonders wenn er weiß, daß der Schmarotzer, den er aushält, im Geld schwimmt.« *War sie denn völlig verrückt geworden? Diese Leute waren doch die letzten, denen sie sich anvertrauen sollte. Sprich mit dem Arzt ... Er möchte, daß du dich hier wohl fühlst ... Jeder kann sich frei entscheiden ...*

Maddocks beobachtete, wie ihre Augen in diesem Gesicht, das durch die Haarlosigkeit des Kopfes kindlich klein wirkte, übergroß wurden. Er spürte den Sog ihrer Anziehungskraft, während er im selben Moment dachte: Jetzt hab ich dich, du mörderisches Biest. Du hast den armen Kerl gehaßt.

»Und das hat Leo mit Ihnen gemacht?« fragte er behutsam.

»Nicht von Anfang an. So kraß war es nicht. Im Gegenteil, am Anfang war er ziemlich großzügig. Erst als er zu mir ins Haus gezogen ist, habe ich gemerkt, was ich mir da aufgehalst habe.« Sie atmete hastig.

»Wir haben es nicht eilig, Miss Kingsley. Lassen Sie sich ruhig Zeit.«

Erinnerungen an Russells Ermordung überfluteten sie. *Lassen Sie sich ruhig Zeit... Wir haben es nicht eilig... Wir wissen, daß Ihr Vater ihn bis auf den Tod gehaßt hat... Wir wissen, daß Ihr Vater ein Psychopath ist...*

»Er lebt nach dem Prinzip, was dein ist, ist auch mein«, sagte sie hastig, um die Stimmen in ihrem Kopf zu übertönen, »aber von der Umkehrung dieses Satzes hält er nichts. Er war mir gegenüber genauso verschwiegen wie seinen Eltern gegenüber. Ich habe von den Immobilien nur erfahren, weil Maurice Bloom ihn eines Tages bei mir im Haus anrief, und aus Leos Antworten am Telefon klar hervorging, daß er Besitz in Florida hat. Daraufhin hab ich ihn gezwungen, mir reinen Wein einzuschenken. Ich war wütend auf ihn, weil er mir immer vorgemacht hatte, er wäre in finanziellen Schwierigkeiten.« *Er hatte sogar, genau wie Fergus, einen Griff in ihre Handtasche getan. O Gott, ja, jetzt erinnerte sie sich. Es war dieser kleinliche Geiz, den sie schließlich nicht mehr ausgehalten hatte, die Steuerschwindeleien, die zwanghafte Heimlichtuerei hinsichtlich seiner Bank- und Kreditkartenauszüge, sein ewiges Ich-Ich-Ich.*

»Was für einen Beruf hat er gehabt?«

Ihr fiel auf, daß er in der Vergangenheit sprach, aber sie sagte nichts. »Er nennt sich Börsenmakler, aber da er nie einen Klienten mit Namen genannt hat, vermute ich, daß er auf eigene Rechnung spekuliert hat.«

»Ist er jeden Tag zur Arbeit gegangen?«

Er ist jedenfalls jeden Tag irgendwohin gegangen. »Er ist meistens in der City.« *Ich möchte Meg heiraten ...* »Um immer den Finger direkt am Puls zu haben, wie er es nennt.«

»Was sagte er denn, welcher Art seine finanziellen Schwierigkeiten seien?«

»Mir hat er gesagt, er hätte alles mit irgendwelchen Fehlinvestitionen verloren, aber ich glaube, er hat mich angelogen. Er hat sich ständig darüber beschwert, wie schlecht er dran sei im Vergleich zu mir. Mit seinem Vater hat er es genauso gemacht.«

»Aber Sie sagten doch, sein Vater sei wie er.«

Sie hatte kein Blatt mehr vor den Mund genommen an dem Tag, an dem sie beschlossen hatte, Schluß zu machen, hatte ihnen allen gesagt, was sie von ihnen dachte, sie privilegierte Blutsauger genannt, die nichts anderes vorzuweisen hatten, als daß einer ihrer Vorfahren den Grips und den Mumm besessen hatte, sich einen Titel zu verdienen.

»O ja, Anthony ist ausgesprochen geizig. Er bezahlt Rechnungen immer erst, wenn die letzte Mahnung kommt, weil er hofft, die Firma geht vielleicht ein, bevor er den Scheck geschrieben hat.«

»Wenn ich Sie recht verstanden habe, Miss Kingsley, sagten Sie, daß Leo Wallader sich von seinem Vater Geld geben läßt.«

Sie nickte, sagte aber nichts.

Wie hatten sie sie dafür gehaßt! Und triumphierend hatte Leo ihr eröffnet, daß er ein Verhältnis mit Meg hatte und sie diejenige war, die er heiraten wollte. Der Schock war UNGEHEUER gewesen; sie erinnerte sich jetzt an alles. Anthonys Abscheu ... »Sie sind die Tochter eines Gauners ... Wir wollten Sie nie in unserer Familie haben ...« Philippas Qual. *»Hört auf ... hört doch auf ... Worte kann man nicht zurücknehmen ...«* Leos Trotz ... *»Ich möchte Meg heiraten ... ich möchte Meg heiraten ...«*

»Und darum hat er ihm nie etwas über diese Immobilien gesagt, die ihm gehören?« sagte Maddocks. »Sein Vater soll nicht wissen, wie groß sein Vermögen wirklich ist.«

Sie nickte wieder. »Er war – *ist*«, korrigierte sie sich, »von Geld besessen. Beide sind sie das.« Sie rief ihre Gedanken aus der Vergangenheit zurück. »Eines kann ich garantieren, Leo würde bei einem Diebstahl seine Kreditkarten sofort sperren lassen. Und er würde ganz bestimmt nicht ohne sie nach Frankreich fahren.«

»Und was sagen Sie dazu?«

Ich sage, daß Leo tot ist. Aus dem Nichts blitzte in ihrem müden Gehirn ein Bild auf, scharf umrissen, aber so flüchtig, daß es verschwunden war, ehe sie es aufnehmen konnte. *Meg ist eine Hure ... Meg ist eine Hure ... zu viele Geheimnisse ... déjà vu ... das habe ich doch schon einmal erlebt ...*

»Mein Gott«, sagte sie und drückte eine Hand auf ihre Brust, »ich dachte – einen Moment lang dachte ich ...« Sie sah Maddocks verwirrt an. »Was haben Sie mich gefragt?«

Ihm war der Ausdruck der Überraschung, der über ihr Gesicht flatterte, nicht entgangen. »Ich hätte gern gewußt, welche Schlußfolgerungen Sie aus der Tatsache ziehen, daß Leo Wallader seine Karten nicht sperren ließ?«

Sie preßte ihre zitternden Finger auf ihre Stirn. »Ich fühle mich scheußlich«, sagte sie abrupt. »Ich glaube, ich muß mich übergeben.«

Fraser neigte sich zu ihr hinunter, um ihr ins Gesicht sehen zu können. »Ich hole den Arzt«, sagte er.

»Wir brauchen nur noch den Namen der Firma von Miss Harris«, sagte Maddocks, als er aufstand. »Dann können wir weitermachen. Sie sagten, ihr Partner ist Josh Hennessey. Wie heißt ihre Firma?«

»Jetzt hören Sie doch auf, Chef, Herrgott noch mal!« rief Fraser ärgerlich und drückte auf die Klingel neben dem Bett. »Sehen Sie denn nicht, daß es ihr nicht gut geht?«

»Harris und Hennessey«, murmelte sie. »Die Nummer steht im Telefonbuch unter Megs Privatnummer. Zuerst M. S. Harris, dann Harris und Hennessey. Ich verstehe nicht, warum Sie da nicht angerufen haben, bevor Sie hierhergekommen sind.«

»Und?« sagte Maddocks grob zu Fraser, als er den Wagen aufsperrte. »Warum, zum Teufel, haben wir nicht angerufen?«

»Was fragen Sie mich das? Ich war in Downtown Court, wie Sie wissen. Wenn ich mich recht erinnere, hat der Super *Sie* mit den Nachforschungen über Meg Harris beauftragt.«

»Die verdammten Idioten in Hammersmith sind schuld«, sagte Maddocks gereizt. »Verflucht noch mal, die hatten die Telefonbücher doch vor sich liegen.« Er setzte sich ans Steuer. »Was halten Sie von ihr?«

Fraser stieg in den Wagen und zog die Tür zu. »Sie hat mir leid getan. Sie sieht wirklich krank aus.«

»Hm, aber das hat sie nicht daran gehindert, Sie einzuwickeln, was?« Er ließ den Motor an.

»Genau wie Sie«, gab Fraser kurz zurück. »Sie hat nur Lunte gerochen, weil *Sie* unvorsichtig geworden sind, nicht ich.«

Aber Maddocks hörte gar nicht zu. Er legte den Gang ein und fuhr los. »Eines kann ich Ihnen jedenfalls sagen, den guten Leo hat sie nicht besonders gemocht, und seine Eltern genausowenig. Sie haben diesen Sir Anthony doch kennengelernt. Würden Sie sagen, daß ihre Beschreibung von ihm zutreffend ist?«

»Man kann nicht viel sagen über einen Menschen, der im Schock ist. Arm ist er jedenfalls nicht, das ist sicher.« Er dachte zurück. »Aber es stimmt schon, ich weiß, daß ich ihn gleich zu Anfang ziemlich unecht gefunden habe. Aber da ich dem armen Kerl ja den Tod seines Sohnes mitteilen mußte, hab ich nicht weiter darüber nachgedacht.«

»Merkwürdig ist es trotzdem«, sagte Maddocks nachdenklich. »Wenn sie diese ganze Sippschaft wirklich so tief verachtet hat, wie sie jetzt behauptet, warum wollte sie den Mann dann überhaupt heiraten? Ich meine, es war doch Leo, der die Sache abgeblasen hat, und nicht sie. Und wenn er so vom Geld besessen war, warum hat er dann einer Kingsley den Laufpaß gegeben, um sich mit einer Pfarrerstochter zusammenzutun? Mir klingt das alles höchst unwahrscheinlich.« Er gab Fraser einen freundschaftlichen Puff an die Schulter. »Gut gemacht, Junge. Sieht ganz so aus, als hätten Sie von Anfang an recht gehabt. Sie ist das Luder, keine Frage. Jetzt brauchen wir sie nur noch festzunageln.«

Fraser hatte seine Zweifel. Auf dem Papier hatte es so verdammt plausibel ausgesehen, aber von Angesicht zu Angesicht mit der realen Person bekam man einen ganz anderen Eindruck. Konnte eine Frau, die so zart und zerbrechlich wirkte, ein solches Gewaltverbrechen verübt haben?

»Sie ist nicht kräftig genug, Chef. Die andern waren zu zweit, und Leo Wallader ist über einsachtzig groß.«

Vor dem Kliniktor bremste Maddocks ab. »Das ist eine ganz Durchtriebene. Die hat die beiden mit List umgebracht, nicht mit Kraft.« Er steuerte den Wagen auf die Straße hinaus. »Und lassen Sie sich nur nicht von dieser Kleinmädchennummer täuschen. Mann, so eine berechnende Person ist mir wirklich noch nie begegnet. Die war uns die meiste Zeit einen Schritt voraus, und wenn sie an Amnesie leidet, freß ich einen Besen.«

The Ragged Staff-Pub, Salisbury – 18 Uhr 30

Constable Blake, die sich in ihrem unauffälligen Ensemble aus Jeans und T-Shirt sehr wohl fühlte, stöberte Samantha Garrison schließlich in einem Pub in der Stadtmitte auf. Die Frau saß allein am Tresen, ein eher jämmerlicher Anblick in ihrem trägerlosen schwarzen Kleid, das so eng war, daß sich darunter jeder einzelne Fettwulst des nicht mehr jungen Körpers abzeichnete und das schwammige Fleisch unter den Armen über die paillettenbesetzte Borte quoll. Strähniges Haar hing ihr um das stark geschminkte Gesicht, und ihre warme Haut verströmte den aufdringlichen Geruch eines billigen Parfüms.

»Samantha Garrison?« fragte Blake, als sie sich auf den Nachbarhocker setzte.

»Das hat gerade noch gefehlt«, sagte die Frau seufzend. »Ein netter weiblicher Bulle. Den Ärger kann ich jetzt überhaupt nicht brauchen. Ich trink hier in aller Ruhe ein Glas in meiner Stammkneipe, okay? Sehen Sie vielleicht auch nur einen einzigen Kunden hier? Ich nicht. Wär auch ein Wunder an einem Sonntagabend in diesem elenden Laden.«

»Ich bin nicht hier, um Ihnen Ärger zu machen«, erwiderte Blake und gab dem Barkeeper ein Zeichen. »Was wollen Sie trinken?«

Samantha betrachtete das Glas Bier, über dem sie nun seit vierzig Minuten saß. »Cola mit 'nem doppelten Rum«, sagte sie.

Blake bestellte, für sich einen Gin-Tonic, wartete, bis die Getränke da waren, und schlug ihrer Nachbarin dann vor, sich an einen Tisch am Fenster zu setzen.

»Sie haben gesagt, Sie wollen mir keinen Ärger machen«, erinnerte Samantha sie. »Was wollen Sie mir denn da drüben erzählen, was Sie mir hier nicht erzählen können?«

»Ich möchte darüber reden, was mit Ihnen am dreiundzwanzigsten März passiert ist. Ich dachte, es wäre weniger peinlich für Sie, wenn wir mehr für uns sind.«

Das gemalte Gesicht wurde verdrossen. »Ich hab doch gewußt, daß über kurz oder lang einer von euch bei mir auftauchen würde. Was wollen Sie machen, wenn ich Ihnen sag, daß ich nicht drüber reden will?«

»Dann führe ich eben ein einseitiges Gespräch mit Ihnen, und zwar so laut, daß jeder es hören kann.« Sie warf einen Blick zum Barkeeper hinüber. »Ich versuche, es Ihnen leichtzumachen, Samantha. Wenn es Ihnen lieber ist, können wir auch zu Ihnen gehen.«

»Bloß nicht! Glauben Sie, ich will meine Kinder dran erinnern, was passiert ist?« Sie rutschte von ihrem Hocker. »Na los, dann bewegen Sie Ihren Hintern hier rüber, aber ich verspreche nichts. Ich komm immer noch ins Schwitzen, wenn ich nur dran denke. Sie sind mir wohl wegen dem, was der anderen Frau passiert ist, wieder auf die Pelle gerückt?«

Blake setzte sich auf den Stuhl ihr gegenüber, stützte die Ellbogen auf den Tisch und beugte sich vor. »Welche andere Frau meinen Sie?«

»Es heißt, daß es eine andere genauso erwischt hat wie mich.«

»Ja, es sieht ganz danach aus.«

»Und – hat sie geredet?«

»Bis jetzt noch nicht. Sie hat zuviel Angst.«

Samantha trank von ihrem Cola mit Rum. »Wundert mich gar nicht.«

Blake nickte. »Eine von Ihnen muß uns helfen. Wir fürchten, daß er das nächste Mädchen umbringt, wenn wir ihn nicht stoppen.« Sie musterte das Gesicht der Frau gegenüber aufmerksam. »Mädchen«, dachte sie, war entschieden das falsche Wort. Flossie hat ihr Alter mit sechsundvierzig angegeben, und Samantha war sicher nicht jünger. Es gab noch andere Parallelen. Beide waren füllig, beide blond, beide bevorzugten fast weißen Gesichtspuder, mit dem sie allzu verschwenderisch umgingen.

»Wie hat er mit Ihnen Kontakt aufgenommen, Samantha. Hat er Sie auf der Straße angesprochen, oder haben Sie irgendwo annonciert?«

»Moment mal, Kleine, ich hab gesagt, ich verspreche nichts, und das hab ich auch so gemeint.«

»Flossie hat mich ›Kleine‹ genannt. Sie nennen mich ›Kleine‹. Sie beide sind einander sehr ähnlich. Ich würde Sie als ›mütterlich‹ beschreiben.« Sie machte eine Pause, um sich zu sammeln. »Flossie hat uns nur einen Hinweis auf ihren Angreifer gegeben; sie hat ihn der kleine Lord genannt, ich vermute daher, daß er wesentlich jünger ist als Sie beide, wahrscheinlich gebildet und wahrscheinlich gut aussehend, und ich vermute außerdem, daß er nicht durch Zufall an Sie beide geraten ist. Sie und Flossie haben, was Alter und Aussehen angeht, große Ähnlichkeit miteinander, und ich denke, daraus kann man schließen, daß er nach einem ganz bestimmten Typ gesucht hat. Und das muß bedeuten, daß er Sie auf der Straße angesprochen hat, sonst hätte er ja nicht gewußt, wie sie aussehen. Habe ich recht?«

»Aus dem Alter, wo man sich seine Freier auf der Straße sucht, bin ich längst raus, Kleine.« Samantha seufzte wieder. »Wie wär's, wenn Sie mir noch eine Cola mit Rum bestellen? Dann laß ich vielleicht – aber nur vielleicht – mit mir reden.«

»Ohne feste Zusage geb ich keinen mehr aus«, entgegnete Blake mit Entschiedenheit. »Ich krieg das hier nicht bezahlt, ich bin auf eigene Kosten hier.«

»Ganz schön dumm, Kleine. Dank bekommt man heut doch nirgends mehr.«

»Wieviel hat er Ihnen dafür bezahlt, daß Sie den Mund halten?«

»Vierzig«, antwortete Samantha, »aber das Geld ist es nicht, Kleine. Er hat mir angedroht, daß er wiederkommt, wenn ich den

Mund aufmache, und ich hab's ihm geglaubt. Ich glaub's ihm immer noch, falls Sie das interessiert. Der Kerl ist ein Irrer.«

»Vierzig«, wiederholte Blake ehrlich beeindruckt. »Das ist ein Haufen Geld. Was verlangen Sie normalerweise? Zehn?« Keine Antwort. »Er ist also ein *reicher*, gebildeter, gutaussehender junger Mann?« Wieder ließ eine Antwort auf sich warten. »Kommen Sie, Samantha, woher hat er gewußt, wie Sie aussehen? Sagen Sie mir wenigstens das. Dann können wir die anderen Frauen warnen, in Zukunft vorsichtig zu sein.«

Die Frau schob Blake ihr Glas zu. »Ich glaub, Sie sehen das falsch, Kleine. Ich glaub, er hat was Junges, Hübsches erwartet und statt dessen was Altes, Abgetakeltes erwischt. Ich weiß nur eins: Er hat bei mir angerufen – die Nummer hatte er von meiner Karte, und meine Karte hängt in so vielen Ladenfenstern, daß ich Ihnen nicht sagen könnte, wo er sie gesehen hat –, hat einen Termin ausgemacht und ist total ausgerastet, als er bei mir aufgekreuzt ist. Ich wär alt genug, um seine Mutter zu sein und hätte kein Recht, unter Vorspiegelung falscher Tatsachen zu annoncieren. So, krieg ich jetzt mein zweites Cola?«

Blake nahm das Glas und stand auf. »Sie denken also, daß er regelmäßig bei Prostituierten verkehrt, aber nur bei den älteren gewalttätig wird?«

Samantha zuckte mit den Achseln. »Denken war noch nie meine starke Seite, Kleine. Sonst wär ich Gehirnchirurgin geworden. Aber ich könnt mir vorstellen, daß sein Vater seine Mutter verprügelt. ›Sag einfach, dein Alter hat's getan‹, hat er zu mir gesagt, ›das glauben sie dir bestimmt.‹«

11

Sonntag, 26. Juni,
Nightingale-Klinik, Salisbury – 19 Uhr

Es gab keinen roten Faden in Jinx' Gedankenstrom. Fetzen erinnerter Gespräche wirbelten durch ihr müdes Hirn. *Sind Ihre Brüder Ihnen gegenüber feindselig eingestellt? Ja, ja, JA! Du warst so herablassend, daß sie dich am liebsten geschlagen hätte...* Sie war sieben Jahre alt gewesen. Ein kleines Kind, und trotzdem... *Das perfekte Kind, und alle Wände mit Bildern ihrer perfekten Mutter vollgepflastert...* War es ihre Schuld, daß ihr Vater schon wenige Wochen nach der Heirat begonnen hatte, seine zweite Frau zu verachten? *Beziehungen brauchen nicht enttäuschend zu sein, Jinx...* Sie hatte nie eine gekannt, die es nicht gewesen war. Sie hatte Russell geheiratet, weil er ihr leid getan hatte, und zu spät entdeckt, daß Mitleid für eine Ehe eine schlechte Basis ist. Aber hätte denn jemand, ohne vorher zu wissen, was geschehen würde, es besser machen können? *Was sagen Sie also dazu? Ich weiß es nicht, ich weiß es nicht. ICH WEISS ES NICHT! Es ist etwas Schreckliches geschehen... Russell ist tot...*

Um sieben Uhr sah Dr. Protheroe nach ihr. »Wie geht es Ihnen?«

Sie lag, von Kissen gestützt, halb aufgerichtet in ihrem Bett. »Ich bin kaputt«, sagte sie aufrichtig und empfand wieder dieses lächerliche Verlangen, von ihm in die Arme genommen und getröstet zu werden. *O Gott, nie in ihrem Leben hatte sie sich so allein gelassen gefühlt.*

Er beugte sich über sie, und sie konnte die Seife an seinen

Händen riechen. »Als mich der Sergeant heute nachmittag zu Ihnen gerufen hat, haben Sie gesagt, der Besuch der Polizei hätte Sie nicht aufgeregt, aber ich glaube, Sie haben gelogen. Worüber wollten diese beiden denn nun wirklich mit Ihnen sprechen?«

Sie starrte auf die feinen Härchen, die dort, wo ein Knopf fehlte, unter seinem Hemd hervorsahen, komische kleine schwarze Härchen, die frech herausspitzten und seiner Würde als Klinikdirektor Hohn sprachen. Adam hätte ihn längst gefeuert *pour encourager les autres*, aber Adam legte eben mehr Wert auf die Verpackung als auf den Inhalt, und Adam war ein Tyrann.

»Sie wollten nur ein paar Dinge über Meg wissen«, antwortete sie. »Und sie haben mich wirklich nicht aufgeregt. Ich bin nur im Augenblick sehr müde.«

Er zog einen der Sessel heran und setzte sich. »Okay. Inwiefern sind Sie also kaputt? Körperlich? Geistig?«

Sie begann lautlos zu weinen. »In jeder Hinsicht«, sagte sie. »Ich hab mein Leben verpfuscht, und ich weiß nicht, wie ich es wieder in Ordnung bringen soll.«

Was für eine unglaublich verführerische Kombination, dachte er, dieser Umschwung von unerschütterlicher Selbstsicherheit im Beisein der Polizeibeamten zu tränenreicher Verletzlichkeit allein mit dem Arzt. Er wäre gern sicherer gewesen, daß die Tränen echt waren. Wie Veronica Gordon, eine der Schwestern, am Morgen zu ihm gesagt hatte: »Sie hat etwas ganz Besonderes, Alan. Ich glaube, es liegt an diesen ungewöhnlichen Augen. Sie sagen das eine, und ihre Stimme sagt etwas ganz anderes.«

»Und was sagen die Augen?« hatte er sie gefragt.

»Hilfe!« hatte sie kurz und klar geantwortet. »Aber genau darum bittet sie nie.«

»Vielleicht ist es ja auch so, daß das Leben Ihnen übel mitgespielt hat«, sagte er jetzt.

»Nein«, entgegnete Jinx entschieden. »Das ist die Entschuldigung, die ich immer gebraucht habe, aber sie entspricht nicht der Wahrheit. Ich lasse die Dinge einfach geschehen, anstatt sie selbst in die Hand zu nehmen. Wie mit der Klinik hier. Ich möchte nicht hier sein, aber ich bin es. Und ich bleibe nur aus dem einen Grund, weil mein Vater mich in London belagern und unter Druck setzen wird, mit ihm nach Hause zu kommen. Und das will ich noch weniger als das hier.« Mit einem Zipfel des Bettuchs wischte sie sich die Tränen aus den Augen. »Ich fange gerade erst an zu erkennen, wie passiv ich bin.«

»Inwiefern? Weil Sie einem Kampf mit Ihrem Vater aus dem Weg gehen wollen?«

»Unter anderem.« Sie setzte sich auf und schlang ihre Arme um die hochgezogenen Knie. »Können Sie sich vorstellen, daß der einzige Mensch, mit dem ich von gleich zu gleich sprechen kann, mein Nachbar in Richmond ist, ein Mann von über achtzig? Ich versuche schon den ganzen Nachmittag, mich zu erinnern, ob es noch jemanden gibt oder gegeben hat, aber mir ist kein einziger eingefallen.«

»Und was ist mit Ihren Mitarbeitern im Studio? Dean und Angelica. Ihnen begegnen Sie doch sicher auf gleicher Stufe. Nur mal interessehalber, haben Sie eigentlich die beiden mal angerufen, seit Sie hier sind?«

Er wußte, daß sie es nicht getan hatte. Sie hatte nur zwei Anrufe gemacht, und keinen davon bei ihr im Studio.

»Wozu? Wir sprechen sowieso immer nur über die Arbeit, und ich kann mich darauf verlassen, daß sie gut allein zurechtkommen. Außerdem fällt es mir nicht leicht, über mein Privatleben zu sprechen.«

Das war ihm auch schon aufgefallen. »Und Josh? Können Sie mit ihm sprechen?«

Sie schnitt ein Gesicht. »Wenn wir uns sehen, was nicht häufig vorkommt. Und meistens endet es damit, daß ich mich dafür entschuldige, daß ich Megs Freundin bin. Weiß der Himmel, warum er sich überhaupt mit ihr zusammengetan hat. Sie kann manchmal wirklich sehr unzuverlässig sein.«

Er ließ Meg für den Augenblick beiseite. »Und wie war es mit Russell?«

Sie starrte an ihm vorbei zum Fenster hinaus. »Er war wie mein Vater. Er war besitzergreifend, er war eifersüchtig, und er fand mich wunderbar.« Sie schwieg, mit ihren Gedanken irgendwo in der Vergangenheit. Er wollte ihre gerade neuen Anstoß geben, als sie von selbst zu sprechen fortfuhr. »Es war ein klassischer Fall dafür, wie man vom Regen in die Traufe kommt. Wissen Sie, das Merkwürdige ist, daß er ganz in Ordnung war, solange wir nicht verheiratet waren. Als ich dann sein Eigentum war, hat er sich verändert. Er wurde wie mein Vater.«

»Wieso haben Sie das Gefühl, daß Sie das Eigentum Ihres Vaters sind, Jinx?«

»Das habe ich gar nicht. Adam sieht es so. Er glaubt, er könne uns alle beherrschen.« Sie sah ihn an. »Auch Sie, Dr. Protheroe.«

Er runzelte die Stirn. »Weil er diese Klinik dafür bezahlt, daß sie Sie betreut? Das hat doch mit Beherrschung kaum etwas zu tun.«

Sie lächelte. »Aber wenn es hart auf hart käme, wessen Interessen würden Sie dann den Vorrang geben? Ihren eigenen und denen Ihrer Töchter, oder meinen und denen der Patienten?«

Er fand diese Frage belustigend und lachte kurz. »Genausogut könnten Sie mich fragen, ob ich lieber der Erzbischof von Canterbury wäre oder Jack the Ripper. Was sollte mich vor so eine dramatische Entscheidung stellen?«

»Ganz einfach. Wenn Sie etwas tun, was meinem Vater nicht paßt, können Sie damit rechnen, über Nacht arbeitslos zu werden«, entgegnete sie kurz. »Was glauben Sie denn, warum Russell, der damals immerhin schon vierzig war, Hals über Kopf einen bequemen, gutbezahlten Posten an der Universität Oxford aufgegeben hat, um in London eine heruntergekommene Kunstgalerie zu kaufen? Seine eigene Entscheidung war das nicht, das können Sie mir glauben.« Sie lächelte trübe. »Nein, mein Vater hat ihm ein Angebot gemacht, das er nicht ablehnen konnte.«

Eine interessante Wortwahl, dachte er. »Und wie lautete das Angebot?«

»Entweder du gehst freiwillig oder mit Schimpf und Schande.«

»Das müssen Sie mir schon ein bißchen näher erklären.«

»Adam hält sich nicht an gesellschaftliche Regeln. Er benutzt Informationen dazu, Menschen, die ihm im Weg sind, zu vernichten.« Sie zuckte mit den Achseln. »Für die Informationen über Russell hat er fünfzigtausend Pfund bezahlt, den Preis nicht mitgerechnet, den er seinen Detektiven dafür bezahlt hat, daß sie feststellten, ob überhaupt etwas existierte, das sich gegen Russell verwenden ließ. Er macht keine halben Sachen.«

Er verbarg seine Skepsis. »Und darf ich wissen, was für eine Information das war?«

Sie sah ihn an. »Sie glauben mir nicht, stimmt's?« Sie sah es ihm an. »Das kann Sie Kopf und Kragen kosten, Dr. Protheroe. Jeder unterschätzt Adam. Er ermutigt die Leute zu glauben, sie hätten es mit einem Ehrenmann zu tun, aber das ist er nicht. Schauen Sie, er ist nicht wie Betty. Man merkt ihm nicht an, woher er kommt, wenn man ihn sieht oder mit ihm spricht. Dazu ist er viel zu klug.«

Protheroe hatte den Eindruck, erneut vor die Wahl zwischen ihr und ihrem Vater gestellt zu werden, und hielt es für das beste, der Frage auszuweichen. »Ganz gleich, ob ich Ihnen nun glaube oder nicht«, sagte er, »vor allem würde mich interessieren, was Russell so Schlimmes getan haben kann. Diese Vorstellung, daß jemand mit Schimpf und Schande davongejagt wird, erscheint mir für heute wie damals ziemlich überholt, besonders bei einer liberalen Universität wie Oxford.«

»Ist sie aber nicht, wenn es um eine Gefängnisstrafe geht.« Sie seufzte. »Russell ging jeden Sommer zu Vortragsreisen auf den Kontinent. Und wenn er zurückkam, brachte er regelmäßig mindestens fünfzig Kilo Cannabis mit, die im Chassis seines Wagens versteckt waren. Es war eine ganz einfache Transaktion. Er holte die Ware in Italien ab und wurde bei Lieferung in England bezahlt. Das Geld hat er zur Finanzierung seiner Kunstsammlung benutzt. Er hatte deswegen nicht die geringsten Skrupel. Er war der Auffassung, Cannabis sei weniger gefährlich als Alkohol oder Zigaretten, und die Regierung sei bescheuert, den Genuß unter Strafe zu stellen. Aber auf Schmuggel steht Gefängnis. Adam stellte ihn vor die Wahl zwischen Kündigung und Strafverfolgung. Russell entschied sich für die Kündigung.«

»Wußten Sie, daß er Drogen schmuggelte?«

Sie schüttelte den Kopf. »Ich habe es erst hinterher erfahren.«

»Und wie ist Ihr Vater dahintergekommen?«

»Russell zufolge, hat er die Kontaktperson in Italien aufgespürt und gekauft. Adam arbeitet nach dem Prinzip, daß jeder einen Fleck auf der weißen Weste hat, und daß er ihn auch finden wird, wenn er nicht locker läßt. Ich vermute, in diesem Fall war es so, daß seine Leute den Wert von Russells Kunstsammlung geschätzt und erkannt haben, daß er sie sich von seinem Gehalt niemals hätte leisten können. Worauf sie dann die Auslandsreisen unter die Lupe genommen haben.«

»Das hat Ihnen vermutlich Russell erzählt und nicht Ihr Vater.«

»Richtig.«

»Hat er Ihnen auch gesagt, warum Ihr Vater ihn aus Oxford weghaben wollte?«

»Um ihn von mir zu trennen.«

»Aber wieso hat Russell Sie dann trotzdem geheiratet, Jinx? Wieso hat die Erpressung nicht mehr gewirkt, nachdem er aus Oxford weg war? An seiner Abneigung, ins Gefängnis zu gehen, hatte sich doch sicher nichts geändert?«

Sie lachte dumpf. »Sie glauben wohl, ich hätte mir das alles ausgedacht?«

»Keineswegs. Ich versuche nur zu verstehen.«

Auch jetzt glaubte sie ihm nicht. »Aber das habe ich Ihnen doch schon gesagt, Dr. Protheroe. Wir haben ohne das Wissen meines Vaters geheiratet. Ich habe Russell klargemacht, daß Adam sofort einen Rückzieher machen würde, wenn ich Mrs. Landy wäre, weil er mich auf keinen Fall durch den Schmutz ziehen wollte, auch wenn er Russell am liebsten das Schlimmste antun würde. Und ich hatte recht. Er hat nichts unternommen.«

Alan Protheroe ließ sich das einen Moment durch den Kopf gehen. Er fand, daß Jinx, weit davon entfernt, passiv zu sein, sich hier als eine Meisterin der Manipulation gezeichnet hatte. »Haben Sie denn nie in Erwägung gezogen, daß Ihr Vater so reagieren könnte, wie er es tat?«

Sie runzelte die Stirn, sagte aber nichts.

»Wenn meine Rechnung stimmt, war Russell nur zwölf Jahre jünger als Ihr Vater. Haben Sie im Ernst geglaubt, Adam würde ihn als Schwiegersohn mit offenen Armen aufnehmen?«

»Natürlich nicht, aber zu der Zeit, als Adam von unserer Beziehung erfuhr, stand für mich eine Heirat mit Russell überhaupt nicht zur Debatte. Wir hatten eine nette kleine Affäre in aller Stille, die niemanden als uns selbst etwas anging.« Sie sah unglücklich auf ihre Hände hinunter.

»Und wer hat ihm davon erzählt?«

»Meine Brüder.«

»Woher wußten die davon?«

Sie glättete das Leintuch über ihrem Schoß. »In den Ferien hat Russell mir immer geschrieben, und eines Tages haben sie einen seiner Briefe aufgemacht und Adam gezeigt. Ich hätte damit rechnen müssen. Sie waren ständig auf der Suche nach einer Gelegenheit, mir eins auszuwischen.« Sie schwieg einen Moment. »Das ironische daran ist, daß mein Vater sie seitdem dafür haßt. Ich glaube, er weiß, daß aus dieser Beziehung nie etwas Ernsteres geworden wäre, wenn sie ihn nicht darauf gestoßen hätten.«

»Wollen Sie damit sagen, daß Sie Russell nicht geheiratet hätten, wenn Sie sich nicht wegen des Ultimatums, das Ihr Vater ihm stellte, schuldig gefühlt hätten?«

Sie lächelte schwach. »Er war todunglücklich – tja, und da hab ich ihn eben geheiratet, lieber Leser. Ehrlich gesagt, war ich selbst auch ziemlich unglücklich. Ich hatte noch ein ganzes Jahr in Oxford, nachdem er weggegangen war, und es bestand eigentlich nur aus einer endlosen Reihe tränenreicher Telefongespräche. Ich dachte, wir würden beide glücklicher sein, wenn wir die Geschichte amtlich machten.«

»Aber so war es nicht?«

Sie antwortete nicht.

»Wie lange waren Sie verheiratet?« fragte Protheroe.

Sie sah ihn an. »Drei Jahre.«

»Und Sie haben es nicht schön gefunden?« hakte er nach.

»Ich fand es sehr beengend. Er hatte Angst, ich würde ihn wegen eines jüngeren Mannes verlassen, und war auf jeden eifersüchtig.« Sie schien sich unloyal zu finden. »Aber so schlimm war es auch wieder nicht. Er konnte sehr komisch sein, wenn er in Form war, und wenn ich heute an ihn denke, tu ich es mit Zuneigung. Insgesamt haben die guten Zeiten weit überwogen.«

Ohne es zu wissen, hatte Alan Protheroe einen ähnlichen Gedanken wie Fraser am Tag zuvor. Was für ein trauriger Nachruf auf einen toten Ehemann. »Wenn ich heute an ihn denke, tue ich es mit Zuneigung.« Aber Protheroe war klar, daß sie sich bemühte, überhaupt nicht an ihn zu denken.

»Was hielten Sie eigentlich davon«, fragte er neugierig, »daß er Drogen geschmuggelt hatte?«

»Ich fand es genauso idiotisch wie er, Cannabis oder Drogen

überhaupt zu verbieten, eben weil es die Leute nur in die Kriminalität treibt. Aber ich fand es dumm von ihm zu schmuggeln. Das mußte doch früher oder später herauskommen.«

»Wie war er als Liebhaber?«

Sie lachte kurz auf. »Ich war schon gespannt, wann wir darauf zu sprechen kommen würden. Sigmund Freud läßt grüßen. Warum schenkt man den phantastischen Theorien eines Kokainabhängigen soviel Glauben? Das habe ich nie verstanden.«

Er lächelte. »Das tun wir gar nicht mehr, jedenfalls nicht in dem Maß, wie Sie unterstellen. Freud hat seinen Platz in der Geschichte.« Er lehnte sich in seinem Sessel zurück und schlug die Beine übereinander, den Abstand zwischen ihnen absichtlich vergrößernd. »Aber sind Sie nicht auch der Meinung, daß die sexuelle Beziehung zwischen einem Mann und einer Frau integraler Teil der ganzen Beziehung ist?«

»Nein. Ich habe keine sexuelle Beziehung zu Eric Clancey und verstehe mich mit ihm besser als mit jedem anderen Menschen.«

»Das ist Ihr Nachbar?« Sie nickte. »Nun ja, ich sprach eigentlich von einer Beziehung, bei der die sexuelle Komponente vorhanden ist.«

»Und ich habe Ihnen geantwortet. Meiner Erfahrung nach sind die besten Beziehungen die, die keine sexuelle Komponente haben.« Sie griff nach ihren Zigaretten. »Aber um Ihre Frage zu beantworten, Russell war ein guter Liebhaber. Er wußte genau, auf welches Knöpfchen er drücken mußte – und wann –, und er war aufmerksam und nicht übermäßig anspruchsvoll. Das Bett war einer der wenigen Bereiche, wo wir gut harmoniert haben, weil Russell dort seine Eifersucht ablegen konnte.« Sie zündete sich eine Zigarette an. »Da in unserem Schlafzimmer kein Telefon war, konnte Adam mich nicht erreichen.«

Schon wieder Adam. »Hatte er denn Grund für seine Eifersucht? Fühlten Sie sich zu anderen Männern hingezogen?«

»Natürlich«, antwortete sie aufrichtig. »Das wäre Ihnen an meiner Stelle genauso gegangen. Das Gras auf der anderen Seite des Ehezauns sah viel grüner aus, aber ich habe nie irgendwas unternommen.« Sie zog tief an ihrer Zigarette. »Wirklich eifersüchtig war er auf meinen Vater. Er erkannte, daß Adam genauso besitzergreifend war wie er, und das machte ihm angst. Er war überzeugt, daß Adam am Ende siegen würde.«

»Sie haben mir neulich gesagt, daß Sie Ihren Vater lieben. War das die Wahrheit, oder haben Sie mir nur gesagt, was ich Ihrer Ansicht nach hören wollte?«

»Das war zumindest teilweise die Wahrheit.« Sie sah ihn mit plötzlicher Erheiterung an. »Ich weiß nie, ob ich nun auf seinem Schoß sitzen und von ihm umarmt werden will, oder ob ich auf seinem Grab Freiheitstänze aufführen möchte. Ich nehme an, Freud hätte mich ziemlich faszinierend gefunden.«

»Umarmt er Sie denn manchmal?«

Sie schüttelte den Kopf. »Er haßt Zärtlichkeiten. Ich gebe ihm manchmal einen Kuß auf die Wange, wenn ich ihn überraschen kann, aber er rührt mich meistens nicht einmal an.«

»Umarmt er Ihre Stiefmutter?«

»Nein.«

»Ihre Brüder?«

»Nein.«

»Und sind sie zu ihrer Mutter zärtlich?«

»Nein. Zärtlichkeiten gibt es bei uns in der Familie nicht.«

»Gibt es überhaupt Liebe in diesem Haus, Jinx?«

»Leidenschaft«, antwortete sie. »Sie kämpfen alle wie Hund und Katze um Adams Anerkennung.«

»Aber Sie machen da nicht mit?«

»Das brauche ich gar nicht«, erwiderte sie wegwerfend. »Ich habe sie schon. Adam hat eine Menge Geld dafür bezahlt, sein intelligentestes Kind zu etwas zu machen, auf das er stolz sein kann. Die Tatsache, daß ich unfähig bin, in meinem Privatleben vernünftige Entscheidungen zu treffen, ist nur eine nebensächliche kleine Irritation.« Zornig wandte sie sich von ihm ab und starrte, das Kinn in die Hand gestützt, in den Spiegel. »Er hat eine Dame aus mir gemacht und ist völlig vernarrt in sie.«

»Ist das der Grund, weshalb Sie ihn Adam nennen? Um zu beweisen, daß Sie keine Dame sind?«

»Ich kann Ihnen nicht folgen.«

»Ich vermute, es ist eine Erklärung der Gleichheit. ›Du und ich unterscheiden uns nicht, Adam. Wenn du dich nicht wie ein Gentleman benehmen kannst, kann ich auch keine Dame sein.‹ Etwas in dieser Richtung?«

Sie starrte immer noch in den Spiegel. »Sie lesen da wirklich viel zuviel hinein. Unter normalen Umständen denke ich kaum über Adam nach und nie auf so analytische Weise.«

»Sie haben vorhin gesagt, die besten Beziehungen wären die ohne sexuelle Komponente«, erinnerte er sie. »Und doch haben Sie ganz offensichtlich keine gute Beziehung zu Ihrem Vater. Soll ich daraus schließen, daß zwischen Ihnen und ihm eine sexuelle Beziehung bestand?«

»Nein«, sagte sie ruhig, »Sie sollten nichts dergleichen daraus schließen. Ich lasse mir von Ihnen nicht irgendeine schmutzige Theorie von Kindesmißbrauch überstülpen, nur weil das im Augenblick zufällig Mode ist. Und überhaupt, was wollen Sie denn darüber wissen? Ich dachte, Sie haben gesagt, Sie seien kein Psychiater.«

Er spürte ihren Zorn. »Warum gehen Sie gleich so in Abwehrstellung? Vielleicht, weil Sie wissen, daß es zwischen Ihnen und Ihrem Vater zu einer sexuellen Beziehung hätte kommen können, wenn seine Selbstbeherrschung nicht gewesen wäre? Vielleicht war der Wunsch nicht einmal ganz einseitig.«

Sie schloß plötzlich die Augen. »Ich bitte Sie dringend, daran zu denken, was mein Vater Leuten antut, die er nicht mag, Dr. Protheroe. Es wäre Wahnsinn von Ihnen, sich ihn zum Feind zu machen.«

Und warum, fragte er sich, hatte er das Gefühl, daß sie von sich selbst sprach?

Mit äußerster Konzentration rief sie sich Dean Jarretts private Telefonnummer ins Gedächtnis. »Dean?« sagte sie, als er sich meldete. »Entschuldige bitte, wenn ich dich zu Hause störe...«

»Wer ist denn dran?«

»Ich bin's, Jinx.«

»Was? Mein Gott!« hörte sie seine vertraute Stimme. Sie konnte ihn so klar vor sich sehen. Das Telefon stand im Wohnzimmer, ein Art-déco-Auswuchs inmitten all der anderen Art-déco-Auswüchse in seiner lebendigen und farbenfreudigen Wohnung. Er lag wahrscheinlich auf der Chaiselongue, den wasserstoffsilbernen Kopf an die Seite mit den reichverzierten Schnitzereien gelehnt, in der einen Hand den Hörer, in der anderen ein Glas Champagner. Dean inszenierte sich, selbst wenn er allein war, und gerade das liebte sie an ihm, weil sie es selbst nicht konnte.

»Wir haben uns wahnsinnige Sorgen um dich gemacht«, sprudelte er hervor. »Ich habe zu Angelica gesagt, Angelica, Schätzchen, stell dir vor, wir haben sie verloren? Wir wußten absolut nicht, was wir tun sollten. Dem Schrecken ins Auge sehen und diesen gräßlichen Menschen anrufen, der sich dein Vater nennt und uns den Angstschweiß aus allen Poren treibt, oder einfach abwarten und hoffen, daß du dich früher oder später meldest. Er hat zwar einmal hier angerufen und mit Angie gesprochen – er war fürchterlich grob, gerade daß er sie nicht Nigger geschimpft hat –, aber er hat es einfach abgelehnt, uns zu sagen, wo du bist. Er hat uns bloß mitgeteilt, du lägst bewußtlos in einem Krankenhaus, und uns empfohlen, gefälligst die Arbeit zu tun, für die wir bezahlt werden. Dann sind die Bullen hier reingestürmt und haben uns mit ihren Fragen gelöchert, und wir haben vor Schreck fast einen Herzinfarkt bekommen.« Er hielt inne, als ihm der Atem ausging. »Das Geschäft läuft gut«, fuhr er nach einer kleinen Pause ruhiger fort. »Mach dir deswegen keine Sorgen. Zum Glück haben die Leute genug Vertrauen zu deinem ergebenen Mitarbeiter, um zu bleiben.«

Sie lächelte. »Das weiß ich. Darum hab ich mir auch keine Sorgen gemacht.«

»Du hättest wenigstens anrufen können«, sagte er. »Wir sind so was von verstört gewesen. Wir wollten dir ein paar Blumen schikken. Angelica heult sich die Augen aus und sagt dauernd, einer müßte dich doch besuchen.«

»Ach, das tut mir leid. Aber weißt du«, sie machte eine Pause, »also, um ehrlich zu sein, im Augenblick laufe ich nur auf einem halben Zylinder. Ich habe einen irren Schlag auf den Kopf bekommen, und jetzt sitze ich mit galoppierender Amnesie da.« Sie lachte gezwungen. »Ich habe kaum eine Erinnerung an die letzten drei, vier Wochen. Ist das nicht blöd? Paß auf, ich sag dir, wo ich hier bin, dann könnt ihr mich jederzeit erreichen.« Sie gab ihm die Adresse und die Telefonnummer der Klinik an. »Aber ich habe nicht die Absicht, viel länger hierzubleiben«, fuhr sie fort. »Sobald ich die Kraft habe, setze ich mich in den nächsten Zug nach London.«

Er schnalzte mit der Zunge wie eine besorgte Glucke. »Bleib, solange du es nötig hast. Es wäre Quatsch, wenn du zurückkommst, ehe du wieder ganz auf dem Damm bist. Hier ist alles in Butter oder wird's jedenfalls sein, wenn ich die freudige Botschaft verkünde, daß ich mit dir gesprochen habe. Ich muß sagen, du hörst dich großartig an, Darling, auch wenn das Gedächtnis vielleicht Zicken macht. Beunruhigt dich das eigentlich?«

»Ja.« Sie holte tief Atem. »Habe ich in der Zeit zwischen dem vierten Juni, als ich nach Hampshire gefahren bin, und jetzt mal mit einem von euch gesprochen? Kannst du dich erinnern? Ich meine, hab ich mal angerufen, während ich bei meinen Eltern war, oder bin ich am Montag, als ich wieder zurück war, ins Studio gekommen? Am Dreizehnten also.«

»Nein«, antwortete er, und es klang beinahe entschuldigend. »Danach hat die Polizei auch gefragt, als sie hier war. Ob wir dich gesehen hätten. Ob wir mit dir gesprochen hätten. Ob wir wüßten, warum du an diesem Montag nach Hampshire zurückgefahren bist. Und wir haben ihnen die reine Wahrheit gesagt. Daß wir nämlich seit dem Freitag, dem dritten, keinen Piep mehr von dir gehört hätten. Angelica hat am Dreizehnten, als du nicht ins Studio kamst, x-mal bei dir angerufen, aber sie bekam jedesmal nur den Anrufbeantworter. Am Dienstag morgen waren wir gerade dabei, uns die Lenden zu gürten, um einen telefonischen Vorstoß in die Höhle des Löwen zu wagen, als der Löwe höchstpersönlich sich bei uns meldete, um uns mitzuteilen, daß du bewußtlos seist. Seitdem raufen wir uns nur noch die Haare.« Er schwieg einen Moment. »Hast du an die Zeit nach dem Vierten wirklich keinerlei Erinnerung?«

Sie hörte den Unterton der Besorgnis in seiner Stimme. »Nein, aber das ist schon in Ordnung«, erwiderte sie mit einem leichten Lachen. »Über das Wichtigste hat man mich informiert, daß die Hochzeit abgeblasen ist, daß Leo mit Meg durchgebrannt ist, und daß ich mich umbringen wollte. Erinnern kann ich mich an nichts von alledem.«

»Also, ich kann dir nur sagen, daß keiner von uns hier daran glaubt, daß dein Autounfall Absicht war. Du hast schon eine gute Woche, bevor du nach Hellingdon Hall gefahren bist, klar durchblicken lassen, daß du dich entschlossen hattest, die Hochzeit abzublasen. Angie und ich dachten, du wolltest das deinem Vater bei deinem Besuch zu Hause mitteilen und unter die ganze Sache einen Schlußstrich ziehen. Wir waren ziemlich verdutzt, als wir hörten, daß du das nicht getan hattest.«

Sie starrte ihr Spiegelbild an. »Hab ich euch gesagt, daß ich einen Rückzieher machen wollte?«

»Direkt nicht, aber du warst auf einmal wieder so vergnügt und lustig wie früher, und ich weiß noch, wie ich zu Angie gesagt habe, na, Gott sei Dank, sie ist zur Besinnung gekommen und hat Leo in die Wüste geschickt, und Angie hat es auch so gesehen. Na ja, du weißt doch, daß wir ihn nie gemocht haben. Er ist natürlich ein hübscher Junge, aber für *dich* war er nicht der Richtige, Jinx. Viel zu egoistisch, und du brauchst jemanden, dem du wichtig bist, Darling. Das geht uns doch allen so.«

Sie lachte. »Wie geht es George?«

»Red nicht von ihm. Er hat mich verlassen, um sich mit einem Filipinokoch zusammenzutun.«

»Das tut mir leid. Überlebst du es?«

»Natürlich. Unkraut vergeht nicht. So, und jetzt sag mir mal, warum du angerufen hast. Ich spür doch, daß du dich nicht nur gemeldet hast, um meine liebliche Stimme zu hören.«

Sie zog ihre Knie hoch und stützte ihre Ellbogen darauf. »Ich wollte dich bitten, Leos Eltern anzurufen und zu sagen, daß du dringend Leo oder Meg Harris erreichen mußt.«

»Weswegen?«

Weil etwas Schreckliches passiert ist... »Kannst du dir nicht irgendeinen Vorwand ausdenken? Zum Beispiel, daß du ein alter Schulfreund von Leo bist und nur eine Woche hier in England bist und ihn unbedingt treffen möchtest? Er war in Eton, falls sie fragen sollten. Mir geht es nur darum, daß du irgendwie herausbekommst, wo die beiden sind, ohne zu verraten, daß du mich kennst. Ist das okay? Ich möchte mit den beiden sprechen und sie wissen lassen, daß ich ihnen nichts nachtrage. Könntest du das für mich tun?«

»Natürlich. Weißt du die Telefonnummer?«

»Nein, aber die bekommst du bestimmt von der Auskunft. Ich habe sie mir selbst mal da geben lassen. Du fragst nach Anthony Wallader, Downtown Court, Ashwell, Guildford, und wenn *er* sich meldet, sagst du Sir Anthony, und wenn *sie* sich meldet, Lady Wallader. Und Dean, bitte ruf mich unbedingt noch heute abend zurück, ganz gleich, was sie sagen. Versprich mir, daß du mich auf jeden Fall zurückrufst. Okay?«

»Kein Problem«, antwortete er lässig.

Das Telefon läutete zwanzig Minuten später. Jinx hob den Hörer mit zitternder Hand ab und drückte ihn an ihr Ohr. »Jinx Kingsley.«

»Dean hier«, sagte er vorsichtig.

»Sie sind tot, stimmt's?«

Er antwortete nicht gleich. Dann sagte er: »Warum hast du mich anrufen lassen, wenn du es schon gewußt hast?«

»Ich habe es nicht gewußt«, sagte sie leise. »Aber ich habe es vermutet. O Gott – und ich habe sosehr gehofft, ich würde mich täuschen. Entschuldige. Es tut mir wirklich leid. Aber ich wußte nicht, wen ich sonst bitten soll. Mit wem hast du gesprochen?«

»Mit seinem Vater. Der war ziemlich fertig.«

Sie versuchte hastig, sich zu rechtfertigen. »Heute nachmittag waren zwei Polizeibeamte hier und haben mich nach ihnen gefragt, aber sie wollten mir nicht sagen, warum. Und da hab ich plötzlich gedacht, mein Gott, sie sind tot, und kein Mensch sagt es mir.« Sie kaute auf ihrer Unterlippe. »Hat Anthony dir was darüber gesagt, was ihnen zugestoßen ist?«

Wieder blieb es einen Moment still. »Hör mal, Darling, vor einer halben Stunde hab ich noch gedacht, du wärst bewußtlos, dann erfahre ich, daß das gar nicht stimmt. Ich weiß nicht, was ich tun soll. Ich habe dich zurückgerufen, weil ich's versprochen habe, aber ich möchte doch lieber erst mit deinem Arzt sprechen. Gleich morgen früh. Das wär mir viel angenehmer.«

»Nein«, entgegnete sie kalt. »Sag es mir jetzt.« Sie glaubte, ihn nervös an der Gabel spielen zu hören. »Und leg ja nicht auf, Dean! Ich schwör's dir, du bist deinen Job los, wenn du das tust.« *Du lieber Gott! Sie redete schon wie ihr Vater... Sie mochte noch so sehr versuchen, es zu leugnen, seine Leidenschaft und sein tyrannisches Wesen steckten auch in ihr...*

»Du brauchst mir nicht zu drohen«, sagte er mit mildem Tadel. »Ich versuche doch nur, das Beste zu tun.«

»Das weiß ich, verzeih mir, aber ich werde hier langsam wahnsinnig. Ich muß wissen, was passiert ist.« Sie wartete, aber er antwortete nicht. »Okay«, sagte sie abrupt, »dann klag ich jetzt eben ein, was du mir schuldest.« Sie kniff die Augen zusammen. »Du weißt ja wohl, daß du nur deshalb das volle Vertrauen unserer Kunden auch während meiner Abwesenheit genießt, weil ich dir die Möglichkeit gegeben habe, dir mit mir zusammen einen Namen zu machen. Ich habe dich gefördert, Dean. Das hätte ich nicht zu tun brauchen. Ich hätte das tun können, was alle anderen tun, und deine Arbeit unter dem Namen des Studios veröffentlichen können. Mindestens dafür schuldest du mir was.«

»Ich schulde dir noch viel mehr, Jinx, und das ist genau der Grund, warum ich hier sitze und mir fast in die Hosen scheiße. Ich will nicht alles noch schlimmer machen für dich.« Er hörte, wie sie die Luft einsog, als sie zum Sprechen ansetzen wollte. »Okay, okay, beruhig dich, ich sag's dir ja, aber du mußt mir versprechen, daß du hinterher keine Dummheiten machst.«

»Was meinst du? Daß ich versuchen werde, mich umzubringen?«

»Ja.«

»Ich versprech es dir«, sagte sie müde. »Aber wenn ich es tun wollte, dann würde mich dieses Versprechen auch nicht daran hindern, es zu tun. Ich finde, es ist nur fair, daß du das weißt.«

Verrückterweise fand er diese Ehrlichkeit beruhigender als das Versprechen. »Sir Anthony hat mir gesagt, daß Leo und seine Freundin ermordet worden sind. Man hat die Leichen am letzten Donnerstag in einem Waldstück in der Nähe von Winchester gefunden, aber die Polizei ist der Meinung, daß sie schon in der Woche vorher umgebracht wurden.«

Sie drückte ihre Faust auf ihre Brust. »Wann in der Woche vorher?«

»Am Montag, hat Sir Anthony gesagt, aber ich bin nicht sicher, ob das stimmt. Er war wirklich sehr aufgeregt und durcheinander.«

Sie fühlte sich wie zu Eis erstarrt. »Was hat er noch gesagt?«

»Nicht viel.«

»Hat er von mir gesprochen?«

Er antwortete nicht.

»Bitte, Dean!«

»Er hat gesagt, Leo wäre mit einer Frau verlobt gewesen, deren Ehemann auf die gleiche Art umgekommen sei.«

Sie starrte auf ihr schreckliches Spiegelbild.

»Bist du noch da?«

»Ja«, sagte sie. »Es tut mir leid, daß ich dich darum gebeten habe. Das war nicht fair.«

»Mach dir deswegen keine Sorgen.« Aber die Verbindung war schon unterbrochen, und seine Worte trafen taube Ohren.

Nightingale-Klinik, Laverstock, Salisbury, Wiltshire

1 Seite (handgeschrieben) per Fax an:
Adam Kingsley
Hellingdon Hall
Nr. Fordingbridge, Hampshire
Datum: Sonntag, 26. Juni 1994
Zeit: 20 Uhr 30

Sehr geehrter Mr. Kingsley,
wäre es Ihnen möglich, morgen vormittag oder nachmittag zu einem informellen Gespräch über das Befinden Ihrer Tochter in die Klinik zu kommen? Sie ist, wie Sie zweifellos wissen, ein sehr verschlossener Mensch, und es fällt ihr schwer, von sich selbst zu sprechen, es wäre jedoch hilfreich für mich, wenn ich mir über ihre Geschichte und Entwicklung ein klareres Bild machen könnte. Es bereitet mir gewisse Schwierigkeiten zu verstehen, was sie dazu getrieben hat, einen Selbstmordversuch zu unternehmen, da sie sich mir als eine selbstsichere Persönlichkeit präsentiert, die die tragischen Umstände, unter denen sie Witwe wurde, gut verarbeitet hat. Ich würde daher sehr gern Ihre Ansichten dazu hören. Ein Vorschlag, den ich gern mit Ihnen besprechen würde, wäre der einer gemeinsamen Sitzung, bei der Sie und Ihre Tochter in meinem Beisein Risse, die sich in Ihrer gemeinsamen Beziehung entwickelt haben, genauer betrachten könnten. Offenkundig liebt sie Sie, jedoch ist seit dem Tod ihres Mannes eine gewisse Ambivalenz der Gefühle vorhanden. Ich habe versucht, Sie telefonisch zu erreichen, aber jedoch leider nicht von Ihnen gehört. Darf ich daher vorschlagen, daß Sie mich gleich morgen früh

anrufen, damit wir einen Termin vereinbaren können, der Ihnen genehm ist? Ich weiß selbstverständlich, daß Sie ein vielbeschäftigter Mann sind, und würde Sie nicht behelligen, wenn ich die Angelegenheit nicht für wichtig hielte.

Mit freundlichen Grüßen,
Alan Protheroe

Hellingdon Hall,
Nr. Fordingbridge, Hampshire

Fax: 27. 6. 1994 9 Uhr 45 1 Seite

Sehr geehrter Dr. Protheroe,
wenn der Auftrag, der Ihnen gegeben wurde, Ihre Fähigkeiten übersteigt, so teilen Sie mir das bitte unverzüglich mit. Ich war der Meinung, meine Tochter würde in Ihrer Klinik die Möglichkeit erhalten, sich in dem Tempo und Rhythmus zu erholen, die ihr angemessen sind.

Hochachtungsvoll,
Adam Kingsley

12

Montag, 27. Juni,
Gerichtsmedizinisches Labor, Hampshire – 9 Uhr 30

Reverend Charles Harris und seine Frau trafen gemeinsam ein, um die Überreste ihrer Tochter zu identifizieren, und die Szene wurde, eben weil Mrs. Harris dabei war, um einiges erschütternder als die bei Leos Identifizierung. Frank Cheever hatte sich alle Mühe gegeben, sie zu überreden, in Gesellschaft einer Polizeibeamtin zu Hause zu bleiben, doch sie war von ihrem Entschluß, Meg noch einmal zu sehen, nicht abzubringen gewesen. Während der ganzen Autofahrt hatte sie ihren Schmerz ruhig und gefaßt getragen, doch beim schrecklichen Anblick ihrer Tochter brach sie zusammen.

»Daran ist nur Jinx Kingsley schuld!« rief sie weinend. »Ich habe Meg gewarnt. Ich habe ihr gesagt, was passieren würde, wenn sie ihr Leo wegnähme.«

»Beruhige dich, Caroline«, sagte ihr Mann und legte ihr den Arm um die Schultern. »Ich bin überzeugt, daß Jinx hiermit überhaupt nichts zu tun hat.«

Sie reagierte mit flammender Wut. »Du bist unglaublich!« schrie sie und stieß ihn von sich. »Das ist dein Kind, das hier liegt, nicht das irgendeines Mitglieds deiner Gemeinde. Sieh sie dir an, Charles! Deine Meggy, dein Liebling, und wie sieht sie jetzt aus!« Sie drückte ihre zitternde Hand auf ihren Mund. »O Gott!« Das Wort brach voller Haß aus ihr hervor. »Wie kannst du nur so blind sein? Zuerst Russell. Jetzt Leo und Meg.« Sie fiel über Frank Cheever her. »Ich hatte gleich solche Angst. Von dem Moment an, als sie gesagt hat, daß Leo Jinx ihretwegen verlassen hat! Sie ist eine Mörderin. Sie und ihr furchtbarer Vater. Sie sind beide Mörder.«

Ruhig zog Dr. Clarke das Leintuch über Megs Kopf, dann nahm er Caroline Harris' Hand und drückte sie in seine Armbeuge. »Wir müssen jetzt gehen, Mrs. Harris«, sagte er behutsam. »Möchten Sie Meg Lebwohl sagen, bevor wir gehen?«

Tränenüberströmt starrte sie ihn an. »Meg ist tot.«

»Ja, ich weiß.« Er sah lächelnd in das traurige Gesicht. »Aber wir sind hier nicht an einem verfluchten Ort. Gott ist auch hier.«

»Ja«, sagte sie, »Sie haben recht.« Sie wandte sich ab und warf einen letzten Blick auf den verhüllten Leichnam. »Gott schütze dich, mein Kind«, flüsterte sie unter Tränen. »Gott schütze dich.«

Frank Cheever beobachtete, wie Bob Clarke die unglückliche Frau zur Tür hinausführte, und ihm schoß der Gedanke durch den Kopf, daß Pathologen das Geld, das ihnen bezahlt wurde, vielleicht doch verdienten. Mit einer verlegenen Geste sagte er zu Megs Vater: »Ich kann das nicht so gut wie Dr. Clarke, aber wenn Sie noch einen Moment mit Ihrer Tochter allein sein möchten ...«

»Nein«, erwiderte der Pastor. »Gott und Meg wissen, wie es in meinem Herzen aussieht. Ich kann ihr nicht mehr sagen, als ich bereits gesagt habe.« Er ging Cheever voraus zur Tür, dann blieb er stehen. »Sie sollten Carolines Worten wirklich keine Beachtung schenken, Superintendent. Niemals hätte Jinx etwas getan, um Meg zu schaden.«

»Sind Sie da wirklich sicher, Sir?«

»Ja«, antwortete er. »Sie ist ein feiner Mensch. Ich habe sie immer für ihren Mut bewundert.«

Nightingale-Klinik, Salisbury – 10 Uhr

In Jinx' Zimmer läutete das Telefon, ein schrilles Geräusch, das an ihren Nerven zerrte. Widerstrebend stand sie aus dem Sessel auf und griff nach dem Hörer. »Hallo«, sagte sie.

»Hier spricht dein Vater, Jane. Ich schicke einen Wagen, um dich abzuholen.«

Angst durchschoß sie wie ein Strom brennender Säure. *Was wußte er?* Weder die Zeitungen noch die Nachrichten hatten irgend etwas von Meg und Leo erwähnt. Ihre Finger umklammerten wie im Krampf den Hörer, und die Knöchel wurden weiß unter der Anspannung, aber ihre Stimme war ruhig.

»Gut«, sagte sie, »schick den Wagen ruhig her, mir soll's recht sein. Ich wollte ja sowieso nicht hier sein. Aber nach Hause komme ich nicht, Adam. Ich werde dem Fahrer sagen, er soll mich direkt nach Richmond fahren, und wenn er sich weigert, nehme ich mir eben ein Taxi und fahre zum Bahnhof. Wolltest du das mit diesem Anruf erreichen?«

Ominöses Schweigen antwortete ihr.

»Entweder du läßt alles so, wie es ist, oder ich entlasse mich selbst, das verspreche ich dir.« Ihre Stimme wurde hart. »Und diesmal verlierst du mich für immer. Verstehst du mich, Adam? Ich werde eine gerichtliche Verfügung erwirken, die dir verbietet, auch nur in die Nähe meines Hauses zu kommen.« Sie knallte den Hörer mit unnötiger Wucht auf die Gabel und sank auf das Bett, als alle Kraft wie Sägemehl aus ihren Beinen sickerte. Hinter ihren Augen spürte sie die Vorboten pochender Kopfschmerzen und drückte mit zitternden Fingern fest auf ihre Schläfen.

Der Blitz der Erinnerung, der ihr Gehirn durchzuckte, war von blendender Klarheit. *Meg auf den Knien, bettelnd... bitte... bitte... bitte...* Sie starrte voll Verwirrung in das angstverzerrte Gesicht ihrer Freundin und fühlte wie ein Entsetzen gleichen

Ausmaßes ihr Herz in Raserei trieb, ehe sie von würgendem Brechreiz überkommen ins Badezimmer torkelte, um sich unter Qualen in die Toilette zu übergeben. Zitternd von Kopf bis Fuß ließ sie sich auf den gefliesten Boden sinken und als sie ihre Wange auf den kalten Stein legte, klammerte sie sich verzweifelt an die Gewißheit, daß sie Meg Harris trotz all ihrer Fehler geliebt hatte.

Doch erst nach einer Stunde hörte das Zittern auf.

White Hart Hotel, Winchester – 10 Uhr 10

»Wir wissen sehr wenig über Ihre Tochter«, sagte Superintendent Cheever zu Charles Harris und seiner Frau. »Ich erklärte Ihnen ja bereits, daß wir einige Schwierigkeiten hatten, Sie ausfindig zu machen. In der Wohnung Ihrer Tochter waren praktisch keinerlei persönliche Dinge; wir können daraus nur schließen, daß sie im Begriff war umzuziehen.«

Er hatte sie nicht zur Polizeidienststelle, in einen der sterilen, kalten Vernehmungsräume bringen wollen und hatte statt dessen ein kleines Nebenzimmer in der oberen Etage eines Hotels in der Nähe der Pathologie genommen, wo Fraser und eine Polizeibeamtin dezent im Hintergrund sitzen und mitschreiben konnten. Er hatte auf die Extravaganz von farbenfroher seidener Fliege und Einstecktuch verzichtet und dafür düsteres Schwarz gewählt, und zeigte sich als das, was er wirklich war – ein ganz gewöhnlicher Mensch in einer ganz gewöhnlichen Umgebung, nicht bedrohlich, eher freundlich und zuvorkommend.

Caroline Harris saß zusammengesunken in einem Lehnsessel neben dem halb geöffneten Fenster, neben sich auf dem Beistelltisch eine unberührte Tasse Tee. Ihr Mann saß auf einem harten Stuhl an ihrer Seite, offensichtlich unsicher, ob er sie trösten sollte, oder ob es besser sei, sie allein mit ihrem Schmerz fertig werden zu lassen und den eigenen Schmerz zurückzuhalten, um es ihr nicht noch schwerer zu machen. Sie taten Cheever beide leid, aber seine tiefere Teilnahme galt Megs Vater. Wie kommt es nur, dachte er, daß von Männern immer erwartet wird, ihre Gefühle zu verbergen?

»Sie wollte mit Leo in Urlaub fahren«, sagte Charles leise, »aber sie hat kein Wort davon gesagt, daß sie aus ihrer Wohnung ausziehen wollte. Jedenfalls nicht zu mir.« Er sah seine Frau fragend an.

»Sie hat dir nichts gesagt, Charles, weil sie genau gewußt hat, daß du es nicht billigen würdest.« Caroline wischte sich die rotgeränderten Augen. »Sie hat vor zehn Jahren einmal abgetrieben. Davon hat sie dir auch nichts gesagt, nicht wahr? Und warum nicht? Weil du ihr Leben kaputtgemacht hättest!« Sie knüllte das Taschentuch in ihren Händen zusammen. »Aber nun ist es ja sowieso kaputt! Das hätte nicht zu passieren brauchen, wenn du dich ihr gegenüber wie ein Vater benommen hättest und nicht wie ein Geistlicher. Immer mußte alles geheimgehalten werden, weil sie von dir doch nur Predigten gehört hätte.«

Ihr Mann starrte sie an, das kantige Gesicht bleich vor Schock. »Das habe ich nicht gewußt«, murmelte er. »Es tut mir leid.«

»Ja, natürlich tut es dir leid. Jetzt«, fügte sie bitter hinzu. »Mir tut es auch leid. Mir tut es leid um sie, um das Kind, um mich selbst. Ich wäre gern Großmutter gewesen.« Ihre Stimme brach, als sie aufschluchzte. »Diese Verschwendung! Alles, alles so eine Verschwendung!« Sie wandte sich Cheever zu. »Wir haben einen Sohn, aber er wollte nie heiraten. Er wollte Geistlicher werden wie sein Vater.« Wieder schossen ihr die Tränen in die Augen. »Diese schreckliche Verschwendung!«

Cheever wartete, während sie um ihre Fassung kämpfte. »Sie haben eben durchblicken lassen, daß sie vom Umzug Ihrer Tochter wußten, Mrs. Harris«, sagte er schließlich. »Könnten Sie uns darüber etwas sagen? Wohin wollte sie?«

»Sie wollte zu Leo ziehen. Er hatte ein Haus. Es war vernünftiger, mit ihm zusammenzuziehen.«

»Wissen Sie, wo das Haus ist?«

»Irgendwo in Chelsea. Meg wollte mir die Adresse nach ihrer Rückkehr aus Frankreich geben. Wissen Leos Eltern sie nicht?«

Cheever wich der Frage aus. »Sie stehen im Augenblick unter Schock.«

Darauf folgte ein drückendes Schweigen.

»Haben Sie Sir Anthony und Lady Wallader einmal kennengelernt?« fragte Cheever als nächstes.

Caroline Harris' Lippen bebten. »Wir hatten noch nicht einmal Leo kennengelernt«, antwortete sie. »Es ging ja alles so schnell. Auf unserem Kaminsims lag die Einladung zu Jinx' Hochzeit, und plötzlich rief Meg an, um uns mitzuteilen, daß Leo nun sie heiraten wollte.« Sie schüttelte wie ungläubig den Kopf.

Charles Harris ergriff das Wort. »Sie hat an einem Samstagmorgen angerufen«, berichtete er leise, »am elften, glaube ich, und mich hat die Nachricht ziemlich erschüttert. Ich habe mich gefragt, was für ein Mensch Leo sein müßte, wenn er so kurz vor der Hochzeit seine Verlobte verlassen konnte, um sich mit ihrer besten Freundin zusammenzutun.« In einer Gebärde der Resignation breitete er die Hände aus. »Sie hat mir erzählt, sie kenne Leo schon viel länger als Jinx, und er habe Jinx nur einen Antrag gemacht, weil er mit ihr irgendeinen dummen Streit gehabt hätte. ›Er wollte mich kränken‹, hat sie zu mir gesagt.« Er schwieg einen Moment. »Ich vergesse manchmal, daß sie eine erwachsene Frau ist – war«, verbesserte er sich, »und ich gebe zu, ich habe die Neigung zu predigen, aber für mich war so offensichtlich, daß man sich auf diesen Mann nicht verlassen konnte, und wir hatten seinetwegen leider eine schreckliche Auseinandersetzung. Ich sagte ihr, sein Verhalten sei weder reif noch ehrenhaft, und wenn er es fertig brächte, Jinx so schäbig zu behandeln, dann wäre es für Meg das klügste, die Finger von ihm zu lassen.« Seine Stimme schwankte ein wenig. »Sie hat dann einfach aufgelegt, und wir haben nie wieder miteinander gesprochen. Ich glaube allerdings, Caroline hat es später am selben Tag noch einmal versucht.« Er wandte sich seiner Frau zu. »Das ist doch richtig, nicht wahr?«

Sie schlang ihre Arme um ihren dünnen Körper und zog sie fest zusammen. »Das weißt du doch ganz genau. Du hast doch zugehört.« Sie stieß einen tiefen, zitternden Seufzer aus. »Mich hat sie auch nicht angehört, aber wenigstens haben wir uns nicht gegenseitig angeschrien. Ich habe sie gefragt, warum sie Leo vorher nie erwähnt habe, wenn sie ihn doch schon so lange kenne, und darauf hat sie nur gesagt, es gäbe tausend Dinge, die sie nie erwähnt hätte. Es sei schließlich ihr Leben, und es gäbe keine Vorschrift, die verlange, daß Kinder ihren Eltern alles sagen. Für mich ist ihr Vater schuld«, sagte sie tonlos und wandte ihrem Mann den Rücken zu, um ihn auszuschließen. »Sie konnte gar nicht schnell genug von zu Hause weggehen, um ihm zu entkommen. Da ist klar, daß wir vieles über sie nie erfahren haben.«

Cheever nahm das alles schweigend auf und bemühte sich, seinem Gesicht nichts anmerken zu lassen. »Wann hat sie Ihnen gesagt, daß sie mit Leo Wallader zusammenziehen wollte?« fragte er dann.

»Bei diesem Telefongespräch. ›Wir haben beschlossen zusammenzuleben, bis wir heiraten‹, sagte sie. ›Leo hat ein Haus in Chelsea, und ich bring jetzt meine Sachen rüber, aber sag Dad nichts davon, ich kann seine Predigten einfach nicht mehr hören.‹ Danach hat sie mir erzählt, daß sie nach Frankreich fahren wollten, bis sich hier die Wellen geglättet hätten, und daß sie ihren Anrufbeantworter regelmäßig abhören würde.« Sie zog und zerrte an ihrem Taschentuch, als wollte sie die Falten darin glätten. »Sie sagte, wir würden uns schon beruhigen, wenn wir Leo erst kennengelernt hätten, und hat versprochen, uns mit ihm zusammen zu besuchen, sobald sie wieder zu Hause seien. Und was ist mit der armen Jinx? habe ich dann gefragt, und Meg sagte, Jinx wird es schon überleben, wie immer. Danach haben wir uns voneinander verabschiedet.« Sie drückte das Taschentuch an ihre Augen.

In Cheevers Ohren klang diese Beschreibung Megs wenig schmeichelhaft, und er fragte sich, ob Caroline Harris klar war, was für ein Bild sie gezeichnet hatte. »Erzählen Sie mir etwas über Meg«, forderte er sie auf. »Was war sie für ein Mensch?«

Ihr trauriges Gesicht hellte sich auf. »Sie war ein wunderbarer Mensch. Freundlich, aufmerksam, sehr liebevoll. ›Mach dir keine Sorgen, Mami, ich werde immer da sein‹, hat sie oft gesagt.« Die Tränen begannen wieder zu fließen. »Und sie war so intelligent. Sie hat immer alles geschafft, was sie sich in den Kopf gesetzt hat. ›Ich werde es mal weit bringen‹, hat sie oft zu mir gesagt. Alle waren hingerissen von ihr.«

Cheever wandte sich dem Pfarrer zu. »Haben Sie sie auch so gesehen, Sir?«

Charles Harris warf einen kurzen Blick auf den starren Rücken seiner Frau. »Sie hatte Fehler, Superintendent, wie wir alle. Sie war vielleicht eine Spur egozentrisch, ist manchmal zu unbekümmert mit den Gefühlen anderer umgegangen, aber es ist schon richtig, sie war allgemein sehr beliebt.« Er faltete seine Hände im Schoß. »Simon, unser Sohn, könnte sie Ihnen besser beschreiben. Er hat in den letzten Jahren in verschiedenen Londoner Gemeinden gearbeitet und hat sie weit häufiger gesehen als wir. Wie Caroline Ihnen schon sagte, haben wir sie praktisch verloren, als sie mit ihrem Studium begann. Sie hat uns zwei-, dreimal im Jahr besucht, aber abgesehen davon hatten wir wenig Kontakt.«

»Ist Ihr Sohn immer noch in London, Sir?«

»Nein, er hat vor zwei Jahren eine eigene Gemeinde bekommen. Ein Dorf namens Frampton, zehn Meilen nordöstlich von Southampton.« Er schob die Manschette seiner Soutane hoch, um auf seine Uhr zu sehen. »Aber jetzt ist er sicher schon im Pfarrhaus in Littleton Mary. Ich habe mir gedacht, es wäre für uns ein kleiner Trost, wenn er kommt.«

»Ein Trost für dich, meinst du«, sagte Caroline und drehte sich mit einer scharfen Bewegung nach ihrem Mann um. »Du glaubst, er hält zu dir.«

Charles Harris schüttelte den Kopf. »Darum geht es doch überhaupt nicht, Caroline. Ich hatte lediglich gehofft, wir könnten einander stützen.«

Ihr Gesicht wurde plötzlich brennend rot. »Diese Geheimnisse andauernd. Ich halte das nicht mehr aus.« Ihre Hand griff wie eine Klaue nach Cheevers Arm. »Ich habe gleich gewußt, daß wir sie verloren haben«, sagte sie. »Ich hab darum gebetet, daß wir sie nur an Leo verloren haben, aber tief im Innern hab ich gewußt, daß sie tot ist. Unablässig hab ich mich gefragt, warum Jinx sich das Leben nehmen wollte.« Ihre Augen verdrehten sich beängstigend, und Cheever warf der Polizeibeamtin einen hilfesuchenden Blick zu, doch Caroline fuhr mit schwankender Stimme zu sprechen fort. »Das gleiche hat sie nach Russells Ermordung getan, wissen Sie. Nur daß sie damals versucht hat, sich zu Tode zu hungern. Und wenn ihr Vater nicht gewesen wäre, hätte sie es auch geschafft. Das ist Jinx' Werk, Superintendent. Sie läßt sich ihre Männer nicht wegnehmen.«

»Du redest Unsinn, Caroline«, sagte ihr Mann streng.

»Ach ja?« fuhr sie ihn bissig an. »Wenigstens bin ich keine Heuchlerin. Du weißt doch die Wahrheit so gut wie ich. Wir sprechen hier von Eifersucht auf Meg, Charles, und die ist dir doch bestens bekannt.«

Er drückte beide Hände auf sein Gesicht und atmete mehrmals tief durch. »Ich glaube, ich kann das wirklich nicht fortsetzen, Superintendent«, sagte er unerwartet. »Bitte, verzeihen Sie. Ich würde Ihnen wirklich dringend empfehlen, mit Simon zu sprechen. Er kann Ihnen am ehesten ein objektives Bild dieser ganzen leidigen Geschichte vermitteln.«

Fraser, der ein paar Meter abseits saß, blickte auf und fing einen Blick von Cheever auf. »Leidige Geschichte« – was für ein merkwürdig kaltblütiges Wort, um einen brutalen Mord zu beschreiben, aber beide wußten zu diesem Zeitpunkt noch nicht, welch tiefe Abneigung der Reverend Charles Harris seiner Tochter entgegengebracht hatte.

Nightingale-Klinik, Salisbury – 13 Uhr

»Sind Sie beschäftigt, Dr. Protheroe?«

Als er von seinem Schreibtisch aufblickte, sah er Jinx' fluchtbereit an der Tür stehen, Unschlüssigkeit in den dunklen Augen.

»Wir sind hier sehr zwanglos, Jinx. Nennen Sie mich ruhig Alan, wenn Sie möchten.«

Die Vorstellung solcher Vertraulichkeit erschreckte sie. »Ich würde lieber bei Dr. Protheroe bleiben, wenn es Sie nicht stört.«

»Natürlich«, sagte er gleichmütig. »Dann kommen Sie doch herein.«

Sie blieb, wo sie war. »Es ist nicht so wichtig. Ich kann später wiederkommen.«

Er wies auf einen Sessel. »Kommen Sie herein«, wiederholte er. »Ich lasse mich gern bei der elenden Schreiberei stören.« Er stand auf, ging um den Schreibtisch herum, führte sie herein und schloß die Tür hinter ihr. »Was gibt es denn?«

Jetzt, da ihr der Fluchtweg abgeschnitten war, fand Jinx sich damit ab, daß die Würfel gefallen waren. Sie ging durch das Zimmer mit dem hellen Parkettboden, doch anstatt sich zu setzen, stellte sie sich ans Fenster und sah in den Garten hinaus. »Mein

Vater hat mich angerufen, um mir zu sagen, daß er mich hier rausholen möchte. Es würde mich interessieren, warum. Wissen Sie es?«

»Nein.« Er nahm seinen Platz wieder ein und drehte seinen Sessel, doch sie wandte ihm den Rücken zu.

»Haben Sie ihn angerufen und ihm von dem Besuch der Polizei erzählt?«

»Nein.«

Sie drehte sich nach ihm um und sah ihm forschend ins Gesicht, dann nickte sie erleichtert. »Dann verstehe ich es nicht«, sagte sie. »Weshalb will er plötzlich, daß ich hier weggehe?«

»Ich könnte mir denken, daß es etwas mit dem Fax zu tun hat, das ich ihm geschickt habe.« Er griff in die oberste Schublade seines Schreibtischs und nahm sowohl sein Fax heraus, als auch die Antwort, die er am Morgen erhalten hatte. »Lesen Sie«, forderte er sie auf. »Der Brief ist genauso freundlich vage wie hundert andere in den Akten. Weshalb sollte Ihr Vater ihn bedrohlich finden?«

Sie setzte sich auf die Kante des Sessels und las beide Schreiben, ehe sie sie ihm zurückreichte. »Was war denn Ihr Auftrag?« Sie kaute nervös auf ihrem Daumen.

»Das, was er da schreibt. Ihnen zu Ihrer Erholung soviel Zeit zu geben, wie Sie brauchen. Von Psychiatern wollte er nichts hören.«

Warum nicht? Was gab es diesmal von Psychiatern zu fürchten? Was glaubte Adam, daß sie ihnen erzählen könnte? Was konnte sie ihnen erzählen?

»Es muß Ihre Aufforderung gewesen sein, über Russells Tod zu sprechen«, sagte sie langsam. »Nichts in der Welt könnte ihn dazu bringen, das zu tun, und schon gar nicht in meinem Beisein.«

»Wovor hat er Angst?«

»Vor nichts.«

Warum belog sie ihn immer wieder? fragte er sich. Und wieso dieser Zwang, ihren Vater zu schützen, wenn so klar war, daß sie glaubte, er habe ihren Mann ermordet? »Es muß etwas da sein, Jinx, sonst könnte er doch darüber sprechen«, erklärte er ruhig und sachlich.

»Nein, es ist gar nichts«, beharrte sie. »Es ist ganz einfach so, daß Russell für Adam nie existiert hat. Sein Name wird nie erwähnt. Die ganze Episode ist vergessen.«

Protheroe sah sie nachdenklich an. »Sie sind offensichtlich der Meinung, daß diese tragische Geschichte in Ihrem Leben für Ihren Vater nichts weiter ist als eine ›vergessene Episode‹«, sagte er. »Aber sehen Sie das auch so?«

Sie antwortete nicht.

»Erzählen Sie mir etwas über Ihren Vater«, schlug er vor. »Woher kommt er?«

Sie sprach in hastigen, abgehackten Sätzen. »Ich weiß nur das, was Betty mir erzählt hat. Adam spricht nie über seine Vergangenheit. Er ist im Londoner East End aufgewachsen. Er war das dritte von fünf Kindern. Sein Vater und zwei ältere Brüder waren bei der Handelsmarine – sie sind alle umgekommen, als ihre Schiffe im Nordatlantik versenkt wurden. Seine beiden jüngeren Geschwister, ein Bruder und eine Schwester, sind im Krieg nach Devon verschickt worden, und er ist mit seiner Mutter allein in London zurückgeblieben. Seine Schulbildung war ausgesprochen dürftig. Er hat von den Schwarzmarktschiebern am Hafen mehr gelernt, als er je in der Schule mitbekommen hat. Als der Krieg zu Ende war, hatte er eine ganze Liste von Kontakten im Ausland gesammelt und genug Geld beisammen, um ein Importgeschäft aufzumachen. Die ersten Waren, die er eingeführt hat, waren Seiden- und Baumwollstoffe und Kosmetika – sie kamen an seinem siebzehnten Geburtstag hier an. Er hat die ganze Ladung auf dem Schwarzmarkt verhökert und über Nacht sein Geld verdoppelt.

Seitdem ist es nur noch steil bergauf gegangen. Er hat seine geschäftliche Karriere als Schieber angefangen – er kannte die Kray-Zwillinge sehr gut. Das ist alles, was ich weiß.«

Er glaubte ihr. Wenn Adam Kingsley der Mann war, den sie ihm beschrieben hatte, dann war er jemand, der für jeden Aspekt seines Lebens eine Extraschublade hatte. *Ähnlich wie seine Tochter.* Es wäre interessant festzustellen, ob es auch bei ihm dunkle Zimmer gab, zu denen er die Türen zugeschlagen und die Schlüssel weggeworfen hatte. Es sprach einiges dafür. »Für Adam hat Russell nie existiert«, hatte Jinx gesagt.

»Was ist aus seiner Mutter geworden?« fragte Protheroe jetzt.

»Das weiß ich nicht. Er hatte nach seiner Heirat mit meiner Mutter kaum noch Kontakt mit ihr. Soviel ich weiß, waren beide Familien mit der Heirat nicht einverstanden.«

»Und die beiden jüngeren Geschwister? Was ist aus denen geworden?«

»Sie sind nach dem Krieg nach London zurückgekommen, ich nehme an, um bei ihrer Mutter zu leben. Das einzige, was Adam je über sie gesagt hat, ist, daß sie ihm immer fremd geblieben sind, weil sie getrennt von ihm aufgewachsen sind.«

»Empfindet er das immer noch so?«

Sie rutschte tiefer in den Sessel und legte ihren Kopf an die Rückenlehne. »Er hat seit mehr als dreißig Jahren mit keinem der beiden mehr gesprochen. Onkel Jo ist nach Australien ausgewandert, und man hat nie wieder was von ihm gehört, und Tante Lucy hat einen Schwarzen geheiratet. Mein Vater hat am Tag ihrer Hochzeit jede Verbindung zu ihr abgebrochen.«

»Weil ihr Mann schwarz ist?«

»Natürlich. Adam ist ein Rassist. Betty hatte Lucy früher, als sie alle jung waren, gut gekannt. Sie hat mir einmal erzählt, daß Adam versucht hat, die Hochzeit zu verhindern.«

»Wie denn?«

Mit zitternden Fingern zündete sie sich eine Zigarette an. »Betty war sehr betrunken. Ich bin nicht sicher, ob sie die Wahrheit gesagt hat.«

»Was hat sie denn gesagt?«

Sie zog hastig an ihrer Zigarette, während sie sich ihre Antwort überlegte. »Daß Adam Lucys Verlobten zusammengeschlagen hat, um ihn abzuschrecken«, sagte sie rasch, »aber daß Lucy ihn trotzdem geheiratet hat. Es könnte wahr sein. Er haßt die Schwarzen wirklich.«

Alan beobachtete sie einen Moment lang. »Wie finden Sie das?«

»Ich schäme mich.«

Er wartete. »Weil Ihr Vater rücksichtslos und gewalttätig ist?« fragte er.

Sie schmeckte heiße, süßliche Galle in ihrem Mund und zog tief an ihrer Zigarette, um den Geschmack zu verdrängen. »Ja – nein. Hauptsächlich, weil ich schon vor Jahren zu Lucy und ihrer Familie hätte gehen sollen, um zu zeigen, wo ich stehe – aber ich habe es nie getan.«

Veronica Gordon hatte recht mit ihrer Bemerkung über die Augen, dachte er. Was, zum Teufel, ging in ihrem Kopf vor, daß sie so verängstigt aussehen, und ihre Stimme dennoch so gefaßt klingen konnte? »Warum nicht?«

Sie legte den Kopf zurück und schaute zur Zimmerdecke hinauf. »Weil ich Angst hatte, die Prügelknaben würden bestraft werden, wenn ich es täte.«

»Sie meinen, Ihre Brüder?«

»Nicht unbedingt. Ihm ist jeder als Prügelknabe recht«, sagte sie tonlos. »Wenn ich zu meiner Tante gegangen wäre, hätte Betty die Prügel bekommen, weil sie Lucy als Kind gekannt hat, und Adam sie als Anstifterin gesehen hätte. Aber meistens sind es die Jungs.«

»Ist das eigentlich wörtlich gemeint oder im übertragenen Sinn? Schlägt Ihr Vater Ihre Brüder?«

»Ja.«

»Und glauben Sie, daß auch Russell ein Prügelknabe war?« fragte er ruhig.

Die Frage traf sie unerwartet, und sie starrte ihn entsetzt an. »Mein Vater hat ihn nicht getötet«, sagte sie laut. »Die Polizei hat das schon sehr früh ausgeschlossen.«

»Ich habe im übertragenen Sinn gesprochen, Jinx.«

Sie antwortete nicht gleich. »Das glaube ich Ihnen nicht«, entgegnete sie schließlich, »aber es spielt auch gar keine Rolle. Russell ist nie für meine Versäumnisse bestraft worden.«

»Nein«, stimmte er zu. »Ich vermute, Sie wurden für seine bestraft.« Er spielte mit seinem Füller. »Was wissen Sie über Ihre Mutter? Warum waren beide Familien gegen diese Heirat?«

»Ihre Familie gehörte der Mittelschicht an, und die meines Vaters der Arbeiterklasse. Ich vermute, von ihrer Seite war es schlicht und einfach Dünkel, und von seiner Familie war es auch eine Art Hochmut. Außerdem hat sicher eine Rolle gespielt, daß er sein Geld auf dem schwarzen Markt gemacht hat.« Sie schwieg einen Moment. »Ich weiß, daß er meine Mutter angebetet hat.«

»Hat er Ihnen das gesagt?«

»Nein, er spricht nie über sie.«

»Woher wissen Sie es dann?«

»Von Betty. Sie hat es mir erzählt. Sie hieß Imogen Jane Nicholls und war die einzige Tochter eines Arztes. Sie war in Privatschulen erzogen worden, wirklich eine Lady, und überall in seinem Büro hängen Fotos von ihr.«

Er dachte an den Namen auf Jinx' Aktendeckel. Jane Imogen Nicola Kingsley. »Sehen Sie auch aus wie sie?«

»Aber natürlich«, sagte sie in einem Ton, der fast verzweifelt klang. »Adam hat es sich zum Ziel gesetzt, sie wiederzuerschaffen.«

Ihre Verzeiflung war nicht zu überhören – sie schwang in ihrer Stimme mit –, aber er glaubte nicht, daß sie etwas mit ihrer Mutter zu tun hatte.

»Nicht einmal Ihr Vater kann Wunder vollbringen, Jinx«, sagte er mit einem Anflug von Ironie. »Ich vermute, diese Vorstellung entspringt mehr dem Kopf Ihrer Stiefmutter als seinem. Jeder von uns muß irgendwie Mittel und Wege finden, mit der Gleichgültigkeit eines Partners zurechtzukommen. Keiner von uns ist vor Stolz gefeit.« Er sah, wie die Asche am Ende ihrer Zigarette zu bröckeln begann und schob ihr mit dem Fuß den Papierkorb hin. »Das sollten Sie doch wissen.«

Das Pfarrhaus, Littleton Mary, Wiltshire – 13 Uhr 15

Fraser beobachtete die höfliche und teilnahmsvolle Art, mit der Cheever mit diesen Menschen und ihrem Schmerz umging, mit weit bereitwilligerer Bewunderung als am Vortag Maddocks' Manövrieren. Der Superintendent spürte so deutlich wie er, daß es hier seltsame Unterströmungen gab, doch nicht einmal er versuchte die Eheleute Harris unter Druck zu setzen, ihnen auf den Zahn zu fühlen.

Im Konvoi fuhren sie nach Littleton Mary zurück, Caroline Harris und eine mütterliche Polizeibeamtin im ersten Wagen, er selbst, Cheever und Charles Harris in dem dahinter. Gesprochen wurde kaum etwas. Charles Harris fiel das Sprechen offensichtlich schwer, und Cheever war es zufrieden, ihn seinen Gedanken zu überlassen. Wenn Maddocks' Parole »Initiative« hieß, so hieß die Cheevers »Geduld«.

In der Rückschau mußte Fraser sich natürlich fragen, ob Maddocks' unsensibler Ansatz nicht angebrachter gewesen wäre; Cheevers Bereitschaft zur Langmut nämlich war es, die die nachfolgenden Ereignisse möglich machte. Maddocks hätte sie ohne Rücksicht auf das Trauma, unter dem sie litten, bis auf das letzte Informationströpfchen ausgepreßt, und Charles Harris hätte keine Gelegenheit gehabt, sich mit Simon zu verabreden, die Geschichte von der Affäre zwischen Meg und Russell geheimzuhalten. Aber wäre der Gerechtigkeit besser gedient gewesen, fragte Fraser sich später, wenn sie schon damals davon erfahren hätten und nicht erst zu einem späteren Zeitpunkt? Als sie hinter dem anderen Wagen in der Einfahrt zum Pfarrhaus anhielten, griff sich Charles Harris an seinen steifen weißen Kragen, als suchte er Sicherheit. »Würden Sie mir gestatten, zuerst kurz mit Simon zu sprechen?« fragte er hastig. »Nur um ihm zu erklären, warum Sie hier sind; dann könnten Sie vielleicht draußen mit ihm sprechen, ohne seine Mutter. Mir liegt daran, daß Sie ein klares Bild von Meg bekommen, und ich fürchte, das wird nicht möglich sein, wenn meine Frau dem Gespräch beiwohnt.«

Cheever nickte. »Ich werde Constable Graham bitten, mit Mrs. Harris hineinzugehen. Sergeant Fraser und ich werden hier warten.«

Fünf Minuten vergingen, ehe Simon herauskam. Sein mageres Gesicht wirkte eingefallen und angespannt. Er führte sie um die Ecke des Hauses zu einer Sitzgruppe auf der Rasenfläche des Gartens.

»Mein Vater hat mich gebeten, Ihnen etwas über Meg zu erzählen«, sagte er, als er sich setzte, »aber ich bin mir nicht sicher ...« Abrupt nahm er seine Brille ab und drückte seinen Nasenrücken zusammen. »Entschuldigen Sie«, sagte er, um Fassung ringend, »es war alles ein ziemlicher Schock.« Er atmete tief gegen die Tränen, die ihm die Kehle eng machten. »Entschuldigen Sie«, sagte er wieder.

»Das ist schon in Ordnung, Sir«, sagte Cheever. »Wäre es Ihnen lieber, wenn wir Fragen stellen?«

Simon nickte.

»Ihr Vater hat uns gesagt, daß Sie mehrere Jahre in London tätig waren und in dieser Zeit häufiger mit Ihrer Schwester zusammen waren als Ihre Eltern. Vielleicht können Sie uns etwas über ihren Lebensstil erzählen. Hatte sie zum Beispiel viele Freunde? Ist sie viel ausgegangen? War sie gern in Discos, Pubs und dergleichen?«

»Ja«, antwortete Simon, »sie war sehr unternehmungslustig. Sie hat das Leben geliebt, Superintendent.« Er wischte sich die Augen mit dem Hemdsärmel und setzte seine Brille wieder auf. »Sie hatte ein sehr glückliches Naturell, alle waren immer gern mit ihr zusammen.«

Cheever drehte seinen Stuhl gegen die Sonne. »So hat Ihre Mutter sie auch beschrieben«, sagte er, »aber Ihr Vater schien Vorbehalte zu haben. Woher kommt das, was glauben Sie? Hatten er und Ihre Schwester Schwierigkeiten miteinander?«

Der Ausdruck in Simons Augen war nicht zu erkennen, weil das Sonnenlicht sich in seinen Brillengläsern brach, und Cheever wünschte, er hätte gleich zu Beginn des Gesprächs daran gedacht, ihm einen besseren Platz zuzuweisen. »Nein, mein Vater und Meg sind sehr gut miteinander ausgekommen«, entgegnete er, aber sein Ton war zu scharf und nicht überzeugend. Er schwieg einen Moment. »Vielleicht wäre es doch einfacher, wenn ich Ihnen das sage, worum mein Vater mich gebeten hat. Er fürchtet, Sie könnten sich wegen der Art und Weise, wie Russell ums Leben gekommen ist, auf Jinx Kingsley als Verdächtige versteifen.« Wieder nahm er seine Brille ab. Er legte sie auf den Tisch und kramte in seiner Hosentasche nach einem Taschentuch, um sich zu schneuzen. »Das ist alles nicht sehr erfreulich«, sagte er entschuldigend. »Ich war Meg in den letzten zwei Wochen furchtbar böse, und jetzt... man rechnet nie damit, daß jemand einfach so stirbt.« Wieder holte er tief Atem, um sich zu beruhigen. »Das Ironische an der Sache ist, daß es meine Aufgabe ist, Menschen in dieser

Situation zu trösten, ihnen zu sagen, daß die ganze Geschichte gegenseitiger Liebe zählt, nicht zwei kurze Wochen des Zorns.« Er putzte sich die Nase. »Aber erst wenn einem selbst so etwas widerfährt, wird einem klar, wie gönnerhaft das klingt.«

»Wir können alle nur versuchen, unser Bestes zu tun, Sir«, sagte Cheever und klopfte Simon ungeschickt auf die Schulter. »Wir haben in unserem Beruf ständig mit diesen Situationen zu tun. Soviel Traurigkeit überall und keine leichten Antworten.«

Merkwürdigerweise schien Simon diese banalen Worte tröstlich zu finden, vielleicht weil sie ihm zeigten, daß er nicht der einzige war, der zum Trost nur Gemeinplätze zu bieten hatte. Er legte seine Hände auf den Tisch und spielte mit seiner Brille.

»Mein Vater wollte nicht, daß meine Mutter bei diesem Gespräch dabei ist«, sagte er, »weil sie nie gewußt hat, wie Meg wirklich war. Sie wußte, daß Meg viele Freunde hatte, aber sie dachte immer, es wären ziemlich oberflächliche Beziehungen.« Er korrigierte sich sofort. »Na ja, sie *waren* auch oberflächlich, aber in Megs Sinn, nicht im Sinn meiner Mutter. Ich denke, man würde bei Meg von Promiskuität sprechen, nur vermittelt das einen falschen Eindruck von ihr, weil wir dazu neigen, dieses Wort nur in bezug auf Frauen zu gebrauchen und dann in einem negativen Sinn.« Er lächelte unsicher. »Ich weiß nicht recht, wie ich es Ihnen erklären soll, ohne bei Ihnen auch Vorurteile zu wecken. Man mußte Meg kennen. Sie war auf eine merkwürdige Weise ganz unschuldig. Sie hatte einfach gern Spaß.«

Fraser hob den Kopf. »Für mich hört sich das so an, als wollten Sie sagen, daß sie an der Sexualität Freude gehabt hat, Sir, aber keine feste Bindung wollte. Ist das heutzutage so ungewöhnlich?«

»Nein«, antwortete Simon erleichtert, »aber Sie können sich sicher vorstellen, wie meine Mutter darüber denken würde, wenn sie es je erführe. Sie ist eine sehr prüde Frau.« Er schwieg.

Fraser wartete einen Moment. »Wissen Sie, Sir«, sagte er, als

Simon weiterhin schwieg, und der Superintendent ihm zunickte, »Ihre Mutter hat uns den Eindruck vermittelt, daß Ihr *Vater* der Prüde ist. Sie hat davon gesprochen, daß er ständig predigt und Meg nicht schnell genug von zu Hause ausziehen konnte, um ihm zu entkommen. Sie hat erzählt, daß sie häufig gestritten haben, und er ihr am Telefon immer Vorträge gehalten hat. Sie wußte außerdem vom Schwangerschaftsabbruch ihrer Tochter, von dem Ihr Vater offensichtlich keine Ahnung hatte. Sind Sie sicher, daß sie so ahnungslos ist, wie Sie glauben?«

Simon nickte mit unglücklicher Miene. »Ja, aber da werden Sie sich leider mit meinem Wort zufrieden geben müssen. Meine Mutter möchte gern glauben, daß sie genau weiß, was für ein Leben Meg geführt hat, aber das stimmt nicht. Meg hat sie überhaupt nur darum belogen, weil sie ihr Aufregung ersparen wollte.«

»Und der Schwangerschaftsabbruch war auch eine Lüge?«

»Nein, das war nicht gelogen. Aber sie hat unserer Mutter davon erst erzählt, als sie die Auseinandersetzung wegen Leo hatten. Das ist einer der Gründe, weshalb ich so wütend auf sie war. Wenn sie wenigstens hierhergekommen wäre und von Angesicht zu Angesicht mit ihnen gesprochen hätte, anstatt ihnen am Telefon kurz und bündig zu erklären, daß es ihr Leben wäre, und sie tun und lassen könne, was sie will! Dann wären sie vielleicht nicht ganz so entsetzt gewesen.« Er nahm seine Brille vom Tisch und schwang sie in einer Hand hin und her, mit dem Blick der Pendelbewegung folgend. »Sie hat vieles gesagt, was sie hinterher bedauert hat, da bin ich sicher.«

Fraser warf dem Superintendent einen Blick zu, bevor er seine nächste Frage stellte.

»Soll das heißen, daß ihre Mitteilung über ihr Verhältnis mit Leo Wallader zu Reibungen zwischen Ihren Eltern führte?«

Wieder preßte Simon seinen Nasenrücken zwischen seinen Fingern zusammen. »Es war der reinste Alptraum«, sagte er nach einem Moment des Schweigens. »Ich glaube, es wurde deshalb alles so schlimm, weil Meg genau wußte, daß ihr Verhalten nicht in Ordnung war, und deshalb von Anfang an in Abwehrstellung war. Mein Vater hat sie natürlich sofort auf den Verrat an Jinx angesprochen, und meine Mutter hat nur gesehen, daß sie mit Leo bereits geschlafen haben mußte. Wenn sie sich doch nur einfach entschuldigt und es dabei belassen hätte!« Mit trostlosem Blick sah er den Sergeant an. »Aber das können wir alle nicht, nicht wahr? Es liegt in der menschlichen Natur, sich für alles zu rechtfertigen.«

»Was hat sie denn gesagt?«

»Ich weiß nur das, was sie mir hinterher erzählt hat. Sie hat mich gegen Mittag angerufen, aber inzwischen hatte ich schon meine Mutter gesprochen, die in Tränen aufgelöst war, und war natürlich selbst ziemlich wütend.« Er drückte das Taschentuch an seine Augen. »Wir haben alle Dinge gesagt, die wir am liebsten ungesagt machen würden. Aber jetzt ist es zu spät.« Er schnaufte mehrmals tief durch die Nase, um wieder ruhiger zu werden. »Soweit ich verstanden habe, hat sie meinem Vater gesagt, er wäre ein scheinheiliger Heuchler, der hinter jeder Frau her sei, einschließlich ihr und Jinx, aber zu feige wäre, um sich das auch nur einzugestehen, und zu meiner Mutter muß sie gesagt haben, sie wäre eiskalt und frigide und könnte es nicht ertragen, daß es Frauen gibt, denen Sex Spaß macht. Sie sagte, sie hätte meiner Mutter nur von dem Abbruch erzählt, um ihr zu beweisen, daß wenigstens eine Frau auf dieser Welt nicht nur mit Männern schläft, um Kinder zu machen.«

Er bemerkte das Aufblitzen des Interesses in Frasers Augen. »Ich berichte Ihnen nur, was sie gesagt hat, Sergeant«, erklärte er müde, »ich behaupte nicht, daß es wahr ist. Sie hat geglaubt, sich verteidigen zu müssen, also hat sie ihre wunden Punkte attackiert. Es stimmt, meine Mutter ist prüde insofern, als sie die moderne Einstellung zum Sex unmöglich findet, aber sie ist sicher nicht kalt.

Und mein Vater hat Jinx sehr gern, weil sie sein Interesse am Altertum teilt, aber er ist nicht hinter ihr her, wie Meg es ausgedrückt hat. Wenn Meg von Frankreich aus angerufen hätte und wenn Jinx nicht mit ihrem Wagen gegen einen Betonpfeiler gefahren wäre, hätte sich der ganze Sturm in ein oder zwei Tagen gelegt. So aber stehen meine Eltern jetzt da und machen sich gegenseitig Vorwürfe für etwas, das sie als ihre Schuld betrachten – nämlich, daß Meg der Freundin den Verlobten ausgespannt hat und Jinx daraufhin einen Selbstmordversuch unternommen hat. Sie waren in einer furchtbaren Lage, das müssen Sie verstehen. Jinx' Eltern suchten nach einem Sündenbock – ganz verständlich unter diesen Umständen –, aber die einzigen Sündenböcke, die zur Verfügung standen, waren meine armen Eltern. Sie mußten sich einige sehr harte Worte sagen lassen, da ist es wohl kaum verwunderlich, daß sie sich verantwortlich fühlen.«

Fraser nickte, während er in seinem Notizheft zurückblätterte. »Wußten Sie schon vor Ihrer Mutter von dem Schwangerschaftsabbruch Ihrer Schwester?«

»Ja.«

»Wann hat sie ihn gemacht?«

»Ach, das ist lange her. Nachdem sie aus Oxford zurückkam. Danach war sie weit vorsichtiger.«

»Wissen Sie, wer der Vater war?«

»Nein. Ich glaube, sie wußte es selbst nicht.«

»Hat sie Ihnen damals gleich davon erzählt?«

Er nickte. »Ich hab sie ins Krankenhaus gefahren.«

»Fanden Sie ihre Entscheidung in Ordnung?«

Zum erstenmal lächelte Simon. »Ob ich sie in Ordnung fand oder nicht, war völlig unwichtig.«

»Aber Sie haben doch sicher eine Meinung darüber gehabt, Sir.«

»Nein, so komisch das klingt. In Megs Angelegenheiten habe

ich mich immer der Meinung enthalten. Sie hätte sowieso nicht auf mich gehört.«

Fraser hatte die Seite gefunden, die er gesucht hatte. »Sie haben vorhin gesagt: ›Es wäre einfacher, wenn ich Ihnen das sage, worum mein Vater mich gebeten hat. Er fürchtet, daß Sie sich auf Jinx Kingsley als Verdächtige versteift haben.‹ Könnten Sie diese Bemerkungen etwas näher erläutern, Sir?«

Simon nickte. »Meine Mutter beschuldigt immer wieder Jinx, Meg und Leo ermordet zu haben, und er hat Angst, daß Sie ihr das glauben.« Er sah Fraser fragend an, bekam aber keine Reaktion. »Aber Jinx hätte das niemals getan. Sie und Meg waren mehr wie Schwestern als Freundinnen.«

»Aber gerade dann hätte es sie doch um so tiefer treffen müssen, daß Meg ihr den Verlobten ausgespannt hat«, sagte Fraser. »Oder wollen Sie sagen, daß es Miss Kingsley gar nicht berührt hat?«

»Das behauptet sie jedenfalls. Ich habe sie am Mittwoch besucht, und da hat sie das Ganze sehr gelassen gesehen. Sie hat mich gebeten, Meg auszurichten, daß sie den beiden nichts nachträgt, und sagte, wir alle sollten aufhören, uns Sorgen zu machen.«

»Miss Kingsley leidet an einer Amnesie, Sir. Wie kann sie da wissen, was sie vorher empfunden hat?«

»Das weiß ich nicht, Sergeant, aber ich glaube ihr, und mein Vater tut es auch.« Er beugte sich vor, um seinen Worten Nachdruck zu verleihen. »Wir kennen sie seit vielen Jahren, und für uns steht fest, daß sie keine Mörderin ist. Ganz sicher hat sie Russell nicht ermordet. Sie war an dem Nachmittag mit Meg zusammen. Meg war ihr Alibi.«

Der Superintendent nickte nachdenklich. »Sie haben vorhin gesagt, daß Ihr Vater Meg wegen des Verrats an Miss Kingsley Vorwürfe gemacht hat. Ist das auch der Grund, weshalb Sie ihr böse waren?«

»Ja. Jinx hatte es einfach nicht verdient, so schäbig behandelt zu werden. Sie hat Schreckliches mitgemacht, aber sie hat sich dadurch nie verbittern lassen. Sie ist ein unglaublich großzügiger Mensch.« Er wies mit dem Kopf zur Gemeindekirche über der Straße. »Vor fünf Jahren hat sie meinem Vater bei der Dachreparatur mit einer erheblichen Spende unter die Arme gegriffen; sie hat ihren Vater überredet, für ein rumänisches Waisenhilfswerk, für das ich mich einsetze, zu spenden. Sie ist ein sehr feiner Mensch.«

Cheever lächelte. »Sie haben eine hohe Meinung von ihr.«

»Ja, sehr.«

»Eine höhere Meinung vielleicht, als Sie von ihrer Schwester hatten? Menschen, die gern Spaß haben, sind oft selbstsüchtig und egozentrisch. Sehr häufig sind sie das schwarze Schaf der Familie.«

Simon sah ihn an. »Ja«, antwortete er unumwunden. »Das war Meg sicher.«

13

Montag, 27. Juni,
Nightingale-Klinik, Salisbury – 13 Uhr 15

Alan spürte, daß Jinx das Gefühl hatte, zuviel von sich verraten zu haben. Er fragte sich, ob das vielleicht seine letzte Chance war, etwas über sie zu erfahren. »Sie haben mir erzählt, Ihr Vater wünscht, daß Sie die Klinik verlassen, aber Sie haben mir nicht gesagt, wie Sie dazu stehen.«

Sie stützte ihr Kinn in ihre Hand und sah ihn mit gequältem Ausdruck an, aber die ganze Pose hatte etwas Kalkuliertes. »Ich habe gesagt, ich würde mich selbst entlassen und nach Hause gehen, nach Richmond, und dann eine gerichtliche Verfügung erwirken, die es ihm verbietet, sich je wieder in mein Leben einzumischen. Und jetzt habe ich Todesangst.«

Er lachte überrascht auf. »Warum denn? Ich hätte Ihnen keinen besseren Rat geben können. Sie haben ein Recht auf die Freiheit, Ihre eigenen Entscheidungen zu treffen.«

»Wenn Sie doch wenigstens versuchen würden zu verstehen, worum es geht«, entgegnete sie hilflos. »Nicht meine Freiheit wird beschnitten werden, sondern Ihre. Wenn Adam glaubt, daß Sie diesen Vorschlag mit der gerichtlichen Verfügung gemacht haben...« Sie zuckte kurz mit den Achseln und ließ den Satz unvollendet.

»Sie machen sich unnötige Gedanken«, sagte er. »Was kann er mir denn schon anhaben?«

»Er hat sich sein Imperium nicht mit Charme aufgebaut, Dr. Protheroe. Wenn er vorhat, etwas zu unternehmen, wird er es schnell tun. Er will bestimmt nicht, daß Sie mir weitere unerfreuliche Ideen in den Kopf setzen.«

»Ich kann nur wiederholen«, sagte er, sie neugierig betrachtend, »was kann er mir schon anhaben?«

»Genau das hat Russell auch gesagt.« Sie stand abrupt auf. Sie hätte hinzufügen können – *und Leo, und Meg* –, aber sie tat es nicht.

Alan rief Matthew Cornells Vater an. »Nein, nein«, beruhigte er ihn, »Matthew macht sich sehr gut. Ich wollte Sie eigentlich fragen, ob ich Sie einmal in einer ganz anderen Angelegenheit konsultieren darf.«

»Bitte.«

»Was wissen Sie über Adam Kingsley von Franchise Holdings?«

»Ich bin Strafverteidiger«, erinnerte Cornell ihn. »Kein Börsenmakler.«

»Deswegen habe ich Sie ja angerufen«, versetzte Alan. »Man hat mir erzählt, daß er seine Karriere als Schieber im East End angefangen hat, und es würde mich interessieren, ob daran etwas Wahres ist.«

»Ich verstehe.« Es folgte eine kurze Pause. »Na schön, es heißt, daß er in den fünfziger und sechziger Jahren mit den Krays und den Richardsons Geschäfte gemacht hat, sich aber wesentlich mehr im Hintergrund gehalten hat und, sobald es irgend ging, seine Geschäfte auf eine legale Basis gestellt hat. Es ist ihm nie etwas vorgeworfen worden, weil er nach dem *cuscinetto*-System der Mafia arbeitete und zwischen sich und den Gewalttaten, die seine Leute in seinem Auftrag ausgeführt haben, Puffer errichtete. Aber das sind alles nur Gerüchte, Protheroe, die nicht zum öffentlichen Gebrauch bestimmt sind. Er hat bereits zwei Schadenersatzklagen gegen Zeitungen gewonnen, die dumm genug waren, diese Geschichten zu veröffentlichen.«

Alan zeichnete Strichmännchen auf dem Block, der vor ihm lag, während er überlegte, wie er die nächste Frage formulieren sollte. »Wie betreibt er heute seine Geschäfte?«

»Warum? Denken Sie daran, bei Franchise Holdings zu investieren?«

»Vielleicht«, log Alan.

»Von Zeit zu Zeit gibt es Andeutungen, daß er beim Erwerb von Immobilien im Londoner Hafengebiet unorthodoxe Methoden anwendet, aber das ist reine Spekulation. Ich schätze, daß seine Geschäfte nicht fragwürdiger sind als die anderer Unternehmen. Um ganz ehrlich zu sein«, fügte er hinzu, »ich habe selbst einen kleinen Betrag bei ihm investiert.«

»Wie ist er menschlich? Mir wurde er als jemand beschrieben, vor dem man sich im persönlichen Umgang in acht nehmen muß. Würden Sie dem zustimmen?«

»Na, was man eben von einem Jungen aus dem East End, der es geschafft hat, erwarten kann.« Cornells Ton verriet seine Neugier. »Ich würde lieber nichts mit ihm zu tun haben wollen. Sagen wir mal so, er wird nicht umsonst der weiße Hai genannt. Wenn man mal davon ausgeht, daß er sich heute statt mit Schlägern mit Anwälten umgibt, kann man sich von seinem *modus operandi* wahrscheinlich eine recht gute Vorstellung machen.«

»Und was genau soll das heißen?«

»Plus ça change, plus c'est la même chose.«

»Heißt das: einmal ein Mafiaboß, immer ein Mafiaboß?«

Cornell lachte erheitert. »Nein, Protheroe, das sagen *Sie*. Ich kann mir einen Verleumdungsklage nicht leisten.«

»Josh? Hier spricht Jinx. Hast du zu tun, oder kann ich dich einen Moment sprechen?«

»Was gibt's denn?« Sein Ton klang feindselig, fand sie.

»Meg ist tot.«

Schweigen. »Ich weiß«, sagte er dann.

Sie zitterte vor Kälte, und ihr Gesicht hatte einen seltsam leeren Ausdruck, als wartete sie auf etwas. »Wer hat es dir gesagt?«

»Simon hat mich angerufen«, antwortete er vorsichtig. »Sie sind beide tot, Meg *und* Leo. Und woher weißt *du* es, Jinx? Fängst du an, dich zu erinnern?«

»Nein«, antwortete sie brüsk, »ich habe es erraten. Die Polizei war hier und hat mir Fragen über sie gestellt. Was hat Simon sonst noch gesagt?«

»Nicht viel, nur daß seine Mutter am Durchdrehen ist. Sie will wissen, wo Leos Eltern wohnen, darum hat er mich angerufen.«

»Hast du's ihm gesagt?«

»Nein, ich hab gesagt, ich wüßte es nicht. Jetzt versucht er's bei Dean Jarrett.«

Diesmal war es Jane, die schwieg. »Du weißt doch genau, wo sie wohnen«, sagte sie schließlich. »Ich weiß noch, daß ich es dir selbst gesagt habe, als Leo und ich uns verlobt haben. Die Hochzeit wird ein Alptraum, hab ich gesagt, der Landadel von Surrey gegen die Parvenüs aus Hampshire, und einer versucht den andern zu übertrumpfen. Und du hast gelacht und gefragt, aus welchem Teil von Surry die Walladers kommen.«

»Daran erinnere ich mich gar nicht.«

Du Lügner, dachte sie. »Wieso hat Simon nicht mich angerufen?«

Wieder Schweigen.

»Es tut mir leid«, sagte sie.

»Was?«

»Daß Meg tot ist. Sie war auch deine Freundin.«

»Hast du mich angerufen, um mir das zu sagen?«

Sie hielt den Telefonhörer so fest, daß ihr die Finger weh taten. »Ich wollte wissen, was die Leute reden, Josh. Glauben Megs Eltern, daß ich sie getötet habe? Und Simon, glaubt er es?«

»Wie kommst du auf die Idee, daß sie ermordet worden sind?« fragte er.

»Ich bin nicht blöd, Josh.«

»Kein Mensch sagt irgendwas«, erklärte er. »Jedenfalls nicht zu mir.«

Sie glaubte ihm nicht. »Warum hast du Angst vor mir?« fragte sie, die Furcht ansprechend, die sie in seiner Stimme hörte. »Glaubst *du*, daß ich es getan habe?«

»Unsinn, natürlich nicht. Hör mal, ich muß jetzt Schluß machen. Die Polizei wird jeden Moment hier aufkreuzen, und ich versuche krampfhaft festzustellen, wie es ums Geschäft steht, wo jetzt der eine Partner tot ist. Ich ruf dich zurück, wenn es hier ein bißchen ruhiger geworden ist.« Er legte auf, und sie hörte nichts als Stille. *Noch jemand, dem sie nicht trauen konnte? Oder jemand, der so große Angst hatte wie sie?*

Von Zweifeln geplagt, legte sie langsam den Hörer auf. War irgend etwas von dem, was er gesagt hatte, wahr? Und warum hatte er Angst vor ihr? Weil er glaubte, ihr Gedächtnis kehre zurück? Sie legte sich auf das Bett und starrte zur Zimmerdecke hinauf. Sie wußte, daß Sich-nicht-Erinnern Sicherheit bedeutete, aber sie wußte auch, daß sie sich früher oder später würde erinnern müssen. Mochte ihr Vater noch so sehr wünschen, daß das, was in ihrem Kopf eingeschlossen war, für immer dort gefangen bleiben würde, sie wußte, daß das unmöglich war. Wenn es Alan Protheroe mit seiner freundlichen Anteilnahme nicht gelang, ihr die Wahrheit zu entlocken, dann würden es andere tun. Und gewiß nicht mit freundlicher Anteilnahme.

Tränen brannten in ihren Augen. Der gesunde Menschenverstand sagte ihr, daß es selbstmörderisch wäre – sie verweilte einen Moment bei diesem Gedanken –, Erinnerungen mitzuteilen, die niemand glauben würde. Denn diesmal war keine Meg da, die ihr ein Alibi geben würde.

»Draußen ist ein Herr, der Sie gern sprechen möchte, Dr. Protheroe.« Seine Sekretärin, eine ältere Frau, schaute zur Tür herein. »Ein Mr. Kennedy. Ich habe ihm gesagt, daß Sie beschäftigt sind, aber er meint, Sie würden sicher Zeit für ein Gespräch mit ihm finden. Er ist Rechtsanwalt, er vertritt Mr. Adam Kingsley.« Sie zog ein Gesicht. »Er will sich nicht abwimmeln lassen.«

Alan legte die Aufzeichnungen, an denen er gearbeitet hatte, zur Seite. »Dann führen Sie ihn wohl am besten herein, Hilda«, sagte er.

Ein schmächtiger kleiner Mann mit Brille und einem angenehmen Lächeln trat einige Sekunden später ins Zimmer und schüttelte Alan kräftig die Hand. »Guten Tag«, sagte er, reichte Alan seine Karte und setzte sich in den Sessel auf der anderen Seite des Schreibtischs. »Ich danke Ihnen, daß Sie sich die Zeit nehmen, Dr. Protheroe. Hat Ihre Sekretärin Ihnen gesagt, daß ich als Vertreter Mr. Adam Kingsleys hier bin?«

»Ja, das hat sie mir gesagt«, bestätigte Alan, während er sein Gegenüber musterte, »ich kann mir allerdings nicht erklären, wieso Mr. Kingsley sich bemüßigt fühlt, mir einen Anwalt zu schicken.« *Du lieber Gott!*

Kennedy lächelte. »Ich bin beauftragt, Sie an die Zusicherungen zu erinnern, die Sie meinem Mandanten gaben, als Sie die Betreuung seiner Tochter übernahmen.«

Alan runzelte die Stirn. »Würden Sie das noch mal sagen«, bat er.

Kennedy lehnte sich in seinem Sessel zurück und schlug die Beine übereinander. »Mr. Kingsley liebt seine Tochter, Dr. Protheroe, und ihr Wohl liegt ihm sehr am Herzen. Er hat sie zur Erholung in Ihre Klinik gebracht, weil er aufgrund eingehender Erkundigungen zu Beginn dieses Jahres, als ein Aufenthalt seiner Frau in Ihrer Klinik ins Auge gefaßt wurde, sicher war, daß Jane die Atmosphäre hier mehr behagen würde als die klinisch sterile

Umgebung eines Krankenhauses. Im besonderen lag ihm daran sicherzustellen, daß Jane auf keinen Fall zu einer psychiatrischen Behandlung irgendeiner Art gedrängt werden würde, die sie an frühere unerfreuliche Erfahrungen erinnern würde. Eben aus diesem Grund hat er Sie – als Arzt und nicht als Psychiater – gebeten, sich ihrer während der Zeit ihrer Genesung anzunehmen und ihr zu gestatten, sich in dem Tempo und Rhythmus zu erholen, die ihr angemessen sind.« Er lächelte wieder sein angenehmes Lächeln. »Stimmen Sie mir zu, daß das eine korrekte Zusammenfassung des Faxes ist, das er Ihnen am zwanzigsten dieses Monats geschickt hat?«

»Ja.«

»Und ist es nicht gleichermaßen korrekt zu sagen, daß Sie nach Erhalt dieses Faxes bei einem Telefongespräch mit meinem Mandanten klar und präzise gesagt haben: ›Ich versichere Ihnen, daß auf Ihre Tochter keinerlei Druck ausgeübt werden wird, Mr. Kingsley, und sie gewiß nicht gedrängt werden wird, sich einer Therapie in irgendeiner Form zu unterziehen, wenn sie das nicht selbst möchte.‹«

»Es ist schon möglich, daß ich etwas in diesem Sinne gesagt habe, aber für den genauen Wortlaut kann ich nicht garantieren.«

»Mein Mandant kann es, Dr. Protheroe. Er ist ein sehr vorsichtiger Mensch und nimmt jedes Gespräch, das seine Angelegenheiten betrifft, auf Band auf. Das ist Wort für Wort die Zusicherung, die Sie ihm gegeben haben.«

Alan zuckte mit den Achseln. »Meinetwegen. Meines Wissens sind diese Zusicherungen auch erfüllt worden.«

Kennedy entnahm der Innentasche seines Jacketts ein gefaltetes Blatt Papier und warf einen Blick darauf. »Sie haben meinem Mandanten gestern abend ein Fax geschickt, in dem Sie schrieben: ›Ein Vorschlag, den ich gern mit Ihnen besprechen würde, wäre der einer gemeinsamen Sitzung, bei der Sie und Ihre Tochter in meinem Beisein Risse, die sich in Ihrer gemeinsamen Beziehung entwickelt haben, genauer betrachten könnten.‹ Darf ich fragen, ob Miss Kingsley Ihnen die Genehmigung gegeben hat, ihrem Vater diesen Vorschlag zu machen? Mit anderen Worten, hat sie den Wunsch nach einer solchen Sitzung geäußert?«

»Noch nicht. Ich hielt es für vernünftiger, zunächst seine Zustimmung einzuholen. Es wäre doch sinnlos, Miss Kingsley einen solchen Vorschlag zu machen, ohne vorher zu wissen, ob ihr Vater damit einverstanden ist.«

»Dennoch, Dr. Protheroe – schon mit Ihrem Vorschlag, eine Therapie zu versuchen, haben Sie gegen die ausdrücklichen Anweisungen meines Mandanten gehandelt, seiner Tochter einfach die Zeit zu lassen, die sie braucht, um sich zu erholen. Auch aus anderen Bemerkungen in Ihrem Fax geht klar hervor, daß Sie Jane ermutigt haben, über Ereignisse zu sprechen, die nicht zu erwähnen Sie Mr. Kingsley ausdrücklich gebeten hatte, weil er der Ansicht ist, daß sie das stark beunruhigen würde.« Er zitierte Auszüge aus dem Schreiben: »›Es fällt ihr schwer, von sich selbst zu sprechen.‹ ›Es bereitet mir gewisse Schwierigkeiten zu verstehen, was sie dazu getrieben hat, einen Selbstmordversuch zu unternehmen.‹ ›Offenkundig ist seit dem Tod ihres Mannes eine gewisse Ambivalenz der Gefühle vorhanden.‹«

Wieder zuckte Alan mit den Achseln. »Ich kann mich nicht erinnern, daß Ihr Mandant mich angewiesen hat, seine Tochter in Einzelhaft zu halten, Mr. Kennedy. Hätte er das getan, so hätte ich sie keinesfalls hier aufgenommen.«

»Diese Bemerkung müssen Sie mir schon näher erklären.«

»Miss Kingsley ist eine intelligente und sprachlich gewandte junge Frau. Sie ist fähig und bereit an Gesprächen teilzunehmen. Wollte man sie am Sprechen hindern, so gäbe es nur die Möglichkeit, sie von allen Menschen in der Klinik zu isolieren. Ist es das, was ihr Vater wünscht?« Seine Augen wurden schmal. »Sie am *sprechen* zu hindern?«

Kennedy lachte leise. »Worüber denn?«

»Das weiß ich nicht, Mr. Kennedy.« Er wiegte seinen Füller zwischen den Fingern hin und her. »Aber ich bin ja nicht derjenige, der sich Sorgen macht. Das ist Ihr Mandant.« *Wer, zum Teufel, zog hier an den Fäden? Adam oder Jinx?*

»Die Besorgnis meines Mandanten bezieht sich ausschließlich auf das Wohl seiner Tochter, Dr. Protheroe. Er ist fest überzeugt, daß es Jane nur schaden kann, Vergangenes wieder aufzuwärmen, was ihm heute morgen mit allem Nachdruck bestätigt wurde, als sie ihm am Telefon mit einer gerichtlichen Verfügung drohte. Er ist – was durchaus einzusehen ist – der Meinung, daß diese unvermittelte Rückkehr zu ihrer früheren Feindseligkeit Ihrem Versäumnis zuzuschreiben ist, sich nach seinen Wünschen zu richten.«

Alan bedachte das einen Moment. »Wollen wir nicht zum Kern der Sache kommen?« sagte er. »Geht es Mr. Kingsley darum, die absolute Kontrolle über das Leben seiner Tochter zu haben, oder sucht er nach einem Vorwand, mich nicht zu bezahlen?«

»Mein Auftrag ist es, Sie an die Zusicherungen zu erinnern, die Sie meinem Mandanten gegeben haben, als Sie die Betreuung seiner Tochter übernahmen.«

»Wenn Sie damit äußeren Druck und unerwünschte Therapie meinen, gibt es für uns keinen Grund zu streiten. Miss Kingsley ist weder dem einen noch dem anderen ausgesetzt worden.«

»Und doch schreiben Sie in Ihrem Fax: ›Es fällt ihr schwer, von sich selbst zu sprechen.‹« Er blickte auf. »Daraus kann man doch nur schließen, daß Sie versucht haben, sie eben dazu zu bewegen.«

»Das ist ja absurd«, sagte Alan ärgerlich. »Ich habe Mr. Kingsley geschrieben, weil ich angenommen habe, ihm läge das Wohl seiner Tochter am Herzen, und weil ich, als Miss Kingsleys Arzt, glaube, daß es in ihrem Interesse wäre, die Annäherung an ihren Vater zu suchen. Aber wenn seine einzige Reaktion darin besteht, mir einen Rechtsanwalt zu schicken, der mir Juristenjargon um die Ohren haut, dann hat sie offensichtlich recht, und ich bin auf dem Holzweg. Ihr Vater ist einzig daran interessiert, sie zu manipulieren und zu beherrschen, da kann bei einer gemeinsamen Sitzung nichts herauskommen.« Er glättete die Papiere auf seinem Schreibtisch. »Ich vermute, daß hinter diesen Instruktionen, die Sie mir mehrmals wiederholt haben, eine Drohung steht. Würden Sie mir freundlicherweise sagen, welcher Art?«

»Jetzt sind Sie absurd, Dr. Protheroe.«

»Es tut mir leid, aber ich verstehe das alles nicht.« Alan musterte den Anwalt mit einem Stirnrunzeln der Verwirrung. »Ich habe wirklich kein Interesse daran, mit dem Wohl meiner Patienten zu spielen. Wenn Mr. Kingsley nach einem Vorwand sucht, mich nicht zu bezahlen, dann werde ich die Angelegenheit mit Miss Kingsley selbst besprechen. Ich habe nicht den geringsten Zweifel, daß es ihr Wunsch sein wird, den Verpflichtungen, die ihr Vater in ihrem Namen für sie eingegangen ist, nachzukommen. Bitte richten Sie Ihrem Mandanten aus, daß ich gegenüber seiner Meinung über den Charakter seiner Tochter starke Vorbehalte habe. Die Möglichkeit, vergangene Erlebnisse noch einmal durchzuarbeiten, macht ihr weit weniger angst, als sie ihm zu machen scheint. Im übrigen möchte ich noch hinzufügen, daß ich der Vermutung der Polizei, sie habe einen Selbstmordversuch unternommen, nicht zustimmen kann.«

Er beugte sich vor. »Sie können ihm außerdem folgendes sagen: Als Arzt bin ich der Meinung, daß Mr. Kingsley derjenige ist, der für Miss Kingsleys seelisches Gleichgewicht die größte Gefahr darstellt. Sie steht ihm mit einer Ambivalenz gegenüber, sie sich nur auflösen läßt, wenn eine Klärung ihres Verhältnisses zueinander erfolgt, insbesondere was den Tod ihres Mannes und Mr.

Kingsleys, wie sie es wahrnimmt, zwanghaftes und fortgesetztes Bedürfnis betrifft, sich in ihr Leben einzumischen. Angesichts seiner offensichtlich mangelnden Bereitschaft, mit ihr zu sprechen, scheint jedoch ein sauberer Bruch mittels einer gerichtlichen Verfügung die einzige Alternative zu sein.« Er legte seine Hände flach auf den Schreibtisch und stand auf. »Ich wünsche Ihnen noch einen schönen Tag, Mr. Kennedy. Ich hoffe, Sie werden Ihrem Mandanten freundlicherweise *meine* Ansichten genauso gewissenhaft übermitteln, wie Sie soeben die seinen mir übermittelt haben.«

Der Anwalt stand ebenfalls auf und lächelte strahlend. »Nicht nötig, Dr. Protheroe«, sagte er und klopfte auf seine Brusttasche. »Ich habe es alles auf Band. Ich habe Ihnen ja gesagt, daß Mr. Kingsley darauf besteht, jedes Gespräch über seine Angelegenheiten aufzeichnen zu lassen. Ich weiß, es wird ihn sehr interessieren, dies alles zu hören. Auch Ihnen noch einen schönen Tag.«

Zehn Minuten später läutete das Telefon auf Alans Schreibtisch, und er hob schlecht gelaunt ab.

»Ein Reverend Simon Harris für Sie, Dr. Protheroe«, sagte Hilda. »Möchten Sie mit ihm sprechen?«

»Nicht unbedingt«, brummte er.

»Er sagt, es sei wichtig.«

»Natürlich«, sagte Alan sarkastisch. »Der Mensch, der nicht glaubt, daß das, was er zu sagen hat, wichtig sei, muß erst noch geboren werden.«

»Sie hören sich aber grimmig an«, sagte Hilda.

»Das bin ich auch.« Er seufzte. »Also schön, verbinden Sie mich mit ihm.«

Gleich darauf hörte er Simons Stimme. »Dr. Protheroe? Erinnern Sie sich an mich? Ich bin ein Freund von Jinx Kingsley. Ich war am Donnerstag bei Ihnen, um sie zu besuchen.«

»Ja, ich erinnere mich«, antwortete er.

»Ich befinde mich in einer ziemlich unangenehmen Situation«, erklärte Simon in einem Ton, aus dem deutlich seine Beunruhigung herauszuhören war. Er machte eine kurze Pause. »Hat Jinx Ihnen gesagt, daß Meg und Leo tot sind, Dr. Protheroe?«

Alan hob automatisch die Hand zu seinem Bart und begann ihn zu streichen. »Nein«, antwortete er.

»Sie sind ermordet worden, wahrscheinlich an dem Tag, an dem sie den Selbstmordversuch unternommen hat.«

Alan starrte an die Wand gegenüber, an der ein Druck von Albrecht Dürers *Ritter, Tod und Teufel* hing und dachte, wie passend es doch sei, daß er ausgerechnet dieses Bild vor Augen hatte. »Das tut mir wirklich leid, Mr. Harris. Ich kann mir vorstellen, daß Sie sehr erschüttert sind.«

»Wir haben für Erschütterung nicht viel Zeit gehabt«, sagte Simon entschuldigend. »Wir hatten bis vor einer Stunde die Polizei im Haus.«

»Das tut mir leid«, sagte Alan noch einmal. »Wie kommen Sie darauf, daß Jinx es weiß?«

»Ihr Assistent hat es mir gesagt.«

»Sie meinen Dean Jarrett?«

»Ja.«

»Und woher weiß er es?«

Simon seufzte. »Offenbar hat gestern die Polizei sie aufgesucht, und sie hat gemerkt, daß etwas nicht stimmte. Am Abend hat sie Dean angerufen und ihn überredet, telefonisch bei den Walladers nachzufragen.« Wieder machte er eine Pause. »Tatsächlich wußte sie es schon vor uns. Meine Eltern haben es erst gestern abend um zehn erfahren und den Leichnam dann heute morgen identifiziert. Meine Mutter ist völlig außer sich. Sie gibt Jinx die Schuld an Megs Tod.«

Alan fragte sich, was seine Patientin ihm noch alles verschwiegen hatte. »Warum erzählen Sie mir das alles?« fragte er.

Wieder ein Zögern. »Wie ich schon sagte, ich befinde mich in einer unangenehmen Situation. Und mein Vater ebenfalls.« Er räusperte sich. »Es ist schwer, einen klaren Gedanken zu fassen, wenn man unter Schock steht – also, ich bin sicher, Sie wissen, daß...« Er brach unvermittelt ab. »Sir Anthony Wallader will sich mit Beschuldigungen gegen Jinx und ihren Vater an die *Times* wenden, und meine Mutter hat ihn noch dazu aufgestachelt. Es ist sicher verständlich. Sie sind beide tief erschüttert, wie Sie sich vorstellen können – nun ja, das sind wir natürlich alle.« Er schneuzte sich. »Ich habe keine Ahnung, was und wieviel die Zeitungen überhaupt bringen werden, aber es könnte schlimm werden, besonders wenn die Boulevardblätter von der Sache Wind bekommen. Meiner Mutter geht es nicht sehr gut – sie ist – das heißt... Mein Vater und ich sind der Meinung, daß Jinx irgendwie vor dem Schlimmsten geschützt werden muß – das ist ja das reinste Femegericht –, und ich wußte nicht, an wen ich mich sonst wenden könnte. Ich dachte, sie hätte mit Ihnen gesprochen – jedenfalls über den Tod der beiden.« Seine Stimme brach. »Es tut mir leid – es tut mir so leid.«

Alan lauschte dem leisen Weinen am anderen Ende der Leitung. »Ich würde mir an Ihrer Stelle keine allzu großen Sorgen machen«, sagte er mit geheuchelter Ruhe. »Jinx ist eine ungewöhnlich starke junge Frau«, *selbst er hatte bis jetzt nicht erkannt, wie stark*, »und ich bin überzeugt, daß sie sich innerhalb der nächsten Tage wieder an alles erinnern wird und Klarheit schaffen kann.« Er überlegte einen Moment. »Ich nehme doch an, wir sprechen hier von Spekulationen und nicht Tatsachen? Wenn es irgendwelche Indizien gegen Miss Kingsley gäbe, hätte die Polizei sie doch inzwischen mit ihnen konfrontiert. Habe ich recht?«

Simon kämpfte immer noch um seine Fassung. »Ja, das ist sicherlich richtig, aber man hat uns nur sehr wenig gesagt. Sir Anthony weiß seit Samstag morgen Bescheid, und er hat gesagt,

Leo sei zu Tode geprügelt worden... genau wie damals Russell Landy.«

»Weiß Jinx' Vater, daß Meg und Leo tot sind?«

»Das glaube ich nicht. Mein Vater und ich haben den Verdacht, Jinx soll angegriffen werden, solange sie verletzlich ist, aber das ist nicht die Art von Gerechtigkeit, die wir wollen.«

Alan war neugierig. »Sie sind ihr gegenüber sehr großzügig, Mr. Harris.«

»Da trügt der Schein ein wenig«, sagte Simon gepreßt. »Wir machen uns Sorgen um meine Mutter, und wir möchten nicht Jinx' Selbstmord auf unserem Gewissen haben. Wenn die Morde bekannt werden, wird sie sehr unter Druck geraten, und es ist schließlich nicht unwahrscheinlich, daß sie das, was sie schon einmal versucht hat, auch ein zweitesmal versuchen könnte.«

»Also, in dieser Hinsicht wenigstens brauchen Sie sich meiner Ansicht nach keine Sorgen zu machen«, sagte Alan langsam. »Wenn ich überhaupt noch Zweifel an ihrer geistigen Gesundheit hatte, dann haben Sie die jetzt beseitigt. Danke, daß Sie mich informiert haben, Mr. Harris.«

Mit nachdenklich gerunzelter Stirn legte er den Hörer auf, nachdem er sich verabschiedet hatte. Was ging hier vor? Wußte Adam Kingsley Bescheid? War das der Grund, warum er Kennedy zu ihm geschickt hatte? *Du großer Gott!* Wollte man ihn und die Klinik womöglich in eine Verschwörung hineinziehen, deren Ziel offensichtlich Rechtsbeugung war? »SCHEISSE!« brüllte er Dürers *Ritter, Tod und Teufel* an. Warum, zum Teufel, hatte er sich breitschlagen lassen, die verdammte Person aufzunehmen?

Er ging zu Veronica Gordon, der leitenden Schwester. »Ich hab's bis hier«, erklärte er ihr, die Hand unter dem Kinn. »Ich mach mich ein paar Stunden aus dem Staub. Wenn irgendwas los ist, soll Nigel White sich damit befassen.« Er überlegte einen Moment. »Aber wenn mit Miss Kingsley was los ist, dann rufen Sie mich übers Handy an. Nein«, korrigierte er sich sofort, »wir wollen bei ihr noch einen Schritt weitergehen. Ich möchte, daß jede halbe Stunde jemand nach ihr schaut. Haben Sie das? Alle dreißig Minuten eine Kontrolle durch Sie oder eine der Schwestern, und wenn es auch nur den geringsten Anlaß zur Beunruhigung gibt, setzen Sie sich mit mir in Verbindung. Okay?«

Veronica nickte. »Hat das einen bestimmten Grund?«

»Nein«, brummte er, »das ist lediglich eine Sicherheitsvorkehrung. Ihr Vater hat mir heute seinen Anwalt vorbeigeschickt, um mich abkanzeln zu lassen, und das hat mich vorsichtig gemacht. Ich möchte nicht, daß man mir Nachlässigkeit vorwirft, wenn sie es sich in den Kopf setzt, eine Dummheit anzustellen.«

»Das wird sie nicht tun«, erklärte Veronica mit Bestimmtheit.

»Wieso sind Sie da so sicher?«

»Ich habe sie beobachtet. Jeder hier tut genau das, was sie will, *Sie* eingeschlossen, Alan, und solche Leute geben nicht so leicht den Löffel ab.«

»Sie hat's schon einmal versucht.«

»Blödsinn!« entgegnete Veronica mit einem freundlichen Lächeln. »Sie möchte vielleicht ihren Daddy glauben machen, daß sie's versucht hat, aber wenn es ein ernsthafter Versuch gewesen wäre, wäre sie tot. Ich vermute, da waren einige versteckte Motive im Spiel, als sie sich aus ihrem Auto warf, und eines davon war der Wunsch nach ein bißchen väterlicher Teilnahme. Sie scheint allerdings nicht sehr gründlich recherchiert zu haben«, fügte sie nachdenklich hinzu, »was passiert, wenn ein beweglicher Gegenstand auf harten Asphalt aufschlägt. Ich bin nicht überzeugt davon, daß eine schwere Gehirnerschütterung mit nachfolgender Amnesie zum ursprünglichen Plan gehört hat.«

Alan zuckte mit den Achseln. »Vielleicht gehört die Amnesie

auch gar nicht zum Endresultat. Man braucht kein Einstein zu sein, um eine Amnesie vorzutäuschen, Veronica.«

Sie sah ihn überrascht an. »Wollen Sie damit sagen, daß sie schwindelt?«

»Nicht unbedingt«, log er. »Ich habe lediglich eine Tatsache festgestellt.«

»Aber warum würde sie so eine Schau abziehen, wenn sie nichts zu verbergen hat?«

»Vielleicht hat sie was zu verbergen.«

Fergus stand an Protheroes Wolseley gelehnt, als dieser in die Wärme des späten Nachmittags hinaustrat und sich auf dem Kiesweg näherte. Er nickte dem Arzt kurz zu und strich mit einer Hand über die Motorhaube. »Ich hab mir schon gedacht, daß das Ihrer ist«, sagte er. »Er ist mir aufgefallen, als ich neulich Jinx besucht habe. Wollen Sie ihn verkaufen?«

Alan schüttelte den Kopf. »Nein. Wir sind schon zu lange zusammen, um uns so leicht zu trennen.« Er sperrte die Wagentür auf. »Waren Sie bei Jinx, oder sind Sie gerade auf dem Weg zu ihr?«

»Ich warte nur. Sie stromert irgendwo im Garten herum. Miles ist losgegangen, um sie zu suchen. Und, hat Kennedy Sie in die Mangel genommen?«

»Ist das seine Aufgabe?«

»Das hängt ganz von Dads Laune ab. Ich hab ihm erzählt, daß Sie mich am Samstag ziemlich hochnäsig behandelt haben, und dachte, er hätte Ihnen vielleicht seinen Rottweiler geschickt, um Sie daran zu erinnern, wer die Rechnung zahlt. Außerdem hab ich ihm erzählt, daß ich den Eindruck hab, daß Sie hinter Jinxy her sind.« Er beobachtete Alan aus dem Augenwinkel, auf eine Reaktion von ihm lauernd. »Mein Vater ist ganz schön wütend geworden, als er das hörte, drum wundert's mich gar nicht, daß er Kennedy hergeschickt hat.«

Alan schnaubte belustigt. »Ich bezweifle, daß Sie den Mut haben, Ihrem Vater irgend etwas zu sagen, Fergus.« Er zog die Wagentür auf. »Woher wissen Sie übrigens, daß Kennedy hier war?«

»Ich hab ihn weggehen sehen.« Er gähnte. »Miles möchte Sie kennenlernen. Ich hab versprochen, Sie hier festzuhalten, bis er wieder da ist.«

»Ein andermal vielleicht.«

»Nein, jetzt.« Fergus nahm ihn beim Arm. »Wir möchten wissen, was los ist. Erinnert sich Jinx schon an irgendwas?«

»Ich schlage vor, das fragen Sie sie selbst.« Alan blickte auf die Hand auf seinem Arm hinunter. »Sie können jederzeit zu mir kommen und mit mir sprechen, wenn Sie sich nur vorher anmelden. Aber im Augenblick«, er umfaßte Fergus' Hand und zog sie von seinem Arm, »habe ich Wichtigeres zu tun.« Er lächelte liebenswürdig und setzte sich hinter das Steuer seines Wagens. »Es hat mich gefreut, Sie zu sehen, Fergus. Grüßen Sie Ihre Mutter und Ihren Bruder von mir.« Er schlug die Tür zu und ließ den Motor an. Dann zog er das Lenkrad herum und brauste die Auffahrt hinunter davon.

Als Veronica Gordon an diesem Abend um neun Uhr ihre Runde machte, fand sie Jinx am Fenster stehend vor, in die Betrachtung des Abendhimmels vertieft, an dem die letzten Reste des Tages in roter Glut verbrannten.

»Ist das nicht wunderbar?« sagte Jinx, die instinktiv wußte, wer hereingekommen war, ohne sich umzudrehen. »Wenn ich ewig so stehen und dieses Schauspiel betrachten könnte, hätte ich das ewige Glück gefunden. Ob so wohl der Himmel aussieht?«

»Das kommt vermutlich darauf an, wie statisch man seinen Himmel will. Sie haben wahrscheinlich zugesehen, wie sich diese Feuerpracht aus einem einfachen Sonnenuntergang entwickelt hat, also, an welcher Stelle hätten Sie den Vorgang angehalten, um Ihren Augenblick ewigen Glücks herzustellen? Ich glaube, ich würde mich dauernd fragen, ob der Moment danach nicht vielleicht schöner gewesen wäre als der, den ich gewählt habe, und damit würde der ganze schöne Moment zu einer Hölle der Frustration werden.«

Jinx lachte leise. »Es gibt also keinen Himmel?«

»Für mich nicht. Glück ist nur Glück, wenn man unerwartet auf es stößt. Wenn es ewig dauern würde, wäre es unerträglich.« Sie lächelte. »Alles in Ordnung?«

Jinx wandte sich vom Fenster ab. »Genauso, wie es vor einer halben Stunde war, und vor der halben Stunde davor. Wollen Sie mir nicht sagen, warum es so wichtig ist, mich regelmäßig zu kontrollieren?«

»Vielleicht meint der Doktor, Sie hätten sich überanstrengt. Sie haben mir heute nachmittag mit Ihrem Spaziergang wirklich einen Schrecken eingejagt. Er war viel zu weit und zu lang.«

»War er gar nicht«, widersprach Jinx. »Ich hab mich nämlich die meiste Zeit nur versteckt gehalten.« Sie lächelte über Veronica Gordons Überraschung. »Ich hab meinen Bruder kommen sehen und sofort in einem der Geräteschuppen Deckung gesucht.« Sie wandte ihren Blick wieder zum Fenster. »Doktor Protheroe hat gesagt, er erwarte einen Besuch von meinem Vater«, log sie unbefangen. »Wissen Sie, ob Adam je gekommen ist? Ich dachte, er würde vielleicht hinterher bei mir hereinschauen.«

»Ich glaube, sein Anwalt war hier«, antwortete Veronica, während sie die Kissen aufschüttelte und das Laken glättete. »Aber ich glaube, Ihr Vater ist nicht gekommen.«

Jinx drückte ihre Stirn an das Glas. »Warum war Dr. Protheroe heute abend nicht bei mir?«

»Er hat sich ein paar Stunden freigenommen, um ein bißchen auszuspannen. Der arme Kerl«, sagte sie liebevoll und wünschte dabei, wie sooft, sie hätte sich nicht Mr. Gordon angetan. »Er hat eine Menge im Kopf und niemanden, mit dem er seine Probleme teilen kann.«

Jinx schlang ihre Arme um ihren mageren Körper, um das Frösteln zu verhindern. *Hatte er Leo und Meg im Kopf? Und war es Kennedy, der er es ihm erzählt hatte?*

Veronica Gordon runzelte die Stirn. »Sie stehen schon viel zu lange da am Fenster. Kommen Sie, ziehen Sie Ihren Morgenrock über, und kriechen Sie ins Bett. Sie wollen sich doch nicht zu allem Überfluß auch noch eine Lungenentzündung holen.« Sie schnalzte ein paarmal mit der Zunge, als sie den Morgenmantel öffnete und Jinx über die Schulter schob. »Sie hatten wirklich Glück, daß in der Nacht von Ihrem Unfall, dieses junge Pärchen kam, sonst hätten Sie sich da schon eine Lungenentzündung geholt.«

»Ja, das war wirklich günstig«, sagte Jinx gleichgültig.

Dienstag, 28. Juni,
Nightingale-Klinik, Salisbury – 0 Uhr 5

Als der Wolseley durch das Kliniktor glitt, legten seine Scheinwerfer einen breiten Fächer weißen Lichts auf den Rasen. Es war nach Mitternacht, und Alan fuhr im Schneckentempo, um die Patienten nicht durch das laute Knirschen der Reifen auf dem Kies zu wecken. Er empfand keine Freude darüber, wieder zu Hause zu sein, wo ihn kein Willkommen erwartete, sondern nur stärker werdende Niedergeschlagenheit darüber, daß dies alles war. Das vorübergehende Wohlgefühl, das er sich mit einer Flasche teuren Riojas zu einem ausgezeichneten Abendessen verschafft hatte, war während der vorsichtigen Fahrt nach Hause verflogen, und zurückgeblieben waren nichts als Frust und Depression. Was, zum Teufel, machte er eigentlich aus seinem Leben? Was war befriedigend daran, um einen Haufen reicher Egomanen ohne Selbstbeherrschung herumzutanzen? Warum hatte Jinx ihm nicht gesagt, daß Meg und Leo tot waren? Und warum spukte ihm die verdammte Frau ständig im Kopf herum?

Zornig schlug er mit der Hand aufs Lenkrad und riß es fast im selben Moment erschreckt herum, als im grellen Licht der Scheinwerfer, nur wenige Zentimeter vom rechten Kotflügel entfernt, das weiße Oval eines Gesichts aufleuchtete, körperlos in den schwarzen Schatten der Bäume, die die Auffahrt begrenzten. *Scheiße! SCHEISSE!* Sein Herz verfiel in wilden Galopp, als er mit dem Fuß auf die Bremse trat und den langsam dahinkriechenden Wagen beinahe augenblicklich zum Stehen brachte. Halbstündige Kontrollen, hatte er gesagt, und sie turnte hier draußen in der Dunkelheit herum.

»Jinx!« rief er, noch während er dabei war, die Tür zu öffnen. Er sprang hinaus und richtete sich auf, eine Hand auf dem Verdeck des Wagens. »Ist alles in Ordnung?«

Stille.

»Jinx, ich hab Sie doch gesehen.« *Er konnte sie doch nicht angefahren haben!* Im roten Schein der Rücklichter suchte er am Grasrand hinter dem Wagen, aber dort lag kein zusammengekrümmter Körper. »Ich weiß, daß Sie mich hören können«, fuhr er fort und spähte angestrengt in die Bäume.

Er ging um den Wagen herum und blieb, an die Tür auf der Beifahrerseite gelehnt, stehen. Früher oder später würde sie sich bewegen müssen, und dann würde er das weiße Gesicht wieder aufleuchten sehen. »Ich glaube, Sie sind eine Schwindlerin, Jinx. Die Amnesie ist vorgetäuscht, und ich glaube nicht einen Moment lang, daß Sie sich das Leben nehmen wollten. Das war nichts als eine Inszenierung, mit der Sie Ihren Vater auf Ihre Seite bringen wollten, und es hat hervorragend geklappt, auch wenn Sie sich dabei mehr Schaden zugefügt haben, als beabsichtigt. Also, werden Sie mir jetzt endlich sagen, was das alles soll?« Er wartete. »Ich warne Sie, ich bin im Augenblick ziemlich sauer, und es wird dadurch nicht besser, daß ich hier in der verdammten Auffahrt rumhänge, weil eine meiner Patientinnen gerade Lust hat, Verstecken zu spielen. Aber glauben Sie nur nicht, daß ich das Handtuch werfe und Sie hier zurücklasse. Wehe, Sie zucken auch nur mit der Wimper, dann schnapp ich Sie mir. Also, wollen Sie jetzt rauskommen, oder wollen wir uns hier bis zum Morgengrauen rumtreiben? Es kommt einzig auf Sie an.«

Plötzlich sah er den flüchtigen Schimmer einer Bewegung, so schnell und so nahe, daß er völlig überrascht davon war. Er sprang zur Seite, doch flammender Schmerz zerriß wie eine Explosion seine Schulter, als der schwere Eisenkopf eines Vorschlaghammers ihm den Arm aus der Gelenkpfanne riß. Er tauchte vor einem zweiten wuchtigen Schlag weg und rannte stolpernd vorn um den Wagen herum zur offenen Tür auf der Fahrerseite. Mit dem Instinkt der Verzweiflung warf er sich hinter das Steuer und knallte die Tür zu. Aber im selben Moment, als er an seiner Brust vorbei zur Schaltung griff, um ungeschickt den Rückwärtsgang einzulegen, donnerte der Vorschlaghammer durch die splitternde Windschutzscheibe auf sein Gesicht zu.

Amy Staunton sah auf ihre Uhr. »Was sollen diese halbstündigen Kontrollen überhaupt?« murrte sie. »Die Frau schläft seit zehn Uhr wie ein Murmeltier.«

»Fragen Sie nicht, tun Sie's einfach«, sagte Veronica Gordon. »Aber trinken Sie ruhig erst Ihren Tee aus. Fünf Minuten machen da bestimmt keinen Unterschied.«

Er wußte nicht, ob es Schweiß oder Blut war, was ihm über das Gesicht strömte, als der Wagen nach rückwärts schoß. Er wußte nur, daß er Höllenqualen litt. Mit einem Gefühl wie im Traum sah er die Gestalt – einen Mann – in der Dunkelheit verschwinden, ehe das Heck des Wagens gegen den dicken Stamm einer Eiche prallte. Was, zum Teufel, ging hier vor?

Die Türklinke von Nummer 12 klapperte, als die schwarze Schwester die Tür halb aufstieß, um einen Blick in das Zimmer zu werfen, in dem es stockdunkel war. Sie hörte ein Geräusch und tastete erschrocken nach dem Lichtschalter.

»Alles in Ordnung, Kindchen?« In dem plötzlich lichtdurchfluteten Zimmer sah sie zum Bett hinüber, wo Jinx mit einem Wust ineinander verwickelter Leintücher kämpfte, blickte dann zur Terrassentür, deren Vorhänge im Wind flatterten. Mit ungeduldigem Zungenschnalzen lief sie durch das Zimmer, um die Terrassentür zu schließen und abzusperren. Dann trat sie zum Bett und legte sanft ihre Hand auf Jinx' Stirn.

Wie von einem Stromschlag getroffen, fuhr Jinx in die Höhe und rang verzweifelt um Atem. *Sie konnte nicht atmen... Lieber Gott, sie konnte nicht atmen...* Sie griff sich an den Hals in dem fruchtlosen Bemühen, sich von dem zu befreien, was ihre Atemwege versperrte. *Aber es war Erde, schmutzige, bittere Erde... und sie nahm ihr die Luft... NEIN!* Sie sprang aus dem Bett und stürzte ins Badezimmer, wo sie den Kaltwasserhahn des Beckens aufdrehte und ihren Kopf unter das eiskalte Wasser hielt. Im Schock schnappte sie nach Luft, atmete tief und ließ das süße, süße Wasser den Geschmack des Todes wegwaschen.

»Um Gottes willen, Kind!« schrie die Schwester. »Was ist denn in Sie gefahren? Ist Ihnen schlecht? Was haben Sie genommen? Wieso sind Sie angezogen? Sie haben doch fest geschlafen, wie ich das letzte Mal nach Ihnen gesehen hab.«

Jinx ließ sich zu Boden fallen und starrte die Schwester aus ihren rotgeränderten Augen an. »Es war nur ein Traum, Amy«, flüsterte sie. »Nur ein Traum.«

»Sie sind aber wirklich eine Schlimme! Hab ich einen Schrecken gekriegt! Warten Sie nur, bis ich das Dr. Protheroe erzähle. Ich hab schon gedacht, es wär aus mit Ihnen.« Sie schlug sich auf die Brust. »Ich hätt einen Herzinfarkt kriegen können. Warum haben Sie die Terrassentür aufgemacht? Nach neun nur noch die Oberlichter, das ist die Vorschrift. Was haben Sie denn getrieben?«

Jinx rollte sich auf dem gekachelten Boden zusammen. »Nichts«, sagte sie.

The Times – 28. Juni

Leichen im Wald identifiziert

Die Polizei Hampshire bestätigte gestern abend, daß die beiden Leichen, die am Donnerstag im Wald von Ardingly bei Winchester gefunden wurden, als die von Leo Wallader, 35, wohnhaft in Downtown Court, Ashwell, Guildford, und Meg Harris, 34, wohnhaft Shoebury Terrace, Hammersmith, London, identifiziert werden konnten. Der Polizei zufolge wurden die beiden Toten ermordet.

Identifiziert wurden die beiden Opfer von Leo Walladers Vater, Sir Anthony Wallader, 69, der sich sehr erregt über die angebliche Untätigkeit der Polizei in diesem Fall geäußert hat. »Ich habe die Leiche meines Sohnes am Samstag morgen identifiziert«, berichtete er, »und habe seitdem nichts mehr von der Polizei Hampshire gehört. Man sagte mir, daß mein Sohn und seine Freundin schon vor etwa zwei Wochen ermordet wurden, doch die Ermittlungen verlaufen ausgesprochen schleppend. Inzwischen hat sich Megs Mutter bei mir gemeldet, die in Wiltshire lebt und über die Lethargie der Polizei ebenso empört ist wie ich. Wir haben den Eindruck, es könnte damit zu tun haben, daß die Eltern beider Opfer außerhalb der Grenzen von Hampshire wohnhaft sind. Wenn die Polizei von Surrey in diesem Fall ermitteln würde, hätte ich mehr Vertrauen.«

Es ist kein Geheimnis, daß Leo Wallader mit Jane Kingsley verlobt war, der Tochter von Adam Kingsley, Hellingdon Hall, Hampshire, Aufsichtsratsvorsitzender der Firma Franchise Holdings; die Hochzeit wurde jedoch abgesagt, als Leo Wallader bekanntgab, daß er die Absicht habe, Jane Kingsleys Freundin, Meg Harris, zu heiraten.

Wenig später war Miss

Kingsley in einen mysteriösen Autounfall auf einem alten Flugfeld in Hampshire verwickelt. Die Polizei ist der Auffassung, daß es sich hierbei um einen fehlgeschlagenen Selbstmordversuch handelt. Obwohl eine an Miss Kingsley vorgenommene Blutprobe nach ihrer Bergung positiv war, hat die Polizei Hampshire bis heute kein Verfahren gegen Miss Kingsley eingeleitet.

Jane Kingsleys erster Ehemann, Russell Landy, wurde vor zehn Jahren mit einem Vorschlaghammer totgeschlagen, sein Mörder wurde jedoch nie gefunden. Die Polizei Hampshire hat bisher jede Auskunft darüber, wie Leo Wallader und Meg Harris umgekommen sind, abgelehnt, Sir Anthony sagte jedoch, beide Opfer seien auf brutale Weise zu Tode geprügelt worden. »Es war ein grauenhafter Anblick«, sagte er. »Ich kann mir vorstellen, wie Mrs. Harris sich fühlt.«

»Wir haben im Augenblick kaum Anhaltspunkte«, erklärte Superintendent Cheever von der Polizei Hampshire, »wir gehen aber jeder Spur nach, die wir haben. Ich bedaure Sir Anthonys Unmut, aber ich kann ihm versichern, daß wir alles veranlassen werden, um den Mörder seines Sohnes zu finden.«

Superintendent Cheever sagte weiter, er könne nicht bestätigen, daß das junge Paar mit einem Vorschlaghammer ermordet worden sei. »Die Leichen haben unentdeckt etwa zehn Tage lang im Freien gelegen«, sagte er, »und unter diesen Umständen ist es immer schwierig, eine präzise Aussage darüber zu machen, wie und wann die Opfer gestorben sind.«

14

Dienstag, 28. Juni, Nightingale-Klinik, Salisbury – 1 Uhr

Die beiden Constables inspizierten die eingeschlagene Windschutzscheibe und den demolierten Kofferraum des Wolseley mit unverhülltem Widerwillen. Der Wagen stand einsam vor dem Portal, wohin Alan ihn gefahren hatte, als ihm klargeworden war, daß seine ausgekugelte Schulter in der Notaufnahme eines Krankenhauses unter Narkose würde eingerenkt werden müssen, wenn nicht sofort etwas geschah. Mit einem Hupkonzert, das allen Engeln und Erzengeln beim Jüngsten Gericht Ehre gemacht hätte, hatte er die Klinik geweckt und vor Erleichterung geschluchzt, als der Nachtwächter herausgestürzt war, um ihn zu retten, und Veronica Gordon, mit starker Hand und eisernen Nerven, die Schulter wieder eingerenkt hatte. Dennoch war es knapp gewesen. Schon nach fünfzehn Minuten war das Gelenk so angeschwollen gewesen, daß der Schmerz unerträglich war.

»Das ist kriminell«, sagte der eine Polizeibeamte, der den Schaden mit seiner Taschenlampe anstrahlte. »Wie oft, sagen Sie, hat er draufgeschlagen, Sir?«

»Nur einmal«, antwortete Alan. Er hielt seinen linken Ellbogen in seine rechte Hand gestützt, da er von der Zuverlässigkeit der Schlinge, die er trug, nicht überzeugt war. »Das Heck habe ich zertrümmert, als ich im Rückwärtsgang vor ihm weggefahren bin. Mich interessiert eigentlich mehr die Tatsache, daß er mindestens zweimal auf mich losgegangen ist.«

»Sicher, Sir«, sagte der Polizeibeamte gewichtig, »aber Ihrem Wagen hat er doch mehr Schaden zugefügt.«

»Erinnern Sie mich daran, Ihnen mal ein paar Bilder von ausgekugelten Gelenken dreißig Minuten nachher zu zeigen«, sagte Alan trocken. »Mal sehen, ob Sie dann immer noch sagen, daß er meinem Wagen mehr Schaden zugefügt hat.« Er ging den beiden Beamten voraus in sein Büro, trottete müde zu seinem Schreibtisch und ließ sich mit einer Gesäßbacke auf der Kante nieder. »Ich nehme an, Sie haben daran gedacht, daß er sich möglicherweise immer noch hier auf dem Gelände befindet.«

»Das ist höchst unwahrscheinlich, Sir, bei dem ganzen Wirbel, den es hier gegeben hat.«

Der Streifenwagen war zehn Minuten nach dem Anruf eingetroffen, und nach Alan Protheroes Schilderung der Ereignisse, daß er nämlich im Licht seiner Scheinwerfer ein Gesicht bemerkt und angehalten hatte, um nach dem Rechten zu sehen, gingen die Polizeibeamten von der logischen Annahme aus, daß der Eindringling die Absicht gehabt habe einzubrechen, und der Arzt das Pech gehabt hatte, ihm in die Quere zu kommen. Eine gründliche Überprüfung sämtlicher Türen und Fenster jedoch hatte keinerlei Anzeichen für gewaltsames Eindringen gezeigt.

»An den Sicherheitsvorkehrungen ist nichts auszusetzen, Sir«, sagte der kräftigere der beiden Beamten stirnrunzelnd. »Da kann ich nur vermuten, daß dieser Bursche die Klinik nicht sehr gründlich ausgekundschaftet hat. Wenn er wirklich einen Einbruch vorhatte, kann er nicht gewußt haben, wie schwierig es sein würde, hier einzubrechen. Sind Sie also sicher, daß Sie ihn nicht erkannt haben? Sonst verstehe ich nicht, warum er Sie überhaupt angegriffen hat. Er hatte doch bis zu dem Zeitpunkt ganz eindeutig kein Verbrechen begangen, es sei denn, er ist durch die Haustür hinein- und hinausgegangen, aber das ist ja Ihrem Nachtwächter zufolge unmöglich, weil er seit zehn Uhr an der Rezeption gesessen hat.«

»Nein, ich bin sicher, daß ich ihn nicht erkannt habe. Ich war sogar schon so weit zu glauben, ich hätte mich überhaupt getäuscht, bis mich plötzlich dieser Hammerschlag traf. Ich hatte keine Ahnung, daß der Kerl mir so nahe war. Ich habe ihn überhaupt nicht gehört, aber das ist vielleicht nicht weiter verwunderlich, ich hatte ja den Motor laufen.«

»Und Sie wissen auch nicht, warum jemand es auf Sie abgesehen haben sollte?«

Alan schüttelte den Kopf. »Es sei denn, er wußte, daß ich Arzt bin, und glaubte, ich hätte Drogen im Auto. Ich zerbreche mir schon die ganze Zeit den Kopf, aber etwas anderes fällt mir nicht ein.« Morgen, dachte er, würde Zeit genug sein, sich darüber klarzuwerden, ob er tatsächlich Jinx' Gesicht im Licht der Scheinwerfer gesehen hatte, oder ob seine Phantasie es ihm nur vorgegaukelt hatte, weil er gerade an sie gedacht hatte.

»Ein ehemaliger Patient vielleicht, der Ihren Wagen kannte?«

»Das glaube ich nicht. Eines mache ich den Leuten hier immer gleich bei ihrer Ankunft klar: Wir haben einen beschränkten Vorrat an Drogen in der Klinik, und die sind immer in dem Safe dort drüben eingesperrt.« Er wies mit dem Kopf zu dem massiven Metallschrank in der Ecke. »Und daß ich nie Drogen im Wagen habe, wissen hier alle.«

Der Constable ließ sich in einem Sessel nieder und zog ein Heft heraus. »Also, kommen wir mal zu den Einzelheiten. Sie sagen, nachdem er die Windschutzscheibe eingeschlagen hatte, ist er weggelaufen; Sie müssen ihn also ziemlich deutlich gesehen haben.«

Alan nahm sich ein Kleenex aus der Schachtel auf seinem Schreibtisch und tupfte sich das Gesicht, das von den winzigen Glassplittern, die sich in seine Haut gebohrt hatten, immer noch blutete. »Nein, leider nicht. Ich hatte alle Mühe, mit meiner rechten Hand den Rückwärtsgang zu finden, und habe mich ganz darauf konzentriert.«

»Würden Sie mir den Mann bitte beschreiben?«

»Er war etwas kleiner als ich – sagen wir ungefähr einsfünfundsiebzig bis einsachtundsiebzig. Ich denke, man würde ihn als schlank bezeichnen – er war ganz sicher nicht dick –, und er war ganz schwarz gekleidet.«

Der Polizeibeamte wartete mit gezücktem Bleistift darauf, daß er fortfahren würde. Als Alan das nicht tat, blickte er auf. »Eine etwas umfassendere Beschreibung wäre hilfreicher, Sir. Was für eine Hautfarbe hatte er beispielsweise?«

»Das weiß ich nicht. Ich glaube, er hatte eine Skimaske auf. Das einzige, was ich gesehen habe, war ein Mann, der von Kopf bis Fuß schwarz gekleidet war und einen Vorschlaghammer schwang.«

»Na gut. Vielleicht können Sie uns dann Näheres über seine Kleidung sagen. Wie war sein Oberkörper bekleidet?«

Alan schüttelte den Kopf. »Ich weiß es nicht.« Er sah die Gereiztheit im Blick des Constable. »Sehen Sie«, sagte er ärgerlich. »Es ist stockfinster. Ich steig aus dem Wagen, und im nächsten Augenblick versucht ein Mistkerl Hackfleisch aus mir zu machen. Vielleicht können Sie verstehen, daß seine Kleidung da das letzte war, was mich interessiert hat.«

Der Polizeibeamte wartete einen Moment. »Ja, aber als Sie wieder in Ihrem Wagen gesessen haben und er abgehauen ist, da müssen Ihnen doch ein paar Einzelheiten aufgefallen sein.«

»Es ging alles sehr schnell. Das einzige, was ich Ihnen mit Sicherheit sagen kann, ist, daß er schwarz gekleidet war.«

»Viel ist das nicht, Sir.«

»Das ist mir klar«, gab Alan gereizt zurück.

Einen Moment blieb es still. »Und doch sind Sie sicher, daß der Angreifer ein Mann war. Wieso? Hat er etwas zu Ihnen gesagt?«

»Nein.«

»Könnte es auch eine Frau gewesen sein?«

»Vielleicht, aber ich glaube es nicht. Alles an ihm – die Figur, seine Körperkraft, die Aggressivität – hat mir gesagt, daß es ein Mann ist.«

»Davon wären Sie bestimmt nicht so überzeugt, wenn Sie mal einige von den Frauen kennenlernen würden, mit denen wir zu tun haben, Sir«, entgegnete der Constable mit plumpem Humor. »Das schwache Geschlecht gibt es heutzutage nicht mehr.«

Alan holte tief Atem. »Sagen Sie, würde es Ihnen was ausmachen, das alles auf morgen zu verschieben? Ich bin ziemlich müde, und meine Schulter tut mir verdammt weh.«

Die beiden Beamten wechselten einen Blick. »Warum nicht«, sagte der, der stehengeblieben war. »Zurückkommen wird der Kerl heute nacht sicher nicht mehr, und ohne gute Beschreibung können wir im Moment sowieso nicht viel tun. Wir schicken morgen einen Kollegen von der Kriminalpolizei bei Ihnen vorbei, Sir. Inzwischen könnten Sie vielleicht aufschreiben, wo Sie heute überall gewesen sind, und uns eine Liste der Leute machen, mit denen Sie gesprochen haben.« Er nickte höflich. »Die Chancen standen gut, daß jemand, der nach Mitternacht noch hier aufkreuzt, eher ein Arzt als ein Patient oder Besucher sein würde. Ich denke darum, daß Ihre Theorie mit den Drogen die wahrscheinlichste Erklärung ist.«

Auf dem Weg ins Bett warf Alan noch einen Blick ins Schwesternzimmer. »Alles in Ordnung?« fragte er.

Veronica Gordon, die allein dasaß, musterte sein blutverschmiertes Gesicht. »Möchten Sie gern den Märtyrer spielen?« fragte sie. »Darf ich deshalb diese Verletzungen in Ihrem Gesicht nicht behandeln?«

»Sie haben mir eine zu schwere Hand, Weib«, knurrte er. »Ich mach das lieber selber, schön langsam und vorsichtig und mit viel Zartgefühl. Gibt's Probleme?«

»Aber wo denn!« sagte sie bissig. »Wie sollte es Probleme geben, wenn ein Haus voller labiler Trinker und Drogensüchtiger mitten in der Nacht davon geweckt wird, daß der Nachtwächter und ein paar Polizisten im Kies herumtrampeln und mit Taschenlampen in ihre Fenster leuchten? Nur zu Ihrer Information, Amy und ich rennen uns die Hacken ab. Sie kümmert sich im Moment um die drei Leute, die geklingelt haben, kurz bevor Sie gekommen sind.« An der Tafel neben ihrem Ellbogen begann ein Licht zu blinken. »Na bitte, schon wieder einer. Die kommen fast um vor Neugier. Jeder will wissen, was los ist.«

»Was ist mit Jane Kingsley? Machen Sie weiterhin die halbstündigen Kontrollen?«

Sie drehte das Register herum, so daß er einen Blick hineinwerfen konnte. »Sie schläft fest, seit zehn Uhr schon. Sie ist die einzige, die uns nicht rumgehetzt hat. Amy war bei ihr, kurz bevor Sie mit Ihrer Hupe losgelegt haben, es ist nur nicht eingetragen, weil wir noch keine Zeit dazu hatten bei dem ganzen Tumult hier. Ich hab seitdem einmal nach ihr gesehen, aber sie hat sich überhaupt nicht gerührt. Sollen wir mit den Kontrollen weitermachen?«

»Ja«, sagte er nachdenklich. »Für alle Fälle. Mir ist wohler, wenn ich weiß, wo sie ist.«

Erst als er gegangen war, fiel Veronica die Unangemessenheit seiner Worte auf. Sie nahm sich vor, Amy Staunton davon zu erzählen, aber es entfiel ihr, als das nächste Läuten sie in den Korridor hinausrief. Wie Sergeant Fraser fragte sie sich später oft, wie die Dinge sich entwickelt hätten, hätte sie nicht versäumt, Amy von seiner Bemerkung zu erzählen, und sie dadurch vielleicht ermutigt, ihr zu berichten, daß Jinx voll angekleidet in ihrem Bett gelegen hatte.

Jinx' wächsernes Gesicht wurde noch bleicher, als am folgenden Morgen nach dem Frühstück Alan Protheroe, den Arm in der

Schlinge und das Gesicht voller winziger Schnittwunden und Kratzer, ins Zimmer trat. »Hat Adam das getan?«

Er war sichtlich schockiert. Was für eine Reaktion auch immer er von ihr erwartet hatte, diese ganz sicher nicht. »Weshalb sollte Ihr Vater die Windschutzscheibe meines Autos einschlagen wollen?«

»Natürlich«, erwiderte sie hastig. »Vergessen Sie's. Was ich gesagt habe, war blöd. Ich wußte nicht, was geschehen ist. Ist das der Grund, weshalb die Polizei heute nacht hier war?«

Er lächelte. »Na, so was, und mir wurde aus zuverlässiger Quelle mitgeteilt, Sie hätten den ganzen Trubel verschlafen.«

»Das stimmt auch.«

»Woher wissen Sie dann, daß die Polizei hier war?«

»Matthew hat es mir erzählt. Er war vor einer halben Stunde hier.«

Gottverdammter Matthew! Er schien mehr Zeit in diesem Zimmer zu verbringen als in seinem eigenen. »Hat er Ihnen auch erzählt, was los war?«

Jinx schüttelte den Kopf. »Er ist gerade losgezogen, um zu sehen, ob jemand anders was weiß.«

Sie war eine großartige Lügnerin, weil sie wußte, wie wichtig es war, plausibel zu klingen. »Aha.« Er setzte sich auf die Bettkante. »Und Sie konnten es ihm nicht sagen, weil Sie es nicht wissen.«

Sie hielt seinem Blick einen Moment stand, ehe sie wegsah. »Ganz recht.«

»Die Polizei glaubt, es sei ein Einbrecher gewesen, der hinter Drogen her war.« Er sah ihr prüfend in das erschöpfte Gesicht. »Für jemanden, der das alles verschlafen hat, sehen Sie nicht sonderlich erholt aus.«

Sie zwang sich zu einem heiteren Lächeln. »Das macht mein Skinhead-Look. Der schmeichelt mir genausowenig wie dem durchschnittlichen Sträfling. Aber das soll er ja wohl auch nicht, oder? Das Haar ist das ursprünglichste Modeaccessoire.«

»Ist Ihnen kalt?« fragte er sie. »Sie zittern.«

»Das sind die Nerven.«

»Wieso mache ich Sie nervös, Jinx?«

»Tun Sie gar nicht.«

»Was macht Sie dann so nervös?«

»Ich weiß es nicht«, antwortete sie. »Ich kann mich nicht erinnern.«

Er lachte. »Ich habe gestern nacht von Ihnen geträumt. Ich habe geträumt, ich läge in der Sonne im Gras, als plötzlich von hinten etwas unter meinen Körper geschoben wurde; etwas wie eine lange Schaufel. Ich wollte runterkrabbeln, aber das ging nicht, und als ich den Kopf drehte und nach hinten blickte, sah ich Sie. Sie haben den Stiel der Schaufel mit beiden Händen gehalten und mich angelächelt.«

Sie runzelte die Stirn. »Soll das irgendwas bedeuten?«

»Ja«, antwortete er und stand auf. »Es bedeutet, daß Sie mich auf die Schippe genommen haben.«

Detective Constable Hadden von der Polizei Wiltshire war der Mann, der dort weitermachte, wo die beiden uniformierten Polizeibeamten in der Nacht zuvor aufgehört hatten. Er war mittleren Alters, ein gutmütig derber Typ, der gekommen war, um der Vorschrift Genüge zu tun, jedoch ohne jede erkennbare Absicht, die Angelegenheit weiterzuverfolgen. Zu Alans Ärger kam er zur selben Zeit wie die Zeitung, was Alan zumindest für den Augenblick daran hinderte zu prüfen, ob das, was er von Simon Harris am Telefon gehört hatte, darin Bestätigung fand.

»Offen gesagt, Sir«, erklärte Constable Hadden in vertraulichem Ton, während er sein breites Gesäß tiefer in die Sitzschale des Ledersofas schob, »neige ich dazu, mich der Junkie-Theorie anzuschließen, es sei denn, Ihnen ist im Lauf der Nacht etwas eingefallen, das auf etwas Konkreteres hinweist. Sie verstehen unser Dilemma. Wenn wir eine Nadel im Heuhaufen suchen würden, könnten wir eher mit Erfolg rechnen, als wenn wir die ganze Gegend nach diesem Mann durchkämmen, den Sie uns beschrieben haben. Es wäre was anderes, wenn Sie uns einen Namen nennen könnten, oder wenn er was gestohlen hätte – dann bestünde immerhin eine kleine Chance, ihn über die gestohlene Ware auf die Spur zu kommen –, aber so«, er schüttelte den Kopf, »die sprichwörtliche Nadel im Heuhaufen, Sir. Ich bin sicher, Sie verstehen das Problem.«

»Dann habe ich nur meine Zeit verschwendet, als ich Ihnen die Liste der Leute gemacht habe, mit denen ich gestern gesprochen habe«, fuhr Alan ihn gereizt an. »Ich hätte eine halbe Stunde länger im Bett bleiben können, das wäre mir zuträglicher gewesen, als der Polizei bei einer Untersuchung behilflich zu sein, die sie im Grunde überhaupt nicht interessiert.« Er packte die Liste, die auf dem Couchtisch lag, und wollte sie zusammenknüllen.

»Augenblick mal, Sir, das habe ich nicht gesagt«, sagte Hadden und streckte die Hand nach dem Blatt Papier aus. »Selbstverständlich werden wir allen Informationen, die Sie uns geben, nachgehen, aber in dem Bericht über den Zwischenfall von gestern nacht wird nachdrücklich darauf hingewiesen, daß Sie nicht glauben, daß der Angriff Ihnen persönlich galt. Vielleicht sind Sie inzwischen anderer Meinung?«

Alan schüttelte den Kopf. »Ich habe gesagt, ich wüßte niemanden, der es getan haben könnte, ich habe aber gleichzeitig darauf hingewiesen, daß der Mann versuchte, mich ein zweitesmal anzugreifen, als ich bereits im Wagen saß und die Tür geschlossen hatte. Wenn er es wirklich auf Drogen abgesehen hatte, warum hat er dann in diesem Moment nicht aufgegeben?«

Hadden blickte auf die Liste hinunter, während er sprach.

»Weil diese Typen nicht logisch handeln, Sir, wie Sie sicherlich wissen. Er hatte nichts anderes im Kopf, als an das Zeug ranzukommen, das Sie seiner Meinung nach im Wagen hatten, also hat er die Windschutzscheibe eingeschlagen, um das zu erreichen. Die Krankenhäuser verlieren jede Woche Medikamente im Wert von Tausenden von Pfund. Es war eigentlich klar, daß früher oder später jemand auf die Idee kommen würde, daß sich bei einer Klinik wie Ihrer ein Einbruch lohnen würde.« Er tippte mit dem Finger auf die Liste. »Mr. Kennedy, Rechtsanwalt von Adam Kingsley«, las er langsam. »Handelt es sich da um Adam Kingsley von Franchise Holdings?«

Alan nickte.

Der Umschwung von gelangweilter Gleichgültigkeit zu wachem Interesse war bemerkenswert. »Darf ich fragen, warum sein Anwalt Sie aufgesucht hat, Sir?«

»Mr. Kingsleys Tochter ist Patientin hier.«

»Aha.« Der Kriminalbeamte runzelte die Stirn. »Aber warum schickt er Ihnen seinen Anwalt? Gibt es Streit zwischen Ihnen?«

»Nicht daß ich wüßte.«

»Worüber haben Sie sich dann unterhalten? War es ein freundschaftliches Gespräch?«

»Absolut freundschaftlich. Wir haben über Miss Kingsleys fortschreitende Genesung gesprochen.«

»Ist das normal, Sir? Den Zustand einer Patientin mit dem Anwalt ihres Vaters zu besprechen?«

»Meiner Erfahrung nach nicht, nein, aber Mr. Kingsley ist ein vielbeschäftigter Mann. Vielleicht verläßt er sich darauf, daß sein Anwalt vertrauliche Informationen vertraulich behandelt.«

Haddens Stirnrunzeln vertiefte sich. Er fand diesen Anwaltsbesuch offensichtlich ebenso unerklärlich, wie Alan ihn gefunden hatte. »Haben Sie Mr. Kingsley persönlich kennengelernt?«

»Nein. Wir stehen über Fax und Telefon in Verbindung.«

»Sie können also nicht sagen, was für ein Mensch er ist?« Alan schüttelte den Kopf. »Hier ist ein Fergus Kingsley auf Ihrer Liste. Ist das ein Verwandter?«

»Der jüngere Sohn. Miss Kingsleys Stiefbruder.«

»Und war auch Ihr Gespräch mit ihm freundschaftlich?«

Er dachte an Fergus' Hand auf seinem Arm. Die Berührung war zudringlich gewesen, aber nicht feindselig. »Ja, durchaus.«

Hadden faltete das Blatt und schob es in seine Tasche. »Sie haben ausgesagt, dieser Bursche hätte einen Vorschlaghammer gehabt. Daran gibt es keinen Zweifel?«

»Nein.«

»Okay.« Er stand auf. »Wir werden sehen, was wir tun können, Sir.«

Alan zog fragend eine Augenbraue hoch. »Woher dieser plötzliche Sinneswandel? Noch vor zwei Minuten wollten Sie die Sache lautlos in der Versenkung verschwinden lassen, jetzt sind Sie plötzlich voller Tatendrang. Was hat Kingsley mit dieser Angelegenheit zu tun?«

Hadden antwortete mit einem unverbindlichen Achselzucken. »Da habe ich Ihnen anscheinend einen falschen Eindruck vermittelt, Sir. Die Polizei Wiltshire nimmt jeden Überfall ernst. Ich kann wohl davon ausgehen, daß wir Sie hier antreffen, wenn wir Sie noch einmal brauchen sollten? Sie haben nicht vor, in den nächsten Tagen zu verreisen?«

»Nein.«

»Gut. Ich danke Ihnen für Ihre Hilfe. Dann mache ich mich jetzt wieder auf den Weg.«

Alan wartete, bis er hinausgegangen war, dann griff er nachdenklich wieder nach seiner Zeitung.

Der Artikel über Leo Wallader und Meg Harris war auf einer der Innenseiten, und als er ihn las, begriff er, warum die Erwähnung von Vorschlaghämmern im Zusammenhang mit dem Namen Kingsley einem so gleichgültigen Menschen wie Constable Hadden schlagartig Beine gemacht hatte.

Polizeirevier Romsey Road, Winchester – 10 Uhr

Eine Stunde später und zwanzig Meilen entfernt hörte sich Frank Cheever in Winchester an, was sein Kollege in Salisbury ihm über Telefon mitteilte, und lächelte zum erstenmal seit zwölf Stunden. Es war eine Höllennacht gewesen; der Spuk hatte mit dem Anruf eines *Times*-Reporters angefangen, der die Identität der Leichen aus dem Wald von Ardingly bestätigt haben wollte, und hatte sich mit einem wahren Bombardement von Anrufen anderer Journalisten fortgesetzt, die wissen wollten, ob die in dem *Times*-Artikel enthaltenen Andeutungen auf Tatsachen beruhten. Sir Anthony Wallader, so schien es, hatte sehr konkrete Anschuldigungen gegen Kingsley und seine Tochter vorgebracht, und wenn auch keine der Zeitungen so leichtsinnig war, seine Behauptungen wörtlich abzudrucken, waren sie doch alle dem Beispiel der *Times* gefolgt und hatten sowohl Landys Ermordung erwähnt als auch Frank Cheevers Weigerung, etwas darüber zu sagen, ob die Toten aus dem Wald von Ardingly mit einem Vorschlaghammer erschlagen worden waren. Auch Walladers anderen Vorwurf, daß nämlich Kingsley seinen Einfluß geltend mache, um die Ermittlungen in Hampshire, dem Landkreis, in dem er seinen Wohnsitz hatte, zu unterdrücken, hatten sie vorsichtig ins Spiel gebracht, um es so ihren Lesern zu überlassen, die vernichtenden Unterstellungen zwischen den Zeilen herauszulesen.

Cheever dröhnten noch die Ohren von der harten Standpauke, die der Chief Constable ihm wegen seines Versäumnisses, Sir Anthony und Mrs. Harris von den Entwicklungen zu informieren, gehalten hatte. Er hatte ohne jede Wirkung darauf hingewiesen, daß die Leiche Meg Harris' erst wenige Stunden zuvor offiziell identifiziert worden war und Sir Anthonys Beschwerde bei den Zeitungen sich ausdrücklich darauf bezog, daß die Polizei Hampshire nicht unverzüglich Adam oder Jane Kingsley verhaftet und/oder unter Anklage gestellt hatte. Solche feinen Nuancen konnten dem Chief Constable nicht imponieren. Cheever hätte sich von Anfang an um die Anliegen der Eheleute Wallader und Harris kümmern müssen und niemals zulassen dürfen, daß sich ein solches Klima des Mißtrauens entwickelte.

»Sie müssen sich doch gedacht haben, daß sich die beiden Elternpaare zusammentun würden. Warum, um alles in der Welt, haben Sie sich nicht sofort, nachdem die Harris' weg waren, wieder mit den Walladers in Verbindung gesetzt? Es ist doch klar, daß sie das Schlimmste annehmen, wenn wir uns nicht mal die Mühe machen, sie auf dem laufenden zu halten. Ich habe für heute nachmittag eine Pressekonferenz anberaumt und erwarte von Ihnen, daß Sie bis dahin beide Familien besänftigt haben. Es darf keinen Zweifel daran geben, daß die Polizei Hampshire diese Untersuchung mit aller Energie und allem Engagement durchführt, ohne Rücksicht darauf, wer möglicherweise in den Fall verwickelt ist und wer nicht.«

Cheever sah auf seine Uhr, nachdem er den Hörer aufgelegt hatte. Sir Anthony und Lady Wallader wurden in knapp zehn Minuten erwartet. Die Harris' hatten die Einladung abgelehnt, hatten sich jedoch bereit erklärt, Superintendent Cheever um die Mittagsstunde in ihrem Haus zu empfangen. Die Pressekonferenz war für halb vier angesetzt. Noch einmal griff er zum Telefon und befahl Inspector Maddocks, unverzüglich zu ihm ins Büro zu kommen.

»Sir«, sagte Maddocks, als er sich sechzig Sekunden später einfand, ebenso ängstlich bedacht darauf, den Superintendent nicht zu vergrätzen, wie Cheever darauf bedacht war, den Chief

Constable nicht noch mehr zu verstimmen. Die Hackordnung funktionierte seit dem vergangenen Abend 19 Uhr mit aller Unerbittlichkeit.

»Ich habe eben einen Anruf aus Salisbury bekommen. Dr. Alan Protheroe von der Nightingale-Klinik ist gestern abend mit einem Vorschlaghammer überfallen worden. Er ist einigermaßen glimpflich davongekommen, weil er Alarm geschlagen hat und sofort Hilfe kam, aber – und das ist jetzt interessant – er hatte, wie die Kollegen in Salisbury mir erzählt haben, gestern nachmittag Besuch von Kingsleys Anwalt. Ich möchte, daß Sie sofort nach Salisbury fahren. Nehmen Sie Fraser mit und reden Sie mit Superintendent Mayhew und einem Constable Hadden von der Kriminalpolizei. Wenn Sie das getan haben, fahren Sie weiter zur Nightingale-Klinik und unterhalten sich mal mit Dr. Protheroe. Besorgen Sie mir eine genaue Übersicht seines Tagesablaufs, aller Personen, mit denen er Gespräche geführt hat, sowie Inhaltsangaben der Gespräche. Der Besuch des Anwalts kann kein Zufall sein.«

Sir Anthony Wallader war nicht in der Stimmung, sich besänftigen zu lassen. Er bezichtigte die Kingsleys des Mordes, warf der Polizei erneut Verschleppungstaktik vor, verlangte zu wissen, warum Russell Landys Mörder nie gefunden und bestraft worden war, behauptete steif und fest, wenn die Polizei damals ihre Pflicht getan hätte, wären sein Sohn und Meg Harris jetzt noch am Leben. Er schien unfähig, seinen Schmerz zu beherrschen oder zu verarbeiten, und in den vergangenen drei Tagen hatte sich in ihm eine Wut angestaut, die nach Entladung verlangte und sich gegen jeden richtete, dem er die Schuld an seinem Verlust geben konnte. Lady Wallader hingegen saß mit gesenktem Kopf da und sagte nichts.

Auch Frank Cheever hielt es für das beste zu schweigen, bis der Sturm sich gelegt hatte.

»Ich bitte vielmals um Entschuldigung, wenn meine Mitarbeiter und ich uns Ihnen und Ihrer Frau gegenüber in irgendeiner Weise unsensibel verhalten haben, Sir Anthony«, sagte er ruhig. »Wir hatten Schwierigkeiten, Meg Harris' Eltern ausfindig zu machen, und sie konnten, wie Mrs. Harris Ihnen sicherlich berichtet hat, erst gestern vormittag den Leichnam ihrer Tochter identifizieren. Ich hätte Sie unmittelbar danach anrufen müssen, um Sie über den Stand der Dinge zu informieren, und ich bedaure sehr, daß ich es nicht getan habe.«

»Zumindest hätten Sie jemanden schicken können, der sich um meine Frau kümmert. Warum ist das nicht geschehen? Reverend Harris sagte mir, daß Sie zur Unterstützung *seiner* Frau eine Polizeibeamtin geschickt haben.«

»Wir *haben* Ihnen Beistand angeboten, Sir, aber Sie werden sich vielleicht erinnern, daß Sie damals sagten, Fremde im Haus zu haben, würde alles nur verschlimmern.«

»Also, ich werde die Sache jedenfalls nicht auf sich beruhen lassen. Ich werde amtliche Beschwerde einlegen. Meiner Ansicht nach sollte man Ihnen den Fall sofort abnehmen und einem kompetenteren Beamten übergeben.« Tränen sammelten sich in seinen Augen. »Mein Sohn ist ermordet worden, und was tun Sie? Nichts! Genau wie damals, als Russell Landy ermordet wurde.«

»Ich versichere Ihnen, Sir, daß wir in den wenigen Tagen, die wir zur Verfügung hatten, eine ganze Menge getan haben. Wir haben beispielsweise das Londoner Haus Ihres Sohnes ausfindig gemacht, wo wir den größten Teil seiner und Miss Harris' Besitztümer zu finden erwarten.« Er sah auf seine Uhr. »Seit heute morgen durchsucht ein Team von Beamten in Begleitung des Anwalts Ihres Sohnes das Haus. Wir haben ferner die französische Polizei gebeten, sein Haus in der Bretagne aufzusuchen, obwohl wir uns von dieser Seite keine sachdienlichen Informationen erhoffen, da klar zu sein scheint, daß Ihr Sohn und Miss Harris

England nie verlassen haben. Schließlich ist da noch die Eigentumswohnung in Florida, aber auch hier ist nicht damit zu rechnen, daß eine Durchsuchung irgendwelche Hinweise erbringen wird.«

Er legte eine Pause ein und tat so, als sähe er den Ausdruck der Gekränktheit und Verwirrung in Sir Anthonys Gesicht nicht. »Wir bemühen uns im Augenblick noch, seine beiden Autos ausfindig zu machen. Sein Anwalt ist sicher, daß zumindest eines von ihnen sich in der Garage des Hauses in Chelsea befindet, und er hat uns die Adresse einer zweiten Garage in Camden gegeben, die Ihr Sohn seit mehreren Jahren gemietet hat. Mr. Bloom hat sich bereit erklärt, mit dem Beamten dorthin zu fahren, sobald die Durchsuchung des Hauses abgeschlossen ist. Es gibt weiter zwei Schließfächer, die wir öffnen werden, sowie mehrere Bankkonten, die uns vielleicht Aufschlüsse geben werden, wenn wir Zugang zu ihnen bekommen. Ich bedaure es, daß wir all dies erst heute unternehmen können, aber wir haben Mr. Blooms Namen erst am Sonntag nachmittag erfahren. Wir haben uns gestern sofort mit ihm in Verbindung gesetzt und vereinbart, die Durchsuchungen heute vormittag vorzunehmen.«

»Aber – aber das ist ja ungeheuerlich«, stotterte Wallader. »Man hätte uns das alles unverzüglich mitteilen müssen.«

»Für all diese Informationen haben wir erst gestern am späten Nachmittag durch ein Fax von Mr. Bloom Bestätigung erhalten«, sagte Cheever. »Es hat einige Zeit gekostet, sie zusammenzutragen; die Angelegenheiten Ihres Sohnes waren nicht ganz einfach zu entwirren.« Er faltete seine Hände vor sich auf dem Schreibtisch. »Ich bedaure es wirklich, daß die Dinge eine solche Wendung genommen haben, Sir. Bitte glauben Sie mir, daß Mr. Bloom sich bereit erklärt hatte, mich nach der Durchsuchung des Hauses Ihres Sohnes unverzüglich nach Guildford zu begleiten, um Sie über den Nachlaß Ihres Sohnes aufzuklären. Es war vielleicht falsch von mir, aber ich glaubte, es wäre passender, wenn Sie die Einzelheiten von einem Anwalt erfahren. Es hat den Anschein, als hätte Ihr Sohn ein beträchtliches Vermögen besessen, von dem Sie und Ihre Frau nach den wenigen Angaben zu urteilen, die Sie uns am Samstag machen konnten, offenbar nichts wußten.«

Lady Wallader hob zum erstenmal den Kopf und sah Cheever an. »Er hatte eine Wohnung in Kensington, die er achtundachtzig verkaufen mußte, um seine Schulden zu bezahlen«, sagte sie müde. »Er hatte alles bei dem Börsenkrach verloren und mußte fünf Jahre lang in einer Mietwohnung in Kew wohnen, bis er Jinx kennenlernte und zu ihr zog.«

Cheever warf einen Blick auf das Fax von Bloom. »Ist das die Wohnung in der Kensington Garden Road?«

Sie nickte.

»Die gehört zu seinem Vermögen, Lady Wallader, ebenso wie drei Wohnungen in Kew und zwei in Hampstead. Ich kann Ihnen die Immobilienaufstellung einmal vorlesen: ein Siebenzimmerhaus in Chelsea, das bis zum April dieses Jahres vermietet war, dann jedoch auf seine Anweisung hin nicht wieder vermietet wurde; die Wohnung in Kensington, die gegenwärtig leersteht, jedoch vermietet werden sollte; zwei Wohnungen in Hampstead, die derzeit vermietet sind; ein dreistöckiges Haus in Kew, das vor vier Jahren in drei Wohnungen aufgeteilt wurde, die derzeit alle vermietet sind; ein Haus in der Bretagne, das in der Urlaubssaison vermietet wurde, wenn Ihr Sohn selbst es nicht nutzte; und eine Eigentumswohnung in Florida, die das ganze Jahr hindurch an Urlauber vermietet wird. Können Sie mir vielleicht sagen, wo diese Mietwohnung war, in der er gelebt hat?«

»The Avenue, Kew«, sagte sie leise.

»Tremayne, The Avenue, Kew?« fragte er.

»Ja.«

»Er hat dieses ganze Anwesen vor acht Jahren für zweihundertachtzigtausend Pfund gekauft, Lady Wallader. Vielleicht haben Sie ihn mißverstanden, als er von einer Mietwohnung sprach.«

»Nein«, sagte sie. »Er hat uns beide glauben gemacht, er hätte Schwierigkeiten, über die Runden zu kommen, aber ich habe immer gewußt, daß er log. Wenn nicht, hätte ich vielleicht getan, worum er mich bat, und ihm Geld geliehen.« Sie sah ihn mit rotgeränderten Augen an. »Hat Jinx Ihnen Mr. Blooms Namen gegeben?«

»Ja«, antwortete er.

»Heißt das, daß es ihr wieder besser geht? Ich habe mit ihrer Stiefmutter telefoniert, und sie hat mir gesagt, Jinx habe ihr Gedächtnis verloren. Es hat mir sehr leid getan, das zu hören.«

»Soviel ich weiß, ist es nur eine partielle Amnesie, Lady Wallader. Zwei meiner Leute haben am Sonntag mit ihr gesprochen. Ihr scheinen vor allem die Ereignisse entfallen zu sein, die sich in den zwei Wochen vor ihrem Unfall zugetragen haben.«

»Wie verdammt bequem für sie«, sagte Sir Anthony wütend. »Ihnen ist doch hoffentlich klar, daß sie wahrscheinlich lügt.«

Cheever ignorierte ihn. »Haben Sie sie gemocht, Lady Wallader?«

»Ja«, antwortete sie ruhig. »Aber sie war sehr zornig, als wir sie das letztemal gesehen haben, und ich hatte den Verdacht, daß Leo wieder zu seinen alten Gewohnheiten zurückgekehrt war. Es ist schwer, die eigenen Kinder objektiv zu sehen, Superintendent. Man liebt sie trotz aller Fehler, und sosehr man es auch wünscht, die Fehler verschwinden nicht.«

Die Hand ihres Mannes umspannte ihren Arm wie eine eiserne Klaue. »Du bist illoyal«, sagte er ärgerlich.

Es trat eine kurze Stille ein.

»Ich sage die Wahrheit, Anthony«, entgegnete sie ruhig. »Das heißt nicht, daß ich Leo weniger liebe. Das weißt du.« Sie ignorierte seine Finger, die sich ins Fleisch ihres Armes gruben.

»Die einzige Wahrheit von Bedeutung ist jetzt, daß dein Sohn ermordet worden ist«, sagte er scharf. »Möchtest du, daß sein Mörder ungestraft davonkommt?«

Sie sah ihn an. »Nein«, antwortete sie. »Deshalb ist es wichtig, daß der Superintendent die Wahrheit erfährt.«

»Sie tun Ihrer Frau weh, Sir Anthony«, sagte Cheever ruhig.

Das eingefallene Gesicht wandte sich ihm mit einem Ausdruck der Verständnislosigkeit zu.

»Ihre Hand, Sir. Ich denke, Sie sollten sie wegnehmen.«

Gehorsam öffnete er seine Klaue.

»Sagen Sie mir, warum Miss Kingsley so zornig war, als Sie sie das letztemal gesehen haben.«

»Ach, weil sie genug hatte von seinen Lügen und Finten«, erwiderte Lady Wallader sachlich. »Wie jede andere Freundin, die Leo je gehabt hat. Am Ende haben sie alle entdeckt, daß sich hinter dem Charme und dem guten Aussehen ein sehr selbstsüchtiger Mensch verbarg.« Sie warf ihrem Mann einen kurzen Blick zu. »Er konnte nicht teilen, verstehen Sie, schon als Kind nicht. Immer, wenn ein anderes Kind etwas von ihm geliehen hat, wurde er sehr böse und aggressiv, so daß wir schließlich mit ihm zu einer Psychologin gegangen sind, die eine Persönlichkeitsstörung diagnostizierte. Sie hat uns erklärt, daß man nichts dagegen tun könne, aber daß er mit zunehmendem Alter wahrscheinlich lernen würde, seine Aggressionen besser zu beherrschen.«

»Und war das so?«

»Ich vermute es, ja. Er hörte auf zu schlagen, aber ich kann nicht mit Überzeugung sagen, daß er innerlich weniger wütend darüber war, teilen zu müssen. Er war sehr unreif.«

»Miss Kingsley hat ihn als sehr verschwiegen beschrieben, geheimnistuerisch. Glauben Sie, daß das seine Art war, das Problem zu lösen? Indem er keinem Menschen verriet, was er besaß.«

»Ja.« Sie wies auf das Fax. »Das ist ganz offensichtlich zutreffend. Wir hatten keine Ahnung, daß er so viele Immobilien besaß. Mir war zwar klar, daß er finanziell viel besser daran war, als er immer behauptete, aber doch nicht in diesem Ausmaß. Sie halten uns wahrscheinlich für sehr naiv, Superintendent, aber das Leben mit Leo war soviel ruhiger, wenn man ihm erlaubte, seine Geheimnisse für sich zu behalten.«

Cheever wartete einen Moment. »Sie sagten vorhin, Miss Kingsley habe genug gehabt, Lady Wallader. Heißt das, daß *sie* die Verlobung gelöst hat?«

Sir Anthony mischte sich ein. »Nein«, antwortete er mit Entschiedenheit. »Sie hat uns alle mit Beschimpfungen überschüttet, wobei ich bis heute nicht weiß, was das eigentlich sollte. Aber zu keiner Zeit hat sie gesagt, daß sie die Verlobung lösen wolle. Das hat Leo getan. Er sagte ihr, daß die Hochzeit nicht stattfinden würde, als sie schließlich aufhörte herumzuschreien.«

»Hat er ihr auch gesagt, warum?«

»Ja, er sagte, er habe eine Beziehung zu Meg Harris und wolle sie heiraten.«

»Und wie hat Miss Kingsley darauf reagiert?«

»Sie war schockiert«, antwortete er. »Das war das letzte, was sie erwartet hatte. Sie hat ihn nur völlig fassungslos angestarrt.«

»Sehen Sie das auch so, Lady Wallader?«

Sie blickte auf. »Ja«, gab sie zu. »Sie hat zwar nichts gesagt, aber sie hatte offensichtlich eine solche Reaktion nicht erwartet. Ich hatte den Eindruck, daß sie sehr wütend war, aber ich glaube ihre Wut galt mehr Meg als Leo. Es ist schwer, das im nachhinein genau zu sagen. Wir waren alle sehr erregt, und ich muß zugeben, daß Anthony und ich erleichtert waren, als sie abfuhren.«

»Wann hat das alles stattgefunden?«

»Das war am letzten Wochenende im Mai, da war der Montag ein Bankfeiertag.«

Cheever runzelte die Stirn. »Das ist merkwürdig. Unseren Informationen zufolge ist das Letzte, woran Miss Kingsley sich erinnert, daß sie sich am vierten Juni, als sie zu einem längeren Besuch zu ihren Eltern aufbrach, von Ihrem Sohn verabschiedet hat. Wie kommt es, daß er eine Woche, nachdem er ihr erklärt hatte, daß er sie verlassen wolle, um ihre beste Freundin zu heiraten, noch in ihrem Haus war?«

»Das wissen wir nicht«, sagte Sir Anthony. »Sie waren völlig zerstritten, als sie bei uns abfuhren. Später am Abend hat Leo dann noch einmal angerufen und uns gebeten, mit niemandem über die Sache zu sprechen, solange wir nicht von ihm gehört hätten. Aber er hat nicht erklärt, warum ihm das so wichtig war, und er hat erst fast zwei Wochen später wieder angerufen. Das war am Samstag, dem elften Juni. Da sagte er uns, daß er und Meg verschwinden würden, bis der Sturm sich gelegt hätte.« Er zog grimmig die Brauen zusammen. »Ich gebe zu, daß Leo seine Fehler hatte, aber für die Tochter eines East-End-Schiebers war er eine verdammt gute Partie. Ich vermute, sie war nicht bereit, ihn so leicht gehen zu lassen. Sie hatte an diesem Wochenende im Mai ohne jeden Grund einen Wutanfall bekommen und hat sich später eines Besseren besonnen. So sehe ich es jedenfalls. Es ist ihr gelungen, ihn zu halten, bis sie nach Fordingbridge fuhr, und während ihrer Abwesenheit hat sie ihn wieder an Meg verloren. Ich will sagen, wenn sie vorhatte, die ganze Sache abzublasen, warum hat sie dann nicht in der Woche, als sie in Hellingdon Hall war, Absagen verschickt? Das wäre doch der angemessene Zeitpunkt dafür gewesen. Das paßt alles nicht zusammen.«

»Hm«, sagte Cheever bedächtig, »ich verstehe, was Sie sagen wollen.«

15

Dienstag, 28. Juni,
Nightingale-Klinik, Salisbury – 11 Uhr 30

Als Alan Protheroe Jinx in sein Büro bat, um ihr die Nachricht vom Tod Megs und Leos beizubringen, zog sie sich vor ihm in die Ecke des breiten Ledersofas zurück, und ihr schmales, eingefallenes Gesicht verschloß sich. Er fragte sich, ob sie ihm überhaupt zuhörte, oder ob sie, wie bei so vielen Dingen in ihrem Leben, einfach ausblendete, was sie nicht hören wollte. Sie ihrerseits wollte sich weder von der Teilnahme in seinem Ton noch von dem Mitgefühl in seinem Blick trösten lassen, da sie überzeugt war, beide seien nicht echt. Dr. Protheroe war kein Mensch, dem man blind vertrauen konnte, dachte sie.

»Ich bin überzeugt, daß, abgesehen von der Identität der Toten, vieles von dem, was in den Zeitungen steht, nicht der Wahrheit entspricht«, schloß er ruhig. »Ich habe den Eindruck, als hätte Leos Vater da in einem Moment des Schmerzes einige pauschale Behauptungen aufgestellt, die er später wahrscheinlich bedauern wird, aber ich fürchte, wir müssen mit einem weiteren Besuch der Polizei rechnen, und ich wollte nicht, daß Sie das alles von den Beamten hören.«

Sie antwortete mit einem mühsamen Lächeln. »Ich weiß es schon seit Sonntag abend. Aber das wußten Sie schon, nicht wahr?«

Er nickte.

»Wer hat es Ihnen gesagt?«

»Simon Harris. Er hat gestern nachmittag angerufen. Er wollte mich warnen, mir sagen, daß die Geschichte heute groß herauskommt.«

Ein Ausdruck der Erleichterung flog über ihr Gesicht. »Simon?« Sie sah ihn forschend an. »Wie kommt der denn dazu?«

»Ich glaube, er und sein Vater sind der Meinung, daß diese Art, Sie zu behandeln«, er tippte auf die Zeitung auf seinem Schoß, »mit Gerechtigkeit nichts zu tun hat. Er meinte, das, was seine Mutter und Sir Anthony da veranstalten, gleiche einem Femegericht.«

»Caroline hat mich nie gemocht«, sagte sie niedergeschlagen. »Aus irgendeinem Grund hat sie immer mir die Schuld an Megs Verhalten gegeben. Sie ist der Meinung, Meg sei in schlechte Gesellschaft geraten. Ich vermute, sie hat sich Adam angesehen und gedacht, der Apfel fällt nicht weit vom Stamm.«

»Das ist nichts Ungewöhnliches. Wir alle geben gern anderen Menschen die Schuld an den Fehlern unserer Kinder.« Er schwieg einen Moment. »Warum haben Sie mir nicht gesagt, daß der Besuch der Polizei Sie sehr mitgenommen hat?«

Sie rieb sich die Augen. »Ich traue der Polizei nicht«, antwortete sie, »aber das ist eine Form der Paranoia, auf die ich nicht besonders stolz bin. Es hätte ja sein können, daß ich mir alles nur einbilde. Ich wollte Sie nicht unnötig beunruhigen, solange ich nichts mit Sicherheit wußte.«

»Aber Sie hätten gestern mit mir sprechen können.«

»Gestern hab ich an einer anderen Form der Paranoia gelitten. Ich war damit beschäftigt, mir vorzustellen, was mein Vater plante.«

Er hob in einer Geste der Verzweiflung die Hände. »Wie soll ich Ihnen helfen, wenn Sie alles für sich behalten?«

»Sie sind ein sehr arroganter Mensch«, erklärte sie ohne Feindseligkeit. »Ist Ihnen noch nicht der Gedanke gekommen, daß ich vielleicht Ihre Hilfe gar nicht will?«

»Doch, natürlich«, entgegnete er kurz, »aber das heißt nicht, daß ich aufhören muß, sie anzubieten. Glauben Sie denn, meine anderen Patienten wollen meine Hilfe? Sie kommen hier mit guten Vorsätzen an, aber schon nach ein paar Stunden wollen die meisten von ihnen nur noch raus, um sich den nächsten Schuß setzen zu können. Arroganz sehe ich eigentlich nur auf Ihrer Seite, Jinx.«

»Wieso?«

»Sie halten sich für schlau genug, uns alle zusammen zu verladen, mich, die Polizei und Ihren Vater.«

Sie richtete ihren Blick wieder auf ihn. »Das stimmt schon, ich habe nichts als Verachtung für Leute, die sich in ihrem Elfenbeinturm einsperren und die Augen vor dem Wahnsinn draußen schließen«, gab sie ärgerlich zurück. »Russell wurde ermordet. Zehn Jahre lang habe ich jede ernsthafte Beziehung vermieden. Dann, als ich glaubte, der Staub hätte sich gesetzt, habe ich losgelassen und mich in Leo verliebt. Jetzt ist auch er tot, genau wie die einzige Freundin, die ich je gehabt habe. Was wollen Sie mir denn da für Hilfe anbieten? Wollen Sie mir vielleicht helfen, mich an den Tod meines Mannes, meiner Freundin und meines Geliebten zu erinnern?« Sie wirkte sehr zornig. »Mir gefällt es, wie es ist. Ich möchte mich an nichts *erinnern*. Ich möchte nichts *wissen*. Ich möchte nichts *fühlen*. Ich möchte nur in Ruhe gelassen werden, damit ich meine surrealistischen Fotografien machen kann, in denen alle meine unterdrückten Ängste und Wünsche in einer idiosynkratischen Nebeneinanderstellung von Reinheit und Verderbtheit um Ausdruck ringen.« Sie zeigte ihm mit einem grimmigen Lächeln die Zähne. »Und das ist ein wörtliches Zitat aus einer Besprechung meiner Arbeit in der *Sunday Times*. Es ist prätentiöser Blödsinn, aber es klingt großartig.«

Er schüttelte ungeduldig den Kopf. »Sie wissen genau, daß das kein Blödsinn ist. Ich habe mir einige Ihrer veröffentlichten Arbeiten angesehen, und eben dieses Thema tritt immer wieder auf.« Er beugte sich vor. »Sie scheinen die Welt in ungewöhnlich starken Kontrasten zu sehen. Schwarz und weiß. Gut und böse. Neben jeder Zartheit eine Grausamkeit; neben jedem Positiv ein Negativ. Warum gibt es für Sie keine Grauzonen, Jinx?«

»Weil Vollkommenheit nur vor einem unvollkommenen Hintergrund existieren kann. Vor einem vollkommenen Hintergrund wird sie gewöhnlich.«

»Es ist also die Vollkommenheit, die Sie fasziniert?«

Sie erwiderte ruhig seinen Blick, sagte aber nichts.

»Nein«, sagte er, an ihrer Stelle antwortend, »es ist die *Un*vollkommenheit, die Sie fasziniert. Das Schwarz zieht Sie stärker an als das Weiß.« Er musterte aufmerksam ihr Gesicht. »Die Hintergründe Ihrer Bilder sind immer zwingender als die Sujets, außer in den wenigen Fällen, wo Sie das Prinzip umgekehrt haben und das Häßliche zum Sujet gemacht haben und die Schönheit zum Hintergrund.«

Sie zuckte mit den Achseln. »Sie haben wahrscheinlich recht. Schwarzer Humor spricht mich an.«

»Schwarzer Humor wie in Schadenfreude?«

»Ja.«

»Das stimmt nicht, Jinx. Sie quälen sich um andere, und der einzige Mensch, über den Sie lachen, sind Sie selbst.« Er hielt ihr ihre eigenen Worte vor. »Meine Erziehung war nichts als Zeitverschwendung. Die *Sunday Times* schreibt prätentiösen Blödsinn über meine Kunst. Ich stehe nicht in Ihrem Beisein aus einem Bett auf, damit Sie dann in Ihrem Golfclub über mich witzeln können.« Er schwieg. »Lachen Sie jetzt über Leo? Das sollten Sie nämlich, wenn Sie eine schadenfrohe Person sind. Es gibt keinen schwärzeren Witz, als wenn jemand, der einem unrecht getan hat, seine wohlverdiente Strafe erhält.«

»Ach, mir fallen da noch andere ein«, sagte sie tonlos. »Wenn man zum Beispiel eines Morgens in einer Polizeistelle aufwacht und sich erinnert, daß man selbst es war, der den tödlichen Schlag geführt hat. Da kann man sich doch nur krümmen vor Lachen. Ha! Ha! Ha! Wir werden uns alle kaputtlachen.« Sie wandte ihren Blick zum Fenster, wie um ihn auszugrenzen.

»Ich glaube nicht, daß das passieren wird.«

»Jemand hat sie getötet. Warum sollte nicht ich es gewesen sein?«

»Ich spreche nicht davon, ob Sie es getan haben oder nicht, Jinx. Ich spreche davon, daß Sie eines Morgens in einer Polizeistelle aufwachen und sich erinnern, daß Sie es getan haben. *Das* ist unwahrscheinlich. Eine Amnesie verschwindet nicht über Nacht, Sie werden also, lange bevor die Polizei Sie festnimmt, wissen, ob sie einen Grund dazu hat.« Er beobachtete sie. »Hat sie das?«

Sie starrte noch ein paar Sekunden zum Fenster hinaus, ehe sie sich mit einem Seufzer wieder ihm zuwandte. »Ich sehe immer wieder Meg, wie sie auf den Knien liegt und bettelt«, sagte sie. »Und gestern abend habe ich mich daran erinnert, daß ich zu ihrer Wohnung gefahren bin und eine wahnsinnige Wut hatte, weil Leo dort war. Ich habe Alpträume, daß ich ertrinke und lebendig begraben werde, und dann wache ich auf, weil ich nicht atmen kann. Ich kann mich an sehr starke Gefühle erinnern.« Sie brach ab.

»Was für Gefühle sind das?«

»Angst«, antwortete sie. »Sie überfällt mich ganz plötzlich, und ich fange an zu zittern. Ich erinnere mich an Angst.«

Diese Enthüllungen kamen so plötzlich, daß er nicht auf sie vorbereitet war, und er empfand eine schreckliche Traurigkeit, denn sie schien sich einer überwältigenden Schuld zu erinnern. »Erzählen Sie mir etwas über Meg«, schlug er schließlich vor.

»Sie hatte die Arme ausgestreckt und bettelte. Bitte, bitte, bitte.« Ihre Wimpern waren feucht von zurückgehaltenen Tränen.

»Hat sie Sie angebettelt?«

»Das weiß ich nicht. Ich sehe sie immer nur auf den Knien liegen.«

»Wo waren Sie?«

»Ich weiß nicht.«

»War noch jemand da?«

»Ich weiß nicht.«

»Okay, erzählen Sie mir, wie es Ihrer Erinnerung nach war, als Sie zu Megs Wohnung fuhren und Leo dort vorfanden.«

»Ich hatte nur dieses Bild von Leo, wie er mir die Tür aufmacht, und ich wußte, daß es Megs Wohnung war, weil Leo Marmaduke auf dem Arm hatte. Marmaduke ist eine Katze«, erklärte sie. »Das komische ist, daß ich gehört habe, wie er schnurrt, aber sonst war das Bild völlig statisch, wie eine Fotografie.«

»Aber Sie erinnern sich, auf Leo wütend gewesen zu sein.«

»Ich hätte ihn am liebsten geschlagen.« Sie preßte ihre Lippen aufeinander. »Das ist die eigentliche Erinnerung, weniger das Bild, als dieses Gefühl unglaublicher Wut. Mir fiel ganz plötzlich ein, daß Leo mich wütend gemacht hatte, und dann sah ich ihn an Megs Wohnungstür stehen.«

»Wissen Sie, wann das war?«

Sie dachte lange nach. »Es muß nach dem vierten Juni gewesen sein, weil das das Letzte ist, woran ich mich erinnere – daß ich mich von Leo verabschiedet habe. Er kam in den Flur und sagte: Mach's gut, Jinxy, und werde glücklich ...« Wieder verfiel sie in nachdenkliches Schweigen.

»Und was haben *Sie* gesagt?«

»Das weiß ich nicht mehr. Ich kann mich nur erinnern, was *er* gesagt hat.«

Er zog sich einen Block heran und nahm seinen Füller. »Schildern Sie mir den Ablauf des Tages davor. Was war es für ein Tag?«

Sie sprach mit Sicherheit. »Ich war im Atelier. Wir sollten Publicityaufnahmen von einer neuen Teenagerband machen. Es war unheimlich schwierig, irgend etwas Originelles zustande zu bringen, weil diese Jungs total uninteressant waren und fürchterlich selbstgefällig. Vier adrette junge Männer mit blitzenden weißen Zähnen und haarlosen Oberkörpern, die sich einbildeten, sie wären so hübsch, daß ein paar Schnappschüsse von ihnen genügen würden, um jedes präpubertäre Mädchen im ganzen Land in Ekstase zu versetzen.« Sie lachte plötzlich. »Also hab ich Dean gesagt, er soll sie ein bißchen hänseln, und nach drei Stunden hatten wir endlich ein paar phantastische Aufnahmen von vier wütenden jungen Männern, die finster in die Kamera funkelten.«

Alan lachte ebenfalls. »Was hat Dean denn zu ihnen gesagt«

»Er hat sie einfach nur ›meine hübschen kleinen Jungfrauen‹ genannt. Sie sind sehr schnell in Rage geraten, besonders weil wir sie ungefähr zwei Stunden warten ließen, während wir mit Lampen und Objektiven rumgemacht haben. Am Ende der Sitzung haben sie uns wirklich gehaßt, aber dafür hatten wir gute Bilder.«

»Sie haben also den Film sofort entwickelt?«

»Nein. Wir hatten am Nachmittag einen Außentermin, und die Zeit war knapp. Wir haben nur schnell ein Brot gegessen und sind dann losgefahren.« Plötzlich verwirrt, hielt sie inne. »Danach bin ich direkt nach Hause gefahren.« Sie starrte ihn an. »Wann hab ich dann diese Fotografien überhaupt gesehen?«

»Machen wir uns darüber zunächst mal kein Kopfzerbrechen. War Leo da, als Sie nach Hause kamen?«

»Nein«, antwortete sie langsam, »aber das habe ich auch gar nicht erwartet.« Ihre Augen blitzten erregt auf. »Ich weiß noch, daß ich in jedem Zimmer nachgesehen habe, um mich zu vergewissern, daß er wirklich weg war, und danach hatte ich ein Gefühl tiefsten Friedens, weil ich mein Haus endlich wieder für mich hatte.« Sie schlug die Hände vor ihr Gesicht. »Ich erinnere mich! Er war nicht da, und ich war *glücklich*.«

Protheroe fragte sich, wieso ihr der eklatante Widerspruch nicht aufgefallen war. *Oder vielleicht gehörte der Widerspruch zum Spiel.* »Und wie haben Sie das gefeiert?«

In ihren Augen glomm Erheiterung. »Ich habe zwei Bier getrunken, gebackene Bohnen aus der Dose gegessen, in einer halben Stunde zehn Zigaretten geraucht, vor der Glotze gesessen und Seifenopern angeschaut und um halb elf im Bett Spiegeleier mit Schinken gegessen.«

Er sah sie lächelnd an. »Das ist sehr präzise.«

»Es sollte ja auch ein Statement sein.«

»Weil das lauter Dinge waren, gegen die Leo was einzuwenden gehabt hätte?«

»Nur ein Bruchteil davon. Sein Frauenbild war ganz an seiner Mutter orientiert, und die hat sich um des lieben Friedens willen in allem ihrem Chauvi von Ehemann gebeugt.«

Er zog eine Augenbraue hoch, ging aber nicht weiter auf ihre Bemerkung ein. »Und was haben Sie sich im Fernsehen angeschaut?«

»Seifenopern. Eine nach der anderen. *East Enders. The Bill. Brookside.*« Sie lächelte. »Dann hab ich's nicht mehr ausgehalten und mir die Nachrichten angesehen. Seifenopern sind ziemlich langweilig, wenn man keine Ahnung hat, was da eigentlich vorgeht.«

»Warum haben Sie sich nicht *Coronation Street* angesehen?«

»Das ist nicht gelaufen.«

»Sind Sie da sicher?«

»Absolut«, antwortete sie. »Ich hab die *Radio Times* durchgeblättert und mir die Dinger ganz bewußt ausgesucht. Wenn es gelaufen wäre, hätte ich es mir angesehen.«

Er strich sich gedankenvoll den Bart. »Ich bin zwar kein Experte, das gebe ich zu, aber ich bin sicher, daß *Coronation Street* freitags gesendet wird, und Sie sagen, Sie erinnern sich, daß dies

Freitag, der dritte Juni, war.« Er stand vorsichtig, weil seine Schulter immer noch bei jeder Bewegung schmerzte, aus dem Sessel auf und ging zu seinem Schreibtisch. »Hilda«, sagte er in die Sprechanlage, »können Sie irgendwo eine *Radio Times* auftreiben und mir hereinbringen? Ich muß wissen an welchen Wochentagen *Coronation Street* nicht gesendet wird und an welchen *East Enders, The Bill* und *Brookside* laufen.«

Ihr Lachen klang blechern. »Na so was, und ich hab immer gedacht, Sie sind mehr fürs Intellektuelle.«

»Sehr komisch. Es ist wichtig, Hilda.«

»Okay, entschuldigen Sie, das kann ich Ihnen auch ohne die *Radio Times* sagen. *Coronation Street* kommt montags, mittwochs und freitags. *East Enders* läuft montags, dienstags und donnerstags, *The Bill* dienstags, donnerstags und freitags, und *Brookside* dienstags, mittwochs und freitags. Wenn Sie also *Coronation Street* nicht sehen wollen, aber die drei anderen, bleibt nur der Dienstag.«

»Allmächtiger!« sagte Alan ehrfürchtig. »Sehen Sie sich die denn alle an?«

»Meistens«, bestätigte sie heiter. »Kann ich sonst noch was für Sie tun?«

»Nein, vielen Dank.« Er kehrte zu seinem Sessel zurück. »Haben Sie das gehört?« fragte er Jinx. »Es scheint, Sie erinnern sich an einen Dienstag und nicht an einen Freitag, und es ist ja wohl auch ein bißchen unwahrscheinlich, daß Leo unmittelbar nachdem er seine Sachen gepackt hatte und ausgezogen war, zum Frühstück wiedergekommen wäre.«

Sie blickte verwirrt auf ihre Hände hinunter.

»Ich frage mich, ob Sie den Samstag, den vierten, wirklich so klar in Erinnerung haben, wie Sie glauben. Sie erinnern sich, sich von Leo verabschiedet zu haben und scheinen den Tag und das Datum genau im Kopf zu haben, aber wissen Sie, warum das so ist? Was ist an diesem Samstag, dem vierten, passiert, daß er Ihnen so stark im Gedächtnis geblieben ist?«

»Er war seit Wochen in meinem Terminkalender angemerkt«, antwortete sie. »Ab viertem Juni eine Woche in Hellingdon Hall.«

»Und Sie sind ganz sicher nach Hellingdon Hall aufgebrochen, als Sie sich von Leo verabschiedet haben?«

»Ja.«

»Wie viele Koffer hatten Sie mit?«

Sie starrte ihn verständnislos an.

»Hatten Sie überhaupt Koffer?« fragte er.

»Ich weiß, daß ich meinen Vater besuchen wollte«, sagte sie langsam.

Er wartete. »Und?« hakte er schließlich nach.

»Meine Handtasche hing an der Rückenlehne des Stuhls.« Sie schien in die Vergangenheit zu blicken. »Es ist ein kleiner Lederbeutel an einem langen Riemen. Ich hab ihn mir über die Schulter gehängt und gesagt, also, ich fahre jetzt.« Sie runzelte die Stirn. »Ich muß die Koffer schon am Abend vorher in den Wagen gebracht haben.«

»War das Ihre Gewohnheit?«

»Das ist das einzige, was Sinn macht.«

»Wer weiß.« Er nahm einen Taschenkalender aus seiner Jakkentasche. »Arbeiten wir uns von hinten nach vorn«, schlug er vor, »und fangen wir mit dem an, von dem Sie wissen, daß es wahr ist. Erzählen Sie mir von Ihrer ersten Begegnung mit Leo.«

Das Pfarrhaus, Littleton Mary, Wiltshire – 12 Uhr 15

Simon Harris öffnete die Tür und sah bestürzt drein, als er Frank Cheever erkannte. »Wir – ich meine, mein Vater und ich . . .«, er brach ab, als aus dem Fenster zur Rechten eine laute, erregte

Stimme vernehmbar wurde. »Meiner Mutter geht es leider nicht sehr gut. Sie wird einfach nicht damit fertig. Sie müßte dringend zu einem Arzt, aber sie will nichts davon wissen. Das schlimme ist, daß sie sehr schwere Anschuldigungen erhebt, und wir haben Angst – ja, also offen gesagt, sie wirft meinem Vater ganz schreckliche Dinge vor, und wir – ich meine, ich...« Wieder brach er ab, als Caroline Harris' Stimme klar verständlich durch das Fenster hinausgetragen wurden.

»Du wagst es, das zu leugnen? Hast du denn geglaubt, ich wüßte nicht, wie du hinter ihr her warst? Hast du geglaubt, sie würde mir nicht sagen, was du mit ihr getan hast? Sie konnte es nicht erwarten, aus diesem Haus wegzukommen, von dir wegzukommen! Du hast sie zu dem gemacht, was sie war, und jetzt wagst du es, ihr Schwäche vorzuwerfen. Du ekelst mich an. Du hast mich immer angeekelt.«

Undeutlich war Charles Harris' gesenkte Stimme zu hören.

»Selbstverständlich werde ich zur Polizei gehen. Warum sollte ich dich schützen, wo du sie nie geschützt hast? Du ekelhafter Mensch.« Wieder begann ihre Stimme zu schreien. »KINDERSCHÄNDER!« Krachend schlug eine Tür zu, dann folgte Stille.

Cheever sah Simon Harris in das entsetzte Gesicht. »Nichts von dem wäre vor Gericht als Beweis zulässig, Sir. Ich könnte unmöglich schwören, daß ich die Stimme Ihrer Mutter gehört habe und nicht vielleicht eine Radiosendung. Machen Sie sich also bitte keine unnötigen Sorgen. Wie Sie sagten, sie ist überreizt, und wenn wir zornig sind, sagen wir alle Dinge, die wir nicht ernst meinen.«

»Aber Sie haben es gehört.«

»Ja.«

»Es ist absolut unwahr. Mein Vater hat sein Leben lang nie jemanden mißbraucht und ganz sicherlich nicht Meg. Meine Mutter ist diejenige, die das Problem hat.« Sein Gesicht war angespannt. »Das ist alles so schrecklich. Ich frage mich dauernd, warum? Was haben wir getan, um das zu verdienen?«

Cheever blieb eine Antwort erspart. Hinter Simon öffnete sich die Tür, und sein Vater legte dem jungen Mann einen Arm um die Schulter und zog ihn ins Haus. »Kommen Sie herein, Superintendent. Sie finden uns leider in argem Aufruhr vor. Der Schmerz ist häufig ein höchst selbstsüchtiges Gefühl.«

Nightingale-Klinik, Salisbury – 12 Uhr 30

Alan lächelte ermutigend, als Jinx erste Anzeichen von Unsicherheit zeigte. »Sie machen das sehr gut. Wir können das alles später nachprüfen, indem wir Dean fragen, aber Sie haben mich jetzt ohne jedes Zögern bis zum Freitag, dem siebenundzwanzigsten Mai, geführt.« Er warf einen Blick in seinen Kalender. »Der folgende Montag, der dreißigste, war ein Feiertag. Hilft Ihnen das weiter? Es ist unwahrscheinlich, daß Sie an dem Tag zur Arbeit gegangen sind. Vielleicht haben Sie die Gelegenheit genutzt, um irgendwo ein verlängertes Wochenende zu machen.«

»Der Freitag war der letzte Tag der Modeaufnahmen für *Cosmopolitan*«, rekapitulierte sie nachdenklich. »Dean hatte Karten für ein Rockkonzert in Wembley und wollte sich um fünf an der U-Bahn-Haltestelle mit seinem Freund treffen, deshalb mußte ich die Filme entwickeln. Ich wollte es hinter mich bringen, weil ...« Sie hielt an derselben Stelle inne wie zuvor. »Ich weiß, daß es dringend war«, sagte sie, »aber ich weiß nicht mehr, warum.«

»Die folgende Woche hatte wegen des Bankfeiertags am Montag nur vier Arbeitstage«, sagte er, »und in der Woche darauf wollten Sie nach Hellingdon Hall. Vielleicht waren Sie einfach in Zeitdruck.«

Sie starrte irgendwo ins Leere. »Miles und Fergus sind gekommen«, sagte sie plötzlich. »Angelica war schon gegangen, und sie haben an die Tür gedonnert, bis ich schließlich aufgemacht habe. Sie kamen mit einem Taxifahrer, der Geld haben wollte. Sie waren beide betrunken. Sie sagten, sie hätten ihr ganzes Geld beim Spielen verloren und könnten jetzt nicht mehr nach Hause fahren. Sie brauchten ein Bett für die Nacht. Ich habe gefragt, warum sie nicht direkt nach Richmond gefahren sind und dort auf mich gewartet haben. Das hatten sie tatsächlich getan, aber Leo hatte sich geweigert, das Taxi zu bezahlen, und sie ins Atelier geschickt. Sie sollten mich für das Taxi zahlen lassen, hatte er zu ihnen gesagt. Und das hab ich dann auch getan.« Sie nahm eine Zigarette aus der Packung und zündete sie an. Eine Weile starrte sie schweigend in die bläulichen Rauchfäden, die von ihr aufstiegen, dann fuhr sie zu sprechen fort.

»Ich kann mich jetzt wieder erinnern«, sagte sie mit merkwürdiger Stimme. »Ich habe ihnen Kaffee gemacht und gesagt, sie sollen im Vorzimmer warten, bis ich fertig wäre. Aber Miles war so betrunken, daß er einfach in die Dunkelkammer kam und Licht reinließ.«

»Und dann?«

»Der Film, an dem ich gearbeitet hatte, war hinüber. Da hab ich getan, was mein Vater immer tut, und hab ihn verprügelt.« Sie lachte dumpf. »Ich hab ihn durch das ganze Atelier gejagt und mit einem Plastikstuhl auf ihn eingeschlagen. Ich war außer mir vor Wut. Als dann auch noch Fergus reingetorkelt kam, um zu sehen, was los ist, hab ich ihn ebenfalls geschlagen. Aber in Wirklichkeit wollte ich nur Leo verprügeln. Es war einfach das letzte, daß er mir die beiden auf den Hals gehetzt hatte, obwohl er wußte, daß ich vor Arbeit kaum aus den Augen schauen konnte.«

»Woher hat er das gewußt?«

»Weil ich ihn angerufen habe, um es ihm zu sagen, nachdem

Dean gegangen war. Wir wollten über das Wochenende zu seinen Eltern, und er wollte schon am Freitag abend fahren. Deshalb habe ich ihn angerufen. Um ihm vorzuschlagen, daß er allein vorfährt, und ich am Samstag nachkomme. Aber er sagte, er hätte selbst noch einiges zu tun, es spiele also keine Rolle.«

»Und erst nach diesem Telefongespräch hat er Miles und Fergus zu Ihnen geschickt?«

Sie nickte.

»Wie ging es dann weiter?«

»Mir war auf einmal klar, daß ich ihn nicht heiraten würde. Es war mehr das Geld als alles andere, ich meine, daß er nicht einmal bereit war, ihnen das Taxi zu bezahlen.« Ihre Lippen wurden schmal vor Zorn. »Er hatte monatelang praktisch auf meine Kosten gelebt, und dann wollte er nicht mal eine lumpige Taxifahrt rausrücken. Ich bin ja verrückt, dachte ich. Was hab ich mir nur dabei gedacht, mich an dieses egoistische Schwein zu binden, das nur an sich selbst denkt?« Sie sah Alan an. »Ich habe für den Abend Schluß gemacht, die Jungs ins Auto gepackt und bin nach Hause gefahren, um ihm die Meinung zu sagen. Aber er war gar nicht da.« Sie zuckte mit den Achseln. »Na ja, da hab ich eben eine Pizza bestellt, und nachdem wir gegessen hatten, hab ich die Jungs ins Bett geschickt, damit sie ihren Rausch ausschlafen.«

Es folgte ein kurzes Schweigen.

»Waren Miles und Fergus denn nicht wütend auf Sie, als Sie sie geschlagen haben?«

»Ich glaube, sie waren zu verdattert.« Sie dachte zurück. »Wissen Sie, es ist komisch, ich bin erst neulich auf Fergus wütend geworden und dachte, es wäre das erste Mal überhaupt, aber es war nichts im Vergleich zu der Wut, die ich an dem Abend hatte. Ich weiß noch, daß ich so rumgebrüllt habe, daß ich am nächsten Morgen ganz heiser war.« Sie lächelte leicht. »Ich habe nicht fest zugeschlagen. Es war die Tatsache, daß ich es überhaupt getan habe, die sie schockiert hat. Miles hat angefangen zu weinen und gesagt, ich wäre genau wie Adam, und ich dachte: Zum erstenmal verstehe ich, warum Adam es tut.«

»Und warum, Jinx?«

Sie sah ihn an. »Weil man so hundemüde ist, so verdammt hart arbeitet, sich mit einem Schmarotzer eingelassen hat, der keinen Pfifferling wert ist, und einem dann zwei unreife Säufer alles zerstören, was man fertiggebracht hat, weil sie es für lustig halten. In der Nacht hätte ich sie alle umbringen können, jeden einzelnen von ihnen. Ich habe vor Wut überhaupt nicht geschlafen und konnte nur daran denken, wie grauenvoll die nächste Woche werden würde, weil ich soviel Arbeit hatte und das nun alles noch mal machen mußte. Und ich hatte Angst, daß der verpfuschte Film der einzige sein könnte, der gut geworden war. Unentwegt hab ich mich gefragt, wie ich den Leuten von *Cosmopolitan* dann erklären soll, daß wir die Aufnahmen alle noch mal machen müssen.«

»Ist Leo in der Nacht zurückgekommen?«

»Wenn ja, dann hab ich ihn nicht gehört. Ich hatte die Haustür und die Hintertür abgeschlossen. Er konnte also gar nicht rein.« Sie wischte sich ein Stäubchen, das nicht da war, vom Ärmel. »Er ist am Samstag gegen Mittag zurückgekommen.«

»Waren Miles und Fergus zu der Zeit noch da?«

Sie nickte. »Wir saßen alle in der Küche, als er durch die Hintertür reinkam. Sie konnten gar nicht weg. Ich hätte ihnen das Geld für die U-Bahn zu Miles' Porsche geben müssen, der irgendwo vor einem Casino stand, aber ich hab mich geweigert, schon wieder zu bezahlen. Ich hab gesagt, meinetwegen könnten sie zu Fuß gehen oder Adam anrufen und ihm erklären, warum sie in der Patsche saßen. Er hatte ihnen schon einmal gesagt, daß er sie aus seinem Testament streichen würde, wenn sie nicht zu spielen aufhörten.« Sie schloß die Augen und berührte mit den Fingerspitzen die Lider, als spürte sie dort einen Schmerz. »Daraufhin hat

Leo sich angeboten, sie zu fahren, und sie sind alle zusammen gegangen.«

Wieder kehrte Schweigen ein.

»Und was haben Sie dann getan?« fragte Alan.

»Das weiß ich nicht«, antwortete sie. »Danach kann ich mich an nichts erinnern. Vermutlich hab ich mich hingelegt und geschlafen.« Sie senkte ihre Hand und sah ihn mit einem Blick an, der verzweifelt wirkte.

Das Pfarrhaus, Littleton Mary, Wiltshire – 12 Uhr 30

Sie saßen in tiefem Unbehagen im Wohnzimmer, Caroline Harris in sich zusammengekrochen auf dem Sofa, das Gesicht von Qual gezeichnet. Charles Harris hatte sich so weit wie möglich von ihr weggesetzt, während Simon unbequem auf einem Hocker saß. Cheever, der verschwitzt und müde war, bot man einen tiefen Ledersessel an, der ihm im Rücken weh tat.

»Wir haben Leos Haus in Chelsea gefunden«, berichtete er, »und wie ich kurz vor meiner Abfahrt hierher gehört habe, stehen mehrere Kartons und Koffer im Haus, die Ihrer Tochter zu gehören scheinen. Bei einer oberflächlichen Durchsuchung wurde ein Fotoalbum mit mehreren Aufnahmen vom Juli neunzehnhundertdreiundachtzig gefunden, die Meg und Leo zusammen zeigen.« Er richtete seine Frage an Caroline Harris. »Wußten Sie, daß die beiden sich seit mindestens elf Jahren kannten?«

Ihre Lippen verengten sich zu einem schmalen Strich. »Nein«, antwortete sie.

»War Ihre Tochter ein verschwiegener Mensch, Mrs. Harris?«

Caroline Harris warf ihrem Mann einen gehässigen Blick zu. »Mir gegenüber nicht. Mir hat sie alles erzählt. Nur vor ihrem Vater hatte sie Geheimnisse.«

»Das ist nicht wahr«, warf Simon ein.

Frank sah ihn an. »Sie sagen also, sie sei doch verschwiegen gewesen?«

»Ja, sehr. Sie wollte keinen Menschen wissen lassen, wie sie lebte, am wenigsten meine Eltern. Am wenigsten meine Mutter, sollte ich sagen. Sie wußte, wie prüde meine Mutter ist, darum hat sie ihr bis vor kurzem nicht gesagt, wie viele Männerbekanntschaften sie hatte, und auch da hat sie es nur im Zorn getan.« Er schloß die Augen, um die Qual seiner Mutter nicht sehen zu müssen. »Für sie war die Sexualität etwas ganz Natürliches, ein gesunder Ausdruck von Leben, Liebe und Schönheit, und sie konnte es nicht aushalten, wenn Sex als etwas hingestellt wurde, das schmutzig und ekelhaft sei.«

»Du wolltest sie auch haben, Simon«, sagte Caroline so leise, daß es nur ein Flüstern war. »Genau wie dein Vater. Es hat keine Rolle gespielt, daß sie deine Schwester war. Glaubst du, ich hätte es nicht gemerkt? Ich habe gesehen, wie du sie angeschaut hast.«

Tiefe Röte breitete sich in Simons Gesicht aus. »Du warst diejenige, bei der sie sich nie wohl gefühlt hat«, sagte er ruhig, »nicht Dad. Sie hat in allem das genaue Gegenteil von dem getan, was du getan hast. Sie hat studiert, um eine ordentliche Ausbildung zu haben, sie hat Gott verworfen, sie hat ihre Sexualität genossen, sie hat nicht geheiratet, sie hat sich in das Londoner Leben gestürzt, um der sterilen dörflichen Bigotterie zu entkommen. Sie hat in ihren vierunddreißig Jahren mehr erlebt, als du in einem ganzen Leben erleben wirst.« Er hatte Tränen in den Augen. »Sie hat das Leben nicht abgewürgt, sie hat jede Minute davon gefeiert, als wäre es ihre letzte. Ich wünschte bei Gott, wir alle könnten das auch.«

Es war ein schreckliches Schweigen der Verzweiflung, das auf seine Worte folgte.

Cheever räusperte sich. »Auf einer der Fotografien steht hinten eine etwas rätselhafte Bemerkung. Sie lautet« – er sah in seinem Heft nach – »›Glücklich N. A.‹. Das Foto zeigt, wie man mir beschrieben hat, Meg auf Leos Schoß an einem Strand.« Er blickte auf. »Wissen Sie, was N. A. zu bedeuten hat?«

Simon warf einen Blick auf seine Mutter, aber die hatte sich in irgendeine innere Welt zurückgezogen und wiegte sich sachte hin und her. »Nach der Abtreibung«, sagte er. »Das war so eine Marotte von ihr. Sie sprach von ihrem Leben nach dem Schwangerschaftsabbruch immer als der N.-A.-Zeit. Sie hat oft gesagt, ihr wäre vorher nie klar gewesen, wie fürchterlich es wäre, Kinder zu haben, und sie sei heilfroh darüber, rechtzeitig genug entdeckt zu haben, daß sie nicht zur Mutter geschaffen war.«

»War Leo Wallader der Vater des Kindes?«

»Das weiß ich nicht. Sie hat es mir nie gesagt, und ich habe nie gefragt.«

»Wußten Sie schon vor Ihren Eltern von Leo?«

»Dem Namen nach nicht. Aber ich wußte, daß sie einen Langzeitliebhaber hatte, auf den sie zwischen ihren anderen Affären immer wieder zurückgriff. Sie hatte ihn sehr gern, nannte ihn immer ihren alten Getreuen. Ich vermute, daß das Leo war, wenn sie ihn tatsächlich schon elf Jahre gekannt hat.«

»Hat sie je gesagt, warum sie ihn nicht heiratete?«

Simon zuckte mit den Achseln. »Sie hat einmal eine Bemerkung gemacht, daß er dauernd pleite sei. Aber ich glaube, sie wollte überhaupt nicht heiraten. Auf jeden Fall wollte sie keine Kinder.« Er sah seinen Vater an. »Sie hat immer gefunden, daß ich viel besser in unsere Familie passe als sie, und sie hatte Angst, ein Kind zur Welt zu bringen, das sich da nicht zugehörig fühlt. Sie sagte, das wäre nicht fair.«

»Das kann nicht Leo gewesen sein«, sagte sein Vater. »Sie würde doch einen Mann mit einem Haus in Chelsea nicht als ständig pleite bezeichnen.«

Cheever steckte sein Heft ein. »Er hatte sogar mehrere Häuser und Wohnungen, sowohl hier in England als auch im Ausland, Sir, aber davon hat niemand etwas gewußt, nicht einmal seine Eltern. Er hat sich überall als armer Mann ausgegeben, obwohl er seinem Anwalt zufolge ein stattliches Vermögen besaß. Miss Kingsley schildert ihn als einen Schmarotzer, dessen Geheimniskrämerei bezüglich seiner finanziellen Angelegenheiten fast krankhaft war. Seine Mutter beschreibt ihn als einen seelisch gestörten jungen Mann mit einer pathologischen Abneigung zu teilen. Er war keineswegs ein unkomplizierter Mensch; es ist daher sehr wahrscheinlich, daß er Ihrer Tochter tatsächlich den Eindruck vermittelt hat, er hätte kein Geld.«

»Wie tragisch.« Charles Harris wirkte bekümmert. »Da glaubt man immer, diesen Typ Mensch gäbe es nicht mehr, jedenfalls nicht unter den jungen Leuten. Dafür ist wohl Dickens verantwortlich, der ein so extremes Beispiel geschaffen hat, daß alle übrigen unbemerkt bleiben.« Er sah Cheevers perplexen Gesichtsausdruck. »Scrooge«, erklärte er. »Geizhälse. Menschen, die zwanghaft Geld horten, und es nicht über sich bringen, es auszugeben. Man stößt ab und zu in Zeitungen auf sie, alte Leute, die in den ärmlichsten Verhältnissen gestorben sind und ein Vermögen hinterlassen haben.« Er faltete seine Hände im Schoß. »Wie ich schon sagte, bei jungen Menschen denkt man nicht an so was, aber vermutlich ist ein Geizhals sein Leben lang ein Geizhals. Der arme Leo. Was für eine traurige Geschichte.«

Seine Frau begann zu schreien. Es war ein schreckliches, markerschütterndes Schreien, das alles Mitgefühl erstarren ließ und die Nerven strapazierte.

»Versuchen wir es anders«, schlug Alan vor. »Sie haben gesagt, Sie und Leo wollten an dem Wochenende seine Eltern besuchen. Können Sie sich erinnern, ob Sie das wirklich getan haben oder ob das Vorhaben aufgegeben wurde, als Sie beschlossen, ihn nicht zu heiraten?«

Jinx' Gesichtsausdruck klärte sich. »Nein«, antwortete sie, »wir sind gefahren. Ich hatte einen Riesenkrach mit ihnen. Ich habe mich an dem Wochenende anscheinend mit allen gestritten.«

»Das ist nicht verwunderlich. Sie standen unter starkem inneren Druck. Die Hochzeit war nur wenige Wochen entfernt, und Sie hatten kalte Füße bekommen.«

»Aber warum bin ich mit ihm zu seinen Eltern gefahren, wenn ich wußte, daß ich ihn nicht heiraten würde?« Es war ein Rätsel, aber sie glaubte nicht, daß Protheroe es lösen konnte.

Er erinnerte sich, wie sie sich verhalten hatte, als Matthew Cornell sie zum Picknick eingeladen hatte. »Man hat Sie vermutlich erwartet, da haben Sie vielleicht gemeint, die Höflichkeit verlange es, daß Sie hinfahren.«

»Ja«, sagte sie überrascht. »Ich weiß, ich dachte, es wäre Philippa gegenüber rücksichtslos, einfach nicht zu kommen.«

»Erzählen Sie mir etwas über diesen Streit.«

»An den erinnere ich mich so klar«, sagte sie. »Es war nach dem Mittagessen am Montag, und bei mir sind plötzlich alle Sicherungen durchgebrannt, als Leo seinen Vater um Geld anging, und Anthony sagte, er sei im Moment etwas knapp bei Kasse, weil er für Ausbesserungsarbeiten am Haus habe bezahlen müssen.« Sie schüttelte den Kopf. »Die Arbeiten waren schon sechs Monate zuvor abgeschlossen worden, und er war wütend, weil die Baufirma sich an einen Rechtsanwalt gewandt hatte.« Sie schnitt ein Gesicht. »Ich hatte mich vierundzwanzig Stunden lang im Zaum gehalten, aber da hab ich plötzlich durchgedreht. Ich habe ihn in sämtlichen Variationen, die mir eingefallen sind, als Geizhals beschimpft, und danach bin ich auf Leo losgegangen, und die arme Philippa war total entsetzt, und sie hat mir leid getan, weil sie immer sehr nett zu mir gewesen war.« Sie seufzte. »Eine sehr würdevolle Vorstellung war das wirklich nicht. Meine Spucke ist durchs ganze Zimmer geflogen, weil ich die Wörter nicht schnell genug rauskriegen konnte.«

»Und was ist passiert, als Sie Leo gesagt haben, daß Schluß sei?«

Sie sah einen Moment irritiert aus. »Dazu bin ich nie gekommen. Ich habe nur ein fürchterliches Tamtam gemacht, rumgeschrien und gebrüllt und die beiden Männer beschimpft. Ich weiß wirklich nicht, was ich mir dabei gedacht habe, wahrscheinlich wollte ich nur die ganze angestaute Wut loswerden. Aber vom Schlußmachen habe ich nichts gesagt. Das hat Leo getan.« Sie lachte kurz. »Er hat gesagt, er hätte schon längere Zeit ein Verhältnis mit Meg und habe sich entschlossen, sie und nicht mich zu heiraten.« Sie sah ihn an. »Ich habe Ihnen ja gesagt, daß ich wegen der Geschichte zwischen Leo und Meg bestimmt nicht versucht hätte, mir das Leben zu nehmen. Glauben Sie mir das jetzt? Ich kann mich noch genau an meine Erleichterung erinnern, als er es gesagt hat. Gott sei Dank, dachte ich. Ich bin aus dem Schneider.«

»Aber es muß trotzdem ein Schock gewesen sein.«

»Schon. Ich hätte auch nie gedacht, daß sie es noch einmal tun würde; nicht nach dem, was mit Russell geschehen war.«

Er konnte ihr nicht folgen. »Daß sie was noch einmal tun würde?«

Sie sah ihn erstaunt an. »Na ja, es war das alte Lied«, erklärte sie ungeduldig, als handelte es sich um etwas, das er hätte wissen müssen. »Meg hatte eine Affäre mit Russell, als er ermordet wurde.«

Southern Evening Echo – 28. Juni

Eine geheimnisvolle Affäre

Die Polizei Hampshire gab heute nachmittag bekannt, daß Leo Wallader, 35, und Meg Harris, 34, deren Leichen wie berichtet im Wald von Ardingly gefunden wurden, seit elf Jahren eine Beziehung unterhielten, die sie vor ihren Familien geheimgehalten haben. »Im Augenblick ist noch völlig unklar«, sagte Superintendent Cheever von der Kriminalpolizei, der die Ermittlungen leitet, »weshalb Geheimhaltung wichtig war, aber wir hoffen, daß nach Veröffentlichung von Fotos der beiden sich jemand melden wird, der sie als Paar gekannt hat.«

Geheimnisse umgeben auch Leo Walladers Vermögen, das auf eine Million Pfund geschätzt wurde. »Er hat Freunden und Verwandten erzählt, er sei in finanziellen Schwierigkeiten«, sagte Superintendent Cheever, »und die Entdeckung, daß er ein so wohlhabender Mann war, kam für alle überraschend.«

Sir Anthony Wallader, Leos Vater, der die Polizei Hampshire gestern der Untätigkeit beschuldigte, wollte zu den finanziellen Angelegenheiten seines Sohnes keinen Kommentar abgeben. »Meine Frau und ich können jetzt mit niemandem sprechen. Uns hat das alles zu sehr mitgenommen«, sagte er. Da ein Testament nicht gefunden wurde, werden Sir Anthony und Lady Wallader als nächste Angehörige das Vermögen ihres Sohnes erben. Sir Anthony soll ebenfalls vermögend sein.

Superintendent Cheever sagte, die Polizei Hampshire sei betroffen über den Vorwurf der Untätigkeit. »Wir arbeiten mit aller Kraft an der Aufdeckung der Morde«, erklärte er vor Journalisten, »aber solche Fälle sind nie einfach. Die Tatsache, daß Leo Wallader und Meg Harris einander so lange gekannt haben, wirft natürlich ein ganz anderes Licht auf die Geschehnisse, und wir müssen feststellen, warum sie es für wichtig hielten, ihre Beziehung geheimzuhalten.«

Er fügte hinzu, daß ihm klar sei, welch großer seelischer Belastung beide Familien ausgesetzt seien, und daß er es bedauere, wenn die Polizei Hampshire in irgendeiner Weise unsensibel gehandelt habe. »Wir neigen dazu, es für selbstverständlich zu halten«, gab er zu, »daß die Familien von Opfern wissen, daß wir ihre Belange mit Gewissenhaftigkeit wahrnehmen. Offensichtlich wird das aber nicht immer erkannt, und wir werden dafür sorgen, daß es in Zukunft keine Mißverständnisse mehr gibt.«

16

Dienstag, 28. Juni,
Nightingale-Klinik, Salisbury – 12 Uhr 50

Alan Protheroe rieb sich müde das Gesicht, dann stand er aus seinem Sessel auf und ging, von innerer Unruhe getrieben, zum Fenster. Konnte er in aller Aufrichtigkeit sagen, daß er irgend etwas von dem, was Jinx ihm erzählt hatte, glaubte? Obwohl alles, woran sie sich zu erinnern behauptet hatte, frei erfunden sein könnte, da es ja niemanden mehr gab, der ihr hätte widersprechen können. Es gab drei Tote, und alle drei waren zu ihren Lebzeiten mit dieser einen Frau eng verbunden gewesen. Die Logik sagte, daß sie etwas über den Tod dieser drei wissen mußte. Die Logik sagte ferner, daß ihr Vater etwas wußte, warum hätte er sie sonst mit so präzisen Anweisungen hinsichtlich ihrer Betreuung in diese Klinik bringen lassen? Adam war, so schien es, ebensosehr daran gelegen wie ihr, daß ihre Erinnerungen verschüttet blieben.

»Ich weiß nicht, ob ich das glauben kann«, sagte er, ihr den Rücken zugewandt. »Vor zwei Tagen haben Sie mir Russell als einen Menschen beschrieben, der besitzergreifend und eifersüchtig war. Sie sagten, ihre Ehe sei beengend gewesen. Jetzt erzählen Sie mir, er und Ihre beste Freundin hätten eine Affäre gehabt. Das paßt doch irgendwie nicht zusammen, oder?«

»Russell hat immer mit zweierlei Maß gemessen«, antwortete Jinx ruhig. »Wenn er es fertiggebracht hat, den Zoll zu betrügen, warum soll er es dann nicht fertiggebracht haben, seine Frau zu betrügen?«

»Also das ist wohl kaum eine Antwort. Wer auf eine Frau fixiert ist, dem liegt doch im allgemeinen nichts an Seitensprüngen mit anderen. Glauben Sie nicht auch, daß das eine das andere ausschließt?«

»Das kommt darauf an, von was für einer Art von Fixierung wir sprechen. Russell war weit mehr auf sich selbst fixiert als auf mich. Ich war nicht viel mehr als eine Trophäe, mit der er vor seinen Freunden, die ja alle schon in seinem Alter waren, protzen konnte, die Kindfrau, die ihm so ergeben war, daß sie auf Ruhm und Reichtum verzichtet hatte, um ihn zu heiraten. Meg war eine andere Art von Trophäe, der Beweis für ihn, daß er mit über vierzig noch potent und attraktiv war. Aber wir haben ihm nicht mehr bedeutet als die Gemälde in seiner Sammlung. Er wollte immer nur besitzen.«

Protheroe drehte sich herum. »Mein Problem ist, daß ich Ihnen das alles unbesehen glauben muß. Tote können ja nicht sprechen.«

»Gibt es einen Grund, weshalb Sie mir nicht unbesehen glauben sollten?« Sie sprach ohne Feindseligkeit, doch in ihren Augen blitzte Zorn. »Plötzlich sind Sie zum Polizisten geworden, obwohl Sie doch vor zehn Minuten nur helfen wollten.« Sie machte Anstalten aufzustehen. »Für Sie ist das ja doch nur eine berufliche Übung, außerdem habe ich Hunger. Ich möchte jetzt zu Mittag essen.«

Er war nicht bereit, sich von ihr einschüchtern zu lassen. »Seien Sie nicht kindisch«, sagte er scharf. »Gesunde Skepsis und der Wunsch zu helfen schließen sich nicht gegenseitig aus, Jinx. Man könnte sogar behaupten, daß die eine den anderen stärkt. Überzeugen Sie den Skeptiker, und Sie werden für die Zukunft einen um so zuverlässigeren Bundesgenossen haben. Wenn Sie Ihre Einstellung der Polizei gegenüber ändern würden, könnten Sie vielleicht Ihre Paranoia ablegen und einen konstruktiven Versuch machen, den Leuten bei der Suche nach dem Mörder von Meg und

Leo zu helfen. Oder sind Sie dazu ebensowenig bereit wie damals, als es darum ging, Russells Mörder zu finden?«

Sie sah ihn ärgerlich an. »Ich werde Colonel Clancey anrufen und ihn bitten, Ihnen Russells Tagebücher und Briefe zu schicken. Ich habe sie zu Hause in meinem Bücherregal. Falls es Sie interessieren sollte, der Eintrag an unserem Hochzeitstag lautete ungefähr so. ›Fühlte mich großartig. Blendend ausgesehen. Schwarzer Samtanzug und weißes Satinhemd. Die Rede war ein Triumph, geistreich und hintergründig. Wie schade, daß so wenige Gäste da waren, um sie zu genießen.‹ Ich interpretiere das als narzißtisch, aber ich bin ja auch eine arrogante Person, und es hat mich geärgert, daß die Braut nicht einmal einer kleinen Erwähnung wert war.«

»Trotzdem wundert es mich, daß Sie Russells Affäre mit Meg nie früher erwähnt haben Es ist doch etwas seltsam, finden Sie nicht, daß Meg sowohl mit Russell als auch mit Leo ein Verhältnis hatte. War es eine Gewohnheit von ihr, Ihnen die Männer auszuspannen?«

»Wenn Sie es ganz genau wissen wollen, ich habe sie ihr ausgespannt. Sie war ungefähr ein halbes Jahr mit Russell zusammen, dann hat er sie gelangweilt, und sie hat ihn mit mir bekanntgemacht. Genauso war es mit Leo. Sie hat mir erzählt, er wäre ein Geschäftsfreund von ihr, und sagte, er und ich würden uns bestimmt glänzend verstehen. Mir ist erst später klar geworden, daß Geschäftsfreund Liebhaber bedeutete.«

»Und es hat Sie nicht gestört, ihre abgelegten Liebhaber zu übernehmen?«

»Jeder ist ein abgelegter Liebhaber. In mancher Hinsicht ist es einfacher, wenn man die Vorgängerin kennt; dann weiß man, daß man nicht mit Superwoman konkurriert.«

Er setzte sich wieder in seinen Sessel. »Sie weichen der Frage aus. Hat es Sie gestört?«

»Nur in der Rückschau. Meg war wesentlich attraktiver als ich und ist mit den Gefühlen anderer, besonders von Männern, völlig unbekümmert umgegangen. Sie hatte überhaupt keine Skrupel, mit einem Mann etwas anzufangen, um ihn dann zwei oder drei Monate später wegen eines anderen fallen zu lassen. Mir fehlt dieses Talent, also wurden mir die Kerle aufgehalst, wenn ihr danach war.«

»Und wenn ihr danach war, hat sie später die Beziehung wieder aufgewärmt.« Er schüttelte ehrlich verwundert den Kopf. »Wenn das wahr ist, Jinx, kann ich nicht verstehen, wieso sie Meg als die einzige richtige Freundin beschreiben, die sie je hatten.«

»Ich weiß, ich mache das nicht sehr gut«, sagte sie, überraschend heiter angesichts seiner Ungläubigkeit. »Sie hätten Meg gemocht.« Sie sammelte sich. »Wenn ich sage, daß sie mir aufgehalst wurden, dann heißt das nicht, daß ich ihr die Schuld daran gebe, was hinterher passiert ist. Sie hat mir immer wieder gesagt, ich solle Russell nicht heiraten. Sie sagte, ich wäre verrückt, mich mit einundzwanzig fest zu binden, aber da war es schon zu spät. Ich konnte ihn nach dem, was Adam getan hatte, nicht einfach im Stich lassen, und das war ganz bestimmt nicht Megs Schuld.«

Alan hatte starke Zweifel daran, daß Meg Harris eine Frau gewesen war, die ihm gefallen hätte. Eins von alldem, was Jinx gesagt hatte, war ganz sicher wahr: daß sie unfähig war, in ihrem Privatleben vernünftige Entscheidungen zu treffen, besonders im Hinblick auf die Wahl ihrer Freunde. Sie schien ihren charakterlichen Mängeln gegenüber völlig blind zu sein, und es hätte ihn interessiert, ob sie sah, daß es allem Anschein nach stets die egozentrische Persönlichkeit war, von der sie sich angezogen fühlte. Kam das daher, daß es ihr schwerfiel, zwischen Selbstbezogenheit und Selbstvertrauen zu unterscheiden? Ihre Gefühle ihrem dominanten Vater gegenüber waren so durcheinander, daß ihre Unfähigkeit, andere Menschen zu erkennen, nicht verwunderlich war.

»Ich nehme an, es war auch nicht Megs Schuld, daß sie mit Russell eine Affäre anfing, als er verheiratet war?«

Sie starrte ihn einen Moment an. »Nicht ganz, nein. Vermutlich hatte auch Russell einen gewissen Anteil daran.« Sie zuckte mit den Achseln. »Auf jeden Fall waren sie beide sehr diskret. Ich habe es erst nach seinem Tod erfahren, und da war es schon vorbei.«

»Wer hat es Ihnen gesagt?«

»Niemand. Sie hat ihm ein paar Briefe geschrieben, die er in einem Stapel alter Unterlagen aus der Uni in Richmond auf dem Speicher versteckt hatte. Sie waren irgendwie rührend«, sagte sie, sich erinnernd. »Das traurige ist, daß sie ihn, glaube ich, wirklich geliebt hat. Aber sie konnte die Vorstellung, für immer an einen Menschen gebunden zu sein, nicht ertragen. Sie hatte Todesangst davor, irgendwo in einem Provinznest zu enden wie ihre Mutter und die treusorgende Gattin zu spielen.«

»Haben Sie mit ihr je über Russell gesprochen?«

»Nein.«

»Warum nicht?«

»Ich habe es für sinnlos gehalten.«

»Wußte die Polizei von der Geschichte?«

»Wenn ja, haben sie es nie erwähnt.«

»Warum haben *Sie* es nicht erwähnt?«

»Weil ich die Briefe erst ein Jahr später gefunden habe, und da war der Fall praktisch ad acta gelegt.« Sie zupfte an ihrer Unterlippe. »Ich glaube, Sie können sich nicht vorstellen, wie es ist, wenn man in so eine Morduntersuchung hineingezogen wird. Es ist wirklich kein angenehmes Erlebnis. Es hätte etwas viel Drastischeres gebraucht als ein paar verblichene Liebesbriefe, um mich zu veranlassen, uns alle noch einmal durch diese schreckliche Tretmühle zu jagen.«

Er beugte sich vor. »In den folgenden neun Jahren haben Sie also so getan, als wäre nichts geschehen, und dann erfuhren Sie von ihr und Leo und hatten Angst, die Geschichte würde sich wiederholen.«

Sie sagte nichts. Vielleicht merkte sie, wie dürftig das alles klang und wie merkwürdig ihr Verhalten unter den Umständen erscheinen mußte.

»Was haben Sie also getan, Jinx?«

»Ich dachte, es wäre das beste, wenn zunächst niemand etwas von der Geschichte erfährt, darum habe ich, als wir wieder in London waren, Leo gebeten, seine Eltern anzurufen und ihnen das Versprechen abzunehmen, daß sie keinem Menschen etwas sagen würden, bis er ihnen die Erlaubnis dazu gab. Ich habe gesagt, ich müßte zuerst mit meinem Vater sprechen.« Sie stützte ihr Kinn in ihre Hände und starrte niedergeschlagen zu Boden. »Aber ich kann mich nicht erinnern, ob ich überhaupt mit Adam gesprochen habe. Und darum weiß ich nicht, ob ...« Sie brach abrupt ab.

»Sie wissen nicht, ob Sie ihm einen Grund gegeben haben, die beiden ermorden zu lassen.«

Lansing Road 53, Salisbury, Wiltshire – 13 Uhr 15

Constable Blake schob sofort ihren Fuß in den Türspalt, als Flossie Hale öffnete, und weigerte sich, ihn wegzunehmen. »Mich werden Sie erst wieder los, wenn Sie mit mir gesprochen haben«, sagte sie fest. »Ich würde Ihnen also raten, mich reinzulassen.«

Nach ein, zwei Sekunden ließ der Druck gegen ihren Fuß nach, und die Tür wurde aufgezogen. Flossies Gesicht, von Blutergüssen entstellt, die mittlerweile alle Farben des Regenbogens angenommen hatten, zeigte nichts als Abwehr. Mit einer Hand, die aus einem bis zu ihrem Ellbogen reichenden Gipsverband hervorsah, hielt sie einen alten Chenillebademantel über ihrer breiten Brust zusammen. Blakes Unterlagen nach war sie sechsundvierzig, aber sie sah zwanzig Jahre älter aus.

»Was wollen Sie?«

»Ich möchte mich nur mal mit Ihnen unterhalten. Wie geht es Ihnen jetzt?«

»Geht schon.« Das kurze, röchelnd hervorgestoßene Lachen klang bitter. »Wenn ich mich setze, tut's noch weh, aber ich werd's überleben.« Sie ging voraus in ein enges kleines Wohnzimmer, das mit viel zu schweren Möbeln vollgestopft war. »Setzen Sie sich ruhig«, sagte sie ungnädig, während sie selbst ihre dicken Arme auf einen Fernsehapparat legte und sich darauf abstützte. »Eigentlich müßt ich im Bett sein, aber da paßt's mir im Moment nicht recht. Ich wollte die im Krankenhaus überreden, daß sie mich noch 'ne Weile behalten, aber sie haben mich wegen so 'nem alten Kerl mit Hämorrhoiden rausgeschmissen.« Sie sah die junge Polizeibeamtin mit einem freudlosen Blick an. »Na ja, das Leben ist heutzutage wahrscheinlich für alle ziemlich schwer.«

Blake nickte. »Es scheint so, ja. Ich bekomme jedenfalls nichts als Jammergeschichten zu hören.«

»Mir würd's ja gar nicht soviel ausmachen, wenn ich nicht regelmäßig meine Steuern zahlen würde. Für das viele Geld kann man doch schließlich was erwarten.«

Constable Blake hielt es für höchst unwahrscheinlich, daß Flossie je in ihrem Leben ein Einkommen deklariert hatte, aber sie nickte dennoch teilnahmsvoll. »Ja, da haben Sie recht, und das ist auch der Grund, weshalb ich hier bin. In einer zivilisierten Gesellschaft sollte man schließlich erwarten können, daß man keine Angst zu haben braucht und sich sicher fühlt, aber solange wir den Mann, der Sie überfallen hat, nicht gefunden haben, werden das für Sie leider nur schöne Worte sein.« Sie ignorierte den Ausdruck hartnäckiger Abwehr auf Flossies Gesicht und nahm ihr Notizheft aus der Handtasche. »Sie sind nicht die einzige Prostituierte, die er verprügelt hat. Vor drei Monaten ist er schon mal auf eine losgegangen und hat sie genauso brutal mißhandelt wie Sie. Sie hat mir gesagt, daß er ihr vierzig Pfund bezahlt hat. Hat er Ihnen das auch bezahlt?«

»Kann schon sein«, sagte Flossie widerwillig.

»Sie meint, er hätte eine junge und attraktive Frau erwartet und wurde wütend, als er gesehen hat, daß sie alt genug war, um seine Mutter zu sein. War das bei Ihnen auch so?«

Sie zuckte mit den Achseln. »Kann schon sein«, sagte sie wieder.

»Sie annonciert in Telefonzellen und Ladenfenstern. Da bekommen Sie doch Ihre Kunden auch her, nicht wahr?«

»Kann sein.«

»Okay, ich hab in den letzten drei Tagen mit einer ganzen Anzahl Frauen gesprochen, die auf die gleiche Weise annoncieren. Bisher ist keiner von ihnen so übel mitgespielt worden wie Ihnen und dieser anderen Frau, aber drei von ihnen haben mir die Beschreibung eines gebildeten, gutaussehenden jungen Mannes gegeben, der beim Orgasmus aggressiv geworden ist.« Sie warf einen Blick in ihr Heft. »Eine sagte, er hätte sie bei den Haaren gepackt und sie beinahe mit der Wurzel ausgerissen. Eine andere hat gesagt, er hätte sie mit ihrer eigenen Haarbrüste ins Gesicht geschlagen, und die dritte hat mir gesagt, er hätte ihr die Perücke heruntergerissen und sie ihr dann in seiner Wut in den Mund gestopft. Hinterher hat er sich bei ihr entschuldigt und ihr zehn Pfund extra gezahlt.« Blake sah auf. »Die drei Frauen sind alle etwa Mitte Zwanzig und sie sagten übereinstimmend, daß er es mit Haaren und Haarbürsten hat. Kommt Ihnen das bekannt vor, Flossie?«

Sie seufzte. »Na, Sie haben ja ganz schön gearbeitet, Kleine. Dann mal weiter, wie schaut denn die Beschreibung von dem Mann aus?«

Blake las sie vor. »Größe etwa einsachtundsiebzig. Schlanker, muskulöser Körper, Haarwuchs in der Mitte der Brust. Gutaussehendes, jungenhaftes Gesicht, dunkelblondes, leicht lockiges Haar, an den Schläfen möglicherweise blondiert. Blaue oder graue Augen. Bartloses Gesicht. Eine der Frauen meinte, daß er sich die Augenbrauen zupft, weil sie so fein waren und so gut geformt. Die Kleidung wechselt zwischen dunklem Anzug und weißem Hemd und Levis mit weißem T-Shirt. Alle haben sie ihn als sauber und gebildet beschrieben, wahrscheinlich das Produkt eines guten Internats. Was meinen Sie, kommt das ungefähr hin?«

»Ausgesehen hat er, als könnt er kein Wässerchen trüben, aber er war brutal, mein Gott, war der Kleine brutal!« Sie berührte mit einer Hand die Blutergüsse in ihrem Gesicht. »Soll ich Ihnen mal was sagen, der hat ihn keine halbe Sekunde lang hochgekriegt. Das ganze Theater, schreien und fluchen und prügeln, hat er nur gemacht, weil er vortäuschen wollte, daß er voll da ist. Beim erstenmal hab ich's nicht gemerkt – ich meine, wenn man so lange wie ich im Geschäft ist, spürt man nicht mehr viel. Aber beim zweitenmal hat er ihn nicht mal reingekriegt, so schnell ist es ihm gekommen. Und dafür hat er's mir dann gegeben. Nicht nur weil ich so alt war, daß ich seine Mutter hätte sein können – obwohl das wahrscheinlich auch was damit zu tun hatte –, hauptsächlich aber deshalb, weil er versagt hat.«

»Können Sie der Beschreibung noch irgend etwas hinzufügen?«

Sie schüttelte den Kopf. »Tut mir leid. Er hat wirklich toll ausgesehen, 'n richtig schöner Junge, mich hat er ein bißchen an Paul Newman in *Haie der Großstadt* erinnert. Aber Ihnen sagt das wahrscheinlich nichts. Sie sind zu jung, um sich an den Film erinnern zu können.« Sie hielt einen Moment inne. »Aber ein paar komische Sachen hat er gesagt. ›Es ist nicht meine Schuld, mein Vater hat mich böse gemacht.‹ Das war das eine. Und dann, wie er gegangen ist: ›Ich hab vorher noch nie eine Frau töten müssen.‹«

»Vorher? Vor was?«

Flossie sah sie trübe an. »Wahrscheinlich hat er gemeint, daß er schon viele Frauen geprügelt hat, aber noch keine dran gestorben ist.« Sie schauderte plötzlich. »Der war wirklich verrückt, so eine gespaltene Persönlichkeit, wissen Sie? Als er ankam, hat er ausgesehen wie ein kleiner Engel, und kaum kriegte er 'nen Ständer, hat er sich in einen Wahnsinnigen verwandelt, dem fast die Augen aus dem Kopf gefallen sind. Es ist echt ein Wunder, daß der noch keine umgebracht hat, wenn Sie mich fragen.«

Blake stimmte ihr zu. »Wissen Sie, wie er hierhergekommen ist? Mit dem Wagen? Oder ist er zu Fuß gekommen?«

»Keine Ahnung. Ich warte immer nur, bis sie läuten, und laß sie dann rein.« Sie runzelte die Stirn. »Moment mal, er hatte Autoschlüssel dabei. Ich erinner mich, wie er sie aus seiner Tasche geholt hat, als er gegangen ist. Er hatte ein richtig schönes Jackett an, eng tailliert und mit Schulterpolstern, und er hat die Schlüssel aus der Tasche gezogen und sie in der Hand gehalten, wie er mir gesagt hat, daß ich den Mund halten soll.« Sie kniff in angestrengter Konzentration die Augen zusammen. »Am Schlüsselring war so eine schwarze Scheibe. Sie hing zwischen seinen Fingern runter, und ich weiß nocht, daß ich sie dauernd angestarrt hab, weil ich nicht wollte, daß er denkt, ich starre ihn an.« Ihre Augen blitzten plötzlich auf. »Auf der Scheibe waren ein F und ein H in Gold, die gleichen Anfangsbuchstaben, wie ich sie hab, darum ist es mir aufgefallen. Wissen Sie, was? Ich glaub, das sind dem kleinen Scheißer seine Anfangsbuchstaben. F und H.«

Nightingale-Klinik, Salisbury, Wiltshire – 13 Uhr 30

Es klopfte kurz, dann schaute Hilda zur Tür herein. »Entschuldigen Sie die Störung, Dr. Protheroe, aber draußen sind ein Inspector Maddocks und ein Sergeant Fraser. Ich habe ihnen gesagt, daß Sie beschäftigt sind, aber sie sagen, es sei dringend und könne nicht warten.«

»Fünf Minuten«, sagte Alan.

Die Tür wurde aufgestoßen, ehe Hilda eine Antwort geben konnte, und Maddocks drängte sich an ihr vorbei ins Zimmer. »Die Sache ist wichtig, Sir, sonst würde ich Sie nicht belästigen.« Er brach ab, als er Jinx sah. »Miss Kingsley.«

»Seit wann haben Polizeibeamte das Recht, unaufgefordert in das Sprechzimmer eines Arztes einzudringen?« fragte Alan aufgebracht.

»Ich bitte um Entschuldigung, Sir«, entgegnete Maddocks, »aber wir warten schon seit einer Viertelstunde, und wir müssen Sie unbedingt sprechen.«

Jinx stand auf. »Das ist schon in Ordnung, Dr. Protheroe. Ich komme später wieder.«

»Es wäre mir lieber, Sie blieben.« Er sah sie an, und die Botschaft in seinen dunklen Augen war klar. »Ich habe einfach das Gefühl, daß das sehr schlechte Psychologie ist.«

»Wem gegenüber?« fragte sie mit einem spitzbübischen Blitzen im Auge. *»Illi intus aut illi extra?«*

Er kramte in den kläglichen Überresten seiner Lateinkenntnisse. Die Insider oder die Outsider, übersetzte er für sich. »Oh, *illi extra* natürlich«, antwortete er mit einer kaum wahrnehmbaren Kopfbewegung in Richtung von Maddocks. *»Caput odiosus iam maximus est.«* Sein verhaßter Kopf ist bereits riesengroß, hoffte er gesagt zu haben.

Jinx lächelte. »Wenn Sie das erkannt haben, Dr. Protheroe,

dann halte ich es ganz und gar nicht für schlechte Psychologie. Es heißt, daß Sie im Vorteil sind. Wie dem auch sei, ich bin wirklich sehr hungrig und werde Sie jetzt im Stich lassen, so leid es mir tut, um zu Mittag zu essen.« Sie nickte ihm kurz zu und ging dann an Fraser und Hilda vorbei, die unschlüssig an der Tür standen.

»Tja Hilda, da kann man nichts machen. Vielen Dank.« Alan wies zum Sofa. »Nehmen Sie Platz, meine Herren.«

»Darf ich fragen, was Miss Kingsley zu Ihnen gesagt hat?« erkundigte sich Maddocks, nachdem er sich gesetzt hatte.

»Ich habe leider keine Ahnung«, erwiderte Alan liebenswürdig. »Für mich hat das alles nur spanisch geklungen.«

»Sie haben ihr aber geantwortet, Sir.«

»Ach, das Zeug kann ich meterweise runterleiern«, entgegnete er. »*Vos mensa puellarum dixerunt habebat nunc nemo conduxit.* Ich habe keinen Schimmer was es heißt, aber es klingt immer intelligent. Also, was kann ich für Sie tun?«

Maddocks gab sich geschlagen. Er musterte die Zeitung, die ordentlich gefaltet auf dem Couchtisch lag. »Sie haben den Artikel vermutlich gelesen?«

»Richtig.«

»Dann wissen Sie, daß Mr. Leo Wallader und Miss Meg Harris tot sind.«

»Ja.«

Maddocks beobachtete scharf sein Gesicht. »Weiß Miss Kingsley es auch?«

Alan nickte. »Ich hab es ihr gesagt, nachdem ich es gelesen hatte.«

»Wie hat sie reagiert, Sir?«

Er sah Maddocks kalt an. »Sie war sehr erschüttert.«

»Haben Sie ihr auch gesagt, daß der Mann, der Sie gestern abend überfallen hat, mit einem Vorschlaghammer auf Sie losgegangen ist?«

Alan überlegte. »Ich kann mich nicht erinnern«, antwortete er aufrichtig. »Ich habe heute morgen mit allen meinen Patienten über diese nächtliche Störung gesprochen, aber ich kann mich wirklich nicht erinnern, ob ich auf Details eingegangen bin.« Er sah Maddocks neugierig an. »Warum?« fragte er. »Sehen Sie eine Verbindung zwischen dem Überfall auf mich und den Morden an Mr. Wallader und Miss Harris?«

Maddocks zuckte mit den Achseln. »Wir finden es jedenfalls interessant, daß Miss Kingsley und ein Vorschlaghammer die einzigen Faktoren sind, die drei Morde und ein gewalttätiger Überfall gemeinsam haben«, sagte er unverblümt.

»Mit dem dritten Mord meinen Sie wohl den an Miss Kingsleys erstem Mann?«

»Ja.«

»Es tut mir leid, aber ich kann Ihrer Logik nicht folgen. Nehmen wir diskussionshalber mal an, daß eine Verbindung zwischen der Ermordung Russell Landys und der Mr. Walladers besteht, und daß diese Verbindung Miss Kingsleys Beziehung zu beiden Männern ist. Im ersten Fall war es eine eheliche Beziehung und im zweiten eine Liebesbeziehung mit geplanter Heirat. Nehmen wir weiter an – wiederum rein um der Diskussion willen –, daß Miss Harris sterben mußte, weil Mr. Wallader beschlossen hatte, sie statt Miss Kingsleys zu heiraten. Wie paßt der Überfall auf mich in dieses hypothetische Szenario? Ich kenne Miss Kingsley gerade mal seit einer Woche. Ich bin ihr Arzt, und sie ist meine Patientin, und darin erschöpft sich unsere Beziehung. Ich bin weder mit ihr verheiratet noch mit ihr verlobt. Ich habe nicht mit ihr geschlafen und habe auch keine Pläne, mit ihr zu schlafen. Ich kenne keinen ihrer Freunde, und sie kennt keinen meiner Freunde. Sie bezahlt für ihren Aufenthalt in dieser Klinik und kann gehen, wann immer es ihr beliebt.« Er kniff nachdenklich die Augen zusammen. »Habe ich irgend etwas übersehen, was diese angebliche Verbindung, von der Sie sprechen, auch nur halbwegs glaubhaft machen würde?«

»Ja, Sir«, sagte Maddocks gelassen. »Die Merkwürdigkeit des Zusammentreffens. Das ist etwas, was wir als Polizeibeamte nicht ignorieren können. Die Erfahrung hat uns gelehrt, daß wo Rauch ist, immer auch Feuer ist.« Er lächelte dünn. »Oder, um es anders auszudrücken, wo Miss Kingsley ist, ist immer auch ein Vorschlaghammer.«

»Wollen Sie behaupten, daß sie selbst das verdammte Ding...«

»Vorläufig behaupte ich gar nichts, Sir. Ich mache Sie lediglich auf dieses merkwürdige Zusammentreffen aufmerksam. Sie können nicht leugnen, daß es existiert.«

»Also, es war jedenfalls bestimmt nicht Miss Kingsley, die mir gestern abend einen Schlag verpaßt hat. Sie ist weder groß genug noch kräftig genug, und nach Körperbau und Größe zu urteilen, war es ein Mann.«

»Unseres Wissens nach hatten Sie gestern Besuch vom Anwalt ihres Vaters.«

»Der war's auch nicht, Inspector. Das ist ein schmächtiger kleiner Bursche mit zierlichen Händen und Füßen. Ich hätte ihn sofort erkannt, mit Maske oder ohne.«

Maddocks lächelte. »Ich dachte eigentlich eher an Mr. Kingsley selbst. Vielleicht haben Sie dem Anwalt gegenüber eine Bemerkung gemacht, die seinem Auftraggeber nicht gepaßt hat?«

»Keine Ahnung. Ich habe Mr. Kingsley nie kennengelernt und weiß daher nicht, wie er aussieht.« Er überlegte einen Moment. »Aber eines steht fest, es war ein junger Mann, und Mr. Kingsley ist sechsundsechzig.«

»Was ist mit Fergus Kingsley? Der steht auch auf Ihrer Liste.«

Alan nickte. »Ja, er hätte in etwa die richtige Größe. Wie übrigens auch der Kellner, der mir mein Abendessen gebracht hat. Aber meine Gespräche mit beiden waren ausgesprochen freundlicher Natur, und ich kann mir nicht vorstellen, daß einer von ihnen sich die Mühe macht, vor der Klinik auf mich zu warten, um mir eine Abreibung zu verpassen.« *Aber war das richtig? Er war zweimal zufällig auf Fergus gestoßen, und beide Male hatte er sich mit ihm sehr unbehaglich gefühlt.*

Maddocks bemerkte die plötzliche Nachdenklichkeit Protheroes. »Dann sagen Sie mir doch, worüber Sie und Fergus Kingsley gesprochen haben«, forderte er ihn auf.

»Nichts Besonderes. Er stand bei meinem Wagen, als ich herauskam. Soweit ich mich erinnere, hat er gefragt, ob ich den Wagen verkaufen will, und mir dann vorgeschlagen, mich mit seinem Bruder bekanntzumachen. Ich sagte, ich hätte es eilig, und schlug vor, wir sollten es auf ein andermal verschieben. Dann bin ich gefahren.«

Fraser blickte auf. »Aber Sie waren doch gar nicht in Eile, Sir. Dem Bericht zufolge, den wir gesehen haben, wollten Sie nur eine Weile raus und irgendwo anständig zu Abend essen, weil Sie seit längerer Zeit keinen freien Abend mehr gehabt hatten.«

Alan lachte. »Ja, und da hab ich einen höflichen Vorwand gebraucht und mich aus dem Staub gemacht. Ist das so sonderbar? Ich hatte vorher ein langes Gespräch mit dem Anwalt seines Vaters geführt, ich war hungrig, und ich wollte weg. Es mag unfreundlich klingen, aber ich hatte keine besondere Lust, eine weitere halbe Stunde mit belangloser Konversation mit einem wildfremden Menschen zu vertun.«

»Sie kennen also Miles Kingsley nicht?«

»Nein.«

»Aber beide Brüder haben doch ihre Schwester hier besucht.« Es war eine Feststellung, keine Frage, und es hätte Alan interessiert, woher Maddocks das wußte.

»Soviel ich weiß, kam Miles am vergangenen Mittwoch gegen neun, als ich dienstfrei hatte. Fergus war am Samstag da.«

»Sie kennen sich also beide hier aus.« Wiederum eine Feststellung.

Alan runzelte die Stirn. »Fergus Kingsley war mit seiner Schwester im Garten, es ist also anzunehmen, daß er den Weg zu dem Baum, unter dem sie gesessen haben, ohne Schwierigkeiten finden würde. Miles, der sie in ihrem Zimmer besucht hat, würde wahrscheinlich ebenso leicht den Weg dorthin finden. Aber kann man deshalb schon sagen, daß die beiden sich hier auskennen? Da bin ich anderer Meinung.«

»Ich habe eigentlich mehr an die Anlage vor dem Haus gedacht, Sir.«

»Also wirklich!« fuhr Alan ihn ungeduldig an. »Jeder Idiot kann sich in einer Einfahrt im Gebüsch verstecken und hoffen, daß früher oder später jemand reinfährt. Man braucht mit den Örtlichkeiten nicht vertraut zu sein, um einem Wagen zu folgen, der gerade mal fünf Meilen in der Stunde fährt, und schneller bin ich nicht gefahren, weil ich die Patienten nicht durch das Knirschen der Räder im Kies wecken wollte.« Er seufzte. »Wenn Sie nichts Konkreteres vorzuweisen haben, weiß ich wirklich nicht, wozu wir dieses Gespräch fortsetzen sollen. Meiner Ansicht nach sollten Sie Ihre Vermutungen Miss Kingsley selbst, ihrem Vater und ihren Brüdern unterbreiten.« Er wies mit dem Kopf auf die Zeitung. »Wenn in Ihren Augen tatsächlich ein so starker Zusammenhang zwischen den drei Morden besteht, kann ich mich nur Sir Anthonys und Mrs. Harris' Verwunderung darüber anschließen, daß Sie das nicht schon längst getan haben.«

»Sie nehmen diese Familie sehr in Schutz, Sir. Hat das einen besonderen Grund?«

»Zum Beispiel?«

»Vielleicht stehen Sie Miss Kingsley näher, als Sie vorgeben, und vielleicht ist das der Grund, weshalb jemand glaubte, Sie mit einem Vorschlaghammer angreifen zu müssen.«

Alan strich nachdenklich über sein Kinn. »Aber hätte ich nicht jemandem erzählen müssen, daß ich ihr nahestehe, um eine solche Reaktion herauszufordern?«

»Nicht unbedingt, Sir. Auf mich hat's gewirkt, als wären Sie ein Herz und eine Seele, wie Sie da eben spanisch miteinander gebabbelt haben. Vielleicht hat auch noch jemand anderer gemerkt, daß Sie einander gar nicht so reserviert gegenüberstehen, wie Sie behaupten.«

Alan lachte so dröhnend, daß Fraser unwillkürlich grinste. »Nehmen Sie es mir nicht übel, Inspector, aber ich hab Sie vorhin geneckt, als ich sagte, für mich klänge das alles spanisch.« Er stand auf. »Ich bezweifle *ipso facto*, ob man sich auf die von Ihnen gezogenen Schlußfolgerungen verlassen kann. Und jetzt entschuldigen Sie mich bitte, ich muß mich um meine Patienten kümmern.«

Draußen riß Maddocks ärgerlich den Hörer des Funktelefons aus dem Wagen. »Verbinden Sie mich mit Superintendent Cheever«, sagte er unwirsch, »und richten Sie ihm aus, daß es dringend ist. Inspector Maddocks, und ich bin in der Nightingale-Klinik in Salisbury.« Er trommelte mit den Fingern ungeduldig auf das Wagendach. »Ja, Sir. Nein, wir sind hier auf Schwierigkeiten gestoßen. Der Doktor führt uns an der Nase rum, und die ganze Veranstaltung hier stinkt. Er und die Kingsley haben gerade in seinem Büro einen gemütlichen Plausch gehalten, als wir kamen, und wir sind überzeugt, daß er weit mehr weiß, als er sagt. Ja, Fraser ist auch meiner Meinung.« Er warf dem Sergeant einen drohenden Blick zu, der Unterstützung forderte. »Nein, ich bin der Ansicht, wir sollten gleich jetzt mit ihr reden. Wir sind vor Ort, sie hat uns gesehen, und sie weiß, daß Wallader und Harris tot sind. Wenn wir noch länger warten, empfängt sie uns mit einem Rechtsanwalt. Mich wundert's sowieso, daß ihr Alter nicht schon einen hergeschickt hat, aber vielleicht hat er ja den Doktor beauftragt, den Wachhund zu spielen.« Seine Augen leuchteten triumphierend auf. »Geht in Ordnung, Sir.« Er hörte einen Moment schweigend zu. »Ja, verstanden. Briefe von Landy ... vierundachtzig eine Abtreibung ... der Vater entweder Wallader oder Landy.«

Er legte auf und sah Fraser grinsend an. »Jetzt haben wir Gelegenheit, ein bißchen Initiative zu zeigen, mein Junge, also, packen wir sie beim Schopf. Und ganz gleich, was passiert, ich will diesen arroganten Kerl von einem Arzt nicht in der Nähe haben. Also, kein höfliches Wenn-Sie-Gestatten, verstanden?« Er wies mit dem Kopf zu dem Weg, der um die Ecke des Gebäudes zur Terrasse führte. »Wir gehen da rum.«

Jinx saß in ihrem Sessel vor dem Fernsehgerät und sah sich die Nachrichten an. Sie bemerkte die beiden sich nähernden Männer nicht. Doch als sie leise über die Schwelle ihrer offenen Terrassentür traten, spürte sie die plötzliche Kühle an ihrem nackten Hinterkopf, als ihre Schatten die Sonne verdrängten, und sie erriet sofort, wer da hereingekommen war. Ohne Eile schaltete sie mit der Fernbedienung den Fernsehapparat aus und drehte sich im Sessel herum.

»Es gibt hier eine Vorschrift, die besagt, daß jeder Besuch sich beim Empfang anmelden muß, ehe er die Patienten stört. Ich vermute, das haben Sie nicht getan, stimmt's, Inspector?«

Maddocks schlenderte lässig herein und hockte sich auf das Bett, wie er das bei seinem letzten Besuch getan hatte. »Richtig«, antwortete er kurz. »Heißt das, daß Sie Einwände dagegen haben, der Polizei zu helfen?«

»Mehrere«, gab sie zurück, »aber ich kann mir nicht vorstellen, daß das etwas ändern wird.« Sie lächelte kalt. »Jedenfalls nicht für Sie.« Mit fragendem Blick sah sie zu Fraser hinauf. »Aber für Ihren Partner ändert es vielleicht etwas.« Sie musterte das jüngere, sympathischere Gesicht aufmerksam. »Nein? Na schön, wir können wahrscheinlich nicht alle Prinzipien haben. Da wäre das Leben ja schrecklich langweilig.«

»Für jemanden, der sein Gedächtnis verloren hat, sind Sie ganz schön auf Draht«, sagte Maddocks.

»Ach ja?«

»Das wissen Sie doch ganz genau.«

»Stimmt nicht«, entgegnete sie. »Ich kenne außer mir keinen Menschen, der schon mal eine Amnesie hatte, folglich habe ich keinen Maßstab, nach dem ich urteilen kann. Aber falls es Sie interessiert, man wird nicht gleich zur Schwachsinnigen, nur weil einem ein paar Tage aus dem eigenen Leben fehlen.« Sie sah ihn mit einem amüsierten Lächeln an. »Ich nehme an, Sie erinnern sich auch nicht an jede Frau, mit der Sie geschlafen haben, Inspector, schon gar nicht, wenn Sie dabei nicht mehr ganz nüchtern waren, aber das hat Ihnen doch nicht geschadet, nicht wahr?« Sie griff nach einer Zigarette. »Oder vielleicht doch, und das ist der Grund, weshalb Sie zu mir sagen, ich sei auf Draht.«

»Gut geschossen«, sagte er freundlich herablassend.

Sie zündete ihre Zigarette an und betrachtete ihn durch den Rauchschleier. »Das hätte Freud gefallen«, bemerkte sie.

Er runzelte die Stirn. »Was?«

Sie lachte leise. »Ihre etwas unglückselige Erwiderung auf meine Bemerkung über Ihre sexuellen Gewohnheiten. Freud würde den Schluß ziehen, daß Ihre Freundinnen so etwas zu sagen pflegen, wenn es zum *coitus* kommt.« Sie sah, daß Fraser grinste. »Es ist nicht wichtig, Inspector.« Sie schwieg.

Maddocks fand das nicht lustig. »Wir haben einige Fragen an Sie, Miss Kingsley.«

Sie sah ihn an, sagte aber nichts.

»Über Leo Wallader und Meg Harris.« Er wartete. »Wie wir von Dr. Protheroe hörten, hat er Ihnen gesagt, daß sie tot sind.«

Sie nickte.

»Das muß ein Schock für Sie gewesen sein.«

Sie nickte wieder.

»Hm, verzeihen Sie mir, wenn ich das sage, Miss Kingsley, aber der Schock hat offensichtlich nicht lange angehalten, wie? Ihr Verlobter und Ihre beste Freundin sind auf brutale Weise mit einem Vorschlaghammer getötet worden, genau wie damals Ihr Mann, und Sie sitzen hier ganz kühl, rauchen eine Zigarette und machen Ihre Witze. Das ist so ziemlich die unglaubwürdigste Demonstration von Schmerz und Trauer, die mir je untergekommen ist.«

»Das tut mir leid, Inspector. Wäre es Ihnen lieber, wenn ich mich wie das kleine Frauchen verhalten und für Sie weinen würde?«

Er ging nicht darauf ein. »Ungefähr genauso unglaubwürdig wie dieser Quatsch mit der Amnesie.«

»Wie bitte?« Sie lächelte mit zusammengepreßten Lippen. »Tut mir leid, aber ich habe ganz vergessen, worüber wir eben gesprochen haben.«

Maddocks warf Fraser, der verstohlen lächelte, einen Blick zu. »Wir sprechen vom Tod dreier Menschen, Miss Kingsley, die alle mit Ihnen eng verbunden waren und die alle auf brutale Weise ermordet worden sind. Russell Landy, Leo Wallader und Meg Harris. Ferner sprechen wir über einen gewalttätigen Überfall auf Dr. Protheroe am gestrigen Abend, der, wenn Dr. Protheroe nicht so geistesgegenwärtig reagiert hätte, zu einem ähnlichen Blutbad geworden wäre wie bei Ihrem Ehemann, Ihrem Verlobten und Ihrer besten Freundin. Ich vermute doch, er hat Ihnen gesagt, daß der Täter mit einem Vorschlaghammer auf ihn losgegangen ist?« Er schleuderte ihr die Frage heftig entgegen und wartete auf eine Reaktion.

»Nein, das hat er mir nicht gesagt«, entgegnete sie ruhig.

»Und wie finden Sie das?«

»Ganz in Ordnung«, sagte sie. »Ich erwarte nicht, daß Dr. Protheroe mir alles erzählt.«

»Erschreckt es Sie nicht ein klein wenig, daß ein Vorschlaghammer im Spiel war, Miss Kingsley?«

»Doch.«

»Dann sagen Sie mir doch jetzt mal, daß Sie die Situation erheiternd finden. Ich tue es nämlich nicht und ebensowenig die beiden erschütterten Mütter, deren Kinder am letzten Donnerstag von Würmern zerfressen in einem Graben gefunden wurden.«

Sie zog an ihrer Zigarette und blickte an ihm vorbei. »Ich sage Ihnen, was Sie hören wollen, Inspector«, erwiderte sie mit einem seltsamen Unterton in der Stimme, »weil es sowieso keine Rolle spielt.« Sie richtete ihren Blick wieder auf ihn. »Sie werden ohnehin alles verdrehen, was ich sage.«

»Das ist doch Unsinn, Miss Kingsley.«

»*Experto credite*. Glaube dem, der aus eigener Erfahrung spricht.« Sie lächelte schwach. »Sie sind nicht anders als Ihre Kollegen damals. Die wollten auch beweisen, daß mein Vater ein Mörder ist.«

17

Dienstag, 28. Juni,
Nightingale-Klinik, Salisbury – 14 Uhr 30

Fraser rückte in Jinx' Gesichtsfeld. Er zog sich den zweiten Sessel heran und setzte sich hinein, die Hände zwischen den Knien aneinandergelegt. Sein Gesicht war weniger als einen Meter von ihr entfernt. *Ergreifen wir die Initiative, hatte der Inspector gesagt.* Und Fraser zumindest war intelligent genug zu erkennen, daß sie mit Einschüchterung nicht weiterkommen würden. Aber im Gegensatz zu Maddocks meinte er ja auch nicht, irgend etwas beweisen zu müssen, jedenfalls Frauen nicht.

»Wir bemühen uns wirklich, nach allen Seiten offen zu bleiben«, versicherte er ihr, »aber wir können nun mal nicht darüber hinwegsehen, daß alle drei Opfer auf die gleiche Art getötet wurden, auch wenn zehn Jahre zwischen den Morden liegen, und daß sie alle drei mit Ihnen bekannt waren. Und es handelt sich nicht um flüchtige Bekannte, Miss Kingsley, sondern es handelt sich um die beiden Männer, die Ihnen in Ihrem Leben wahrscheinlich am nächsten gestanden haben, und die Frau, die Ihre Eltern uns zum Zeitpunkt Ihres Unfalls als Ihre beste Freundin beschrieben haben.« Er lächelte bekümmert. »Sie sehen, vor was für einem Problem wir stehen. Selbst dem neutralsten Beobachter würde Ihre enge Verbindung zu allen drei Personen bedeutsam erscheinen.«

Sie nickte. *Du meine Güte! Hielt der Mann sie für schwachsinnig?* »Natürlich, das ist mir klar. Auch mir erscheint es bedeutsam, aber ich kann Ihnen beim besten Willen nicht sagen, *was* es bedeutet. Ich habe unablässig darüber nachgedacht, aber der

Mord an meinem Mann damals steht da wie eine Mauer.« Sie drückte ihre Zigarette aus, um ihm den Rauch nicht ins Gesicht zu blasen. »Er wurde nie geklärt, weil die Londoner Polizei sich einzig auf mich und meinen Vater konzentriert hat. Eine direkte Beteiligung wurde früh ausgeschlossen, weil wir beide Alibis hatten. Mich hat man dann auch von einer indirekten Beteiligung freigesprochen, weil in meinem Fall kein offenkundiger Grund vorlag, Russells Tod zu wünschen. Mein Vater andererseits hatte meinen Mann gehaßt und kein Geheimnis daraus gemacht, also gelangte die Polizei zu dem Schluß, daß er einen Berufskiller beauftragt hatte, und gab alle Nachforschungen in anderer Richtung auf. Aber angenommen, die Polizei hat sich damals getäuscht? Angenommen, mein Vater hatte mit dem Mord an meinem Mann überhaupt nichts zu tun – was ist dann bedeutsam daran, daß ich alle drei Opfer kannte?« Sie sah ihm mit ernster Miene ins Gesicht. »Sie verstehen, worauf ich hinaus will?«

»Ich glaube, ja. Sie wollen sagen, wenn eine dritte Person Russell Landy getötet hat, dann gibt es vielleicht eine Verbindung zwischen den Morden, die bis jetzt nicht bekannt ist.«

»Ja, und wenn Sie die gleichen Fehler machen wie damals die Londoner Polizei, dann wird dieser unbekannte Dritte wieder ungeschoren davonkommen.«

»Das ist nicht ganz leicht zu akzeptieren, Miss Kingsley. Wir haben detaillierte Berichte über den Fall Landy bekommen, und es gibt nicht den kleinsten Hinweis auf einen geheimnisvollen Unbekannten im Hintergrund.«

Sie schüttelte heftig den Kopf. »Es gab aber eine solche Person. Ich habe die Polizei damals immer wieder auf diesen Künstler aufmerksam gemacht, den mein Mann abgewiesen hatte. Er hatte mir zweimal erzählt, der Mann hätte sich in der Nähe der Galerie herumgetrieben, und sagte, wenn er sich noch einmal blicken lassen würde, würde er ihn anzeigen. Wenig später ist er ermordet worden.« Sie breitete in flehentlicher Gebärde die Hände aus. »Ich bin überzeugt, daß das der Mann ist, den Sie suchen sollten.«

»Ja, die Sache wurde in den Berichten erwähnt, aber man war damals offenbar der Ansicht, wenn der Mann überhaupt existiere, handle es sich wahrscheinlich eher um den von Ihrem Vater beauftragten Killer als um einen rachsüchtigen Maler. Es wäre etwas anderes gewesen, wenn Sie der Polizei eine Beschreibung oder einen Namen hätten liefern können, aber soweit ich unterrichtet bin, konnten Sie überhaupt keine Informationen beisteuern.«

»Weil ich nichts gewußt habe. Ich konnte ihnen nur sagen, was mein Mann mir erzählt hatte. Es kam ein Maler mit sehr schlechten Bildern in die Galerie, Russell sagte ihm, daß sie schlecht seien, der Mann fing an, ihn zu beschimpfen, und Russell warf ihn hinaus. Er hat mir das zunächst gar nicht erzählt; er hat es erst später erwähnt, als er mir sagte, er hätte zweimal einen Mann beobachtet, der um die Galerie herumschlich, und glaube, es sei dieser Maler gewesen.« Sie seufzte. »Ich weiß, das ist nicht viel, aber bei der Polizei war damals keiner auch nur im geringsten daran interessiert, dieser Möglichkeit nachzugehen. Alle waren vollkommen darauf fixiert, daß mein Vater der Schuldige sei.«

»Aber doch mit Grund, meinen Sie nicht?«

Sie antwortete nicht.

»Er hat aus seiner Abneigung gegen Ihren Mann kein Geheimnis gemacht.«

»Ja, ja, ich kenne die Argumente. Ich habe sie mir damals oft genug anhören müssen. Mein Vater hatte die nötigen Kontakte zur Unterwelt, um einen Mord in Auftrag zu geben. Er ist skrupellos, er ist knallhart, er hat seine Karriere als Schwarzmarktschieber begonnen, und alle sind überzeugt davon, daß er mit unlauteren Geschäftspraktiken Millionen gemacht hat, obwohl das bis heute keiner beweisen konnte. Er hat den Ruf eines Mafiapaten, für den in seiner blinden Loyalität zur Familie die Ermordung des verhaßten Schwiegersohns die natürliche Lösung des Problems gewesen wäre.« Sie lächelte trübe. »Man hat mir sogar ein Psychogramm von ihm gezeigt, das aufgrund der Fakten, die der Polizei über ihn bekannt waren, erstellt worden war. Darin wurde er als ein Psychopath mit einem phänomenalen Sexualtrieb hingestellt. Und da angeblich ich das wahre Objekt seiner Begierde bin, wurde behauptet, müsse er, um seine animalischen Triebe zu befriedigen, regelmäßig zu Prostituierten gehen.«

Fraser wartete einen Moment. »Und Sie glauben, daß nichts von alledem wahr ist?« sagte er dann.

»Ich weiß nicht, ob es wahr ist«, antwortete sie aufrichtig, »aber es spielt meiner Ansicht nach überhaupt keine Rolle. Die Polizei hat endlos auf dieser sogenannten Charakteranalyse herumgeritten, aber es ist ihr trotzdem nicht gelungen, eine Verbindung zwischen Adam und der Ermordung meines Mannes herzustellen. Heißt das nicht, daß mein Vater aller Wahrscheinlichkeit nach nichts damit zu tun hatte?«

Fraser schüttelte widerstrebend den Kopf. »Es könnte heißen, daß er damals sehr viel Geld dafür bezahlt hat, eine möglichst große Distanz zwischen sich und dem Mord zu schaffen.« Aber auch er konnte sich der Faszination der großen dunklen Augen in dem weißen Gesicht nicht entziehen und versuchte, den Schlag ein wenig zu dämpfen. »Das soll nicht heißen, daß es da für mich keine Zweifel gibt, Miss Kingsley. Wenn es ein Auftragsmord war, dann hat der Killer gepfuscht. Ihr Mann war noch am Leben, als Sie ihn gefunden haben, der Mörder hatte also verdammtes Glück, daß er nicht geschnappt wurde, genau wie die Person, die ihn bezahlt hatte.«

Sie fuhr sich mit der Zunge über die trockenen Lippen, ehe sie sich plötzlich ruckartig in ihrem Sessel zurücklehnte und sich mit einer Hand auf den Mund schlug. »Daran hätte ich längst denken müssen«, sagte sie mit gedämpfter Stimme. »Mein Gott, wie blöd von mir!« Sie nahm die Hand von ihrem Mund. »Mein Vater ist ein absoluter Perfektionist«, erklärte sie, »und das gleiche erwartet er von den Leuten, die für ihn arbeiten. Keiner hätte es gewagt zu pfuschen. Das hätte ihm bei meinem Vater Kopf und Kragen gekostet.«

Fraser musterte sie aufmerksam. »Soll das heißen, Sie halten ihn für fähig, die Ermordung Ihres Mannes in Auftrag gegeben zu haben, glauben aber nicht, daß er es tatsächlich getan hat?«

»Ja.« Sie beugte sich wieder vor. »Schauen Sie, mein Vater war an dem Tag in London, sein Alibi hatte also immer Löcher. Er hätte doch nicht einen Mord in Auftrag gegeben, ohne dafür zu sorgen, daß er selbst ein unwiderlegbares Alibi hat! Außerdem war mein Mann, wie Sie schon sagten, noch am Leben, als ich ihn fand und hätte vielleicht sogar überlebt, wenn ich früher zur Stelle gewesen wäre. Aber mein Vater hätte niemals jemand so Inkompetenten beauftragt.«

»Vielleicht ist der Killer getötet worden?«

»Nein«, entgegnete sie aufgeregt. »Verstehen Sie denn nicht? Wenn mein Vater den Mord in Auftrag gegeben hätte, dann hätte er meinen Mann auf keinen Fall in der Galerie töten lassen. Er wußte, daß ich die einzige war, die außer meinem Mann einen Schlüssel zur Galerie hatte. Er hätte dann damit rechnen müssen, daß ich die Leiche finden würde, es sei denn, es wäre zufällig jemand hinten ums Haus gegangen und hätte das eingeschlagene Fenster zum Lagerraum gesehen.« Sie bemerkte seine Skepsis. »Bitte, Sergeant«, sagte sie, »hören Sie doch, was ich sage. Die Polizei behauptete damals, mein Vater wäre so vernarrt in mich gewesen, daß er auf Russell – meinen Mann – krankhaft eifersüchtig war. Aber wenn das gestimmt hätte, dann hätte er doch

Russell irgendwo weit, weit weg von mir umbringen lassen, ganz sicher nicht in der Galerie, wo er damit rechnen mußte, daß genau ich ihn dort finden würde. Er hätte doch nicht gewollt, daß ich einen Nervenzusammenbruch bekomme und mich völlig von ihm zurückziehe. Leuchtet Ihnen das nicht ein?«

Fraser war von dieser Argumentation beeindruckt. »Haben Sie die Polizei in London damals auf diesen Sachverhalt hingewiesen?«

»Wie konnte ich das? Ich bin ja eben erst darauf gekommen. Ich weiß, daß es merkwürdig erscheint, aber wenn einem so etwas Schreckliches widerfährt, blendet man es aus, so schnell man kann, sonst wird man verrückt. Vor meinem Zusammenbruch hatte ich überhaupt keine Zeit, alles richtig zu durchdenken. Erst die Polizei, dann die Beerdigung, dann die Fehlgeburt...« Sie geriet einen Moment ins Stocken. »Und als ich dann aus dem Krankenhaus kam, habe ich beschlossen, das alles wegzupacken und nie, nie wieder hervorzuholen. Erst seit dem Unfall fängt es wieder an, sich zu regen. Ich habe Alpträume, ich sehe Russell auf dem Boden liegen, ich sehe das Blut...« Wieder geriet sie ins Stocken, aber diesmal sprach sie nicht weiter.

Maddocks hatte dem Gespräch mit wachsender Skepsis zugehört, doch er sprach in freundlichem Ton. »Die Polizei war nicht auf einen gedungenen Mörder fixiert, Miss Kingsley. Sie hat immer die Möglichkeit ins Auge gefaßt, daß Ihr Vater selbst den Mord begangen haben könnte. Nehmen wir an, er ist in die Galerie gefahren, und er und Ihr Mann gerieten in Streit. Glauben Sie, daß es ihn dann noch gekümmert hätte, ob Sie die Leiche finden oder ein anderer? Er hätte doch nur daran gedacht, seine eigene Haut zu retten und so schnell wie möglich zu verschwinden.«

Jinx drehte sich zu ihm um. »Sie können nicht beides haben, Inspector. Wenn mein Vater der Mafiaboß ist, als den sie alle ihn hinstellen, dann hätte er dafür gesorgt, daß alle Spuren beseitigt werden. Und er hätte Russell nicht am Leben gelassen.« Sie drückte beide Hände an ihre Schläfen. »Er macht keine Fehler, Inspector.«

»Er hat einmal einen Schwarzen halb zu Tode geprügelt«, sagte Maddocks, »der dann Ihr Onkel wurde. Vielleicht hat er da auch einen Fehler gemacht. Vielleicht wollte er ihn eigentlich töten.«

Jinx senkte ihre Hände in den Schoß und schob sie fest ineinander. Sie fühlte sich sehr elend, aber sie wußte, daß Maddocks das ausnutzen würde, wenn sie etwas sagte. Sie konzentrierte sich auf Fraser, hoffte, er würde ihr zu Hilfe kommen.

»Nehmen wir mal an, daß Sie recht haben, Miss Kingsley«, sagte der Sergeant nach einem Moment der Stille, »und daß es noch eine andere Verbindung zwischen den drei Morden gibt. Haben Sie eine Ahnung, was – oder wer – das sein könnte?«

»Die einzige, die mir einfällt, ist Meg«, antwortete sie ernst. »Sie stand Russell und Leo so nahe wie ich.«

Maddocks mischte sich wieder ein. »Näher«, sagte er schonungslos. »Wie aus einigen Briefen und Tagebüchern hervorgeht, die in Leo Walladers Haus gefunden wurden, hatte Ihre Freundin Meg Harris zu der Zeit, als Ihr Mann ermordet wurde, ein Verhältnis mit ihm. Und sie hatte auch mit Ihrem Verlobten ein Verhältnis, das seit Jahren mit Unterbrechungen lief. Einer der beiden Männer – und aus den Eintragungen in ihrem Tagebuch geht hervor, daß sie selbst nicht wußte, welcher – war der Vater eines Kindes, das sie kurz nach Landys Ermordung abgetrieben hat.«

Röte schoß in Jinx' Wangen. »Kein Wunder, daß sie so erschüttert war, als ich mein Kind verloren habe«, sagte sie langsam.

Maddocks runzelte die Stirn. »Es scheint Sie nicht sonderlich zu überraschen, von der Affäre zu hören.«

»Davon wußte ich«, entgegnete sie, »aber ich wußte nicht, daß sie abgetrieben hatte. Arme Meg. Sie muß sich schuldig gefühlt haben, wenn sie geglaubt hat, auch ihr Kind sei von Russell gewesen.«

»Das ist also eine weitere Tatsache, die Sie der Londoner Polizei verschwiegen haben?«

Sie erwiderte einen Moment schweigend seinen Blick. »Wie hätte ich denen etwas sagen können, wovon ich nichts wußte? Von dem Verhältnis Megs mit meinem Mann habe ich erst lange nach seinem Tod erfahren.«

»Aha«, murmelte er, »das hätte ich mir ja denken können. Hat Miss Harris es Ihnen erzählt?«

»Nein.« Sie wiederholte, was sie schon Alan Protheroe erzählt hatte, berichtete von den Briefen auf dem Speicher und ihrem Widerstreben, alte Wunden aufzureißen. »Aber wenn ich etwas gesagt hätte, wären Meg und Leo vielleicht heute noch am Leben«, schloß sie bedrückt. »Hinterher ist man immer klüger.«

»Ja«, sagte Maddocks nachdenklich. »Ich habe den Eindruck, bei Ihnen dauert es immer eine ganze Weile, bis sich Erkenntnisse entwickeln. Wer wußte noch von dieser Affäre?«

»Niemand, glaube ich. Ich sagte ja schon, sie waren sehr diskret.«

»Haben Sie Ihrem Vater davon erzählt?«

»Nachdem ich davon erfahren hatte, meinen Sie?« Er nickte. »Wozu?«

»Sonst jemandem?«

Sie schüttelte den Kopf. »Nur Dr. Protheroe. Ihm habe ich es heute morgen erzählt.«

Maddocks nickte. »Haben Sie und Miss Harris je über Landys Ermordung gesprochen?«

»Ein- oder zweimal, bevor ich ins Krankenhaus gegangen bin«, antwortete sie stockend. »Wir haben vorher darüber gesprochen, aber hinterher nie wieder.«

»Hat sie etwas darüber gesagt, wer es ihrer Meinung nach gewesen sein könnte?«

Sie stützte ihre Wange in ihre Hand und versuchte, sich die Szene ins Gedächtnis zu rufen. »Es ist so lange her«, sagte sie dann, »und wir neigten beide dazu, das Thema eher zu meiden, aber ich glaube, sie hielt sich an die erste Erklärung der Polizei, die die einzige war, über die in den Zeitungen berichtet wurde. Ein verpfuschter Einbruch. Soviel ich weiß, glauben das die meisten Leute heute noch.«

»Sie hat also überhaupt nicht gewußt, daß Sie und Ihr Vater unter Verdacht standen?«

Sie tat so, als dächte sie darüber nach. *Jeder hat das gewußt, du Mistkerl ... jeder gottverdammte Freund, den ich je hatte ... was glaubst du wohl, warum ich die letzten zehn Jahre so verdammt einsam war? ...*

»Ich mußte der Polizei eine Liste unserer Freunde geben, größtenteils waren es Russells Freunde, aber Meg stand als eine Freundin von mir darauf, und ich erinnere mich, ihr erzählt zu haben, daß die Polizei sich nach der Beziehung zwischen meinem Mann und meinem Vater erkundigt hatte.« Sie runzelte plötzlich die Stirn. »Moment mal, jetzt fällt mir was ein. Sie machte damals tatsächlich eine ziemlich seltsame Bemerkung. Sie sagte: ›Sie werden nicht lockerlassen und immer weiterfragen, aber ich finde, es ist besser, schlafende Hunde nicht zu wecken. Es ist sowieso schon soviel Schmerz verursacht worden.‹«

»Was hat sie damit gemeint?«

»Damals dachte ich, sie spräche von der Beziehung zwischen meinem Mann und meinem Vater und meinte, es wäre unnötig, weitere Auskünfte zu geben. Aber jetzt glaube ich, daß sie vielleicht von ihrer Beziehung zu Russell gesprochen hat. Ich weiß, daß die Polizei damals sehr gründlich nach Hinweisen auf etwas Derartiges gesucht hat; es hätte ja sein können, daß er von einem eifersüchtigen Ehemann getötet worden war.« Sie machte eine kleine Pause. »Aber Meg wußte, daß ich von der Affäre keine Ahnung hatte, und wollte mich vielleicht nicht unnötig kränken, indem sie der Polizei davon erzählte.«

»Das hat Sie doch sicher getroffen, als Sie dann schließlich davon erfuhren«, sagte Fraser.

Sie wandte sich ihm mit sichtlicher Erleichterung zu. »Ich weiß, das klingt gefühllos, aber es hat mir gutgetan. Mein Mann und ich haben uns in den Monaten vor seinem Tod überhaupt nicht mehr verstanden, und ich hatte deswegen dauernd Schuldgefühle. Es ist furchtbar, wenn plötzlich jemand stirbt, der einem nahesteht, und man weiß, daß man ihn unglücklich gemacht hat. Ich dachte dauernd, ach, wenn ich doch dies getan hätte, oder wenn ich das getan hätte«, sie lächelte gequält, »und dann haben mich ein paar alte Liebesbriefe von der Schuld befreit.«

Maddocks beobachtete ihre Vorstellung mit zynischer Objektivität. Die Geschichte war zu glatt und zu makellos, da konnte nur Dr. Protheroe die Hand im Spiel haben. »Also, lassen Sie mich das noch mal klarstellen, Miss Kingsley«, sagte er beißend. »Erstens: Zum Zeitpunkt des Todes Ihres Mannes haben Sie sich überhaupt nicht mehr mit ihm verstanden, aber der Londoner Polizei haben Sie das Gegenteil erzählt. Zweitens: Sie hielten Ihren Vater für fähig, die Ermordung Ihres Mannes in Auftrag zu geben, aber Sie haben ihn trotzdem verteidigt. Drittens: Ihr Mann und Ihre beste Freundin hatten ein Verhältnis miteinander, aber Sie wußten nichts davon, und Ihre Freundin hat der Polizei nichts davon gesagt. Viertens: Sie hat das Kind abgetrieben, das sie entweder mit Ihrem damaligen Mann oder Ihrem späteren Verlobten gezeugt hatte, aber weder Sie noch die Londoner Polizei hat je davon erfahren. Fünftens: Als Sie entdeckten, daß Ihre Freundin und Ihr Mann ein Verhältnis gehabt hatten, behielten Sie das für sich. Sechstens: Ihre beste Freundin, die ein Verhältnis mit Ihrem Mann gehabt hatte und wußte, daß Ihr Mann ermordet worden war, ließ sich davon nicht abhalten, eine alte Beziehung zu Ihrem Verlobten wiederaufzuwärmen und ihn zu überreden, Sie um ihretwillen zu verlassen. Siebtens: Er und sie wurden wenig später auf die gleiche Art ermordet wie vor zehn Jahren Ihr Mann, wenn auch an einem anderen Ort.« Er zog die Augenbrauen hoch. »Ist das eine akzeptable Zusammenfassung dessen, was Sie uns erzählt haben?«

»Ja«, bestätigte Jinx. »Meines Wissens ist das zutreffend. Vorausgesetzt natürlich, das mit der Abtreibung und der Art, wie Meg und Leo getötet wurden, ist wahr. Das sind die beiden einzigen Dinge, von denen ich nichts wußte.«

Er nickte. »Gut, dann habe ich noch eine letzte Frage zu dem Mord an Ihrem Mann, ehe wir über Wallader und Harris sprechen. Den Berichten zufolge, die uns vorliegen, kamen Sie als Täterin nicht in Frage, weil Sie ein hieb- und stichfestes Alibi hatten. Wer hat Ihnen das Alibi gegeben?«

»Das war Meg«, antwortete sie. »Ich war den ganzen Nachmittag bis zum Abend mit ihr zusammen, und sie hat mich dann in das Restaurant gefahren, in dem ich um halb acht mit meinem Mann verabredet war. Dort hab ich ungefähr eine Stunde gewartet, und als mein Mann nicht kam, hab ich ein Taxi zur Galerie genommen. Steht das nicht in dem Bericht?«

Maddocks ignorierte die Frage. »Wäre es nicht einfacher gewesen, in der Galerie anzurufen?«

»Das habe ich getan. Es hat sich niemand gemeldet. Daraufhin habe ich zu Hause angerufen, aber dort habe ich auch niemanden erreicht.«

»Wieso haben Sie dann angenommen, er sei in der Galerie? Wieso sind Sie extra mit einem Taxi hingefahren?«

»Weil es auf dem Weg nach Hause war.«

»Aber Sie haben das Taxi bezahlt, ehe Sie hineingegangen sind.«

»Es war neun Uhr abends, und der Fahrer wollte mich, ohne zu zahlen, nicht aussteigen lassen. Ich glaube, er hatte Angst, ich würde in der nächsten Gasse verschwinden. Er sagte, er würde fünf Minuten warten und wenn ich bis dahin nicht zurück wäre, würde er fahren. Tatsächlich kam ich schon nach zwei Minuten schreiend wieder rausgestürzt. Der Fahrer hat dann den Notruf angerufen, während ich bei Russell geblieben bin, und er hat draußen gewartet, bis der Rettungswagen kam. Darum hat die Polizei ihn später, als es um eine Bestätigung meiner Aussage ging, mühelos gefunden.«

Maddocks lachte leise. »Sie haben wohl auf alles eine Antwort, was?«

Sie musterte ihn mit kühlem Blick. »Ich sage Ihnen nur die Wahrheit, Inspector.«

»Ja, und Sie haben zehn Jahre Zeit gehabt, um sie sich zurechtzulegen.«

Einer der Männer, die zum Sicherheitspersonal der Klinik gehörten, Harry Elphick, machte, nachdem er von dem Überfall auf Dr. Protheroe gehört hatte, vor dem Nachhausegehen einen Abstecher zu den Nebengebäuden in der Nähe der Personalparkplätze. Er erinnerte sich, vor einigen Wochen in einem von ihnen einen Vorschlaghammer gesehen zu haben, und dachte sich, es könne nicht schaden, mal nachzusehen. Er nahm an, durchaus logisch, daß höchstwahrscheinlich einer der aggressiven Junkies, die sich in der Klinik aufhielten, Dr. Protheroe überfallen hatte, und nahm weiter an, daß in dieser Klinik, die ja kein Gefängnis war, jeder aufmerksame Patient den Vorschlaghammer ebensogut bemerkt haben konnte wie er selbst. Harry Elphick hätte den Gedanken als dumm und naiv zurückgewiesen, daß keiner von ihnen auf die Idee gekommen wäre, Dr. Protheroe zu überfallen, weil sie ja alle wußten, daß er niemals Drogen in seinem Wagen hatte. Harry, ehemaliger Soldat und über das mittlere Alter hinaus, hatte wenig übrig für dieses reiche Pack, das Dr. Protheroe behandelte, und es verschaffte ihm eine gewisse Genugtuung, als er in einem der Nebengebäude nach nur oberflächlicher Suche einen Vorschlaghammer mit rotem Wolseleylack am Kopf entdeckte.

»Wann haben Sie erfahren, daß Leo Wallader und Meg Harris ein Verhältnis hatten?«

Jinx starrte einen Moment auf ihre Hände hinunter, ehe sie nach den Zigaretten griff. »Als ich vor ein paar Tagen wieder zu Bewußtsein gekommen bin. Meine Stiefmutter hat es mir gesagt.«

Maddocks zog die Brauen zusammen. »Soll das heißen, daß Sie vorher keine Ahnung hatten?«

Sie lehnte sich in ihrem Sessel zurück, um sich eine Zigarette anzuzünden. »Ich weiß es nicht«, antwortete sie. »Ich kann mich kaum an etwas erinnern, was unmittelbar vor dem Unfall geschehen ist.«

»Woran erinnern Sie sich überhaupt?«

Sie starrte zur Zimmerdecke hinauf. »Ich erinnere mich, daß ich mich am Morgen des vierten Juni von Leo, der noch beim Frühstück saß, verabschiedet habe. Ich wollte nach Hampshire fahren und ein paar Tage bei meinen Eltern bleiben.«

»Das ist eine sehr genaue Erinnerung.«

»Ja.«

»Wann haben Sie erfahren, daß die beiden tot sind, Miss Kingsley?«

Einen Moment dachte sie daran, wieder zu lügen, aber dann ließ sie es bleiben. Sie hatte Dean zu gern, um ihn diesem Veckskerl zum Fraß vorzuwerfen. »Am Sonntag«, antwortete sie. »Ich wußte, daß Sie mich belogen hatten, als Sie damals bei mir waren, darum bat ich einen Freund, die Walladers anzurufen. Sir

Anthony sagte ihm, daß sie beide tot seien, und er hat mich dann zurückgerufen und es mir berichtet.«

»Wer ist dieser Freund?«

»Ist das wichtig?«

»Es kommt darauf an, ob Sie möchten, daß ich Ihnen glaube. Dieser Freund könnte bestätigen, daß Sie aufrichtig erschüttert waren, als Sie vom Tod der beiden erfuhren. Es bereitet mir nämlich einige Schwierigkeiten zu verstehen, wie eine Frau angesichts der brutalen Ermordung ihrer besten Freundin und ihres Verlobten sich so außerordentlich gefaßt zeigen kann.«

»Es war mein Mitarbeiter, Dean Jarrett.«

»Danke. Waren Sie sehr gekränkt, als Ihre Stiefmutter Ihnen sagte, daß Leo Wallader Sie Meg Harris' wegen verlassen hatte?«

Sie schüttelte den Kopf. »Nein, nicht besonders. Ich war eher erleichtert als verletzt. Ich glaube, ich habe Ihnen bereits am Sonntag gesagt, daß ich, was Leo anging, starke Zweifel hatte. Ich bin sicher, daß ich nicht die Absicht hatte, ihn zu heiraten, ohne Rücksicht darauf, ob er eine Affäre mit Meg hatte oder nicht.«

»Warum wollten Sie sich dann das Leben nehmen?«

»Ich wünschte, das wüßte ich.« Sie lächelte plötzlich. »Es scheint doch sehr untypisch für eine Person, die so außerordentlich gefaßt bleiben kann.« Sie schnippte Asche von Ihrer Zigarette. »So untypisch, daß ich einfach nicht glaube, daß ich mir das Leben nehmen wollte.«

»Sie waren betrunken und sind mit Ihrem Wagen mit voller Geschwindigkeit auf das einzige stabile Bauwerk auf einem verlassenen Flugfeld losgefahren. Was für eine andere Erklärung gibt es da?«

»Aber ich habe mich ja nicht umgebracht«, sagte sie.

»Weil Sie Glück hatten. Sie wurden aus dem Wagen geschleudert.«

»Vielleicht bin ich selbst hinausgesprungen«, entgegnete sie. »Vielleicht wollte ich nicht sterben.«

»Was genau soll das heißen?«

Tränen schossen ihr in die Augen, aber sie hielt sie zurück. »Ich weiß es nicht, aber ich hatte weit mehr Zeit *darüber* nachzudenken, als über Leo und Meg, und ich denke, wenn *ich* mich nicht umbringen wollte, dann gibt es nur noch eine Erklärung, nämlich daß ein *anderer* mich umbringen wollte.« Sie gab jeden Versuch, Maddocks zu überzeugen, auf und wandte sich Fraser zu. »Es wäre kinderleicht gewesen. Mein Wagen hatte ein Automatikgetriebe. Man hätte ihn nur mit der Schnauze auf den Betonpfosten ausrichten müssen, die Schaltung auf *Drive* stellen, das Gaspedal durchdrücken und festklemmen und dann die Handbremse losmachen müssen. Wenn ich bewußtlos gewesen wäre und angeschnallt, wäre ich bei dem Zusammenstoß getötet worden. So könnte es doch gewesen sein, meinen Sie nicht? Es ist doch eine Möglichkeit, oder nicht?«

»Wenn Sie angeschnallt gewesen wären, wie hätten Sie dann hinausgeschleudert werden können?«

»Dann war ich vielleicht nicht angeschnallt«, sagte sie eifrig. »Vielleicht wollte der Mörder, daß ich durch die Windschutzscheibe fliege. Oder vielleicht bin ich rechtzeitig zu Bewußtsein gekommen und habe den Gurt selbst losgemacht.«

Er hätte ihr gern geglaubt, aber er konnte es nicht. »Dann hätte dieser hypothetische Mörder gesehen, was geschehen war, und hätte Sie erledigt. Er hätte es sich nicht leisten können, Sie am Leben zu lassen, wenn er gerade versucht hätte, Sie zu töten.«

Aus ihrer Tasche nahm sie den Zeitungsausschnitt, den Betty ihr mitgebracht hatte, und drückte ihn ihm in die Hand. »Hier steht, daß ich von einem jungen Paar gefunden worden bin. Er hätte keine Zeit gehabt, mich zu erledigen, wenn er sie hat kommen gesehen.«

»Hören Sie, Miss Kingsley«, schaltete sich Maddocks ein, »ich bin wirklich nicht gern grausam, aber Fakten bleiben Fakten. Wie wir von Ihren Nachbarn in Richmond gehört haben, war das ja nicht der erste Versuch. Den haben Sie schon am Sonntag gemacht. Ob es Ihnen gefällt oder nicht, ob Sie sich daran erinnern oder nicht – und Sie haben ja selbst zugegeben, daß Sie die Gewohnheit haben, alles auszublenden, was sie beunruhigt –, es ist etwas so Schreckliches geschehen, daß Sie sich Mut angetrunken und dann ein zweitesmal versucht haben, Schluß zu machen.«

Es ist etwas Schreckliches geschehen ...

»Ich war in meinem Leben noch nie betrunken«, erklärte sie störrisch. »Ich hatte noch nie den Wunsch, mich zu betrinken.«

»Es gibt immer ein erstes Mal.«

Sie zuckte mit den Achseln. »Für mich nicht, Inspector.«

»Sie hatten zur Zeit Ihres Unfalls einen Alkoholspiegel, der dem Genuß von zwei Flaschen Wein entspricht, Miss Kingsley. Die Flaschen wurden auf dem Boden Ihres Wagens gefunden. Wollen Sie behaupten, daß Sie eine derartige Menge Alkohol trinken können, ohne davon betrunken zu werden?«

»Nein«, antwortete sie. »Ich behaupte, daß ich nie den Wunsch gehabt hätte, soviel zu trinken.«

»Nicht einmal, wenn Sie etwas getan hätten, worüber Sie tief beschämt waren?«

Sie sah ihn unverwandt an. »Was, zum Beispiel?«

»Wenn Sie zum Beispiel bei einem Mord dabeigewesen wären?«

Sie schüttelte den Kopf. »Sehen Sie denn nicht, wie unlogisch dieses Argument ist? Soviel ich weiß, wurden die Leichen von Meg und Leo in der Nähe von Winchester gefunden, und das heißt doch, daß der Mörder einen ziemlich komplizierten Plan ausgearbeitet haben muß. Aus den Zeitungsberichten geht nicht hervor, ob sie im Wald getötet wurden oder erst hinterher dorthin gebracht wurden, aber ganz gleich, wie es war, es hat sich doch jemand eine Menge Umstände gemacht, um sie dorthin zu bringen. Aber warum sollte jemand, der das alles so genau ausgeklügelt hat, sich hinterher so sehr schämen, daß er versucht, sich das Leben zu nehmen? Das ergibt doch keinen Sinn. Einerseits beschreiben Sie eine sehr berechnende Persönlichkeit, die es sich zum Ziel gesetzt hatte, zwei Menschen zu beseitigen; andererseits beschreiben Sie jemanden mit einem schwachen Charakter, der vielleicht in einem Augenblick des Zorns getötet haben könnte, aber dann über seine Tat so entsetzt war, daß er sich zur Strafe selbst das Leben nehmen wollte.«

»Ja, ja, ich sehe schon, Sie haben das alles wirklich sehr gründlich überdacht.«

Wieder wurden die großen dunklen Augen feucht. »Wie Sie das auch getan hätten, wenn Sie an meiner Stelle wären. Ich bin nicht dumm, Inspector.«

Zu ihrer Überraschung nickte Maddocks zustimmend. »Bei Mord gibt es keine Logik, Miss Kingsley, jedenfalls nicht meiner Erfahrung nach. Meistens sind es die Leute gewesen, von denen man es am wenigsten erwartet hätte. Manche von ihnen zeigen schon sehr bald Reue, manche von ihnen zeigen sie erst, wenn sie verurteilt worden sind, und manche zeigen nie Reue. Glauben Sie mir, es ist durchaus nicht ungewöhnlich, daß eine berechnende Person einen Mord plant, ausführt, die Leiche beseitigt, und dann plötzlich von ihrem Gewissen geplagt wird. Wir erleben das immer wieder. Es gibt keinen Grund, warum es in diesem Fall anders sein sollte.«

»Dann legen Sie mir doch gleich die Handschellen an«, sagte sie. »Ich kann mich nämlich nicht verteidigen.«

Nichts würde ich lieber tun, Schätzchen. »Das steht überhaupt nicht zu Debatte«, erklärte er mit gönnerhafter Freundlichkeit. »Wie Sergeant Fraser Ihnen schon sagte, verfolgen wir verschiedene Möglichkeiten, und dies hier ist nur eine von ihnen. Aber Sie werden sicher verstehen, wie wichtig es für uns ist, daß Sie uns etwas darüber sagen, was sich in den zwei Wochen vor Ihrem Unfall und der Ermordung Ihres Verlobten und Ihrer Freundin abgespielt hat. Leider scheinen Sie der einzige Mensch zu sein, der darüber noch Auskunft geben kann.«

Ihr Gesich war beunruhigt, als sie an ihrer Zigarette zog.»Was ist denn mit Megs Freunden? Haben Sie mit denen gesprochen? Die müssen Ihnen doch eine Auskunft geben können.«

»Nach dem, was wir von Ihnen erfahren hatten, haben wir gestern mit Josh Hennessey gesprochen. Er sagte, er hätte das erste Mal davon gehört, daß Wallader und Meg Harris sich zusammengetan hatten, als Miss Harris ihn am Samstag, dem elften Juni, anrief. Bei diesem Gespräch hat sie ihm mitgeteilt, daß Ihre Hochzeit nicht stattfinden würde, und daß sie und Wallader die Absicht hätten, nach Frankreich zu reisen. Sie hat ihm versprochen, daß sie vor der Abreise noch einmal ins Büro kommen würde, um ihn über die Sachen zu informieren, die sie in Bearbeitung hatte. Aber sie ist nicht gekommen, und er hat auch nicht wieder von ihr gehört. Er hat uns die Namen einiger enger Freundinnen von Meg Harris gegeben. Mit zwei von ihnen haben wir gesprochen, Fay Avonalli und Marian Harding. Sie haben uns das gleiche erzählt.«

»Aber haben Sie Josh nicht nach der früheren Beziehung zwischen Meg und Leo gefragt? Ich meine, er und Meg arbeiten seit Jahren zusammen, und er weiß alles über sie. Vermutlich hat er auch von dieser Affäre gewußt.«

Diesmal antwortete Fraser. »Er hat uns den Namen eines Mannes angegeben, der zu Beginn des Jahres zwei oder drei Monate lang eine gewisse Rolle gespielt hat. Über Leo Wallader habe Miss Harris kaum je gesprochen, sagte er, und es hätte ihn überrascht, als sie ihm am Telefon von ihrer Absicht erzählte, Wallader zu heiraten. Er sagte, Leo Wallader hätte seit Jahren zum Freundeskreis von Miss Harris gehört, und die beiden hätten immer mal wieder was miteinander angefangen, wenn sie gerade niemand anderen hatten. Aber er hätte nie erlebt, daß sie es länger als ein oder zwei Monate miteinander ausgehalten hätten, vor allem weil Miss Harris sich immer so über Walladers« – er suchte nach einem passenden Wort – »Selbstsucht geärgert hat. Er will zu ihr gesagt haben, sie sei verrückt zu glauben, daß es diesmal anders werden würde, und hat den beiden ungefähr einen Monat gegeben. Er will ihr außerdem gesagt haben, sie sei ein Miststück erster Güte und habe es nur auf Wallader abgesehen, weil er Sie heiraten wollte.« Er lächelte teilnehmend. »Er behauptet, Miss Harris sei auf Sie eifersüchtig gewesen. Anscheinend war sie neidisch, daß Sie zu dem Geld, das Sie eines Tages von Ihrem Vater erben werden, auch noch Russell Landys Vermögen geerbt hatten. Sie soll gesagt haben: Jinx landet immer auf den Füßen und ich in der Kloake.«

»Irgendwie ist das auch wahr. Das einzige, was Meg sich immer gewünscht hat, war genug Geld, um ihr Leben zu genießen. Sie hat oft gesagt, es wäre die größte Gemeinheit, daß ausgerechnet sie, die nichts mehr haßte als Sparsamkeit und Armut, einen Pfarrer zum Vater hätte. Sie konnte nie verstehen, warum ich meinen Vater nicht bei jeder Gelegenheit um Geld angegangen bin.«

Fraser zeigte die gleiche Skepsis wie vorher Protheroe. »Es überrascht mich, daß Sie sie gemocht haben.«

»Ich habe nicht viele Freunde. Und mit ihr war es immer lustig. Es war wahrscheinlich ein Fall von Gegensätzen, die sich anziehen. Ich nehme das Leben zu schwer. Sie hat es genossen. Sie ist der einzige Mensch, den ich je gekannt habe, der ganz in der Gegenwart gelebt hat.« Eine Träne lief über ihre Wange. »Ich war weit eifersüchtiger auf sie als sie auf mich.«

»Würden Sie demnach sagen, daß Ihre Eifersucht sich zur Wut darüber steigerte, daß sie Ihnen die Männer ausgespannt hat?« fragte Maddocks.

Jinx drückte ihre Zigarette aus. »Nein«, antwortete sie müde. »Tut mir leid, Inspector, aber mehr kann ich Ihnen wirklich nicht sagen.«

Alan Protheroe stand wartend neben ihrem Wagen, als sie um die Hausecke kamen. »Ich hoffe, meine Herren, Sie waren bei Miss Kingsley nicht so unhöflich wie vorhin bei mir, als Sie sich einfach in mein Büro gedrängt haben.« Er kniff die Augen zusammen. »Ich habe größte Vorbehalte gegen Ihre Überrumpelungstaktik.«

»Wir haben ein kleines Gespräch geführt, Sir«, erklärte Maddocks, »an dem Sie jederzeit hätten teilnehmen können, wenn Sie oder Miss Kingsley das gewünscht hätten.«

Alan schüttelte ärgerlich den Kopf. »Sie sind schon ein besonderer Typ, Inspector, und dieser Typ ist mir weder sympathisch, noch glaube ich, daß so jemand bei der Polizei sein sollte. Muß ich Sie wirklich daran erinnern, daß Miss Kingsley vor noch nicht einmal einer Woche noch im Koma lag? Oder daß Ihre Kollegen in Fordingbridge glauben, daß sie zwei Selbstmordversuche unternommen hat?«

»Ach, mit diesem Selbstmordversuch ist das so eine Sache.« Maddocks wies mit einem Nicken auf Fraser. »Sie hat dem Sergeant hier erzählt, daß sie glaubt, jemand habe versucht, sie zu töten. Wie sehen Sie es, Doktor? Selbstmordversuch oder Mordversuch? Halten Sie Miss Kingsley für den suizidalen Typ? Ich nicht.«

»Aber Mordversuch überzeugt Sie?«

Maddocks grinste. »Ich würde das eher für einen Versuch halten, die Schuld abzuwälzen.«

»Was bleibt dann, wenn es weder das eine noch das andere war?«

»Ein bißchen Theater, denke ich. Sie ist eine erstklassige Schauspielerin, aber das wissen Sie sicher bereits.«

Alan machte eine abrupte Kopfbewegung in Richtung zur Haustür. »Ein Mann von unserem Sicherheitspersonal hat Ihnen etwas zu zeigen. Meiner Ansicht nach sollte es der Polizei Salisbury übergeben werden, die, soviel ich weiß, in dem Überfall auf mich ermittelt hat, aber es scheint, daß sie die Sache an Sie weitergeben wollen.«

Er führte die beiden Männer ins Haus und wies auf den Vorschlaghammer, der auf dem Empfangstisch lag. Sein Kopf steckte säuberlich in einer Klarsichthülle. »Harry Elphick«, sagte er, den Wächter vorstellend. »Er hat ihn in einem der Nebengebäude gefunden. Am Kopf befinden sich rote Lacksplitter, die von meinem Wolseley stammen könnten.«

Maddocks lächelte beifällig. »Gut gemacht, Harry. Wie sind Sie darauf gekommen, nach dem Ding zu suchen?«

Harry, der stolz war auf seine Menschenkenntnis, sah gleich, wenn er einen guten Mann vor sich hatte. »Also, Sir, das war so. Wissen Sie, ich halt nicht soviel von den jungen Leuten hier wie der Doktor – nichts für ungut, Doktor.« Er stürzte sich in einen weitschweifigen Bericht über seine Denkprozesse und endete mit den Worten: »Na ja, und wie ich immer sage, wenn man nach einer Lösung sucht, sollte man beim Naheliegendsten anfangen, und in diesem Fall ist das Naheliegendste, daß eines von den Früchtchen hier sich gedacht hat, er könnte es ja mal riskieren.«

Maddocks sah Alan mit einem boshaften Lächeln an. »Oder *sie* könnte es mal riskieren«, murmelte er. »Mir ist erst aufgefallen, wie groß Miss Kingsley ist, als ich sie in Ihrem Zimmer stehen sah. Einszweiundsiebzig, würde ich schätzen.«

Nightingale-Klinik, Salisbury – 22 Uhr

Veronica Gordon hörte den Tumult aus dem Foyer, als sie im Aufenthaltsraum des Personals ihren Tee trank. Sie ging hinaus und sah Betty Kingsley im Ringkampf mit Amy Staunton. »He, du schwarzes Luder!« schimpfte Betty. »Laß mich gefälligst los. Ich will zu meiner Tochter.«

»Was geht hier vor?« fragte Veronica eisig. Sie faßte Betty Kingsley beim Kragen und riß sie mit überraschender Kraft zurück. »Wie kommen Sie dazu, in diesem Ton mit einer meiner Pflegerinnen zu sprechen? Das dulde ich nicht, und von einer Betrunkenen schon gar nicht.« Sie war sehr zornig. »Es ist eine Schande, wie Sie sich benehmen. Was glauben Sie eigentlich, wer Sie sind?«

Bettys Gesicht nahm einen trotzigen Ausdruck an, als sie Veronicas Hand abschüttelte. »Sie wissen genau, wer ich bin«, entgegnete sie aggressiv. »Ich bin Mrs. Adam Kingsley und ich bin hier, weil ich meine Tochter sehen möchte.« Aber sie wurde merklich kleinlaut im Angesicht der nüchternen Strenge Veronicas.

»Das kommt nicht in Frage«, sagte Veronica scharf. »Es ist zehn Uhr abends, und Sie sind überhaupt nicht in der Verfassung, mit jemanden zu sprechen. Ich schlage vor, Sie fahren nach Hause und werden erst mal nüchtern. Sie können morgen wiederkommen, wenn Sie in einem annehmbaren Zustand sind.«

Betty riß die stark geschminkten Augen auf. »Das werde ich meinem Mann erzählen! Ich lasse doch nicht so mit mir reden!«

»Eine ausgezeichnete Idee. Warum rufen wir Mr. Kingsley nicht gleich an? Er wird sich bestimmt freuen zu hören, daß seine Frau sich in betrunkenem Zustand mit einer Schwester in der Nightingale-Klinik angelegt hat.«

Tränen rannen Betty über das groteske Gesicht. »Ich muß aber zu Jinx«, rief sie weinend. »Bitte, lassen Sie mich zu meiner

Tochter.« Doch dann schien ihr klarzuwerden, daß sie mit Tränen keine Sympathien gewinnen würde. Sie holte ein paarmal tief Atem, richtete ihr Haar und zog ihren Mantel gerade. »So. Schon besser, nicht? Ich würde Ihnen bestimmt keinen Ärger machen, wenn Sie mich zu ihr lassen.« Sie tupfte sich die Augen und verzog den knallroten Mund zu einem koketten Lächeln, das nur jämmerlich wirkte. »Fröhlich wie nur was. Nehmen Sie das, was ich vorhin gesagt habe, nicht ernst.« Sie tätschelte Amys Arm. »Ich hab's nicht so gemeint, Kleine. Ich hab manchmal ein loses Mundwerk. Also, lassen Sie mich jetzt zu Jinx? Bitte, es ist wirklich sehr wichtig.«

Veronica wurde etwas milder. »Was ist denn so wichtig, daß es nicht bis morgen warten kann, Mrs. Kingsley?«

»Meg und Leo«, antwortete sie. »Die Jungs und ich haben gelesen, daß sie ermordet worden sind, aber ihr Daddy tut überhaupt nichts. Ich finde, irgend jemand sollte das arme Kind in den Arm nehmen, auch wenn's nur ich bin.«

Veronica war ganz ihrer Meinung, und wenn sie es etwas merkwürdig fand, daß Betty zwölf Stunden gewartet und sich erst betrunken hatte, ehe sie ihren Gedanken in die Tat umgesetzt hatte, so sagte sie es nicht. Statt dessen schickte sie Amy zu Jinx, um festzustellen, ob diese noch wach sei, ehe sie Betty zu Nummer zwölf begleitete und die beiden Frauen dann bei weit geöffneter Tür allein ließ.

»Ich bin im Schwesternzimmer«, sagte sie. »Sie haben eine Viertelstunde, Mrs. Kingsley, und ich möchte keine lauten Stimmen hören. Ist das klar?«

Betty wartete, bis sie gegangen war, dann rümpfte sie verächtlich die Nase. »Das ist vielleicht eine Furie.« Schwankend ging sie zum nächsten Sessel und ließ sich hineinfallen, um ihre Stieftochter, die schon im Bett war, trübe anzustarren. »Ich nehme an, du weißt schon, daß Meg und Leo tot sind.«

Jinx verbarg ihr Unbehagen. »Wer hat dich hergebracht, Betty?«

»Jenkins.« Sie deutete zur Tür. »Er wartet draußen.«

»Weiß Adam, daß du hier bist?«

»Natürlich nicht.« Sie schüttelte den Kopf. »Er ist in London. Die Aktien sind den ganzen Tag gefallen. Er versucht, den Schaden wiedergutzumachen.«

»Ich habe es in den Nachrichten gesehen.«

»Mein Gott, du bist wirklich eiskalt. Aber so warst du ja immer.« Sie schneuzte sich. »Weißt du auch, warum sie fallen? Weil Leo tot ist und Russell tot ist und überall getuschelt wird.«

»Das hat auf dich und die Jungen keine Auswirkungen«, erklärte Jinx ruhig. »Die Firma ist gesund, und Adam wird dafür sorgen, daß die Aktien nicht ins Bodenlose fallen. Sie werden sich wieder erholen, ihr werdet nichts verlieren.«

»Und wie soll dein geliebter Adam den Absturz verhindern?« zischte sie. Ihre kleinen Augen glitzerten wie Kiesel. »Sag mir das mal. Die Jungs und ich sind ganz krank vor Sorge, und du und dein Vater, ihr benehmt euch, als wär nichts geschehen.«

»Wenn nötig, wird er zurücktreten.« Eine kleine Falte erschien auf ihrer Stirn. »Das weißt du doch so gut wie ich. Er hat immer gesagt, daß er das im Fall einer ernsten Krise tun wird.«

»Und was bleibt uns dann?«

»Die Aktien, die Adam euch vor zehn Jahren geschenkt hat.«

Betty nahm eine Puderdose aus ihrer Handtasche und bestäubte ihr verwüstetes Gesicht. »Nein«, entgegnete sie wütend, »mir wird nicht einmal ein eigenes Zuhause bleiben. Vergiß nicht, das Haus gehört nicht uns, es gehört der Firma. Ein Vermögenswert. So nennen sie das doch, stimmt's? Hast du *daran* mal gedacht, als du diese Krise ausgelöst hast? Wenn dein Vater zurücktritt, verlieren wir Hellingdon Hall. Die Jungs verlieren ihre Arbeit, und keiner von uns hat ein Dach über dem Kopf. Na, was sagst du dazu?«

»Ich würde sagen, das bedeutet, daß ihr eure Aktien verkauft habt und Angst habt, daß Adam euch fallen läßt.« Jinx lehnte ihren Kopf an die Kissen. »Wird auch langsam Zeit. Er hat was Besseres verdient, als drei Klötze am Bein, die ihn nur runterziehen. Ihr solltet ihm den Rücken stärken, anstatt zu jammern.« Sie lächelte vor sich hin. »Soll ich dir mal was sagen? Als du eben reinkamst, dachte ich, mein Gott, es ist tatsächlich einer von ihnen gekommen, um mir die Hand zu halten. Es ist einer gekommen, um mir zu sagen, wir glauben an dich, Jinxy. Wir wissen, daß du im Moment Schlimmes durchmachst, aber wir sind immer für dich da. Schön blöd, was? Wie konnte ich auch nur einen Moment lang annehmen, daß du oder deine nichtsnutzigen Bastarde über Nacht lebenslange Gewohnheiten ändern könntet?«

»Nenn meine Söhne nicht Bastarde.«

»Warum nicht?« sagte Jinx und drückte auf die Glocke neben ihrem Bett. »Das sind sie doch. Du warst meinem Vater nie eine Frau.«

Betty fing wieder an zu weinen. »Ich hab dich vom ersten Moment an gehaßt.«

»Ich weiß. Du hast nie einen Zweifel daran gelassen.«

»Du hast mich auch gehaßt.«

»Weil du so dumm warst.« Sie wandte sich Veronica Gordon zu, die an der Tür erschienen war. »Meine Stiefmutter möchte gehen«, sagte sie.

»Ich habe mein Bestes getan«, behauptete Betty. »Ich wollte dich lieben.«

»Das ist nicht wahr. Du wolltest mich verdrängen. Du bist krankhaft eifersüchtig. Du hast genau gewußt, daß Adam mich immer viel mehr geliebt hat, als er dich jemals lieben würde.«

Sie lächelte kalt, und Veronica revidierte die Meinung, die sie von der jungen Frau gehabt hatte, von Grund auf. Diese Frau war kein rehäugiges Opfer.

Aktennotiz

Von: Superintendent Cheever
An: Chief Constable
Datum: Mittwoch, 29. Juni 1994
Betrifft: Wallader/Harris

Das Nachfolgende ist eine Zusammenfassung aller relevanten Informationen, wie sie uns heute morgen neun Uhr vorgelegen haben.

- Trotz umfassender Ermittlungen können wir keine Zeugen finden, die am 12., 13., 14. Juni im Unmkreis des Walds von Ardingly eine Person mit blutbefleckter Kleidung gesehen haben. Auch eine Waffe wurde nicht gefunden. Es gibt Aussagen über verschiedene Fahrzeuge in der Gegend, aber keine weiterführenden Spuren. (NB: Eine Untersuchung von Jane Kingsleys Wagen erbrachte *keinerlei* Blutspuren.)
- Die persönliche Habe von Leo Wallader und Meg Harris wurde in dem Haus in der Eagleton Street 35 in Chelsea sichergestellt.
- Die beiden Fahrzeuge Walladers wurden gefunden. Das eine in der Eagleton Street, das andere in einer gemieteten Garage in Camden. Harris' Wagen wurde auf der Straße vor Hausnummer 35 gefunden. Alle drei Fahrzeuge werden heute eingehend untersucht, eine erste Überprüfung jedoch hat nichts von Belang erbracht.
- Harris' Tagebücher sowie Aussagen von Freunden

und Verwandten lassen darauf schließen, daß Harris und Wallader seit etwa elf Jahren sexuelle Beziehungen unterhielten, wenn auch immer wieder mit Unterbrechungen. Ferner steht inzwischen fest, daß Harris sexuelle Beziehungen zu Russell Landy unterhielt, sowohl vor als auch während seiner Ehe mit Jane Kingsley.

- Es gibt Indizien dafür, daß Harris im Februar 1984, etwa fünf Tage *nach* Landys Ermordung einen Schwangerschaftsabbruch vornehmen ließ, wobei allerdings unklar ist, wer der Vater des Kindes war. Es gibt gewisse Hiwneise darauf, daß es weder Wallader noch Landy war. Aus ihrem Tagebuch geht hervor, daß sie zahlreiche Männerbekanntschaften hatte. Das wird auch von ihrem Bruder bestätigt.
- Hinsichtlich der Familie Harris bleiben offene Fragen. Eindeutige Anzeichen von Spannungen. Weder Simon Harris noch sein Vater, Charles Harris, hatten viel für Meg übrig, beide halten ihren eigenen Äußerungen zufolge mehr von Jane Kingsley (eigenartig, unter den gegebenen Umständen); Mrs. Harris andererseits scheint Meg übermäßig geliebt zu haben und auf Jane wütend/eifersüchtig (?) zu sein.
- Eine psychologische Analyse Walladers, die vor fünfundzwanzig Jahren erstellt und uns von seiner Mutter übergeben wurde, beschreibt ein Kind mit einer schweren Persönlichkeitsstörung.
- Die Walladers erwähnten einen heftigen Streit am Montag, dem 30. Mai, in dessen Verlauf Leo bekanntgab, daß er vorhabe, Meg statt Jane zu heira-

ten. Er rief am selben Abend seine Eltern noch einmal an, um sie zu bitten, nichts davon verlauten zu lassen, bis er ihnen grünes Licht gäbe. Das geschah schließlich erst am Samstag, dem 11. Juni. Sir Anthony und Lady Wallader haben keine Erklärung für diese Verzögerung.

- Gegenwärtig wird Leo Walladers Vermögen, das in Immobilien, Wertpapieren und Gold angelegt ist, auf 1,1 Millionen Pfund geschätzt. Seinem Anwalt zufolge hat Wallader sich beharrlich geweigert, ein Testament zu machen, es gibt also keines.
- Meg Harris machte ihren Eltern am Samstag, dem 11. Juni, Mitteilung von ihren Plänen. Am selben Tag informierte sie per Telefon auch ihren Geschäftspartner und zwei Freundinnen. Wir haben bisher niemanden gefunden, der vor Samstag, dem 11. Juni, eingeweiht war. Sie erklärte ihrem Geschäftspartner, sie würde am Montag, dem 13. Juni, ins Büro kommen. (NB: Harris' Tagebucheintragungen sind sprunghaft. Auf Wochen ohne Eintragungen folgen Tage, deren Ablauf bis ins Detail aufgezeichnet ist. Es gibt keine Aufzeichnungen nach Montag, dem 18. Mai, und Leo Wallader wird das letzte Mal namentlich im Dezember 1993 erwähnt, als sie schreibt: »Nach all den Jahren habe ich nun endlich Leo mit Jinx bekannt gemacht.«)
- Der Aussage ihres Geschäftspartners zufolge ist sie am Montag, dem 13. Juni, *nicht* ins Büro gekommen.
- NB: Die Eintragung in Harris' Tagebuch nach Kingsleys Heirat mit Landy lautet folgenderma-

ßen: »Seit Russell unerreichbar geworden ist, ist er wieder viel attraktiver.« Ähnlich der Eintrag im April 1994: »Jinx hat mir erzählt, daß sie wieder heiraten will. Ich wußte ja, daß ich es eines Tages bedauern würde, sie mit Leo bekanntgemacht zu haben.«

- Ihren Aussagen vom Dienstag, 14. Juni (nach Jane Kingsleys Unfall), zufolge wurden Mr. und Mrs. Kingsley am Samstag, 11. Juni, telefonisch von dem Entschluß ihrer Tochter informiert, Leo Wallader nicht zu heiraten. Das wird durch die Aussage Colonel Eric Clanceys bestätigt, der, ebenfalls nach dem Unfall, erklärte, Jane Kingsley habe ihm am 11. Juni von der Änderung ihrer Pläne berichtet.
- Den Aussagen von Mr. und Mrs. Kingsley zufolge (die nach dem Unfall aufgenommen wurden) hat Jane Kingsley die Woche vom Samstag, 4. Juni, bis zum Freitag, 10. Juni, in Hellingdon Hall verbracht. Sie schien guter Stimmung zu sein, erzählte nichts von ihrem Streit mit Leo Wallader und sprach über die Hochzeitsvorbereitungen, als hätte es keine Änderung ihrer Pläne gegeben.
- Jane Kingsley selbst sagte in einem Gespräch, das am 28. Juni '94 geführt wurde, aus, daß sie sich an nichts erinnern kann, was nach dem 4. Juni geschehen ist. Sie hat zugegeben, von der Affäre zwischen Harris und Landy gewußt zu haben, behauptet aber, sie hätte davon erst *nach* Landys Tod erfahren. Sie behauptet ferner, sich nicht erinnern zu können, über die Beziehung von Wallader und Harris informiert worden zu sein; dem wider-

spricht jedoch die Aussage von Walladers Eltern, die behaupten, daß Leo sie am Montag nachmittag, 30. Mai (das heißt, vor ihrem Gedächtnisverlust am 4. Juni), informiert habe. Inspector Maddocks ist überzeugt, daß sie sich an weit mehr erinnert als sie zugibt, was das oben Gesagte zu bestätigen scheint.

● Miss Kingsley gibt zu, daß sie ihrem Vater zutraut, Landys Ermordung in Auftrag gegeben zu haben, glaubt aber nicht, daß er es tatsächlich getan hat. Beweise für ihre Meinung kann sie nicht anbieten; das einzige, was sie vorbringt, ist ihre Überzeugung, daß er niemals zugelassen hätte, daß gerade sie den Toten findet. Dieses Argument ist nicht von der Hand zu weisen, wenn Kingsley seine Tochter liebt.

● Ein Zwischenfall, der möglicherweise mit dieser Sache zu tun hat, ereignete sich in der Nacht des Montag, 27. Juni, in der Nightingale-Klinik. Dr. Protheroe, der Leiter der Klinik, wurde von einem Eindringling mit einem Vorschlaghammer angegriffen. Miss Kingsley ist seit etwa zehn Tagen Patientin in der Klinik, außerdem hatte Dr. Protheroe am 27. Juni im Lauf des Nachmittags Besuch von Kingsleys Rechtsanwalt.

● Protheroe kam einigermaßen glimpflich davon; die Waffe wurde später in einem Nebengebäude der Klinik von einem Angehörigen des Sicherheitspersonals gefunden, der erklärt hat, sie sei Eigentum der Klinik. Erste Untersuchungen haben das bestätigt; es wurden keinerlei Blut-, Haar-, Gewebespuren am Hammerkopf gefunden, jedoch einige

Lackpartikel von Protheroes Wagen, der bei dem Überfall stark beschädigt wurde. Das legt nahe, daß der Angreifer mit der Anlage des Anwesens vertraut war, und deutet auf einen früheren oder gegenwärtigen Patienten als Täter hin, möglicherweise auch einen Besucher. Protheroe beschrieb seinen Angreifer als männlich, zwischen einem Meter fünfundsiebzig und einem Meter achtundsiebzig groß, schlank. Der Täter war schwarz gekleidet und trug eine Wollmaske über dem Gesicht.

- Miss Kingsley ist etwa einen Meter zweiundsiebzig groß und schlank. Dennoch: (1) Der Überfall fand am späten Abend statt; (2) Inspector Maddocks ist der Meinung, daß Protheroe in höchstem Maß bemüht ist – aus was für Gründen auch immer –, seine Patientin zu schützen; (3) Miss Kingsley könnte Schulterpolster getragen haben. Ein Gesichtspunkt ist möglicherweise der Überlegung wert, wenn wir davon ausgehen, daß der Zwischenfall mit den Landy/Wallader/Harris-Morden zu tun hat: Miss Kingsley ist nach ihrem Unfall fraglos geschwächt, und Protheroe hatte keine Schwierigkeiten, den Angreifer abzuwehren. Dr. Clarke schließt nicht aus, daß eine Frau Wallader und Harris getötet haben könnte. Hinzu kommt, daß die Absatzabdrücke an der Böschung des Grabens, in dem die Leichen gefunden wurden, darauf hinzuweisen scheinen, daß eine Frau am Tatort war.
- Bzgl. Mordfall Landy. Miss Kingsleys Alibi für den Nachmittag und den frühen Abend des 1. Februar 1984 wurde von Miss Harris geliefert. Im Licht der neuen Erkenntnisse, daß Harris und Landy ein Ver-

hältnis hatten, von dem Miss Kingsley möglicherweise gewußt hat, kann dieses Alibi nicht mehr so fraglos akzeptiert werden. Es würde sich vielleicht lohnen, da nachzuhaken. NB: Harris' Tagebuch enthält keine Eintragung zu diesem Thema, die Ermordung Landys wird überhaupt nicht erwähnt.

Zusammenfassung:

1. Meg Harris hat sich offensichtlich bemüht, beide Männer zurückzugewinnen, nachdem sie sich ernsthaft an Jane Kingsley gebunden hatten. Wir haben nur Kingsleys Wort dafür, daß sie davon nichts wußte und/oder keinerlei Groll deswegen hegte.
2. Es sieht so aus, als hätten Wallader und Harris ihre Heiratspläne erst kurz vor ihrer beabsichtigten Abreise nach Frankreich bekanntgegeben.
3. Auch Jane Kingsley hielt es für angebracht, sie geheimzuhalten.
4. Der Mörder hat das Paar wahrscheinlich in seinem (oder ihrem) eigenen Wagen zum Wald von Ardingly gefahren.
5. An dem Tag, der am ehesten als Todestag von Wallader/Harris in Frage kommt, hat Kingsley nur etwa zwanzig Meilen vom Wald von Ardingly entfernt ihren Wagen gegen einen Betonpfeiler gefahren.
6. Kurz nach Kingsleys Aufnahme in der Nightingale-Klinik wurde Dr. Protheroe mit einer ähnlichen Waffe, wie sie gegen Landy/Wallader/Harris eingesetzt wurde, angegriffen.

Das Ermittlungsteam konzentriert seine Bemühungen darauf festzustellen, wie Wallader/Kingsley/Harris die Zeit zwischen dem 30. Mai und dem 13. Juni verbracht haben. Alle relevanten Personen werden noch einmal befragt werden, um, wenn möglich, einen Plan über den chronologischen Ablauf der Ereignisse zu erstellen.

Gruß,

Frank Cheever

Daily Mail – 29. Juni

Franchise Holdings: Besorgnis in der City

Die Aktien des Unternehmens Franchise Holdings (FH) Ltd. sind gestern, nachdem eine der am vergangenen Donnerstag im Ardinglyforst gefundenen Leichen als die Leo Walladers identifiziert werden konnte, stark gefallen. Wallader, ein fünfunddreißigjähriger Börsenmakler, war bis vor kurzem mit Adam Kingsleys Tochter Jane verlobt, und der Markt hat sofort auf Spekulationen der Presse reagiert, die zwischen diesem Mord und der Ermordung von Kingsleys ehemaligem Schwiegersohn Russell Landy vor zehn Jahren eine Verbindung sehen will.

Schon seit einiger Zeit wird in einschlägigen Kreisen die besorgte Frage gestellt, wer nach Adam Kingsley den Vorsitz des Aufsichtsrats übernehmen wird, und diese Besorgnis verschärft die gegenwärtige Krise. Adam Kingsley genießt den Ruf eines tatkräftigen Praktikers, und es gibt Zweifel, wie die Zukunft von Franchise Holdings ohne seine zupackende Hand aussehen wird.

Ein Sprecher des Unternehmens sagte heute nachmittag, daß die Anleger durch verantwortungslose Presseberichterstattung in die Panik getrieben werden. »Adam Kingsleys Rücktritt steht überhaupt nicht zur Debatte«, sagte er. »Unsere Anleger sind gut mit uns gefahren, und das wird auch in Zukunft so bleiben.«

Fachleute aus der City sind da jedoch skeptischer. »Franchise Holdings ist ein Ein-Mann-Unternehmen«, hieß es aus gut unterrichteter Quelle. »Wenn Kingsley geht, wird das einen katastrophalen Vertrauensverlust zur Folge haben. Es wäre, offen gesagt, ein Wunder, wenn er den gegenwärtigen Sturm meistern kann. Es besteht die Befürchtung, daß eine Untersuchung von Kingsleys Angelegenheiten finanzielle Unregelmäßigkeiten aufdecken wird. Die Finanzierung einiger seiner früheren Akquisitionen wurde niemals befriedigend geklärt. Es wäre etwas anderes, wenn es einen natürlichen Nachfolger gäbe.«

Kingsleys Söhne, Miles, 26, und Fergus, 24, wurden wegen Drogenbesitzes von einer Privatschule relegiert und in der Vergangenheit wegen Vandalismus und Diebstahls verwarnt. Sie sind Stammgäste in verschiedenen Londoner Spielcasinos und auf den Rennbahnen.

Adam Kingsleys Tochter Jane, 34, die mit großem Erfolg ein Fotostudio in Südlondon leitet, war drei Jahre lang mit Russell Landy verheiratet, ehe er ermordet wurde. Nach dem Tod ihres Verlobten hat die Polizei den Fall wieder aufgerollt.

18

Mittwoch, 29. Juni,
Polizeirevier Canning Road, Salisbury – 9 Uhr

Constable Blake fiel Constable Haddens finsteres Gesicht auf, als er sich an ihr vorbeidrängte und zur Tür hinausstürmte. »Was ist denn mit Hadden los?« fragte sie den Sergeant in der Wache und stützte ihre Ellbogen auf den Tisch.

»Ach, Politik«, brummte er, mit irgendwelchen Aufzeichnungen beschäftigt. »Er meint, der Inspector hätte den besten Fall weggegeben, den er je hatte.«

»An wen denn?«

»Die Kollegen in Hampshire. Er hat ihnen gestern abend ein erstklassiges Beweisstück zu den Morden im Wald von Ardingly überreicht, und jetzt ist Hadden fuchsteufelswild. Er hätte den Fall schließlich gelöst, behauptet er, und bekäme überhaupt keine Anerkennung dafür.«

»Was war das denn für ein Beweisstück?«

»Der Vorschlaghammer, mit dem der Doktor oben in der Nightingale-Klinik am Montag abend eins abgekriegt hat«, erklärte der Sergeant.

Blake beobachtete ihn einen Moment schweigend beim Schreiben. »Und wo ist da die Verbindung zum Wald von Ardingly? Vorschlaghämmer gibt's doch auf jedem Bauplatz. Was ist an dem so Besonderes dran?«

»Die Verlobte von dem Ermordeten ist Patientin der Nightingale-Klinik. Da werden die Männer anscheinend immer mit Vorschlaghämmern abgemurkst.« Er blickte von seiner Schreibarbeit auf. »Jane Kingsley, Tochter von Adam Kingsley. Seit zwei Tagen sind die Zeitungen voll davon.«

»Ich hatte viel um die Ohren.«

Er schob ein Boulevardblatt zu ihr hinüber und tippte mit seinem Kugelschreiber auf einen zweispaltigen Bericht. »Hampshire hat gestern eine Pressekonferenz gehalten. Da steht alles schwarz auf weiß.«

Blake nahm das Blatt und überflog den Artikel. »Ich kann verstehen, warum Hadden sauer ist«, bemerkte sie, als sie es wieder auf den Tisch legte. »Was glauben Sie, wer's war?«

Er zuckte mit den Achseln. »Ich weiß nur, daß ich nicht bei Franchise Holdings angestellt sein möchte, wenn Adam Kingsley verhaftet wird. Im Wirtschaftsteil steht, daß die Aktien sowieso schon fallen, und das nur, weil man *fürchtet*, daß er in die Geschichte verwickelt ist.« Er richtete sich auf. »Wie kommen Sie mit Ihrer Freundin Flossie Hale voran?«

»Ganz gut.« Sie berichtete ihm kurz. »Er hatte einen Schlüsselring dabei, mit einer schwarzen Scheibe, mit den Buchstaben F H drauf, in Gold. Flossie meint, das wären vielleicht seine Initialien, aber ich geb das lieber nicht in die Beschreibung, falls sie sich irrt. Was meinen Sie?«

Er sah sie einen Moment nachdenklich an, dann ergriff er die Zeitung und blätterte sie auf der Suche nach dem Wirtschaftsteil ungeduldig durch. In dem Artikel über Franchise Holdings war eine Abbildung des Logos der Firma eingeschoben – verschlungene Initialien auf einem schwarzen Hintergrund. Er zeigte ihr die Abbildung. »So was in der Art?«

»Wahnsinn, Sergeant!« sagte Blake entgeistert. »Können Sie zaubern?«

Nightingale-Klinik, Salisbury – 9 Uhr 30

Der Boden rund um Jinx' Füße war mit Zeitungen bedeckt, als Alan Protheroe um halb zehn bei ihr klopfte. »Ich habe sie alle bestellt«, sagte sie mit einem schwachen Lächeln. »Haben Sie mitbekommen, was sich abspielt?«

Er nickte. »Ich habe mir die Frühstücksnachrichten angesehen. Die Aktien sind bei Börsenöffnung sofort wieder gefallen.«

»Adam tut mir wirklich leid, es ist sehr ungerecht«, sagte sie bitter. »Seit Jahren warten sie alle nur darauf, ihm eins auswischen zu können, und jetzt haben sie die Chance dazu.« Sie ballte ihre Hände im Schoß zu Fäusten. »Wissen Sie, was mich am wütendsten macht? Dieser Quatsch, daß es keinen natürlichen Nachfolger für ihn gäbe. Das ist nichts weiter als eine billige Art, die Familie in den Schmutz zu ziehen. Drei von den gegenwärtigen Aufsichtsratsmitgliedern sind ohne weiteres in der Lage, den Vorsitz zu übernehmen, wenn Adam etwas zustoßen sollte, und in der City wissen das auch alle. Davon, daß Miles, Fergus oder ich ihn ablösen sollen, war nie die Rede. Das wollte er gar nicht. Er hat zu hart gearbeitet, um zuzusehen, wie seine Kinder zerstören, was er aufgebaut hat.« Sie seufzte. »Na ja, wir sind ja sowieso schon dabei, es zu zerstören. Alle drei. Es würde nicht die geringste Rolle spielen, was ich getan habe, wenn auf Miles oder Fergus Verlaß wäre.«

»Was haben Sie denn getan, Jinx?«

»Wie wär's fürs erste damit?« fragte sie sarkastisch. »Ich habe es tatsächlich geschafft, mir drei Mordopfer als Ehemann, Verlobten und beste Freundin auszusuchen. Es sieht doch ganz so aus, als wäre im Staate Dänemark was faul, wenn drei Leichen vor der Tür liegen, finden Sie nicht?«

»Doch.«

Ein kurzes Schweigen folgte. »Wissen Sie, warum ich Stephanie

Fellowes so gehaßt habe und mich auf ihren Psychoquatsch nicht eingelassen habe?« fragte Jinx kalt. »Weil sie nicht glauben konnte, daß ich mit Russells Tod nichts zu tun hatte. Hat sie das in ihre Aufzeichnungen aufgenommen?«

»Nein.«

»Nehmen Sie Ihre Skepsis in Ihre Aufzeichnungen auf?« *Würde es denn so weh tun, wenn sie ihn weniger mochte?*

»Nein.«

»Aber Sie machen sich doch Aufzeichnungen?« Er nickte. »Was schreiben Sie dann über mich, Dr. Protheroe?«

»Es sind nur private Notizen.« *Die sexuellen Phantasien eines Mannes, den die Enthaltsamkeit langsam wahnsinnig macht... okay, Russell hat also auf die richtigen Knöpfe drückt, aber hat er dich auch auf Trab gebracht... Wie sind Sie im Bett, Miss Kingsley?...* »Gestern zum Beispiel habe ich geschrieben: ›Es ist schade, daß Jinx nicht häufiger lächelt. Es steht ihr.‹«

Prompt zog sie ein Gesicht. »Warum konnten Sie nicht vorhin, anstatt nur ›doch‹ zu antworten, sagen: Es spricht vieles dafür, daß Sie oder Ihre Familie in die Sache verwickelt sind, Jinx, aber nicht alles? Wieso glauben Sie, ich wäre so verdammt hartgesotten, daß ich keinen Zuspruch brauche, wenn auch nur von einem Ekel wie Ihnen?«

Er lächelte. »Weil Sie mir wahrscheinlich wegen meiner Gönnerhaftigkeit ins Gesicht gesprungen wären. Wir wissen beide, daß Sie nicht von gestern sind, und wir wissen beide, daß Sie vor großen Problemen stehen. Solange es nichts Konkretes gibt, bei dem ich ansetzen könnte, kann ich Sie nur auf die gefährlichen Klippen aufmerksam machen. Wie Sie sie umschiffen, ist Ihre Sache.«

»Es ist gönnerhaft zu sagen, daß Lächeln mir steht.«

»Gönnerhaftigkeit war nicht meine Absicht, aber wenn Sie es so sehen wollen, kann ich es nicht ändern.«

»Ich hasse diese existentialistische Sichtweise.«

»Natürlich«, entgegnete er. »Darum verstehen Sie sich ja so meisterhaft darauf.« Er stieß die Zeitungen mit der Schuhspitze an. »Was wird jetzt aus Franchise Holdings?«

»Wenn die Talfahrt nicht zu bremsen ist, wird Adam zurücktreten«, antwortete sie sachlich. »Er wird ganz bestimmt nicht untätig zusehen, wie alles zu Bruch geht. Wenn Sie überflüssiges Geld haben, sollten Sie es jetzt riskieren und ein paar Aktien kaufen. Sie sind im Moment spottbillig. Ich garantiere Ihnen, daß sie wieder raufgehen werden, sobald die Panik nachläßt.«

»Und was ist mit den Gerüchten über finanzielle Unregelmäßigkeiten?«

»Ich wette darauf, daß es keine gibt, oder daß jedenfalls keine nachgewiesen werden können. Adam hat einmal gesagt, wenn ›Nipper‹ Read von Scotland Yard ihm nichts anhängen könne, dann könne es keiner.«

»Haben Sie vor, Aktien zu kaufen?«

Ihre Augen blitzten. »Ich habe schon gekauft. Ich habe meinen Makler gleich heute morgen angerufen. Er verkauft alles, was ich habe, und legt es in Franchise Holdings an.«

»Und wenn Sie sich nun täuschen und alles verlieren?«

»Dann war es für eine gute Sache«, sagte sie. »Wenigstens werde ich immer wissen, daß ich Flagge gezeigt habe, als es wirklich darauf ankam.«

»Sind Ihre Motive wirklich so rein?«

Sie warf ihm einen argwöhnischen Blick zu. »Was soll denn das nun wieder heißen?«

»Veronica Gordon hat mir erzählt, daß Ihre Stiefmutter gestern abend hier war. Ich frage mich nur, ob diesem Altruismus nicht ein kleines bißchen Bosheit untergemischt ist.« Veronica war über Jinx' Grausamkeit entsetzt gewesen; weit mehr als über Bettys Trunkenheit. »Ich glaube, ich habe sie unterschätzt, Alan«, hatte sie gesagt. »Ich habe den Verdacht, sie ist genauso skrupellos wie ihr Vater.«

»Bosheit welcher Art?«

»Nun, von der Sorte, die mit dem Finger schnalzt und ruft: Schau her, Adam, ich unterstütze dich. Und schau sie an, sie tut's nicht.«

Jinx zündete sich eine Zigarette an. »Schön wär's! Aber werde ich je die Chance bekommen, das zu tun? Ich kann mich nicht erinnern, daß Adam hier war, aber vielleicht ist das auch etwas, was ich vergessen habe.«

»Haben Sie ihn denn eingeladen?«

Sie lächelte dünn. »Ich habe auch Simon Harris nicht eingeladen. Er ist trotzdem gekommen. Ich habe Miles und Fergus nicht eingeladen, aber sie sind gekommen. Warum braucht Adam eine Einladung, Dr. Protheroe? Ich dachte immer, es wäre selbstverständlich, daß liebende Väter ihre kranken Töchter besuchen.«

»Vielleicht hat er Angst vor Zurückweisung, Jinx.«

»Das bezweifle ich. Wenn das so wäre, wäre er selbst nicht so schnell mit Zurückweisungen bei der Hand.« Sie kehrte zu seinen Zweifeln an ihren Motiven zurück. »Im übrigen wäre Bosheit sowieso überflüssig, soweit es Betty betrifft. Sie hat die Brücken hinter sich verbrannt, und jetzt kann sie nicht mehr zurück. Und ich werde keinen Figner rühren, um ihr zu helfen.«

Warum siehst du dann so traurig aus? fragte er sich.

Glenavon Gardens 14, Richmond, Surrey – 10 Uhr 30

Für diesen Mittwoch war als eine Art fortlaufendes Programm die nochmalige Einvernahme sämtlicher Personen geplant, die zum Bekanntenkreis von Jane Kingsley, Leo Wallader und Meg Harris gehörten. Ziel der Befragung war es, möglichst klar zu fixieren, wie und wo jeder der drei die Tage vom Feiertag am 30. Mai bis zum Abend des Montag, 13. Juni, verbracht hatte.

Sergeant Fraser wurde nach London geschickt, um die Clanceys, Josh Hennessey, Dean Jarrett und Meg Harris' Nachbarin, Mrs. Helms, zu vernehmen. Er machte den Anfang mit den Clanceys in Richmond, unterrichtete sie zunächst über den Zweck der Befragung und bat sie dann, sich den dreißigsten Mai ins Gedächtnis zu rufen, den Montag zwei Wochen vor Jinx' Autounfall.

»Von Leo Walladers Eltern haben wir erfahren, daß er und Miss Kingsley irgendwann am späten Nachmittag oder frühen Abend nach London zurückgekehrt sind. Können Sie das bestätigen?«

Während er sprach, kraulte er Goebbels' Ohren. Der kleine Hund hatte sich auf seinen Knien ausgestreckt, den Kopf über die Kante hängen lassend, und Fraser, sogleich betört, war froh, daß Maddocks nicht da war, um ihn wegen dieser Gefühlsregung zu verhöhnen.

Colonel Clancey spitzte nachdenklich seine welken Lippen. »Ich erinnere mich, Jinx am Samstag morgen gesehen zu haben, aber nicht am Montag«, sagte er schließlich. »Ich war im Garten, und sie kam heraus, um mit mir zu sprechen. Sie war sehr zornig, soweit ich mich erinnere. Ihre beiden Brüder lagen oben in ihrem Haus und schliefen ihren Rausch aus, und Leo war in der Nacht zuvor nicht nach Hause gekommen. Sie fragte mich, ob ich wüßte, wohin er gefahren sei, weil sie eigentlich zusammen nach Guildford fahren wollten, und ich sagte, ich hätte ihn schon seit zwei Tagen nicht mehr gesehen.« Er warf seiner Frau einen kurzen Blick zu. »Ich habe außerdem gesagt«, fuhr er dann entschieden fort, »daß es ein Fehler sei, Leo zu heiraten, und darauf hat sie gesagt: ›Keine Sorge, Colonel, so gescheit bin ich inzwischen selbst geworden.‹ Danach ist sie wieder ins Haus gegangen, und kurze Zeit später kam Leo selbst.«

»Du hast mir nie erzählt, daß du das gesagt hast«, bemerkte Mrs. Clancey.

»Ich hab gedacht, du würdest böse werden«, gab er zurück. »Du warst doch immer so erpicht drauf, daß sie wieder heiratet.«

»Unsinn! Du warst doch derjenige, der ihr dauernd gesagt hat, sie wäre es der Gesellschaft schuldig, Kinder zur Welt zu bringen. Eine Frau wie sie, mit Intelligenz und Initiative, hast du immer gesagt, hat die Pflicht, die Gene weiterzugeben. Es geht doch nicht, daß all diese jungen Strohköpfe Hunderte von Kindern produzieren, und die gescheiten Leute keine. Da gibt es ja am Ende nur noch Idioten auf dem Planeten.«

Hastig suchte Fraser die Entwicklung eines Streits zu verhindern. »Wann haben Sie Miss Kingsley oder Mr. Wallader das nächste Mal gesehen?«

»Ich hab sie am Sonntag morgen gesehen, als sie zusammen weggefahren sind«, antwortete Daphne Clancey hilfsbereit. »Jinx hatte eine Baseballmütze auf, weil Leo immer offen fahren wollte, und ich weiß noch, daß ich dachte, wieviel hübscher sie in einem Strohhut aussehen würde.«

»Warum ist sie noch mit ihm weggefahren, wenn sie schon wußte, daß er nicht der Richtige für sie war?« fragte Fraser nachdenklich.

»Sie ist sehr gut erzogen«, sagte Daphne Clancey.

»Ich hab sie am Mittwoch danach wiedergesehen«, fuhr der Colonel dazwischen, der angestrengt überlegt hatte. »Wir waren im Garten, es war so gegen sechs, da kam Jinx den Weg von der Garage herunter.« Er wies zum Fenster. »Er führt da am Zaun entlang, sehen Sie? Sie war quietschvergnügt, hat aus vollem Hals gesungen, und ich hab gerufen: ›Hallo, wer hat denn da das große Los gezogen?‹ Da hat sie über den Zaun geschaut und gesagt: ›Ist das Leben nicht wunderbar?‹«

»Ja«, bestätigte Daphne Clancey, »und ich hab gesagt: ›Sie

freuen sich offensichtlich auf Ihre Woche in Hampshire.‹ – ›Sie haben's erraten, Mrs. C. Ein Tapetenwechsel tut immer gut‹, hat sie darauf gesagt.«

Fraser wartete einen Augenblick, während Goebbels sich auf den Rücken drehte, um sich den Bauch kraulen zu lassen. »War das alles?« fragte er dann und zupfte mit einem Finger verstohlen an dem goldbraunen Fell.

Sie nickten beide.

»Sie haben sie nicht nach Leo Wallader gefragt, und wie das Wochenende war?«

Der Colonel machte ein pikiertes Gesicht. »Um Gottes willen, nein«, entgegnete er. »Das ging uns doch nichts an. Wahrscheinlich hätte sie es uns sowieso nicht gesagt. Jinx ist eine sehr verschlossene Person.« Stirnrunzelnd blickte er auf Goebbels, dessen ausgefahrener kleiner Penis rosig durch das Fell schimmerte. »Dieser kleine Dreckskerl. Schmeißen Sie ihn runter, wenn es Sie stört.«

Fraser, der nichts bemerkt hatte, lächelte verlegen und zog seinen Finger zurück. »Haben Sie Leo Wallader an dem Tag gesehen?«

»Nein. Ich habe ihn, soweit ich mich erinnere«, der Colonel hielt einen Moment inne, »nach dem Samstagmorgen überhaupt nicht mehr gesehen. Es ist mir nicht weiter aufgefallen, aber jetzt, wo Sie fragen...« Er sah seine Frau fragend an. »Kannst du dich erinnern, ihn gesehen zu haben?«

»Für mich war's der Sonntag«, erinnerte sie ihn.

Der Colonel prustete ungeduldig. »Danach, Daphne, danach.«

»Na ja, ich hätte auch nicht erwartet, ihn zu sehen, jedenfalls im allgemeinen nicht«, sagte sie, ihre Worte an Fraser richtend. »Er hat sich nie die Mühe gemacht, besonders freundlich zu sein. Ab und zu hat er mal guten Morgen gesagt, aber das war auch schon das höchste der Gefühle. Ich glaube, er hat uns nicht gemocht, weil wir Russell gekannt hatten, und er Angst hatte, wir würden Vergleiche anstellen. Aber wir haben Russell auch nicht besonders gemocht, und mich hat es ein bißchen enttäuscht, daß Jinx wieder auf denselben Typ geflogen war.«

Ihr Mann fixierte sie mit Basiliskenblick. »Der Sergeant hat gefragt, ob du ihn nach dem Sonntag noch mal gesehen hast, Daphne!«

Sie lächelte zerstreut. »Ich glaube nicht, nein.«

»Auch nicht in der Woche, in der Miss Kingsley verreist war?« fragte Fraser.

»Ganz sicher nicht«, blaffte der Colonel. »Aber er sollte auch gar nicht hier sein. Jinx kam am Freitagabend kurz vorbei – das war also der dritte Juni –, um uns zu sagen, daß *sie* am nächsten Morgen nach Hampshire fahren würde, und *er* die Woche in Surrey verbringen würde. Sie sagte, um die Pflanzen im Haus brauchten wir uns nicht zu kümmern, aber ob ich ab und zu mal den Garten spritzen könnte, wenn ich sowieso dabei bin. Am nächsten Sonntag wäre sie zurück.«

Fraser runzelte die Stirn und beugte sich zu den Papieren hinunter, die er neben seinen Stuhl auf den Boden gelegt hatte. »Ich dachte, sie sei am Freitag zurückgekommen, dem zehnten Juni.«

»Hm, ja, das ist richtig. Wir haben es allerdings erst am nächsten Morgen gemerkt. Sie kam an dem Samstag extra zu mir – das wäre der elfte gewesen – und sagte: ›Sie werden's nicht glauben, Colonel, die Hochzeit ist seit gestern abend abgeblasen.‹« Der Mistkerl hat mir den Laufpaß gegeben, und schade ist nur, daß er mir zuvorgekommen ist. Er spitzte wieder die Lippen und kniff die Augen zusammen. »Und eines kann ich Ihnen sagen, Sergeant, sie hat gestrahlt wie ein Honigkuchenpferd, so als ob ihr ein Riesenstein vom Herzen gefallen wäre. Dann ist sie wieder ins Haus gegangen, um ihren Vater anzurufen und hat mich noch gebeten, die Daumen zu halten, daß er von ihr nicht verlangen würde, die Kosten für die abgesagte Feier zu übernehmen.«

»Wie ihre Eltern uns gesagt haben, ist sie nach einem Anruf am

Freitagnachmittag früher nach Hause gefahren als ursprünglich geplant. Als sie hier ankam, sei Leo Wallader gerade dabei gewesen, seine Sachen zu packen. Er habe ihr gesagt, daß er ihre beste Freundin heiraten würde, und sei dann gegangen. Es klang so, als wäre er die ganze Zeit hier gewesen.«

»Nein«, widersprach der Colonel mit Entschiedenheit. »Und ich bin ganz sicher, daß er an dem Freitag auch nicht hier war. Ich war den ganzen Nachmittag vorn im Garten, ich hätte seinen Wagen bestimmt gesehen.«

»Sind Sie da sicher?«

»Absolut. Bei uns geht alles seinen geregelten Gang. Dienstags und freitags ist der Garten vorn dran; montags und mittwochs hinten; donnerstags wird eingekauft. Da gibt's keine Abweichungen.«

Fraser sah Daphne Clancey an, die nickte. »Nein, es gibt keine Abweichungen«, stimmte sie zu. »Daran ist die Army schuld.« Ein verschmitztes Lächeln stahl sich auf ihre Lippen. »Die Army ist an einer Menge Dinge schuld.«

Fraser kaute nachdenklich an seiner Unterlippe. »Warum haben Sie das alles den Beamten aus Richmond nicht erzählt, als die nach Miss Kingsleys Unfall bei Ihnen waren?« fragte er.

»Weil sie einzig und allein wissen wollten, was für einen Grund Jinx gehabt haben könnte, sich das Leben zu nehmen«, antwortete der Colonel. »Also haben Daphne und ich ihnen erzählt, daß Leo ihr den Laufpaß gegeben hätte, und ehe ich überhaupt dazu komme zu erklären, daß sie darüber überhaupt nicht unglücklich zu sein schien, fängt Daphne an zu heulen und erzählt die Geschichte vom Sonntag. Prompt wurden natürlich überall die falschen Schlüsse gezogen.«

»Was für eine Erklärung haben Sie denn für den Zwischenfall am Sonntag, Sir?«

»Das war ein Unglücksfall«, sagte er. »Die Tür war zugefallen.

Goebbels ist gleich losgegangen wie die Feuerwehr. Und ich übrigens auch. Ich hab sie aus der Garage geschleppt, und im Nu war sie wieder putzmunter.«

»Dieser alberne alte Narr hätte sich beinah umgebracht dabei«, bemerkte Mrs. Clancey liebevoll. »Jinx ist nicht gerade ein Leichtgewicht.«

Fraser nickte wieder. »Hat sie Ihnen eine Erklärung gegeben, nachdem Sie sie aus der Garage geholt hatten?«

»Sie hat mir nur zugestimmt, daß es ein Unglücksfall gewesen sein müsse«, sagte der Colonel. »Dann hat sie Daphne gebeten, sich nicht aufzuregen. ›Mir geht es gut‹, sagte sie.«

Fraser hatte sich die Garage von außen angesehen, als er gekommen war. Wie die der Clanceys, die durch einen schmalen Fußweg neben der etwa einen Meter zwanzig hohen Mauer zwischen den beiden Grundstücken von ihr getrennt war, war sie Teil eines einstöckigen Seitenanbaus am hinteren Ende des Hauses und durch eine Innentür mit ihm verbunden. Die Haustüren, jede mit einem diskreten kleinen Vorbau, befanden sich, einander gewissermaßen anblickend, auf halbem Weg zwischen vorderer Hausecke und Garagenanbau. Die Vorgärten der beiden Häuser waren beneidenswert groß. Der von Jinx war mit Büschen und kleinen Bäumen bepflanzt, die das Erdgeschoß des Hauses von der Straße abschirmten; der der Clanceys war strenger gestaltet, mit Rosenbeeten rund um eine kleine Rasenfläche. Kein Wunder, dachte Fraser, daß die Dienstage und Freitage seiner Pflege gewidmet wurden. Ein Blick durch das Wohnzimmerfenster in den hinteren Garten zeigte eine Fläche von etwa gleicher Größe.

»Ist Miss Kingsley mit ihrem Wagen weggefahren, nachdem Sie sie gerettet hatten?« fragte Colonel Clancey.

»Nicht sofort.«

»Aber sie ist weggefahren?«

Er nickte. »Zuerst hat sie noch telefoniert, dann hat sie uns hinausgescheucht und gesagt, es ginge ihr schon wieder gut.«

»Wissen Sie, mit wem sie telefoniert hat?«

»Keine Ahnung. Sie hat den Anruf von ihrem Schlafzimmer aus gemacht. Vielleicht hatte sie vorgehabt, jemanden zu besuchen, und wollte jetzt die Verspätung erklären.«

»Hielten Sie es denn für richtig, sie unter diesen Umständen Auto fahren zu lassen?«

»Nein, durchaus nicht, aber wir konnten nicht viel tun, um sie davon abzuhalten.«

»Ist sie später wiedergekommen?«

Der Colonel sah seine Frau an. »Das kann ich Ihnen wirklich nicht sagen, aber ich nehme es an. Sie ist eigentlich nie über Nacht weggeblieben.«

Fraser kraulte Goebbels hinter dem Ohr. »War das Garagentor eigentlich verriegelt oder nicht, als Sie hinkamen, um zu sehen, warum Goebbels bellte?«

»Nicht verriegelt«, antwortete der Colonel.

»Oh, Eric!« rief seine Frau tadelnd. »Wozu lügen? Das hilft Jinx nicht. Sie war verriegelt«, wandte sie sich an Fraser. »Eric hat durch das Garagenfenster geschaut, hat gesehen, was los war, und hat sich dann bei mir den Zweitschlüssel zum Haus geholt. Ein Glück, daß sie die Haustür nicht auch verriegelt hatte, sonst hätte er es wirklich schwer gehabt, reinzukommen.«

Clancey stand aus seinem Sessel auf und ging zum Fenster, um in den Garten hinauszuschauen. »Wir kennen Jinx, seit sie damals mit Russell hier eingezogen ist«, sagte er kurz. »Das war vor dreizehn oder vierzehn Jahren. Sie ist ein feiner Mensch, ein bißchen verschlossen vielleicht, manchmal zu selbständig, meint, sie kann alles, was ein Mann kann, und stellt dann fest, daß sie doch nicht so kräftig ist, wie sie geglaubt hat – ich habe sie einmal unter einem Sack Zement hervorgezogen, der viel zu schwer für sie war.« Er lachte leise. »Wie ein großer gestrandeter Fisch lag sie drunter eingeklemmt – Gott, hab ich gelacht!« Er wurde wieder ernst. »Wir haben ihr in der schrecklichen Zeit nach Russells Tod beigestanden, so gut es ging, haben zugesehen, wie sie ihr Leben wieder in die Hand genommen hat und mit ihrem Fotografieren allmählich Erfolg hatte. Und ohne jede Hilfe von ihrem Vater, möchte ich hinzufügen. Die wollte sie nicht. ›Entweder ich schaff's allein, Colonel, oder gar nicht‹, hat sie gesagt.« Er drehte sich herum, die buschigen weißen Augenbrauen zusammengezogen. »So eine Frau würde nicht mal dran denken, sich das Leben zu nehmen. Und wenn sie's wirklich täte, würde sie es richtig machen. Sie hätte vom Auspuff einen Schlauch in den Wagen geführt und die Ritzen an dem Fenster, durch das sie ihn hineingeleitet hätte, zugestopft. Sie hätte sich nicht einfach darauf verlassen, daß die Abgase in der Garage sie umbringen.«

»Vielleicht wollte sie gerettet werden«, sagte Fraser.

Der Colonel prustete verächtlich. »Dann hätte sie hinterher geheult wie ein Schloßhund und uns erzählt, wie unglücklich sie sei«, widersprach er. »Die wichtige Frage scheint mir doch zu sein, warum. Ehe irgend jemand von den Morden an Leo und Meg wußte, hat die Polizei sich darauf versteift, daß Jinx' Kummer darüber, Leo verloren zu haben, der Grund sein müßte. Zwei Selbstmordversuche, wenn man deprimiert ist, erscheinen ja auch ganz plausibel.« Er kniff die Augen zusammen. »Aber was denken Sie jetzt, wo Sie wissen, daß Leo tot ist? Wollen Sie sagen, daß sie von den Morden gewußt hat und sich hinterher das Leben nehmen wollte?«

Fraser ließ sich das durch den Kopf gehen, während er dem alten Mann forschend ins Gesicht blickte. Das Argument war gut, das mußte er zugeben. Die ganze Theorie war in sich paradox, wenn der erste Selbstmordversuch vor der Ermordung Megs und Leos unternommen worden war, denn das war doch eine merkwürdig gewundene psychologische Entwicklung, die von selbstmörderischer Verzweiflung zu mörderischer Wut und wieder zurück zu selbstmörderischer Verzweiflung führte.

Er legte seine Hände um den Bauch des kleinen Hundes, drehte ihn herum und setzte ihn zu Boden. Dann griff er zu seinen Aufzeichnungen und sah sie durch. »Ich habe gestern mit ihr gesprochen«, berichtete er ihnen. »Über ihren Autounfall. Sie sagte, sie glaube nicht, daß es ihre Absicht gewesen sei, sich das Leben zu nehmen.« Er blickte auf seine Notizen hinunter. »Sie sagte. ›Es scheint doch sehr untypisch.‹ Und später sagte sie: ›Wenn ich mich nicht umbringen wollte, dann gibt es nur noch eine Erklärung, nämlich daß ein anderer mich umbringen wollte.‹« Er blickte auf. »Haben Sie an dem Sonntag jemand zu ihr ins Haus kommen sehen? Haben Sie jemanden gehört? Ist Ihnen irgend etwas aufgefallen, als Sie ins Haus gegangen sind?«

Colonel Clancey schüttelte bedauernd den Kopf. »Nein«, räumte er ein.

Fraser war seltsam enttäuscht. »Okay«, sagte er, »dann gehen wir weiter zum Montag, dem dreizehnten Juni.«

»Doch!« rief Daphne Clancey, in den Augen einen Ausdruck, als blickte sie in weite Fernen. Dann ließ sie das Bild der Erinnerung los, das sie gerade betrachtet hatte, und richtete ihren Blick auf den Sergeant. »Doch«, wiederholte sie. »Mir ist etwas aufgefallen. Aber ich hatte solche Angst, Eric könnte einen Herzinfarkt bekommen, als er Jinx aus dem Wagen zog, daß es mir einfach entfallen ist.« Sie beugte sich ein wenig vor, und ihre blassen alten Augen leuchteten plötzlich vor Erregung. »Goebbels ist mit Eric ins Haus gerannt«, erzählte sie, »und hat gebellt wie ein Wahnsinniger. Ich dachte natürlich, er wäre bei Eric, aber ehe ich mich versah, kam er den Fußweg hinten vom Garten heraufgerannt. Er hat gebellt und geknurrt, als wäre er irgend jemandem auf der Spur. Sie wissen schon, diese Geräusche, die

Hunde machen, wenn sie hinter einem Bösewicht herjagen. Er muß aus dem Fenster im Wohnzimmer gesprungen sein, und *das* bedeutet«, sagte sie entschieden, »daß vor ihm jemand hinausgesprungen war, wahrscheinlich, als Goebbels draußen anfing zu bellen. Auf jeden Fall war das Wohnzimmerfenster offen, als wir Jinx hineinbrachten. Ich habe es später, als sie telefonierte, selbst zugemacht.«

»Bravo, altes Mädchen«, sagte der Colonel beifällig. »Das war's wahrscheinlich. Irgendein Schweinekerl wollte ihr ans Leben. Alles andere ergibt keinen Sinn.«

»Aber warum hat Miss Kingsley Ihnen das dann nicht erzählt?« fragte Fraser widerstrebend. »Damals hatte sie doch noch keine Amnesie.«

»Sie hat ein Riesengetue um Goebbels gemacht, wissen Sie, nachdem ich ihr erzählt hatte, daß er es war, der Alarm geschlagen hatte. Sie hätte den kleinen Kerl beinahe erdrückt.«

»Trotzdem ...« Das Ganze war idiotisch, sagte sich Fraser, dennoch konnte er nicht umhin, es weiterzuspinnen. »Aber man packt doch nicht einen Menschen, der bei vollem Bewußtsein ist, in ein Auto und läßt den Motor an und hofft, daß der andere dumm genug ist, da sitzenzubleiben, bis er stirbt. Sie müßte auf jeden Fall bewußtlos gewesen sein.«

»Sie hat gesagt, sie hätte Kopfschmerzen.«

»Dann muß jemand sie zuerst niedergeschlagen haben. Aber warum hat sie das der Polizei nicht erzählt?«

Einen Moment blieb es still.

»Weil sie die Person gut gekannt hat«, sagte Mrs. Clancey dann mit Überzeugung, »und nicht glauben konnte, daß sie ihr etwas antun wollte. Es war ihr ja schließlich nichts geschehen, und außerdem hat Eric immer wieder gesagt, es sei nur ein dummer Unfall. Es ist menschlich, immer das Beste anzunehmen, wissen Sie.«

»*Oder*«, sagte Colonel Clancey nachdenklich, »sie hatte Wichtigeres zu tun als die Fragen der Polizei zu beantworten. Wie ich schon sagte, eine sehr selbständige Person, Jinx. Dachte wahrscheinlich, sie hätte die Situation im Griff. Ich meine, mit wem hat sie hinterher telefoniert? Wir haben uns damals nichts weiter dabei gedacht, aber jetzt – ich schätze, da sollte man noch mal nachhaken.«

Fraser machte sich eine Notiz. »Wann haben Sie sie dann das nächste Mal gesehen?«

Clancey sah seine Frau an. »Ich erinnere mich nicht, sie überhaupt wieder gesehen zu haben. Das nächste, was passierte, war, daß am Dienstag die Polizei bei uns aufkreuzte, und uns sagte, sie sei im Krankenhaus.«

Fraser musterte die beiden nachdenklich. »Ihre Nachbarin hatte versucht, sich das Leben zu nehmen, und Sie haben sich nicht weiter um sie gekümmert?«

»Von Selbstmord war erst am Dienstag die Rede«, entgegnete der Colonel scharf. »Bis dahin haben wir es als einen dummen Unfall angesehen. Natürlich haben wir achtgegeben, aber es ist nichts Ungewöhnliches passiert. Wir wollten dem armen Ding nicht auch noch auf die Nerven gehen. Sie kam sich wahrscheinlich sowieso ziemlich blöd vor.«

Harris & Hennessey, Soho, London – 12 Uhr 30

Josh Hennessey, der trotz seiner telefonischen Drohungen, Meg Harris die Partnerschaft aufzukündigen, noch immer sein Bestes tat, um das Geschäft am Leben zu erhalten, begrüßte Sergeant Fraser wenig begeistert. »Ich habe Ihnen bereits alles gesagt, was ich weiß«, erklärte er schroff und sah den Mann, der ihm gegenüberstand, unmutig an.

Fraser erklärte ihm den Zweck seines Besuchs. »Wenn Sie einen Geschäftskalender haben«, sagte er, »würde das die Dinge vielleicht ein bißchen beschleunigen. Ich brauche eine möglichst genaue Chronologie aller Aktivitäten von Meg Harris.«

Brummig nahm Josh ein Buch aus seiner Schreibtischschublade und blätterte einen Moment raschelnd darin herum. »Okay, das sind Megs Termine, Montag, dreißigster Mai: nichts. Das war ein Bankfeiertag. Dienstag, einunddreißigster Mai: nichts. Aber die Seite ist mit Blaustift durchgestrichen, das heißt, daß sie hier im Büro gearbeitet hat.«

»Erinnern Sie sich, daß sie hier war, Sir?«

»Nein«, antwortete Josh kurz. »Das ist drei Wochen her, und Meg und ich arbeiten seit Jahren zusammen. Wie soll ich mich an einen Tag unter Tausenden erinnern? Außerdem wüßte ich es sowieso nicht, wenn ich an dem Tag unterwegs war.«

»Waren Sie unterwegs?«

Er sah in den Kalender. »Scheint so, ja. Ich war geschäftlich in Windsor.«

»Sind die blauen Durchstreichungen zuverlässig? Oder hätte sie auch einen Tag durchgestrichen, wenn sie nicht im Büro gewesen wäre?«

»Ja, wenn es ihr in den Kram gepaßt hätte.«

»Machen wir weiter.«

»Mittwoch, erster Juni: zehn Uhr, Bill Riley, Connaught Street zwölf. Ganztägige Besprechung. Donnerstag ...«

»Einen Moment, Sir«, unterbrach Fraser. »Hat sie diesen Termin eingehalten?«

»Er ist durchgestrichen, und theoretisch heißt das, daß er erledigt ist.« Er zuckte mit den Achseln. »Okay, ja. Wenn ich bedenke, wieviel Zeit ich seitdem mit diesem einen Kunden vertan habe, war sie wahrscheinlich bis Mitternacht dort, um ihm zu helfen, seine Personalprobleme zu klären. Ich muß allerdings zugeben«, bekannte er widerwillig, »daß dieser Kunde uns im Augenblick über Wasser hält. Alles übrige ist nicht der Rede wert.«

»Gut. Donnerstag«, drängte Fraser.

»Donnerstag, zweiter Juni: morgens nichts, nachmittags halb vier Termin mit der Bank. Beides durchgestrichen.«

»War das die Bank, mit der Sie geschäftlich zusammenarbeiten, oder war es eine Privatsache?«

»Wahrscheinlich war es die Bank, mit der wir geschäftlich zusammenarbeiten. Uns ist es während der Rezession ziemlich dreckig gegangen, und Meg trifft sich beinahe regelmäßig mit diesen Halsabschneidern, bei denen wir unsere Kredite aufgenommen haben. *Traf* sich«, korrigierte er sich niedergeschlagen. »Ich vergesse dauernd, daß sie tot ist. Freitag, dritter Juni: nichts, aber durchgestrichen. Montag...«

»Entschuldigen Sie, daß ich Sie immer wieder unterbreche, Sir, aber haben Sie eine Ahnung, was sie über das Wochenende, am vierten und fünften, getan hat?«

»Wir hatten eine rein geschäftliche Beziehung, Sergeant, das habe ich Ihnen doch schon bei unserem letzten Gespräch erklärt. Was sie an den Wochenenden getan hat, weiß ich nicht, es sei denn, es hatte was mit dem Geschäft zu tun. Montag, sechster Juni: zehn Uhr, wieder Bill Riley. Durchgestrichen. Dienstag, siebter Juni...«

»Vielleicht wäre es einfacher, wenn ich mir eine Fotokopie mache«, schlug Fraser vor. »Ich denke, es ist für uns beide Zeitverschwendung, jeden einzelnen Tag durchzugehen, wenn Sie zu den schriftlichen Eintragungen nichts hinzufügen können.«

Josh schob das Buch über den Schreibtisch. »Es steht sowieso nichts drin. Ich hab nachgesehen, nachdem Ihre Leute das letzte Mal hier gewesen waren, und abgesehen von ein paar Terminen mit Riley und der Forderung der Bank, bis zum zehnten einen Geschäftsplan zu erstellen, scheint sie sich in der Woche die meiste

Zeit gedrückt zu haben. Sie machen sich Illusionen, wenn Sie glauben, daß ich Ihnen etwas erzählen kann.«

»Sie sind nicht sehr hilfsbereit, Sir«, stellte Fraser milde fest. »Möchten Sie denn nicht, daß der Mörder Ihrer Partnerin gefunden wird?«

Josh griff nach einer Packung Zigaretten, die auf seinem Schreibtisch lag. »Bevor das alles passiert ist, hab ich gedacht, ich wär diese beschissene Sucht endlich los. Aber jetzt rauch ich wieder wie ein Schlot.« Er zündete sich eine Zigarette an und warf das Streichholz in einen Aschenbecher. »Ich weiß nicht, was ich will«, sagte er, grüblerisch in die Rauchschleier starrend. »Meg war eine gute Freundin. Jinx ist eine gute Freundin. Wir können eine Münze werfen.«

»Warum sagen Sie das?«

»Weil ich lesen kann«, sagte Josh kurz. »Es steht ja groß und breit in den Zeitungen, und wenn die nicht total auf dem Holzweg sind, legen Sie es darauf an, Jinx oder ihren Vater wegen des Mordes an Russell zu verhaften.«

»Haben Sie Russell gekannt?«

»Nicht sehr gut. Jinx kam ein- oder zweimal mit ihm ins Büro, als Meg und ich noch bei Wellman und Hobbs waren.«

»Hat er eventuell Miss Harris auch mal ohne Miss Kingsley besucht?«

Josh schüttelte den Kopf. »Nicht, daß ich wüßte.«

»Wußten Sie, daß sie ein Verhältnis mit ihm hatte?«

Josh zog tief an seiner Zigarette. »Damals nicht. Ich habe es erst später gehört.«

»Von wem?«

Josh antwortete nicht gleich. »Das weiß ich nicht mehr«, sagte er abweisend. »Entweder von Meg oder von Simon, nehme ich an.« Er schien einen Entschluß zu fassen. »Von Meg. Sie war nach Russells Tod völlig fertig, hat bei jeder Gelegenheit ohne Grund angefangen zu weinen, da hab ich sie schließlich gefragt, was los sei, und sie hat es mir gesagt.«

Fraser glaubte ihm nicht. »Wie wäre es mit Miss Kingsley?«

Josh sah ihn einen Moment an. »Ich weiß es nicht mehr«, sagte er wieder. »Es ist ewig her.«

Fraser lächelte freundlich. »Es ist nicht sonderlich wichtig, aber wir bemühen uns, verschiedene offene Fragen zu klären. Können Sie sich erinnern, wann nach Russell Landys Tod sie es Ihnen gesagt hat?«

»Moment mal, ich habe nicht gesagt, daß es Jinx war, okay?« Fraser blickte fasziniert auf Joshs Hände, die unablässig zuckten, zupften, keinen Moment still waren.

»In Ordnung. Können Sie sich also erinnern, wann Sie das erste Mal davon gehört haben, Sir?«

»Ich glaube, es war nach ihrer Fehlgeburt.«

»Danke«, sagte Fraser freundlich. »Jetzt brauche ich Sie nicht mehr lange aufzuhalten. Aber ich wäre Ihnen dankbar, wenn wir noch einmal das letzte Gespräch, das Sie mit Miss Harris geführt haben, durchgehen könnten. Ich glaube, das war der Anruf bei Ihnen zu Hause am Samstag, dem elften Juni. Ihrer früheren Aussage zufolge sagte sie, daß die Hochzeit von Leo Wallader und Miss Kingsley abgeblasen sei, weil sie selbst Wallader heiraten würde, daß sie am Dienstag mit ihm nach Frankreich reisen würde, vorher jedoch noch einmal im Büro vorbeikommen würde, um Sie über die geschäftlichen Angelegenheiten, die sie bearbeitete, aufs laufende zu bringen.«

»Das ist richtig.«

Fraser warf einen Blick in den Geschäftskalender. »Aber wie aus den Aufzeichnungen hier hervorgeht, ist sie am Freitag nachmittag nach dem Termin mit der Bank im Büro gewesen. Warum hat sie nicht bei dieser Gelegenheit mit Ihnen gesprochen? Das ist doch merkwürdig, finden Sie nicht?«

»Das kann man wohl sagen. Das ist verdammt merkwürdig«, knurrte Josh. »Ich meine, da ruft sie aus heiterem Himmel bei mir an, um mir zu sagen, daß sie sich nach Frankreich absetzt, und läßt mich hier alleine sitzen. Ich war wütend, sag ich Ihnen. Ich hab ihr gesagt, sie würde ihr blaues Wunder erleben, wenn sie nicht vor der Abreise noch mal reinkommen und auf ihrem Schreibtisch klar Schiff machen würde.«

»Dann kam also der Vorschlag, am Montag noch einmal hereinzukommen, gar nicht von ihr? Sondern sie hat sich nur auf Ihr Betreiben dazu bereit erklärt?«

Josh runzelte die Stirn, während er zurückdachte. »Ja, wahrscheinlich. Ich sag Ihnen ja, ich war stocksauer, daß sie mich einfach sitzenlassen wollte, ohne mir vorher einen Ton gesagt zu haben. Wer, zum Teufel, hat Vertrauen in eine Firma, bei der der eine Partner einfach abhaut, wenn er Lust und Laune hat? Ich hab jeden Penny, den ich besitze, in diese beschissene Firma gesteckt.« Er schüttelte den Kopf. »Spielt das denn eine Rolle?«

»Es könnte sein«, antwortete Fraser. Er hielt inne, um es sich zu überlegen. »Vielleicht haben Sie ihr ein schlechtes Gewissen gemacht, so daß die beiden dann noch länger hiergeblieben sind, als sie eigentlich vorhatten.«

»Das verstehe ich nicht.«

»Miss Harris hat alle ihre Anrufe an dem Samstag vormittag erledigt«, erklärte Fraser langsam. »Ich frage mich, ob sie nicht geplant hatten, unmittelbar im Anschluß daran nach Frankreich abzureisen. Ich meine, sie wußte schließlich besser als jeder andere, was Russell Landy zugestoßen war.«

»Wollen Sie sagen, daß sie noch am Leben wäre, wenn ich ihr kein schlechtes Gewissen gemacht hätte?« fragte Josh brüsk.

»Das weiß ich nicht, Sir. Ich denke, wir müssen erst wissen, wo die beiden den Montag verbracht haben, ehe wir irgendwelche Schlußfolgerungen ziehen können. Was ich sagen will, ist, daß Sie derjenige waren, der sie unter Druck gesetzt hat, ihre Abreise zu verschieben.« Fraser musterte den anderen mit scharfem Blick, ehe er fortfuhr. »Und so, wie die Dinge im Moment liegen, haben wir nur Ihr Wort dafür, daß Meg Harris und Leo Wallader nicht wie versprochen hierhergekommen sind.«

19

Mittwoch, 29. Juni,
Lansing Road 53, Salisbury, Wiltshire – Mittag

Flossie Hale betrachtete den Zeitungsausschnitt mit dem Emblem von Franchise Holdings. »O ja«, sagte sie, »keine Frage, so hat der Schlüsselring ausgesehen.« Dann richtete sie ihre Aufmerksamkeit auf die körnige gefaxte Fotografie, die Miles und Fergus Kingsley beim Rennen in Ascot zeigte und drückte nach kurzem Zögern ihren Finger auf eines der Gesichter. »Der sieht so aus, aber das Bild ist nicht sehr gut, Kleine, hm? So dunkel hab ich sein Haar nicht in Erinnerung. Das Jackett ist ähnlich.«

»Wie ist es mit dem Mann neben ihm?«

Sie hielt das Blatt von sich ab und kniff ein wenig die Augen zusammen, als betrachtete sie ein impressionistisches Gemälde. »Ja, wissen Sie, der Haken ist, daß man sich das Gesicht gar nicht genau anschaut, wenn einer auf einen eindrischt. Da hat man viel zuviel Angst. Ja«, sagte sie mit plötzlichem Entschluß und tippte wieder auf Miles' Gesicht, »das ist er schon. Dieser kleine Deckskerl. Ich hab doch gesagt, er schaut aus, als könnte er kein Wässerchen trüben. Und wer ist er nun eigentlich?«

»Er heißt Miles Kingsley.« Constable Blake nahm das Blatt mit der Fotografie wieder an sich und steckte es ein. Auch Samantha Garrison hatte auf Miles getippt. Zwar hatte keine der beiden Frauen die Bestimmtheit gezeigt, die Blake lieb gewesen wäre, doch sie schrieb das der schlechten Qualität der Fotokopie zu und schob die nagenden Zweifel, ob diese Identifizierung je zu einer erfolgreichen Strafverfolgung des Mannes führen würde, zunächst einmal beiseite. Wenn Flossie gleich zu Anfang hilfsbereiter gewesen wäre, ihnen erlaubt hätte, Fingerabdrücke zu sichern oder Abstriche zu machen, hätten sie eine konkretere Grundlage für ihre Arbeit gehabt.

»Also, ich versteh das nicht«, sagte Flossie. »Wie haben Sie das fertiggebracht, aus dem, was ich Ihnen erzählt hab, ein Foto von jemandem mit den Anfangsbuchstaben MK zu machen.«

»Reines Glück, Flossie. Er ist ein kleiner Playbloy, dieser Kerl. Falls es Sie interessiert, das Foto ist uns vom *Tatler* gefaxt worden. Sie sind von einem aus der feinen Gesellschaft verprügelt worden. Sein Vater ist ein Multimillionär.«

Flossie schüttelte den Kopf. »Da fragt man sich doch wirklich, was auf der Welt eigentlich los ist. Wieso rennt der in Salisbury einer alten Fregatte wie mir hinterher, wenn er sich in London erste Klasse leisten kann?«

Darauf konnte Blake nicht antworten.

Das Atelier, Pimlico, London – 13 Uhr

Dean Jarrett überschlug sich fast vor Hilfsbereitschaft. »Aber *natürlich*, Verehrtester«, sagte er, triefend vor Charme, während er Fraser aus dem Augenwinkel kühl abschätzend beobachtete. Er fand, dieser Polizeibeamte wirke weniger schwulenfeindlich als die meisten seiner Zunft, könnte vielleicht sogar, wenn das freundliche Lächeln ein Indiz war, Jinx und dem bizarren Völkchen in ihrem Atelier eine gewisse Sympathie entgegenbringen. Von Angelicas pinkfarbenem Haar hatte er sich jedenfalls nicht erschüttern lassen, und auch Deans Flirten schien ihn nicht aus der Ruhe zu bringen.

»Ich kann Ihnen genau sagen, was Jinx von Dienstag, dem einunddreißigsten, bis Freitag, dem dritten, getan hat. Aber danach ist leider Fehlanzeige. Sie war in der folgenden Woche in Hellingdon Hall, und wir haben keinen Pieps von ihr gehört – haben wir natürlich auch nicht erwartet, weil sie ja im Urlaub war –, und dann hat sie sich in Luft aufgelöst. Angelica hat sie an dem Montag, an dem sie eigentlich hiersein sollte, immer wieder angerufen, aber jedesmal war nur der Anrufbeantworter dran.«

»Das war der dreizehnte Juni?«

»Ja. Und am Dienstag haben wir dann gehört, daß die arme Maus bewußtslos irgendwo im Krankenhaus lag. Sie haben sie wohl gesehen? Geht es ihr gut?«

Er machte ein tief besorgtes Gesicht, und Fraser nickte beruhigend, obwohl er von dem Getue nicht überzeugt war. »Ja, es scheint ihr gutzugehen. Mit dem Gedächtnis hapert's noch ein bißchen, aber sonst ist sie sehr klar und sehr gefaßt.«

»Ist sie nicht einfach *umwerfend*?« sagte Dean. »Meine absolute Lieblingsfrau!«

»Und trotzdem haben Sie sie nicht besucht«, stellte Fraser ruhig fest. »Jedenfalls nicht, soweit wir wissen. Hat das einen Grund?«

Das Getue hörte augenblicklich auf. »Tja, im Gegensatz zu den Josh Hennesseys und Simon Harris' dieser Welt, die mir beide erzählt haben, daß sie sich ihr einfach aufgedrängt haben, ziehe ich es vor, auf eine Aufforderung zu warten. Es muß doch gräßlich sein, wenn man sich hundeelend fühlt und einem die wohlmeinenden Freunde die Bude einrennen. Jinx ist ein sehr in sich gekehrter Mensch. Mal hab ich den Eindruck, sie hat keine Ahnung, wie sehr wir alle sie anbeten, mal ziehe ich mich in mein kleines Schneckenhaus zurück, weil ich Angst habe, daß wir sie zu Tode langweilen.« Er seufzte. »Wie dem auch sei, ich wußte ewig lange überhaupt nicht, wo sie ist. Ihr gräßlicher Vater wollte es mir nicht sagen.«

»Trotzdem wundert es mich, daß sie sich wegen der Arbeit hier im Atelier keine Gedanken gemacht hat.«

Dean stieß einen schrillen Schrei der Empörung aus. »Gott, sind

Sie vernichtend, Sergeant. Glauben Sie nicht, daß der arme Schatz im Augenblick dringendere Sorgen hat, als sich über das Atelier Gedanken zu machen, das sie ja immerhin in den Händen des zweitbesten Fotografen Londons weiß?«

Frasers Lippen zuckten. »Was haben Sie von Leo Wallader gehalten?«

»Er war absolut *gräßlich*. Ein richtiger Blutsauger, aber glauben Sie, Jinx hätte das gesehen? Na, ich kann Ihnen sagen, was mit ihr los ist, sie hat Scheuklappen auf, wenn es um eine hübsche Fratze geht. Fällt auf das Äußere rein und vergißt, daß das, was drinnen ist, viel wichtiger ist. Daran ist nur ihr Vater schuld. Er sieht aus wie ein alter Geier und war ihr gegenüber so distanziert, daß sie glaubt, ein hübsches Gesicht sei gleichbedeutend mit einem hübschen Charakter.« Er verdrehte die Augen zum Himmel. »Ich sag's nicht gern, weil er ein ausgesprochen rüder Mensch ist, aber ich glaube tatsächlich, Adam Kingsley ist wahrscheinlich zehn Leo Walladers wert. Wenn man nach der Anzahl der Anrufe gehen kann, die er gemacht hat, um mir und Angelica auf die Finger zu schauen, bedeutet Jinx ihm viel mehr, als sie ihm je zugetraut hat. Mein *Gott*, wenn wir auch nur daran gedacht hätten, hier zu schludern – was wir nicht getan haben –, wäre er sofort hier gewesen und hätte uns bei lebendigem Leib die Haut abgezogen.«

Fraser lachte. »Sie kennen ihn also?«

»Jinx hat mich mit ihm bekanntgemacht, als er uns das erste Mal einen seiner schrecklichen Besuche abgestattet hat«, erklärte Dean schaudernd. »Angie übrigens auch. Aber da ich schwul bin und sie schwarz, war es nicht gerade das gesellschaftliche Ereignis des Jahrhunderts. Er hat sich hinterher die Hände gewaschen, für den Fall, daß er sich was eingefangen haben sollte. Bei allen späteren Besuchen hat er nur irgendwas in unsere Richtung gegrunzt und ist vorbeigerauscht, um Jinxy allein zu sprechen.«

»Wieso sind seine Besuche schrecklich?«

»Weil er immer seinen gezähmten Gorilla mitbringt.« Wieder verdrehte Dean die Augen. »Er behauptet, der Kerl wär sein Chauffeur, aber seit wann brauchen Chauffeure Brustkästen wie Preisringer? Der Mann ist nur dazu da, aus jedem Hackfleisch zu machen, der es wagt, dem Boß zu widersprechen.«

»Das ist heutzutage gar nichts so Ungewöhnliches, wissen Sie? So ein Leibwächter-Chauffeur. Die meisten Millionäre haben so jemanden. Sie haben eben gesagt, Mr. Kingsley sei distanziert, aber würden Sie auch sagen, daß er seine Tochter gern hat?«

»Ja, auf so eine grüblerische Art. Er rührt sie nie an, sitzt immer nur da und starrt sie an, als wäre sie eine Meißner Porzellanpuppe. Ich hab immer das Gefühl, er kann nicht glauben, daß sie wirklich seine Tochter ist. Ich meine, er ist ja im Grunde genommen nichts weiter als Abschaum, und sie ist eine solche Lady, und die zwei einzigen anderen Kinder, die er hat, sind Arschlöcher erster Güte.« Er überlegte einen Moment. »Gern haben ist nicht das richtige Wort. Ich glaube, er betet sie an.«

»Wie findet sie das?«

»Fürchterlich, aber sehen Sie, er betet ja auch nicht Jinx an, er betet die Person an, für die er sie hält. Man muß schon eine kleine Macke haben, um Jinx als Meißner Porzellan zu sehen. Da ist sie schon eher gute, handfeste Staffordshirekeramik, die nicht gleich kaputtgeht, wenn sie mal runterfällt, und tausend Spülvorgänge unbeschadet übersteht.«

»Warum klärt Miss Kingsley das nicht mit ihm?«

»Sie hat's versucht, Verehrtester, aber niemand ist so blind wie die, die nicht sehen *wollen*. Herrgott noch mal, sie wollte Leo Wallader heiraten! Hätte sie ihre schlechte Menschenkenntnis und ihren grauenvollen Geschmack noch besser unter Beweis stellen können? Aber ihr Vater hat's natürlich auch nicht gesehen. In Leos Adern floß blaues Blut, also mußte er eine ganze Stufe über uns anderen stehen.«

Fraser lächelte. »Erzählen Sie mir was über den Dienstag, den einunddreißigsten Mai«, bat er.

»An dem Tag hatten wir wahnsinnig viel zu tun. Wir hatten den ganzen Morgen eine Jugendband hier, die sich eingebildet haben, sie wären die größten. Die Plattengesellschaft wollte ein paar Publicityaufnahmen, und es war Schwerstarbeit, die Jungs dazu zu kriegen, vor der Kamera was anderes zu tun, als affektiert zu lächeln.« Er überlegte einen Moment. »Okay, am Nachmittag haben wir in der Nähe vom Charing-Cross-Bahnhof Aufnahmen für eine Fernsehgesellschaft gemacht. Hintergrundatmosphäre für einen Dokumentarfilm über Obdachlosigkeit. Wir haben ungefähr um sechs Schluß gemacht, weil Jinx nicht so spät nach Hause kommen wollte.«

»Hat sie Ihnen gesagt, warum?«

Er schüttelte den Kopf mit dem weißblonden Haar. »Aber sie war den ganzen Tag glänzender Laune, und als ich sie gefragt habe, ob wir dafür Leo danken könnten, hat sie gesagt: ›In einer Hinsicht, ja.‹ Darauf hab ich gesagt. ›Erzähl mir bloß nicht, Schatz, daß er im Bett endlich aufgewacht ist.‹ Sie hat gelacht und gesagt: ›Sei nicht albern, Dean, damit das passiert, müßte Leo schon mit dem Gesicht nach unten auf einem Spiegel liegen.‹ Und ich weiß noch, daß ich dachte, Gott sei Dank, dir ist endlich ein Licht aufgegangen, aber ich war ausnahmsweise mal viel zu taktvoll, um es auszusprechen.«

Fraser lächelte wieder. »Mittwoch, erster Juni«, sagte er.

»Da muß ich mal überlegen. Okay. Ich hab den ganzen Morgen über Kontaktabzüge entwickelt. Es waren von der vorangegangenen Woche noch unentwickelte Filme da, und dann die zwei Projekte vom Vortag. Jinx hat sich über ihren Papierkram gesetzt, um vor dem Urlaub noch alles zu erledigen. Mittwoch nachmittags machen wir immer nur Porträtarbeit, und ich glaube, wir hatten an dem Tag fünf oder sechs Familien da. So gegen halb sieben haben wir dann schnell was gegessen, eh wir wieder nach Charing Cross gefahren sind, um dort die Außenarbeiten abzuschließen. Die vom Fernsehen wollten auch Abend- und Nachtaufnahmen, deshalb haben wir an dem Tag erst so gegen halb elf Uhr Schluß gemacht.«

»Und wie war ihre Stimmung am Mittwoch?«

»Unverändert. Heiter, sonnig, vergnügt. Angie und ich waren überzeugt, daß sie Leo den Laufpaß gegeben hatte, aber da sie nichts davon sagte, dachten wir, sie wollte die Katze erst aus dem Sack lassen, wenn sie im Urlaub mit ihrem Vater sprechen konnte. Sie haben ja keine Ahnung, monatelang sind wir praktisch auf Zehenspitzen rumgeschlichen. Ein einziges Wort über Leo, und sofort war dicke Luft. Und auf einmal war sie ganz unverhofft wieder die Alte, lustig und vergnügt.«

»Und Sie haben sich das damit erklärt, daß sie beschlossen hatte, Leo Wallader doch nicht zu heiraten?«

Dean nickte. »Mehr noch, Verehrtester, daß es ihn ganz einfach nicht mehr gab und schon gar nicht in ihrem Bett. Zum erstenmal seit Wochen wollte sie tatsächlich nach Hause. Nehmen Sie beispielsweise den Donnerstag. Sie hatte mich den ganzen Morgen wie ein Sklave schuften lassen und am Nachmittag schaut sie plötzlich auf ihre Uhr und sagt. ›Tu mir einen Gefallen, Dean, und halte hier die Festung. Ich hab zu Hause noch verschiedenes zu erledigen, und morgen sind wir den ganzen Tag unterwegs.‹ Ich war total geplättet. Seit Leo seine Füße unter ihren Tisch gestellt hatte, wäre sie am liebsten gar nicht mehr nach Hause gegangen.«

»Wie kam denn das?«

Dean schnalzte ungeduldig mit der Zunge. »Weil sie genau gemerkt hat, daß sie ihn nicht ausstehen konnte, aber sie hat es nicht geschafft, sich das einzugestehen. Und das ist auch wieder die Schuld ihres Vaters. Er hatte eine Riesenhochzeit geplant und halb Surrey und Hampshire eingeladen, und Jinx war es zu unangenehm, etwas zu sagen. Ich meine, es sollten immerhin zwei Minister kommen, und es kostet schon ein bißchen Mumm, solchen Leuten zu sagen, daß sie zu Hause bleiben sollen, meinen Sie nicht?«

Fraser lachte leise. »Ich hab da leider keine Erfahrung. Aber vielleicht ist es auch ganz lustig.« Er hielt inne. »Es könnte stimmen, daß er nicht mehr da war. Sie und er hatten an dem letzten Montag im Mai einen Riesenkrach, da wäre es nur logisch gewesen, daß er sofort ausgezogen wäre.« Nachdenklich zupfte er an seiner Lippe. »Aber sie behauptet, er sei am folgenden Samstag morgen, am vierten Juni, als sie nach Hellingdon Hall gefahren ist, noch dagewesen. Sie erinnert sich, daß sie sich durchaus liebevoll voneinander verabschiedet haben.«

Dean zuckte mit den Achseln. »Dann muß Leo in der Zwischenzeit eine drastische Veränderung durchgemacht haben. Ich schwör's Ihnen, wenn mir beim Anblick von Blut nicht gleich schlecht werden würde, hätte ich ihm öfters kräftig eins auf die Nase gegeben. Er war ein absoluter Widerling.«

»Was wollen Sie damit sagen?«

»Daß Jinx schwindelt, wenn sie von liebevollem Abschied spricht.«

»Sie glauben, daß sie Streit hatten?«

»Nein. Ich vermute, sie wollte niemanden wissen lassen, daß er weg war, und hat deshalb allen was von einem zärtlichen Abschied vorgeflunkert, den es nie gegeben hatte. Ich meine, wenn wir über unsere Beziehungen immer die Wahrheit sagen müßten, bliebe uns ja überhaupt keine Selbstachtung. Ich lüge da ständig – halte manche Liebhaber noch am Leben, nachdem sie mich längst verlassen haben.«

»Es ist schade, daß Sie das alles nicht schon zur Zeit von Miss Kingsleys Unfall der Polizei gesagt haben«, sagte Fraser mit müdem Tadel.

»Hätt ich gern getan, wenn sie sich auch nur im geringsten für irgendwas interessiert hätten, was vor dem Freitag, dem zehnten Juni, passiert war. Aber sie wollten nur wissen, ob wir nach ihrer Rückkehr aus Hampshire von ihr gehört hätten. Im übrigen habe ich sehr wohl gesagt, daß wir ein kleines bißchen überrascht waren zu hören, daß sie die Hochzeit erst am Samstag, nachdem sie aus Hellingdon Hall zurückgekommen war, abgesagt hatte, obwohl sie unserer Meinung nach den Entschluß schon zwei Wochen vorher gefaßt hatte. Aber Ihre Kollegen haben uns gesagt, Leo hätte *ihr* den Laufpaß gegeben, und da ich das Gegenteil nicht beweisen konnte, gab's nicht viel mehr zu sagen.«

»Okay, bleibt uns also noch Freitag, der dritte. Ist an dem Tag irgendwas Ungewöhnliches geschehen?«

»Da haben wir den ganzen Tag im Hafengebiet Modeaufnahmen gemacht. Wir haben um halb neun angefangen und bis sieben Uhr abends ohne Pause durchgearbeitet. Um halb acht hat Jinx mich mit sämtlichen Kameras und der ganzen Ausrüstung im Atelier abgesetzt, hat mir eine Kußhand zugeworfen: ›Also, jetzt bist du eine Woche lang unbeschränkter Herrscher, mach's gut.‹ Und seitdem hab ich sie nicht wiedergesehen.«

»Haben Sie seitdem mit ihr gesprochen?« erkundigte sich Fraser, als hätte er keine Ahnung.

»Nur einmal, am Telefon.«

»Wann war das?«

»Sonntag abend.«

»Wer hat wen angerufen?«

»Sie mich.«

»Zu Hause?«

Dean nickte.

»Dann muß es wichtig gewesen sein«, meinte Fraser.

»Oh, das war es«, bestätigte Dean. »Es war mein dreißigster Geburtstag, und sie wußte, ich wäre *tausend* Tode gestorben, wenn sie sich nicht gemeldet hätte, und es hätte gar keine Rolle dabei gespielt, daß sie mit galoppierender Amnesie im Krankenhaus lag.« Er lächelte gewinnend. »Ich hab's ja eben schon gesagt, sie ist meine absolute Lieblingsfrau.«

Fraser blätterte kurz in seinem Heft. »Merkwürdig«, sagte er. »So wie sie es uns erzählt hat, hat sie Sie gebeten die Walladers anzurufen, um festzustellen, ob Leo Wallader und Meg Harris tot seien. Von Ihrem Geburtstag hat sie gar nicht gesprochen. Kann man sich auf *irgend etwas* verlassen, was Sie gesagt haben, Sir?«

Polizeirevier Romsey Road, Winchester – 13 Uhr

Der Anruf aus Salisbury kam, als Superintendent Cheever gerade den Leuten, die er ausgesucht hatte, an diesem Nachmittag die Bewohner von Hellingdon Hall zu vernehmen, ihre Instruktionen gab. Er hörte fünf Minuten lang beinahe schweigend zu, nur hin und wieder einen kurzen Ausruf einwerfend, um sein Interesse zu zeigen, dann sagte er: »Und diese Prostituierte ist ganz sicher?« Es folgte eine längere Pause. »Ach so, Sie haben zwei, die bereit sind zu schwören, daß er es ist. Ja, wir beabsichtigen, heute nachmittag die ganze Familie zu vernehmen. Nein, er hat nie eine Rolle gespielt.« Wieder eine längere Pause. »Weil er ganze sechzehn war, als Landy umgebracht wurde, darum. Okay, okay. Wir wissen alle, daß heutzutage schon Zehnjährige so was machen.« Er preßte seine Lippen zu einer schmalen Linie der Gereiztheit zusammen. »Na schön, wie schnell kann sie hier sein? In einer halben Stunde? Ja, in Ordnung, wir warten solange. Ja, ja, ja. Wir haben seit gestern nachmittag mehrere Wagen draußen postiert. Die ganze Familie ist da, auch Kingsley selbst. Er ist heute morgen aus London gekommen.« Wieder hörte er zu. »Nein, nein, wir kommen ihr schon nicht in die Quere, verdammt noch mal.« Er knallte den Hörer auf und richtete seinen zornigen Blick auf die versammelten Beamten. »Das hat mir gerade noch gefehlt!« knurrte er.

»Was ist denn los?« fragte Maddocks.

»Miles Kingsley hat in Salisbury Prostituierte verprügelt. Der Inspector dort sagt, er hätte sämtliche Merkmale des klassischen Psychopathen.«

»Und was bedeutet das für uns?«

Gereizt fingerte Cheever an seiner seidenen Fliege. »Daß uns im Augenblick die Hände gebunden sind. Sie schicken uns eine Beamtin rüber, mit allem, was sie bisher gegen den Kerl in der Hand hat. Ich schlage vor, wir legen alles auf Eis, bis sie hier ist.« Er legte seine Fingerspitzen vor seinem Gesicht aneinander. »Das nennt man Sand im Getriebe, meine Herren. Warum, in Gottes Namen, sollte Miles Kingsley den Ehemann, den Verlobten und eine Freundin seiner Schwester ermordet haben? Kann mir das einer von Ihnen sagen?«

»Ist das nicht ein bißchen voreilig, Sir«, wandte Maddocks ein. »Kann ja sein, daß der Kerl Prostituierte verprügelt, aber das macht ihn doch noch nicht zum Mörder.«

»Sie sehen also immer noch Jane Kingsley als Mörderin?«

»Ganz klar. Sie ist die einzige, die in allen drei Fällen ein Motiv hatte.«

»Und ihr Vater, der weiß, was sie getan hat, schützt sie?«

»Genau. Nach Landys Tod wird sie in die Psychiatrie abgeschoben, und Daddy zieht das Feuer auf sich, weil er genau weiß, daß die Polizei ihm niemals was nachweisen kann. Diesmal wird sie nach einem vorgetäuschten Selbstmordversuch in die Nightingale-Klinik verfrachtet. Uns sagt man, Finger weg, die Arme hat Amnesie, und inzwischen übt sich Dads Rechtsanwalt mit dem Leiter der Klinik in Schadensbegrenzung. Für mich ist sie schuldig wie nur was. Ihr Vater weiß es – und Dr. Protheroe ebenfalls.«

»Das ist ja eine phantastische Verschwörungstheorie, nur leider ist sie voller Löcher. Wenn der Doktor sie beschützt, warum ist sie dann am Montag abend auf ihn losgegangen?«

»Weil sie total von der Rolle ist, Sir.«

»Mit anderen Worten, sie ist eine Psychopathin.«

»Und wie!«

Cheever senkte seine Hände und lächelte sarkastisch. »Die Londoner Polizei behauptete damals, ihr Vater sei ein Psychopath. Salisbury behauptet, ihr Bruder sei ein Psychopath. Sie behaupten, sie sei eine Psychopathin. Das ist ja die reinste Epidemie, und das kauf ich euch nicht ab, Gareth.«

Maddocks zuckte mit den Achseln. »Was würden Sie uns denn abkaufen, Sir?«

»Eine psychopathische Persönlichkeit vielleicht, aber nicht gleich drei. Das ist des Guten einfach zuviel.«

Adam Kingsleys Rücktritt zugunsten seines Stellvertreters, John Normans, wurde mittags um zwölf von der Firmenzentrale der Franchise Holdings in London bekanntgegeben. Videoaufnahmen des Tors zu Hellingdon Hall bildeten die Kulisse des Berichts, den BBC um ein Uhr im Fernsehen brachte. »Adam Kingsley faßte seinen Entschluß heute morgen, umgeben vom Frieden und der Stille dieses palastähnlichen Hauses aus dem achtzehnten Jahrhundert am Rand des New Forest. Es ist allerdings unwahrscheinlich, daß er noch sehr lange hier residieren wird. Hellingdon Hall gehört zu den Aktiva von Franchise Holdings, und es heißt, daß es verkauft werden soll, um einen Teil der Verluste der letzten Tage auszugleichen.«

Polizeirevier Romsey Road, Winchester – 13 Uhr 45

Die Stimme, die sich über Funk meldete, klang erregt. »Sir, eben ist ein Porsche mit dem Kennzeichen MIL 1 durch das Lieferantentor aus Hellingdon Hall weggefahren. Jetzt rast er mit ungefähr hundert Meilen pro Stunde über die Straße. Wir folgen ihm, aber es ist eindeutig nicht der alte Kingsley. Sollen wir nach Hellingdon Hall zurückfahren oder weitermachen?«

»Wer ist zur Reserve da?«

»Fredericks am Lieferantentor und ein halbes Dutzend uniformierte Leute am Haupttor, um die Presse zurückzuhalten. Aber hier war's den ganzen Morgen wie auf einem Friedhof, Sir. Es ist das erste Mal, daß sich was gerührt hat.«

»Schön, machen Sie weiter«, sagte Frank Cheever, »aber verlieren Sie ihn nicht. Es ist wahrscheinlich Miles Kingsley, und ich möchte wissen, wohin er fährt. – Fredericks, können Sie mich hören? Bleiben Sie auf dem Posten, und wenn jemand rauskommt, geben Sie mir sofort Bescheid. Verstanden?«

»In Ordnung, Sir.«

Der erste Beamte meldete sich wieder. »Er biegt auf die A338 ein, Chef. Anscheinend will er nach Salisbury.«

Shoebury Terrace 43, Hammersmith, London – 14 Uhr

Frasers letzter Besuch galt Meg Harris' Nachbarin in Hammersmith, Mrs. Helms. Sie begrüßte ihn mit überraschender Herzlichkeit, beinahe so, als wäre er ein alter Freund, und führte ihn ins Wohnzimmer. »Mein Mann«, sagte sie mit einer Handbewegung zu einem bejammernswerten Bündel Mensch, das mit einer Decke über den Knien in einem Rollstuhl saß und mit einem Blick ohne Hoffnung auf die stille Straße hinausstarrte. »Multiple Sklerose«, flüsterte sie, ehe sie mit lauter Stimme sagte: »Das ist Sergeant Fraser von der Kriminalpolizei, Henry, er möchte mit uns über die arme Meg sprechen.« Sie kehrte zu ihrem Flüsterton zurück. »Achten Sie gar nicht auf ihn. Er sagt sowieso nichts. Er spricht kaum noch. Es ist wirklich ein Jammer. Er war immer so munter und aktiv.«

Fraser setzte sich in den Sessel, den Mrs. Helms ihm anwies, und erklärte zum viertenmal an diesem Tag den Sinn seiner Fragen. »Und darum wüßte ich gern, ob Sie eine Ahnung haben, wie Miss Harris das letzte Wochenende im Mai, als der Bankfeiertag war, verbracht hat«, schloß er.

Sie antwortete mit einem albernen kleinen Quietschen. »Das kann ich Ihnen wirklich nicht sagen«, erklärte sie. »Du lieber Himmel, ich kann mich ja nicht einmal erinnern, was *wir* an dem Wochenende getan haben.«

Fraser warf einen Blick auf ihren Mann. Wenn dieser in seiner Beweglichkeit tatsächlich so eingeschränkt war, wie es wirkte, sagte er sich, waren sie über das Wochenende sicher nicht weggewesen. »Vielleicht hatten Sie Besuch von der Familie?« sagte er. »Fällt Ihnen da etwas ein? Miss Harris war an dem Montag sicher nicht in der Arbeit.«

Sie schüttelte den Kopf. »Hier sind alle Tage gleich. Die Wochentage, die Wochenenden, die Feiertage. Da gibt es kaum einen Unterschied. Ja, wenn Sie mir sagen könnten, was es im Fernsehen gegeben hat, wär das vielleicht eine Hilfe.«

Fraser versuchte es anders. »Es ist ziemlich sicher, daß Leo Wallader am Freitag, dem siebenundzwanzigsten Mai, möglicherweise auch am Montag, dem dreißigsten, und sehr wahrscheinlich am Dienstag, dem einunddreißigsten, über Nacht hier war. Es kann sogar gut sein, daß er den Rest der Woche *und* die folgende Woche geblieben ist. Hilft Ihnen das weiter? Mit anderen Worten, haben Sie ihn häufiger gesehen als sonst? Als ich das letzte Mal mit

Ihnen gesprochen habe, sagten Sie, es wäre ein ständiges Kommen und Gehen gewesen, kurz bevor sie nach Frankreich abfahren wollten.«

»Ja, sicher, mir ist aufgefallen, daß er mehr hier war als sonst, aber ob er hier bei ihr gewohnt hat...« Sie schüttelte den Kopf. »Daten sagen mir gar nichts, Sergeant. Und woher sollte ich wissen, ob Leo an einem bestimmten Tag über Nacht geblieben ist? Megs Liebesleben hat uns offen gestanden nicht interessiert, weshalb auch? Wir haben genug eigene Probleme.«

Fraser nickte teilnahmsvoll. »Leo Wallader hatte zwei sehr auffallende Mercedes-Kabrioletts, das eine schwarz mit beigefarbenen Ledersitzen, das andere weiß mit dunkelroten Sitzen. Wir vermuten, daß entweder das eine oder das andere draußen vor der Tür stand, wenn er hier war. Können Sie sich erinnern, ob Sie in den zwei Wochen vor der geplanten Abreise nach Frankreich einen der beiden Wagen draußen gesehen haben?«

Wieder ließ sie ihr albernes Quietschen hören. »Du lieber Gott, ich kann einen Mercedes nicht von einem Jaguar unterscheiden«, sagte sie, »außerdem achte ich sowieso nicht auf Autos, es sei denn, sie sind mir im Weg. Eine schreckliche Erfindung.«

Fraser stieß einen verstohlenen Seufzer aus. Mrs. Helms' Grabspruch, den sie ein paar Tage zuvor geäußert hatte – *sie hat uns nie Ärger gemacht* –, kam ihm wieder in den Sinn. Wie schade, dachte er; *hätte* sie Ärger gemacht, dann hätte Mrs. Helms ihr vielleicht etwas mehr Aufmerksamkeit gezollt. Er warf einen verzweifelten Blick auf ihren Mann. »Vielleicht hat Mr. Helms etwas bemerkt«, sagte er.

Sie schüttelte heftig den Kopf. »Dem könnten sie einen Doppeldeckerbus auf den Schoß stellen, und er wird's nicht merken«, sagte sie *sotto voce.* »Am besten stören Sie ihn nicht. Er wird nervös, wenn man was von ihm will.«

Aber Fraser ließ nicht locker, wenn auch nur, um sich selbst sagen zu können, daß er nichts unversucht gelassen hatte. »Können Sie mir vielleicht helfen, Mr. Helms? Es ist wirklich wichtig, sonst würde ich Sie nicht belästigen. Wir stehen mit zwei ungeklärten Morden da, und wir müssen feststellen, warum und wann sie begangen wurden.«

Der Mann wandte ihm sein ausgezehrtes Gesicht zu und sah ihn mehrere Sekunden lang ausdruckslos an. »Was für ein Tag war der zweite?«

»Der zweite Juni?«

Helms nickte.

Fraser sah in seinem Taschenkalender nach. »Das war ein Donnerstag.«

»Ich hatte am zweiten einen Termin im Krankenhaus. Ich bin mit dem Krankenwagen nach Hause gekommen, und dem Fahrer ist der Mercedes aufgefallen. Er hat gesagt: ›Der ist neu hier, den hab ich noch nie gesehen.‹ Und ich hab ihm dann erklärt, daß er den Leuten unten gehört und erst seit zwei oder drei Tagen da war.«

Fraser beugte sich vor. »Hin und wieder oder dauernd?«

»Er war jeden Abend da«, antwortete der Mann mühsam, »aber bei Tag nicht immer.«

»Wissen Sie noch, wann er für immer verschwunden ist?«

Es war offensichtlich, daß ihm das Sprechen Schwierigkeiten bereitete, und Fraser wartete geduldig auf die Antwort. »Bin nicht sicher. Wahrscheinlich, als sie nach Frankreich gefahren sind.«

Fraser lächelte ermutigend. »Und können Sie mir vielleicht auch sagen, welcher Tag das war, Mr. Helms?«

Helms nickte. »›Frische-Betten-Tag‹. Montag.«

»Du meine Güte, stimmt ja!« rief Mrs. Helms. »Er hat recht. Ich hatte gerade die Betten abgezogen, als Meg mit dem Katzenfutter kam. Ich hab die Laken einfach auf Henrys Schoß gelegt und bin raus, um mit ihr zu reden. Na so was, das hatte ich ganz vergessen.«

»Großartig«, sagte Fraser. »Wir machen große Fortschritte. Sind sie zusammen in dem Mercedes weggefahren?«

Helms schüttelte den Kopf. »Hab ich nicht gesehen. Anthea hat mich mit den Laken in die Küche geschoben.« In seinen Augen war ein Ausdrucks des Zorns, und Fraser dachte, du armer Kerl, wahrscheinlich hat sie die Laken auf deinem Schoß sortiert, als wärst du ein fahrbarer Wäschekorb.

»Haben Sie zufällig bemerkt, wann der Wagen von Miss Harris verschwunden ist? Es ist ein dunkelgrüner Ford Sierra. Wir haben ihn inzwischen in einer Straße in Chelsea aufgefunden.«

»Am Freitag abend. Beide Autos sind weggefahren. Nur das Cabrio ist zurückgekommen.«

»Miss Harris und Mr. Wallader sind zusammen in dem Cabrio gekommen?«

»Ja.«

»Hm, ganz logisch eigentlich. Sie wollten vor der Abfahrt in den Urlaub klar Schiff machen.« Er trommelte mit den Fingern auf sein Knie und richtete seine nächste Frage an Mrs. Helms. »Hat Miss Harris an dem Montag irgendwie durchblicken lassen, daß sie ihre Abreise verschoben hätten?«

Sie schnitt ein Gesicht. »Eigentlich nicht. Sie hat nur geläutet, mir den Schlüssel und das Katzenfutter in die Arme gedrückt und gesagt, daß sie nach Frankreich fahren. Ich fand das ziemlich merkwürdig.«

»Ist Ihnen sonst noch was Merkwürdiges aufgefallen?«

»Eigentlich nicht«, sagte sie wieder. »Sie hatte sich die Haare nicht gemacht, und ihre Augen waren rot. Sie hat ausgesehen, als hätte sie geweint, aber ich hab mir nur gedacht, sie hätten wahrscheinlich einen kleinen Krach gehabt.«

»Sonst noch etwas?«

»Na ja, wie sie dann gesagt hat, Marmaduke müßte im Flur eingesperrt bleiben, das war schon ein bißchen komisch. Das hatte sie vorher noch nie getan. Der arme kleine Kerl, so kann man doch keine Katze halten.«

Fraser runzelte die Stirn und blätterte in seinen Aufzeichnungen. »Als wir das letzte Mal mit Ihnen gesprochen haben«, murmelte er, als er die gesuchte Stelle gefunden hatte, »haben Sie gesagt, Miss Harris hätte ausdrücklich gesagt, daß Marmaduke in keins von den Zimmern darf.«

»Ja, das stimmt.«

»Aber jetzt sagen Sie, sie hätte verlangt, ihn im Flur einzusperren.«

»Ja, das ist doch das gleiche.«

»Können Sie sich an den genauen Wortlaut erinnern, Mrs. Helms?«

»Ach, du meine Güte, das ist doch fast drei Wochen her.« Sie runzelte die Stirn, während sie überlegte. »Also, warten Sie mal. Das Ganze war in einer Sekunde vorbei. ›Sie wissen doch, ich habe Ihnen erzählt, daß wir nach Frankreich fahren, Mrs. Helms?‹ so hat sie angefangen. Sie hatte natürlich nie was dergleichen gesagt, aber ich war zu höflich, um ein Wort darüber zu verlieren. ›Und Sie haben mir doch versprochen, daß Sie für die Katze sorgen würden‹, war das nächste, was sie gesagt hat. Und das hat mich geärgert, weil ich nie so was versprochen hatte. Und ich hätt's ihr auch gesagt, aber da hat sie mir schon den Schlüssel und das Futter in den Arm gedrückt, und ich bin überhaupt nicht dazu gekommen, ihr zu antworten. ›Die Katze ist eingesperrt und wird sicher raus wollen, bitte seien Sie vorsichtig, wenn Sie die Türen aufmachen. Ich möchte nicht, daß noch mehr Schaden angerichtet wird.‹ Das war alles, was sie gesagt hat. Und so hab ich's auch gemacht, obwohl ich beim besten Willen nicht verstehe, was das sollte. Sie hat sich vorher nie den Kopf darüber zerbrochen, ob irgendwo Schaden angerichtet wird.«

»Sie hat ›die Katze‹ gesagt, und nicht Marmaduke?« Die Frau nickte. »Und Sie standen draußen an der Haustür?«

»Ja. Sie wollte nicht reinkommen.«

Er sah den kleinen Vorplatz unter der Souterraintreppe vor sich und wußte plötzlich, was geschehen war. Dort unten war jemand gewesen und hatte gelauscht. Er tippte mit dem Bleistift an seine Zähne. Leo, sprich Löwe, sprich Katze. ›Leo ist eingesperrt. Bitte seien Sie vorsichtig. Ich möchte nicht, daß noch mehr Schaden angerichtet wird.‹ *Großer Gott!* Wie verzweifelt mußte Meg Harris angesichts der Tatsache gewesen sein, daß ihre einzige Chance diese aufreizend dumme Frau war. Aber mal ganz ehrlich, hätte überhaupt irgend jemand eine so rätselhafte Botschaft verstanden?

»Okay.« Er wandte sich wieder Mr. Helms zu. »Was haben die beiden an dem Samstag und Sonntag getan? Wissen Sie das? Haben Sie bemerkt, ob jemand zu ihnen gekommen ist?«

Seine Kiefer mahlten. »Ihre Freundin ist gekommen«, stieß er hervor. »Die große. Am Samstag abend.« Schwach hob er eine Hand und ließ sie wieder auf seinen Oberschenkel niederfallen. »Hat an die Tür getrommelt. Und gesagt: ›Du bist ja wahnsinnig. Was, zum Teufel, tust du da?‹«

»Die Freundin, war das Jane Kingsley?«

»Groß, dunkel. Fährt ein Rover-Kabriolett. JIN 1X.«

»Wann ist sie wieder gegangen?«

Helms schüttelte den Kopf. »Anthea wollte fernsehen. Ich darf nicht die ganze Zeit hier sitzen.«

»Das wäre ja auch noch schöner«, sagte seine Frau scharf. »Die Nachbarn würden sich die Mäuler zerreißen und behaupten, daß ich dich vernachlässige.«

Fraser warf dem Mann einen teilnahmsvollen Blick zu. »Macht nichts«, sagte er. »Ist Ihnen aufgefallen, ob sie noch anderen Besuch bekommen haben?«

Aber Mr. Helms hatte ihm alles gesagt, was er wußte.

»Wir sind jetzt unterwegs«, informierte Superintendent Cheever seinen Kollegen von der Polizei Wiltshire über Mobiltelefon. »Sieht aus, als wollte er zur Nightingale-Klinik. – Verstanden. Sie schicken Verstärkung zur Klinik? Einverstanden. Über die Morde sprechen wir erst mit ihm, wenn Sie ihn wegen der tätlichen Angriffe mit Körperverletzung angeklagt haben. Nein, Adam Kingsley liegt im Moment auf Eis. Ich interessiere mich mehr dafür, was Miles zu sagen hat.«

Nightingale-Klinik, Salisbury, Wiltshire – 14 Uhr 30

Miles stürmte durch die offene Terrassentür in Jinx' Zimmer und warf sich mit dem wütenden Gesicht eines Fünfjährigen, dem man das Spielzeug weggenommen hat, in den freien Sessel. »Du hast wohl schon gehört, was er getan hat?«

»Du sprichst von seinem Rücktritt?«

»Natürlich spreche ich von seinem Rücktritt«, sagte er, ihren Ton nachäffend. »Wovon, zum Teufel, soll ich sonst sprechen?« Er trampelte mit beiden Füßen auf den Boden. »Mensch, hab ich eine Wut! Ich weiß nicht, wen von euch beiden ich lieber erwürgen würde. Ihr zwei habt alles kaputtgemacht, das ist dir wohl klar.«

»Nein«, entgegnete sie ruhig, während sie sich eine Zigarette anzündete. »Ich kann nicht behaupten, daß mir das klar ist. Was sollen wir denn kaputtgemacht haben, Miles?«

»Herrgott noch mal!« schrie er mit wutverzerrtem Gesicht. »Wir haben alles verloren, das Haus, alles!«

Sie betrachtete ihn durch die wabernden Rauchschwaden. »Wer ist wir?« fragte sie. »*Ich* habe nichts verloren. Die Aktien sind seit Adams Rücktritt zehn Punkte gestiegen, das heißt, daß ich seit heute morgen schon einen netten Gewinn gemacht habe. Ich hoffe, du erzählst mir jetzt nicht, daß du deine Aktien verkauft hast, Miles. Als Adam sie uns damals geschenkt hat, hat er extra gesagt: Verkauft alles andere, aber die nicht. Du hättest mehr Vertrauen zu ihm haben sollen.«

»Ich mußte sie verkaufen«, sagte er zähneknirschend. »Fergus auch. Wir haben die verdammten Dinger beliehen, und das Schwein, bei dem wir in der Kreide standen, hat uns gezwungen, sie zu verkaufen, um die Schulden zu bezahlen.«

Sie zuckte mit den Achseln. »Schön dumm von euch.«

Er zitterte fast vor innerer Spannung. »Mein Gott, wenn du wüßtest, wie sehr ich dich gehaßt habe – es ist nur deine Schuld, daß das alles passiert ist...« Sein Ton war verzweifelt.

Sie zog eine Augenbraue hoch. »Wie bist du denn zu diesem Schluß gekommen?«

»Russell – Leo – das waren doch beides Scheißkerle.«

»Und was hat das mit allem zu tun?«

»Wenn du dir einen Kerl ausgesucht hättest, der halbwegs in Ordnung gewesen wäre, säßen wir jetzt nicht so in der Scheiße.«

Sie sah, wie seine Fingerknöchel weiß wurden, als er die Armlehnen des Sessels umklammerte. Was wußte sie eigentlich über diesen Bruder?

»Du warst erst sechzehn, als Russell ermordet wurde«, sagte sie langsam. »Betty hat damals geschworen, daß du und Fergus an dem Tag in Hellingdon Hall wart.«

Er starrte sie mit heißem, zornigem Blick an. »Was, zum Teufel, redest du da?«

»Ich hab gerade gedacht – ach was, laß nur.«

»Du hast gedacht, ich hätt's getan?« rief er höhnisch. »Ja, manchmal wünsch ich, ich hätt's getan. Der Alte hätte sich bestimmt vor Dankbarkeit überschlagen. Und ich hätt's umsonst getan, weil's mir ein Vergnügen gewesen wäre. Ich habe Russell gehaßt. Der war beinahe genauso arrogant und gönnerhaft wie du.«

Mit einem Satz sprang er auf und schloß sie wie in einem Käfig ein, indem er sich über sie beugte und beide Armlehnen ihres Sessels umfaßte. »Es hat Dad ein Heidengeld gekostet, ihn abzuservieren, du blöde Kuh, und für Leo und Meg mußte er noch mal bluten. Und jetzt sitzen Fergus und ich deswegen in der Scheiße. Das ganze Haus ist von Polizei umstellt. Die warten nur darauf, ihn festzunehmen, und wenn es soweit ist, sitzen Mum und ich und Fergus auf der Straße. Wir sind pleite – kapierst du das nicht? Mum auch – sie hat ihre Aktien schon vor Monaten verkauft. Es ist nichts mehr übrig.«

»Ihr habt immer noch eure Arbeit«, entgegnete sie und sah ihm unverwandt ins Gesicht, um ihn nicht merken zu lassen, wie erschrocken sie war.

Verdrossen ließ er sich wieder in seinen Sessel fallen. Seine Wut schien verraucht. »Du bist wirklich unglaublich naiv«, sagte er. »Meinst du etwa, John Normans behält uns? Wir sind doch nur wegen Dad da. Das weißt *du* ganz genau. Alle wissen es. Wir werden ja nicht mal gebraucht. Mein ganzer Job besteht darin, dafür zu sorgen, daß die Verträge mit dem Sicherheitspersonal auf dem laufenden gehalten werden. Das könnte jeder Idiot.« Er schlug mit der Faust auf die Sessellehne. »Drum krieg ich auch nur das Gehalt eines Idioten. Soll ich dir mal sagen, was ich tu? Ich stelle den Nachtwächter ein und setze meine Unterschrift unter den Standardvertrag, den der beschissene Computer ausspuckt.«

»Und warum tust du das jetzt nicht?« fragte sie ihn. »Das wäre doch für dich genau der Moment zu beweisen, daß es sich lohnt, dich zu behalten.«

Seine Wut flammte wieder auf. »Du blöde, hochnäsige KUH!« schrie er. »ES IST AUS! Dad hat dafür gesorgt, daß dir nichts fehlt, weil du sein gottverdammter Liebling bist, aber uns andere hat er alle richtig reinrasseln lassen. Kannst du das vielleicht mal in deinen dicken Schädel kriegen?«

Sie blies eine Rauchfahne zur Decke hinauf und beobachtete, wie sie sich im Luftzug, der durch das offene Fenster kam, verformte. »Woher weißt du eigentlich, daß Adam Russell töten ließ?« fragte sie ruhig.

»Wer soll's denn sonst gewesen sein?«

»Ich«, schlug sie vor.

Miles lachte amüsiert. »Unsere kleine Miss Unfehlbar. Hör doch auf, Jinxy, du hast gar nicht den nötigen Mumm.«

»Und du meinst, Adam hätte ihn?«

Er zuckte mit den Achseln. »Ich *weiß*, daß er ihn hat.«

»Woher?«

»Weil er ein gemeiner Hund ist. Du brauchst dir doch nur anzuschauen, wie er mich und Fergus behandelt.«

Sie verzog die Lippen, als wollte sie lächeln. »Mich interessieren Beweise, Miles, nicht deine persönliche Meinung. Kannst du *beweisen*, daß Adam den Auftrag gegeben hat, Russell zu töten?«

»Ich kann auf jeden Fall beweisen, daß er ihn tot sehen wollte. Er hat hinterher gesagt, Russell hätte bekommen, was er verdient hat. Dein toller Ehemann hat's mit deiner besten Freundin getrieben. Dafür hat Daddy ihn gehaßt.«

»Was hat er gesagt, als er von Leo und Meg hörte?« Jinx hörte selbst, wie seltsam fern ihre Stimme klang.

Wieder zuckte Miles die Achseln. »Daß er hofft, daß deine Erinnerung nie wiederkommt. Dann hat er sich in sein Arbeitszimmer eingeschlossen und seinen Anwalt angerufen. Er hat Todesangst davor, daß du anfangen könntest, dich zu erinnern, darum vermuten wir, daß du was gesehen hast, das du nicht hättest sehen sollen.«

Sie starrte an die Wand gegenüber. »Du hast vorhin gesagt, es hätte ihn ein Heidengeld gekostet. Wieviel genau?«

»Eine Menge.«

»Wieviel, Miles?«

»Das weiß ich doch nicht«, sagte er verdrossen. »Ich weiß nur, daß so was verdammt teuer ist.«

Träge ließ sie ihren Blick zu ihm hinuntergleiten. »Du weißt überhaupt nichts, stimmt's? Du redest von Dingen, die du dir *gewünscht* hättest, aber nicht von Dingen, die tatsächlich geschehen sind. Ich nehme an, es tut dir gut, dir deinen Vater als Mörder vorzustellen.« Sie lachte plötzlich. »Soll ich dir mal was sagen? Du tust mir richtig leid. Vermutlich hast du in den letzten zehn Jahren deine ganzen miesen kleinen Lügen und Betrügereien damit vor dir gerechtfertigt, daß Adam ja auch nicht besser sei; wie, zum Teufel, willst du damit fertig werden, wenn sich herausstellt, daß er überhaupt nichts getan hat?«

Sie bemerkte eine Bewegung an der Terrassentür und im selben Moment, als sie fragend zu den beiden uniformierten Polizeibeamten hinübersah, klopfte es laut an der Tür hinter ihr. Stirnrunzelnd drehte sie sich um, als Constable Blake unaufgefordert ins Zimmer trat. »Kann ich Ihnen behilflich sein?« fragte sie höflich, und dann glitt ihr Blick an der Polizeibeamtin vorbei zu Superintendent Cheever, Inspector Maddocks und Alan Protheroe, die an der offenen Tür stehengeblieben waren.

Blake streifte sie nur mit einem flüchtigen Blick, ehe sie sich Miles zuwandte. »Miles Kingsley?« fragte sie.

Er nickte.

Sie zeigte ihm ihren Dienstausweis. »Constable Blake, Kriminalpolizei Wiltshire. Miles Kingsley, ich habe Grund zu der Annahme, daß Sie uns bei unseren Ermittlungen bezüglich des gewalttätigen Angriffs in Verbindung mit schwerer Körperverletzung auf Mrs. Flossie Hale am Abend des zweiundzwanzigsten Juni dieses Jahres in der Lansing Road Nummer dreiundfünfzig, Salisbury …«

»Was, zur Hölle, reden Sie da?« unterbrach er sie aufgebracht. »Wer ist Flossie Hale? Ich hab noch nie von der Schnalle gehört.«

20

Mittwoch, 29. Juni,
Nightingale-Klinik, Salisbury – 14 Uhr 45

Der kleine Lord, dachte Blake, das war wirklich eine zutreffende Beschreibung von Miles Kingsley mit seinem klaren hübschen Gesicht und den weit auseinanderliegenden blauen Augen. Er war nicht der Typ, den sie anziehend fand – sie mochte ihre Männer ein bißchen kerniger und rauher –, aber sie konnte sich vorstellen, daß Flossie ihn ansprechend gefunden hatte.

»Sie ist eine Prostituierte, Mr. Kingsley. Sie wurde am Abend des zweiundzwanzigsten Juni auf brutale Weise angegriffen. Sie hat Sie als den Mann identifiziert, der sie angegriffen hat. Das gleiche gilt für Mrs. Samantha Garrison, eine andere Prostituierte, die am dreiundzwanzigsten März in gleicher Weise mißhandelt wurde.«

Sein Gesicht verzog sich ärgerlich. »Das ist gelogen. Ich war nie im Leben bei einer Prostituierten.« Er ging auf Jinx los. »Was, zum Teufel, geht hier eigentlich vor? Hat Dad das eingefädelt?«

»Mach dich nicht lächerlich«, gab sie gereizt zurück. Sie sah die Polizeibeamtin an. »Wie konnten die beiden ihn identifizieren? Hat der Angreifer einen Namen genannt?«

Blake ignorierte sie. »Ich denke, es wäre besser, wenn wir die ganze Angelegenheit auf dem Revier besprechen würden. Mr. Kingsley, ich muß Sie bitten, mich zu begleiten ...«

»Jetzt hören Sie mir mal zu, Sie sauertöpfische Kuh!« rief Miles und sprang aggressiv auf. »Ich weiß nicht, was für ein Spiel Sie hier treiben ...«

»Setz dich, Miles«, zischte Jinx. Sie packte ihn beim Arm und zog ihn wieder in seinen Sessel hinunter. »Und halt den Mund.« Sie holte tief Atem. »Sie sagen, Sie haben Grund zu der Annahme, daß mein Bruder Ihnen helfen kann, würden Sie also bitte erklären, was das für Gründe sind. Insbesondere, wie die beiden Frauen dazu kommen, meinen Bruder zu bezichtigen.«

Blake runzelte die Stirn. »Ich brauche nichts zu erklären. Es reicht, wenn ich sage, daß wir eine positive Identifizierung des Mannes haben, der von zwei Frauen beschuldigt wird, sie tätlich angegriffen zu haben. Wir haben zu dieser Sache einige Fragen an ihn und bitten ihn, uns zur Beantwortung dieser Fragen auf die Dienststelle zu begleiten. Haben Sie etwas dagegen, Miss Kingsley? Immerhin waren die Angriffe so schwer, daß beide Frauen im Krankenhaus behandelt werden mußten.«

»Ja, ich habe etwas dagegen«, sagte sie scharf. »Ich bin der Meinung, Miles sollte es ablehnen, Sie zu begleiten. Sie haben offensichtlich nichts Handfesteres als diese unerklärliche Identifizierung, sonst wären Sie gleich mit einem Haftbefehl gekommen.« Sie wandte sich Maddocks zu. »Ich habe den Verdacht, Sie versuchen, uns einen nach dem anderen zu isolieren, um uns über die Morde an Meg und Leo auszuquetschen. Ich habe sogar meine Zweifel, ob diese Prostituierten überhaupt existieren.«

Miles lachte höhnisch. »So ist's richtig, Jinxy. Gib's ihnen.«

Die junge Polizeibeamtin musterte ihn einen Moment neugierig, dann richtete sie das Wort an Jinx. »Ich gehöre zur Polizei von Wiltshire, Miss Kingsley, und ich habe die ganze vergangene Woche den Überfall auf Flossie Hale untersucht. Sie ist sechsundvierzig Jahre alt. Sie hatte schwere Verletzungen am Kopf, im Gesicht und an den Armen und wäre wahrscheinlich in ihrem Bett gestorben, wenn sie nicht den Mut und die Energie aufgebracht hätte, sich ins Krankenhaus zu schleppen. Sie hat Ihren Bruder als den Mann identifiziert, der ihr diese Verletzungen beigebracht hat. Ich gebe zu, daß die Publicity im Zusammenhang mit dem Tod Ihres Verlobten und Ihrer besten Freundin indirekt zu seiner Identifizierung führte, aber weiter geht die Verbindung nicht. Ich bin weder an Ihnen noch an Ihrer Beziehung zur Polizei Hampshire interessiert. Ich bin einzig daran interessiert zu verhindern, daß weitere Frauen das gleiche Schicksal erleiden wie Flossie Hale.«

»Okay«, sagte Miles frech, wobei er sich in seinem Sessel zurücklehnte und die Beine vor sich ausstreckte, »dann verhaften Sie mich doch. Anders kriegen Sie mich nicht. Haben Sie eine Ahnung, wie mein Vater auf diese Geschichte reagieren wird? Sie können froh sein, wenn Sie nur Ihren Job verlieren.«

Jinx preßte die Finger an ihren schmerzenden Kopf. »Halt den Mund, Miles.«

Wütend drehte er sich zu ihr um. »Nein, fällt mir nicht ein«, fuhr er sie an. »Du kannst mich mal, Jinx. Du bildest dir ein, du kannst sagen, was du willst, weil du ja so verdammt klug bist, aber der blöde Miles soll schön den Mund halten und sich alles gefallen lassen.« Er schlug mit geballter Faust in seine offene Hand. »Verdammt noch mal, ich war am zweiundzwanzigsten nicht mal in Salisbury, und ich kann's auch beweisen.«

»Sie haben am vergangenen Mittwoch abend um neun Uhr Ihre Schwester hier besucht, Mr. Kingsley«, sagte Maddocks kalt. »Der letzte Mittwoch war der zweiundzwanzigste Juni, und die Nightingale-Klinik befindet sich in Salisbury. Ihren Besuch hier können sowohl Ihre Schwester als auch das Personal bezeugen. Der Angriff auf Mrs. Hale hat um zwanzig Uhr fünfzehn stattgefunden, das heißt, Sie hätten genug Zeit gehabt, sich wieder präsentabel zu machen, ehe Sie hier aufkreuzten.«

Miles' Gesicht bekam etwas Verkniffenes. »Okay, das hatte ich vergessen. Aber das ändert auch nichts. Ich bin direkt von Fordingbridge aus hierhergefahren. Meine Mutter und mein Bruder können bezeugen, daß ich bis halb neun in Hellingdon Hall war.«

Blake sah Jinx fragend an. »Hat er das zu Ihnen auch gesagt, als er hier ankam?«

Jinx antwortete nicht.

Miles warf ihr einen erschrockenen Blick zu. »Sag ihr, daß ich's dir gesagt hab.«

»Das kann ich nicht. Ich kann mich nicht erinnern, daß du das gesagt hast.«

»Die Schwester hat's gesagt, als sie mich reingeführt hat. Hier kommt Ihr Bruder, direkt aus Fordingbridge. Daran mußt du dich doch erinnern.«

»Nein.« Sie konnte sich nur erinnern, daß er gesagt hatte, er habe an dem Abend gespielt. *Aber stimmte das?*

»Ach, Mensch, Jinxy«, bettelte er, »du mußt mir helfen. Ich schwör dir, ich hab noch nie jemandem was angetan.« Er beugte sich vor und umklammerte ihren Arm. »Bitte, Jinx, hilf mir.«

Meg ist eine Hure... bitte... bitte... bitte. Hilf mir, Jinx... solche Angst... o Gott, so entsetzliche Angst... »Ich werde mit Adam sprechen und ihn bitten, Kennedy herzuschicken«, sagte sie mit schwankender Stimme. »Aber halt den Mund, bis er kommt. Schaffst du das, Miles?«

Er nickte und stand auf. »Hauptsache, du läßt mich nicht im Stich.«

Blake nahm ihn energisch beim Arm und lenkte ihn zur Fenstertür. »Kommen Sie, Mr. Kingsley. Draußen wartet der Wagen.«

»Und was ist mit meinem Porsche?«

Sie hielt ihm die geöffnete Hand hin. »Wenn Sie mir Ihre Schlüssel geben, wird einer der Beamten hier ihn fahren.« Sie wies mit dem Kopf auf die beiden Polizeibeamten. »Er kann hinter uns herfahren.«

Miles zog die Schlüssel aus der Tasche und ließ sie ärgerlich in ihre Hand fallen. Sie sah sich den Anhänger an – eine schwarze Scheibe mit goldenen Lettern –, dann führte sie ihn ab.

Mit zitternden Händen nahm Jinx die Zigarettenpackung, die auf der Armlehne ihres Sessels lag, dann zog sie sich zum Frisiertisch zurück und lehnte sich an seine stabile, harte Kante. Sie warf einen kurzen Blick auf Alan Protheroe, der neben der Tür an der Wand stand, dann richtete sie ihre Aufmerksamkeit auf Frank Cheever. »Ich kenne Sie aus dem Fernsehen«, sagte sie, während sie sich mit Mühe eine Zigarette anzündete. »Sie haben neulich eine Pressekonferenz gegeben, aber ich kann mich leider nicht an Ihren Namen erinnern.«

»Superintendent Cheever«, antwortete er.

Sie sah Maddocks an. »Dann sind Sie hier, um mit mir über Leo und Meg zu sprechen?«

Cheever nickte.

»Und wegen der Überfälle auf diese armen Frauen glauben Sie, daß Miles es getan haben könnte?«

»Es ist eine Möglichkeit.«

Sie nickte. »An Ihrer Stelle würde ich wahrscheinlich das gleiche sagen.«

»Und wenn *ich* an Ihrer Stelle wäre, was würde ich dann sagen?«

Sie starrte ihn einen Moment mit einem seltsamen Blick an. »Ich denke, Sie hätten zuviel damit zu tun, die Schreie in Ihrem Kopf zu ersticken, um überhaupt etwas zu sagen.«

Cheever beobachtete sie. »Fühlen Sie sich wohl genug, um mit uns zu sprechen, Miss Kingsley?«

»Ja.«

»Sie müssen nicht«, warf Alan scharf ein. »Ich bin sicher, der Superintendent wird Ihnen gern Zeit geben, sich zu erholen.«

Das amüsierte sie. »Das hat man mir nach Russells Tod auch immer gesagt. Es bedeutete, daß ich zehn Minuten Zeit bekam, um mich wieder zu fassen, ehe sie wieder loslegten.« Sie zog an ihrer Zigarette. »Aber sehen Sie, von so etwas erholt man sich nicht, da sind die zehn Minuten nur verschwendete Zeit, und da ich dringend meinen Vater anrufen möchte, würde ich dies gern so schnell wie möglich hinter mich bringen.«

»Bitte«, sagte Cheever mit einer Geste zum Telefon. »Wir warten inzwischen draußen.«

Sie schüttelte den Kopf. »Ich warte lieber, bis Sie weg sind.«

»Warum?« fragte Maddocks. »Je früher Ihr Bruder einen Anwalt hat, desto besser für ihn, meinen Sie nicht?«

»Es wird Sie vielleicht wundern, Inspector, aber ich möchte mir erst überlegen, was ich sage. Mein Vater wird über die Nachricht erschüttert sein, daß sein Sohn einer brutalen Körperverletzung beschuldigt wird. Ginge das Ihrem Vater nicht genauso? Oder ist er so was von Ihnen gewohnt?« Abrupt wandte sie sich wieder Cheever zu. »Miles hat Russell nicht getötet, wenn also dieselbe Person auch Leo und Meg getötet hat, dann war es nicht Miles.«

»Haben Sie etwas dagegen, wenn wir uns setzen?« fragte er.

»Aber nein. Bitte.«

Die beiden Polizeibeamten gingen zu den Sesseln, Alan jedoch blieb, wo er war. »Wieso sind Sie so sicher, daß er Russell nicht getötet hat?«

Sie dachte einige Sekunden lang konzentriert nach, ehe sie antwortete, aber was sie sagte, schien mit der Frage kaum in Zusammenhang zu stehen. »Es ist wirklich ein Witz, wenn ich mir überlege, daß ich ihm eben geraten habe, nichts zu sagen, solange kein Anwalt bei ihm ist. Ich bin nämlich gar nicht so überzeugt, daß Rechtsanwälte einen immer gut beraten. Ich selbst habe mich nach dem Mord an meinem Mann an einen gewandt«, fuhr sie fort, »weil mir schnell klar wurde, daß ich zu den Hauptverdächtigen zählte. Er riet mir, bei den polizeilichen Vernehmungen sehr vorsichtig zu sein. Geben Sie keinerlei Informationen freiwillig heraus, beschränken Sie sich bei allen Antworten auf das absolute Minimum, vermeiden Sie Spekulationen jeglicher Art, und sagen Sie nur das, wovon Sie wissen, daß es wahr ist.« Sie seufzte. »Aber ich glaube jetzt, es wäre besser gewesen, wenn ich alles gesagt hätte, was mich damals beschäftigt hat. Ich erreichte mit meiner Zurückhaltung nämlich nur, daß der Verdacht gegen meinen Vater wuchs.« Sie schwieg.

»Das ist kaum eine Antwort auf meine Frage, Miss Kingsley.«

Den Blick zu Boden gerichtet, zog sie mehrmals hastig an ihrer Zigarette. »Wir haben über Russells Tod gesprochen, ehe Sie kamen«, sagte sie plötzlich. »Miles sagte mir, daß er bis heute überzeugt ist, mein Vater sei der Schuldige. Damit haben er und mein Bruder Fergus ihre ständigen kleinen Lügen und Betrügereien gerechtfertigt. Dem Gärtner zwanzig Pfund zu stehlen oder die Schecks ihrer Mutter zu fälschen, war ja nichts im Vergleich zur Ungeheuerlichkeit eines Mordes.« Sie blickte auf. »Aber Miles' Überzeugung – und das gilt wohl für jedermanns Überzeugung – wird durch seine eigenen Vorurteile eingeschränkt, und in diesem Fall ist es für Sie sehr wichtig zu verstehen, wie verzweifelt mein Bruder immer versucht hat, sich seinem Vater überlegen zu fühlen.«

»Hat er denn Beweise dafür, daß Ihr Vater mit der Ermordung Ihres Mannes zu tun hatte?«

»Nein, natürlich nicht, weil mein Vater gar nichts damit zu tun hatte.«

»Aber das können Sie vermutlich so wenig beweisen, wie Ihr Bruder das Gegenteil beweisen kann.« Er lächelte ohne Feindseligkeit. »Die Wahrheit ist ein sehr schwer faßbares Phänomen. Ich als Polizeibeamter kann nur die verfügbaren Tatsachen sammeln und abwägen, und hoffen, daß am Ende die Wahrheit Gewicht hat.«

»Wie kommt es dann, daß so viele Polizeibeamte nur das hören, was sie hören wollen?«

»Weil wir auch Menschen sind und die Überzeugung, wie Sie selbst gesagt haben, durch das Vorurteil eingeschränkt wird.« Er wies auf Maddocks. »Aber ich denke, wir sind beide professionell genug, um alles, was Sie uns sagen, objektiv zu betrachten, und ich hoffe, das gibt Ihnen das Vertrauen, offen zu uns zu sein.«

Sie zog an ihrer Zigarette und blickte Maddocks unverwandt an. »Stimmen Sie dem zu, Inspector?«

»Gewiß«, antwortete er, »aber Sie verlangen Wunder, wenn Sie von uns erwarten, daß wir alles, was Sie uns sagen, unbesehen glauben. Erklären Sie mir beispielsweise einmal folgendes: Wie kommt es, daß es Ihnen nicht eingefallen ist, sich mit Lügen und Betrügen, wie Sie es formulierten, an Ihrem Vater zu rächen? Ich täusche mich doch nicht, wenn ich vermute, daß auch Sie immer an seine Schuld am Tod Landys geglaubt haben? Wie hat *Ihre* Rache ausgesehen, Miss Kingsley?«

»Das dürfte für Sie wohl eher schwierig zu verstehen sein«, entgegnete sie kurz, ehe sie wieder auf das ursprüngliche Thema zurückkam. »Wenn Sie bereit sind, objektiv zu sein, warum haben Sie dann alles, was ich Ihnen gestern gesagt habe, so abfällig behandelt?«

Sein Lächeln reichte nicht bis zu seinen Augen. »Ich kann mich nicht erinnern, abfällig gewesen zu sein. Ich erinnere mich allerdings, daß ich einige Ihrer Aussagen in Frage gestellt habe. Aber Sie sind schließlich auch eine Verdächtige in diesem Fall, und das heißt, daß alles, was Sie sagen, überprüft wird. Finden Sie das unbillig?«

»Nein, aber es würde mich interessieren, ob Sie auch nur einem der Vorschläge, die ich Ihnen gemacht habe, nachgegangen sind. Zum Beispiel, haben Sie nach einer anderen Verbindung zwischen den drei Morden gesucht? Haben Sie die Möglichkeit untersucht, daß am Tag meines Unfalls jemand mich töten wollte?«

»So was braucht Zeit«, entgegnete er. »Wir können keine Wunder vollbringen, Miss Kingsley.«

»Aber versuchen Sie es denn überhaupt, Inspector?« Sie wandte sich wieder Cheever zu. »Wird meinen Vorschlägen nachgegangen?«

Cheever, der von diesen Vorschlägen nichts wußte, da sie nicht an ihn weitergegeben worden waren, antwortete aufrichtig. »Meines Wissens nach nicht, aber wenn Sie mich davon überzeugen können, daß sie es wert sind, weiterverfolgt zu werden, werde ich das auf jeden Fall tun. Warum glauben Sie, daß man versucht hat Sie zu töten?«

Unterstützung suchend sah sie Protheroe an, doch der blickte zu Boden. »Wegen einer Reihe von Negativen, könnte man sagen«, antwortete sie. »Ich bin nicht der Typ, der sich das Leben nehmen würde. Ich wollte Leo Wallader nicht heiraten. Ich habe mich in meinem Leben noch nie betrunken. Ich habe Russell Landy nicht getötet und kann mir deshalb nicht vorstellen, daß ich Leo Wallader oder Meg Harris getötet haben soll. Und der sogenannte Autounfall war offensichtlich kein Unfall. Ich habe für das, was mir da zugestoßen ist, keine andere Erklärung, als daß es ein Mordversuch war. Und ich überlege ständig, was gewesen wäre, wenn ich tatsächlich umgekommen wäre? Hätten Sie überhaupt noch nach einem Mörder Leos und Megs gesucht? Hätten Sie nicht alle einfach gesagt: Das erklärt alles, sie muß auch Russell Landy getötet haben?«

»Erinnern Sie sich an irgend etwas im Zusammenhang mit dem sogenannten Unfall, Miss Kingsley?«

Sie wandte ihren Blick ab. »Nein.« Ihr Gesicht war ohne Ausdruck.

Er betrachtete sie einen Moment, unsicher, ob er ihr glaubte. »Also, ich kann Ihnen nur versprechen, daß ich alle Unterlagen zu dieser Geschichte noch einmal durchgehen werde, um festzustellen, ob wir irgend etwas übersehen haben, aber ich muß Sie warnen – sehr optimistisch bin ich nicht. Selbst wenn Sie recht haben sollten, weiß ich nicht, wie wir das je beweisen sollen.«

»Das ist mir klar, aber das wichtige ist doch, daß Sie die Möglichkeit nicht außer acht lassen. Es läßt alles doch in einem ganz anderen Licht erscheinen. Ich stoße bei meinen Überlegungen immer wieder darauf. Wenn jemand mich töten wollte, dann heißt das, daß ich« – sie drückte beide Hände auf ihre Brust – »wissen muß, wer Leo Wallader und Meg Harris ermordet hat, auch wenn ich mich nicht daran erinnern kann. Und es heißt weiter, daß *diese* Person das fehlende Verbindungsglied ist und wahrscheinlich alle drei ermordet hat.« Sie sah ihm ängstlich besorgt ins Gesicht. »Können Sie mir da folgen?«

»O ja«, bestätigte er, »durchaus. Es ist eine interessante Hypothese, aber sie hilft uns nicht viel weiter, wenn Sie uns nicht einen Namen geben können.«

Und wenn ich Ihnen einen Namen gebe, was dann? Haben Sie Beweise, Miss Kingsley?

»Was hilft ein Name, wenn ich Ihnen keine Beweise liefern kann?«

Cheever zuckte mit den Achseln. »Es wäre ein Ausgangspunkt.«

Aber sie war nur am Resultat interessiert, und sie bezweifelte, daß die Polizei das Resultat je würde liefern können. *Die Wahrheit ist ein sehr schwer faßbares Phänomen ... vermutlich können Sie das nicht beweisen ... die Polizei sammelt die verfügbaren Fakten und wägt sie ab ... wie haben Sie sich gerächt, Miss Kingsley?*

»Gestern«, erinnerte Maddocks sie, »haben Sie vorgebracht, Meg Harris sei die Verbindung zwischen den drei Morden.«

»Und ich glaube immer noch, daß es so ist«, sagte sie, aus langen Korridoren zurückkehrend, die nirgendwohin führten. »Ich habe fast die ganze Nacht darüber nachgedacht.« Sie zog noch einmal an ihrer Zigarette, ehe sie sie im Aschenbecher ausdrückte. »Ich habe nicht besonders gut geschlafen«, erklärte sie. »Ich verstehe ja, daß Sie meine Beziehung zu Russell Landy und Leo Wallader als den Kernpunkt sehen, aber Megs Beziehung zu den beiden Männern war genauso eng. Als ich gestern abend dalag und nachgedacht habe, bin ich wieder auf das zurückgekommen, was man nach Russells Ermordung allgemein geglaubt hat, nämlich daß mein Vater ihn getötet hätte, weil er ihn nicht mochte. Ich erinnere mich, daß einer der Polizeibeamten zu mir sagte: Wer ihn getötet hat, muß ihn gehaßt haben. Die Tat ist ja wie in Raserei begangen worden. Und jetzt frage ich mich, ob diese Raserei nicht rasende Eifersucht war.« Sie lächelte gequält. »Aber nicht Eifersucht meinetwegen«, fügte sie hinzu. »Eifersucht Megs wegen.«

Es blieb einen Moment still.

»Wir haben ihre Tagebücher gelesen«, sagte Frank Cheever. »Grob geschätzt, hat sie in den letzten zehn Jahren mit ungefähr fünfzig verschiedenen Männern intime Beziehungen gehabt. Das ist selbst für heutige Verhältnisse beachtlich.«

»Nur weil sie eine sehr hedonistische Auffassung vom Sex hatte? Warum nein sagen, wenn du Lust dazu hast? In mancher Hinsicht hatte sie eine sehr männliche Einstellung zum Leben. Sie nahm sich die Männer und ließ sie wieder fallen, ganz wie es ihr beliebte.«

»Aber sehen Sie denn nicht den Schwachpunkt in Ihrem Argument? Wenn tatsächlich jemand so eifersüchtig war, daß er bereit war, ihre Liebhaber zu töten, dann müßten wir jetzt nicht nur vor zwei, sondern vor fünfzig Leichen stehen.«

Jetzt mischte sich Alan Protheroe ins Gespräch. Er hatte bisher mit gesenktem Kopf dagestanden und sich Jinx' Argumente aufmerksam angehört, nun aber blickte er auf. »Nein«, widersprach er. »Russell Landy und Leo Wallader waren die beiden einzigen Liebhaber, denen sie wirklich Gefühle entgegenbrachte«, betonte er. »So wie es sich anhört, hatten die übrigen Männer überhaupt keine Bedeutung für sie. Miss Kingsley hat mir gesagt, daß die Briefe, die Miss Harris an Russell Landy schrieb, sehr anrührend waren, und die Zeitungen berichten von einer elf Jahre dauernden

Beziehung zwischen ihr und Leo Wallader. Wenn es einen anderen gab, der sie geliebt hat, dann repräsentierten nur diese beiden Männer eine Bedrohung für ihn, nicht die fünfzig anderen, die in schöner Regelmäßigkeit kamen und gingen.«

»Aber warum hat er dann auch Miss Harris getötet?«

»Aus dem gleichen Grund, aus dem eifersüchtige Ehemänner ihre Frauen töten, wenn sie sie in flagranti mit einem anderen Mann erwischen. Natürlich erscheint das unlogisch. Wenn man eine Frau so sehr liebt, daß man eifersüchtig ist, woher nimmt man dann den Haß, der nötig ist, um sie zu töten? Aber Emotionen sind niemals logisch.«

»Gut, aber warum wurde sie dann nicht getötet, als Russell Landy getötet wurde? Warum erst wegen Leo Wallader?«

Alan zuckte mit den Achseln. »Dafür könnte es alle möglichen Gründe geben. Der Wunsch, ihr eine zweite Chance zu geben. Die Überzeugung, daß Russell Landy eine Art Svengali war, der sie gegen ihren Willen hörig gemacht hatte. Praktische Umstände – sie war am Tag des Mordes nicht bei ihm. Ich persönlich würde mich wahrscheinlich für die Svengalitheorie entscheiden; die würde nämlich erklären, warum sie dieses Mal auch sterben mußte. Wenn ihre Beziehung zu Leo Wallader elf Jahre lang bestanden hatte, dann muß jedem, der die beiden kannte, klar gewesen sein, daß sie am Fortbestand dieser Beziehung zu gleichen Teilen mitgewirkt hatte wie Leo Wallader. Sie müssen feststellen, wer noch von der Affäre mit Russell Landy wußte. Ist das nicht der Schlüssel?«

Maddocks räusperte sich. »Ich könnte Ihnen diese Theorie beinahe abkaufen, wenn sie nicht einen kleinen Haken hätte. Wie Superintendent Cheever schon sagte, haben wir ihre Tagebücher gelesen, jedenfalls soweit wir sie gefunden haben, und dort ist nirgends die Rede von einem anderen Mann, der länger als drei oder vier Monate im Rennen war. Wer soll also dieser mysteriöse

Liebhaber sein? Sie haben Miss Harris besser gekannt als jede andere, Miss Kingsley. Wissen Sie, wer es ist?«

»Nein«, antwortete sie.

Maddocks beobachtete sie scharf. »Dann geben Sie uns eine Handvoll möglicher Kandidaten, und lassen Sie uns sehen, was wir rausfinden können.«

»Fragen Sie Josh Hennessey«, entgegnete sie, seiner Aufforderung ausweichend. »Er wußte über ihre Freunde besser Bescheid als ich.«

»Gut, das werden wir tun. Aber hat er auch ihre Freundinnen besser gekannt?«

»Wahrscheinlich.«

»Hatte sie viele?«

Unsicher, wohin diese Fragen führten, runzelte Jinx die Stirn. »Ein paar nahe Freundinnen wie mich.«

»Das dachte ich mir.«

Sie warf ihm einen verwirrten Blick zu. »Warum ist das wichtig?«

Er antwortete ihr, indem er ihre eigenen Worte zitierte. »›Warum nein sagen, wenn du Lust hast, es zu tun? Meg hatte eine männliche Einstellung zum Leben.‹« Er sah ihr in die Augen. »Es würde mich interessieren, ob dieser eifersüchtige Liebhaber vielleicht eine Frau war, Miss Kingsley.«

Polizeirevier Canning Road, Salisbury – 15 Uhr 30

Blake führte Miles Kingsley in einen Vernehmungsraum. »Sie können hier warten, bis der Anwalt kommt. Es kann allerdings sein, daß ich Sie woanders hinbringen muß, wenn der Raum gebraucht wird.«

»Wie lange wollen Sie mich hierbehalten?«

»So lange wie nötig. Erst warten wir auf den Anwalt, dann befragen wir Sie. Das könnte mehrere Stunden dauern.«

»Ich hab aber nicht mehrere Stunden Zeit«, murmelte er mit einem Blick auf seine Uhr. »Ich muß spätestens um fünf hier raus sein.«

»Soll das heißen, daß Sie nicht auf den Anwalt warten wollen, Mr. Kingsley?«

Er überlegte rasch. »Ja, genau. Bringen wir's hinter uns.«

Nightingale-Klinik, Salisbury – 15 Uhr 30

»Wohin?« fragte Maddocks, als er den Wagen zur Straße hinaus lenkte. »Salisbury oder Winchester?«

»Zum Stoney-Bassett-Flugfeld«, brummte Cheever. »Die kleine Blake wird sich schon um Miles Kingsley kümmern, bis wir zurück sind. Der entkommt uns nicht.«

Hellingdon Hall, Fordingbridge, Hampshire – 15 Uhr 30

Betty Kingsley legte in ihrem Schlafzimmer den Hörer auf und schleppte sich zum Sessel vor ihrem Frisiertisch. Schweiß sammelte sich unter ihren Armen und durchnäßte ihr Korsett. Sie schob ihr aufgedunsenes Gesicht dicht an den Spiegel heran und legte hastig Puder auf, um die Verwüstungen zu kaschieren, die das Alter und jahrelange Vernachlässigung durch ihren Mann angerichtet hatten. Sie horchte auf seine Schritte auf der Treppe. Sie wußte, daß es vorbei war. Diesmal würde es für sie und die Jungen keine Gnadenfrist mehr geben. Wie immer richtete sich ihr ganzer Groll auf die erste Mrs. Kingsley, deren Geist allen ihren Versuchen, ihn zu bannen, widerstanden hatte. Es ist ungerecht, sagte sie sich. Sicher, niemand hatte ihr je einen Rosengarten versprochen, aber es hatte auch keiner sie davor gewarnt, daß die Ehe mit Adam Kingsley ein Weg voller Dornen sein würde.

»Hallo, Daddy!« rief sie mit verzweifelter Heiterkeit, als die Tür aufgestoßen wurde. »Es ist wirklich ein verpfuschter Tag heute, nicht wahr?«

Stoney-Bassett-Flugfeld, New Forest,
Hampshire – 16 Uhr 15

Sie standen auf der kahlen, von Heidekraut rötlich schimmernden Ebene, auf der nichts von dem einstigen Kriegsflughafen übriggeblieben war als zersprungene Asphaltrollbahnen, aus deren Rissen das Unkraut wucherte.

»Was suchen wir überhaupt?« fragte Maddocks, sorgfältig bemüht, einen neutralen Ton zu bewahren, obwohl er seinen Chef am liebsten mit einem Fußtritt sonstwohin befördert hätte. Wie Fraser am Vortag hatten ihm ein paar schlaue Worte und ein gequältes Lächeln genügt, um ihn an der Schuld der Frau zweifeln zu lassen. Maddocks konnte überhaupt nicht verstehen, wie diese Person das schaffte.

Cheever wies auf den Betonpfeiler, der einige Meter von ihnen entfernt wie ein einsamer abgebrochener Zahn aus dem Boden ragte. »Wir fangen dort an«, sagte er. »Das ist doch wohl der Pfeiler. Wie breit ist er Ihrer Schätzung nach?«

»Ungefähr zwei Meter fünfzig im Quadrat«, sagte Maddocks.

»Interessant, finden Sie nicht?« murmelte Cheever.

»Wieso?«

»Ich dachte, er wäre viel schmaler. Sie haben doch die Fotos gesehen. Der Wagen schien sich um den Pfeiler gewickelt zu haben wie eine Metallfaust.« Er neigte den Kopf erst auf die eine Seite, dann auf die andere, während er den Pfeiler aus verschiedenen Blickwinkeln musterte. »Der Wagen muß an einer der Ecken aufgefahren sein, und durch die Scheinwerfer wurde alles übrige in den Schatten gerückt.« Er setzte sich in Bewegung, um einmal um den Betonklotz herumzugehen.

»Ich verstehe nicht, welche Rolle die Größe spielt«, sagte Maddocks, der ihm folgte.

Cheever ging in die Knie, um eine Stelle an der Ecke des Pfeilers, wo der Beton gebröckelt und gesprungen war, näher zu besichtigen. »Wenn Sie mit der Absicht, sich und Ihren Wagen kaputtzufahren, auf eine zwei Meter fünfzig breite Betonmauer zusteuerten, würden Sie dann nicht direkt auf die Mitte zuhalten? Warum eine Ecke anpeilen?«

Auf dem Boden glitzerten noch Glasscherben, und stellenweise unterbrochene Reifenspuren wiesen zu einer Stelle etwa fünfzig Meter weiter rückwärts, wo der Wagen offensichtlich gestanden hatte, auf vollen Touren laufend, bis sie die Bremse gelöst hatte, um auf den Betonpfeiler zuzurasen. Cheever wanderte zehn Minuten ein breites Stück Fläche rund um den Pfeiler ab, ehe er zu der Stelle zurückkehrte, wo der Wagen gestartet war. Eine Weile blickte er auf die Spuren verbrannten Gummis hinunter, die dort zurückgeblieben waren, wo die Reifen durchgedreht hatten, bevor sie griffen. Wieder ging er in die Knie und folgte der Linie, die der Wagen genommen hatte.

»Sie hat genau auf die Mitte der Mauer zugehalten, als sie losgefahren ist«, stellte er fest. »Wie kommt es dann, daß sie rechts außen gegen die Ecke prallte?«

»Vielleicht ist sie durch ein Schlagloch gefahren und hat die Kontrolle verloren«, sagte Maddocks.

»Ja, nur ist hier auf diesem Stück nichts dergleichen. Das habe ich eben überprüft. Sie hätte auf jede der drei Seiten des Pfeilers zufahren können, die dem Asphalt zugewandt sind, aber sie hat sich die ausgesucht, wo der Bodenbelag am besten erhalten ist. Wenn sie entschlossen gewesen wäre, sich das Leben zu nehmen, hätte sie nichts daran gehindert, in schnurgerader Linie zu fahren.«

»Vielleicht hat sie sich's in letzter Minute anders überlegt«, sagte Maddocks. »Bekam es mit der Angst, als die Betonmauer auf sie zuraste, und wollte das Steuer noch herumreißen.«

»Ja, das ist eine Möglichkeit.« Er drehte sich herum, so daß er mit dem Rücken zu dem Pfeiler stand, und nahm das Gelände, das sich hinter dem Wagen befunden hatte, in Augenschein. »Warum ist sie nicht weiter hinten losgefahren? Dann hätte sie eine höhere Geschwindigkeit erreichen können. Warum hat sie sich mit dem Wagen hierhingestellt und den Motor hochgejagt?«

»Weil es finster war, und sie den Pfeiler sehen mußte.«

»Es war zehn Uhr an einem der längsten Tage des Jahres. Sie hätte das Ding auch aus einer Entfernung von zwei- oder dreihundert Metern gesehen.«

»Na gut, dann hat sie vielleicht hier geparkt und die Mauer angestarrt und sich dabei vollaufen lassen und dann plötzlich den Entschluß gefaßt, es zu tun. Sir, ich weiß, worauf Sie hinauswollen. Sie wollen sagen, daß ein Mordversuch nicht außer Frage steht. Jemand hat sie betrunken gemacht – ich muß allerdings sagen, schon da ist mir schleierhaft, wie das geschehen sein soll –, hat dann das Stück Gelände ausgesucht, wo am ehesten damit zu rechnen war, daß der Wagen auf gerader Linie bleiben würde, hat ihn so nahe an den Pfeiler herangefahren, daß allzu große Abweichungen nicht mehr möglich waren, hat sie bewußtlos hinters Steuer gesetzt, die Schaltung auf Drive gestellt, das Gaspedal durchgedrückt und mit einer der leeren Flaschen festgeklemmt und dann die Bremse gelöst. Worauf die mutige Miss Kingsley aus ihrem Rausch erwacht, sieht, was los ist, versucht, den Wagen herumzureißen, erkennt, daß sie's nicht schaffen kann, und deshalb aus der offenen Tür springt.« Er lächelte sauer. »Mal ganz abgesehen davon, daß man selbst bestimmt nicht ohne schweren Schaden davonkäme, wenn man sich in ein Auto, das auf vollen Touren läuft, hineinbeugen würde, um die Handbremse zu lösen – warum zum Teufel hat er ihr nicht den Rest gegeben, wie sie rausgesprungen ist?«

»Man würde es nicht mit der Handbremse machen«, entgegnete Cheever. »Man würde es mit der Fußbremse machen. Zuerst würde man das Pedal durchdrücken, indem man irgendeinen Gegenstand, eine Eisenstange vielleicht oder auch einen Vorschlaghammer« – er zog spöttisch eine Augenbraue hoch –, »an dem ein Seil befestigt ist, zwischen den Metallrahmen des Sitzes und das Pedal klemmt. Dann klemmt man auch das Gaspedal fest, und wenn das geschehen ist, reißt man mit dem Seil die Eisenstange oder was immer los, mit der das Bremspedal festgestellt ist. Die einzige andere Möglichkeit wäre, die Reifen mit Keilen zu blockieren und die Bremse überhaupt nicht zu benutzen.« Er wies zum Boden. »Aber ich glaube, wenn Bremskeile benutzt worden wären, würde man das sehen.«

»Und warum hat er ihr nicht den Rest gegeben?« erkundigte sich Maddocks sarkastisch.

»Vielleicht glaubte er, sie wäre tot«, sagte Cheever milde. »Vielleicht hatte er nicht die Zeit, sich zu vergewissern.« Er schwieg einen Moment. »Möchten Sie mir nicht erklären, warum diese kleine Übung Sie so zornig macht?«

»Weil sie eindeutig schuldig ist, Sir. Das Ganze war doch nur eine Inszenierung, um ihren Vater auf ihre Seite zu bringen. Meiner Ansicht nach ist es schnurzegal, von welcher Seite sie an den Pfeiler rangefahren ist, wie weit weg sie war, als sie losgefahren ist, ob sie Keile benutzt hat oder nicht, oder wann sie gefunden wurde. Sie hatte den Wagen von dem Moment an, als sie losgefahren ist, unter Kontrolle.«

Cheever rieb mit dem Fuß über den rissigen Asphalt. »Sie hätte sich bei einem Sprung aus dem Wagen das ganze Gesicht aufreißen können. Warum hat sie nicht etwas weniger Gefährliches gewählt?«

»Weil sie das große Drama liebt«, gab Maddocks abschätzig zurück. »Im übrigen hat sie sich ja das Gesicht nicht aufgerissen. Sie wird nicht auf Dauer entstellt sein. Sie braucht nur zu warten, bis das Haar nachgewachsen ist und die Blutergüsse verschwunden sind. Alles in allem ist sie sehr glimpflich davongekommen. Viel zu glimpflich für einen Mord- oder Selbstmordversuch, würden Sie nicht auch sagen?«

Polizeirevier Canning Road, Salisbury – 16 Uhr 45

»Jetzt hören Sie mir mal zu«, schnauzte Miles die beiden Polizeibeamten, die ihm gegenübersaßen, wütend an. »Wie oft muß ich es Ihnen noch sagen? Ich war in meinem ganzen Leben noch nie bei einer Prostituierten. Als ob ich das nötig hätte! Mensch, ich war fünfzehn, als ich das erste Mal mit einer Frau geschlafen hab.« Er schlug mit der Faust auf den Tisch. »Ich kenne keine Flossie Hale, und ich kenne auch keine Samantha Garrison, und wenn ich mit einer Fünfundvierzigjährigen vögeln wollte – wozu ich nicht die geringste Lust habe –, bekäm ich's bei der Haushälterin meines Vaters umsonst. Die würde wahrscheinlich sogar mir noch was bezahlen, wenn ich sie fragen würde. Sie ist schon seit Jahren hinter mir her.«

»Sie haben eine sehr hohe Meinung von sich, Miles«, sagte der Sergeant.

»Haben Sie was dagegen?«

»Nein, ich weiß nur aus Erfahrung, daß Leute, die große Sprüche machen, meistens in der Theorie besser sind als in der Praxis.«

»Was erwarten Sie eigentlich von mir? Soll ich Ihnen unter Tränen gestehen, daß ich so ein Versager bin, daß ich irgendeiner alten Schlampe Geld dafür geben muß, daß was passiert? Jetzt hören Sie aber auf.«

»Würden Sie das tun, wenn Sie sich als Versager fühlten?« fragte Blake.

Miles zuckte die Achseln und zündete sich eine Zigarette an.

Blake wandte sich zu dem Kassettenrecorder auf dem Tisch. »Mr. Kingsleys Antwort war ein Achselzucken.«

»Von wegen!« zischte Miles wütend. »Mr. Kingsleys Antwort lautet, ich bin kein Versager, also weiß ich auch nicht, was ich tun würde, wenn ich einer wäre.« Er schrie ins Mikrophon: »Ist das klar, verdammt noch mal?«

»Beruhigen Sie sich, Miles«, sagte der Sergeant müde. »Sie machen den Apparat kaputt, wenn Sie so reinbrüllen. Sagen Sie uns doch einfach, wo Sie am Abend des zweiundzwanzigsten Juni waren und was Sie getan haben.«

»Diese beschissene Frage stellen Sie mir jetzt schon zum hundertstenmal, und ich gebe Ihnen zum hundertstenmal dieselbe beschissene Antwort. Ich war bis halb neun zu Hause, dann bin ich losgefahren, um Jinx zu besuchen.«

»Und wir glauben Ihnen das nicht. Was meinen Sie, wird die Haushälterin, die schon so lange hinter Ihnen her ist, genauso für Sie lügen, wie Ihre Mutter und Ihr Bruder es Ihrer Behauptung nach tun werden?«

»Ich hab nie gesagt, daß sie lügen würden.« Er sah auf seine Uhr. »O Gott! Ich muß weg hier. Also, was ist jetzt, wollen Sie mich anklagen, ja oder nein? Wenn nicht, dann will ich jetzt endlich hier raus.«

»Warum? Was ist denn um fünf so Wichtiges los?«

»Ich hab Schulden, Sie Blödmann«, zischte Miles zähneknirschend, »und ich brauche Aufschub. So, jetzt wissen Sie, was um fünf los ist. Was denken Sie denn, warum ich bei meiner Schwester war? Klar, wir sind nicht immer ein Herz und eine Seele, aber bis jetzt hat sie mir noch immer unter die Arme gegriffen.«

An der Tür klopfte es, und eine zweite Beamtin schaute herein. »Hier ist ein Mr. Kennedy, Sergeant. Er sagt, Mr. Kingsley sei sein Mandant.«

»Führen Sie ihn herein. Band um sechzehn Uhr einundfünfzig angehalten.«

Kennedy warf Miles einen mißvergnügten Blick zu, lehnte den Stuhl ab, der ihm angeboten wurde, und legte zwei Fotografien auf den Tisch. Die erste zeigte Miles beim Betreten eines Hotelfoyers, die zweite beim Einsteigen in seinen Porsche.

»Die Schwester meines Mandanten hat mir mitgeteilt«, sagte er, »daß Sie Ermittlungen über einen tätlichen Angriff auf eine Prostituierte durchführen, der am Mittwoch, dem zweiundzwanzigsten Juni, gegen zwanzig Uhr in der Lansing Road in Salisbury verübt wurde. Ist das richtig?«

»Ja«, bestätigte Blake.

Kennedy tippte auf die Uhrzeiten und das Datum, die am unteren Rand der beiden Fotografien ausgedruckt waren. »Mein Mandant, Miles Kingsley, hat am Mittwoch, dem zweiundzwanzigsten Juni, um siebzehn Uhr dreißig das Regal Hotel in Salisbury betreten. Er ist am selben Abend um zwanzig Uhr fünfundvierzig zu seinem Wagen zurückgekehrt und zur Nightingale-Klinik gefahren, um seine Schwester zu besuchen. Im Regal hat er sich drei und ein viertel Stunden im Zimmer Nummer vier-drei-eins aufgehalten. Er hat es nur einmal verlassen, um sich mit einem Mann im Foyer zu treffen.«

Er legte ein weiteres Foto auf den Tisch, das wiederum Miles zeigte, wie er mit gesenktem Kopf mit einem Mann sprach, der mit dem Rücken zur Kamera stand. »Das war um neunzehn Uhr. Er hat drei Minuten mit diesem Mann gesprochen, ehe er die Herrentoilette im Foyer aufsuchte. Danach ist er in das Zimmer Nummer vier-drei-eins zurückgekehrt. Das war um neunzehn Uhr fünfzehn. Er wurde am zweiundzwanzigsten Juni von mittags zwölf Uhr bis Mitternacht von einem gewissen Paul Deacon beobachtet, der unter dieser Nummer und dieser Adresse erreichbar ist.« Er legte eine Karte neben die Fotografien. »Damit dürfte mein Mandant wohl von jedem Verdacht in Verbindung mit der Straftat in der Lansing Road befreit sein.«

Blake blickte von den Fotografien zu Miles' entsetztem, weißem Gesicht. »Ja, es sieht ganz so aus«, stimmte sie zu.

Kennedy lächelte Miles kalt an. »Ihr Vater ist draußen, Miles. Ich schlage vor, wir lassen ihn nicht länger warten als unbedingt nötig.«

Miles schreckte auf seinem Stuhl zurück. »Ich gehe nicht mit«, sagte er. »Er bringt mich um.«

»Ihre Mutter und Fergus sind mit ihm hier. Sie werden sich bestimmt freuen, Sie zu sehen.« Er wies zur Tür. »Ihr Vater ist über das alles sehr bekümmert, Miles, und Sie wissen, daß er sehr ärgerlich wird, wenn ihn etwas bekümmert. Sie möchten doch nicht, daß Ihre Mutter und Ihr Bruder diesen Ärger abbekommen.«

Miles starrte ihn voller Angst an. »Nein«, sagte er und sprang schwankend auf. »Es war meine Idee. Mum und Fergus wollten nur helfen. Ich dachte, wenn wir die Aktien als Sicherheit hinterlegen, wären wir ein für allemal aus dem Schneider. Es ist nur meine Schuld, die beiden können nichts dafür.«

Blake beobachtete den jungen Mann, der die letzten Reste seines Muts zusammenraffte, und dachte, daß er tapferer war, als sie angenommen hatte. Aber was für ein Mensch mußte Adam Kingsley sein, daß er seinem sechsundzwanzigjährigen Sohn solche Angst einjagen konnte?

21

Mittwoch, 29. Juni,
Nightingale-Klinik, Salisbury – 17 Uhr

Alan Protheroe stand schweigend an Jinx' offener Tür und wartete. Sie telefonierte. Ihr Körper war starr vor Spannung, die Finger am Hörer verkrampft, die Schultern unnatürlich steif. Ihr Vater, vermutete er. Ein anderer würde wohl kaum soviel nervöse Energie mobilisieren. Er mußte an eine andere Frau denken, die genauso dagestanden und einer Stimme am anderen Ende einer Telefonleitung zugehört hatte. Seine Frau, als sie ihr Todesurteil vernommen hatte. *Es tut mir so leid, Mrs. Protheroe. Wie lange habe ich noch? Das ist schwer zu sagen. Wie lange? Zwölf Monate – achtzehn, wenn wir Glück haben.*

Jinx beobachtete ihn, während sie sprach. »Was ist los?« fragte sie, nachdem sie aufgelegt hatte.

Er schüttelte den Kopf. »Nichts. Mir ist nur gerade etwas durch den Kopf gegangen. Schlechte Nachrichten?«

»Nein, gute«, entgegnete sie niedergeschlagen. »Sie haben Miles gehen lassen.«

»Haben sie ihn angeklagt?«

»Nein.« Sie kletterte auf ihr Bett und setzte sich mit gekreuzten Beinen mitten darauf. »Kennedy konnte beweisen, daß er zur fraglichen Zeit woanders war.«

»Sie scheinen nicht sehr erfreut darüber zu sein.«

»Das war eben Adam am Autotelefon. Im Hintergrund konnte ich Betty weinen hören. Ich glaube, das Schwert ist eben heruntergefallen.«

»Sprechen wir vom Damoklesschwert?«

Sie nickte. »Es hing jahrelang über ihnen. Das Schlimme ist...« Sie versank in Schweigen.

»Sie waren zu dumm, um es zu merken«, meinte er.

Sie sagte nichts.

»Was hat Miles denn an dem Abend wirklich getan?«

Sie drückte ihre Hände flach auf die Bettdecke, hob sie dann hoch und betrachtete anscheinend fasziniert die Eindrücke, die sie hinterlassen hatten. »Kokain«, sagte sie unvermittelt. »Während er nebenbei sein nicht existierendes Vermögen verspielt hat. Er und Fergus stecken bis über die Ohren in Schulden.« Wieder schwieg sie einen Moment. »Adam hat erst im März fünfzigtausend Pfund für sie bezahlt und gesagt, wenn sie je wieder spielen sollten, würde er sie aus dem Haus werfen und enterben. Er hat sie seit vier Wochen überwachen lassen.«

Alan ging zum Frisiertisch, wo sie so gern stand, und lehnte sich dagegen. »Warum?«

»Weil Betty Mitte Mai ihre letzten Aktien verkauft hat, und er sich sofort gedacht hat, daß sie es nur getan hat, um die Schulden der beiden zu bezahlen.«

»Warum hat er nicht da schon seine Drohung wahrgemacht?«

Sie lächelte bitter. »Ich vermute, er wollte wissen, mit wem er es zu tun bekommen würde, wenn die Jungs nicht zahlen könnten.«

»Sie sind über einundzwanzig«, stellte Alan ruhig fest. »Er ist für ihre Schulden nicht verantwortlich.«

»Jetzt sitzen sie wieder in ihrem Elfenbeinturm«, sagte sie. Zwei rote Zornesflecken glühten auf ihren Wangen. »Glauben Sie im Ernst, irgend jemand würde sich dazu herbeilassen, Adam Kingsleys Söhnen Geld zu leihen, wenn er nicht überzeugt wäre, daß er es zurückbekommen würde? Sie haben Miles doch gesehen. Und jetzt stellen Sie sich mal vor, was er und Fergus, vollgedröhnt mit Kokain, über Adam und Franchise Holdings von sich gegeben haben. Irgendwo gibt's bestimmt ein ganzes Video voll mit vernichtenden Behauptungen.«

Alan verschränkte die Arme. »Eine schlimmere Presse als in den letzten Tagen kann er doch gar nicht mehr bekommen, was spielt es da für eine Rolle, was Ihre Brüder vielleicht über ihn erzählt haben?«

»Vor vier Wochen hätte es eine Rolle gespielt«, entgegnete sie zähneknirschend. »Vor vier Wochen hat er eine Riesenhochzeit geplant und konnte sich einen Skandal nicht leisten, weil er damit seine geliebte Jinx um ihren großen Tag gebracht hätte. Miles hat schon recht. Es *ist* meine Schuld. Wenn ich so gescheit gewesen wäre, ihnen zu sagen, daß ich Leo gar nicht mehr heiraten wollte...« Wieder schwieg sie.

Er betrachtete sie einen Moment. »Um noch einmal auf Ihre Brüder zurückzukommen, warum hat Ihr Vater sie nicht hinausgeworfen, als sie einundzwanzig waren, und ihnen gesagt, daß sie für sich selbst aufkommen müßten?«

Sie antwortete nicht sofort. »Weil es dann auch nicht anders geworden wäre«, sagte sie schließlich. »Auch wenn er sie an die Luft gesetzt hätte, hätte man von ihm erwartet, daß er ihre Schulden bezahlt. Ich glaube, er hoffte, wenn er sie in seiner Nähe hätte, könnte er eine gewisse Kontrolle ausüben.« Sie senkte den Kopf, so daß er ihre Augen nicht sehen konnte. »Sie wollten ihm immer schon am liebsten sein ganzes Geld ins Gesicht werfen, wie ich das getan habe, aber sie wollten nicht dafür arbeiten, sie wollten so schnell wie möglich reich werden.«

War das ihre subtile Art der Rache, fragte er sich, öffentlich auf das zu pfeifen, was ihr Vater am höchsten schätzte, seinen selbsterworbenen Reichtum?

»Aber jetzt macht er seine Drohungen wahr«, fuhr sie mit tonloser Stimme fort. »Er wird sie ohne einen Penny rauswerfen und läßt sich von Betty scheiden.«

»Nehmen Sie ihm das übel?«

»Nein.«

»Und was wird jetzt aus ihnen?«

»Das weiß ich auch nicht. Ich glaube nicht, daß er Betty ohne einen Penny abspeisen kann. Das werden die Gerichte nicht zulassen.« Sie drückte ihre Stirn in ihre gefalteten Hände. »Aber bei Miles und Fergus bin ich mir da nicht sicher. Er sagt, ihm sei alles gleichgültig.«

Sie war tiefer erschüttert, als er erwartet hatte. Wenn sie ihrer Stiefmutter und ihren Brüdern etwas wie Liebe entgegenbrachte, so hatte sie stets verstanden, es gut zu verbergen.

»Aber das Ganze hat auch eine erfreuliche Seite«, bemerkte er nach einem Moment der Stille. »Wenn Ihr Vater die beiden die letzten vier Wochen beobachten ließ, dann ist wenigstens sicher, daß keiner von ihnen den Mord an Leo und Meg auf dem Gewissen hat. Und ebensowenig den Überfall auf mich.«

»Das habe ich sowieso nie geglaubt«, murmelte sie.

»Nein?« Er gab seiner Stimme einen überraschten Ton. »Ich hätte es ihnen zugetraut. Sie sind egozentrisch, nicht übermäßig intelligent und daran gewöhnt, ihren Kopf durchzusetzen, im allgemeinen mit Ihrer Hilfe oder der ihrer Mutter. Ich kann mir bei beiden vorstellen, daß sie Mord als Lösung eines Problems in Betracht ziehen würden.«

»Auf den Gedanken bin ich nie gekommen«, sagte sie eigensinnig.

Natürlich nicht, weil Sie immer gewußt haben, wer der Mörder ist. »Warum wollen Sie mir nicht sagen, warum Sie mir nicht vertrauen?« sagte er, bemüht, ruhig und leidenschaftslos zu sprechen. »Was habe ich je gesagt oder getan, daß Sie das Gefühl haben, mir nicht vertrauen zu können?«

Sie stützte ihr Kinn auf ihre Hand und betrachtete ihn unbewegt. »Woher wissen Sie, daß nicht ich Sie überfallen habe?«

Er ließ sich von dem plötzlichen Themawechsel nicht beirren. »Der Angreifer sah nicht aus wie Sie.«

»Aber Matthew hat mir erzählt, daß es dunkel war, daß die Person ganz schwarz gekleidet war, und Sie nur angeben konnten, daß sie ungefähr einsfünfundsiebzig groß war und schlank.«

»Woher weiß Matthew denn, was ich gesagt habe?« fragte Alan.

»Das wissen hier alle.«

»Aha, Veronica Gordon«, murmelte er. »Eines Tages wird sich diese Frau noch um Kopf und Kragen reden.« Er beobacchtete sie einen Moment lang neugierig. »Es gibt eine Menge zwingende Gründe, warum Sie es nicht gewesen sein können. Sie sind viel zu schwach, um einen Vorschlaghammer zu schwingen. Sie haben keinen Grund, mich anzugreifen. Sie wußten nicht, wann ich zurückkommen würde, und ich hatte halbstündige Kontrollen bei Ihnen angeordnet, bevor ich weggefahren bin. Wenn Sie Ihr Zimmer verlassen hätten, wäre das Amy oder Veronica aufgefallen.«

»Aber ich *habe* mein Zimmer verlassen.«

Er machte keinen Versuch, Überraschung vorzutäuschen.

»Nachdem Schwester Gordon um neun Uhr hier war«, fuhr sie fort, »hat Amy sie abgelöst. Als sie das erste Mal kam, war ich im Dunklen im Bad, und sie hat sich nicht die Zeit genommen nachzusehen, ob das Kissen, das ich unter die Decke gesteckt hatte, ich sei oder nicht. Danach hab ich mich angezogen und bin hinausgegangen. Ich hatte schwarze Jeans und einen schwarzen Pulli an. Ich bin einen Meter dreiundsiebzig groß, und vor dem Autounfall habe ich siebenundfünfzig Kilo gewogen, ich hätte meine Sachen also leicht ausstopfen können.«

»Weiter«, sagte er.

»Ich wollte wissen, warum mein Vater Kennedy hergeschickt hatte, deshalb wollte ich draußen auf Sie warten. Ich habe unter der Buche gewartet, bis ich mich vor Müdigkeit kaum noch aufrecht halten konnte, dann bin ich wieder in mein Zimmer gegangen, hab mich in meinen Kleidern aufs Bett gelegt und bin eingeschlafen. Ich war mitten in einem fürchterlichen Alptraum, als Amy mich fand. Es wundert mich wirklich, daß sie es nicht gemeldet hat. Wahrscheinlich hatte sie Todesangst, ich könnte was getan haben, was ich nicht hätte tun sollen, und man würde sie dafür verantwortlich machen.« Sie blickte ihn forschend an. »Oder vielleicht hat sie es ja auch gemeldet, und Sie haben es mir nicht gesagt.«

Er schüttelte den Kopf. »Nein.«

»Dann vertraut sie mir offensichtlich mehr als Ihnen, Dr. Protheroe.«

Er zog eine Augenbraue hoch. »Ach, das war der Zweck der Übung? Sie wollten herausbekommen, wer vertrauenswürdig ist und wer nicht?«

»Mehr oder weniger«, antwortete sie, ohne ihn anzusehen. »Sie wußten doch sowieso schon, daß ich draußen war – Matthew hat gehört, daß Sie meinen Namen gerufen haben –, aber Sie haben kein Wort darüber gesagt, jedenfalls nicht zu mir.«

Dieser verflixte Matthew! Er würde diesem kleinen Gauner bei nächster Gelegenheit die Hammelbeine langziehen.

»Ich habe nur deshalb nichts gesagt, weil mir klar geworden war, daß ich mich getäuscht hatte. Ich glaubte, Sie am Rand der Einfahrt zu sehen, als ich kam, aber da nicht Sie mich überfallen hatten, hab ich keinen Grund gesehen, es zu erwähnen. Sind Sie jetzt zufrieden?«

»Nein«, erwiderte sie hart. »Sie sprechen von Vertrauen, als gäbe es das umsonst. Aber so ist es nicht. Das einzige, was ich mit Sicherheit weiß, ist, daß mein Vater Sie dafür bezahlt, sich um mich zu kümmern; daß er aus irgendeinem Grund am Montag nachmittag seinen Anwalt zu Ihnen geschickt hat, und daß Sie kurz danach die Anweisung gegeben haben, mich alle halbe

Ihrer Aufmerksamkeit vielleicht entgangen, aber vorgestern nacht wurde ohne jede Provokation von meiner Seite ein Anschlag auf mein Leben verübt, und ich bin überhaupt nicht scharf darauf, daß sich so etwas noch einmal wiederholt.«

Matthew blies Rauch in die Luft. »Ohne Provokation würde ich nicht sagen, Doc. Wenn ich mich recht erinnere, haben Sie damit gedroht, die ganze Nacht da draußen stehenzubleiben und darauf zu warten, daß Jinx sich zeigt. Sie sind eben einfach zu überzeugend, das ist Ihr Fehler. Der Mistkerl hat Ihnen geglaubt.«

Diesen Teil hatte Alan ganz vergessen. »Was hat er überhaupt dort zu suchen gehabt?«

»Er hat gewartet.« Matthew warf ihm einen kurzen Blick zu.

»Worauf?«

Matthew zuckte mit den Achseln. »Auf eine Gelegenheit, das zu tun, weshalb er hierhergekommen war.« Er sah, wie sich Alans Gesicht umwölkte. »Schauen Sie, Doc, ich kann genauso Vermutungen anstellen wie Sie, aber das heißt noch lange nicht, daß einer von uns beiden recht hätte. Ich persönlich kann mir nicht vorstellen, daß diese Vogelscheuche in Nummer zwölf jemanden umbringen würde, folglich wandert da irgendwo ein Verrückter rum, der ihr die Schuld in die Schuhe schieben will. Na, ich kann mir vorstellen, daß der sich in die Hose scheißt vor Angst, daß sie die Katze aus dem Sack läßt, und deshalb glaube ich, daß er auf eine Gelegenheit gewartet hat, ihr noch mal an den Kragen zu gehen.«

Alan ließ sich das einen Moment durch den Kopf gehen. »Das kann nicht stimmen. Sie sagten doch eben, daß sie eine Stunde hier draußen war, und Sie jedesmal, wenn sie sich eine Zigarette angezündet hat, ihr Gesicht gesehen haben. Wenn Sie sie gesehen haben, müßte er sie auch gesehen haben. Warum hat er da nichts unternommen?«

Matthew blickte die Auffahrt hinunter zu der Stelle, wo Alan am Montag abend seinen Wagen angehalten hatte. »Weil er nicht erwartet hat, sie hier draußen zu finden. Sie hätte doch das ganze Haus zusammengebrüllt, wenn er sich zu ihr unter den Baum geschlichen hätte.«

»Nein, wenn er sie von hinten niedergeschlagen hätte, nicht. Sie hätte gar keine Zeit gehabt zu schreien. So wenig wie ich.«

»Also wirklich, Doc«, sagte Matthew streng, »besonders viel Phantasie haben Sie nicht, was? Es sollte doch ganz bestimmt nicht nach Mord aussehen; nachdem er sich das letzte Mal solche Mühe gegeben hatte, einen Selbstmord vorzutäuschen. Ich glaube, er wollte sie in ihrem Zimmer packen, ihr die Pulsadern aufschneiden oder sie am Türrahmen aufhängen, und Sie hätten dann am nächsten Morgen mit einem Selbstmord dagestanden, und die Bullen hätten sich die Hände gerieben und ihre Akte geschlossen. Ich glaube, er wartet schon seit Tagen auf eine Gelegenheit, ungesehen ins Haus zu kommen und die Sache klarzumachen, aber hier hat er's schwer. Er hat wahrscheinlich überhaupt nicht damit gerechnet, daß nachts so viele Leute hier sind. Ihre Klinik ist gut bewacht, Doc, aber bei den Preisen, die Sie verlangen, ist das auch nötig.« Er grinste. »Hier gibt's zu viele Reiche, die total ausrasten würden, wenn hier jeder Fremde ein- und ausgehen könnte, wie er will.«

»Aber warum hatte er den Vorschlaghammer dabei, wenn er gar nicht vorhatte, ihn zu gebrauchen?«

Matthew schüttelte ungeduldig den Kopf. »Von Psychologie haben Sie anscheinend keine Ahnung, wie? Das ist sein Handwerkszeug, Doc, und sein Handwerkszeug muß man immer bei sich haben, für den Fall der Fälle. Schauen Sie sich den Yorkshire Ripper an, der hat seinen Hammer und seinen Meißel bei sich gehabt, wo er ging und stand. Sie sollten sich mal ein bißchen mit solchen Dingen befassen. Dieser Kerl ist ein Irrer mit System, und ein Irrer mit System ist immer auf alles vorbereitet.«

»Nur daß wir hier nicht von einem Serienmörder sprechen.«

»Glauben Sie? Drei Morde – das sieht mir schon nach einer Serie aus.«

»Aber Matthew, zwischen den Morden liegen zehn Jahre, zwei der Opfer waren Männer und eines war eine Frau, und alle drei standen sie in enger Verbindung zu Jinx Kingsley. Das ist nicht das typische Muster für einen Serienmord.«

»Vielleicht noch nicht«, sagte Matthew, »aber ich schätze, seine Sicherungen brennen langsam durch, meinen Sie nicht? Zwischen Jeffrey Dahmers erstem und zweitem Mord lagen neun Jahre, und in den vier Jahren darauf hat er fünfzehn Morde verübt. Ich bin gespannt, ob Sie immer noch sagen, daß dieser Typ kein Serienmörder ist, wenn der nächste arme Kerl vor den Hammer läuft.« Er sah Alans skeptischen Blick. »Außerdem, wer weiß denn, was er zwischen damals und heute getan hat? Ich wette, er hat irgendein anderes Mittel gefunden, um seine Aggressionen loszuwerden. Sie sollten sich mal mit meinem Dad unterhalten. Der hat solche Kerle schon vor Gericht verteidigt. Die sind verdammt schlau und verdammt manipulativ, und das kann ich Ihnen sagen, wenn ich Jinx wäre, hätte ich auch Amnesie.«

»Sie braucht doch nichts weiter zu tun, als seinen Namen anzugeben.«

»Ja, und dann steht ihr Wort gegen seines. Seien Sie doch realistisch, Doc. Sie ist die Hauptverdächtige, da ist doch logisch, daß sie versuchen wird, den Verdacht auf eine andere Person abzulenken. So sieht's jedenfalls die Polizei. Sie braucht Beweise, und ich vermute, es gibt keine. Wenn Sie mich fragen, geht's ihr im Moment nur darum, irgendwie Zeit zu schinden, bis sie sich an was erinnern kann, wodurch der Kerl überführt wird.«

»Schlechter als jetzt könnte sie gar nicht dran sein.«

Matthew schnippte seinen Zigarettenstummel in die Auffahrt. »Sie vergessen, daß sie das alles schon einmal mit Russell durchgemacht hat. Sie weiß bereits, was passiert, wenn sich für ein Verbrechen kein Täter findet. Diejenigen, die dem Opfer am nächsten gestanden haben, leben für immer mit der Schuld und zerfleischen sich gegenseitig dabei. Argwohn ist eine schlimme Sache, Doc. Das weiß ich. Ich hab's am eigenen Leib erlebt. Mein Vater hat mich schon der schlimmsten Dinge bezichtigt, nicht weil er weiß, daß ich etwas getan habe, sondern weil er *Angst hat*, daß ich es getan habe.«

»Und hat sie Ihnen gesagt, wer es ist?«

»Das wäre doch sinnlos. Was kann ein Junkie schon tun? Ihrem Vater muß sie es sagen. Er ist der einzige, der die Macht hat, diesem Schwein ein für allemal das Handwerk zu legen.«

Alan sah ihn stirnrunzelnd an. »Sie haben ihr das doch nicht etwa vorgeschlagen?«

»Herr im Himmel! Jetzt hören Sie aber auf!«

»Man muß in gutem Glauben handeln, Matthew, und das bedeutet im allgemeinen, im Rahmen des Gesetzes zu handeln.«

Matthew grinste. »Ich weiß, was guter Glaube ist, Doc.«

Aber wußte er es wirklich?

In der Nightingale-Klinik waren zwei Gärtner angestellt, die gerade ihre Sachen zusammenpackten, und beide bestätigten, daß vor dem Überfall auf Dr. Protheroe ein Vorschlaghammer im Geräteschuppen gelegen hatte.

»Ich hab ihn selbst erst vor ein oder zwei Wochen mal gebraucht«, sagte der eine. »Als ich die Zaunpfähle unten beim Tor ersetzt habe.«

»Erinnern Sie sich, was Sie mit ihm getan haben, als Sie fertig waren?« fragte Alan.

Der Gärtner nickte seinem jüngeren Kollegen zu. »Tom hat ihn auf dem Anhänger mitgenommen, wie immer.«

Alan wandte sich dem Jungen zu. »Wissen Sie noch, in welchen Geräteschuppen Sie ihn gebracht haben?«

Der Junge antwortete nicht gleich. »In gar keinen«, antwortete er dann, unbehaglich von einem Fuß auf den anderen tretend. »Ich hab ihn mitgenommen und meinem Vater geliehen, der richtet was an unserem Haus. Hier hat er uns ja nicht gefehlt. Wir haben ihn in sechs Monaten genau einmal gebraucht, und mein Vater paßt so gut drauf auf, als wär's sein eigener.«

Polizeirevier Romsey Road, Winchester – 19 Uhr 15

Frank Cheever fand die Nachricht von seiner Sekretärin, als er später an diesem Abend von einem fruchtlosen Besuch in Salisbury an seinen Schreibtisch zurückgekehrt war. »Wir konnten Kingsley nicht festhalten«, sagte Blake. »Und falls es Sie interessiert, der Anwalt hat uns noch ein Foto gegeben, bevor er gegangen ist.« Sie reichte es ihm. »Ich glaube, es war für Sie gedacht und nicht für uns. Und dazu hat er gesagt, er wolle uns nur daran erinnern, daß man für die Fahrt von hier nach Redbar mindestens fünf Stunden braucht, und wieder fünf Stunden zurück.«

Der Superintendent betrachtete die Aufnahme, die Miles und Fergus auf einer Rennbahn am Wettschalter zeigte. Als Zeit war fünfzehn Uhr zehn angegeben; als Datum der dreizehnte Juni. Der Ort war, gemäß einer handschriftlichen Notiz auf der Rückseite des Fotos, Redcar in Cleveland. »Woher weiß Adam Kingsley, daß Meg Harris und Leo Wallader am dreizehnten ermordet worden sind?« brummte er argwöhnisch. »Wir wissen ja selbst noch nicht mal genau, wann sie gestorben sind.«

»Weil der dreizehnte der Tag war, an dem seine Tochter ihren Selbstmordversuch vorgetäuscht hat«, sagte Maddocks ungeduldig.

Dr. Protheroe hat angerufen, lautete die Nachricht. *»Der Vorschlaghammer, der am Dienstag in der Nightingale-Klinik gefun-*

den wurde, ist nicht der, den Harry Elphick vor dem Überfall gesehen hat. Dr. Protheroe hat mit den Gärtnern gesprochen und festgestellt, daß der zur Klinik gehörige Hammer seit zwei Wochen an einen Mr. G. Stack ausgeliehen ist und sich noch dort befindet. Adresse: Clonmore Avenue 43, Salisbury. Er meint, daß Miss Kingsley damit als Täterin für den Überfall auf ihn nicht mehr in Frage kommt, und schlägt vor, daß Sie den Vorschlaghammer, der sich in Ihrem Besitz befindet, auf Blutspuren von Leo Wallader und Meg Harris untersuchen. Wenn die Untersuchung positiv ist, wäre seiner Meinung nach damit Miss Kingsley von allem Verdacht, die beiden ermordet zu haben, befreit. Unmöglich *(er hat mich gebeten, das Wort unmöglich zweimal zu unterstreichen!) könnte sie die Mordwaffe in die Nightingale-Klinik mitgebracht haben, da sie bei ihrer Einlieferung mit einem Krankenwagen nicht bei vollem Bewußtsein war und seitdem das Gelände nicht verlassen hat. (Dr. Protheroe bestand auf dem folgenden Nachsatz.) Wieso erwartet man von mir, daß ich Inspector Maddocks' Arbeit tue? Ich bin versucht zu behaupten, daß die oben angegebenen Tatsachen schon gestern ans Licht gekommen wären, hätte man die Angelegenheit in Händen der Polizei Salisbury gelassen.*

Cheever warf Maddocks den Zettel hin. »Nun?« fragte er scharf.

Maddocks las stirnrunzelnd. »Das ist nicht meine Schuld, Sir. Ich habe auch nur zwei Hände.«

»Und was soll das heißen?«

»Das heißt, daß Sie mir gar keine Gelegenheit gegeben haben, der Sache weiter nachzugehen. Die Waffe wurde uns gestern nachmittag übergeben, Sir, und ich habe Sie heute den ganzen Tag gefahren. Im übrigen hat Bob Clarke sie bereits untersucht. Es ist kein Blut daran. Nur Farbe.«

»Es ist jedenfalls schade, daß Sie nicht gestern nachmittag gleich festgestellt haben, wohin das Ding gehört«, sagte Cheever gereizt. »Das hätte uns vielleicht den ganzen heutigen Zirkus espart.«

»Wohl kaum, Sir«, entgegnete Maddocks mit vorsichtigem Nachdruck. »Es wäre ein zusätzliches Verdachtsmoment gegen Miles Kingsley gewesen, wenn wir gewußt hätten, daß der Hammer vom Täter mitgebracht worden war.« Er blickte wieder auf den Zettel. »Es würde mich interessieren, was Dr. Protheroe veranlaßt hat, die Gärtner zu befragen. Er war dabei, als Elphick mir erzählt hat, daß er den Vorschlaghammer schon früher gesehen hätte, und, glauben Sie mir, er hat sowenig wie ich oder Fraser daran gedacht, daß der Alte sich irren könnte.« Er legte den Zettel auf den Schreibtisch. »Wetten, daß die Kingsley ihn draufgebracht hat, nachdem wir heute nachmittag gegangen waren?«

»Was soll das jetzt wieder? Glauben Sie etwa an eine Verschwörung?«

»Ich stelle nur fest, wie man uns tröpfchenweise Informationen zukommen läßt, die gewissen Leuten in den Kram zu passen scheinen.«

Cheever setzte sich in seinen Sessel und griff zum Telefon. »Sehen Sie nach, ob Sergeant Fraser zurück ist, und schicken Sie ihn zu mir ins Büro.« Er lehnte sich zurück und sah Maddocks an. »Fahren Sie fort«, sagte er.

Der Inspector zuckte mit den Achseln. »Es ist einfach ein Gefühl. Sie ist die Mörderin. Schauen Sie, ich hab mir oft überlegt, wie ich's machen würde, wenn ich wirklich mal jemand loswerden wollte. Es ist allgemein bekannt, daß es das beste ist, nach einem möglichst einfachen Plan vorzugehen, sich ein gutes Alibi zu beschaffen und alles zu leugnen. Aber das konnte sie wegen des Mordes an Landy nicht tun. Sie wußte, daß die Polizei unweigerlich Parallelen ziehen würde, und sie auf jeden Fall in der Schußlinie stehen würde, ganz gleich, wie sie Wallader und Harris um die Ecke brachte.« Er strich sich das Kinn. »Und da hat sie das getan, was ich auch getan hätte. Sie hat sich ganz bewußt zur Verdächtigen gemacht, indem sie die beiden Morde von heute mit dem vor zehn Jahren verknüpft hat, und ich vermute, sie wartet nur auf den richtigen Moment, um zu beweisen, daß das Alibi, das Meg Harris ihr vor zehn Jahren gegeben hat, über jeden Zweifel erhaben ist. Und dann stecken wir fest, weil wir mit allen Mitteln versucht haben, die drei Morde miteinander in Verbindung zu bringen.«

»Wollen Sie damit sagen, daß sie zwar Russell Landy nicht ermordet hat, aber Leo Wallader und Meg Harris?«

Maddocks nickte. »Genau. Sie haben doch die Berichte von der Londoner Polizei gelesen. Der Mord an Landy war ein Auftragsmord, der von einem gewissen Jason Phelps auf Anweisung von Adam Kingsley durchgeführt wurde Es ist nie jemand anders in Frage gekommen. Dieser ganze Quatsch, daß Kingsley nicht gewollt hätte, daß seine Tochter die Leiche findet, stammt doch von ihr, und sie hat ja weiß Gott lange genug Zeit gehabt, sich solche Geschichten auszudenken, um ihren Vater zu entlasten. Sie hat selbst gesagt, daß ihre Brüder immer an die Schuld ihres Vaters geglaubt haben, und aus ihrem Verhalten geht das ja auch klar hervor. Man kann gar nicht normal aufwachsen, wenn man glaubt, daß der eigene Vater ein skrupelloser Mörder ist. Und schauen Sie sich doch die Frau an. Spätestens um zehn Uhr morgens blau wie ein Veilchen, wie wir von den Kollegen aus Fordingbridge gehört haben. Wir haben es hier mit einer total kaputten Familie zu tun, und die Vorstellung, daß die Tochter gegen diesen Wahnsinn immun ist, ist einfach hirnverbrannt.«

Er machte eine Pause, um sich zu sammeln, und nickte Fraser, der in diesem Moment ins Zimmer trat, kurz zu. »Ich glaube, daß sie uns über Russell Landy die Wahrheit sagt. Ich glaube, daß sie zur Zeit seines Todes von seiner Affäre mit Meg Harris nichts wußte. Ich glaube auch, daß sie von dem Mord nichts wußte und ehrlich erschüttert darüber war. Aber ich behaupte, es hat sie selbst genauso geschädigt, wie sie das von ihren Brüdern behauptet, zehn Jahre lang mit dem Wissen zu leben, daß ihr Vater diesen Mord in Auftrag gegeben hatte und ungestraft davongekommen ist.«

Nightingale-Klinik, Salisbury – 19 Uhr 15

Schwester Gordon war nicht zu erweichen. »Anordnung des Arztes, Jinx. Sie sollen in ein Zimmer nach oben.«

»Aber warum denn?«

»Du lieber Gott«, sagte Veronica Gordon gereizt, »woher soll ich das wissen? Mir was zu sagen hat wieder mal keiner für nötig gehalten.«

Jinx' Blick wanderte zur Terrassentür. »Ich möchte aber lieber in einem Zimmer sein, aus dem ich raus kann, wenn es sein muß.«

»Ja, das ist vielleicht genau das, was dem Doktor Sorgen macht«, sagte Veronica Gordon mit einer gewissen Schärfe. Sie hatte sich aus den Gerüchten, die überall in der Klinik herumflogen, Alan Protheroes sonderbare Bemerkung am Montag abend und seinen plötzlichen Entschluß, Jinx in ein Zimmer im oberen Stockwerk zu verlegen, einiges zusammengereimt. »Ich vermute, es ist ihm eine Beruhigung zu wissen, daß es für Sie nur einen Ausgang gibt.«

Polizeirevier Romsey Road, Winchester – 19 Uhr 25

»Es ist möglich, daß sie über Meg Harris' Affäre mit Russell Landy doch schon wußte, als er ermordet wurde«, sagte Fraser bedächtig. »Hennessey sagte mir, daß sie ihm nach ihrer Fehlgeburt davon erzählt hat, während sie, wie Sie wissen, behauptet hat, sie hätte ein Jahr später Liebesbriefe auf dem Speicher gefunden.«

Maddocks stützte seine Hände auf Cheevers Schreibtisch und beugte sich aggressiv vor. »Ich bin überzeugt, das ist nicht die einzige Lüge, die sie uns aufgetischt hat. Ich sag's Ihnen, Sir, die führt uns alle an der Nase herum.«

»Aber weshalb sollte Meg Harris ihr ein Alibi gegeben haben?«

»Weil sie ihr eingeredet hat, sie sei unschuldig. Verdammt noch mal, Sie hat sie doch auch schon überzeugt, und Sie kennen sie doch kaum.«

»Vor fünf Minuten haben Sie noch argumentiert, sie hätte Russell Landy nicht getötet.«

»Vor fünf Minuten hat es auch noch keinen Hinweis darauf gegeben, daß sie von der Beziehung wußte, aber ein besseres Mordmotiv als Eifersucht gibt's doch gar nicht. Alles andere, was ich gesagt habe, gilt immer noch. Noch besser, wenn unsere prachtvolle Jane Russell Landy ungestraft ermordet hat; sie konnte die beiden anderen Morde damit verknüpfen und sagen: ›Aber die Londoner Polizei hat den Beweis, daß ich nichts damit zu tun hatte. Sie wissen, daß es mein Vater war.‹«

»Aber es ist ja noch gar nicht bewiesen, daß sie *vor* dem Mord von der Affäre wußte«, sagte Fraser. »Wenn Hennessey die Wahrheit sagt, haben wir nur eine Aussage nach dem Hörensagen, daß sie zum Zeitpunkt der Fehlgeburt davon wußte, und das war zwei Wochen *nach* dem Mord.«

»Gibt es Anlaß zu glauben, daß er nicht die Wahrheit sagt?« fragte Cheever.

Fraser schüttelte den Kopf. »Nein, aber ich würde mich nicht gern auf seine Aussage im Zeugenstand verlassen wollen. Er ist im Augenblick innerlich ziemlich durcheinander, wie mir scheint. Einerseits ist er wütend auf Meg Harris, weil sie ihn im Stich gelassen hat, dann ist er wieder tieftraurig, wenn er sich erinnert, daß sie tot ist, und immer wenn Miss Kingsleys Name fällt, nimmt er so eine Art trotziger Beschützerhaltung ein. Ich glaube, er hält Miss Kingsley für schuldig, glaubt aber gleichzeitig, daß Meg Harris sie provoziert hat. So wie ich es sehe, hatte er sie beide gern und weiß jetzt nicht, wem er die Schuld geben soll.«

Cheever kritzelte Kringel auf seinen Block. »Wie gern?«

»Er kennt sie beide sehr lange.« Er warf einen Blick in sein Heft. »Als Jane Kingsley Russell Landy heiratete, hatte er mit Meg Harris in einer Firma namens Wellman und Hobbs zusammengearbeitet.«

»Ich meinte, hatte er mit einer von ihnen ein Verhältnis?«

Nightingale-Klinik, Salisbury – 19 Uhr 30

Fergus stürmte in Jinx' neues Zimmer und pflanzte sich in aggressiver Haltung vor Matthew auf. »Ich möchte mit meiner Schwester sprechen«, sagte er und wies mit einer herrischen Kopfbewegung zur Tür.

Matthew beugte sich vor, um seine Zigarette im Aschenbecher auf dem Couchtisch auszudrücken. »Ich dachte, genau deswegen hätten sie dir ein anderes Zimmer gegeben, damit nicht einfach jeder hier reinplatzen kann«, sagte er zu ihr. »Wetten, daß dieser alte Idiot Elphick ihm gesagt hat, wo du bist.«

»Na los«, fuhr Fergus ihn an. »Zisch ab.«

Matthew ignorierte ihn. »Ist er gefährlich, oder traust du dir zu, mit ihm allein zu reden?«

»Ich glaube, ich komme allein zurecht.«

»Okay, ich bin unten im Flur. Ein kräftiger Schrei genügt, und ich bin wieder da.« Mager und schlaksig stand er vom Bett auf und trat Fergus gegenüber. »Ich hoffe, Sie werden sich wie ein Gentleman benehmen, Mr. Kingsley.«

»*Verpiß dich*«, sagte Fergus.

Matthew lächelte freundlich, ehe er dem anderen blitzschnell sein Knie zwischen die Beine rammte und ihn rückwärts gegen die Wand stieß. »Beurteile ein Buch nie nach seinem Umschlag«, murmelte er. Er winkte Jinx kurz zu. »Tut mir leid, aber dein Bruder ist ein Wichser. Bis später.«

Jinx wartete, bis er gegangen war, dann blickte sie zu ihrem kleinen Bruder hinunter, der mit gekrümmten Schultern wie ein Häufchen Elend an der Wand kauerte. »Wo ist Miles?« fragte sie.

»Draußen im Auto«, antwortete er, den Tränen nahe. »Dad hat ihn fürchterlich verdroschen und uns dann rausgeschmissen.«

»Und Betty?«

»Sie ist auch im Auto«, gestand er beschämt. »Ich weiß, es ist eine Zumutung, aber wir brauchen eine Unterkunft. Wir haben unsern Sprit zusammengetan und jetzt gerade genug im Wagen, um bis nach Richmond zu kommen. Miles und Mum haben gesagt, du wärst nie im Leben einverstanden, aber, na ja ...« Er lief rot an. »Also, ich hab gesagt, vielleicht doch, wir könnten's ja mal versuchen.«

Sie ließ ihn ein paar Sekunden schmoren. »Ich reiße euch allen den Kopf ab, wenn ihr in dem Haus irgendwas anstellt, was mir nicht gefällt«, sagte sie verdrossen. »Das heißt, ihr haltet alles blitzsauber, ihr spielt nicht, ihr trinkt nicht, ihr nehmt keine Drogen und gebt euch verdammt noch mal Mühe, zu den Clanceys freundlich zu sein. Hast du das verstanden?«

Er nickte. »Wir brauchen einen Schlüssel.«

»Versuch doch mal zu sagen: Danke, Jinx, du bist ein feiner Kerl. Wir stehen in deiner Schuld.«

»Danke, Jinx, du bist ein feiner Kerl. Wir stehen in deiner Schuld.« Er lächelte verlegen. »Aber einen Schlüssel brauchen wir trotzdem.«

»Die Clanceys haben einen. Ich ruf sie an und bitte sie, ihn euch zu geben, wenn ihr kommt. Was in der Gefriertruhe ist, wird euch wahrscheinlich reichen, bis ich wieder da bin.« Sie sah ihn streng an. »Und keine Riesentelefonrechnungen. Und kein Wort zu Adam, wo ihr seid. Ich lasse mein Haus nicht in einen Kriegsschauplatz verwandeln. Kapiert?«

»Ja.« Er stand auf. »Ich hab gleich gewußt, daß du uns hilfst.«

»Aber nicht mehr lange, Fergus.«

»Ich weiß. Wir passen gut auf dein Haus auf, das verspreche ich dir. Und keine Telefonate. Wir verhalten uns ruhig, bis du zurückkommst.«

Sie nickte.

An der Tür blieb er noch einmal stehen. »Um ganz ehrlich zu sein, ich war nicht sicher, daß du ja sagen würdest. Du bist gar nicht so anders als Dad, weißt du? Ich glaube, du hattest neulich recht. Du hast die guten Gene mitgekriegt, und wir die schlechten.« Er hielt inne, als hätte er Angst, sie könnte es sich anders überlegen. »Vielen Dank, Jinx. Du wirst es nicht bereuen, ehrlich nicht.«

Sie lächelte plötzlich. »Das weiß ich. Ich hätte viel mehr zu bereuen, wenn du mich nicht gefragt hättest, Fergus. Ich hatte heute nachmittag wirklich Angst, daß ich euch alle nie wiedersehen würde.«

Er sah sie überrascht an. »Warum?«

»Ich dachte, ihr würdet mit mir nichts mehr zu tun haben wollen, nachdem Adam euch hinausgeworfen hatte.«

»Das gleiche haben wir von dir gedacht«, erwiderte er. »Wir haben eben nie gelernt, einander zu vertrauen. Das ist eigentlich ziemlich traurig. Ich meine, wenn man der eigenen Familie nicht vertrauen kann, wem, zum Teufel, kann man dann vertrauen, Jinx?«

22

Mittwoch, 29. Juni,
Polizeirevier Romsey Road, Winchester – 22 Uhr

Mit einem leichten Kopfschütteln legte Frank Cheever den Hörer auf. »Sie haben Fergus' Porsche mit Fergus, Mrs. Kingsley und Miles von der Nightingale-Klinik zu Jane Kingsleys Haus in Richmond verfolgt«, berichtete er Maddocks und Fraser. »Der alte Knabe von nebenan hat sie gerade reingelassen, die Lichter angemacht und ist wieder gegangen. Sie haben mehrere Koffer dabei und allen möglichen Kram, den sie sonst noch in den Porsche reinstopfen konnten. Angeblich sieht es so aus, als wollten sie länger bleiben.« Er klopfte mit dem Kugelschreiber nachdenklich an seine Zähne. »Das ist interessant, finden Sie nicht?«

Maddocks wanderte gereizt zum Fenster. »Es ist doch allgemein bekannt, daß der alte Kingsley jetzt Hellingdon Hall aufgeben muß. Da hat er die drei wahrscheinlich rausgeschmissen. Und sie hat sie bei sich aufgenommen. Was ist daran so komisch?«

»Ich habe interessant gesagt, nicht komisch«, fuhr Cheever ihn ungeduldig an. Er riß sich seine Fliege herunter und knallte sie auf den Schreibtisch. Er knöpfte seinen Hemdkragen auf und massierte sich mit einer Hand den Hals. »Offensichtlich teilt Jane Kingsleys Familie nicht Ihre niedrige Meinung über sie. Oder würden Sie zu der Frau ins Haus ziehen, die Sie für eine Mörderin halten?«

»Miles und Fergus haben auch im Haus ihres Vaters gelebt, obwohl sie ihn für einen Mörder hielten. Das ist doch auch nichts anderes.«

»Doch!« Cheever stach mit einem Finger zornig in die Luft. »Das ist nicht zu vergleichen. Wenn Kingsley schuldig ist, hat er für einen hinreichenden Abstand zwischen sich und den Morden gesorgt. Wenn die Tochter schuldig ist, dann hat sie die Morde selbst begangen, und man könnte mit gutem Grund vermuten, daß sie wahnsinnig ist. Ich wiederhole deshalb, würden Sie in ihr Haus einziehen, wenn Sie Zweifel an ihr hätten?«

Fraser räusperte sich. »Verzeihen Sie, Sir, aber das bringt uns doch nun wirklich nicht weiter. Tatsache ist, daß wir mehr Beweise brauchen, sonst wird das Ganze eine Reprise der Untersuchungen im Mordfall Rachel Nickell oder auch Russell Landy.«

»Herrgott noch mal, Fraser«, fiel Maddocks wütend über ihn her. »Wie, zum Teufel, haben Sie eigentlich Ihre Prüfung zum Sergeant bestanden?« Er warf die Hände in die Höhe. »Mehr Beweise, sagt er! Können Sie uns mal verraten, wo wir die finden sollen? Wir haben alles bis ins kleinste untersucht – den Wald von Ardingly, Leo Walladers Besitztümer, sein Haus, seine Autos, seine Garage, Meg Harris' Besitztümer, ihre Wohnung, ihr Auto, Jane Kingsleys Auto. Und was ist dabei rausgekommen? Absolut nichts. Wir haben einen Absatzabdruck auf einer Böschung, der von einem Damenschuh stammen könnte oder auch nicht, und wir könnten behaupten, daß die Blutflecken auf Miss Kingsleys Kleidern, die leider nach dem Unfall vom Krankenhaus vernichtet wurden, teilweise von Leo Wallader oder Meg Harris stammen könnten.« Er legte eine Pause ein, um nach Luft zu schnappen. »Das ist nicht viel, zugegeben, aber dafür haben wir einen Haufen Indizien, die alle in eine Richtung deuten, und nur in eine. Auf die Frau nämlich, die Motiv und Gelegenheit hatte. Ich schlage vor, wir halten uns daran und bringen sie endlich dazu, den Mund aufzumachen.«

»Dann erklären Sie mir, wieso zwar auf ihren Kleidern Blut ist, aber keines in ihrem Auto«, entgegnete Cheever. »Bob Clarke und seine Leute haben den Wagen auseinandergenommen, und nirgends war auch nur der kleinste Spritzer. Nicht einmal von ihrem eigenen Blut.«

»Sie hatte eine Jacke an, als sie gefunden wurde. Die hat sie über ihre blutigen Kleider gezogen, als sie ins Auto eingestiegen ist.«

»Das ist Phantasie, aber kein Beweis. Erklären Sie, wie der Vorschlaghammer am Montag abend auf das Gelände der Nightingale-Klinik gekommen ist.«

»Das war nichts als Theater, vorbereitet von dem liebenden Vater. Hilf mir aus der Patsche, Daddy, und Daddy tut's. Ein vorgetäuschter Überfall auf Dr. Protheroe mit einem unbefleckten Vorschlaghammer, und alles deutet darauf, daß ein Außenseiter die Hand im Spiel hat.«

Cheever nickte Fraser zu. »Jetzt Sie«, sagte er kurz.

Hundertmal hatten sie sich in diesem Kreis bereits gedreht, und mit einem Seufzer begann Fraser von neuem. »Okay, der Inspector ist der Ansicht, daß sie die Ereignisse manipuliert, weil sie schuldig ist. Ich glaube, sie manipuliert sie, weil sie unschuldig ist und Angst hat. Ich vermute, daß Wallader sie am Montag abend, dem dreißigsten Mai, verlassen hat, um bei Meg Harris einzuziehen, und ich vermute weiter, daß es sie völlig kaltgelassen hat, ihn zu verlieren. Was ihr Sorgen gemacht hat, war, wie ihr Vater darauf reagieren würde. Ich glaube, sie hatte Todesangst vor ihm, weil sie wie ihre Brüder glaubte, daß er Landy hatte ermorden lassen. Aber niemand konnte es beweisen, darum tat sie ihr Bestes, ihn auf Distanz zu halten und aus ihrem Leben auszuschließen. Aber damit hat sie nur erreicht, daß seine ziemlich sonderbare Fixierung auf sie sich noch steigerte. Dean Jarrett hat mir erzählt, er hätte immer dagesessen und sie angestarrt, als könnte er nicht glauben, daß sie wirklich seine Tochter sei. Ich vermute, diese seltsame Art wirkte so bedrohlich auf sie, daß sie Leo Wallader und Meg Harris überredete, sich auf unbestimmte Zeit nach

Frankreich abzusetzen, für den Fall, daß ihr Vater auf die Nachricht von Walladers Sinneswandel heftig reagieren sollte.«

Cheever zeichnete einen Cupido auf den Block, den er vor sich hatte, und durchbohrte sein Herz mit einem Pfeil. »Nur wäre der ideale Zeitpunkt für ihre Abreise der vierte Juni gewesen, der Tag, an dem Jane Kingsley nach Hellingdon Hall gefahren ist, um ihre Eltern zu besuchen. Warum haben sie bis zum folgenden Wochenende gewartet?«

»Weil sie Jane Kingsleys Angst nicht geteilt haben. Für die beiden stand fest, daß Russell Landy von einem Einbrecher umgebracht worden war.« Er warf einen Blick auf Maddocks und sah sein sardonisches Lächeln. »Wir sprechen hier von zwei sehr egozentrischen Persönlichkeiten, so wurden sie uns von ihren Familien geschildert. Ich, ich, ich, immer nur ich. Für Wallader war das Wichtigste Geld und Besitz; für Meg Harris Geld und sexuelle Freizügigkeit. Glauben Sie im Ernst, einer von diesen beiden hätte sich über den Tod von Miss Kingsleys Ehemann längere Zeit Gedanken gemacht? Meg Harris war wahrscheinlich eine Zeitlang recht erschüttert, aber soweit ich mich erinnere, steht in ihrem Tagebuch, daß sie noch nicht einmal einen Monat später schon das nächste Verhältnis angefangen hat, und es gibt keinen Hinweis darauf, daß Wallader Russell Landy überhaupt kannte. Ich bin überzeugt, wenn die beiden überhaupt einen Gedanken an Landy verschwendeten, dann haben sie ihn sicher nur als Opfer eines Einbruchs gesehen, bei dem was schiefgelaufen war.« Er fuhr fort. »Der einzige Mensch, den der Tod dieses unglückseligen Mannes nicht losließ, war seine Witwe, aber selbst sie ist mit der Zeit darüber hinweggekommen. Sie hat sich sehr zurückgezogen, mehr als die meisten, aber sie hat sich ein eigenes Leben aufgebaut, ohne die Hilfe ihres Vaters, den sie im Verdacht hat, ein Mörder zu sein, und am Ende hat sie es geschafft. Da fängt plötzlich der ganze Alptraum wieder von vorn an. Sie macht wieder Heiratspläne, nur um festzustellen, daß Leo Wallader nicht anders ist, als Russell Landy war, und daß sie wieder im Begriff ist, einen Fehler zu machen.« Jetzt war er es, der Maddocks mit seinen drei gescheiterten Ehen maliziös anlächelte. »Was ja wirklich nicht so ungewöhnlich ist. Die Menschen haben eine Tendenz, sich jedesmal zu demselben Typ hingezogen zu fühlen. Das Ungewöhnliche ist, daß ihre erste Ehe mit Mord statt Scheidung endete, und Meg Harris mit beiden Männern intim war.«

»Also dreht sie durch und tötet zum zweitenmal«, sagte Maddocks.

»Sie haben noch nicht erklärt, warum die beiden nicht am vierten Juni abgereist sind«, erinnerte Cheever Fraser verdrossen.

»Weil sie erst am elften losfahren konnten, Sir. Meg Harris hatte eine Firma, die sie über Wasser halten mußte, und Wallader mußte sich um seine Anlagegeschäfte kümmern. Der elfte war der früheste Tag für eine Abreise.«

»Das sind doch wieder nur Vermutungen.«

»Ja, aber sie sind logisch. Schauen Sie doch mal, Jane Kingsley ist insgeheim überzeugt – wahrscheinlich aufgrund des Psychogramms, das die Polizei erstellen ließ –, daß ihr Vater ihren Mann ermorden ließ. Sie vermutet vielleicht sogar, daß er von der Affäre Landys mit Meg Harris wußte, das hätte ihm jedenfalls ein Motiv gegeben. Aber als sie Meg Harris und Wallader zu überzeugen versucht, sind die beiden höchst skeptisch. Immerhin veranlaßt sie ihr schlechtes Gewissen Jane Kingsley gegenüber, auf deren Vorschläge einzugehen. Sie sind einverstanden, ihre Pläne bis unmittelbar vor ihrer Abreise nach Frankreich zu verheimlichen – und wahrscheinlich paßte ihnen das sowieso, weil sie wissen, daß man sie erst einmal von allen Seiten kritisieren wird, wenn die Neuigkeit bekannt wird. Unterdessen steht Jane Kingsley der Besuch bei ihren Eltern in Hampshire bevor. Sie weiß, wenn sie nicht fährt, wird es Fragen geben. Wenn sie aber fährt, muß sie so tun, als seien die Hochzeitspläne noch aktuell. Also tut sie so. Am Freitag kehrt sie nach London zurück. Das ist der Tag des angeblichen Streits mit Wallader und seiner Eröffnung, daß er beabsichtigt, Meg Harris zu heiraten. Am Samstag morgen erledigen alle drei ihre Telefongespräche, danach wollen Meg Harris und Leo Wallader verschwinden.« Er hielt kurz inne. »So sah jedenfalls der ursprüngliche Plan aus.«

»Aber dann setzt Josh Hennessey Meg Harris mit Vorwürfen so stark zu, daß die beiden ihre Abreise auf den Montag verschieben«, sagte Cheever, während er einen zweiten Pfeil durch das Herz des Cupidos trieb. »Was wiederum Jane Kingsley veranlaßt, am Samstag abend bei ihnen aufzukreuzen und zu fragen, wieso sie immer noch hier sind.«

»Das ist genauso plausibel wie die Theorie von Inspector Maddocks, Sir.«

»Was ist mit der Geschichte in ihrer Garage am Sonntag?« fragte Maddocks scharf. »Wie paßt die da rein?«

»Wie paßt sie in *Ihre* Theorie?« konterte Fraser.

»Es war Theater, genau wie der zweite Selbstmordversuch. Alles nur, um sich die Anteilnahme ihres Vaters zu sichern.«

»Bei allem Respekt, Chef, das ist Blödsinn«, gab Fraser zurück. »Wie Colonel Clancey gesagt hat, wenn es ihre Absicht gewesen wäre, einen Selbstmordversuch vorzutäuschen, hätte sie Rotz und Wasser geheult, als er und seine Frau sie gerettet haben. Außerdem hat sie sich seither die größte Mühe gegeben, uns davon zu überzeugen, daß sie nicht der Typ ist, der Selbstmord als Lösung sehen würde. Nein, das paßt nicht zusammen. Und noch etwas. Sie reden dauernd von der Anteilnahme und dem Schutz, den sie von ihrem Vater haben wollte. Können Sie mir vielleicht mal sagen, wo, zum Teufel, ihr Vater geblieben ist? Er hat sie nicht mal besucht. Er ist weit mehr daran interessiert, seine Firma zu retten.«

»Er zahlt einem korrupten Quacksalber vierhundert Pfund am

Tag dafür, daß er sie die Frau ohne Gedächtnis spielen läßt. Ich sag Ihnen eins, wenn wir die Frau zur Vernehmung hierherbekämen, würde sie im Nu alles ausspucken.«

Cheever hörte sich diesen hitzigen Austausch übellaunig an. »Ich fahre jetzt nach Hause«, sagte er abrupt. »Wir machen jetzt erst mal Schluß und schlafen drüber.« Er machte Anstalten, sein Jackett von der Rückenlehne des Sessels zu nehmen, hielt dann jedoch inne. »Wieso hat sie den Kollegen in Fordingbridge erzählt, das letzte, woran sie sich erinnern könne, sei der Abschied von Leo Wallader am vierten Juni, wenn er an dem Tag nicht mal bei ihr im Haus war?« fragte er Fraser scharf. »Und erzählen Sie mir jetzt nicht, daß sie die Ereignisse manipuliert hat, obwohl sie nicht mal richtig bei Bewußtsein war. Dann werde ich nämlich richtig sauer.«

»Nein, Sir, keine Sorge.« Er warf Maddocks, der höhnisch grinste, einen zornigen Blick zu. »Es gibt keinen Zweifel daran, daß sie eine schwere Gehirnerschütterung hatte, und es gibt auch keinen Zweifel daran, daß sie glaubte, der Unfall sei am vierten geschehen. Ich bin überzeugt, daß ihre Amnesie bis zu diesem Grad echt war. Ist es vielleicht sogar immer noch. Aber ich hab ein bißchen nachgelesen, und ich vermute, diese Geschichte ist das, was man Konfabulation nennt. Mit anderen Worten, sie hat sie sich ausgedacht. Es war die Geschichte, die sie ihrem Vater am vierten, bei ihrer Ankunft in Hellingdon Hall erzählen wollte. Sie hat sie wahrscheinlich auf der ganzen Fahrt geübt und dann überzeugend vorgetragen. Leo geht's gut. Er hat noch beim Frühstück gesessen, als ich mich von ihm verabschiedete habe. Er läßt euch grüßen. Die Tatsache, daß das alles nicht stimmte, hat keine Bedeutung. Die Geschichte blieb ihr als etwas, das tatsächlich geschehen war, im Gedächtnis.«

»Also ist ihr Vater der Mörder?«

»Es ist eine Möglichkeit, Sir.«

Cheever stand auf und schlüpfte in sein Jackett. »In einer Hinsicht haben Sie recht, Sergeant«, stellte er beißend fest. »Das hier ist eine exakte Kopie des Falls Landy. Die beiden Verdächtigen sind dieselben, und es ist höchst unwahrscheinlich, daß wir einen von beiden vor Gericht bringen, wenn wir nicht zusätzliches Beweismaterial finden.«

Donnerstag, 30. Juni,
Hawtree Estate, Winchester – 3 Uhr 30

Die gellenden Schreie des Mädchens zerrissen die Stille wie seit zwei Wochen jede Nacht. In der Küche begann Rex zu bellen. »CINDY!« rief ihre Mutter, während sie schon ihren Morgenrock überzog, um über den Flur zu laufen und die Tür zum Zimmer ihrer Tochter aufzustoßen. »Jetzt reicht's mir wirklich!« Sie packte das kleine Mädchen und schüttelte es wütend. »Entweder du sagst mir jetzt endlich, was los ist, oder ich geh mit dir zum Arzt. Hörst du mich? HÖRST – DU – MICH? Ich halt das nicht mehr aus.«

Nightingale-Klinik, Salisbury – 6 Uhr 30

Alan Protheroe hatte in dieser Nacht schlecht geschlafen. Um sechs Uhr gab er den Kampf schließlich auf, wälzte sich stöhnend aus dem Bett, kleidete sich an und ging hinaus, um auf dem Klinikgelände eine Runde zu joggen. In der Nacht hatte es geregnet, und das Gras unter seinen Füßen war durchweicht. Wasser trat durch den Stoff seiner Tennisschuhe, die Wunden, die winzige Glassplitter in seinem Gesicht hinterlassen hatten, brannten, und seine Schulter tat bei jedem Schritt weh. *Was, zum Teufel, mach ich da?* Jogging war etwas für Masochisten, nicht für zynische Ärzte mittleren Alters, die wußten, daß der Tod so willkürlich und unfair war wie die Gesundheitspolitik der Regierung.

Mit dem Gefühl der Erleichterung, das sich einstellt, wenn man eine Entscheidung getroffen hat, trottete er zu einer Bank auf der Terrasse und setzte sich, um die dunstverhangene Landschaft zu betrachten. Weit weg, jenseits des Klinikgeländes, erhoben sich bläulich schimmernd niedrige Hügel vor dem blassen Sommerhimmel. Näher ragte der majestätische Turm der herrlichen Kathedrale von Salisbury über den vielfältigen Grüntönen der Baumwipfel in die Höhe. Er betrachtete ihn wie immer mit müdem Pessimismus. Vielleicht würde er die schrecklichen Übergriffe des Menschen und seiner Maschinen überleben, aber er bezweifelte es.

»Sie sehen sehr nachdenklich aus«, sagte Jinx, als sie sich neben ihn setzte.

Sie war ganz schwarz gekleidet, auf dem Kopf eine dunkle Wollmütze, die sie tief in die Stirn gezogen hatte. Er musterte einen Moment ihre nassen Schuhe, ehe er mit dem Kopf zum Kirchturm wies. »Ich habe gerade über das Vernichtungspotential des Menschen nachgedacht«, sagte er, »und mich gefragt, ob er, wenn es dazu kommt, was bestimmt geschehen wird, zuerst sich selbst oder seine Kunstwerke zerstören wird.«

»Ich denke, das ist ziemlich gleichgültig«, antwortete sie, mit den Augen seinem Blick folgend. »Die Natur wird alles in Besitz nehmen, was wir hinterlassen, da werden unsere Kunstwerke sowieso aufhören zu existieren, ob wir sie nun zerstören oder nicht.«

»Ziemlich deprimierend, nicht wahr?«

Sie lachte. »Es wird nicht geschehen, wenn der Mensch lernt, im Rahmen seiner Verhältnisse zu leben, und wenn er das nicht lernt, dann hat er seinen Platz auf diesem Planeten sowieso nicht verdient. Ich hänge nicht an der Menschheit als Gattung. Insgesamt, glaube ich, gehören wir zu den unangenehmeren Nebenprodukten der natürlichen Auslese.« Sie wies auf die Bäume rund um den Park. »Die tun nur Gutes. Wir richten nur Schaden an.«

»Sie haben keine Wahl«, entgegnete Alan.

»Ja«, antwortete sie langsam. »Der freie Wille ist schon eine Zumutung, nicht?«

Eine Weile saßen sie schweigend nebeneinander.

»Hübsche Mütze«, bemerkte Alan schließlich.

»Matthew hat sie mir geliehen, damit mein Kopf warm ist.«

Er beschloß, sie nicht zu fragen, ob sie sie auch am Montag abend getragen hatte. »Wo waren Sie?« sagte er statt dessen.

»Spazieren.«

»Sie sind sehr mutig. Wenn man Matthew glauben kann, wimmelt es hier von Möchtegernmördern. Ich kann mir nicht vorstellen, daß er Sie nicht auf diese Bedrohung aufmerksam gemacht hat, wo er sich doch solche Mühe gegeben hat, mich davor zu warnen.«

Sie nickte. »Hat er Ihnen auch von dem Fuchs in der Falle erzählt, der sich das eigene Bein abgebissen hat, um zu entkommen?«

»Nein.«

»Er ist vor Angst gestorben. Ich möchte nicht vor Angst sterben.«

»Und da sind Sie spazierengegangen, um zu beweisen, daß Sie keine Angst haben.«

»Richtig.« Sie warf ihm einen raschen Blick zu, ehe sie sich wieder der Betrachtung des Turms der Kathedrale zuwandte. »Aber ich konnte sowieso nicht schlafen. Matthews Wanne war nicht sehr bequem.«

»Das sind Wannen selten«, gab er zurück. »Hat es einen bestimmten Grund, daß Sie versucht haben, in Matthews Badewanne zu schlafen?«

»Aber natürlich. Ich habe nicht die Gewohnheit, irgend etwas ohne Grund zu tun.«

»Und sagen Sie mir den Grund?«

»Seine Badezimmertür kann man abschließen.«

»Aha.«

Wieder Schweigen.

»Und wo war Matthew?«

»Wahrscheinlich in meinem Badezimmer, es sei denn, er war mutig genug, in meinem Bett zu schlafen.«

Er wartete. »Erklären Sie mir das«, sagte er schließlich, »oder soll ich hier weiter mein übermüdetes Hirn zermartern?«

»Ich bin sein Ersatzfuchs. Er ist in den letzten Tagen ziemlich tyrannisch geworden, und ich mache den Existentialismus dafür verantwortlich. Er bildet sich ein, Verantwortung zu übernehmen heiße, Kontrolle auszuüben.« Sie drehte den Kopf, um ihn anzusehen, und ihr leises Lachen fächelte die Härchen auf seiner Wange.

O Gott, dachte er, *denk an Eiskompressen, Protheroe. Sie ist eine Patientin, Herrgott noch mal.*

Stoney-Bassett-Flugfeld, New Forest, Hampshire – 7 Uhr 30

Der Motor brüllte, als der Wagen, der seit Morgengrauen an derselben Stelle gestanden hatte, mit Vollgas über den Asphalt raste und an dem Betonpfeiler zerschellte. Es gab keine Überlebenden. Und diesmal kam kein Liebespaar vorbei, um eine wundersame Rettung zu bewirken. Der Wagen ging praktisch beim Aufprall in Flammen auf, wahrscheinlich weil er vollbeladen war mit offenen Benzinkanistern, und als ein vorüberkommender Autofahrer die Rauchsäule sah und die Feuerwehr benachrichtigte, war der einzige Insasse – der Fahrer – schon tot.

Polizeirevier Romsey Road, Winchester – 9 Uhr

»Sie sollten das mal lesen«, sagte Cheever und schob mit der Spitze seines Kugelschreibers ein Protokoll über seinen Schreibtisch. »Heute morgen um vier Uhr sind hier eine Mrs. Hanscombe und ihre Tochter Cindy aufgekreuzt, weil Cindy sich endlich das Herz ausschütten mußte. Offenbar hat sie seit zwei Wochen jede Nacht Alpträume, und die Mutter war wohl der Meinung, je früher sie sich von ihrer Last befreit, desto eher würde die Familie nachts wieder ruhig schlafen können.«

> Es war am Dienstag, dem vierzehnten Juni. Ich und Bobby Franklyn haben die Leichen gefunden, nachdem wir es im Wald getan hatten. Ich bin von Bobby weggelaufen und so eine Böschung runtergerutscht. Ich hatte furchtbare Angst. Rex, mein Hund, hatte unten im Graben gebuddelt, und da hab ich einen Toten gesehen. Ich glaube, es war ein Mann. Bobby sagte, er würde mich gleich mit dazulegen, wenn ich auch nur ein Wort verrate, aber ich halte es jetzt nicht mehr aus. Ich träume dauernd, daß der Mann mich holt. Nein, ich wußte nicht, daß der Graben dort war. Ich hab oben meinen Absatz eingestemmt, um nicht hinunterzurutschen. Ich hatte Angst, daß Bobby mich unten fangen würde. Ich hasse Bobby Franklyn. Er ist eine riesengroße Flasche in allem. Ich bin zwölf Jahre alt. Ja, das weiß er.
>
> Unterschrieben. *Cindy Hanscombe*
>
> Unterschrift der Eltern: *P. Hanscombe*

Maddocks las langsam. »Und was heißt das?« fragte er.

»Das heißt, daß wir noch mal von vorne anfangen«, antwortete Cheever. »Ich möchte, daß der ganze Wald von Ardingly noch einmal durchsucht wird, und ich möchte, daß alles Wasser im Umkreis von einer Meile mit Schleppnetzen abgesucht wird. Ich möchte außerdem, daß die Aussagen sämtlicher Leute, die am dreizehnten Juni in dieser Gegend etwas gesehen haben, nochmals überprüft werden und, wenn nötig, gehen wir noch einmal von Tür zu Tür, um zu sehen, ob nicht doch noch jemandem etwas einfällt. Irgendwo da draußen liegen ein Vorschlaghammer und blutige Kleidung herum, und ich möchte, daß das Zeug gefunden wird.«

»Was ist mit den Kingsleys, Sir?«

Cheever wies mit dem Kopf zur Tür. »Sie haben mich gehört, Inspector. Wir fangen noch mal von vorn an, und diesmal machen wir's richtig.«

Polizeirevier Canning Road, Salisbury – 10 Uhr 30

»Flossie behauptet steif und fest, daß auf der Scheibe am Schlüsselbund des Emblem von Franchise Holdings war«, erklärte Blake. »Sie sagt, sie sei mit der Scheibe, die Miles bei sich hatte, identisch.«

»Sie hat auch gesagt, Miles wäre der Mann, der sie überfallen hat«, erinnerte sie der Sergeant. »Sie ist wohl kaum eine sehr zuverlässige Zeugin.«

»Gut, aber sie läßt sich nicht davon abbringen, daß die beiden Männer große Ähnlichkeit miteinander haben, und daran muß etwas Wahres sein, sonst hätten sie und Samantha mich ausgelacht, als ich ihnen das Foto gezeigt habe.«

»Worauf wollen Sie hinaus, Blake?«

»Es muß eine Verbindung zu Franchise Holdings bestehen, weshalb hätte der Kerl sonst diesen Schlüsselring gehabt?«

»Jetzt hören Sie aber auf! Er kann mit jemandem verheiratet sein, der dort arbeitet. Er hat ihn aus Anlaß einer Beförderung geschenkt bekommen. Er hat ihn auf der Straße gefunden. Das ist eine Riesenorganisation, Blake. Wenn Sie da mit Vernehmungen anfangen wollen, brauchen Sie bis ins einundzwanzigste Jahrhundert.«

»Nicht unbedingt. Ich hab mir vorgenommen, ich mache einen Versuch, und wenn der nichts bringt, gebe ich auf.«

Er sah sie argwöhnisch an. »Jane Kingsley, nehme ich an.«

»Sie sitzt praktisch vor unserer Tür, Sergeant. Wir wären dumm, wenn wir diese Gelegenheit nicht nutzen würden.«

Nightingale-Klinik, Salisbury – 11 Uhr 30

Jinx stand am Fenster, als Blake an die offene Tür klopfte und sie aufstieß. »Ich habe Sie kommen sehen«, sagte sie, ohne sich herumzudrehen. »Ich dachte, die Sache mit Miles sei geklärt.«

»Das stimmt, jedenfalls was mich betrifft. Ich kann allerdings nicht für meine Kollegen sprechen«, antwortete Blake aufrichtig. »Er wird wahrscheinlich aufgrund der Informationen, die Ihr Vater uns geliefert hat, wegen illegalen Glücksspiels und Drogenbesitzes belangt werden.«

Jinx drehte sich herum. »Das heißt wohl, daß man Ihnen Namen und Adressen aller Personen gegeben hat, mit denen Miles in den letzten vier Wochen Kontakt hatte?«

Blake nickte. »Das ist richtig. Heute morgen hat uns auf unsere Bitte ein Mr. Paul Deacon besucht und uns Kopien aller Unterlagen gebracht, die er hatte, einschließlich Fotografien.«

»Fergus steckt also auch mit drin?«

Blake nickte.

Jinx lächelte ohne Heiterkeit. »Ich hätte es erwarten müssen. Eine solche Gelegenheit, sich die Blutsauger vom Hals zu schaffen, läßt mein Vater sich nicht entgehen.« Sie ließ sich in einen Sessel fallen und zündete sich eine Zigarette an. Dann bot sie der Polizeibeamtin die Packung an. »Rauchen Sie?«

»Nein, danke.« Blake setzte sich in den anderen Sessel. »Es geht mich wahrscheinlich nichts an, Miss Kingsley, aber ein Strafverfahren ist nicht immer eine schlechte Sache. Es kommt ganz auf Ihre Brüder an. Es ist vielleicht genau der Schock, den sie brauchen, um sich am Riemen zu reißen.«

Jinx seufzte. »Sie verschwenden Ihre Zeit, wenn Sie hergekommen sind, um mit mir über Miles und Fergus zu sprechen. Ich weiß wirklich nichts darüber, was sie getan haben, und ich möchte es auch nicht wissen. Soweit es mich betrifft, ist das Kapitel abgeschlossen.« *Du bist nicht soviel anders als Dad ... soweit es Adam betrifft, hat Russell nie existiert... es ist ein abgeschlossenes Kapitel...*

»Deswegen bin ich nicht hier. Der Fall liegt jetzt in anderen Händen, ich habe nichts damit zu tun.« Sie nahm eine Fotografie des Schlüsselrings mit der schwarzen Scheibe aus ihrer Handtasche und zeigte es Jinx. »Wissen Sie, was das ist?«

»Ja.«

»Würden Sie es mir sagen?«

»Sie wissen doch selbst genau, was das ist. Es ist Miles' Schlüsselring. Sie haben ihn ihm gestern abgenommen.«

»Woher wissen Sie, daß es der von Miles ist?«

Jinx berührte einen Punkt auf der schwarzen Scheibe, die die Fotografie zeigte. »Die Brillanten sind an unterschiedlichen Stellen. So halten wir sie auseinander. Die Idee stammt von meiner Stiefmutter. Stellen Sie sich die Scheibe als das Zifferblatt einer Uhr vor. Wenn die Buchstaben des Emblems richtig stehen, dann steht Adams Brillant auf zwei Uhr, meiner auf vier Uhr, Bettys auf sechs Uhr, Miles' auf acht Uhr und Fergus' auf zehn Uhr. Das ist der Schlüsselring, den Sie Miles gestern abgenommen haben.«

Blake konnte ihre Überraschung nicht verbergen. »Wir dachten, das wäre nur ein Glassplitter. Die müssen ja dann sehr wertvoll sein.«

Jinx lächelte. »Ich glaube, jeder hat ungefähr dreitausend Pfund gekostet. Die Scheibe ist aus Achat, die Buchstaben und die Umrandung sind Gold. Meine Stiefmutter hat sie vor zwei Jahren bei einem Juwelier in London bestellt. Zu ihrem fünfundzwanzigsten Hochzeitstag. Sie sagte damals, das wäre ein Anlaß, den wir alle feiern müßten.« Das Lächeln wurde leicht ironisch. »Es war ein netter Gedanke, bis mein Vater die Rechnung bekommen hat. Da war dann die Hölle los.«

»Vermutlich gibt es eine billigere Plastikversion, die die Angestellten Ihres Vaters benutzen?«

»Das kann sein. Ich habe allerdings nie eine gesehen. Betty hat mir immer erzählt, sie hätte sich das selbst ausgedacht. Sie wollte etwas Einzigartiges für uns fünf.« Sie runzelte plötzlich die Stirn. »Warum interessiert Sie das eigentlich?«

Blake überlegte einen Moment. »Ach was, zum Teufel«, sagte sie dann. »Vermutlich hat Flossie wieder nicht richtig hingeschaut.« Sie seufzte. »Einer der Gründe, weshalb wir glauben, Ihr Bruder hätte mit dem Überfall auf Flossie Hale zu tun, war, daß sie sagte, der Mann hätte einen Schlüsselring wie diesen bei sich gehabt. Sie hat sich daran erinnert, weil die Initialen die gleichen waren wie ihre eigenen, und als wir ihr das Franchise Holdings Emblem gezeigt haben, hat sie es sofort identifiziert. Als wir ihr dann ein Foto von Ihren beiden Brüdern zeigten, hat sie auf Miles getippt. Es ist klar, daß sie da einen Fehler gemacht hat, aber sie hat heute morgen noch einmal mit aller Bestimmtheit erklärt, daß der Mann diesen Schlüsselring bei sich gehabt habe, oder einen, der genauso aussieht.« Sie zuckte mit den Achseln. »Tut mir leid. Ich wollte Ihnen wirklich nicht die Zeit stehlen.«

»Haben Sie das schon publik gemacht?« fragte Jinx kühl, als sei es ihr gleichgültig, wie die Antwort ausfallen würde.

»Das mit dem Schlüsselring, meinen Sie? Nein. Die ganze Untersuchung ist sehr zurückhaltend geführt worden, weil die Prostituierten nicht reden wollten.«

»Wie stehen die Chancen, daß dieser Mann den Schlüsselring noch bei sich hat?«

»Ziemlich gut, schätze ich.«

Jinx machte plötzlich die Augen zu, und Blake glaubte, Tränen an den Wimpern zu sehen. »Ich habe meinen verschenkt«, sagte sie sehr leise. »Ich fand, es gäbe nichts zu feiern, nachdem mein Vater so wütend geworden war. Außerdem hat er die Schlüsselringe bezahlt, und ich habe mir schon vor langer Zeit geschworen, nie wieder etwas von ihm anzunehmen.« Sie drückte kurz ihre Fingerspitzen auf ihre Augenlider, ehe sie die Augen wieder öffnete, um die junge Polizeibeamtin anzusehen. »Die Ironie dabei ist, als ich ihn verschenkt habe, habe ich noch gesagt, ich hoffe, er bringt dir Glück.« Sie fuhr sich mit der Zunge über ihre trocknen Lippen. »Aber ich glaube, das Glück ist bei mir geblieben.«

»Wem haben Sie den Schlüsselring geschenkt, Miss Kingsley?«

»Einem Pfarrer. Er ist Anglokatholik, und er sagte damals, das ›F‹ könnte für *Father* stehen. Father Harris. Er ist Geistlicher in einem Dorf namens Frampton. Er sieht besser aus als Miles«, sagte sie mit gepreßter Stimme, »aber sie sind einander nicht unähnlich. Simon ist schmaler und nicht so dunkel. Sogar seine Schwester hat die beiden einmal miteinander verwechselt, Sie dürfen es also den beiden Frauen nicht übelnehmen, wenn sie sich getäuscht haben.«

Blake hörte das Zittern in ihrer Stimme. »Ist die Schwester Meg Harris? Ihre Freundin, die ermordet wurde?«

»Ja.«

»Hatte dieser Simon damit etwas zu tun?«

Jinx' Augen wurden sehr dunkel. »Ich glaube, ich muß mich übergeben«, sagte sie. »Entschuldigen Sie.«

Blake zog hastig die Füße weg, als Jinx sich erbrach.

Das Pfarrhaus, Frampton, Hampshire – 12 Uhr 25

Blake hielt neben dem anderen Polizeifahrzeug an und schaltete den Motor ab. »Was ist denn hier los?« rief sie einem uniformierten Beamten zu, der an der Haustür stand. »Ist der Pfarrer da drinnen?«

»Soviel ich weiß, nicht.«

»Wissen Sie, wo er ist?«

»Das letzte, was ich gehört hab, war, daß er auf dem Stoney-Bassett-Flugfeld wie ein Schweinebraten zum Himmel gestunken hat.«

An alle, die es angeht:

Ich glaube nicht an Gott, aber ich habe jeden Sonntag mit der Hostie in meiner Hand in der Kirche gestanden und im Namen anderer Glauben bekundet. Ich frage mich manchmal, ob es anders gewesen wäre, wenn ich geglaubt hätte, aber ich denke, nicht. Wenn Gott existiert, hatte er keine Macht zu ändern, was er mir bestimmt hatte, nämlich Megs Bruder sein zu müssen. Es gibt keine größere Qual, als eine Frau zu lieben, die man nicht haben darf.

Die Leute werden sagen, daß ich wahnsinnig bin. Vielleicht bin ich es. Doch es ist ein seltsamer Wahnsinn, der den Handlungen, von denen Menschen sagen, sie seien böse, Sinn verleiht, und jenen, die sie vergeben, Verwirrung bringt. Man sagt, ich sei ein guter Priester, und doch stehe ich in schwarzer Nacht vor dem Altar, der Gottes Fleisch und Blut geweiht ist, und sehe nur klar, wenn ich das Fleisch und Blut eines Menschen warm unter meinen Händen spüre. Dann verstehe ich, daß Opfer notwendig sind, wenn die dunklen Zimmer des Geistes gereinigt werden sollen, denn dann gewinnt das Ziel die Oberhand, und was ich tue, wird unausweichlich. Ich lebe. Ich sehe die Wahrheit.

Es beginnt wieder VERWIRRUNG

Meg wurde eine HURE, *aber ich wußte, warum, und habe ihr verziehen. Sie sagte, besser eine großzügige Hure als eine gehässige Ehefrau. Sie war offen und ehrlich und hat nichts vor mir verborgen. Es gab keine* Liebe, *nur körperliche Befriedigung und Erregung, bis*

HEIMLICHKEITEN

schreckliche Ungewißheit wo ist Gott Gott schläft aber Russell nicht. Russell lacht, und sein Lachen bricht in meinen Kopf ein, zertrümmert mein Gehirn zertrümmert zertrümmert Meg liebt

russell simon haßt Gott

Sich erinnern ist schmerzhaft. Ich verstehe, warum Jinx es vorzieht zu vergessen. Ich habe Jinx immer gehaßt. Sie hat Meg eifersüchtig gemacht. Was haben Leo und Russell meiner Schwester bedeutet, bis Jinx sie beide begehrenswert machte? Nichts. Kleine Menschen von geringem Wert, ohne Jinx' Einfluß. Sie hat sie in Götter verwandelt und zu Meg zurückgeschickt. Wo Jinx ist, ist immer

Heimlichkeit & BOSHEIT *ohne Jinx' ist Meg eine ehrliche Hure*

Wieder *Verwirrung*. *Grauenhaft, schrecklich Gefahr Gefahr* *Gefahr* *vergessen vergessen Huren junge Huren alte Huren du bist böse wo ist meine Haarbürste du ungezogener Junge klatsch klatsch ich hoffe, das tut weh sieh deine Schwester ja nie wieder so an du böser*

böser böser

Gott *der vater hat simon* BÖSE *gemacht*

Wo sind sie? Nicht in Hammersmith. Die Vögel sind ausgeflogen, weil Jinx sie fortgetrieben hat, *es war ein* GEHEIMNIS, *aber simon hat Jinx gezwungen es zu sagen.*

töten töten töten *keine* WAFFE

Gott liebt Jinx *Wunder für sie, nicht für simon*

Sie ist GERETTET

Sie folgt simon zu leos haus und simon sagt gottes wille geschehe amen

Aber warum rettet Gott Jinx? Dreimal wollte simon sie töten und dreimal hat Gott sie gerettet. Meg oder Leo hat er nicht gerettet. Sie wollten sich selbst retten mit

Lügen

Du willst doch nicht, daß die Katze stirbt, Simon *du liebst die Katze* *laß mich nach Hammersmith fahren und die Katze füttern* *laß die Katze am Leben* *die Katze ist eingesperrt*

sie meint Leo *Leo ist eingesperrt in Simons Kofferraum* *schon tot*

wie Jinx eingesperrt in einen Kasten in Chelsea, lebendig begraben in ihrem Sarg, tot *wenn Meg nicht gehorcht*

Keiner sieht und keiner hört *sie bettelt um ihr Leben* *zu spät zu* *spät*

Bitte SIMON *bitte bitte simon* *simon sagt*

NEIN

vergessen vergessen vergessen vergessen vergessen
vergessen vergessen vergessen vergessen

simon sagt es tut mir leid

Epilog

Freitag, 1. Juli,
Nightingale-Klinik, Salisbury – 11 Uhr

Superintendent Cheever und Sergeant Fraser warteten schweigend, während Jinx den Brief las, den Simon Harris auf seinem Schreibtisch zurückgelassen hatte, ehe er aufgebrochen war, um seinem Leben ein Ende zu machen. Es war ein erschreckendes Dokument, nicht am wenigsten deshalb, weil die Krankheit, die es offenbarte, nirgends sonst in diesem Haus ein Echo hatte, außer vielleicht in der Soutane, die, obwohl sie gereinigt worden war, noch immer Spuren des Blutes trug, das ihre Vorderseite befleckt hatte. Trotz dieses Beweisstücks und des Briefes jedoch bestand über Simon Harris' Selbstmord beträchtliches Unbehagen, besonders hinsichtlich der offenen Benzinkanister, die seinen Wagen in einen Feuerball verwandelt und so jede Chance einer forensischen Analyse zerstört hatten, und der ungewöhnlichen Ordnung in seinem Leben, die in so krassem Gegensatz zu der augenscheinlichen Verwirrung seines Geistes stand.

Die Polizei hatte in Frampton nicht einen einzigen Angehörigen der Gemeinde aufgestöbert, der die mörderischen Neigungen seines Geistlichen auch nur halbwegs glaubhaft gefunden hätte. »Er war ein herzensguter Mensch.« – »Keine Mühe war ihm zuviel.« – »Pater Harris hätte keiner Fliege etwas zuleide getan.« – »Wir hatten noch nie einen Priester, der so hart gearbeitet hat.«

Es gab Indizien dafür, daß er von Sonntag mittag, 12. Juni, bis Dienstag morgen, 14. Juni, von der Pfarrei abwesend gewesen war, aber näherer Untersuchung hielten sie kaum stand. »Mir ist aufgefallen, daß Simons Wagen am Sonntag und am Montag abend nicht draußen gestanden hat«, sagte seine unmittelbare Nachbarin, »aber manchmal hat er ihn auch in die Garage gestellt. Vielleicht war er also dort. Ich kann mich nicht erinnern, ihn nach dem Morgengottesdienst gesehen zu haben, aber das war nichts Ungewöhnliches. Wir haben hier alle viel zu tun und keine Zeit, darauf zu achten, was der andere tut. Am Dienstag morgen war der Wagen auf jeden Fall da. Ich hatte ein Formular, das er unterschreiben mußte, und ich mußte um den Wagen herumgehen, um zur Haustür zu kommen. Nein, mir ist nichts Ungewöhnliches an ihm aufgefallen. Er war freundlich wie immer.«

Caroline Harris, fast vernichtet von den Katastrophen, die ihre Familie heimgesucht hatten, schwor, Simon sei Sonntag und Montag nacht bei ihr und ihrem Mann gewesen. Und auch am siebenundzwanzigsten Juni, als Alan Protheroe überfallen worden war, sei er, behauptete sie, bei ihnen gewesen. Doch als man später ihren Mann bat, diese Aussage zu bestätigen, schüttelte er den Kopf. »Nein«, sagte er leise, »das ist leider alles nicht wahr.«

Er hatte den Brief seines Sohnes gelesen, ohne irgendwelche Emotionen zu zeigen, und ihn Cheever mit der Bitte zurückgereicht, ihn seine Frau niemals sehen zu lassen. »Ich gebe mir die Schuld«, sagte er. »Ich hätte erkennen müssen, wie schädigend es für die Kinder war, in einem Haus aufzuwachsen, in dem der Geschlechtsakt als etwas Entwürdigendes und Ekelhaftes betrachtet wurde. In meinem Egoismus glaubte ich, nur ich sei betroffen, aber offensichtlich hat Meg ihn mit Liebe verwechselt und Simon mit Haß...«

Flossie Hale und Samantha Garrison waren zunächst unsicher, ob Simon der Mann sei, der sie so übel zugerichtet hatte. »Wissen Sie, er hatte damals keine Brille auf«, sagte Flossie, während sie das Foto des ernsten jungen Geistlichen betrachtete. »Und er hat besser ausgesehen.« Aber als man ihnen einen Schnappschuß eines jüngeren, lächelnden Simon ohne Brille und in sportlicher Kleidung zeigte, lösten sich die Zweifel. »Der kleine Lord!« rief Flossie triumphierend. »Und so anders als der erste, den ich rausgesucht hab, schaut er gar nicht aus. Die gleichen Augen. Die Unschuld ist es. O Gott, ich laß mich bestimmt nie wieder von so schönen blauen Augen einwickeln.«

Inspector Maddocks arbeitete mit der Londoner Polizei zusammen, um festzustellen, ob in den fünf Jahren, die Simon dort gearbeitet hatte, Londoner Prostituierte auf ähnliche Weise mißhandelt worden waren wie Flossie Hale und Samantha Garrison. Wenn es gelingen sollte, das über einen längeren Zeitraum nachzuweisen, würde das die Zweifel der Polizei an den dürftigen Hinweisen auf Simons Verwicklung in die Morde an Landy, Wallader und Meg Harris lindern. Denn, wie Maddocks zu Cheever sagte, nachdem er Simons Brief gelesen hatte: »Dem hat jemand die Scheiße aus dem Leib geprügelt, um ihn zu zwingen, das zu schreiben, Sir. Da sind überall Blutflecken drauf.«

Cheever wartete, bis Jinx den Brief senkte. »Wie Sie sehen, Miss Kingsley«, sagte er, »gibt es noch immer einige offene Fragen. Wir suchen immer noch nach der Waffe, aber in seinem Haus wurde eine Soutane gefunden, auf der Blutflecken zu sein scheinen. Es wird allerdings eine Weile dauern, ehe wir definitiv sagen können, ob das Blut von Meg Harris und Leo Wallader stammt. Aller Wahrscheinlichkeit nach hat er die Soutane ausgezogen, nachdem er Ihre beiden Freunde getötet hatte; das würde erklären, warum in der Umgebung kein Mensch jemanden gesehen hatte, der blutbefleckte Kleider anhatte. Wir glauben, daß er bei dem Mord an Ihrem Mann nach der gleichen Methode gehandelt hat, mit anderen Worten, seine Soutane überzog, um seine Kleider nicht blutig zu machen.« Sie sah, fand er, blasser und angespannter aus denn je, und die Hand, die den Brief hielt, zitterte stark. »Ich möchte Sie wirklich nicht weiter aufregen, aber wir wären dankbar für jede Einzelheit, die Sie uns angeben können.«

Sie sah Alan Protheroe hilflos an und nickte dann.

»Vielleicht könnten wir mit Samstag, dem elften Juni, beginnen, dem Tag, an dem Sie Ihren Vater angerufen haben, um ihm mitzuteilen, daß die Hochzeit nicht stattfinden würde. Erinnern Sie sich an den Tag, Miss Kingsley?«

»Ja, größtenteils.«

»Erinnern Sie sich, daß Sie gegen abend zu Miss Harris' Wohnung gefahren sind und zornig waren, als sie oder Leo Wallader Ihnen öffnete?«

Jinx nickte.

»Könnten Sie mir dazu etwas mehr sagen? Wir vermuten, sie hätten längst abgereist sein sollen. Wie kamen Sie auf den Gedanken, daß sie noch hier sein könnten? Was hat Sie veranlaßt hinzufahren?«

»Ich wollte Marmaduke holen und sie mit zu mir nach Hause nehmen«, antwortete sie. »Ich konnte es nicht fassen, als ich sah, daß Leos Wagen vor der Tür stand. Ich war total wütend.« Tränen schossen ihr in die Augen. »Ich hatte mir solche Umstände gemacht, und sie dachten, ich leide nur an Verfolgungswahn.«

»Sie hatten also einen Schlüssel zu Miss Harris' Wohnung?«

Sie schüttelte den Kopf. »Ich sollte die Katze bei der Nachbarin abholen. Aber ich konnte von draußen Leo im Wohnzimmer sehen. Da hab ich statt dessen an die Tür getrommelt und meine ganze Wut an ihnen ausgelassen.« Sie wischte sich die Augen. »Ich wollte jetzt, ich hätte es nicht getan. Es war das letzte Mal, daß ich unter normalen Umständen mit ihnen gesprochen habe. Und ich war so böse. Aber Sie müssen verstehen, ich wußte, daß sie in Gefahr waren. Ich hatte die ganze Zeit das Gefühl, daß etwas Furchtbares passieren würde.«

Cheever wartete einen Moment, um ihr Zeit zu geben, ihre Fassung wiederzugewinnen. »Was geschah dann?«

»Meg hat mir diese Jammergeschichte über Josh erzählt, und wie gemein sie sich ihm gegenüber verhalte. Sie sagte, es wäre meine Schuld, ich würde Russells Ermordung dazu benutzen, sie und Leo zu bestrafen und ihnen das Leben möglichst unangenehm zu machen. Wir hatten wirklich einen fürchterlichen Krach.« Sie sah auf ihre Hände hinunter. »Aber das ist ja jetzt nicht mehr wichtig. Ich habe die beiden schließlich dazu gebracht, bis Montag zu Leo nach Chelsea zu ziehen. Ich sagte, da wären sie wenigstens sicherer als in Hammersmith, weil ich dann die einzige sei, die wüßte, wo sie waren.«

»Und sind Sie nach Chelsea gefahren?«

»Ja.«

»Um welche Zeit war das?«

»Ich glaube, es war so gegen Mitternacht. Meg wollte ihre Wohnung unbedingt blitzsauber hinterlassen, für den Fall, daß Interessenten kommen sollten, um sie sich anzusehen.«

»Sie wollte die Wohnung also verkaufen?«

»Ja«, antwortete Jinx. »Ich wollte mich gleich nach ihrer Abreise mit einem Makler in Verbindung setzen. Es war Teil unserer Abmachung. Megs Firma brauchte eine kleine Finanzspritze, und ich hab ihr versprochen zu versuchen, das Geld durch den Verkauf der Wohnung aufzubringen, wenn sie und Leo dafür eine Weile verschwinden würden. Eigentlich hatten wir vorgesehen, daß ich Josh nach ihrer Abreise alles erklären sollte...« Sie geriet ins Stocken. »Aber Meg hat kalte Füße bekommen, als sie am Samstag mit ihm telefoniert hat, und hat dann beschlossen, die Abreise zu verschieben, um es ihm persönlich zu sagen.« Sie leckte sich die Tränen von den Lippen. »Josh hat ihr nämlich gedroht, daß er aus der Firma aussteigen würde, wenn sie ihm nicht ein paar Garantien gäbe, und die Geschäfte waren in der letzten Zeit so schlecht gegangen, daß sie glaubte, er würde es wirklich tun, wenn sie sich nicht die Mühe machte, ihn zu beruhigen.«

Cheever starrte auf ihren gesenkten Kopf. »Ich verstehe nicht ganz, wieso die beiden überhaupt bereit waren, bei dieser ganzen Heimlichtuerei mitzumachen, Miss Kingsley, besonders wenn sie, wie Sie sagen, der Ansicht waren, Sie litten an Verfolgungswahn.«

Einen Moment lang sah sie ihn mit einem Blick an, der tief unglücklich war. »Meg hatte mich zweimal auf ziemlich schäbige Art hintergangen. Sie konnte sich mir nicht gut widersetzen. Und Leo war sowieso auf meiner Seite. Er war ganz scharf darauf, sich nach Frankreich abzusetzen, bevor alles publik wurde. Er hatte überhaupt keine Lust, sich hier den Peinlichkeiten wegen der geplatzten Hochzeit auszusetzen. Er wäre sofort abgereist, wenn Meg auch gekonnt hätte.«

»Und warum konnte sie nicht?«

»Sie hatte einen Kunden, den sie nicht verlieren wollte, und zwei Besprechungen mit ihrer Bank. Sie sagte, die Bank würde die Firma absaufen lassen, wenn sie die Termine nicht einhalten würde. Sie konnte frühestens am elften abreisen.« Sie schwieg.

»Und in letzter Minute hat sie einen Rückzieher gemacht?«

Jinx nickte. »Sie war mit dem ganzen Plan sowieso nur einverstanden, weil Leo dafür war, aber als Josh sie dann am Telefon fertiggemacht hatte, hat sie sich geweigert, wie vereinbart abzureisen. Sie hat mich neurotisch und absurd genannt.« Wieder liefen ihr die Tränen über das Gesicht. »Ich glaube, sie wollte mir später sagen, daß es ihr leid tat, aber sie hatte zu große Angst vor Simon, um mich auch nur anzusehen. Es war furchtbar traurig.«

»Ich verstehe.« Er wartete wieder. »Dann sind die beiden also am Samstag gegen Mitternacht nach Chelsea gefahren? Sie sind sicher, daß sie dort hingefahren sind?«

»O ja. Ich bin ihnen gefolgt. Leo hat den Wagen in die Garage gestellt, und ich hab gesehen, wie sie beide ins Haus gegangen sind. Dann bin ich nach Hause gefahren.«

»Und die Katze? Was ist aus der Katze geworden?«

»Die wollte ich dann am Montag holen. Wir haben den armen Kerl mit einer Schüssel voll Futter und dem Katzenklo im Flur eingesperrt. Aber wir dachten ja, es wäre nur für höchstens sechsunddreißig Stunden. Dann wollte ich bei der Nachbarin den Schlüssel holen, Marmaduke mitnehmen und der Nachbarin erklären, daß die Wohnung verkauft werden würde. Meg wollte sie sofort nach ihrer Ankunft in Frankreich anrufen und ihr sagen, daß es in Ordnung sei, mich reinzulassen.«

»Aber warum mußten sie denn ihre Pläne auch vor Mr. und Mrs. Helms verheimlichen?« fragte Fraser. »Sie können doch nicht geglaubt haben, daß sie mit Russell Landys Tod etwas zu tun hatten.«

»Natürlich nicht.« Es folgte ein langes Schweigen. »Ich glaubte, wir müßten vor meinem Vater Angst haben«, sagte sie schließlich, »und ich hatte keine Ahnung, wieweit er bereits über Leo und Meg Bescheid wußte. Ich weiß, daß er von der Affäre zwischen Meg und Russell erfahren hat, das hat mir Miles hinterher erzählt. Das ist einer der Gründe, weshalb ich glaubte, er hätte Russell umbringen lassen.« Sie rieb sich die Stirn. »Leo hat geschworen, daß seine Eltern dichthalten würden, aber«, sie breitete hilflos die Hände aus, »Adam hat Mittel und Wege, um sich Informationen zu verschaffen, wenn ihn etwas interessiert. Wenn Mr. und Mrs. Helms etwas gewußt hätten, hätten sie es dem Nächstbesten erzählt, der sie danach gefragt hätte. Meg hat sogar gesagt, es wäre noch schlimmer, Mrs. Helms würde gar nicht darauf warten, gefragt zu werden, sondern es gleich von sich aus an die große Glocke hängen.«

»Wieso hat es Sie nicht beunruhigt, daß Leo Wallader seinen Wagen in der Shoebury Terrace auf der Straße geparkt hat, wenn

Sie geglaubt haben, Ihr Vater ließe ihn und Meg überwachen?« fragte Cheever.

Sie hob den Kopf, um ihn anzusehen, und zum erstenmal bekam er eine Ahnung von den Qualen, die sie durchgemacht hatte. »Es hat mich beunruhigt. Ich habe versucht, ihn zu überreden, den Wagen in Richmond stehenzulassen, aber das wollte er nicht. Er sagte, ich würde es wirklich zu weit treiben. Aber sehen Sie, ich wußte ja auch, was Russell angetan worden war, und sie wußten es nicht. Die Woche in Hellingdon Hall war grauenhaft, ich bin fast gestorben vor Angst. Leo mußte mich jeden Tag anrufen, um mich wissen zu lassen, daß alles in Ordnung war, und um meine Familie glauben zu machen, alles sei ganz normal. Dann hat er am Freitag nachmittag angerufen und gesagt, sie würden am nächsten Morgen in aller Frühe losfahren, und ich könnte zurückkommen und bekanntgeben, daß aus der Hochzeit nichts werden würde. Und ich dachte, Gott sei Dank, es ist vorbei. Ich habe mich zwar völlig lächerlich gemacht, aber das ist mir egal.« Sie drückte ein Taschentuch an ihre Augen. »Ich kann es nicht erklären, weil ich nicht an Vorahnungen oder das Zweite Gesicht glaube, aber ich wußte in dem Moment, als Leo mir sagte, daß er Meg heiraten wollte, daß sie beide sterben würden. Es war ein Gefühl, als hätte mich jemand mit kaltem Wasser übergossen.« Sie sah Alan mit einem Ausdruck starker Erschütterung an. »Und ich habe sofort an Adam gedacht. Hätte ich das nicht getan, dann wären sie jetzt vielleicht noch am Leben.«

»Nein«, sagte er. »Es hätte nichts geändert. Der Gedanke an Adams Reaktion hat wenigstens so abschreckend auf sie gewirkt, daß sie auf Sie gehört haben. Sonst wären sie schon eine Woche früher tot gewesen.«

Sie hielt Simons Brief hoch. »Nur daß ich sie gezwungen habe, alles geheimzuhalten«, entgegnete sie, »und deshalb hat er sie getötet. Die Heimlichkeit hatte ihn dazu getrieben.«

»Nein«, sagte Alan, der den Brief gelesen hatte, ehe er die beiden Polizeibeamten in Jinx' Zimmer geführt hatte. »Er war ein sehr kranker Mann, Jinx. Und seine Krankheit hat ihn zu dieser Tat getrieben. Sie hätten ihn durch nichts davon abhalten können.«

»Dr. Protheroe hat recht, Miss Kingsley«, stimmte Cheever zu. »Der einzige Mensch, der vielleicht hätte erraten können, daß Simon Russell Landy ermordet hatte, war Meg. Sie hat ihm nähergestanden als jeder andere. Wenn sie nicht auf den Gedanken kam, vor ihm Angst zu haben, gibt es keinen Grund, warum Sie auf die Idee hätten kommen sollen.« Er schwieg einen Moment. »Hat sie jemals Angst vor ihm gezeigt?«

»Nein. Sie hatte immer Angst *um* ihn, solange ich sie gekannt habe. Wenn Simon nur mehr wie ich wäre, hat sie oft gesagt, dann brauchte ich mir keine Sorgen um ihn zu machen. Sie hatte Angst, er würde ein Eigenbrötler werden. Er schien nie Freunde zu haben. Ich weiß noch, daß sie einmal sagte, er spielt nie was, außer Priester sein.«

»Und sie ist nie auf den Gedanken gekommen, daß er krank sein könnte?«

Ihr Gesicht verdunkelte sich. »Einmal hat sie mich gefragt, ob mir nichts an ihm aufgefallen sei, und da sagte ich: Was denn? Ich glaube, er spielt unentwegt Theater, sagte sie. Ich bin sicher, er haßt unsere Eltern, besonders Mutter, aber er sagt nie ein unfreundliches Wort über sie oder zu ihr. Ich bin das genaue Gegenteil. Ich rede schlecht über sie und bin pampig, weil sie ein rechteckiger Zapfen in einem runden Loch ist und nichts tut, um das zu ändern, aber in Wirklichkeit mag ich sie eigentlich, und mit Dad geht's mir genauso. Er ist ein scheinheiliger alter Knacker, aber ich möchte ihn gar nicht anders.« Sie preßte die Lippen aufeinander, um die Tränen zurückzuhalten. »Sie wollte wissen, ob ich nie den Eindruck gehabt hätte, daß Simon seine Eltern hasse. Aber da mir so etwas nie aufgefallen war, ließ sie das Thema fallen. Ich weiß, daß sie ihn immer viel zu verschlossen fand, aber ich glaube, das schrieb sie religiösem Fanatismus zu. Ich bin sicher, sie hat nie daran gedacht, daß es etwas mit Russells Tod zu tun haben könnte.« Sie schob nervös ihre Finger ineinander. »Kein Mensch hat daran gedacht.«

»Gut, das ist alles sehr klar, ich danke Ihnen. Gehen wir weiter. Erzählen Sie uns von dem Sonntag nachmittag und dem Zwischenfall in Ihrer Garage. Was war da los? Ich nehme an, die Anspielung in seinem Brief über die Vögel, die ausgeflogen sind, und die Bemerkung ›Es war ein Geheimnis, aber Simon hat Jinx gezwungen, es zu sagen‹, hatte etwas damit zu tun?«

Ihre Hände begannen wieder so heftig zu zittern, daß sie sie in ihrem Schoß zusammenkrampfte, bis die Knöchel weiß wurden. »Es war genauso, wie er geschrieben hat. Ich habe ihm gesagt, wo sie waren. Er wußte, daß sie nicht mehr in Hammersmith waren, weil Meg nicht ans Telefon gegangen ist.« Sie starrte Cheever verzweifelt an. »Es war – er dachte, sie wären nach Frankreich gefahren, aber er hat mich gezwungen ..., ich war die einzige, die Bescheid wußte.« Mit einer Anstrengung faßte sie sich wieder. »Er kam nach dem Essen, um sich dafür zu entschuldigen, was Meg getan hatte«, brachte sie mühsam hervor. »Er sagte, er hätte beim Morgengottesdienst für mich gebetet, hätte aber erkannt, daß Gebete nicht ausreichend wären und er statt dessen selbst kommen müsse, um mir seine Anteilnahme zu zeigen. Ich habe gelacht.« Wieder brach ihre Stimme. »Ich habe gesagt, es gäbe keinen Grund zur Anteilnahme. Wenn jemand Anteilnahme brauche, dann sei das spätestens in ein paar Monaten die arme Meg, wenn sie nämlich entdeckt hätte, daß sie sich an einen egoistischen Geizhals gebunden hätte.« Sie schluckte krampfhaft. »Ich hätte nicht lachen sollen. Ich glaube, daran hat er gemerkt, daß ich schon eine ganze Weile Bescheid wußte. Er war unglaublich zornig – die ganze Zeit hat er von Geheimnissen geredet – Meg eine Hure genannt...« Sie versank in Schweigen.

»Was hat er dann getan?« fragte Cheever behutsam.

Sie schüttelte den Kopf.

»Vielleicht ist es leichter, wenn ich Ihnen das erzähle«, sagte Alan. »Als gestern bekannt wurde, daß Simon tot ist, hat Jinx mir alles erzählt, woran sie sich erinnern konnte.« Er kauerte neben ihr nieder und drückte seine warme Hand schützend auf ihren Nacken. »Möchten Sie, daß ich es erzähle, Jinx?«

Einen Moment sah sie ihm ins Gesicht, dann wandte sie ihren Blick wieder ab. Wieso sah er nicht, was er ihr antat? Sie war innerlich viel zu aufgewühlt, um einen Alan Protheroe unbeschadet zu überleben. Sie wünschte, er würde seine Hand wegnehmen. Sie wünschte, er würde auf die andere Seite des Zimmers gehen. *O Gott, sie wünschte...* »Wenn Sie das dürfen«, sagte sie kurz.

Cheever nickte. »Ich habe nichts dagegen, Doktor.«

Alan richtete sich wieder auf. »Dann müssen Sie, denke ich, zunächst einmal verstehen, wie beängstigend es ist, wenn ein Mensch, den man jahrelang als eine Art freundliches Neutrum gekannt hat, sich plötzlich ohne Warnung in einen gefährlichen Psychopathen verwandelt. So hat Miss Kingsley es an diesem Sonntag nachmittag erlebt. Es ist schwer zu sagen, wie Simons Diagnose gelautet hätte, wäre er einmal untersucht worden, aber mir scheint klar zu sein, daß er an einer äußerst schweren paranoiden Störung litt, wahrscheinlich sexuellen Ursprungs, in deren Mittelpunkt entweder seine Mutter oder seine Schwester oder beide standen. Ich denke, sein Haß auf Gott könnte ein Haß allgemeinerer Art auf jede dominante männliche Figur gewesen sein; er scheint ja den Sexualakt als etwas Entartetes betrachtet zu haben. Nur Huren konnten ihn genießen, daher mußte jeder Mann, der ihn genießen wollte, ihn entweder mit Huren ausüben oder anständige Frauen entwürdigen.« Er warf Cheever einen fragenden Blick zu. »Es kann sein, daß ihm das von seiner Mutter mitgegeben wurde. Wenn sie ihm beigebracht hat, daß anständige Frauen Sex ekelhaft finden, dann muß er im späteren Leben eine sehr ambivalente Einstellung dazu gehabt haben, besonders, wenn seine angebetete Schwester sich ganz offen zu ihren libidinösen Wünschen bekannte, während er die seinen unterdrückte, indem er sich freiwillig für den Zölibat innerhalb der anglokatholischen Kirche entschied.«

»Seine Mutter hat ganz offensichtlich Probleme in diesem Bereich, aber ich bezweifle, daß sie es bewußt darauf angelegt hat, ihren Sohn zu zerstören.«

»Bestimmt nicht, und ich bin sicher, daß auch noch andere Faktoren mitgespielt haben. Er haßte es beispielsweise, ausgelacht zu werden. Das scheint bei ihm ein Auslöser seiner Paranoia gewesen zu sein. Vielleicht ist das der Grund, weshalb er Geistlicher geworden ist, weil man ihn in der Kirche eher ernst nehmen würde als außerhalb. Ein weiteres auslösendes Moment waren Heimlichkeiten. Solange er wußte, was vorging, oder glaubte, es zu wissen, konnte er seine Paranoia kontrollieren; aber sobald er entdeckte, daß er Grund hatte, paranoid zu sein, verlor er diese Kontrolle. Es ist interessant, wie genau er alles verfolgt hat, was um ihn herum vorging. Miss Kingsley hat erzählt, daß er sie oder Josh regelmäßig angerufen hat, und ich vermute, daß er das auch nach dem Tod von Meg und Leo beibehalten hat. Ich weiß jedenfalls, daß er mich angerufen hat, um herauszufinden, was ich wußte.« Er rieb nachdenklich seine Schulter.

»Ein Faktor, der es schwierig macht, eine paranoide Störung zu erkennen, ist, daß der Betreffende zwar in seiner Handlungsweise in gewissen Bereichen stark beeinträchtigt ist, besonders auf der Beziehungsebene, daß aber sein Denken klar und geordnet bleibt und er in der Arbeit und dem weiteren sozialen Umfeld durchaus normal funktionieren kann. Darum ist es wichtig, sich klarzumachen, womit Miss Kingsley sich an jenem Sonntag plötzlich konfrontiert sah, vor allem ist es auch für sie selbst wichtig, das zu erkennen.« Er sah zu ihrem gesenkten Kopf hinunter. »Seit sie begann, sich zu erinnern, was geschehen war, hatte sie Todesangst vor Simon, aber ich habe den Eindruck, sie ist der Meinung, nicht genug getan zu haben, um Meg und Leo zu schützen. Ist das richtig, Jinx?«

Sie antwortete nicht, und Fraser jedenfalls fand ihn überraschend unsensibel.

»Sie ging in die Küche, um Kaffee zu machen. Sie glaubt, daß Simon ihr einen Schlag auf den Kopf gegeben haben muß, während sie das tat, aber sie erinnert sich nicht daran. Sie erinnert sich nur daran, daß sie, als sie wieder zu sich kam, auf dem Boden lag und ihre Hände und Füße hinter dem Rücken gefesselt waren. Dann schob Simon ihr eine Plastiktüte über den Kopf und erklärte, er würde sie ersticken lassen, wenn sie ihm nicht sagte, wo Meg und Leo seien. Sie bekam keine Luft, und sie glaubte ihm. Darum nannte sie ihm, als er die Tüte wieder entfernte, die Adresse in Chelsea. Das nächste, woran sie sich erinnert, ist, daß sie von ihrem Nachbarn aus ihrem Auto gezogen wurde. Sie weiß nicht, wie lange sie in dem Wagen war, wie lange es dauerte, bis sie wieder einen klaren Kopf bekam und die Nummer von Leos Haus in Chelsea heraussuchte. Als sie schließlich dort anrief, um Meg zu sagen, daß Simon soeben versucht hatte, sie zu töten, war Simon bereits dort. Ist das soweit richtig, Jinx?«

Schweigen.

»Er stellte sie vor die Wahl«, fuhr Alan fort. »Er sagte: Leo ist in der gleichen Situation, in der du warst. Mit anderen Worten, er wird in zwei Minuten erstickt sein. Meg ist gefesselt, aber sie kann ins Telefon sprechen, wenn ich ihr den Hörer vor den Mund halte. Wenn du tust, was ich dir sage, bleiben sie am Leben. Wenn nicht, sterben sie.« Er strich ihr mit den Fingerspitzen leicht über den Hinterkopf. »Sie entschied sich dafür, ihnen zu helfen. Sie klammerte sich, genau wie wir alle das getan hätten, an ihren Glauben an den Simon, den sie am besten kannte. Den Geistlichen, den Mann, der seine Schwester liebte, den Mann, dem sie ihren teuren Schlüsselring als Glücksbringer geschenkt hatte. Es war tragisch für sie und Meg, daß sie immer das falsche Ich Simons gesehen und ihm vertrauen gelernt hatten, während sein wahres Ich, das beschädigte Ich, verborgen geblieben war. Wir alle schützen gewisse Aspekte unserer Psyche – das ist weiß Gott nichts Ungewöhnliches –, aber für die meisten von uns ist das verborgene Ich nicht gefährlich.«

Jinx wischte sich die Tränen ab. »Ich hätte Colonel Clancey alles sagen sollen. Er war immer mein bester Freund.« Sie schluchzte. »Ich weiß, daß manche Leute ihn für exzentrisch und dumm halten und daß sie sich hinter seinem Rücken über ihn lustig machen, aber er hätte alles in Ordnung gebracht.« Ihr Mund zuckte, als sie nach Worten suchte. »Ich habe alles falsch gemacht. Ich habe den Clanceys erzählt, es wäre alles in Ordnung, obwohl es gar nicht so war. Ich dachte, wenn ich nur tue, was Simon sagt – denn wissen Sie, wir haben früher immer dieses Spiel gespielt, Simon sagt. Aber es war nur Arroganz, ich hab gedacht, ich wüßte, was das richtige ist.«

Fraser bat Protheroe mit einem Blick um eine Erlaubnis, die er gar nicht brauchte. »Es ist nicht arrogant, einer Drohung zu glauben, Miss Kingsley, schon gar nicht, wenn Sie wußten, wozu Simon fähig war. Ich bin sicher kein Experte, aber für mich klingt das, als hätten Sie aus Liebe gehandelt, und das ehrt Sie.«

Alan nickte. »Er sagte, es sei nicht viel Verkehr – es war ja Sonntag –, und gab ihr zwanzig Minuten, um mit ihrem Wagen nach Chelsea zu Leo Wallader zu kommen. Wenn sie innerhalb dieser zwanzig Minuten nicht da wäre, wüßte er, daß sie mit der

Polizei gesprochen hätte, und würde Meg und Leo töten. Dann ließ er Meg wieder ans Telefon.«

»Und Meg hat Sie gebeten zu tun, was er gesagt hat?«

Jinx nickte.

»Was geschah, als Sie zum Haus kamen?«

Als sie nicht antwortete, ergriff Alan wieder das Wort. »Sie sah Leo flüchtig durch eine offene Tür. Er lag auf dem Boden. Ihrer Beschreibung zufolge war er wahrscheinlich vor ihrer Ankunft erstickt. Alles, was ihm hinterher angetan wurde, diente nur dem Zweck, das zu verschleiern. Durch ihre rechtzeitige Ankunft hatte sie wenigstens Meg eine Überlebenschance gegeben. Simon versprach, ihnen nichts zu tun. Er sagte, er töte niemals Frauen. Er wolle nur reden. Er setzte sie nebeneinander an die Wand, fesselte sie an Händen und Füßen und redete stundenlang. So lange, daß Miss Kingsley den Eindruck hatte, er beruhige sich allmählich.«

»Und?« fragte Cheever, als er nicht weitersprach.

»Meg bot ihm an, mit ihm zu schlafen«, sagte Alan in die Stille. »Sie glaubte, das sei es, was er wolle. Wahrscheinlich war es das auch, aber er wollte nicht daran erinnert werden.« Alan schüttelte den Kopf. »Ich glaube, ehrlich gesagt, Meg hätte sagen können, was sie wollte, es hätte nichts geändert. Ganz gleich, welche Rolle sie gewählt hätte – Schwester, Mutter, Geliebte, Freundin –, die Wut hätte ihn doch überwältigt.« Er blickte auf Jinx' zitternde Hände. »Aber Miss Kingsley kann Ihnen nichts darüber sagen, was danach mit Meg und Leo geschehen ist«, fuhr er fort. »An diesem Punkt nämlich drehte Simon völlig durch. Er packte Miss Kingsley bei den Füßen, um sie von Meg wegzuziehen, zog ihr eine Plastiktüte über den Kopf und klebte sie ihr am Hals fest. Sie erinnert sich nur noch, daß Meg wie eine Wahnsinnige geschrien und mit den Fersen auf den Boden getrommelt hat. Dann hat sie das Bewußtsein verloren.«

Wieder trat Stille ein. »Können Sie uns berichten, was er mit

Ihnen gemacht hat, Miss Kingsley?« fragte Cheever. »Oder wäre es Ihnen lieber, wenn Dr. Protheroe das tut?«

Sie sah ihn mit ihren großen Augen an, Hilfe und Verständnis suchend. »Ich weiß wirklich nicht mehr sehr viel«, sagte sie mit schwankender Stimme. »Ich weiß nur, daß ich irgendwann aufgewacht bin. Die Tüte hatte an der Stelle, wo mein Mund war, ein Loch, und weil er mir die Hände unters Kinn geschoben hatte, habe ich es geschafft, das Loch zu vergrößern. Aber das war auch alles, was ich tun konnte. Ich war in irgendeinem Kasten eingeklemmt, und jedesmal, wenn ich versucht habe, mich zu bewegen, hat das so weh getan, daß ich es aufgegeben habe.« Sie zupfte an ihrer Lippe. »Ich dachte, er hätte mich lebendig begraben. Ich wollte nur noch sterben.« Sie hielt inne, in einer Hölle gefangen, in die ihr niemand folgen konnte. »Dann heulte plötzlich ein Motor auf, und ich wußte, daß ich im Kofferraum meines eigenen Autos lag. Das komische ist, daß ich mich gleich ein bißchen besser fühlte. Es erschien mir nicht ganz so beängstigend.« Sie lachte ein wenig. »Aber er war so furchtbar wütend«, sagte sie. »Er hat dauernd mit den Füßen nach mir getreten und gesagt, steh auf, los steh auf. Er konnte nicht verstehen, wieso ich nicht tot war. Du müßtest tot sein. Du hättest schon in deiner Garage sterben müssen, und du hättest in deinem Kofferraum sterben müssen. Warum liebt Gott dich?«

»Wo war das?« fragte Cheever.

Sie sah ihn verständnislos an. »Das weiß ich nicht. Irgendwo draußen. Ich bin aufgewacht und lag auf dem Boden, aber ich konnte mich überhaupt nicht bewegen, weil ich so steif war. Ich steckte in einem großen schwarzen Müllbeutel, und es hat gerochen, weil ich«, sie warf einen Blick auf Alan, »ich glaube, ich war stundenlang in dem Müllsack.«

»Wissen Sie, wie spät es war?«

»Nein, aber es fing an dunkel zu werden.«

»Erinnern Sie sich, ob er ihnen zu trinken gegeben hat?«

»Ich glaube, ja. Er hat von Opfern gesprochen«, sagte sie verwirrt, »und von Jesus.«

»Das war wahrscheinlich, als Sie den Wein getrunken haben. Wenn Sie allerdings schon Stunden da gelegen hatten, litten Sie wahrscheinlich an Flüssigkeitsmangel, und ich bezweifle, daß Sie soviel getrunken haben, wie die Blutprobe ausgewiesen hat. Was ist als nächstes passiert?«

Sie starrte zu dem Brief hinunter, der vergessen auf ihrem Schoß lag. »Ich erinnere mich an nichts mehr.« Sie knüllte die Fotokopie des Briefes zusammen. »Ich erinnere mich an nichts mehr«, wiederholte sie erregt. »Ich glaube, ich erinnere mich, daß er mich ins Auto gesetzt hat, aber danach – danach erinnere ich mich an nichts mehr.«

»Das reicht schon«, sagte Cheever mit einem ermutigenden Lächeln. »Ich glaube, den Rest können wir rekonstruieren. Sie haben offensichtlich einen sehr starken Lebenswillen, Miss Kingsley. Ich beneide Sie um Ihren Mut und um Ihren Schutzengel, denn ich kann nicht glauben, daß dieses Liebespaar zufällig erschienen ist.« Er beobachtete sie einen Moment lang. »Dr. Protheroe hat mir erzählt, daß Simon Sie an dem Tag nachdem Sie das Bewußtsein wiedererlangt hatten besucht hat. Wußten Sie da schon, daß er der Schuldige war?«

»Nein.«

»Wann haben Sie sich daran erinnert?«

Sie hielt den Kopf gesenkt. »Gestern vormittag«, antwortete sie, »als die Polizeibeamtin mich nach dem Schlüsselring gefragt hat.«

»Nicht schon vorher?«

Sie sagte nichts.

»Haben Sie Ihrem Vater gesagt, daß Simon Meg und Leo ermordet hat, Miss Kingsley?«

Mit einem Ruck hob sie den Kopf, die Augen vor Überraschung

geweitet. »Nein, natürlich nicht. Weshalb hätte ich das tun sollen?«

Cheever nickte. »Ihren Brüdern? Ihrer Stiefmutter?«

»Nein.«

Alan Protheroe runzelte die Stirn. »Warum fragen Sie, Superintendent?«

Cheever zuckte mit den Achseln. »Nur um nichts offen zu lassen, Doktor. Wir möchten nicht, daß hinterher Beschuldigungen laut werden, wie«, er suchte nach einem Wort, »*gelegen* uns Simon Harris' Selbstmord gekommen sei. Man könnte beinahe sagen, daß sein Ende von einer gewissen poetischen Gerechtigkeit war. Unser Problem ist, daß nur dieser Brief und die Blutflecken auf der Soutane auf seine Täterschaft hinweisen, und da die Soutane erst vor kurzem gereinigt wurde, wird eine Untersuchung vielleicht nicht die konkreten Beweise erbringen, nach denen wir suchen. Wir vermuten, daß Simon Harris Leo Wallader und Meg Harris in seinem eigenen Wagen zum Wald von Ardingly gebracht hat, aber da der Wagen gestern völlig ausgebrannt ist, wird wohl auch da eine Untersuchung keine Ergebnisse haben. Wir haben ferner Ihren Wagen untersucht, Miss Kingsley, und ich muß Ihnen sagen, es gibt keinerlei Hinweise darauf, daß Sie zwölf bis achtzehn Stunden in seinem Kofferraum gelegen haben.«

»Es kann ja auch keine geben«, sagte Alan. »Wenn er sie in einen Müllsack gepackt hat, bevor er sie hineinlegte.«

»Sicher, aber es ist dennoch ein Problem. Es wäre hilfreich gewesen, wenn Sie ihn als den Mann hätten identifizieren können, der Sie überfallen hat.«

Alan wies mit einer Kopfbewegung auf die zerknüllte Fotokopie in Jinx' Händen. »Aber Sie haben doch ein schriftliches Geständnis. Zählt das denn gar nichts? Ich nehme an, Sie haben verifiziert, daß es Simons Handschrift ist?«

»Natürlich. Im Augenblick werden die Blut- und Schleimflekken untersucht, die sich auf dem Original befinden. Wir glauben, daß Simon Harris aus der Nase blutete, als er den Brief schrieb. Und das heißt, daß er mit Gewalt genötigt worden sein könnte, ihn zu schreiben.«

»Von wem denn?«

»Das wissen wir nicht, Sir, deshalb interessieren wir uns ja dafür, wann Miss Kingsley anfing, sich zu erinnern, und ob sie mit irgend jemandem darüber gesprochen hat.« Er sah Jinx an. »Es wäre sehr unerfreulich, wenn Zweifel an Simon Harris' Schuld aufkämen.«

Alan rieb sich zornig das Kinn unter dem buschigen Bart. »Wollen Sie unterstellen, daß Miss Kingsley gelogen hat, Superintendent?« fragte er scharf. »Wenn das der Fall ist, verstehe ich, warum Sie eine so schlechte Meinung von der britischen Polizei hat. Herrgott noch mal, Mann, stellen Sie sich vor, dieser Mörder wäre noch am Leben, und sie versuchte, Ihnen zu sagen, daß er schuldig ist. Sie hätte überhaupt keine Chance. Sie würden immer noch selbstgefällig hier herumsitzen und uns diesen Quatsch von mangelnden Beweisen erzählen. Ich kann nur sagen, Gott sei Dank, daß sie sich nicht früher erinnert hat. Sie hätte ihr eigenes Todesurteil unterschrieben, wenn sie seinen Namen genannt hätte. Er war offensichtlich ein Psychotiker mit paranoiden Wahnvorstellungen, aber er wäre schlau genug gewesen, Sie von seiner Unschuld zu überzeugen, während er die Frau, der er an seinen mörderischen Exzessen die Schuld gab, getötet hätte.«

Cheever zuckte mit den Achseln. »Sie haben unser Dilemma mit wenigen Worten recht gut dargestellt, Sir. Ich persönlich habe keinen Zweifel, daß Miss Kingsley die Wahrheit sagt. Außerdem hoffe ich, daß wir in London weitere Prostituierte ausfindig machen werden, die Simon Harris als den Freier identifizieren, der sie mißhandelt hat, was dann wiederum auf ein Muster kriminellen Wiederholungsverhaltens hinweisen wird. Im Moment jedoch stehen wir nur mit einem Selbstmord zu einem relativ günstigen Zeitpunkt da, was in Anbetracht von Harris' Schlauheit, auf die Sie ja eben selbst hingewiesen haben, und seiner früheren Entschlossenheit, alle Schuld auf Miss Kingsley abzuwälzen, doch unangenehm viel Raum für Zweifel läßt. Ich bin überzeugt, Miss Kingsley möchte genausowenig wie wir, daß diese Geschichte endlos weiterläuft« – er richtete seinen Blick auf Jinx und sah sie unverwandt an –, »deshalb wäre alles, was sie uns jetzt sagen kann, um den Coroner zu veranlassen, auf Selbstmord zu erkennen, eine große Hilfe.«

Jinx nickte. »Das verstehe ich«, sagte sie und streifte das aufgeschlagene Heft, das auf Frasers Schoß lag, mit einem Blick. Sie überlegte einen Moment. »Bis zu dem Augenblick, als die Polizeibeamtin mich gestern nach dem Schlüsselring gefragt hat, habe ich mich an nichts erinnert. Aber dann kehrte alles in einem Schwall zurück, und mir wurde plötzlich speiübel. Das kann die Beamtin bezeugen. Ich habe inzwischen gehört, daß Simon schon einige Stunden tot war, bevor ich der Beamtin seinen Namen genannt habe. Da ich mich nicht erinnern konnte, wer mich töten wollte, konnte ich natürlich auch niemandem darüber Auskunft geben. Dr. Protheroe, dem ich uneingeschränkt vertraue und mit dem ich gesprochen hätte, wenn ich mich erinnert hätte, wird bezeugen, daß ich ihm niemals einen Namen genannt oder auch nur angedeutet habe. Hätte ich mich erinnern können, so hätte ich selbstverständlich die Polizei von Hampshire unterrichtet. Die Beamten haben mir gegenüber von Beginn der Untersuchung an keinen Zweifel daran gelassen, daß sie sich, auch wenn ich verdächtig war, von den Spekulationen der Presse in ihrem Urteil nicht beeinflussen lassen würden. Infolgedessen hatte ich immer Vertrauen zu Superintendent Cheever und seinen Leuten und habe mich nach Kräften bemüht, ihnen zu helfen.«

Sie blickte Cheever fragend an, sah das kurze, ermutigende

Zucken seiner Augenbrauen und fuhr zu sprechen fort. »Ich glaube, daß Simon durch seine Anrufe bei meinen Freunden, meinem Arzt und meinen Verwandten gemerkt hat, daß die Polizei Hampshire nicht bereit war, sich auf den Augenschein zu verlassen, und wußte, daß er verhaftet werden würde, sobald meine Erinnerung zurückkehrt. Ich habe ihn lange gekannt und seinen Eltern gegenüber immer als sehr liebevoll erlebt. Ich bin überzeugt, daß er alles getan hätte, um seiner Mutter und seinem Vater das Trauma eines Prozesses zu ersparen, und ich bin traurig, aber nicht überrascht darüber, daß er selbst seinem Leben ein Ende gemacht hat.«

»Ich könnte mir denken, daß er auch seinen Kollegen und seinen Gemeindemitgliedern ein solches Trauma ersparen wollte, meinen Sie nicht?« sagte Cheever auffordernd.

»Ich habe ihn als einen sehr pflichtbewußten Geistlichen gekannt«, fuhr sie gehorsam fort, »der, als er wieder klaren Blick bekam, zweifellos entsetzt war bei der Erkenntnis, daß die Last seiner Schuld die Menschen treffen würde, die ihn liebten. Er war ein kranker Mensch, aber kein schlechter.«

Cheever bot ihr die Hand, als er aufstand. »Es ist zwar nicht gerade passend, das zu sagen, Miss Kingsley, aber es war mir ein Vergnügen, mit Ihnen die Klingen zu kreuzen. Es tut mir nur leid, daß wir uns unter so tragischen Umständen kennenlernen mußten. Sie werden möglicherweise zur Leichenschau erscheinen müssen, aber wenn Sie dort dasselbe aussagen wie soeben hier vor uns, sollte es kein Problem geben. Ein Selbstmord ist immer leichter zu akzeptieren, wenn es einen guten Grund für ihn gibt.«

»Ich weiß«, sagte sie, ihm die Hand schüttelnd. »Wenn Simon meinen Zusammenprall mit dem Betonpfeiler als Unfall inszeniert hätte, hätte mich das ein wenig mehr beunruhigt. Sehen Sie, ich konnte mir immer vorstellen, daß ich Meg und Leo vielleicht getötet hätte. Sie haben sich ja wirklich gemein benommen. Aber ich konnte mir einfach nicht vorstellen, daß ich mir das Leben nehmen würde.«

Er zwinkerte. »Sie waren also doch nicht so gleichgültig, wie Sie uns vormachen wollten?«

»Ich habe meinen Stolz, Superintendent.« Sie lächelte plötzlich. »Schließlich bin ich Adam Kingsleys Tochter.«

Fraser lenkte den Wagen auf die Hauptstraße. »Also, wie lautet das Urteil, Sir?« fragte er. »Glauben Sie immer noch, daß sie es ihrem Vater überlassen hat, Harris auszuschalten?«

»Ja«, antwortete Cheever milde. »Sie hatte Angst, daß nur ihr Wort gegen das Simon Harris' stehen würde, sie hatte kein Vertrauen darauf, daß wir ihr glauben würden, also hat sie ihren Vater gebeten, die Sache für sie zu regeln.«

»Also, ich bin da nicht so sicher. Sie macht mir einen völlig aufrichtigen Eindruck, Sir.«

»Aber, wie sie selbst gesagt hat, Sean, sie ist Adam Kingsleys Tochter.«

»Bei allem Respekt, Sir, ich verstehe nicht, was das ändern sollte.«

»Wenn Sie die Sorte kennen würden, wäre es Ihnen klar.« Cheever blickte durch das Fenster hinaus in die sonnenbeschienene Landschaft. »Diese Leute sind effektiv. Sie überlassen nichts dem Zufall.«

»Bei Landys Ermordung waren sie aber nicht sehr effektiv.«

»Ja, das passiert eben bei Mißverständnissen.«

»Wie meinen Sie das?«

»Ich vermute, *er* kam zu der Überzeugung, sie hätte Landy getötet, und *sie* kam zu der Überzeugung, er hätte es getan. Wenn sie beide hinterher von Landys Affäre mit Meg Harris erfahren haben, dann wußten sie beide, daß es für den anderen ein Motiv zum Mord gab. Entzweit sind sie gefallen, vereint siegen sie.«

»Seltsam ist, daß Miss Kingsley der Polizei nichts gesagt hat. Man sollte doch meinen, sie würde wünschen, daß der Mörder ihres Mannes bestraft wird, und, seien wir doch mal ganz offen, es ist ja nicht so, daß sie ihren Vater schrecklich gern hat.«

»Glauben Sie?«

»Na, man spürt jedenfalls nichts davon.«

Cheever lächelte, behielt aber seine Gedanken für sich.

»Und jetzt, Sir? Haben Sie vor, Adam Kingsley wegen des Mordes an Simon Harris unter Anklage zu stellen?«

Der Superintendent schloß die Augen und ließ sich das Gesicht von der Sonne wärmen. »Ich habe wohl nicht richtig gehört, Sergeant. Haben Sie etwas von Mord gesagt?«

»Ja, ist denn das nicht –« Fraser brach ab.

»Ja?«

»Nichts, Sir.«

Nightingale-Klinik, Salisbury – 12 Uhr 45

Matthew Cornell, der auf einer Bank im Park der Klinik lag, schlug die Augen auf, als Alan Protheroe sich über ihn beugte. »Hallo, Doc.« Er schirmte mit erhobener Hand seine Augen gegen das grelle Licht ab, dann schwang er die Beine von der Bank und setzte sich auf, um sich eine Zigarette anzuzünden.

Alan ließ sich neben ihm auf dem freien Platz nieder. »Die Polizei hat eine bizarre Theorie zu Simon Harris' Selbstmord entwickelt«, sagte er im Konversationston. »Sie scheint zu glauben, Jinx hätte sich an ihren Vater gewandt, um ihn ein für allemal erledigen zu lassen.« Er sah Matthew von der Seite an. »Aber sie hat Ihnen klargemacht, daß sie sich bis gestern vormittag an nichts erinnern konnte, und das heißt, daß weder sie *noch* einer ihrer Freunde Adam Kingsley hätte benachrichtigen können.«

Matthew blickte starr geradeaus. »Warum erzählen Sie das mir?«

»Weil ich weiß, daß Sie gern auf dem laufenden sind.«

Matthew drehte den Kopf und grinste ihn an. »Und weil Sie als Existentialist sicher sein wollen, daß ich weiterhin in gutem Glauben handle. Stimmt's?«

»Ich hätte es nicht besser formulieren können, Matthew.«

»Also, meiner Meinung nach hat guter Glaube vor allem mit Gerechtigkeit zu tun.« Matthew drehte die Zigarette zwischen seinen Fingern. »Haben Sie sich mal überlegt, was die Opfer eines Mörders fordern würden, wenn man sie nicht zum Schweigen gebracht hätte? Das mindeste, was sie verlangen würden, wäre doch, daß sie ebenso laut gehört werden wie ihre Mörder, meinen Sie nicht?«

»Es gibt einen Unterschied zwischen Gerechtigkeit und Rache, Matthew.«

»Ach, tatsächlich? Der einzige Unterschied, den ich erkennen kann, ist, daß Gerechtigkeit verdammt teuer kommt. Wenn das nicht so wäre, könnte es sich mein Vater gar nicht leisten, mich hier unterzubringen.«

Eine halbe Stunde später stand Alan mit Jinx an ihrem Fenster und beobachtete, wie ein großer, gutgebauter Mann in einem tadellosen Anzug aus dem Fond eines Rolls-Royce stieg. »Ihr Vater?«

»Ja.«

»Sie haben nie erklärt, warum Sie ihn Adam nennen.«

»Wieso glauben Sie, daß es überhaupt eine Erklärung gibt?«

Er lächelte. »Ich brauche nur Ihr Gesicht zu sehen, wenn das Thema zur Sprache kommt.«

Sie sah zu der hochgewachsenen Gestalt hinunter, die auf das Gebäude zuging. »Ich wollte ihn strafen, darum habe ich getan, was Gott getan hat und Adam dafür verflucht, daß er sich von seiner Frau verführen ließ.« Sie wandte sich Alan zu. »Ich war sieben Jahre alt. Seitdem nenne ich ihn Adam.«

»Sie waren eifersüchtig auf Betty?«

»Natürlich. Ich wollte meinen Vater mit niemandem teilen. Ich habe ihn angebetet.«

Alan nickte. »Und ich vermute, Sie tun es trotz allem immer noch.«

»Nein«, entgegnete sie. »Über Anbetung bin ich längst hinaus. Aber ich bewundere ihn. Immer schon. Er erreicht, was er will, während wir anderen uns nur irgendwie durchwursteln.«

»Nun, ich hoffe, Sie sind bereit anzuerkennen, daß er den ersten Schritt macht«, sagte Alan beiläufig. »Werden Sie ihm gegenüber großzügig sein?«

»Wenn ich es nicht bin, bekommt die Klinik ihr Geld nicht.« Sie lächelte leicht über seinen Gesichtsausdruck. »Jetzt werden Sie mir nur nicht sentimental, Dr. Protheroe. Auf eines kann man sich bei meinem Vater verlassen, daß er sich niemals ändern wird. Er würde Sie verklagen, wenn er glaubte, daß Sie mich bewußt gegen ihn aufgebracht haben.«

»Und wie geht es jetzt weiter?«

»Ich entlasse mich. Ich bin nicht mehr Ihre Patientin. Ich denke, wir verabschieden uns voneinander.«

»Wohin gehen Sie?«

»Zurück nach Richmond.«

»Weiß Ihr Vater, daß Miles und Fergus dort sind?«

»Höchstens, wenn Sie es ihm gesagt haben.«

»Wenn Sie einen guten Strafverteidiger brauchen, dann vergessen Sie Matthews Vater nicht. Er ist einer der besten.«

Jinx klopfte lächelnd auf ihre Tasche. »Matthew hat mir schon seine Karte gegeben. Ich hab mir gedacht, ich verwende den Gewinn, den ich mit den Franchise Holdings Aktien gemacht habe, dazu, sein Honorar zu bezahlen. Matthew hat mir gesagt, daß er sündhaft teuer ist.« Sie zuckte mit den Achseln. »Und wenn alles vorbei ist, werde ich mit Glück und ein bißchen emotionaler Erpressung Adam vielleicht überreden können, Betty und die Jungs in Gnaden wieder aufzunehmen.«

»Sie glauben nicht, es wäre besser, Miles und Fergus ihre eigenen Schlachten schlagen zu lassen?«

»Doch, wahrscheinlich schon.«

»Warum halten Sie sich dann nicht daran?«

»Weil sie meine Brüder sind«, antwortete sie, »und ihre Mutter ist die einzige Mutter, die ich je gekannt habe. Das ist doch noch einen Versuch wert, meinen Sie nicht?«

»Das kommt darauf an, ob Sie an den Triumph der Hoffnung über die Erfahrung glauben.«

»Das tue ich. Schauen Sie mich an. Schauen Sie Matthew an.«

Er nickte. »Matthew hat Sie sehr gern, Jinx.«

»Ja.« Sie lauschte auf Schritte im Korridor. »Aber nur, weil ich die gleichen dunklen Augen habe wie sein sterbender Fuchs. Er möchte Tiermedizin studieren, wenn er hier rauskommt. Hat er Ihnen das erzählt?«

Alan schüttelte den Kopf.

»Verwundete Tiere rühren ihn tief. Menschen lassen ihn ziemlich kalt.«

»Dann ist er gar nicht soviel anders als Sie.«

Sie fuhr ein wenig zusammen, als sie draußen Adams Schritte hörte. »Ganz so kalt wie früher lassen sie mich heute nicht mehr«, sagte sie hastig. »Vielleicht hat sich meine Einstellung geändert.«

»Das ist gut.« Er sah sie lächelnd an. »Dann hat die Klinik doch etwas erreicht.«

»Ich glaube nicht, daß es die Klinik war.« Sie ging zur Tür und lehnte sich mit dem Rücken dagegen. »Ich sehe nicht immer aus wie die letzte Pennerin, wissen Sie? Sie würden sich wundern, was ein bißchen Haar bei mir bewirkt.« Sie zögerte. »Ich – äh – Sie hätten wohl keine Lust, mich in ein oder zwei Monaten, wenn ich ein bißchen präsentabler aussehe, mal zu besuchen?«

Er schüttelte den Kopf. »Eigentlich nicht.«

Sie wurde rot vor Verlegenheit. »Es war nur ein Gedanke, Dr. Protheroe. Ein dummer offensichtlich. Tut mir leid.«

An der Tür klopfte es laut. »Jane, bist du da? Ich bin's, dein Vater.«

Alan senkte seine Stimme. »Ich heiße Alan, Alan, und wer, zum Teufel, braucht schon Haare? Meine Phantasien sind ausschließlich von kahlköpfigen Frauen bevölkert.«

Wieder klopfte es. »Jane? Hier ist dein Vater.«

Ihre Augen blitzten. »Ich komm in zehn Minuten, Adam!« rief sie. »Ich muß erst noch was erledigen. Kannst du im Foyer auf mich warten?«

»Warum kann ich nicht im Zimmer warten?«

Alan zog eine Augenbraue hoch. »In spätestens zwei Monaten bin ich völlig durchgedreht«, murmelte er. »Es tut keinem Mann gut, seine Gefühle so fest unter Reißverschluß zu halten. Ich leide hier erhebliche Schmerzen.«

Jinx schüttelte sich in lautlosem Gelächter, als sie leise den Schlüssel umdrehte. »Das ist eine Frauensache, Adam!« rief sie, mühsam das Lachen unterdrückend. »Es wäre dir nur peinlich.«

»Ach so. Na schön, laß dir Zeit«, gab ihr Vater barsch zurück. »Ich bin auf dem Weg hierher an Dr. Protheroes Büro vorbeigekommen. Ich werd inzwischen mal mit ihm reden.«

»Ja, tu das!« rief sie zurück und wischte sich die Tränen aus den Augen. »Er wird dir gefallen, Adam. Er ist ein Mann nach deinem Geschmack. Grundanständig und überlebensgroß.«

